1989 年 6 月，作者第一次登上夹金山，在宝兴撰写《魂系夹金山》文稿

2001 年 6 月，作者再次登上夹金山创作《绿漫夹金山》等文稿

1998年10月，作者赴阿坝州南坪县（九寨沟）调研砍伐森林的情况

1997年12月，作者在云南观赏热带雨林

王治安文集（第三卷）

当代中国生态解密

DANGDAI ZHONGGUO SHENGTAI JIEMI

王治安 著

森林卷

中国农业出版社
农村读物出版社
北京

我与生态文学一起成长

（自　序）

王治安

"等待这一刻"，是我多年的期盼，多年的生态梦，一等就是 40 年！如今，仿佛这一刻已经到了眼前，举手可触啊！

羊年新春到来之际，从紫禁城传来振奋人心的声音："环境就是民生，青山就是美丽，蓝天也是幸福，要像保护眼睛一样保护生态环境，像对待生命一样对待环境。对破坏生态环境的行为，不能手软，不能下不为例。"这是中华民族的决策者在 2015 年 3 月 6 日的全国"两会"上（即全国人民代表大会和全国政协会），向全国民众唱响的令人兴奋的高歌：号召神州大地动员起来，创建"生态文明"，还我"美丽中国"！

早在 4 年前，从京城传来鼓舞民众的信息，决策者将下决心，整治环境，建设"美丽中国"，给民众以优美而安静的生存空间。那之后，决策者又亮出了"生态兴则文明兴，生态衰则文明衰"的理念，还点赞："生态环境的保护是功在当代、利在千秋的事业。"总而言之，这一回动了"真情"，发出了动听而有力之音！

决策者的"觉醒"，不是今日所见，而是早有所悟。20 世纪末，每每"两会"也曾发出过这样的"呼声"。在"两会"结束的那一天，照旧要召集"人口、资源、环境"相关部门的决策者，召开专题会，议论议论这类事。当初，我感到"这一刻"似乎降临了，心中无比喜悦，然而，这样的例行时间也不算短，持续了好几年，也讲了不少令人欣慰的话，媒体也急于向大众吹风，传播信息。虽然，风声乍起，并有一些的举措，但气度与效应低微，"风"也越刮越小。

应该说，从那之后，首都先后提出三大工程：天然林资源保护工程、退耕地还林工程、大熊猫栖息地保护工程，是一个历史性的转折。那一刻，我心中无比激动，挥毫书写了一系列生态文学作品。

有人说，文学历来都是"贵族"的，而我的作品恰恰相反，既不是写帝王将相的夺权称霸，也不是写达官贵人的闺房秘闻，而是聚焦普通人、劳动者，着力反映他们在为社会创造财富中的欢乐与焦虑。我自称，这些作品是颂扬普通人的"平民文学"。

我爱与他们扎堆，他们喜欢读我的书，作品一问世，他们自觉或不自觉地聚在一起阅读、评说。于是，二者一拍即合。其实，许多观念是随着历史的更迭而新生的。今天的社会，主导者是劳动群体，历史使命也就由他们担当与传承下去。我认为，一位作家最幸运的是，你的作品能得到历史的验证，能得到广大读者的认同。

我的作品缘何能让读者和当事者接受，究其原因也许是，我的这些文字，说的是真话，没有半点虚拟。还有，在作品中，既说问题，也说功德，对那些与人类有益的事，给予表扬与倡导；同时，也让广大读者看到希望和未来。总之，这些燃烧的激情文字，来自深山和田野，出自肺腑，旨在唤起民众的心灵，唤起全社会关注生态环境，爱护人类生存的空间，点燃生态文明的烛光！

谈到报告文学的真实性，这是一个严肃的话题。也就是说，讲假话是报告文学的"死敌"，所以我不能说假话，去"蒙"读者，特别是农民兄弟。

报告文学隶属"非虚构"文学。在当今世界文坛上，非虚构文学和虚构文学的发展是与日俱增的。著名评论家雷达在《漫说"非虚构"》一文中向大家介绍说，在欧美一些发达国家，尤其是美国虚构与非虚构至少是平分秋色，甚至，非虚构作品占的份额还要大一些。他还说："如何讲述真实是非虚构的核心问题。如何准确地反映时代生活，如何抓住典型特征，如何一下子就从各种毛糙的感受中一把拎出那最耀眼的细节，是考验作家的时刻。如何活生生地、毛茸茸地表达我们这个时代，是非虚构的重要命题。"

我的作品，决决几百万字，无论从字里行间，还是人物、故事、时间、地点，都讲一个"真"字，说真话、实话、心里话，举手可触，举目可见，没有半点水分。

多年来，我在创作中，一直在追求真实，寻找真实。仿佛，"真实"成了我人生的标杆，而虚无缥缈的幻影，是我文学创作的大忌，真诚才是我成功的基站。

大自然的态势，是不以人的意志为转移的。你要"哄"它，它就要报复你，甚至会出现突然袭击：雾霾、沙尘暴、龙卷风、泥石流……让你无处栖身。保护环境，无论如何是当搁不得的。地球村有 72 亿人口，每时每刻，自觉或不自觉地在践踏脚下的泥土，戏弄身边的环境。2015年 1 月 15 日，18 名国际顶尖环境专家，在美国《科学》杂志发表题为《地球的界线：在变化的星球上引领人类发展》的文章，警告人类的行为已经"越界"。科学家 2009 年作出定论，并量了地球生态可承受的 9 条生态线。文章说：地球生态可承受的 9 条安全界线，分别是：气候变化、臭氧空洞、海洋酸化、生物多样性、土地使用、淡水资源使用、化学污染、大气污染和生物化学地球环境。论述的 9 条"生态界线"中：目前人类活动中已经突破了气候变化、生物多样性、土地使用和生物化学地球环境 4 条界线，从根本上改变了地球的运行，把人类引入"危险地带"。中国的状态更令人担忧，也许不只是 4 条。时至今日，气候、森林、土壤、水资源……都是中国人关注的焦点，议论的热点。

春秋时期，《管子·立政》中说，"草木不植成，国之贫也"；"草木植成，国之富也"。"行其山泽，观其桑麻，计其六畜之产，而穷富之国可知也"。古人管仲的言谈，对今人是有其深切教育意义的！

我国的生态环境欠账颇多，如今仿佛已到了积重难返的地步！土地在一天天被吞噬，大气污染满天沉闷，生命圈在一天天缩小……作为一个有责任心的作家，看到地球村如此死寂般的状态，能不急吗？早在 20世纪 60 年代，我就察觉到中国生态出现恶性循环，急着搜集材料，执意将民族的忧患注入书中。

若用时髦语言表述，我是一位"两栖"作家，享有 30 多年的记者生涯。新闻的敏感，铸就了我敏锐的目光，急切地关注人类所面临的困惑。我生长在"皇柏"葱茏、绿树成荫的四川剑门山区，从小就热爱土地，关爱森林。

前事不忘后事之师。在探索生态文明的路上，中国人是吃了黄连之后，才开始回应的。我们付出的代价太多啦！20世纪末，出现的那一幕幕难以治愈的创伤让人心酸。改革开放，复兴中华，是不容置疑的，但不能以损害生态环境为代价。我不是先知先觉的先行者，我的作品也只是起到抛砖引玉的作用，让更多的人尽可能早日领悟吃黄连的滋味，引发出的胃酸难受的实感。我耗去几十年的光阴，写下了这些支离破碎的文字，只录下灾情的一部分。我以为这些文字，有着永恒的价值。它可告诉子孙，在地球上，在中华大地的核心地带，曾经出现的那些让人心酸的景象。

亲爱的读者，在这里，我想声明一点，我所著的生态文学系列，绝不是迎合少数读者的低级趣味，也不是为当政者涂脂抹粉，而是要唤醒大地，唤醒民众，唤醒决策者。我的作品也许带着浓郁的酸味、辣味，不那么养眼，不受头头脑脑们的欢欣，但它却是一剂"苦口良药"。我生就是说真话、做实事的人。不会用假话、虚话，糊弄读者，也许这是骨子里的基因所定。作为一位有责任心的作家，应对读者负责，对社会负责。

经过40多年的奔波与劳顿，植成五棵色彩斑斓的"文学树"：生态文学、熊猫文学、改革文学、庄园文学、名人传记文学；其特征有三：大众化、真实化、时代化。

我期待的"这一刻"正向人们大步走来，为迎接"生态文明"建设空前繁荣，祝愿"这一刻"的到来，我刻意从出版的各种文体20余部、600多万字的文学作品中，筛选和拔萃出约200多万字，集结成《王治安文集——当代中国生态解密》，按照主题分土地、粮食、森林、人口、移民、熊猫等六卷。这些文字，是我文学生涯中最具代表性的作品。

我所著的生态文学作品，是与自己的人生思路和时代相关的，它记录了我国创建"生态文明"、修复生态环境所走过的艰苦历程，颇为世人关注。在这里，感谢所有关爱和善待我的作品的读者和朋友！

2018年4月15日

目　　录

我与生态文学俱进（自序）

长篇报告文学

报告文学

长篇报告文学

悲壮的森林

悲 壮 的 森 林

内 容 提 要

森林的命运，伐木者的命运，长江的命运，人类的命运，大熊猫的命运，在世纪之交，构成了悲剧性的情节。

森林是地球上的"绿色王国"。鸟瞰地球，已不是昔日的绿色星球了，而是一个光秃荒凉、满目疮痍、十分脆弱的机体。在非洲、亚洲，乃至美洲，大片的森林被砍伐，植被惨遭破坏，导致了全球性的生态失衡。

本文作者在完成《啊，国土》、《靠谁养活中国》两部密切关系着人类生存的长篇报告文学之后，又推出力作《悲壮的森林》。本书堪称两部历史的总览：一部是伐木者的悲壮史；一部是生态恶化灾难史。更令人不安的是森林的消逝直接威胁大熊猫的生存，因川西林区几乎一半是大熊猫的栖息地。

作者采取纪实的手法，伫立中国，眺望全球，着力剖析半个世纪以来，采伐森林的功与过，数十万伐木者的恩与怨，将一个个可歌可泣的故事，一曲曲悲壮的心灵之歌，展示在读者面前，对伐木者的奉献和毁林导致的恶果，给予历史的评说。

当今，共和国的决策者高瞻远瞩，擎起了"天然林资源保护工程"的旗帜，一声令下，西南、东北、华北，乃至全国，数十万伐木者放下斧头，将砍树人变为栽树人，在神州，一个保障人类生存的重大工程正在蓬勃开展。

本文是颂扬伟大的、划时代的"天然林保护工程"的国内首部作品，愿山更青，水更绿，人类不再孤独。

序曲：警钟从零点敲响

那不是在开会，而是在诉说，在控诉！大家在诉说一段悲壮的历程，控诉那令人痛心的千万把斧头！

是谁之过呢？让历史去评说吧！

森林，是人类赖以生存的"绿色王国"。川西，半个世纪以来，人们不间断地对森林行之以斧，举足践踏，10万把斧头的咆哮声，似乎要将高山横腰劈断，将草木踩入泥浆。如今，在世纪之交，要悟出个道理，讨出个说法，能成吗？

时至一千九百九十八年的中秋，晴天响起一声霹雳！

一声号令，将川西片的头头脑脑们，汇集在省城的"国宾馆"，索性要讨个说法，讨个公道。

会议，在寂静而沉闷的气氛中进行。我屏住呼吸，沉甸甸的手在翻阅着那红红绿绿的文件，心中是喜是忧，此刻我无法表达。

在沉闷中，我环顾大厅，与会者在徘徊和矛盾的氛围中，静静地思索：往事的升腾与起伏，前进与迂回；几十年的血与汗，几十年的功与过，几十年的坎坷与艰辛，从何说起呢？

森林，魂系着亿万人心啊！

森林，不仅面向着10万森工的切身利益，涉及10万张嘴的吃与穿，而且涉及整个地球、整个人类的生存与发展。

与会者在明亮的灯光下思索：这是一次具有重大历史意义的会议，长江上游的百姓在盼，中下游的人民在盼，全中国的炎黄子孙都在盼呀！

诚然，有人在指责，这样的会议为什么不在20世纪50年代、不在60年代召开呢？要是在那时召开，该有多好哇！

也许这是真心，是好心，可人的觉醒有个历史过程，特别是经济落后的地区，许多事，不碰得头破血流，是难以警醒的。

人们不禁要问：是人类在推动历史潮流，还是历史潮流在推进人类呢？

谁能神机妙算呢？这次会议确定在一个特定的时间：1998年8月23日至24日。这个叫人忏悔，叫人深思，叫人痛苦的日子，将半个世纪的、隐藏在九曲回肠之中的各种矛盾和恩怨，和盘托出，全然袒露在人们的眼前，让8 000万，不，应该是12亿人民去思索、去评说。顿时，一系列牵肠挂肚的往事，会将人窒息。

事实是无情的！

控诉与呐喊，若追溯历史，已是几代人的举动。迄今为止，决策者才从迷惘中醒来，悟出了一道"将军令"：放下斧头，立地成"佛"。

20世纪的末期，在地球上，土地问题，粮食问题，人口问题，生态问题，已使人类焦头烂额，举步维艰。这一系列的生命攸关的大事，已是世界各国政府十分关注的严峻问题，否则人类不得安宁，社会难以奋进。

正值矛盾交错、呼声迭起之际，共和国的决策者高瞻远瞩，动了心思。

这也许是巧合，正当"九八中国洪水大决战"的喊声步入高潮时，长江的上游，在震天的呼喊声中，决定长江的命运。

长江，是否会变成第二条黄河呢？

人们在声嘶力竭地呼喊，一个严峻的问题，正广泛地在专家与市民中议论着。世界第三大河流——长江，已是一条不堪重负的大河了，无论从哪个方面看，上游，森林的过量采伐，大量的泥沙倾入长江，淤积成灾；下游，围河造田，使河道堵塞，洪水泛滥，不能不使人忧虑，也不能不引起国家领导人的关注。

那是 1996 年 10 月的事了，本届国家总理，视察攀西地区时，他站在金沙江畔，双眼望着那光秃的山岭，贫瘠的村庄，苦寒的百姓，感慨万端；再俯瞰金沙江上，木材漂流不断。顿时，他两道浓眉紧锁，心中翻起了狂浪，他挥动着右手，无限感慨地说：我们要"少砍树，多栽树"，"把森老虎请下山"。

那情景，给人留下了深刻的印象，也给在场的省、市领导提出了一个严峻的问题。

川西的"森老虎"，那是一支庞大的队伍，素有"十万大军"之称。这支队伍，近半个世纪以来，他们日里夜里，风餐露宿，那情感，那思绪，已经与森林和高山结下了世纪不解之情呀！如今，要把他们请下山来，有多么难，又有多么痛苦啊！

再说，几十年的伐木生涯，砍树已成他们的职业，已成他们生活的"主旋律"。他们闻惯了木质的香味，听惯了森林的涛声，要他们放下斧头，改换门庭，能办到吗？

十多年来，这道难题一直在困扰着全川森工系统的决策者，他们感到束手无策，但又不能不面对现实，即使前面是深渊、火海，也得要向下一跳。

困难，如同拦路虎，困扰着人们的思路，挡住了人们的去路。四川是个人口众多的大省，经济起步缓慢，基础薄弱，百姓生活拮据。8 000 多万人民，在改革的大潮中，虽然经济有了较快发展，但和其他兄弟省相比，毕竟是个落后的内陆省份。

许多事力不从心，要把 10 万伐木工人从林海里请下山来，真是难于上青天！

一言既出，驷马难追。无论怎么说，今天举行的盛会是和总理的决心，是和那一幕幕令人伤感的情景，有着直接的联系。从那以后，在当今总理的心头上，一直惦记着金沙江上漂泊的木材，惦记着川西数万山民缺衣少用，紧紧巴巴过日子。共和国的决策者，有着这份心，有着这样的思绪，是难能可贵的了。

也许，今天的会，是总理下定决心的具体表现。不，不仅仅是总理的决心，据说在十多年前，有人，也许是省里的决策者，或许是厅里的决策者开了先河，执意要消除历史给人们留下的忧患，要消除林海里的伐木声。

也许，今天的会，是多种矛盾的集合，多种因素的云集。

也许，今天的会，能抹去人们心中的世纪之忧！

会期两天，时间短暂，气氛热烈而紧张。

焦虑，一种难以直言，难以抹去的焦虑，在折腾着与会者的心。这不是危言耸听，而是千真万确。从人们的眼神里，从大家的言谈中，已经足以让你感受到，激烈的思想磨炼，让人难以承受。矛盾，几十年酿成的矛盾，像一团火，集结在胸中，此刻正在猛烈地燃烧！

这些矛盾的症结所在，不在乎它的复杂性和现实性，许多事，说到底，是利益的驱动，是金钱的纷争。

不砍树，今后的日子如何过？特别是如今手持大印的头头脑脑们，愁肠哩，千万股思潮在游荡。谁能说得清，往后的发展蓝图，是个啥模样呢？

愁肠的显露，是很自然的。当领导的，要考虑其政绩的辉煌；做基层干部的，要想到明日的生产费用在何处去取；当百姓的，吃过早餐，要想到午饭能否有着落。这是人之常情，不想才怪嘞！

这就是矛盾，这就是各种矛盾的交汇点、各种矛盾的症结所在。

两天的议程，说起来与什么人代会、政协会相比较实在太短了，可会议给人的压力却比任何会都重，如同泰山压顶啊！

着急的心思也许是来自各个地、市、州、县的主管林业的干部，他们坐立不安，如冰海沉船。我瞥了一眼我左右的几位与会者，此时他们正在进行自我调节，将言语的频率调到最低档，将行动的准则调到最高档。他们毕竟是一批有教养的干部，一批听从指挥的能文能武的战士。

这次会议一开，他们是要绝对服从的，不过，明日回去，如何向工人交代呢？他们能不着急吗？那些没日没夜，吃住在野外的数万名伐木工人，这次会议对他们而言，利益是最直接、最现实的。他们低微的收入，一旦有个波折，或者说有个闪失，首要的是，吃饭的钱从何而来，要养活一家老小，那可不易喽！

两天会期，一天是倾听北京传来的指令，一天是讨论。讨论时，我参加了一个问题集中的组，我想他们一定要将心中的话一吐为快，然而并非如此，一个个与会者，坐着，闷着头，却难以启齿……

最后，大家在沉默中发出了响亮的心声："啊，这又是一大教训！"

8月24日，大会在高潮迭起时，作出了一项重大决定。那决定是果断的、英明的！其全称叫《四川省人民政府关于停止天然林采伐的布告》："为了保护森林资源，改善生态环境，促进社会经济可持续发展，四川省人民政府决定：在我省实施天然林资源保护工程。从1998年9月1日起，阿坝州、甘孜州、凉山州、攀枝花市、乐山市、雅安地区，全部停止天然林采伐并关闭木材市场。禁止任何单位和个人乱砍滥伐、毁坏天然林，禁止违法运输木材。违者必究，依法惩处。"

警钟，从1998年9月1日零点敲响了！

第一章 "天然林"的末日

森林,是一个充满生机的世界,是地球上一切生命的象征。人类与森林息息相关,森林不仅孕育了人类,而且是保护人类最忠实的"卫士"。

然而,人类却愧对自己的"卫士",过量的砍伐和索取,难以预测和防止的森林火灾正猛烈地摧残森林,面积急剧下降,生态失衡,给全世界人民带来无穷无尽的灾难。

最为严重的是一些发展中国家,对森林施行"掠夺式"采伐,破坏更为惨重!

中国近半个世纪以来,一支亘古未有的伐木大军,聚集在深山密林中过量采伐,天然林消失的速度令人震惊!

森林的消失,使世界失去了光泽,人类充满忧患!

警醒,燃烧的地球

人们不会忘记,那一场惊心动魄的人与火的殊死搏斗!

人们不会忘记,那场悲怆的森林大火,给中国人洒下的灾难!

悲怆的大火,发生在平展展的北大荒的西北面、中国最大林区——大兴安岭天然林。

这次大火绝不是巧合,而是人为所致。1987年5月6日下午3时许,在大兴安岭西部原始森林的深处,在她千年的生涯中,这是招致的最大的一次不幸。

忽然间,晴天霹雳,传来了一声巨响,随之而来的是哭喊声、呼救声、扑打声。

在同一时间,西林镇的河湾林场,公路四支线16公里处,发现火点。

在同一时间，盘古北面的依西林场，也发现了火点……

火，这头猛兽，张开血盆大口嚎叫起来！转眼间，大片大片的森林在浓烟中消失、隐去。

昔日，宛如一条绿色巨龙的大兴安岭原始森林，横躺在祖国北部边陲。那是我国最大的"千里林海"，素有"绿色宝库"的美称。

火，在炙烤着全国人民的心啊！

无情的烈火，在"绿色宝库"的腹心地带，越烧越猛，越燃越大。

人民不安的心，跟随着大火恶性发作而起伏。直至 6 月 2 日，整整27 个昼夜之后，中央人民广播电台向全国人民宣布，"大兴安岭西线最后一个火头被扑灭了"，大家焦急的心才趋于平静！

中国的这片"绿色宝库"遭到了巨大的毁坏。熊熊烈火吞噬了 200 人的生命，烧毁贮木场木材 5 万多立方米；烧毁汽车、拖拉机一类的生产设备 432 台；毁掉房屋 64 万平方米；还有一批桥梁和通讯设备，也在大火中消失，上述财产价值 2.75 亿元。

那场冲天大火，对森林资源的摧毁就更大了，总共毁坏森林面积 33万公顷，损失活立木 2 800 万立方米，直接经济损失达 4 亿元。

损失惨痛啊！多少年过去了，提起那场森林大火人们至今还心有余悸！

森林火灾是森林的最大敌人，然而火灾似乎又是神出鬼没，难以预防、难以制服的怪物。据联合国粮农组织统计的数字，地球上每一分钟有20 公顷的森林被火吞噬。

1997 年，印度尼西亚和巴西两国，对森林之火投入大批人力，却难以扑灭，熊熊大火焚毁了至少 500 万公顷森林。

1997 年烧荒季节以来，巴西亚马逊河流域森林火灾毁掉的森林，其数量比 1996 年上升了 50%。大片大片的林子，转眼间就变成了一片废墟，多么令人心痛呀！

在巴比纳大坝，水位已经降至历史最低点，长期浸没在水里的树木露出了水面。几个月来，这些树木已经干透，遇火就着。四面都布满了"炸药包"，丛林里数以千计的着火点，怎能逃得过火灾呢？火势蔓延，浓烟熏得居民透不过气来。面对大火，一般的居民是无能为力的，甚至逃生都来不及。于是，冲天的大火如同脱缰的野马，在原始森林中横冲直撞，向着周边国家委内瑞拉和苏里南等国扩展。

近些年来，巴西是个多灾多难的国家，每年都有 5.2 万平方公里价值高昂的热带森林毁于烈火之中。仅在 1996 年和 1997 两年中，亚马逊河地区森林大火面积就扩大了 1/4，这片世界上最大的原始森林正在加速走向毁灭，走向沙漠化。

在我国南边隔海而望的群岛上，有世界森林王国美誉之称的印度尼西亚。在亚洲众多的国家中，印尼的热带雨林最丰富、最茂密，拥有 1.44 亿公顷，占亚洲森林面积的 6 成，占世界森林面积的 10%，而且拥有 8 000 多种珍贵的热带植物。

自从 1997 年 8 月以来，森林之火，一直在燃烧。那火灾，是苏门答腊岛和加里曼岛的种植园中，那些经营者为了私利，为了扩大经营范围，便烧荒垦地，由此，不留情的烈火点燃了森林。浓烟滚滚，火势难灭，进而引发了饥荒和疾病流行，浓烟还使能见度大大下降，空难和海难事故多次发生。1998 年 1 月中旬，苏门答腊的森林之火又卷土重来，从 1 月一直烧到 7 月雨季到来之前，那恶性循环之火才息怒而灭，其损失至少有 200 亿美元之多。

时至 1998 年 5 月，森林火灾已使加拿大 3 790 平方公里森林化为乌有；墨西哥森林火灾面积达 4 000 多平方公里；位于美洲的危地马拉、洪都拉斯和尼加拉瓜三国也曾被烈火吞去了 5 500 平方公里的森林；还有非洲大陆第一高峰乞力马扎罗山周围的森林也不断起火，肯尼亚、卢旺达等国也遭到了森林火灾的袭击。

地球上的森林火灾，几乎是年年有，天天有。1999 年，刚刚翻开黄历，于 2 月 7 日在智利首都南部第八大区的森林内发生火灾，10 日还在继续蔓延，同时又发生了 4 处新火点。这是智利 30 多年来发生的最大的森林火灾，3 天内烧毁 3.5 万公顷天然林、150 间民房，有 500 多人无家可归。

火灾对森林十分可怕、可恨！在地球上，每年发生森林火灾多达几十万次，烧毁数以千万公顷的面积，并且每年有上千人被林火烧死。这是一个多么可怕的惨事呀！

而这些森林大火，又集中在森林资源比较丰富的美国、加拿大、俄罗斯和澳大利亚等国家。美国平均每年发生森林火灾 1 万次，加拿大 7 000 次，澳大利亚 1 700 次，日本 6 000 次，这些森林火灾大都集中在人烟稀少和交通不便的地方。

无论如何，正在燃烧的森林大火，实在是一个不可忽视的严重问题。森林火灾警示着人类！正如许多科学家大声疾呼的那样，如果人类不奋起抵抗，改变那些自毁家园的生活方式，比森林大火更为惨痛的事情，也许还在后面呢！

大 地 无 光

最早，人类是从森林中走来的。

地球的进化是奇特的。地质史告诉我们，在 4 亿年前，地球的形态是一个水多而陆地少的"水球"。那时，陆地上四处是光山秃岭，沙漠荒原，凄凉、寂寞。当植物从水生，登上陆地后，地球又是何等的辉煌与富有生气。光秃的岩石与满面尘土的沙漠，被绿色覆盖，形成了一个五彩缤纷的世界。

地球，是有了绿色，才有了生气，才渐渐地有了森林，有了森林地球才有了光泽，也才有了地球的"肺脏"。森林具有一种巨大的功能，通过吸入二氧化碳，吐出氧气，调节地球的气候。这时，也只有这时，才谈得上人类的起源与生存。

森林是地球的绿色王国，是人类赖以生存的环境！然而人类发展到 20 世纪，对森林的践踏，创下了历史纪录！

1995 年 3 月，在全世界人民热切关注的土地、人口、环境矛盾日益严峻的情况下，各国首脑又一次云集哥本哈根，作出了一个重大的决策，树起了一个崭新的观点："社会发展与其所发生的文化、生态、经济、政治和精神环境不可分割。"从此，在这个星球上，人们不是单一的用经济指数去看待一个国家发展的快与慢、富与穷，而是全面衡量。

如今，绿色的森林还有多少呢？

在1万年以前，这个星球上到处都翠绿葱茏，地球最初有森林面积6 200万平方公里，森林覆盖面积约占地球陆地面积的一半，人类赖以生存的环境，是那样的美丽，那样的宽容。地球支撑着森林，森林保护着地球，人类与森林，森林与地球，相依为命，和谐生存，是一个和睦友爱的大家庭。

从什么时候起，人类开始对森林进行了残忍的砍伐与毁坏呢？当人类开始耕种，继而建立城市、村庄时，也就同时开始了对森林的破坏。人们常说，十年树木，百年树人。树，砍了一棵，就少一棵；破坏一株，就少一株。随着人类社会不断向前发展，人的大脑就愈加发达，可是人类却极不爱惜自己赖以生存的环境，不爱惜森林。森林继而以惊人的速度遭到毁坏，当今世界，每年消失1 800万～2 000万公顷，差不多是一个英国，或者说半个德国的国土面积。如今，地球上2/3的森林已不复存在了。

现在，地球上究竟还有多少森林面积呢？众说纷纭。据20世纪80年代统计，全世界森林面积从76亿公顷减少到43.2亿公顷；到90年代初统计，已不足30亿公顷。而且眼下年年在砍伐，天天在减少，预计到2000年全球森林面积将下降到21亿公顷。

森林的消失，又集中在20世纪这个科技高度发展，工业飞速前进的时代。按照历史的进程来看，在过去，温带地区的国家，失去了大部分森林，最近几十年来，其目标转移到了热带地区，这些地区森林减少速度加快。在1980—1990年的10年间，世界上有1.5亿公顷森林消失了。按照目前森林锐减的速度，40年以后，一些东南亚国家再也看不到一棵古树了。

在毁坏之中，热带雨林是首先被蚕食的目标。仅在1960—1990年，就有1/5的热带森林成为焚烧和砍伐的牺牲品。其中，58%是被少数几个国家以极快的速度毁掉了的。鸟瞰地球，近3年来，在地球上有5个洲其绿色是在一天天隐去，一天天减少，远眺巴西、印度尼西亚、刚果、玻利维亚、马来西亚和委内瑞拉，大片大片的林子在一派"叮当"的斧头声中灭绝了。

巴西，这个森林富有的国家，在 3 年之中，毁坏的森林面积相当于比利时和荷兰的国土面积总和；更凶狠的是欧洲人发现亚马逊地区之后，伸长胳膊，抢起斧头，进行掠夺性的砍伐，在不多的时间内就夺走当地森林面积的 11%。人们若要追溯那段历史，那是一种什么样的砍伐？是偷？是盗？无论怎么说都一样。

浩荡的亚马逊河流域是一个天生的巨大的植物园，705 万平方公里的亚马逊河流域，有 630 万平方公里被森林所覆盖，是世界上最为辽阔的森林王国。那里吸引着无数的探险家和旅游爱好者。

然而，越是森林集中地，就越会招致悲惨的遭遇，成为伐木商和盗伐者所要加害的重要目标。

在亚马逊地区，伐木者是不受法律约束的，不纳税，也不承担任何社会责任，肆无忌惮，任意砍伐。近些年来，木材商更是有恃无恐，用高价诱惑，金钱收买，教唆伐木者乱砍滥伐，购买土著人保留地非法砍伐。非法砍伐木材已是这个地区的常事、丑事。若要问为什么？巴西的法律是不健全的，土著人的胆量和野性促使了这一积极性的膨胀，因而砍伐者更野蛮，倒卖者更疯狂。当局，似乎无能为力，最多能做的是，当场抓获的印第安人同进行交易的伐木商，扣留木材和罚款。当地官员讲，在亚马逊地区，木材的交易，有 80% 是不正当的、非法的。

亚马逊河的热带雨林太宝贵了！她已成为联合国讨论的重要话题。那里的森林大面积被毁，导致了非洲，乃至全球的气候失调，气温升高，淡水减少。

热带雨林贮存着全球半数的物种，然而，长期以来，这片宝贵的森林资源遭到严重破坏，森林危机愈演愈烈，以菲律宾为例，在近 50 年时间里，这个国家失去了 90% 的热带丛林。目前，世界热带森林正以每年 1 700 万公顷的速度在减少，赤道圈地区热带雨林面积已减少了 1/3。

这类问题，在印度尼西亚也同样存在。印度尼西亚砍伐的架势，仅次于巴西，在世界上排第二位。1997 年，印度尼西亚的森林面积就损失 2 万平方公里。

亚洲有一个最大的特点是，人口激增的压力和木材商业性需求的增加，在不断地消耗仅存的森林。1991 年，亚洲的森林面积减少了 500 多万公顷，是 10 年前森林损失的 4 倍。对此，联合国粮农组织的专家指出，在亚洲，目前新种的树仅占损失量的 10%。为此，专家们警告说，地球很快将会失去亚洲森林这块自然资源。

随着时代的变化，毁坏森林的举动屡见不鲜，而目的和用意也各异。当时的欧洲人和美洲人，毁坏森林的一种目的是为了开发肥沃的土地，或扩大城市和工业区；另一种目的就是赚钱，牟取高额利润。

急功近利，祸及子孙！

近些年来，森林锐减的三大主要原因有：森林火灾不断；一些国家大量使用木材，发展强大的造纸业；使用林地饲养牲畜。

造纸业的发展，是对森林的最大威胁，是导致森林锐减的重要因素。20 世纪 90 年代木材的消费比 50 年代增长了 2 倍，其中，造纸消费增长了 8 倍。提起这一威胁，人们不得不涉及一些发达国家，特别是美国和一些西方的发达国家发展造纸业，对木材的需求与日俱增。加拿大等一些发达国家，为了牟取高利，无限制地发展造纸业，森林惨遭毁灭。一些不发达的国家。跟随仿效，也同样露出了凶相。近 30 年，加拿大砍伐树木增加了 3 倍，成为当今世界上最大的木材出口国。

鸟瞰地球，人类赖以生存的绿色圈——森林，在一天天缩小，特别不幸的是，处于赤道圈上的巴西和印度尼西亚的热带雨林——素来被誉为"地球的两叶巨肺"，正以惊人的速度在消失，给人类生存带来了巨大的威胁。无论从生物学的视角来看，还是从全球经济发展的角度来看，人类都离不开森林。倘若肺部患了毒瘤，人类生存也就要受到威胁！

自然规律就是这样：随着森林的消失，随之而来的是耕地的消失，草原没有了，河流枯竭了，沙漠大举入侵，大地失去光泽！

"靠山吃山"山殆尽

东北是个好地方。我曾三度北上，踏进祖国的边陲——北大荒和小兴安岭。当你走进黑龙江，东北人无不自豪地告诉你，东北有"三宝"：人参、貂皮、乌拉草。

东北确实是块好地方，大兴安岭，像一垛高耸的墙，矗立在西北面；小兴安岭，如同万里长城横卧在北疆。大小兴安岭千里林海，形成半月形，千百万年以来，守护着富饶而美丽的东北大平原，哺育着关东的人民。

20世纪60年代初，著名的史学家翦伯赞在《大兴安岭顶远眺》诗中，这样盛赞那片浩瀚的森林："无边林海莽苍苍，拔地松桦亿万章。"

1971年的春天，我北上伊春；1972年的秋天，我又步入佳木斯。轰隆的火车夹在密林中行走，似乎在"天堂"飘游，郁郁葱葱的森林，将我引向了天堂一般的神话世界。森林的神韵，此时给你的是一种神秘感，一种不可捉摸的情趣。

同时，也看到了另一种情景：在铁路的两旁有堆积如山的木材，以及源源不断的、满载着木材的列车，驶出森林，向南奔驰。

当初，对我而言，只感觉到东北的富饶、繁荣，东北人对国家的巨大贡献。并没有，也不可能有那份心计，去分析、评说它的是与非。

在中国，森林面积最大的是东北。80年代东北有森林面积124万平方公里。绵延数千里的森林，像一个绿色天然屏障，横亘在祖国的北疆。在千里林海中，生长着各类植物3 000多种；森林袒露着博大的胸怀，将黑龙江、乌苏里江、鸭绿江、松花江、牡丹江等河流抚育成长。东北是我国的第一大森林宝库，也是中国最大的"肺叶"。

这一巨大的绿色屏障，不仅有力地挡住了西伯利亚的寒冷，调节着北国大地的气候，保护着松嫩平原、三江平原两大粮仓，以及呼伦贝尔、科尔沁两大牧业基地；还为关东的数千万人民，提供了美好的种植和生活场所，使之五谷丰登，六畜兴旺，直接呵护着我国北方的兴旺发达。

大约在四五十万年前，东北最早的"庙后山人"，就在这片肥沃的土地上，开始了群体生活。随着岁月的远去，"庙后山人"的子孙——东北人，世世代代在那巨大的绿色地毯上，狩猎捕捞，采集耕种，休养生息，传宗接代，直至今朝今世。

千百年来，"靠山吃山，靠水吃水"，"只要青山在，不怕没柴烧"的民谚所蕴含的小农经济意识，直接影响着人们对山、对水的认识。因此，在山民中产生了一种"拿来主义"，习惯地向山伸手，习惯于无限期、无限量地向山索取，向森林索取。

随着工业的发展，人口的猛增，大量的人口拥向城市，消费水平急剧增长，木材的需求量日益增大，就更加剧了对森林的砍伐。

到19世纪中叶，当时在黑龙江、松花江两岸，伐木工人来往如织，木材堆积如山。据史料记载，在富锦县有一段姓山民，靠伐木起家，成了远近闻名的大户。绥滨县有个胡家半子场，就是黑龙江两岸的木材供应的重要基地，不仅供应东北各大都市的木材需用，而且当时已与外商联合，有40多艘俄国轮船运行在黑龙江上。那繁华的情景，到了20世纪初，更加壮观，每年有600多人在此伐木，还有大批木材商人跑运输，经营木材。

与此同时，东北的大城市，如哈尔滨、长春、沈阳和大连都系20世纪初才发展起来的。城市的扩大，加速了工业的发展，也就加大了木材的需求量。不计其数的参天大树，在伐木工人的刀劈斧砍下，转眼间，或成薪炭，或运往国外，或交给都市。

大量的采伐，使森林面积不断下降。据统计，东北原有林木蓄积量约100亿立方米，到了1942年，仅有42亿立方米。

新中国成立后，近半个世纪，东北地区由于长期乱砍滥伐、"重采轻育"，森林资源迅速消失，更加令人担忧！

站在今天，回顾昨天，若要从所做的贡献而言，当然大兴安岭的伐木者是有功之臣，自50年代初陆续开发以来，为国家提供了各种建设用材2亿多立方米，产出与同期国家投入相比在4：1左右，为国家建设作出了巨大的贡献。生活在这里的100万大兴安岭人，也为此而感到自豪。

然而，事物是十分复杂的。50年代初，首批开发者们，兴高采烈地响应党和国家的号召，背着行李，告别家乡，浩浩荡荡，沿着滨洲铁路开进林区，第一代林业工人开始了伐木生涯。

60年代初期，东线的伐木者，沿着嫩林线开赴加格达奇。他们在数十万工程兵的支援下，边修铁路边砍树，边砍树边建设。在"大跃进"的年代里，到处在"放卫星"、"插红旗"。大兴安岭人不甘落后，不分男女老幼，人手一把斧子，向原始森林宣战。当年的伊图里河林业局，狂热的人们，浑身是胆，创造了日产木材超万立方米的纪录。昔日好端端的一座大兴安岭，如今西线，经内蒙古大兴安岭林管局所属 19 个主伐局、30 余万职工的横刀竖斧，长期砍伐；东线，经林业部直属大兴安岭林管局的几十万工人的蚕食，林缘已后退近百公里。凡有人涉足的原始森林都被砍伐殆尽，其荒山秃岭，惨不忍睹。据不愿透露姓名与身份的知情者说，西部大兴安岭自 50 年代初以来，先后建立了 19 个主伐林业局，开发原始森林 1 000 多万公顷，靠的是木头财政过日子。由于长时间的过量采伐，致使主体林地锐减 300 余万公顷，灌木丛林地增加了 500 多万公顷，空地增加了 100 多万公顷，林木的生长量与消耗量进入长时间的恶性循环状态，有统计数字为证：

1980 年，林木生长量为 470 万立方米，消耗量为 800 万立方米，消耗量是生长量的 170%；1986 年，林木生长量为 800 万立方米，消耗量为 960 万立方米，消耗量为生长量的 120%。

以上仅仅是一个局部地区的数字，就足以表明，东北地区天然林惨遭毁坏的情景。

目前，这一地区的 19 个主产林业局中，除北部的莫尔道嘎、满归、阿龙山、金河等林业局，可以把斧头伸向大兴安岭北端幸存的一小块原始森林外，其他的林业局大都无林可采了。

近几年连"山帽儿"（过去采伐时剩在高山顶端的树木）都摘了下来。他们算是"彻底革命派"，见树拔根，就连几年以前划定的"诺敏自然保护区"也被邻近的几个林业局瓜分后采伐一空。

1980 年，国家对大兴安岭的森林采伐进行限量生产，目的是缩小林木生长总量与消耗总量的差额。但实际上在地方保护主义和生产部门欺上瞒下、阳奉阴违的做法下，限量采伐的政策成为一纸空文。有人叫喊："企业包袱太重，不采木材就发不出工资，吃不上饭。"于是，上上下下都睁一只眼，闭一只眼，说归说，做归做，借口"优先保证职工和家属的吃饭要紧"，照砍不误。

此外，造成大兴安岭绿色林海锐减的另一个重要原因是，由于森林病害和森林火灾得不到控制，加上林业工人长期以来生活用的烧柴一直是依靠木材，生产与生活的比例大约是 1∶1，就是说，生产 2 亿立方米木材，生活烧柴也要消耗木材 2 亿立方米。

我国著名的木材生产基地——伊春的情况也不妙。时至 70 年代，伊春 100 年以上的原始森林就被砍光了。目前，"中龄林"（后长起来的天然林）也砍得差不多了。40 万林业工人无林可伐。大家开玩笑说：现在该伐"红领巾"（年龄更小的树）了。

在大小兴安岭流行着"靠山吃山"的说法，许多人在利益驱动下，向森林伸手，采取"洗劫式"的砍伐。东北地区有成熟的原始森林资源 3.1 亿立方米，时至 90 年代初，减少了 2/3，许多森工局已无林可采、无事可干了。

黑龙江省森林锐减的情况十分惊人！全省森林覆盖率 1949 年是 53.4％，到 1993 年下降到 35.5％。所有林地中，可采伐面积下降了 36.7％。伊春林区的可采资源由开发初期的 139 万公顷，下降到现在的 58 万公顷。其中，珍贵阔叶树种减少了 87.8％。

在群众中流传着这样的顺口溜："近山光，远山烂，不远不近剩一半。"素有"绿色宝库"之称的东北地区，已徒有虚名了！历史公认的东北林区系我国第一的地位，已经发生动摇。

许多专家叹息说："对千疮百孔的兴安岭来说，10 年前就该收锯封山育林了！"

独 木 难 成 林

"笑笑，笑笑，嗳，对啦，对啦！"

"不，树高人矮，站起来，站起来！"

"啪！啪！啪！"数十台照相机按下了快门。

一群接着一群的游客，向大榕树下涌去，笑声、赞叹声不绝；观赏、拍照，与大榕树合影留念。

这是 1997 年岁末，我随四川省出版新闻访问团去西双版纳考察时，在游打洛镇"榕树王"时的情景。

我对那棵大榕树产生了极大的兴趣，回编辑部后，发表了一篇散文《版纳"榕树王"》，还配了一张命题为《独木成林》的彩色图片。散文开头这样写道：

"在《乐府诗集》中，有这样的题解：'梁曲曰：独柯不成树，独树不成林。'可在西双版纳打洛镇的场头外，却有一株大榕树，应该另眼相看。"

"我从来没有见过那样大的树，那么高的乔木。它像一片绿色的云，覆盖着一大片土地，其树身奇大无比，数十人也合围不下，高 70 米有余，其主干上布满了块状的根系，如山脉，似峡谷，千沟万壑，树干上抛出 32 条气根，宛如乳白色的绶带，绕着主干，有的与大地相接，有的在空中随风飘荡，它们交错而生。这棵'独木成林'的奇树，人们称它'榕树王'。"

向往云南的人，心想的是西双版纳；而向往西双版纳的人，最向往的则是那里的自然风光和神秘的原始森林。

然而，令人遗憾的是，我们去西双版纳，除了在野象谷和森林公园能看到真正的原始森林之外，千里之行，很少发现有天然林的影子。于是，厚爱原始森林的人们，从而转向厚爱那棵大榕树。

树木少了，大榕树独树一帜，独立参天，自成体系，她炫耀自身的俊秀，显示出"独木也成林"的风采。

这是我当时的心态，实则是"独木难成林"。

东北属于高寒地带，而云南系热带森林地区。人称东北是第一林区，而云南堪称我国第二大林区，森林的面积仅次于东北。是的，云南是一个真正的"植物王国"，有高等级植物 17 万种，占全国高等级植物的 62%。更为奇特的是，其中 13 600 多种植物中，被列为国家级保护的珍稀濒危植物就有 151 种之多，占了全国珍稀濒危植物的 42.6%。

云南的森林消失的速度十分惊人。森林覆盖率，50 年代为 50%，70 年代下降到了 25%，到了 90 年代只有 23%，而且每年正以 0.9% 的速度在消失。

西双版纳首当其冲，是云南省森林减少最快的地区。早在50年代，到处是郁郁葱葱，森林覆盖率高达70%，到了80年代末，已下降到了33.9%，原始森林已寥寥无几，只有在自然保护区才欣赏得到她的风采。

一位云南的新闻界同仁，在回忆丽江古城情景时说，50年代，城的四周是茂密的原始森林，从来没有泛过洪水，然而在"大跃进"时期，轰轰烈烈的"大炼钢铁"运动，伐光了坝子上的树木，又去砍近山的森林，在60年代中期，开始大规模砍伐商品材，很快把近山的树砍完，使森林覆盖率大大下降。

加速森林采伐，在短期内使丽江的财政每年增加到3 400万元，看起来很富裕，可生态环境遭到严重破坏，森林已寥若晨星。如今，再也无树可砍，丢掉了"木头财政"。

这位老新闻工作者对云南的情况，了如指掌。他还告诉我，云南地形特别，山区面积占94%，其中大于25度陡坡地面积就达到15万平方公里，占总面积的39.3%，客观上要求有较高的森林覆盖率，以发挥国土保护的功能。

但是，为解决人口增加、耕地不足的矛盾而采取的不合理的陡坡开垦方式，使一些地方盲目追求经济的一时发展，毁林、种植粮食、经济作物等，导致森林植被大面积被破坏，水土流失加剧。其中金沙江流域水土流失面积达4.7万平方公里。据水文资料测算，金沙江流域年输沙量达到2.6亿吨。流域内湖泊、水库淤塞的现象十分严重，水利设施的效益低，泥石流、滑坡、水、旱等自然灾害频繁发生，给流域内的经济发展和人民生活造成重大损失。

正因为云南是个植物宝库，所以历来吸引着中外的植物学家、生物学家云集高原，进行科考、科研。其中著名的植物学家蔡希陶教授，从50年代开始，花去了毕生的精力，在勐腊县勐仑镇的葫芦岛上，建起了中科院云南植物研究所和植物园。

植物园占地1.5万亩，栽培了各种热带植物1 000多种。园中景色优美，是植物学家的意志的总构思、总体现，也是他一生的执著的追求。许多珍稀植物，人们在别处看不到，却可以在植物园内尽兴观赏。也许植物学家的意图，更主要的是让世人、让子孙能看到消失的热带森林的"祖宗"是个啥模样？

半个世纪以来，中国人糟蹋森林的情况是极为严重的。这里就全国而论，对 1997 年毁林、乱占林地、超额采伐等情况，作了两项统计。

全国乱占林地最严重的 5 个项目：

黑龙江宝清县水库工程，占用国有林地 750 公顷；新疆库车县农业综合开发，开垦国有林地 718.7 公顷；河南嵩县 11 个金矿，占用林地 329.9 公顷；内蒙古阿荣旗大石尼奇林场 301 国道，占用林地 280 公顷；湖南石门县修路、建坟，占用林地 115.7 公顷。

全国重点林区超额采伐抽查情况：

内蒙古大兴安岭林管局金河林业局，超计划生产木材 4.4 万立方米；吉林延边州林管局黄泥河林业局，超计划生产木材 2.8 万立方米；黑龙江森工总局东方红林业局，超限额采伐 4.1 万立方米；黑龙江森工总局兴隆林业局，超限额采伐 4.3 万立方米；大兴安岭林业集团公司呼中林业局，超限额采伐 11.7 万立方米；云南景谷县，超限额采伐 4.3 万立方米；云南卫国林业局，超限额采伐 7.2 万立方米。

这仅仅是一年内乱占林地和摧残性的砍伐情况，也仅仅是部分地区的"恶作剧"。

这些年来，超计划、超限额，以及乱砍滥伐、毁林开荒的情况若详细调查，其数字更惊人！

中国现有森林面积 13 370 万公顷，森林覆盖率 13.9%。主要分布在东北和西南林区（占 33.03% 和 26.53%），西南又主要分部在云南和四川。华北、华中和华东，相当一部分省的森林覆盖率只有 1%。

中国现有森林资源以天然林占主导地位。全国现有天然林面积 8 726.54 万公顷，占有林地面积的 73.35%，占林分总面积的 80.3%。天然林分蓄积量 83.75 亿立方米，占林分总蓄积量的 92.2%。以林种而论，天然林占有绝对比重。所以保护天然林，就是保护中国的森林。

由于毁林开荒、乱砍乱占、乱砍滥伐、自然灾害等原因，每年有 44 万公顷有林地转为非林地，约有 165 万公顷有林地转为无林地、灌木林地和疏林地。从全国来看，天然林生态系统已支离破碎，天然林保护形势严峻！

中国森林的现状令人不安啊！

这里，让我们再细读世界森林的篇章，再读中国森林的现状，会给人启迪，让人警醒。

中国是个人口大国，将中国的森林与世界各国作比较，你会更清楚：

全球森林覆盖率33.2％，中国只有13.9％；全球人均占有森林面积0.65公顷，中国只有0.115公顷；全球人均占有蓄积量72立方米，中国只有9.1立方米。

中国与世界一些国家相比，相差悬殊，对全球近200个国家和地区进行排队，中国排在第136位。

一言以蔽之，我国的森林现状令人担忧！

还能再造"阿房宫"吗

至今，人们还念念不忘人间奇观——阿房宫的美。当时的人间仙境阿房宫，雕刻精细，造型独特，龙飞凤舞，金碧辉煌，被后人称为中国建筑艺术史上的奇迹。

阿房宫之所以如此之美，其原因之一是整个建筑都用珍稀的楠木、梓木、檀香木、红豆木所造，木质细腻而坚韧，亭台楼阁，高大精美。

秦始皇统一中国后，下令收缴天下所有兵器，铸成"金人十二、立于宫门"，这座朝宫的前殿，就是历史上著名的"阿房宫"。秦始皇骄奢淫逸，挥金如土，"使鬼为之，则劳神矣！使人为之，亦苦民矣！"

众多的史料记载了阿房宫的宏伟规模。张守节引《三辅旧事》称："阿房宫东西三里，南北五里，庭下可受十万人，车行酒，骑行炙，千里唱，万人和。"寥寥几笔，便勾勒出阿房宫建筑群的整体规模和繁荣景象。

《汉书·贾山传》云："阿房之殿，高数十仞，东西五里，南北千步，从车罗骑，四马骛驰，旌旗不挠。"

历代的大诗人、大文学家对阿房宫的营造与焚毁，作出了许多记载。

其中，记述最为详尽的要算唐代大文学家杜牧的《阿房宫赋》。他在文中描写道："六王毕，四海一。蜀山兀，阿房出。复压三百余里，隔离天日。骊山北构而西折，直走咸阳。二川溶溶，流入宫墙。五步一楼，十步一阁；廊腰缦回，檐牙高啄……"

《阿房宫赋》中的描写很富有真实感，说，秦始皇为了营建阿房宫，用尽了蜀中的木材，使林木郁葱的山，变成了光秃秃的山。阿房宫规模庞大，占地 300 余亩；阿房宫之高，可遮天蔽日。

营造阿房宫，木材从何而来？

当政的皇帝，调遣数以万计的民工，从京城、从江淮平原、从华南九州，进入川西林区，爬山越岭，费尽了艰辛，伐参天大树，运进咸阳，营造阿房宫。

然而，阿房宫的寿命不长，在公元前 207 年，一场冲天大火，将其焚之，毁之。

四川，素有"天府之国"的美称。有人说这美称的得来，是指成都平原千里沃野，也有人说那千里原始森林，也是她必不可少的内涵。这并非是人们赞美天府而添枝加叶，信口奉承，实则是千真万确。

美丽的天府，不仅拥有肥沃的成都平原，而且还有天赐的川西屏障，那可是华夏的一大宝库。在新中国成立初期，四川的森林覆盖率达 20%。据 20 世纪 90 年代初的调查，四川的森林资源蓄积量占全国第 4 位，森林面积占全国第 5 位。

四川的森林资源丰富，还不在于她的面积大，蓄积量多，而更为重要的是，四川的珍贵林木最多，实属全国之冠。专家认定的一类珍稀树种有银杉、水杉、珙桐、香果树、秃杉；二类树种就更多，有顶木、花楠木、红椿、麦吊杉、黄杉、红杉等等。

在《马可·波罗游记》中记载："越秦岭入川 20 日抵成都，所见沿途，多属森林地，有许多野兽如虎、熊……羚羊之类，20 日路程全在山谷树林中。"

正因为如此，这些稀有的林木，吸引着能工巧匠，吸引着历代的帝王将相。

他们兴师动众，修皇宫，造六院，无不想到了天府之国的珍贵林木，华夏子孙在开始懂得美，开始建造高房大屋时，当政的统治者，便追求享受，营造富丽堂皇的宫殿。他们不惜搜刮民脂民膏，动用国库，调动民工，采集建材，他们无不双眼盯着川西茂密的天然林。

总之，自从人类从原始森林中走来时，人类赖以生存的森林就开始了她不幸的命运，就开始一棵一棵、一株一株地减少。

从此，四川的森林资源，便出现了历史性变迁，从新生走向衰退的漫长历程。

倘若要表述那段历程，划分成 5 个时期，进行剖析，便能知其所以然，也能听到森林行走的脚步声，可以看到四川的天然林是如何从兴旺、繁茂，渐渐地到衰退，以至陷入眼前如此困惑的境地。

亘古千年，人类的大起大落，径直前行，极少有人回眸一瞥，也极少有人去剖析所走的路，哪一步对，哪一步错。于是，路走远了，在辉煌闪烁的金光下，灰暗的污迹却很少有人去发现，而粉饰其过失，装饰其污垢的人倒不少。这样的事，在缺文少术的古代是如此，学子满座的当代也是如此。

古史——森林密布，郁郁葱葱。

那时代，天府人口稀少，幅员辽阔，正是树木生长发育的鼎盛时期。在平原、高山和盆周，四处是茂密的原始森林，樟、栲、棕、桤占据了主导地位。

人类农耕的出现和定居不断扩展，但极少践踏森林，只有在盆地一小部分，生长着樟、楠树的亚热带地区，开始由牧业向农耕经济发展。人们习惯于把这个时期称之为森林的"始变时期"。

随着人类文明的发展，人类的野性也在不断地膨胀，战争在北国延续数年之后，把刀刃戈尖转向南方。秦灭六国，统一北方后，挥戈南下，一举灭了巴蜀，从此，开了南木北调的先河，历代帝王将相兴建楼阁，采大木，筑宫殿，砍楠木，还有冶炼、烧炭、棺葬一类的用材，都把四川当作木材的"大本营"。

巴蜀人，自古擅长造船，这一特点却加重了森林的负担。此时。伐木的斧头声，从平原向着长江上游和嘉陵江两岸延伸；临邛（邛崃）、台登（泸沽）一带，以及大渡河畔的森林因重复樵采，日益枯竭。

秦汉——"蜀山兀，阿房出"。

《华阳国志》记载：冯颖为县令"开稻田百顷"，繁县（新都）"有朱泉水稻田"。江原县（崇庆）"有好稻田"，广都县（双流）"有水田之饶"。绵竹县（德阳）"出稻稼"。什邡县"有美田"。德阳县（梓潼）"山原肥沃、有渔泽之饶"。郪县（三台）"有山原田"，以及江州（重庆）"有稻田，出御米"……这一类记载充分表明，至秦汉时期，巴蜀随着农业的发展，人口的增多，四川大量的森林面积在不断缩小，本地的消耗，筑皇宫的采伐，加速了森林的毁灭。其结果是"蜀山兀，阿房出"。

到了后汉，在成都平原和附近丘陵的森林均被毁林造田，而且斧斤、耕锄已达重庆、遂宁一带的部分丘陵。今日的凉山的一部分地区，已开始由森林转化为农田。四川的人口已达 500 万，有 2 000 万亩的森林已被田园取而代之，绿色的参天大树，已被袅袅炊烟所吞噬。

唐宋——"梯田米贱如黄埃"。

公元 618—1279 年，上承蜀汉、魏晋、东晋，以及隋代进入唐宋时期，巴蜀经贞观之治，封建经济持续繁荣，到了晋朝，有"蜀中山川神祠尽松柏"的记载；时至南宋，四川人口上千万，兵荒马乱，四川的森林发生重大变化，盆地和丘陵地区的森林已消耗殆尽，昔日的葱茏，已是秃岭荒山。

唐代，似乎其"市场观念"陡变，允许买卖土地，随意毁林开荒，而且不受约束。唐太宗时期，在涪江、渠江、嘉陵江流域，有许多逃户，实施刀耕火种，毁林开荒，将林地变成农田。正如南宋诗人范成大在他的《望乡台》一诗中写道：

> 千山已尽一峰孤，
> 立马行人莫疾驱。
> 从此蜀川平似掌，
> 更无高处望东吴。

巴蜀粮丰物茂，经济繁荣的景象，一如范成大《石湖诗集》中所写："梯田米贱如黄埃。"

"安史之乱"，使四川的部分森林受到更残暴的践踏，四川西境，吐蕃乘"安史之乱"，夺取剑南西川大片土地，使西境：隽州（西昌）、松潘、杂谷脑西以及薛城一带的森林均遭掠夺、毁坏，与此同时，在西南边境相邻的森林，也被砍伐。

明清——乾隆兴致，山庄崛起。

唐宋时期，四川的森林已经开始渐变，到了明清时期（公元1368—1911年），森林的变迁已经进入剧变时期。绵延千里的川南原始森林在刀斧之下，每况愈下，伐珍贵的楠木制悬棺，楠竹销往自贡、五通盐区。

明王朝为了大修宫殿，也在四川林区不断地选伐"皇木"。据《四川通志》六卷《木政》称："明王朝派人来此采办木材始自永乐四年（公元1406年）。"今屏山选伐楠、桧、杉大木出三峡，经江汉涉淮泗，输运北京营建宫殿，同秦汉之际大修阿房宫而破坏的秦巴山地之森林具有同样性质。

以此作证，今日紫禁城，那高大的木质建筑，什么"太和殿"、"保和殿"，什么"天安门"、"地安门"……那粗壮耸立的木柱，不少珍贵的木材，都是出自"天府之国"。

据史料记载，时至清末，四川西部的大金、小金和甘孜一些少数民族聚居的地方，因其兵火所及，使大批森林再次沦为童山秃岭。

近史——森林消失，亘古未见。

这个时期，虽然时间短暂，仅仅37年，然而森林在混战和纷争之中却大量消失。

民国初到中华人民共和国成立，这是一个军阀混战，民不聊生的年代。

四川，各地军阀以所谓屯垦为名，毁林开荒、毁林烧炭、毁林烧碱、乱砍滥伐，四处可见，森林覆盖率每年以递减0.5％的速率急剧缩小。在近史时期，四川森林遭受到严重的摧残，森林资源消失如此之快，空前罕见。

1940年，由郑万钧编著的《如何改进四川伐木事业》一文中，这样写道："岷江流域天然林丰富之区，以松潘、理番（理县）为主，茂县、汶川次之。主要林木有冷杉、云杉、紫果云杉、麦吊杉、铁杉、红杉。该区森林面积约有240万市亩，每亩材积以200立方市尺计，可有木材4.8亿立方市尺。"

在这个时期，专业的伐木机构，不断涌现。1943年，四川"大川木厂""中国木业公司"等官僚资产阶级先后在天全、宝兴的原始森林中进行砍伐。峨边大约有1000平方公里森林迅速消失，在大渡河上游、青衣江与岷江两河流域地区，砍伐木材共约20余万株，破坏森林面积6.8万公顷……四川的森林覆盖率由原来的34％，急剧下降到20％。

四川的森林，经历若干朝代后，眼下已是"蜀山兀"的凄惨景象，再也找不到高大阔叶林和坚硬的楠木，更难建造出昔日金碧辉煌的"阿房宫"了！

"五斧争林"林消失

"他是研究林业政策的专家。"我一连问了几个圈内人士，都这样说。

魏寿才，四川省林业厅政策法规宣传处处长，是一位在林业战线上工作了近40年的干部。厅里的许多调查报告、文件的起草、领导的讲话，以及给上级的汇报材料，都出自他的笔尖。无疑，他是厅里的笔杆子。

的确，他是个"林业通"，对四川半个世纪以来，林业的发展、走向他了如指掌。省里的林业政策，中央的林业精神，各地的森林的演变，政策的起落，人员的来来去去，他是一部"活字典"。我曾几次登门采访，可他太忙，不是有人来访，就是在为首长撰写讲稿，或者是写报告一类的材料。他的眼睛红红的，也许是昨晚又熬夜了，可以从他那副高度近视眼镜上看出来。

1998年11月19日下午，那是"天保工程"实施两个月后一个平静的日子，我想找他详细地摆一摆。然而，当我走进他的办公室，又有一位来自卧龙自然保护区的干部正在向他诉说。来访者很激动，心中的怒火直往外喷。

"魏处长，你们要想想法嘞！我们，唉！实在是没法子了！"

"要严惩才行呀！人治是不好的，要法治，要严惩。"

"哼，严惩？咋严法呀？砍一米杂木，发现了，按规定，才罚一两百块钱，运到成都，要卖 1 000 多元，无论你咋整，都有人要砍、要偷。"

"这，这当然得要按政策……"

"政策规定就不合理，政策和法规活里活脱的，不硬棒。若是这样下去，要不了几年，那片原始森林就完啰！"

魏处长轻轻地扶了一下眼镜，露出不安神色。他的话不多，其实内心的激动并不比来访者少几分。

我听了十分诧异。享誉中外的卧龙自然保护区，是我国的大熊猫基地，也是野生动植物的一大宝库，而且是世界野生生物基金会最为关注的地方。近几年来，少数村民，上山偷伐树木的现象越来越严重，越来越令人不安。

1988 年 5 月 17 日，为制止乱砍滥伐，我写过一篇题为《卧龙原始森林面临砍光的危险》的批评报道，发表在《四川日报》的头版上。文章说："在卧龙自然保护区，世界野生生物基金会与我国共同建成了卧龙大熊猫研究中心。然而，这块宝地近几年来遭到严重破坏，郁郁葱葱的绿林正在被蚕食，皮条河两岸长达 60 公里山坡已是荒山秃岭，严重威胁着大熊猫的生存……"

此事已过去 10 年了，如今的情况依然不能令人如意。山民们乱砍滥伐的恶习依然存在。多年来，在四川，也许在全国，凡有森林的地方，此类问题都不同程度地存在，即使在一些自然保护区也极难杜绝。

应该说，对森林的破坏，山民、盗伐者应付相当大的责任。而四川对林权的所谓"放活"，也是弊大于利。虽然这个政策给群众带来了一些眼前的小利，但国家却失去了大利，森林遭到了严重的破坏。

林业政策不"硬棒"是问题的症结所在。森林走到今天这个地步，人们异口同声地说："是我们政策的摇摆性和橡皮性造成的。"这话不无道理。

魏处长的记忆特别好，几十年来，哪个时期出台了什么样的政策，那政策又造成了什么样的悲剧性的结果，他都记得一清二楚。

我国的林业政策，若追溯历史，得从新中国成立初期开始。首先要说的是"林权"，这是各个时期的领导意志的具体体现。长官意志是制定林业政策的基础，而政策的正确与否又关系着森林的前途和命运。

魏处长沉思片刻后，开始叙述。对于林权，新中国成立初期，在《中华人民共和国土地改革法》第18条作了具体规定："大森林、大水利工程、大荒地、大荒山、大盐田和矿山及湖、沼、河、港等，均归国家所有。"随后，又将这些规定写进《宪法》。可是时至1956年，开始在全国范围内兴建农业合作社，走集体化道路，实行林木入社，有的地方在林木入社时，只留少量的自留山、自留林、自留树，甚至不留。这样一来林权发生了巨大的变化，以后又作了若干修订。

由于政策的频繁变化，对于保护森林是很不利的。

四五十年来，政策的大起大落可以分为三个历史阶段，这三个时期对森林的破坏作用最大。

新中国成立后，川西森林的采伐，是从50年代开始的。那时伐木是在岷江上游，主要采伐的是国有林。三线建设四川是重点，国家需要木材那是正常的，也是必要的。

不正常的是在50年代末期，"大办钢铁"、"大办公共食堂"、大刮"共产风"，使森林遭受严重破坏。

那个时期到处都可以听到砍树声，大片大片的树木闪电一般地消失。新中国成立初期，四川的森林覆盖率20%，到60年代初，已下降到9%。

对森林而言，那是一段惨痛的历史！

魏处长对过去惨痛的教训记忆犹新。他是那段历史的见证者。1960年他走出大学校门、踏上林业战线时，举国上下乱砍滥伐，"共产风"、"自私风"一直刮了七八年。

乱砍滥伐的刀斧声还未停息，第二个砍树高峰接踵而来。在十年浩劫的"文化大革命"中，对森林的破坏更是史无前例。城里人在革"资本主义"的命，而乡下人却在革"森林"的命，他们抢起斧头，大开杀戒。

谈到这里，魏寿才话锋一转，提起了四川在 80 年代推出的另一个"创举"。他打开棕色的文件柜，取出一本厚厚的《林业政策法规汇编》。那是他亲手编辑而成的。

在改革开放初期，四川出台了一些令人遗憾的林业政策。

魏寿才将有关森林方面的文件，一一翻给我看。

我看到的第一份文件是《四川省人民政府批转省民委、林业厅关于民族地区划留集体林的报告的通知》。魏处长捧着这份文件，心情突然变得很压抑、沉重。他说，在改革开放初期，在少数民族地区有一些说法："我们祖祖辈辈守护着山林，可是我们只有尽义务的责任，而没有享受到森林的利益。"

他们的话是很清楚的，就是说，这么多年来，森工局采伐林木，而他们没有收到效益，现在搞改革，应该"利益均沾"。一时间，这个问题越闹越大，省上为了照顾地方利益，提出了"独创"主张，决定将部分国有"林权"划给集体和个人。与此同时，在 1980 年全省财政实行"分灶吃饭"后，有人认为三州的优势在木材，于是提出了"木头财政"的新概念，强烈要求将部分国有林划给集体和个人砍伐。

为此，省上召开了民族地区干部会，形成了一个《纪要》，决定划分国有林权。记者你听，这份文件上是怎样写的呢？"为了发挥民族地区的优势，调动广大林区群众靠山养山护山的积极性，自 1980 年开始，相继在阿坝、甘孜、凉山州和峨边、马边县给林区社队划国有林 852 万亩，森林蓄积量近一亿立方米……"这个数字十分惊人呀！一划就是一亿立方米。你想，大森工，砍了 40 多年，才生产了 1.2 亿立方米木材。如果按这个速度，这一亿立方米，十万伐木大军还可再干 40 年。

我冒出一身毛毛汗。过去，人们不了解川西大森林消失的实情，原来国有林权散失是一个重要的原因。

在另一份文件中还写道，在 1980 年三州划分林权后，"增加了群众收益，促进了民族地区经济"，所以随后四川省委在 1984 年又发了"29 号文件"。这份文件中作了许多规定："松潘、黑水等县集体林数量较少的地方，可根据情况适当增加划一点，省上提出一个原则意见，由各州掌握。"

而且就"可按原始林区人平 3 至 5 亩",其他地区,"数量不足 3 至 5 亩的可以补划"。这第二个口子一开,哗啦一声,在川西大片大片的天然林,很快就在刀斧声中消失了。

四川推出的"新招",在全国创造了奇迹,也是唯一的"奇迹"。当时,这个奇迹很快传到林业部,部领导在惊恐之中,提出了反对意见,可在当时的背景下,你反对得了吗?

魏处长心情沉重地说:"那政策是绝对错误的。川西天然林为什么消失得如此快,跟这一错误的决策是有关的"。

岂止有关?造成的严重后果,十分惨重!从此出现了"五斧争林"的局面:即国有森工局,人称"大森工";县属森工企业,人称"小森工";"薪炭林"属乡有林,还有村有林和私属个人林,因此形成了 5 把斧头一齐向森林开刀的局面,众称"五斧争林"。

在川西涌现出的"独特"的争夺林权的局面,是官僚主义与地方主义相结合所带来的必然结局。在他们看来不是森林高于一切,而是地方主义利益高于一切。

魏处长满腔忧虑地说道,随之而来的是在全省出现了争资源、争采伐、争利益的矛盾,纠纷层出不穷。

对"分林"一事,林业部有异议,专家有评说。从短期内看,对地方的经济无疑是有利的;从长远来看,"五级"管理体制不利于保护森林,不利于林业的可持续发展。事实正是如此,"分林"历经 20 年,使川西的天然林遭到了毁灭性的摧残。而且"小森工"也好,集体和个体的采伐也好,大都是只砍不栽。无数事实说明,林权下放造成的毁灭性采伐,是酿成森林急剧消失的主要原因之一。

——不砍树我们就没命了。

——就是!

第二章 十万伐木大军危困在高原

在浩莽的川西高原，十万大军上山砍树，他们饱经风霜，受尽寒苦，为国家建设做出了不可磨灭的贡献。同时，也毁掉了成片的天然林，造成生态严重失衡。

仅仅半个世纪，川西千里林海，几乎消耗殆尽。伐木者进入了"两危"之中，难以自拔！决策者与伐木者，在困境中"悔恨"，在大自然的惩罚中"忏悔"。

真是树倒山空，两眼泪汪汪！

树 倒 山 空

"在过去的几十年间，我省森工队伍为国家的经济建设特别是少数民族地区的建设，作出了重大贡献，必须肯定。同时也应看到，经过几十年的砍伐，我省森林资源消耗殆尽，生态环境严重恶化。随着森林资源危机的出现，森工企业自身也陷入严重的经济危困之中。这些问题，我们各级领导和广大干部群众都看在眼里，急在心中……"这是四川省领导在第一次实施"天然林资源保护工程"的全体干部大会上透出的真情。

自从 1998 年 8 月 23 日省里召开首次"天然林资源保护工程"会议后，我一直在寻找一个答案：四川这个一度被列为全国四大林区之一的省份，如今为何名落孙山？

四川省林业厅产业处副处长李华祥，谈起全省森工企业现状滔滔不绝。他在这条战线上奔波了二三十年。全省的哪座山、哪条河，哪个森工局摆在哪儿，哪个作业区的树木品种、林质优劣，他都一清二楚。

对我这个不速之客的到来，李副处长一点也不诧异。他个头适中，不胖不瘦，人很精明，又肯钻研业务。在谈话中，他的思绪言语更富有一种让人挖心见胆的坦诚。他对全局的情况，那些恼人的数据，都能说出个子丑寅卯。

他说，四川省先后建起 28 个森工企业，其中，采伐队 22 个（采伐队就是砍树的专业队），水运局 3 个，筑路队 3 个。这些企业早些时候属厅管企业，大部分是在 20 世纪 80 年代中期下放到地方管理，职工最多达到 110 285 人。

从川西林区来看，每年生长量只有 100 万立方米，而下达的采伐计划多达 250 万立方米。竭泽而渔，过量采伐，使森林破坏严重。

谈到这里，他似乎有难言之隐，或者说有点内疚。造成这种局面，根子在哪里呢？过错是谁铸成的呢？难道责任要由搞具体工作的同志负责？或者说，是基层干部缺少责任感吗？

笔者在这里申明一句，我的用意不在乎是要谁负责，或者说，追究谁的过失，而是在于探讨问题，寻找根源，从中吸取教训。

李华祥也许明白我的意图，他略停片刻又提高了嗓门。

这些问题早在 10 多年前，就已露出端倪了。我们也向省里、部里打过若干次报告。可问题重大，解决起来很难，所以长期得不到解决呀！要说这些问题是怎么造成的，冰冻三尺，非一日之寒。几十年来，无计划的采伐，造成了这个结局。

谈到四川森工企业的发展历程，李华祥启动了记忆之门。他说，四川森工的发展，可以分为三个时期：

第一个时期，是新中国成立之初，在西南要建宝成铁路和成渝铁路。建铁路，需要大量的木材，砍树就是第一需要。

最早建成的是川西、川北、川南、川东 4 个森工局。川西森工局，就是现在人们最感兴趣、最欣赏的红叶旅游胜地——米亚罗。随后，又兴建了小金、凉北等一批森工局，这些局或距成都较近，或靠近铁路沿线，采伐队是专为铁路建设服务的。

这是一个特殊的时期，不仅要保证修铁路的用材，还要保证西南地区的工业和城市建设用材。

第二个时期，是 1958 年"大跃进"时期，形成了轰轰烈烈的"砍树运动"。全省为大办"公共食堂""大炼钢铁"，砍树在"天府之国"旋风一般拉开了，同时在"多快好省"口号的驱动下，很快又建成一批森工企业，从川北、川中的广大农村招来一大批农民，浩浩荡荡，号称"十万大军"。根据川西的地形特点，采伐队顺着岷江、雅砻江、金沙江和大渡河的沿河两岸，迅速向深山挺进，伐林工人遍布川西林海。砍树的"丁冬"声，锯木的"沙沙"声，响彻崇山峻岭。

第三个时期，是 20 世纪 60 年代成昆铁路上马。这一个时期，也正是中国国民经济从困境走向恢复的时期。许多人都盼着多砍些树，以解近渴。成昆线是两上两下，在困难时期，经济不景气下了，过了几年又开始修建。这个时期森工的发展更为复杂，一直延续到"文化大革命"后期。这是四川森工发展的鼎盛时期。

此外，还有两个"非常时期"。

1964 年，国家林业部为开发西南林区，组织四川、云南等省有关单位的人员，编制了《金沙江中游林区规划》。次年，由国家计委批准了《金沙江林区原则开发方案》。根据国家"三线建设"的部署，由林业部党组决定，成立了"金沙江林区会战指挥部"。金沙江林区包括了雅砻江、云南省的澜沧江及金沙江三大水系，共建成 40 个林业局，其中四川境内有 14 个，其规模十分壮观！

金沙江林区会战指挥部所辖 44 个单位，伐木工人从山东、黑龙江、内蒙古、吉林等省的林业部门纷纷入川。随即，又从行政、技术部门调入一批干部和科技人员，呼呼啦啦，一大批人聚集在浩瀚的金沙江畔。

然而好景不长，"文化大革命"开始时，也就是 1968 年国家决定再次核实林区的森林资源情况。当他们盘清家底时才恍然大悟，山里的林木，要砍的砍了，要伐的伐了，剩下的森林资源，稀稀疏疏，已无树可砍。上级决定，将刚建成的会指挥部撤销。无奈之下将这批人马一部分压给四川，共有 23 000 人，一部分派往云南。四川这支十万砍树大军中，又增添了一支砍树"生力军"。

第二个"非常时期"，是 80 年代酿成的"五斧争林"。据许多群众反映，这支"地方军"是只砍不栽，所消耗的森林资源不亚于"大森工"。80年代中期，矛盾开始暴露了，而且日益尖锐。在全川广大农村，"林工商""农工商"如雨后春笋，各县各乡强化"木头财政"，强调森林采伐、综合利用、多种经营三方面共同发展，大森工一天天衰退，而小森工却勃然兴起，很多地方把国有林夺走之后，搞个人承包，赢利大部分流入了私人的腰包。

川西的森林消耗如此之快，其原因是多方面的。四川本身人口众多，经济落后，过去没有一寸铁路，都是新中国成立后才兴建的。四川省历来都是"大后方""大本营"。"三线建设"，所承受的任务特别繁重，所耗的钱财，所需用的木材也特别多，而且那时是计划经济盛行的时期，讲风格，讲贡献，四川的木材不仅要满足本省建设的需要，而且还要外调，供应华北、华东、华南建设的需要。

这是一段漫长的历史，经历了近半个世纪。李华祥忆起这些年来的酸甜苦辣，真是万般无奈在心头。

自从林权下放，出现"五斧相争"的局面后，川西的森林蓄积量一落千丈，有50多个县的森林覆盖率仅剩3％～5％。阿坝藏族自治州年木材消耗量超过年生长量的4倍。

到了90年代，"大森工"每况愈下，吃不饱，每年下达的任务不足117万立方米，产量也只占全省木材生产的30％。1997年，全省22个森工企业，只有极少的几个企业完成了任务。全省产量最大的木里林业局，虽然每年的计划是18万立方米，但由于交通不便，成本居高不下，也出现了连年亏损、发不起工资的现象。

在此情况下，许多局只好违背原则、违背良心进行违章采伐，即使是母树林、防护林、护岩护路林也不放过。

从80年代开始，森工企业逐步陷入了资源危机、经济危困、人员过多的"两危一盛"的局面。

树倒山空，两眼泪汪汪！

啊，十万伐木大军被围困在高原！

二十年砍树六十里

在此之前，浪游森林一直是我的梦幻。一想到森林的鲜活与生气，我就莫名地激动。1998年金秋，上级下达"禁伐令"，正巧有个好机会，要去林区采访。

采访是艰辛的。我自从下定决心要写"天然林资源保护工程"后，索性迈开双腿，举足长征，踏破江河与峡谷，跑遍青山与峻岭。从此，我投入了一个漫长的采访工作之中。

我率先走进了四川最边远的那个州，也就是采伐最早森林资源殆尽的凉山州。我的第一个念头就是一竿子插到森林的腹心，深入到最后的作业面，和"最后的伐木者"对话。

六七十年代，我曾到林区采访过，可那时去的动机和目的不一样，所持的观点与感受自然也不一样。那时的思维和行为与"森老虎"一脉相承，去是为他们助威、打气。按照编辑部下达的采访"任务"，走进林区后，按预先编好的"框架"，搜集一些素材，装几个例子，再加上一些糊里糊涂的"看法"，稿子一交就算"圆满"完成了任务。

这一次，是在多种矛盾交错之中，去独立思索，独立体验，所以决心要走进作业面，走进森工战斗的第一线，看个究竟，看个透彻。

我带着这一企图，从成都出发，经越西、冕宁、西昌，然后又迂回到峨边县，走进川南林业局，直奔最边远的613场。

川南林业局建于1950年，是四川建局较早的森工局，人数最多时达7 649人。它拥有大片天然林资源，地处"小凉山"的腹心地带，地理位置得天独厚，相距成都仅一百多公里，交通十分方便。其优越之处还在于后山是林，前面与一马平川的成都平原接壤。

那是一个特殊的地方，新中国诞生前，小凉山处于奴隶制的社会发展状态，一切都是原始的。生产力低下，是原始的；人民的生活极度贫困，是原始的；千年参天古树，也是原始的。如今从某种意义上讲，原始的就意味着资源富有，生命力强，正是"开发"的好对象。

在那里，人们不遗余力地伸手向大自然索取了近半个世纪。曾一度，川南局的发展突飞猛进，一跃成为国家大型重点森工企业，是"国家二级企业"，拥有 7 个林场、一个汽车队、一个贮木场、5 个林产工业加工厂、5 个驻外地经销公司及职工医院、子弟校，等等，是一支庞大的"伐木大军"，一头庞大的"森老虎"。

川南林海，是我向往已久的去处。

1998 年 9 月 22 日，我正巧与北京《中国环境报》记者刘县书、该报驻川记者站站长刘万富，邂逅相遇。在共同的心声和兴趣中，相约去闯川南最大的林场——613 林场。

613 林场是个具有"纪念意义"的地方——9 月 1 日，"天然林资源保护工程"实施的第一天，四川省政府在那里举行了隆重的"天然林停伐仪式"，擎起了普天同庆的"禁伐令"的大旗。

川南局地处大渡河畔的峨边县城，时值仲秋，气候温和、凉爽、舒适，是难得的休闲养生的好地方。

汽车喘息着在山谷的窄道上缓缓行驶，两岸高耸的秃岭笨重地压在头顶，放眼望去，山连着山，岭接着岭，望不到尽头也望不到顶。

我们乘坐的是一辆古老的、黄色的、早就该进博物院的"北京牌"吉普车。

车是古老的，人是现代的。替我们驱车的大师傅是个性格开朗的彝族同胞，没待我们开口，他便作起了自我介绍。

他说，这车是"老"了一点，不过我能把它"降"得住。我很小就学会了开车，当过农村干部、县计委主任，现在退下来，机关给我一个轻松的活儿干，我不愿意，又摇起了方向盘。

他个子高大，技术娴熟，方向盘像古玩般，在他的大手中玩得溜溜转。他和善的谈吐，为我们这次长途跋涉，增添了不少的乐趣。

对本县的情况他了如指掌。他说，太可惜嘞，我们县五六十年代，山上山下，沟边路旁，到处都是树子。

提起现在他直摇头，随后叹息道，天然林全都砍光啰！嗯，栽，说得好听，树子砍了也确实栽了一些，能长起来吗？

他的声音低沉、婉转，谈吐中带着隐痛，带着忧虑！

他是最有发言权的人！他管过木材计划和生产，那些林子是何年何月砍的？那些天然林对环境、水土的作用，砍得还是砍不得？他，心中有数。

汽车，走过新林镇，便开始爬山。林区的公路很窄，两个轮子如同在两根深陷的轨道上爬行。那是一段缓坡，汽车在弯弯曲曲的山道上，费力地向上移动，路越走越窄，坡越走越陡。过了沙坪、麻柳坝，路就更难行了。车在土路上摇晃、颠簸，此时大伙儿都全神贯注，双手抓紧扶手，任其摆布。

我们足足走了两小时，才爬上半山腰——613林场所在地。

我们要找杨场长。路旁一位工人告诉我们，听说昨天山上有人骚扰，场长一早就上山了，要找他，只有上山去追。

追？一路的颠簸已让人精疲力竭，能去吗？大家还在犹豫，我"发难"了："走，伙计们，上山吧！""前进！"北京来的刘县书（大伙称他"县委书记"），也发出了"指令"。

我们前去的是药子山。这山是马鞍山的一只胳膊，延伸到新林镇这边来了。

这片天然林是峨、马两县接壤的交界地，也是天然林集中的区域。

路，更窄、更险、更难行！

车，更颠、更慢、更费力！

汽车又爬上了一个陡坡，进入山坳。车在艰难地爬着，路面很窄，只有片石，没有碎石，路面坑坑洼洼，汽车像飓风中的竹叶舟，颠簸在浪尖上。

"咚！"我的头又一次撞在汽车的顶篷上，我急忙用手护着头。

"师傅，慢点吧，别把王记者的头撞坏了。"向导说。

"不，师傅的技术高明，不能怪他，只怪我长得太高啦。"我为师傅辩解道。

在一片笑声中，我们继续向山顶进发。

此时，汽车不仅仅是上下颠簸，左右摇晃，简直就是在"跳舞"。我咬紧牙，如同蚯蚓蜷缩在车内任其晃荡。两个年轻的北京人，从未尝过这样的苦头，不断发出"咿呀，咿呀"的叫声。

山，越爬越高；气温，越走越低；风，呼啸、狂叫，如同猛兽一般。我们又翻过一道山岗，在拐弯处有一片低洼地带，向导告诉我们，在山岩下有个七仙池，过去一年四季，绿水盈盈。清澈见底，是伐木工人饮水的好地方。传说，常有七仙女下凡，一丝不挂地跳进池里，戏水、游泳。有一次一位年轻的伐木工人，正巧发现七仙女在池中嬉戏，他也纵身跳进池中，仙女发现生人时，只见一溜青烟，飞进森林……从此，仙女不见了，七仙池里的水也渐渐枯了，工人们再也喝不上甘美的山泉水了。

我们过了七仙池，只见大雾蒙蒙，山的轮廓，山的美貌全没了。

我们的目的是去寻找森林，可行了几十里，在道路的两旁，看不见森森古树，只有一个挨着一个的伐桩、古树的残骸和腐烂的残肢断臂。在路边，偶尔看见一片一片的更新林，不过，大都还掩盖在野草中。

汽车从613场场部驶出，顺着山道又爬了两三个小时。山势陡峭，此时大师傅艰难地摆动着方向盘，可车不听使唤。他咬紧牙，双手不停地左旋右转，额上冒出了毛毛汗。突然，他惊叫起来："哇！我们已进入高山，至少也有3 000米，空气稀薄，供氧不足，车爬不动啦！"浓雾笼罩着高山，像铁箍一般将山头禁锢，能见度极低。雾凝聚成了毛毛细雨，致使路烂泥泞，人车难行。

车爬上一个垭口，正巧是个三岔道口，向哪走？大伙拿不定主意。还是大师傅有经验，察看车辙儿，辨认杨场长去的方向。可是光线很暗，分不清哪是旧辙，哪是新印。

大伙都下车协助察看。我的双脚刚跨出车门，刺骨的山风，仿佛穿透了我的全身，一个寒噤，使我全身颤抖起来。山上的气温只有几度。两位年轻的同仁，顿时都噤若寒蝉。

我飘然举足在雾中走了几步。云与雾相依，人与地相连，人在雾中晃荡，地在云中沉浮，一条曲曲弯弯的通天路盘旋在脚下，要行动十分艰难。

四处望去，山脊上光秃秃的，山崖下，有几株七拐八弯几近干枯的冷杉，孤零零地在山风中发抖。

那是幸存者！不幸的早被"碎尸万段"。不过，也别高兴得太早，山脊上的大树已倒，寒风如剐，余下的树木和灌丛也难活命。

山上的气候恶劣，行前我虽带了毛衣，可仍无济于事。我全身瑟缩，刘县书和刘万富也在筛糠。

犹豫中，突然听到"嗡嗡"的车叫声，大伙不约而同地向前张望，真巧，一辆蓝色的越野车正向我们驶来，那车上坐的正是杨场长。

他惊奇地问道：

"噢，你们从哪里来？"

"山下。"

"去哪里？"

"找你哩。我们要去山顶的那个作业班，看采伐面。"

"别去啦！前面的路更烂、更滑，到别处去看好了。"

"……"

是进？是退？我们无力对抗冷风、凝雾，决定跟着杨场长的"指挥棒"转。

恰在路旁静静地躺着偌大一根原木，杨场长俯身一圈一圈地数着年轮，然后煞有介事地告诉我们："好家伙，这株冷杉大概长了200年。"

200年，在高山之巅，一株冷杉要顽强地与风斗，与地斗，还要与人斗，生命才能延续至今。可它们仍斗不过"森老虎"，手起斧落，砍成数段，多么让人伤感呀！

大家在犹豫中，只好打道下山。

回到场部，天忽然阴转晴，云开雾散，一派艳阳天。天不冷了，可心中像揣着石头没落地，很不是滋味。我们的目的没达到，因为没有亲眼看到无辜的参天大树惨遭"宰割"的情景。

杨场长似乎理解我们的心情，他建议我们去3公里外的干河沟。干河沟，确实是干得连一滴水也没有。那里坡很陡，树子稀稀拉拉，而且大都是长在陡峭的悬崖上。在刚刚采伐的两幅林子中间架起一根索道，从山顶一直牵到山脚；路旁，横七竖八地躺着刚刚锯断的原木；高高矮矮的伐桩，凄惨地冒着白浆，它们似乎在哭泣，在流泪；在山坡上，尚未倒地的

幸存者，也在瑟瑟发抖……

我站在绞索机旁，目睹这片刚遭"杀戮"的天然林，不禁发出一阵叹息：人类，也只有人类，才会对青翠的千年古树如此残忍！

我们回到场部后，杨场长向我们介绍了场里的情况。而后，我又走访了年长的工人向世全。他当过兵，打过仗，是 613 场的元老。他对记者说，613 场开建于 1974 年。我们是先遣队，先进山修路，第一年从县城修到了新林镇；第二年就修到了林区。正式开采是从 1976 年开始的。人，上得很快，山上山下共有 700 人，年采任务 3 万立方米。

那时山脚下的新林镇一带都是原始森林。没有人烟，也没有人进山种地、砍树。最早是从沙坪开斧的，不久就采到麻柳坝，顺着山沟向上采。沟里采完了，就向山上进发。我们进一步，农民就跟一步，我们砍到哪里，他们的地就种到哪里。后来采伐上了高山，气候恶劣，又缺水，农民自然不会上山种地啰！仅 20 年的光景，从新林至场部，森林变成了农田，荒野变成了村庄——麻柳村。

他还告诉我，这座山的气候变化多端。进山那年（1976 年）毛主席逝世，9 月上旬天就开始冷了，穿毛衣；今年已到 9 月下旬，我们还穿着单衣哩！你说这天怪不？这几年，山里的树子少了，水也少了。当初，食堂吃水牵根管子把山上的泉水引进屋，好方便喔！现在泉水没有了，吃水要到山下两三公里外的地方去运。

这个场，"二十年砍树六十里"，累计伐木 40 万立方米，一株约一立方米，也就是说，他们砍了大约 40 万株。他们的功劳特大，斧头也特厉害。树虽然比人高大，可它是斗不过人的。但天是公平的，它会出面主持"公道"。

不是吗？天，也下了"指令"，开始惩治伐木者，惩治人类，不给水吃，气候反常怪诞，让砍树人饱尝苦楚。

"唉，我们成了无娘儿"

凉北林业局仿佛是"无娘儿"，谁也不喜欢它，谁也不理它，谁也不管它。

职工无依无靠，多年来过着漂泊的生活。

为什么？因为穷，无力养活自己，更谈不上什么奉献。四川省实施"天然林资源保护工程"不久，我到凉山州去采访，第一个见到的是局长杨述宽。他穿一件白衬衣，一条褪了色的蓝布下装；头发花白，白里带黄，一眼就能看出是营养不足的反应。

对凉北局的情况，前几天州里的领导在介绍情况时说，职工生活十分拮据。那么，他们对实施天然林资源保护工程的态度又如何呢？

1998年9月16日下午，我决定登门拜访。

那天阳光灿烂，天蓝如海。在西昌市的郊外，我东寻西问，在一条小巷里找到了局机关的大门。那是一片平房，房子破烂不堪，墙壁年久失修，窗户上的玻璃有一块没一块，东斜西歪，部分办公室盖的是牛毛毡。哪像个局机关，倒有点像工棚。

不巧，杨局长到州里开会去了。办公室只有小杨在家。我环顾四周，室内空空荡荡，只有两张破旧的桌子和两把木椅子，客人来了，再没有座位。小杨是个机灵的青年，他听说我是报社的记者，不待我提问，打开了话匣子。

他满面忧思，用清脆的嗓音道出压抑了许久许久的心里话。他说，我们都下岗了，还办了"下岗证"，包括局长和党委书记。这是逼出来的呀！

局里发不起工资，糊不了口，职工要求出去打工，可没有下岗证别人不接收，所以只好办了。记者，我们的处境真惨哦！

他毕竟是个青年，无所顾忌，什么话都敢说。他说，我们的作业区内，树林早就被砍光了，再也无树可砍。局里几千人，吃啥呀？上面叫我们转产。咋转呢？我们一没资金，二没经验，路如何走嘛？

前些年，我们办起一家汽车修理厂，只能养活百把人。1985年，引进罗马尼亚的技术，办起一家木材综合加工厂，产品很好，刨花板质量高，很多用户指明要买我们的产品。可现在，竞争对手多了，原材料不足，生产上不去，亏损严重，三四百职工困在越西县。

唉，这也许是命运，树砍光了，没有收入，先办的几家小厂生产又不景气，养不活一大家子人。后来不知是谁出的点子，要职工集资，在成都近郊兴办化工厂，投资 6 000 万元，可以解决两三百职工的就业问题，前年开始试生产。

你说气人不气人哟，还没走上正轨就停产了。环保部门说化工厂污染严重，责令我们关门。那是个"救命厂"呀，这样一搞，我们咋个活下去哟？

人常说，"病急乱投医"。这一回凉北局真有点迷糊，明知道化工厂是污染企业，为啥还要建在大城市的郊区呢？不是自讨苦吃吗？这个厂果真在 1998 年岁末时以"破产"的名义给"毙"了。

命薄啊！职工的那点钱是勒紧裤带积攒下来的，几千万陷进去，如同扔进了大海。

我们正谈得投机的时候，走进来一位年轻的女子，见到我这位陌生人，她那瘦削的脸上，顿时露出了诧异的神色，也许是很久没有外客来访了吧。

她姓郑，是办公室的秘书。知道我的来意后，她无拘无束地谈了起来。"我是 1975 年来凉北局的。凉北局，是个多灾多难的局。我来凉北局就没过上好日子，一来就说森林资源不足，没有树子可砍，吃不起饭，后来又东调西调，折腾来折腾去，这十多年，从来就没有轻松过。"

她越说越起火，越说越气愤，音调也越来越低。末了，她哭了，泣不成声……你说，我们惨不惨呀，局里无钱发工资。唉，谁家没老小呢？无钱买米，生活没着，要想出去打工，可西昌的规定也怪，必须要有下岗证别人才要，所以逼着我们都去办了"下岗证"，局长和书记同我们一锅煮，包里揣着"下岗证"在上班。

正在此时，杨局长回来了。他听说记者来了，心里一阵热，一阵冷，说不出是高兴，还是忧虑。

四川人是好客的，客人来了沏茶递水是常事。可在凉北局的机关里，没有多余的茶杯，也没有茶叶，没有开水。他们手忙脚乱地到处找杯子，找茶叶，找开水，总算凑合着给我沏了一杯茶。说真的，看着他们穷酸的样儿，我有些不忍喝他们的茶。

杨局长看出了我的心思，不住地作解释。我没在意，尽量把话题引上主题。其实，此时这位包里揣着"下岗证"的局长，他的心里也是极难受的。

他说，凉北局是1958年建局的，今年正好40年。都说"四十不惑"，正当壮年，应该是成熟的年代，收获的年代，可现在却走进了"死胡同"。

凉北局是"大跃进"的产物，是为修建成昆铁路、攀枝花钢铁厂由林业部决定组建的。开建时我就来了。说真的，凉北局"呱呱坠地"时就是个不健全的婴儿。

当时，正是困难时期，群众生活艰难，政府投入的钱很少，一切都是凑凑合合，可以说是仓促上马。人员是从各地调来的，很快就集中了4 000多人。到了1962年，国民经济进行大调整，成昆线刚上马就下马了，我们局压缩了1 000多人。

杨述宽，看上去是一个随和的、也是善于克制自己感情的人，但此时他的情绪却很激动。他的话，好像不是从嘴里说出来的，而是从心房心室的底部"挖"出来的。

他喝了一大口茶，稳了稳情绪，又继续说。

成昆线的地质条件极其复杂，桥梁、隧道多，修建难度大。那时的钢材金贵，全部用木料替代钢材。工人们非常辛苦，一天干十四五个小时，手上都打起了血泡。木料是边砍边运，边运边用，都还供应不上。当时提出的口号是："计划就是需要，需要就是计划。"

成昆线是两上两下，我们也是两上两下，反正我们的一切行动，都是随着成昆线的脉搏跳动而跳动的。

1965年，全国的经济形势好转了，成昆线又要上马了，我们局又开始活跃了起来，人数又恢复到4 000多人。伐木任务是林业部下达的计划，一年是4万立方米，实际上，在"需要就是计划"的口号驱动下，每年采伐的是10万立方米，超了2.5倍。

这是凉北局的兴旺时期！

1970年7月1日，成昆线通车了。通车典礼盛况空前。但隆隆炮声也就是凉北局的"丧钟"声。成昆路建成了，森林资源枯竭了，从此我们开始走下坡路，一部分人支援雅水局、小金局、黑水局、雷波局。这些局原本属于林业厅管，后来放给地方管。唉，到了地方，那路就更难行了。

我们正在危难之时，改革开放的浪潮来了。当然，这是个好机遇。可上面个别头头的头脑发热，搞什么"林权"下放，把凉北局的部分国有林划给了地方老百姓。"巧妇难为无米之炊"，伐木工人就是以砍树求生，活动的天地小了，要砍的树子少了，我们咋办呢？

那时候，我们的家底空空，穷到了尽头。凉山州的领导同情我们，见我们吃不起饭，就把凉北局一分为二，一部分人留守小凉山，护林种树，搞商品材基地；一部分人搬到西昌，创建飞播林管理局。局机关从越西迁到了西昌市。从此，这个局就离开了凉山州林业管理局。

风云莫测啊！

我们来到了西昌，周旋数年，不知为什么，飞播林管理局还没上马就夭折了。我们便成了浮萍草，进不能进，退不能退，无处栖身。州林业局说我们原属"大森工"，他们是行政管理部门，不能接收我们；州林管局也有道理，说你们是"嫁"出去的女，泼出去的水，不能走回头路。我们成了"皮球"，被踢来踢去没人要，也没人管，挺"自由"的。后来，不知谁提出来，把我们交给州乡镇企业局管，我们满以为有靠山了，殊不知别人说，你们是响当当的"国营企业"，是林业部挂的牌号，我们乡镇企业局"坛子小"，没有你们的户口。我们的命运多么凄惨哦，成了"无娘儿"。

多年来，我们无依无靠，说话无人听，做事无人帮，讨饭没有人给。

后来又叫我们搞转产。转产，谈何容易，没资金，咋转呢？开初小打小闹，支撑不了门面，养活不了一家人，决定大干，也不成，最后钻进了"死谷"。唉，要养活这帮人，该有多难呀！

杨述宽的话，句句都是实话，句句令人心寒。

其实，在他的谈话中，更使人心寒的事还在后头呢！

在千变万化的市场中，转产是要冒很大风险的。他们费了九牛二虎之力，厂建了好几个，就是不见效益，不仅没有把"野"的拉进来，结果把"家"的弄出去了。几年来，职工工资、退休费、养老金发不起，拖欠职工工资 700 多万元，贷款 3 500 万元。

十多年来，职工住房没有增加一寸，病了无钱吃药，死了付不起安葬费。

杨局长举了一个例子。张汉春，是位多好的同志哟，他 1956 年就到了林业战线，一干几十年。

因为林区苦，别人看不起，所以他结婚晚，两个孩子小。退休后，拿不到退休费，生活无着，去帮老乡割麦子，挣钱养家糊口。你想，他已是年近古稀的人了，天热人累，怎能受得了。有一天，因太劳累，体力不支，晚上回到家就发病，得了脑出血，第 3 天就离开了人世。大家听到噩耗传来，都流下了伤心的眼泪……

不是自夸，我们是有贡献的呀！几十年来，我们局共伐木 130 万立方米，营林造林 15 万亩，郁闭成林面积达 8 万亩。哎，过去为计划经济做了贡献，现在饿饭，这叫人能不痛心吗？

这位年近花甲的老局长，虽是湖北人，但语音早已"川化"了，不过在他激动时，故乡的土音就会冒出来，不时把"北"说成"泊"。

现在机遇来了，你们有何想法呢？我问。

提起天然林保护工程，他来神了，高兴了！湖北口音又加重了。他说，对"工程"我们是一千个拥护，这无疑给了我们起死回生之术。最起码的是，我们几千退休职工的生活有了保障。我这个局长，不用再四处躲藏。在营林造林方面，我们是全国先进典型，我们还会发挥我们的优势，为国家再立新功！

难出"太平门"

说起小金林业局的命运，更令人寒酸！

党委书记王启文说，这些年，他最大的烦恼是：职工上访。

每到这个时候，他就着急，一急就失眠；经常失眠，人就显得特别憔悴。

昨天，从省城打来电话，说是前几天又汇集了三四百人在成都上访。

上访的职工要他亲自去说话。电话里的言词很激烈，你这位书记咋当的，我们跟你干了半辈子，到晚年没饭吃，你让我们咋过呀。还有些是和他同时进队的职工，在电话里质问他：王书记，你倒吃饱了，可我们的肚皮是空的……

第一个电话打来，他没有动心思；第二个电话打来，他坐不住了；紧接着，昨晚第三个电话又来了，他通宵没睡着。

他能去吗？天保工程现在正进入紧张阶段，省里刚开完会，州林管局在 1998 年 10 月 11 号，又把各个局的一、二把手集中到南坪，要一项一项、一个一个地落实具体问题，会议进入白热化的时刻，他不能离去。

"你倒吃饱了。"这话也不一定准确，我盯着王书记良久，他那白皙的脸上，无光也无色，不高的个头，更显得瘦削。他穿戴简朴，唯有头发一丝不苟地倒着梳向后脑勺，这一点给人感觉是王书记的精神还是振作的，没有垮。

王启文是小金局的元老派，他在这个局当过工人、干部、副局长、局长和党委书记，两副担子一肩挑。1998 年初，从壤塘林业局调来何世林任局长，王启文便只任党委书记。

王书记的记忆力好，他一口气向我报了一串数字：

企业承受的压力：

在职职工：400 人；退休职工：2 600 人；待业人员：130 人；企业抚恤：604 人。

我们局是全川缺血最早、亏损最重的企业之一。早在 1985 年就开始亏损了。原因是无树可砍，无地取材，也就无法赚钱。

他说得恳切、自然，没有矫揉造作，更没有给人做样子的感觉。

前面的数字，不足为奇，后面的数字倒叫人吃惊：

亏损：4 300 万元；拖欠职工工资：3 150 万元；贷款：760 万元；欠丧葬费：80 万元……

这些数字中，最让人不安的是拖欠"死亡费"。死人本是一件让人伤感的事，可是在这个局人死了，拿不出钱安葬，伐木者，云里雾里，风里雨里，辛劳一世，死了，灵魂早已过了"鬼门关"，而遗体却出不了"太平门"。死了的，双眼一合就走了；活着的，咋想哟！

他说，有一位南下的老干部，是山西人，他是解放大西南时跟着解放军，一枪一炮从山西打到东北，又从东北进入西南的，战争胜利了，共和国的旗帜上有他的功绩。新中国成立后，他在林业战线上苦熬苦守，干了几十年，可他快离开人世时，局里拿不出钱为他付医药费，为他驱赶病魔；他去世了，又拿不出安葬费。人去了，能不埋吗？他的亲属东凑西借，才把他葬了。

两万元钱的安葬费，我们局里拿不出，时至今日还赖着账呢。

拖欠职工的工资，在小金林业局是经常的，数字也是惊人的，这是他们的一大"特色"。

王启文讲起了另一个使人揪心的故事。他和同桌李调鹿，是1958年从四川省林校毕业，一起参加工作，一起进山的。林业工人找对象很难很难，同学的运气不佳，找了好几个都没有成功。最后一个，他满以为有望了，殊不知别人看不起他，也吹了。他想不通，得了精神病。年过半百，无人照料，成天满山遍野地乱窜。局里怕他出事，送到绵阳精神病医院医治，局里却无钱支付住院费。由于拖欠太多，最近医院用车把他送回来了……

谈到这，王书记哽咽了，泪水在眼眶里滚动，心像铅一般沉重。

在痛苦中，他谈到了另一位精神病号，住在营山县一家医院，死后局里无钱买骨灰盒，还是那家医院"积德"，主动为死者捐了个骨灰盒。

无论是谁听了这批伐木者这样的人生结局，都要掉泪啊！

走了的已经走了，可活着的生活得又如何呢？我想知道生者的情况。王启文说道：

森林资源极度枯竭。建局时设计采240万立方米，实际交材是360万立方米，加上地方采伐的，小金地区共采伐600万立方米，资源能不枯竭吗？

今年，给我局下达的1万立方米采伐任务肯定完不成。职工发不出工资，只好寅吃卯粮，去年吃今年的计划，今年吃明年的计划……今年更紧张，工资只能发85%，即使如此，仍然不能按月给，现在已到10月中旬才发 5 月份工资。许多工棚烂了无钱维修；医药费无钱支付，许多工人将三餐改为两餐……

亲爱的读者，请别责怪他们，也别洗垢求瘢。该局所在的小金县是个好地方，东南有夹金山，东有巴郎山，西有茂笔山，南有二郎山，各种资源丰富，是块"圣地"。红军长征时，一、四方面军曾在这里会合，召开了举世闻名的"两河口政治局会议"。

这个局曾是全国的红旗单位，鲜红的奖旗、奖状，至今还闪耀着光芒。

米亚罗的红叶不发光

"你们为染红自己的顶子，不顾工人的死活！"

"快说，快说！你们把钱拿到哪去了？"

"你们无能，把一个好端端的森工局，搞成啥样儿？还有脸吗？"

二三百人，里三层，外三层，头顶着头，脚尖挨着脚尖，围得密不透风。

一个个横眉怒目，双拳紧握，唾沫星儿在空中飞舞。那架势，酷似史无前例的"文化大革命"批斗"走资派"。

那是 1996 年 7 月 9 日，在四川省林业厅招待所上演的一幕。钱立勋，他永远也忘不了那恼人的情景。几百人上访，向省里、厅里施压，找麻烦。

工人有一肚子苦水，他们向谁说呢？无钱养家糊口，无钱维持生计。这事，对他们的确是件难以解决的大事。他们要向省里反映，谁也拦不住，谁也说不服。

钱立勋是听从工人责令，从米亚罗专程赶到成都，来接受"批斗"的。

"几个月都不给我们发生活费，你是不是想让我们早点死？"一位年过半百的工人双手叉着腰，铁青的脸上充满了怒气，他指着钱立勋的鼻尖儿，大声地吼叫着。

"不不不，你现在死不得，真的，你死了，我拿不出安葬费呀。再等一等，等我下台后你再……""扑哧"一声，在场的人都笑了。

是的，我说的是真心话。唉，一个职工丧葬，要花一两万元，我们局一年要自然减员二三十人，这笔钱加起来不是个小数，目前是绝对拿不出来的。

钱局长直摇头，心里仿佛有许多苦水，无处倾倒……

一阵心酸之后，他叹息道：还好，他们没有向我动武，没有给我戴高帽子游街。这是不幸中的万幸。

川西林业局，曾被人们称为森林工业的"摇篮"、"母体"，面积广，蓄积量大，它的根底深，历史悠久，是一个响当当的大局。

正因为树子长得丰硕肥大，历来的伐木者都盯着米亚罗。

早在民国时期，就开始在这里伐木。有书为据："在大渡河上游、青衣江与岷江两流域砍伐木材共约 20 余万株，面积 68 400 公顷。"又据 1940 年郑万钧编著《如何改善四川木材事业》载："岷江流域天然林丰富之区，以松潘、理番（理县）为主，茂县、汶川次之，主要林木有冷杉、云杉、紫果云杉、麦吊杉、铁杉、红杉。该区森林面积约有 240 万市亩，每亩材积以 200 立方市尺计，可以有木材 4.8 亿立方市尺。"

对这一地区丰富的森林资源，自 20 世纪 40 年代就开始了采伐。共和国成立之后，为其建设的需求，加大了采伐量。川西局的演变过程是这样的：1950 年，在都江堰成立了川西伐木公司；1952 年，迁往理县杂谷脑旧县城，改名为川西森工局；1955 年，迁往理县米亚罗，随后在 1971 年更名为川西林业局。

川西林业局的名字变了又变，其命运也是瞬息万变，且多灾多难。

人们对米亚罗极不公平，在它辉煌的壮年时期，看到她风姿秀逸，颇富魅力时，便施以顽力，过度采伐，加速摧残。在《四川林业志》中有这样的记载："该局由于林区开发时无总体规划，加上高指标，重采轻造，形成资源集中过伐。1960 年最高交材量达 56 万立方米，最低 1985 年只有 4 万立方米，没有做到均衡生产。"

半个多世纪的过量采伐，川西局的油已经榨干了，采伐量降到了冰点。从60年代的53万立方米，降到1998年的3 000立方米，就是这个数字，局长忧虑地说，也无法完成。

天然林几乎耗尽，而人工林还没有到采伐期，这个局眼下的处境实在令人担忧。它富有的时候是个啥模样，人们也许记不清了；时下那穷酸的惨境，却让人目不忍睹。

局长钱立勋和书记王朝友在谈到目前的困境时，心中的苦水三天三夜也倒不完。

王朝友说，人到了这一步，随时都担惊受怕：一怕来客人，招待不起；二怕死人，拿不出安葬费；三怕过年，无力给职工发过年钱。这些年搞改革，大家都发了，哪个单位，哪个机关，没有修房造屋子哟！可我的办公楼是50年代修的干打垒的房子，现在已经破旧不堪。房子烂了，也无力修补，漏水，墙体脱落，耗子打洞，四面通风。名曰办公室，可没有一把像样的椅子。我们两个，在局里坐的是"头把交椅"，办公却没有椅子坐。我是1982年离开劳资科，当局长的。当我走进局长办公室，你看笑不笑话哟，没有凳子坐，我从劳资科借来一把藤椅，一直用到现在，那上面还写着"川西分局"四个字。车子也烂了，无钱换一台新的。我们局一级的头头考虑到经济困难，自1996年起工资都只拿70%。

钱局长的话令人同情。他说，多年来，别人过好日子，我们过的是艰难的日子；别人出差、开会，住高级宾馆，我们只能住鸡毛店；别人出门抽好烟，我们只能抽"经济牌"。

这一切，并非是天生的，而是这个局所有的天然林都采尽了。

他们都是共和国培育出来的干部，"正统"味很浓。

诚然，我们也并不安于现状，总想改变落后的面貌。王书记说，我们最早办起一家造纸厂，花了80万元，从东北买来两台日本造的机器，运转很正常，可好运不长，前几年治理岷江的污染，强令我们停了产。

为了能维持职工的基本生活，每年都要从外局调些钱来支援我们。老这样总不是办法，也不好意思。我们筹集了一些资金，搞开发。1994年，投资138万元，改造原有的甲司口电站；1995年，经上级批准立项，决定兴建漆树坪电站，1997年11月已建成投产，并进入了行业电网。这两个项目，投入了大笔资金，目前生产都很正常。

这几年，他们把更多的精力放在旅游业上，米亚罗相距成都只有265公里，那一带原是针阔叶混交原始林，采伐后，长出一些阔叶林，每年金秋时节，满山遍野的红叶，美极啦！所以米亚罗这个不曾出名的地方，自从游客喜观红叶后，那里便成为美丽的风景区。而且和闻名世界的九寨沟风景名胜，形成一个旅游带。

川西局，正在着力发展旅游业，将充分利用美丽的红叶，寻找自己的价值。

不过，眼下耀眼的红叶，还未发出绚丽的光芒！

川西局，曾为共和国的建设立下了汗马功劳，曾经是四川林业战线上的先进企业，也曾是一片红彤彤的"红叶"，然而由于种种原因，如今这片红叶不发光。

不该上演的"悲剧"

"杨局长被打成重伤，躺在医院，昏昏沉沉，太惨啦！唉，他为了啥？还不是为了保护林子，为了几千职工要吃饭……"1998年10月工8日，在四川省林业厅招待所，记者采访雷波林业局党委副书记杨崇龙、局工会副主席王仲贵。他俩是专程来省城反映天然林资源保护工程实施后，全国第一起破坏工程的要案。

杨崇龙是一位坦诚的人，他没那种"家丑不可外扬"的世俗观念。他谈起话来十分激动，眼里充满忧郁与不安。自从局长杨丁山被人打伤后，他们一直在为这事奔波、呐喊，要求媒体呼吁，要求主管部门严惩。

杨崇龙开门见山地说，雷波林业局自从1962年岁末建局以来，"悲剧"接二连三上演，实在令人心酸！

历史的教训是惨痛的！

雷波林业局，是一个不该降生的"孤儿"。它先天不足，生不逢时。1962年岁末，四川省决定要建一个林业局，专为支农服务，制造农具。

也许人们不大了解、中国的农业，几千年来，是以小农经济为主体，

一家一户，农具大都是自造。为什么此时突然提出这一问题呢？

在此之前，"大跃进"、"大炼钢铁"、"大办公共食堂"的"三大旋风"刮来刮去，农民的家具农具、坛坛罐罐全被打碎了。为了改变这个状况，省上决定：火速组建雷波林业局！

仓促上马，又是仓促行政，在"一大二公"的思想指导下，将雷波、马边、屏山3县的"结合部"——一大片天然林，经过勘察设计，定为雷波林业局的作业区，有天然林面积35万公顷。

那千年林海，是川西林海中，唯一的一片阔叶林。千百来年，因那里是高坡陡坎，无人践踏，所以林木葱茏，是金沙江上的金发、秀眉，树木参天入云，密密匝匝，苍翠欲滴，美如仙女。

雷波林业局发展的速度确实惊人，呼呼啦啦，在短短的几年内，职工人数达到3 700人，几千把斧头一齐指向"仙女"。树倒了，可农民并不领情，消费者对杂木的价值一不理解，二不采用，成批的木材卖不出去，也变不成黄金、货币。企业连年亏损，职工的生活如同"王二小过年，一年不如一年"。

雷波林业局拥有的森林资源一年一年减少，转眼间，千年林海所剩无几。时至80年代中期，在"天府之国"掀起了"五斧争林"的妖风时，该局的作业区被瓜分，屏山吃一块，马边吃一块，地方上吃一块，最后只留下3.5万公顷，占原有面积的9.7%。

雷波林业局的几千职工从此走入了困境，几千人闲着没事干，坐吃山空，只有饿肚皮。

树砍完了，路断了，一切都绝望了！

此时，雷波林业局正处在十字路口，向何处去？在绝望的关头，省上决定把原由省厅管的雷波局下放到凉山州管。此时，门庭冷落，婆婆更迭，他们成了无人爱的"孤儿"。

雷波林业局的"命薄"啊！1963年困难时期，该局仓促上马；正在起步时，恰遇"文革"；尚未形成一半生产能力，又于1970年草率下放，基建投资长期得不到解决。

按原总体设计，该局经营的范围大，林木资源丰富，利用面积5.1万公顷，出材量 789 万立方米。由于下放凉山和财政体制改革等原因，跨县林区，迟迟未能落实到企业自主经营，在雷波境内的林地，连续采伐 27 年，目前资源耗尽。

杨崇龙在回顾雷波林业局走过的历程后，又说道，如今在西宁镇有两大单位，一是雷波林业局，一是雷马屏劳改农场。许多人笑话我们："嘻，一家国有大企业，还不如一家监狱。"企业无收成，发不起工资，下岗职工每天发 6 角，上班职工每天发 2 块，就连我们局长、书记一月也领不了 70 块钱，你看日子咋过嘞？

局领导在走投无路的困境中，抛出了"自爱、自尊、自谋出路"的招数。

走！常言道："三十六计走为上计。"企业敞开大门，职工各自想方设法，投亲靠友，只要能走的就放一马。我们想，走出山沟天地宽嘛！同时，还出台了许多"优惠政策"：首先照顾"弱女子"，让她们先"嫁"；随后是"带资转产"。

1984 年，放走 80 人；

1985 年，放走 200 人；

1987 年，放走 100 人；

1991 年，放走 970 人。

能"嫁"的"嫁"了，不能"嫁"的只好困在山中，望山长叹！

杨崇龙继续说道：无可奈何！我们创造的第一条路是"改嫁"；第二条路是"上访"。在 1986 年第一个停产年，选派了职工代表，走进省城上访。

工会副主席王仲贵接上话题。他说，王记者你知道，上访是一件十分慎重的事，也是件冒险的事，弄不好会犯错误的。唉，又有什么办法呢？

老王谈起上访，至今心有余悸。他沉默片刻后说，我是上访队伍的领头。

不过，不是我要当这个头，而是职工举手选出来的。我们几十个人走进成都，既激动又提心吊胆，怕出纰漏。

人到那时，一心想的就是找口饭吃，找条活路。我们成天不停地跑，省委、省府；计委、工会；还有林业厅……凡是我们认为有一线希望的部门，有为我们说句公道话的领导，我们都厚着脸皮去找，去求情。

王仲贵谈起上访，不禁长叹一声后，又无可奈何地说，那日子是逼出来的呀！如果有碗稀饭吃，谁愿意那样做呢？农民是家中无粮肚里空，工人是手上无钱心里慌。那时，我们已经到了"山穷水尽"的地步了。大家把希望寄托在上面，职工要求我这个当主席的，为他们向上反映情况，寻找"救世主"，讨口饭吃。不能眼望着几千职工饿死呀！

我们数次上访，触动了"上帝"，在 1990 年 4 月，四川省林业厅派了调查组，由一位副厅长带队，深入林区调查，写出了一份上万字的《调查报告》。

王仲贵谈到这里，收住了话题，将《报告》递给我。

我读着《报告》，觉得许多事写得很真实，很有说服力。不难看出这位副厅长是个认真的人，也是一位实事求是的领导。从"万言书"的字里行间，可以读到他的内心世界。他在写这份报告时的心情，是十分沉重的，承受着巨大的压力和痛苦。

这里，不妨顺便录几段，以飨读者：

"我们深入 5 个场、4 个段进行调查，分别召开了党政、科场负责人及职工代表、离退休人员代表的座谈会 12 次，先后参加座谈的人员 200 多人次。调查期间，还有不少职工成群结队，有的步行几十公里，直接找到工作组倾吐困境，有的甚至声泪俱下，纷纷强烈要求'要工作，要饭吃'。职工人心波动，思想混乱，极不安定，大有一触即发之势。该局长期积累的问题已到非解决不可的时候了。"

其结论是，"经济极度危困，企业濒临破产"。

"由于先天不足，基础薄弱，积累的很多问题长期得不到解决，致使企业负债累累，无力自拔，现已欠债和占用各种款项 1 050 万元；欠职工的工资、退休费、抚恤金、医药费更多。"

1989 年 11 月，一个值得永远"纪念"的日子：雷波林业局 27 华诞的"大喜"日子停产了。

在"万言书"中，还破例作了如实描写："停产以来，因只发生活费，职工不能养家糊口，多数职工回家投靠亲人度日，有的变卖衣物家具，有的摆摊维持生活，甚至造成家庭不和，夫妇闹离婚，仅214林场就有22对。有的家庭出现子女被迫停学。不少职工，家属有病无钱就医。214场工人蒋运学，无路费回家，住在工段，少食减餐，成天躺在床上，枯瘦如柴。领导发现后，立即送到医院抢救。还有的职工停产回家，因无钱给家里还债，被妻子用扁担打伤小腿，赶出家门。如此种种，事例很多。职工普遍认为，企业没有出路，个人生活无保障，甚至有的职工认为，现在职工生活还不如劳改犯人。部分职工还说，企业的问题长期得不到解决，已心灰意冷，前途渺茫，失去信心，纷纷要求调离企业。"

"另有人私下反映，部分职工正在酝酿自发组织200名青壮年，拟于4月下旬分水陆两路去成都集体上访。到省林业厅80人，到省政府120人，提出的口号是：'要工作，要饭吃'。不解决问题，不回雷波。"

为了寻找一条生路，停产后领导积极酝酿转产，决定在宜宾市兴办木材综合加工厂，可以将余下的部分天然林采伐后，加工成成品，再出售。看来，这主意不错，可州里却不同意："厂建在外地，肥水外流，我们亏啦！"周旋了3年，还通了天，报省里批准，可"山高皇帝远"，鸡蛋硬不过石头，最后只好建在大山里。

转产，是大方向，无可置疑。可他们没有预料到，用木材作原料的加工厂，又是一出不该上演的"悲剧"。

早期，加工厂搞得不错，每年上交税利350万元，纯利一二百万元，既解决了部分劳力，也可解决局里的经济危机。

然而，这家厂是托砍伐天然林的福而生存的。"天然林资源保护工程"一实施，断了后路，缺了奶，如今又走上了"死胡同"。

太遗憾，这事成了第三出不该上演的"悲剧"。

靠不住

第三章　献了青春献子孙

近半个世纪浩大的"砍树工程"的功与过、恩与怨，谁来下定论？这是一件难事，也许，为时过早，或者说，这不是一名普通记者、作家力所能及的事。

不过，对伐木者的得与失、功与过，讨个说法却是刻不容缓。

本章，不是在评说他们的过失，而是赞赏他们的功德。至于过失，若要加在执行者的身上，有点于心不忍。

伐木者，在莽莽苍苍的老林中，献了青春献终身，献了终身献子孙！

他们用粗大的双手，擎起了一片蓝天；

为共和国的建设，竖起了丰碑；

为那片洪荒之地，启动了致富之门；

为民族地区，引来了活力与生机；

为山里的乡亲，洒下了一片真情！

"淘金热"浪涌西部

1998 年 8 月 23 日，在四川省人民政府召开的全省实施"天然林资源保护工程"工作大会上，省委书记讲了一段精辟的话："在过去的几十年间，我省森工队伍为国家的经济建设，作出了重大贡献，必须充分肯定。"

这句话，概括了 10 万伐木大军半个世纪以来的丰功伟绩；在字里行间也透露出了他们的甘苦。这仅仅是一个轮廓，人们并不清楚其内涵。

四川森工的历史，是一部复杂的历史，也是一部可歌可泣的悲壮史，他们的功德是不可磨灭的，他们的行为又从客观上为人类、为社会、为子孙后代带来了严重的后果，嗟叹无及！

这里，有着一段鲜为人知的历史根源。

昔日的四川，地域辽阔，物产丰富，山清水秀，人杰地灵，确实是个好地方。古籍中记载："有江水沃野，山林竹木，蔬食果实之饶"，因此，历史上素有"天府之国"的称谓。林木，四处郁郁葱葱，其西部树木参天，绵延千里，辽阔的森林，铸成一道天然屏障，矗立在川西大地。森林资源的蓄积量，在神州大地名列前茅，被人视为"绿色宝库"。

人们也应该知道，共和国成立时，满目疮痍，人民生活贫困，工业落后，国库空虚。四川是一个人口大省，也是一个贫困大省，人民要吃饭，国家要建设，资金从何而来？

森林资源就在身边，采来食之，既方便，又实惠，近水解近渴，何乐而不为呢？

为了生存与发展，利用现有的资源，解决燃眉之急，就成为必需的事了。说句真心话，谁都会那样干！

四川省地处长江上游，大西南的腹地，幅员 48.5 万平方公里（不含川东），正好占长江上游总面积的一半。

地处长江上游干流和支流源头的四川西部林区，主要包括阿坝州、甘孜州、凉山州、攀枝花市、乐山市、雅安地区。该林区现有森林资源面积463 万公顷，是长江流域主要水源涵养区，也是我国多种生物资源聚集的大宝库。

川西，其地理、气候、资源得天独厚。龙门山、邛崃山、大凉山一字形地排列，如同万里长城，把四川分成了高原与盆地两个截然不同的部分，西北部是西藏高原的东麓，东南部系横断山脉的一部分。气候独特，归属于"北亚热带"体系，西北部气候寒冷干燥，日照长而强烈；西南部冬暖夏凉，干湿分明，形成垂直立体气候带。这一带都为多种树木的生长创造了十分有利的条件。

四川盆地，由于其地理位置所决定，历代的帝王将相的相互厮杀，国际列强的侵略，触角都没能伸入盆地，资源的原味与野味尚好犹存。一位在林业战线踢打多年的新闻同仁告诉笔者："从客观来看，一个国家与一个人一样，不犯错误，也就没有教训可言。过去，由于诸多的因素，森林非砍不可，是时代的需要。四川森工的发展与扩大，也就成了时代的产物。"

是的，"淘金热"向西部涌进，也就成为时代的追求！

他们兵分数路，溯岷江、青衣江、大渡河、雅砻江、金沙江的河谷，开始了漫长而罕见的"砍树运动"。随之，22个"大森工"和42个"小森工"应运而生，高峰时期达110 285人，还有从业人员4万多人。并相应建立了筑路、木材运输、木材加工、勘察设计、物资供应等配套机构，形成了十分完整、队伍庞大的森林工业体系。

成绩卓著，贡献非凡！几十年来，"大森工"为国家生产商品木材1.2亿立方米，修筑公路7 700公里，上缴税利20多亿元，拥有固定资产32亿元。

四川省林业厅产业处副处长李华祥在谈到工人所作的贡献时，心潮澎湃。他说，谈起贡献，确实巨大，最早，我国只有两个最大林区，一个是东北，一个是四川。东北森工所伐木材，主要是供应北方，而四川所采伐的木材，主要是供应江南。四川地处长江上游，地理位置所定，运输方便，川西木材一产出便顺江而下，供应长江沿岸的各大城市。上海、南京、武汉、重庆等一大批城市的建设，靠谁呢？靠四川。大至像大型企业宝钢的建设，小至农民的修房造屋，都离不开川西的木材。

为了满足华东、华中以及华南的需要，长江沿岸的重庆、武汉、南京、上海都建有木材销售点，一直延续至今。我记得，前些年江浙的许多地区，派人专程来四川定购"杉杆"，用作农民修房造屋做柱子、檩子。

这些事，不说远了，就说近几年开始兴建的"三峡工程"所用的木材，也是从川西运去的。

川西，盛产珍稀木材，如楠木、樟木一类的优质木材。这种木材，北方没有，其他地区也罕见，所以修建人民大会堂、毛主席纪念堂，都用的是川西的楠木和其他一些珍贵木材。

李华祥越谈越来神，他说，要摆森工对少数民族地区的贡献，那就更多了，记者，你写一本书也写不透啰！

这支森工大军，几十年来，对少数民族地区的影响确实巨大，经济、

文化、教育、思想等诸多方面，成就卓著，令人鼓舞，令人钦佩。

过去，由于历史原因，川西群众的生产、生活都处于原始状态。在三州，特别是藏族、彝族都生活在边远山区，交通闭塞，生活贫困。自森工发展后，最突出的是公路建设，三州除了川藏公路主干道外，其余通往各县的公路，基本上都是森工修建的。石棉至康定，沿着大渡河那条公路，是森工修的；雅砻江至道孚，是森工修的；西昌至木里，也是森工修的。那条路，要翻3座大山，一座"磨盘山"就有187道拐。那些路都处在大山中，工程浩大，倘若没有森工，也许现在还通不了汽车嘞！

喔，说到这里，我给你讲个笑话。少数民族地区的老百姓，祖祖辈辈都没有见过汽车，他们把汽车叫什么？叫"铁牛"。因为，他们从没有见过、坐过，不知是个啥玩意儿，嘿嘿，就给它取了这个美名。有一位年老的村民，想坐坐汽车，看是个啥滋味，可他没坐多远被吓得通身大汗，咚一声跳了下来。

一个森工局就是一个小社会，他们到哪里，哪里就立即熙来攘往，热闹起来。学校、医院、商店、交通、文化、娱乐等等，很快就全面地发展起来了。木里县在60年代全县只有两三万人，没有什么建筑，县委都是借的老百姓的房子。一建森工局，马上就热闹起来了。壤塘是个典型，开始这个边远山区人都没有几个，更谈不上修县城，全是森工局把这个县城的一些设施搞起来的。

他略加思索之后，又开始了漫谈。他强调，不说别的，有了森工企业，农民就有了打工的地方，许多县的农民，一年劳动下来，人均增收两三百元。如果没有森工企业的存在，他们就无处打工了。

森林工人对社会、对国家的贡献是多方面的。自从60年代起，一面采伐，一面也开始注意营林造林，迹地更新。自1955年以来，特别是1962年以后，在重点采伐企业（即"大森工"）中，建立了独立的营林机构——营林处，普遍开展高山原始林区采伐迹地人工更新造林。

与此同时，在荒山面积大、人烟稀少的偏远山区，开展飞播造林。成绩最为显著的是，西昌市东西河飞播林。那片林子，位于邛海上游的东西河上，横跨西昌、喜德、昭觉两县一市。始建于1958年，工程巨大，历时 8 年才完成。时至今日，那是全国生长最好、面积最大的飞播林之一。其林区面积 7 306 公顷，疏林地 10 公顷，灌木林地 299 公顷。按照森林采伐的规律，1980 年开始进行抚育生产，平均每年抚育采伐木材 5 800 立方米。时至 1996 年已累计采伐木材 9.3 万立方米，支援了各地建设。

一代森工的杰出贡献，在我国森工采伐史上，是巨大的，不可磨灭！

守卫大熊猫的家园

提起"国宝"大熊猫，人们即刻会抛出一片爱心，即刻会被她憨态可掬的神态所吸引。

人类发展到 20 世纪末，也许有点心血来潮，在这个星球上，突然间，掀起了"熊猫热"。热浪席卷全球，从东半球到西半球，从南极到北极，至今方兴未艾。

"保护大熊猫！"这一响亮的口号，几乎喊了半个世纪，热浪也延伸了半个世纪，人们倾注在大熊猫身上的爱，随之也获得了丰硕的成果。

是谁站在最前列？是谁最早无私地奉献出自己的爱心呢？

对这一问题，许多人不甚清楚。这些年来，在四川的西部，是众多的林业工人，是 10 万伐木大军，他们为保护大熊猫作出了牺牲，作出了贡献。

四川，是野生动物的"王国"，野生动物有 1 031 种，其中具有科研价值的有 818 种。大熊猫是重中之重呀！

为了保护这些具有很高价值的动物，四川花去大量的财力、物力和人力，建起了 43 个大大小小的自然保护区，掀起了一个个"圈地潮"，把大片大片的森林围起来，加上标记，予以保护。

也许有人会这样说，人呀，自身是矛盾的，一方面，无计划地砍伐森林，破坏了原本属于自己的朋友——野生动物生存的空间，把"朋友"一步一步地逼上高山、草地和绝路；随后又回眸观看，发现自己的行为过头了，错了，醒悟之后，又抛出大把大把的钞票为它们的生存布点加圈，给它们划出一块天地，让其生存下来。

总之，在这片热土上，形成这样一种格局：一方面在砍树，破坏野生动物的栖息环境；一方面筑高墙，设外围，保护野生动物的家园。人们在声嘶力竭的呐喊中，在矛盾重重的困境中前行，而且已有数十年的历程了。

1998年岁末，我走进四川省林业厅保护处，走访了老处长、"熊猫专家"胡铁卿。

他与野生动物已结缘30多年了。在巴蜀这片热土上，建起的保护区，无论哪一块。哪一片，都有他付出的心血，都留下了他的足迹。

他已年逾花甲，可他依然静不下心来，这头出，那头进，如今他又担起了四川省野生动物保护协会秘书长的要职，名曰贡献"余热"。不，他是在继续奉献他的才华和智慧，为保护人类的"朋友"，再创辉煌。

是的，他没有什么爱好，唯爱大熊猫。他担任"猫王"后，对大熊猫的家谱、习性都颇有研究，了如指掌。

大约在80年代初，我们相识了。我记得，相会时正巧是在高山野地。那时，冷箭竹开花，大熊猫断粮，一批致力于保护工作的"干将们"，疲于奔命。我奉命跟随保护大军，前去阿坝州采访，我们相遇了。

在往后的年代，我们接触更频繁。

胡铁卿的记忆特好，哪个"圈"是何年何月建的，地理位置的走向，野生动物的种群数量……他都背得滚瓜烂熟。

在人们的印象中，胡铁卿是三句话不离本行，在他的言谈中，大熊猫是他思考的中心。

那一天，我和他专谈"本行"——保护大熊猫。

他仍然是一张笑脸，一位开口难收的大熊猫"演说家"。

我还未提问，他便笑道："保护野生动物的重要性，其实，我不说大家都知道。嘿，说起来容易，可是做起来就难啦！在浩瀚的宇宙中，地球是唯一有生命的弹丸之地。它虽然得天独厚，有其丰富的自然资源，但绝非取之不尽。一个物种一旦灭绝，就永远不能复生了。"

他用这段话，拉开了我们谈话的序幕。

他滔滔不绝地说，四川省最早建的保护区，是卧龙自然保护区。这是

1963 年由国务院批准兴建的 5 个自然保护区之一。卧龙位于邛崃山脉的东坡，汶川县耿达、卧龙和三江镇境内。这是一处"动、植物王国"，也是"大熊猫王国"。在区内有已知的植物 1 810 种；有动物 351 种，其中，属珍稀保护动物就有 30 多种，那是我国最为罕见的野生动物的栖息地。

我记得，初建保护区时。面积不大，才 2 万公顷。

噢，有些事叫我咋说呢？你知道，我是个直性子，不该说的，有时憋不住了，嗯，要放炮，不然怄在肚皮里，难受呀！

我看，这事不能说都是现在的看法，当时，我们许多人就有这种看法。啥看法呢？1964 年，决定在卧龙附近建红旗林业局（原名卧龙关森工局）。建森工局，那个年代建的多，那时西部正兴起"淘金热"，开发天然林，当时是没有人反对的，可建在什么地方，也应该考虑，选址是十分重要的嘛。鬼使神差红旗林业局竟建在卧龙保护区的旁边，这就奇怪啦！这边在保护，那边在砍伐，这么搞，恰当吗？

这里有一段故事，很值得我们深思。

胡铁卿郑重地讲起一段往事。他说，那是 1965 年的事，这个决定一发出就有人议论，要在卧龙保护区的耿达河一带建森工局，不恰当。这边刚刚建起保护区，花那么大的本钱，保护大熊猫的栖息地；那边又在建森工局，组织人马砍树子，这不是自己给自己过不去吗？自己给自己找麻烦吗？

当时，我们一些领导对砍树卖钱很感兴趣，红旗林业局头年建成，第二年就出效果了，一年伐木交材 11 万立方米。

那地方好嘞，全是一片冷杉和云杉，高大的乔木，很可爱。而且离成都很近，交通很方便，"森老虎"看了，谁都会眼馋。

这中间有个插曲，至今我还记得一清二楚。原本"大森工"是林业部批准建的，是"中央军"，可这些森工局一建成，就和地方上产生了很深的矛盾。矛盾的焦点，说到底，无不是为了自身的利益。

红旗林业局开斧不几年，大约是 1973 年 10 月，林业部在北京开会，我也去了，当时汶川县有一位县革委管林业的陈姓干部正巧与我住在一间屋子。一天晚上，他拿出一份材料给我看。他们写的《红旗林业局乱砍滥伐》，厚厚的一叠，是告红旗林业局的状。那材料许多不是事实，我看了很反感，因为他们的话有出入。材料上说红旗林业局把保护区两边的树子都砍光了，还砍了"梯子沟"，那条沟属于保护区的。当然不该砍……如果真是这样，红旗林业局是该受罚的。

他把材料到处送，林业部送了，国务院也送了，大造舆论。实际上是"告黑状"，不是事实。

红旗林业局是林业部批准建的，县里省里的领导也是同意画押盖了章的，怎么出尔反尔呢？刚开始伐木，县里就不安逸，到处打报告，说他们这不对，那也不对。

他们的材料里，还有一条"罪状"，说有人在伐木中，打死了多少只多少只大熊猫。这还了得吗？

所以，这份材料国务院的领导一看就火了。中央高度重视。10月13日递交的材料，20日李先念同志就批了，要求立即把问题查个水落石出。

这一来问题就捅大了。中央领导责令林业部，查清来龙去脉后要重处。

林业部马上通知四川省林业厅作好挨批的准备。很快林业部就派了调查组到四川，由保护司司长李世光带队。他是个大胖子，洪钟般的嗓门，很有点"杀气"。

问题十万火急！

调查组在临行前，厅长找到我，要我也参加。因为反映的问题中，说有人猎杀了大熊猫。我陪调查组的同志一起到了卧龙。

调查组打的是国务院的牌子，红旗林业局的头头一派惊慌，因为别人"告"你砍了保护区的树子，又杀死了大熊猫，能犯了"天条"，不挨板子才怪事呢？

当时我们有点吃惊，厅里的头儿们都吓"炸"了。

我们在保护区和红旗林业局一连跑了几天，也没有发现什么问题。最后，只好把"状纸"找来，一一核对，说砍了保护区的树子，不是事实，红旗林业局采伐的林子，是在他们的作业区内，但那一片林子是紧紧靠近保护区的，是合法不合理；说有人打死了大熊猫，确有其事，但不是伐木工人，而是当地的老百姓。

一切都真相大白，大家才松了一口气。可是，调查组去卧龙保护区看后，很不安，觉得卧龙那一片林子长得太好了，是离成都最近的一片森林，相距只有 130 公里，十分可贵，对保护大熊猫，对调节成都的气候，都起到了十分重要的作用。它正好在温江坝子的西部，像一道天然屏障，挡住了西北风，保护了成都平原这个粮仓。

第三个作用是，保护岷江上游的生态平衡，保持水土流失，也是极为重要的。

他们提出意见，要求别再砍了！

这次调查，给红旗林业局洗清了污点，但也敲起了警钟：森工局放在卧龙对不对？

为了保护大熊猫，1975 年中央发了 45 号文件，红旗林业局从卧龙搬进了松潘县。

嘿，从某些方面讲，"地方军"比"中央军"还厉害，红旗林业局迁走后，我们满以为，那片林子安然无恙。嗯，却不然，那片林子后来还是被当地砍光了，他们告状的用心就昭然若揭了。

森工局迁走后，卧龙自然保护区扩大了，由原有的 2 万公顷，扩大到现在的 20 万公顷，保证了大熊猫基地的建设。

这段历史，胡铁卿是最清楚不过了，卧龙大熊猫保护区，是他参加兴建的，也是他参与发展壮大的。

卧龙大熊猫保护中心，目下初具规模，是享誉全球的大熊猫基地。

1998 年金秋时节，我再次去卧龙，亲眼目睹到她那美丽的风采，顺着耿达河谷，两岸苍翠欲滴，树木森森，鸟语花香，景色迷人，游客四季不断。那里的一切应该说，都注入了伐木工人的爱心。

说到四川保护区的建设，都包含着森工的功劳，也饱含着胡铁卿的心血。他在保护处工作 30 多年，所有的保护区的建成，几乎都是他操办的，调查、策划、写报告、下文件，一揽子事他都参加。

四川森工对卧龙保护区的建立、发展与保护，起了重要作用，对其他的保护区的建立与发展，也立下了功劳。

难得的"遗产"

如果我们顺着岷江的河谷，向西北远行，翻过弓杠岭便是"人间仙境"——九寨沟。

九寨沟古称羊峒，又名翠海，因沟内有九个藏族村寨而得名。《松潘县志》记载："翠海，县城东北部100余里，中羊峒番部内，海狭长数里，水光浮翠，倒映林岚，故名。"

九寨沟奇山异水，林水相依。其数十公里的风景区内，以高山湖泊群和瀑布群为其主要特色，集湖、瀑、滩、流、雪峰险峻、森林奇景及藏族风情为一体。因其独有的原始自然美，变幻无穷的四季景观，丰富的动植物资源，被誉为"高原风景明珠"、"人间仙境"、"世界童话"。

对九寨沟的传说与神话太多太多。在这里，我无心去讲述，我想说的是鲜为人知的一段往事——九寨沟是如何保护下来的。

那段历史，对胡铁卿而言，是难忘的岁月。

他在回想起那段历程时，总是含着微笑，但笑意中却有许多心酸与苦衷，他绝不是以一个胜利者的心态而自慰。

胡铁卿仿佛是讲神话故事，有张有弛，娓娓动听。

他轻轻地摸了摸他那稀疏的、灰白的头发，似笑非笑地将九寨沟如何生存下来的故事，详尽地讲给我听。

他说，九寨沟的神话传说颇多，可极少有人知道这颗隐藏在深山的明珠是谁发现又是谁保护下来的。

最早，南坪林业局建局时就看准了九寨沟那片林子，漂亮，有很高的采伐价值。勘测设计完毕之后，立即动工修路、架桥、伐木，见了效益。那条公路从沟口一直修到长海，有五六十公里长。他们的采伐计划，是先从高山，沿着深沟往下采。

驻在九寨沟内的是124场和126场，沟外是121场，队伍庞大，有上千的伐木工人。这支队伍训练有素，是伐木的能手。

1973年秋天，当他们砍得正欢时，中国林科院的权威、中国科学院学部委员、著名林业科学家吴中伦来到南坪考察，有人偶然谈起九寨沟是如何美，他一听就迷上了，匆匆赶到九寨沟调查。嗬，他走进去一看，迷住了，噼里啪啦到处跑，山山岭岭、沟里沟外几乎都跑遍了。

他是中国林业上的大名人，对大自然的认识，他站得高，也看得远。他回到成都立即找到厅长说：

"我走过10多个国家，没有见过那样好的风景区，你们不要再砍了，应该把它保护下来。"

"嗯……"

"那是个好地方，大片大片的千年古树，砍了就难长起来呀！"

"吴专家，你的意见我们可以考虑。"

真遗憾，当政的领导，起初并不理解。吴中伦走后，头儿说："哧，不见得吧，难道你吴中伦把10多个国家最好的风景区都走完了不成？"

这件事并没有引起重视。1974年10月，厅里组织了一个大熊猫考察队，有我、李德新、陈克一行10多人，走进了九寨沟。过去，我们是听别人讲九寨沟好，但没有亲眼看过。这一次身临其境，亲眼目睹。哎呀，我们一跨进沟口，大家就跑开了，看了"树正海"，又观"诺日朗"；看了瀑布，又看"五彩池"，那景致一个接着一个，让人目不暇接，让人看了舒服、惬意，使人心旷神怡，兴奋不已。沟里的水特别蓝，树特别青，山特别美，真是个童话世界！

我们去时是秋天，正是气候宜人的好时光。大家像吃了兴奋剂，过了几天都还在留恋九寨沟，还在说九寨沟的美景。

我们回到厅里，立即向韩正夫厅长作了汇报。他很重视，马上下文，要求"对九寨沟道路两边100米以内的树不要砍"。

可能吗？公路两边不砍，那么砍了的木材又如何运出来呢？他的好心，可没有好效应，文件成了一张废纸。

当然，还有个客观情况，当时正在"文革"中，头头说话没人听，做事也没人帮。唉，事情就这样搁下来了。

胡铁卿长叹一声，对这件事，不免有些遗憾，但他没有失去信心。

事隔3年之后，大约是1977年，我们处决定对大熊猫，作全面调查。我再次进入九寨沟，一调查，发现沟里有大熊猫的活动，一堆堆粪便，而且不是一头两头。人没能救活保住九寨沟，大熊猫可起了最大的作用。嗨，这一回真灵，一听说九寨沟有大熊猫，领导慌了手足，下了死命令："停砍!"他们清楚呀，再砍就会掉乌纱帽的。

第二年，中科院成都分院生物所在《关于建议在四川建立几个自然保护区的报告》中，提出了在九寨沟建立自然保护区的必要性。这是一份很有说服力的文件。中科院对此十分重视，立即将此情况报告四川省政府，引起省领导的高度重视。因此，省委指示林业厅和成都分院，共同制定包括九寨沟在内的4个自然保护区的具体规划。

这个决定，国务院批了。伐木工人顾全大局，为保护自然风景名胜，毅然牺牲自己的利益，决定搬出九寨沟。随后，林业部拨款600万元，作为两个伐木场的搬迁费。建场花了600万元，迁出又花600万元，一进一出花了个大数1 200万元。接着，沟外的121伐木场也迁往若尔盖。

沟内的两个场命运不佳，搬出九寨沟，进入神仙池，还没站稳脚跟，神仙池也被列入保护之列，他们再度迁徙。

这3个伐木场的远去，从此才使九寨沟这一"人间仙境"得到了安宁。

不容易啊! 这一进一出，伤了好多神，花了好多钱呀! 当然也值。如今的九寨沟扬名天下!

是的，九寨沟确实美，任取一角皆成画。我多少次都梦回萦绕，想去九寨沟一游，时至1998年10月，才实现了梦想。

初涉九寨沟，感受颇深，风景甜美，沁人心脾!

多年来，由于九寨沟的美，吸引了千千万万的游客、文学家、音乐家、摄影家、画家，他们无论怎样去描写、绘制九寨沟的美，都没能绘出她的容貌和内心世界，只有那土生土长在山寨的少女的歌声，才真正唱出了九寨沟的美丽神奇!

在游览中，我目睹一位少女站在山岗上，放开歌喉，泼拉拉地在歌唱:

　　嗨哪呀喏……

站在高山朝下望，

山中的森林像海洋。

林里的鹿群跑来跑去，

祝福青山不再遭祸殃！

嗨哪呀喏……

站在高山朝下望，

山下的海子闪银光，

水里的鱼儿游来游去。

祝福绿水不再结冰霜！

嗨哪呀喏……

站在高山朝下望，

山下的寨子好景象。

光线里的兄妹走来走去，

祝福人们幸福安康！

九寨沟，是四川 43 个自然保护区的代表，也是川西千里林海中优美风光的象征。

四川，是野生动植物的天然王国。多少年来，蜀人形成了一种可贵的意识：保护珍稀动植物，是蜀人不可推卸的职责！

中央和地方两个积极性相结合，产生了巨大的效果。90 年代末，全省已建成 43 个自然保护区，面积达 270 万公顷，占全省国土面积的 5.7％。更可喜的是，在 43 个自然保护区中国家级保护区占全国国家级保护区总数的 1/7。

九寨沟的盛誉鹊起。

1990 年，被列为《中国旅游胜地四十佳》榜首。

1992 年 12 月 14 日，从美国新墨西哥圣菲传来了振奋人心的喜讯：经联合国教科文组织世界自然遗产委员会（WHC）全体委员第十六届大会表决，一致通过九寨沟、黄龙被列入《世界自然遗产名录》。这是中国人的骄傲，是难得的"遗产"啊！

四川省所建保护区的数量增加，面积的广阔，投入巨大，保护区内的大熊猫、金丝猴、牛羚、黑颈鹤和桫椤、珙桐、攀枝花苏铁等野生动植物，已全部纳入重点保护之列，使这些珍稀动植物得到了有效的保护！

这些重大的成果，林业工人付出了代价，付出了艰辛！

失衡的"功德柜"

这是一栋灰色的大楼，隐居在四川省林业厅大院的角落里。平素，人们极少关注它的色泽和存在，仅在四楼的墙壁上，写着 7 个不起眼的黑色小字：四川省林业工会。

楼虽已旧，可房子挺结实。多少年来，10 万伐木大军一直在苦苦地向往和追求这个神秘的地方。

那是冬天最冷的季节，我在漫长的采访中，始终没有忘记工人的生活，工人的疾苦，更没有忘记这个地方。我这是第几次登门呢？记不清了。在冬至刚过的那天，我抱着一线希望，噔噔噔地爬上四楼，希望这次能采访到工会主席。很遗憾，我又扑了空。这样的采访，让人失望，让人沮丧。长叹之后，我不断地自我安慰："耐心，再耐心！等待，再等待！"我正在怅惘中，突然有人告诉我，工会主席走时留下一句，委托"生产生活部"的王部长接待我。这是失望中的希望！

生产生活部是间长方形的办公室，室内，高高低低的文件柜显示出它的"富有"和"奢侈"。王小姐是个热心人，当我说明来意后，她善解人意，就工人们停采前的生产与生活、离退休后的晚年状况，以及对归山后的周旋，都一一作了介绍。

不过，对她的讲述我并不满意，因为，我的最终目的是要了解"劳模"——工人中的"中坚"、"好汉"、"一代天骄"——为伐木所付出的艰辛。

在我的启迪下，她从清脆的嗓子眼中，谈出了囊括人生哲理的一段话。她说，他们很听话的，给他们斧头，会去伐木；给他们锄头，会去栽树。

是的，一代英雄好汉，当共和国需要他们砍树时，他们毫不犹豫，抡起斧头向参天大树砍去，凭着他们的能耐，凭着他们的毅力，立下了汗马功劳，树起一面鲜红的旗帜；如今，需要他们造林、护林，他们依然是那样可爱，那般听话，整装待发，时刻准备着，扎根深山，再创辉煌，再立新功。这就是一代英模的光辉形象！

谈起"劳模"的功德，王部长溢于言表。她从两个高大的文件柜中搬出了几摞繁杂的档案，给我翻阅，历史为英杰们记下了史诗般的文字，积累了几大柜子资料！

她还告诉我，全省森工系统每年都要搞一次评比活动，年年都要评选先进集体和个人，全国的、省里的、州里的、局里的，都要搞。

这是共和国的优良传统，也是林业战线上为下一代人立下的好规矩。

那一排排陈旧失色的文件柜中，层层叠叠的功劳簿、英雄纪念册，以及大大小小的文件，都如实地记录了几代森林工人的功劳史、辛苦史；同时，也录下了川西成片的天然林消失的悲壮史。

这些文件柜，是几代人的心血铸成的"功德柜"，是功德的集合体，是林业工人的骄傲！

王小姐用富有情感的语言，向我透露了一则鼓舞人心的消息。她说，在群英中最小的年仅 30 多岁。按照上面的优惠政策，在"全国劳模"中如果有 35 岁以下的，可以保送上大学，而且一切费用全免。1997 年，四川省正好给了一个"优惠"名额，经过推荐，大渡河水运局工人刘世华中了"状元"，被推荐上了中国工运工业学院。他上学后，家庭经济紧张，上有老，下有小，组织上又决定每月补助 120 元的生活费。

是的，他是一个非常幸运的人，一位登上了高等学府的林业工人！

王部长说，对森工企业生产的艰辛和生活的苦寒，许多人是不了解的。最近，马尔康林业局的全国劳动模范唐松，许多记者都前去采访过，还有外国记者也去采访过。他的事迹在报纸上宣传后，影响很大，让更多的人了解了森工的疾苦与艰辛。

她还说，1998年，我们四川省的王大松、贺嘉仁、唐松3人，被授予"五一劳动奖章"，十分荣耀！

王部长在欣慰中，从文件柜里取出王大松的材料递给我。我急促地翻阅着，在"功劳簿"中记录着一位森林工人，在深山老林几十年如一日的辛勤劳作。

我轻声地读着第一页，"五一劳动奖章获得者登记表"。

王大松，男，1947年9月23日生于川北射洪县，工作单位：四川省长江木业总公司雅砻江经销公司木里水运处，职务：生产工段段长。

他的先进事迹是奇特的，也是十分惊人的。从他的相片上看，可以断定，王大松是个粗壮的汉子，确实有点像一棵高大的"松"。身板结实，人也很忠厚，力大勤劳。

他的事迹，在林区，在水运局广为传播。许多事被工人们编成故事，一传十，十传百……讲得津津乐道，经久不衰，其精彩的程度，有同杨子荣"智取威虎山"的"轰动效应"。

> 有女不嫁漂二娃，
>
> 漂二娃干的是短命活
>
> ……

在波浪滔滔的雅砻江边，多少年来流传着这样一首凄惨的民谣。这首民谣所诉说的是，在社会有七十二行，可其中没有这样一种特殊的职业——林区"赶木人"，又叫"漂木人"。那是个苦行道。在山里的苦寒地方，穷家女子，发誓也不嫁"漂木人"。

王大松就是个当了几十年的漂二娃。他的故事就是从这里开始的。他朴实无华，经常穿着一身半旧的工作服，一双发白的军用胶鞋，带着泥沙的香味，从浩瀚的雅砻江边爬坡上坎，一年、二年、三年……他就是这样带着他的工班，往返奔波在他所管辖的108公里的河岸上。

大家崇敬他，职工称他为"点子段长"，藏族同胞称他"老黄牛"。他32年如一日，跋山涉水，风里水里，与江河作伴，和少数民族同胞亲密相处。他的飒爽英姿，坚韧的形象，深深地印在群众的心中。

1989 年 7 月初，正是洪水季节，也是"漂二娃"活跃的季节，水流急，流量大，正是木材漂向下游，漂向建设需要的地方的时候。

在前波河道的岸上，波涛汹涌的洪水将满江的漂木冲到岸边，堆集成长 150 多米，宽 50 余米的一座高高的木头山，他们测算，至少也有一万余立方米。

怎么办？

如果现在不及时将木材推向急流，等洪水季节一过，这堆木材将在此堆放一年，一直要等到第二年洪水到来时，才能起运。这样会造成木材腐烂不说，还要延误战机，用材单位不能及时得到木材。

对此，王大松心急如焚！那一天，天刚煞白，他就再也睡不着了，一大早，他就带领一帮人，步行 30 多公里，赶到了前波河道，去查看木垛堆集的原因。他们急行中，汗水渗透了全身，累得脚手如铅，可一到目的地，王大松没喘一口气，就查地形，找原因，想办法，当他们共同定下方案之后，王大松带头干了起来。当时，由于洪水急，人力少，要运完那些木材，太困难，也太危险。

"马上行动。"王大松冒着危险，下了命令。

"王老大，不行呀，这么干太危险。你想要拆除这么大的木垛，随时都有生命的危险。"

"危险是有，可时间不等人哇！不这样干，还有别的法子吗？"

"……"

在紧急关头，大家似乎束手无策。王大松又围着木垛，转了一圈，正打算采取别的妙计，可是哪能呢？靠机械不行，请他人支援也不现实，他思来想去，拿不出锦囊妙计。王大松立即带着二名撬木技术过硬的工人，交代了拆除木垛的方法和安全注意事项，随即唬唬几步，他第一个爬上了木垛。

经过长久水泡的原木，又笨又重又滑，他们艰难地推、赶、拉，一连干了几个小时，木垛才拆除了一半，可人已精疲力竭。

此时，洪水继续上涨，渗透了木垛的底部，冲起翻滚的河沙，冲着漂木，顿时整个木垛摇晃起来。人，站在上面晃荡，随时都有可能跟随漂木，被冲到江中。

怎么办？

在紧急关头，王大松令其他两位工人先跳下木垛，上岸。自己一人留在木垛上，继续使尽全身力气，撬！

哗！哗！洪水如同饿狼，正朝着木垛撞来。此时，整个木垛已经在洪水中漂荡。王大松也随洪水上下颠簸，眼看就要被一泻千里的洪水吞没。

此时，在岸上的同伴异口同声地叫喊："快，王老大，上岸，上岸！"

此时，他只需纵身一跳，凭着他多年的经验完全可以跳上岸来，脱离险情。然而，他只顾用劲撬原木，忘记了自己的安危。

就在他全神贯注地撬完最后一根漂木时，仅仅慢了一秒钟，哗啦一声，一个浪头压了过来，他被凶猛的洪水卷入浪中……"王大松——"

岸上工人们齐声惊叫起来。他极力与洪水搏斗、挣扎，可一切都晚了，王大松越卷越远，洪水很快淹没了他的整个身躯。

无情的雅砻江吞没了这位英雄好汉。洪水太无情了，他的伙伴，站在江边望着他远去的身影，号啕痛哭！

多好的人啦！他在森工史上写下的光辉篇章，将与日月同辉！

在这位"漂二娃"的事迹中，最让人难忘的是他对自己所干的事业，有无限的深情，有种爱材如命的天性。

早在1994年10月，有人发现在八窝龙河段有存材。此时在高原上已是寒冬来临、气候恶劣的季节，可他没有考虑这些，便带着4名工人，急匆匆地赶到人烟稀少的八窝龙河段，去清查河中的存材。他们发现高岸材很多，而且许多材已经腐烂。他一看，十分痛心，责怪自己的工作没有做好。他心急如火，不顾疲乏，扛起一块原木就往水中扔。在他的带动下，大伙扛的扛，抬的抬，4个小时的激战，把两百多根原木，全部送进水中。像这样的故事，对王大松来说就太多了，也太平凡了。曾经有人问他，这是为了啥？他笑了笑，淡淡地说：

"木材搁在岸上，放长了会腐烂。木材是国家的宝贝疙瘩，浪费了，太可惜。"

一次他不幸被万恶的洪水吞没，大家悲痛不已，他们顺着雅砻江边，向下游跑去寻找，可奔腾的大江，只有虎啸般的吼声，而不见王大松的人影。

正在他们万分着急的时候，幸好碰上几个水性好的藏族同胞，发现洪水中出现了一个人影，他们跳进急流，经过一场搏斗，终于从洪水中将王大松打捞上来。

王大松脸色苍白，昏迷不醒。他们赶紧把他送进医院，经及时抢救，他才脱了险。

他的事迹平凡而伟大，生动而感人！

他是一位模范的"漂二娃"，同时还是一位事事处处关心群众生活的好段长。

为了帮助大伙改善生活，他带领大家从几百米远的地方挑来肥土，垒在河边上，造出了一亩多好地，用来种菜。大家无不赞扬王大松的为人，赞扬他为集体、为国家想得周到，对自己总是克勤克俭。工人们竖起大拇指称赞他："王段长的工作无可挑剔，踏实认真，啥事都跑在前头，比我们做得多，也做得好。在他的身上，凝聚了我们伐木工人吃苦耐劳的本色，从不讲得失，有一种宝贵的'老黄牛'精神。"

两代人的恩与怨

任树友，至今心里还不平静。他一家对森林、对伐木的贡献太大太大了。在他家，整整两代人：他们夫妻俩无私地奉献出青春，他们的儿子献出了宝贵的生命。老两口已是年逾花甲的人了，还处在贫寒与痛苦之中。谁看到这家人，都会叹息，都会生发出同情心！

30多年前，一对热血青年，从东北奔向西南，参加祖国的"三线建设"。任树友的老家是山西，老伴的老家是山东。他们早年就读于东北林校时，就下定决心，把青春献给大山，献给森林。他们学的是森工专业，伐木、营林、造林，他俩品学兼优，技术娴熟。

初来西南，在前进的路上，困难要有多大就有多大。他们凭着自己的勇气和决心，把工作和生活中的艰难困苦全被克服了。唯有"不公平"的

是，他们生命中最宝贵的儿子，被祸星夺走……

多少年来，沉淀在这对夫妇心中的苦水，不愿吐露。今天，他们再也忍不住了，滔滔不绝地从心底喷了出来。

回忆是痛苦的。

任树友夫妇朴实、忠厚，事业心强。如今，浩然正气依存。在任树友清瘦的脸庞上，仍然保留着丰富的内涵，保留着一个共产党员永不磨灭的坚定信念和做人的本分。

他双手紧握着，放在胸前，庄重地坐在靠背椅上，缓缓地拉开了尘封多年记忆的闸门。

王记者，许多话我是不愿意再提起的，一提就伤心、流泪。我老伴是个很重情感的人，她的心中至今也不安，忧郁成疾，常常闹病，再加上我们这些年日子过得艰难，能活到今天，不容易啊！

任树友夫妇的人生之路，太难，太苦。他们从东北来到西南，口音杂。既有难懂的山西话，也不时夹杂一点东北腔，他"人"、"银"不分，把"人"说成"银"，还学到了不少川西一带，让人似懂非懂的"土语"，组合成资格的南腔北调。

他们的口音，就明确地告诉你，他们所走过的地方，所经历的艰难历程，是何等坎坷曲折。

这位当过多年工会副主席的共产党人，许是因为做群众工作的时间长，挺会讲话的，也善于表达自己的情感。他像讲述一个古老的故事那样将自己的往事娓娓道来。

木里林业局正式建立是 1966 年 6 月，我们是最早进入木里县的开创者。1965 年，我们第一批进山去的只有几十个人。我们去木里时，那里一切都处于原始状态，自然条件很差，气候恶劣，交通不便，生活艰苦。全县没有一寸公路。我们是背着吃的、用的、穿的，还有劳动工具，一步一步地走进山里去的。那时不分官兵，都是自己扛。一些大的生产用品，就用小毛驴往山里驮。

嗬，大队人马，挺闹热哩。那时，人的思想单一，提倡艰苦朴素的作风，没有谁讲这讲那的，人心齐呀！

木里地方偏僻，从西昌去有 300 多公里，要翻三座大山：磨盘山、棉垭山、小高山。仅一座磨盘山就有 187 道拐，3 000 多米高哇。我从没见过那么高的山，山西的山没那么高，东北的山也没有那么高。

记者同志，你看我个头不高，也不壮实，可同样要背几十斤重的行李。

我是刚从校门出来的学生娃子，虽然热情高，可体力不中，体质差呀！

这也难说，人到那时也怪，有一种力量在支撑你，谁都不愿落后。嘿，再苦再累，咬咬牙就过去了。累了，忍着；饿了，咬几口干馒头又来神了，就这样，我们一步一步地往前行，几天后，终于爬到了目的地——木里县城。

说它是个县城，当初哪里有城呀。木里县城，是一块洪荒之地，只有几间老百姓住的破房子，县委住的房子都是租用老百姓的瓦板房。我们一去就住帐篷。生活艰苦到什么程度呢？要讲出来，现代的青年是不会相信的，他们也不会去理会。

木里确实是个好地方，在藏族民间传说中，被称为"神仙居住的地方"。那里风光秀美，林木葱茏，是大西南原始森林保存最好、覆盖面积最大的林区。

林区面积 132.4 万公顷，活立木储蓄量 1.02 亿立方米，全县森林覆盖率达 68％。

木里是一座宝库啊！

中央号召支援"三线"建设，要大干快上，还要"多、快、好、省"。我们局根据这个精神招了第一批工人。

第一批是从射洪县招来的。兴建的第一个伐木场是 911 场，离县城只有 4 公里。

随后，又从内蒙古、东北、川西、川南等 17 个省市的林业局，调来一批干部，加强各级的领导力量。

吃什么？人无论走到哪里，吃是第一件大事。

生活艰难啊！吃的，全靠山外供应，靠人背，或者雇马帮驮运。吃啥呀？成天吃的是咸菜和辣椒豆瓣，没有新鲜蔬菜，没有肉吃。每年冬春两季，就到川北采购一批盐肉回来，下在窖里，要吃一年。那咸肉、咸菜加在一起，苦涩难咽。偶尔吃几顿，倒也过得去，日久天长，吃在嘴里冒苦味、涩味、酸味，既不想嚼，也不想往肚里咽。比较好点的是当地老百姓做的老腊肉。可吃久了也难受呀！嗯，那东西还很俏呢，因为当地人烟稀少，养猪的也少。吃的东西，什么都定量，咸肉每人一月只有半斤。实在没办法，大家想吃点青菜，哪里有呢？我们就到野外去采"野芹菜"、"苦菜花"，还有"蕨根菜"之类的作为调味菜。那时觉得最好的菜是萝卜丝和当地老百姓种的洋芋。

住的条件就更差了，你可想象，当地的老百姓住的都艰难，全是"木板房"。

我们初来乍到，人又多，住哪儿？没办法，开初人少住帐篷，后来人多了，工人就住在山上，用几根木棒架起，砍些树枝搭在顶上，再砍些野草盖上，连雨都遮不住，挡风就更难了。我们就在那样恶劣的条件下伐木。

我们工人和干部都是好样的呀！大家无怨言，不讲条件，不谈享受，也没有一个当逃兵的。对如今的青年来说，是不可思议的。

哎呀，说到吃苦，大家都能对付。当时，山上还有"土匪"嘞！有一次，一个工人从山上下来，走在半山坡，突然从树林里蹦出两个"土匪"，把他的上衣、裤衩都给剥光了。嘻嘻，他呀，光着屁股跑到场部，你说厉害不？

那里的山很高啊！木里是云、川、藏接壤的地方，是高原的中心地带，最高的山达到四五千米，一般的作业区都在 2 000～3 500 米。

当时的设计，木材的运输分三条道：一是汽车拉；二是利用横穿境内的雅砻江，搞水运；三是借助金沙江的力量。木材，无论如何走，都离不开公路和汽车。

最艰难的是筑路，这是第一大难关。要伐木，首要的是路要通，人、马、车辆要能进能出。这也是伐木最基本的条件。912 林场是一片非常好的林子。采伐队要进山，首先要修路。修路，最艰巨的是大战鸭嘴河。

1970年，把左凤歧从西昌调到木里当局长，由他领着大家干。他是个能人，也有水平。我们的任务是双管齐下，既要修公路，又要搞水运。要从山顶的作业区，采下木料，从山上修一条滑木道，原木就顺着渠道从山上滑到山沟里，再运到雅砻江边水运。那山高呀，坡又陡，人往上爬都难，爬不了几步，就喘气。从山脚爬到作业区，要爬一天。那是一场艰苦的战斗，硬是用人工一锄一锄地挖出了一条滑木道。

最艰苦是修鸭嘴河的公路，有一位姓范的班长，很能干，又勇敢、听话，叫他干啥就干啥。公路，几乎都是从悬崖峭壁上开出来的。他带领一班人，把绳子拴在腰上，从山上吊到半山腰开路。哎呀。你说那有多悬哟！那惊险的场面，不亚于电影《智取华山》里英雄们登山的情景。

我们苦战了几个月，路是修成了，可范班长在放炮时受了重伤，瘫痪了，躺在床上多年，去世的时候才30岁……

此刻，任树友的高嗓门突然低沉下来。他的声音里带着许多令人心酸，令人难受的痛苦。

木里林业局是全省最大的重点森工局。到了80年代，它的任务更重，全县的财政就靠伐木支撑着。人员也最多，1982年达到5 317人，每年完成国家指令性计划18万立方米，有时还要超额，占全省采伐任务的1/6。此外，地方"小森工"还要年采12万立方米，木里县到现在，大小森工一共采木材621万立方米。

任树友夫妻是木里林业局的元老，他们的青春消失在深山野岭，人生的旅途全是围着森林转。

献了青春献子孙！

这一说法，在任树友的身上，最能体现出它的含义。

提起他的儿子，那是他们夫妇最伤心的事。任国庆，一听这名就能想象出老人的心思，要把自己，同时要把下一代和共和国紧紧地连在一起。任国庆在24岁那一年。还没有成家立业，就夭折了。

任国庆是汽车司机，技术一流，人也聪明伶俐。他从小就立下志向，要和他父亲一样，干什么事都得争立头功，争当先进。那一天，他的任务已经完成，他们队中有一位司机，因病不能上班，生产欠了账。他把自己的任务完成后，天已黑了，他还想帮战友完成任务。于是，他又马不停蹄地玩着方向盘，开车上山拉木料。人毕竟不是铁打的。他因为人太累，天又黑，在下山拐弯时，车翻下万丈峡谷中……

车，摔得粉碎；人，是从乱石中找到的。救护的人赶到后，急忙把他送进西昌林业中心医院抢救。医院领导见他伤情严重，提出要请省里的专家、教授来会诊。他们乘飞机去成都，教授一看片子，呆了，已经没救了……他死得太惨，还是个孩子，就离开了人世间。

任树友讲到这儿，两眼泪汪汪，伤心地哭了，老伴也哭了，哭得很惨，泣不成声。她那两只苍白的手，不停地在空中乱舞，眼泪仿佛要将那心酸的事全部洗去。可哪能呢？那是两代人的苦哇！

走的走了，可活着的却在受罪！

过了许久。任树友才勉强恢复了正常。尔后，他又说起老两口的生活。

他说，记者同志，我们一家人为了啥？嗯，还不是为了国家的建设。你看你看，我们这一代人，什么也没有挣下，就挣了这些红红绿绿的小本儿。

他边说，边从里屋捧出七八个奖状。我双手接过那些用血汗铸成的奖状，哦，什么"劳动模范"、什么"先进工作者"，全有了。

"任主席，你们都是有功之臣！"

我的话一方面是赞扬，一方面也是一种安慰。

在几十年的森工事业中，他们付出的太多太多了，无论我用多么漂亮的辞藻，抹不去他们的泪痕，也愈合不了他们心灵上的创伤！

"王劳模"没有悔恨

在凉山州采访时，州林管局的张书记告诉我，在全川森工系统中，王顺山是一个好样的。他在林业上干了几十年，没有怨言，没有悔恨，是个"王铁人"式的人物，你可以去和他摆一摆。张书记还对我说，王顺山就住在"绿宝石宾馆"里。

王顺山是个啥模样呢？是高是矮，是胖是瘦？我不曾见过，但一听他的名字，我脑子里已勾勒出他的形象了。

秋天的"月亮城"特别美，可雨季的余波还没有过去，雨水不时降落。

那是一个秋雨绵绵的早晨。我很困，但睡不着。雨淅淅沥沥地下着，我打开窗户，天色很暗，街上还没有行人，在朦朦胧胧的雨雾中，只有一个人，在门前晃动。他是谁呢？我定睛细看，只见一位老者，一手撑着雨伞，一手握着扫帚在扫地。他从台阶下，一步一步地往前扫，从那头扫到了这头。那些讨厌的人，乱扔的纸屑、果皮，一下雨就贴在地上扫不起来，他扫完之后，又用手去捡纸屑、果皮。尽管下雨，可他把街头打扫得干干净净。

他是谁呢？我一直在观察、推断。对这个人我并不陌生，前几天我就发现，他像一架时钟，每天天不亮，就定时在门前扫地，做清洁。

此时，天色已经大亮，我从四楼走到门前。我不知是从哪一根神经感受到，他就是"王劳模"。

我跨前一步，情不自禁地紧握着他那双冰凉的手：

"哦，你就是王劳模吧？"

"是，是，我就是王顺山。"

他打量我这位不速之客后，问道："你，你怎么知道我喃？"

"你们张书记告诉我的。他说你在绿宝石宾馆打工，是吧？"

"是，是。"

我说明来意之后，两双手便紧紧地握在一起。

他的手粗壮而有力，粗得有点咯人，仿佛是松树皮一般，可又是那样的真诚与火热。

在第一眼中，我就对他产生了好感，仿佛在他身上有一种魅力，一种让人可以信赖的力量。

王顺山高高的个头，虽然已年过半百，体瘦，可他的身板很直，骨架高大，没有那种弯腰驼背，老态龙钟的老年气，更没有倚老卖老，以功自居的"常见病"。

我和他约定，下午他做完事后，我们一起好好谈谈。

"王劳模"对人很随和、谦虚，特别是对我这位和他同姓的来访者，更是一见如故。

他按时到我住的房间来了。他一落座，就不停地摆起了他的身事、往事和心中事。

"家门儿，你要我摆点什么样的话呢？我是一个工人呀，做的都是平凡事，没啥稀罕的嘞。"

"不，你的事迹你们领导都介绍了，很感人，想找你唠一唠。"

"王劳模"的记忆很好，几十年前的事，他都记得一清二楚。他不惊不诧地述说着人生的酸辣苦甜。"甜"，这词儿用在此处，似乎有点别扭。

在王顺山的身上，甜蜜的日子似乎从未降临过。生活赐给他的不是"甜"，更多的是苦味、酸味。

他的老家在川北盐亭县。在旧中国，那是个苦寒的地方。母亲生下他们兄妹9人，缺吃少穿，饥寒交迫，穷困潦倒。父母养不活他们。他才13岁就被送给了别人，还有3个老大不小的妹妹，在3年"困难时期"都饿死了。

他讲到这里，那双大大的眼里充满了忧愁，堆满了泪花……

我心中也十分难受。此刻，我们的谈话停了下来。

顿了顿，他说，我进山才17岁。1964年，省上要建普威森工局，专为成昆线的建设采伐木材。那一次，在我们县里招了不少人。我虽然文化不高，可个头高，身体壮，体检时，几道关都顺利地闯过了。很热闹耶，入队的时候，就像参军一样，带红花，放鞭炮。来了几辆大车接我们上成都，家里人光荣，亲友也光荣。我妈活了几十岁，还没有见过那样热闹的事。她都感动了，拉着我的手说："儿哟，你从小就是个苦命人，妈生了你可养不活你……这下子你走上了好道道，用心地去劳动，将来会有好日子过。顺山，你就别挂念妈啰！"

从那以后，王顺山和10万森工一样，就算从山沟里走向了"大世界"，出远门，干大事，他能不高兴吗？

从那以后，王顺山被"埋"在深山密林中，一干就是几十年。

从那以后，王顺山这位森工的代表，用自己那钢锉般的手，为宝成路、成渝路、成昆路那漫长而沉重的钢轨，铺下了一块块枕木；同时，也为共和国这座大厦的兴建，搭起了一根根支架。

从苦难中走出来的人，当其重见光明，会产生巨大的活力；同样，人生的价值也会在实践中、劳动中，充分地体现出来。

王顺山到了林区，他浑身是劲，日夜奔忙。他的心像聚光镜，排去一切杂念，把力量都使向一处，凝聚在那双粗大有力的手上，抢起板斧，向一株株高大的千年古树砍去。哗！哗！一棵、两棵、三棵……青翠的人类赖以生存的参天大树，在利斧下，倒了，毁了，没了！

"王劳模"说，早些年在普威伐木，我担任过班长、组长，带领几十号人，长年住在山里，那时人也年轻，干劲足。哈，我就是一个劲地要争夺"红旗"、"标兵"，要争第一。我负责的班组，在什么时候都是走在别人的前面，一天干 10 多个小时，也不嫌累呀！

1978 年是干得最漂亮的一年。我们 8 个月就完成了全年的任务，你说棒不棒，提前 4 个月呀！

场部提出"学一班，赶二班，全场学习王顺山"的口号。我们二班，年年是场里的先进集体。我年年是局里的先进个人。

后来，普威林业局的树子砍得差不多了，木里林业局需要人，组织上要调人支援木里。说真的，相比之下普威的条件好些，交通方便，休假回家路也顺畅。当时调人，许多工人不愿去木里，说那里更苦哇！地势偏僻，山又高，路更远，回趟老家仅路上就要走七八天。我响应号召，二话没说就背起铺盖卷到了木里。

哎呀，家门儿，你不知道，当时我的思想真单一。我啥也没想，想的就是，只要国家需要，我就拼命干嘛。

王顺山的兴头越谈越高。他仍然有种荣誉感在支撑着他，鼓励着他。他清了清嗓门，继续述说着他的往事。

在木里，我先前在 914 林场当伐木工，后来因为我们段的几个炊事员煮饭不行，调我去当炊事班的头。嗨，我去不久，就干好了。后来，他们都走了，就一个人干。

当时，有四五十个人吃饭，里里外外的杂事，我一肩挑了。

哟喂，那是咋干的，一天不是干七八个小时，而是要干十七八个小时嘞！

有人说，人不是铁打的，我就像一块铁。

那会儿，也不知哪来的那么大的干劲，简直就是个不知疲劳的人。

他说话时，下巴上那颗黑痣，随着他的嘴，一上一下地蠕动着。

我一个人干炊事工作，忙得团团转。山里没有菜，没有副食品，我走三四十里路下山去背，一次要背八九十斤。我记得有一次是秋天，我上午下山去背萝卜、白菜、猪肉，乱七八糟，一大背篼。我嘎吱嘎吱地过了河，又爬山，坡又陡，路又窄，背得多。我一步一步往山上爬，汗水直往下流。我爬了四五个钟头，才背回林场，累得我四肢无力，腿直打抖，支撑不住，"咚"的一声，连人带背篼倒在地上，不省人事……他们急忙把我扶起来，又是喂开水，又是吃药，这样我才慢慢地苏醒过来。

家门儿，说真的我的身体并不好。1976年，那是"文革"后期，是组织上派我当"工作队"，进驻公社。那一年我得肺病，住了几个月医院。那院长好，他说，你是劳模，对国家做了大贡献，一定要把你的病治好。从那次住院后，我的身体就一直很虚。

炊事班的工作，很杂，要有耐心。我除了煮饭外，为了给大伙改善伙食，还自己养猪、种菜，保证三菜一汤，让大家吃得舒服。这就增加了工作量。

另外，我还有一揽子事，发电、放电影等等，我都干。

山里没有煤，煮饭炒菜全是烧木柴。你想，几十号人吃饭，一天要烧很多木柴呀。煮饭的柴，都是我一块块地劈。白天忙不过来，就晚上干，有时劈柴要劈到深夜十一二点钟，第二天早上，四五点钟又得起来做早饭，一天只能睡四五个小时的觉。

有一天，早晨8点钟了，我的门还紧闭着，门前冷冷清清的，锅灶也是冷的。吃饭时间到了，段长到食堂一看，呆了："咦，咋搞的?"他又吼又敲门，不见我的回声，就慌了："嗯，莫非是出了啥事?"他"哐当"一下把门撞开，见我倒在地上，一动不动……

后来，他们才告诉我当时的情景。那几天我特别累，晚上又睡得晚，第二天早上起床，头昏，刚下地就倒了。

我干了四五年炊事工作，就掉了 10 多斤肉。

他一边说，一边把袖口拉起来给我看。你看我这双手，伐木时手上被划了好多口子，横一个竖一个的；干炊事员，天天泡水，这双手全变了，皮子变得又粗又硬。

嘻嘻，家门儿，我这人的命贱，曾经死了几次，又活回来了。

他倒很坦荡，很自在，没有沮丧，没有悔恨，脸上泛着笑意。那颗黑痣，此时更显得突出，仿佛是勇敢者的标志。

他的兴致高，心底的话，像泉水般涌来。他十分自信地说道，1995 年，被评为全国劳动模范，我上了北京，参加全国的群英会。那次，我有幸和东北的森工劳动模范马永顺住在一起。哦，你晓得不，就是前几天，朱总理接见的那个马永顺呀。我们很谈得来，什么都摆。他听了我的故事后，还赞扬我。他咋说呢？他说："王师傅，说真的，我不如你先进。"

那一天我们谈得很晚，也谈得投机。

王顺山是个本分人，而且是个很重感情的人。末了，他一定要请我去他家坐坐。他说："走，家门儿，到我家里去吃晚饭，我爱人今晚做豆花饭，请你尝尝。我家不远，就在楼下住。"

盛情难却啊！我们一起向楼下走去。他是干哪行就爱哪行的人。我们边走，他不时俯下身拾地上的垃圾。我们从四楼下到一楼，他的手上拾起一大把果皮、纸花。

对他的家是个啥模样，我想"绿宝石宾馆"在西昌市，是数一数二的豪华型大宾馆，"就在楼下"，这说明王劳模所住的房子不会太差。然而，我没有想到，他的家是在楼梯下的拐角处，那不是住人的地方，是宾馆放扫帚簸箕的地方，很矮，没有窗户，门东斜西倒，只不过是块"遮羞布"。

我低头站在门前愣神了。这屋子怎么能住人呀？没有窗户，光线只能从门缝里挤进去，是个黑屋子，空间矮，人进去伸不起腰。

我站在门外，细察王劳模的"家"，空荡荡的，只有一张床，一把旧椅子，在地板上摆着两个煤油炉子，一张东摇西晃的桌子。此外，能值钱的一件东西，可能就是那台 12 寸黑白电视机了，价值不过一二百元。

这位共和国的有功之臣，一位全国知名的劳动模范，竟然住在这样的储藏室里。屋里的摆设，说它"简朴"也许词不达意，倒不如说"家贫如洗"，更确切些。

他仍然像火一样的热情，一个劲儿地邀请我进屋坐坐。我的心却凉透了，甚至于在滴血，在一派茫然中，似乎在为他祈祷，为他请求"上帝"给个公道。

你进来呀，我这屋是挤了点，可现在实在没有办法。唉，按上面的规定，我是工人，去年退了休，就该回老家盐亭县。我家里倒有两间房子，我在外面几十年，很少有人住，也顾不上维修，东倒西歪的，根本就不能住人。

家门儿，你别笑话我，几十年东奔西奔的，没有一个钱的积蓄，也没有那个能力买房子。我退休后，只有 400 块钱左右，我爱人没有工作，两个孩子也在山里当伐木工人。我们局几个月都没有发一分钱的工资了。老大有个小孩，嗯，他们自己养不起，还要我帮他养。你看你看，这，这事叫人咋整？

日子总得要过下去呀！没办法，我又到处找事干，后来宾馆的头儿见我勤快，不偷懒，叫我帮宾馆搞清洁。原来宾馆是 3 个清洁工，我一来他们就把 3 个人全辞掉了，让我一个人搞。楼太大，活儿又多，我一天要干 10 多个小时，我一个人干 3 个人的活。开始，他们给我 300 块，后来州林管局局长知道了，他说"你们太不像话了，王老汉一个人干 3 个人的事，才给这点钱。"还好，这一个月又给我加了一百块。

我们只顾说话，"王劳模"的小孙子坐在床上叫饿了，要吃饭。王顺山没管他。他从床下拖出两个装"经济牌"香烟的纸箱子，高兴地说道，我没有啥家当，只有这些玩意儿。他打开两个纸箱子，全是奖状、奖品、荣誉证书、英雄纪念册之类的东西。他递给我一本《英雄册》，我翻开《全国劳动模范——王顺山》那一页，上面写着两段文字：

"王顺山，中共党员，国家二级型企业四川省木里林业局 914 林场炊事员。

王顺山同志自参加工作以来，兢兢业业，任劳任怨，特别是在炊事工作岗位上，把关心他人作为自己的行为准则，十多年来，在林场河口做炊事员工作期间，以热情周到的服务、认真负责的工作态度、无私奉献的精神，处处为企业着想，赢得了领导和职工的称赞。最为可贵的是1987年以来，他利用空余时间及节假日，加工"次利材"2 500余件，共863立方米，为企业创收82 848元。"

"王顺山同志在普通而平凡的工作岗位上，做出了不平凡的事，获得了一个又一个荣誉。1985年被评为四川省职工生活后勤先进个人；1990年至1992年分别评为凉山州增收、节支能手；从1994年至1995年连续被评为企业先进生产者；1995年5月获得全国劳动模范称号。"

我手捧《英雄册》沉思良久，突然提了个也许不该提的问题：你这800多立方米木材是怎样节约出来的呢？

哦，我搞炊事工作，天天烧柴，有些次品还可以用，烧了太可惜。国家建设需用木材，我就把它一块一块地拣出来，利用空余时间，再做些加工，就这样节约下来了。

他是多么爱惜木材的人呀！他还告诉我，这么多年生活在森林里，满山遍野都是好木材，许多人都做有这样那样的大衣柜、樟木箱一类的家具，他没有用木材为自己做一件家具。这些年，就一直用纸箱装东西。他诙谐地说，嘿嘿，倒也方便，没有那些东西，轻巧，走哪儿都行。他说得既坦诚，又轻松。

我关上一本《纪念册》、《英雄册》，心里极不平静；如今，面对这两箱红红绿绿的荣誉证书，在市场经济勃发的年代，也许对商人而言，似乎一文不值；可王顺山，却视其为他终身的财宝，是他的生命所在呀！

共和国的一代伐木者、一代英模，他们面对岁月的忧伤，没有怨气，没有悔恨！

"林"妹妹惨遭毁容

第四章 悲壮的"森老虎"

死亡，对于一般人而言，是一种可怕的事；而对林业职工来说似乎太平凡、太普遍了，生命的消亡须臾可见！

依我所见，若要对伐木者的奉献作出公正的评述，那么，做出成绩是奉献，献出生命应是更大的奉献！

伐木者，为开发森林。在蓝天下，有的洒下了咸湿的汗水，有的肢体残废，有的献出了生命。他们中有许多可歌可泣的故事，至今还在山民中广泛流传！

生命，在密林中消失

这是一张令人沮丧的表，也是一部对生命如实记录的、反映生命消失的苦难史册。

他们，一批共和国的建设者，为了人民的安居，为了国家的进步，他们离开故土，离开温馨的家，走进了浩如烟海的山林，走进了荒无人烟的野地，与虎豹为邻，与高山为友，风餐露宿。

什么是"英雄"呢？英雄，不仅仅在战场上，而且在人们的身边同样也存在英雄、好汉。他们毫不吝惜自己的生命，不贪图享受，为了人民的利益而死，也同样是英雄！

在川西，近半个世纪以来，10万伐木者，生活在深山老林里，他们不仅奉献出自己的青春，还有一批人贡献出自己的生命。他们是西部好汉！

借此机会，我执意为他们，为一批伐木而光荣献身的苦难者，说句公道话。

这不是一张普通的表，而是用鲜血铸成的表："四川省森林职工因工死亡重伤统计表（1953—1985 年）"。表上的记载是十分明晰的，这里只摘下两行数字：

死亡：4 532 人；

重伤：3 706 人。

还有一张"曲线示意图"，从那张图上可以看到，有一条如同珠穆朗玛峰似的曲线，在曲线的顶端，标明：

1960 年创造了高峰，死亡者达到了 363 人。那是多么叫人痛心的一年啊！

除了这个记录，还有多少人失去了生命？至今无法统计。

这些历程中，也只能反映死去的，或至今还在痛苦中活着的人。反映了他们的思维与动态、死去与活着的不幸。还应该看到，他们都是血肉之躯，每个人都有一个家，每个家都有老有小，或父母，或妻儿，或兄妹，痛苦会旁及他们。

在采访中，许多知情人，都不愿再提起那些伤心的、恼人的往事。

追溯川西森工的历史，曾有过三次死亡高峰：

第一次高峰，那是在共和国初期，中华民族还在蒙昧的年代，人们观念的落后，"只重生产，不重安全"，忽视了生命的价值，忽视了人的生命只有一次。

第二次高峰，是政治运动和政治口号高于一切、重于一切的年代，这个时期正经历着"反右"、"大跃进"、"反右倾"……的政治运动。人们的注意力走向了另一边，社会在畸形发展，所以创造了 1960 年伤亡的新纪录：死亡 363 人，重伤 119 人。

第三次高峰，是罪恶的"文化大革命"，"四人帮"在"抓革命，促生产"的口号中，一大批生灵消失了，工人成为坟场的野鬼、"浩劫"的牺牲品！

总之，悲壮的伐木者，其生命的消失与共和国的发展密切相关。

在众多的悲惨事件中，最让人难忘的、最让人悲怆的是，1956 年 2 月 16 日，一个风云莫测的日子，那一天，也许"阎王爷"昏了头，把不该收去的人收去了。

这不仅是愚昧，而且是一种变异。龙尔甲森工局筑路工程队第三工段，40 个精壮的汉子，在修建沙（沙尔）龙（龙头滩）公路，建设任务重，时间紧迫，人又不足。筑路的第一步就是开路基，副队长是个性急的人，他有胆量，却少点心计，因此他一个劲儿强调进度，进度！于是，他们想出了"放老牛"、挖"神仙土"的"绝招"，忽视了那岩层的特殊性：坡陡，土松。因此，他们对四五米高的岩层，从脚下挖起。

他们顺着山岩挖了两月，流尽了汗水，眼看胜利就在眼前。然而风云莫测，突然"轰"一声，岩层垮塌，26 个生灵被埋在泥里。此次塌方的面巨大，长 100 米，高 26 米，总量 16 600 立方米。抢救未能生效，26 个生命，没有一个幸存者。此外，重伤 3 人，轻伤 4 人。真惨啊！

也许，1964 年 6 月 30 日，在川西森工局发生的一起伤亡事件，其惨景，不亚于龙尔甲。

阴差阳错，有人固执，不同意麻尔米沟段工棚搬迁。

暑天的暴雨不时袭击着这个工段工人的生命。工棚地势险要，坐落在山头上，而在它的后面有一座 200 米高的山，全由沙石堆积起来的。6 月 29 日，倾盆大雨下个不停。天，漏了；风，狂了；山洪直泻而来。在 6 月 30 日凌晨 4 时许，泥浆、沙石，夹着朽木一齐推下，只听得山岩里雷鸣般巨响，山体压下，将大部分工棚吞没。太惨了，除少数人保住了性命，大部分人被泥石流吞噬。顿时，吼声、哭声、山洪洗劫之声混成一团……

经紧急营救，最终有 8 名工人和技术员献出了生命，有两名工人负了重伤。

伐木工人多险情啊！

是的，陆地有陆地的险情，水运有水运的险情。雅砻江是长江上游的一条主河道。它从川藏高原的山谷中，陡峭而出，水流湍急，有着一泻千里的阵势。

1974 年 8 月 29 日，雅砻江的河水猛涨。雅砻江木材水运局尘土洼水运处，有一条横跨雅砻江，长 200 多米的骡马运输钢绳吊桥，眼看就有被

洪水冲毁的危险。

那桥，是"漂二娃"多年来在沿河两岸作业的唯一通道，没了，他们举步维艰。

勇敢的转业军人涂国长，在紧急关头想出了一步"妙棋"：若把桥板卸下，减其负重，减少冲力，也许能保住铁索桥。

在37人组成的突击组里，他一马当先，火速冲上了吊桥，强行拆除桥板。

然而，没有想到，在他们走上桥墩时，河对面的桥墩头上有一根铁桩突然断裂，造成桥面翻转，有26人落入波涛汹涌的雅砻江中……

啊，真不幸！转眼间，一批强壮的小伙子，"溶"进了洪水之中。他们勇敢的精神，他们的故事，至今还在工人中流传。

在这里记叙的，仅仅是几起特大的伤亡事件。毛泽东曾对"烧炭工"张思德的奉献精神，作了极高的评价。森林工人的牺牲精神，也同样是宝贵的，同样"重于泰山"。

对川西，近半个世纪的伐木工，许多可歌可泣的故事，太令人伤感了！

在震惊中，为了追忆死难伐木者的往事，我于1998年12月29日，走进了四川省林业厅的大门，访问了原劳动工资处处长孙宗华。

她是一代伐木者的知情人，也是一位十分体贴工人的好干部。

因为她就是来自于基层，来自工人中间。

往事是不会忘记的。但她谈起过去，清瘦的脸上却出现了极为矛盾的表情，时喜时忧，忧重于喜。

孙宗华并不是四川人，她来自安徽。她是学森林勘测设计的，1953年中专毕业后被分配到林业部。那时人才缺，中专生成为宝贝疙瘩。由于她是女的，不让她上"前线"，便调到了营口市。不出3个月，只因人少，将她从东北调入西北青海省。她从此就和青山老林、山花野刺交上了朋友，一干就是10多年。

孙宗华，初识她似乎是位温柔的女士，其实不然，在森林勘察队中，她和男士没有两样，只有一个目标，爬山越岭，去捕捉森林的脉络。

她说，有一次，她和另一位队员，在密林中，迷失了方向，在林子里乱窜。

他们越过一道高山，又从悬崖向上爬，她抓住一根枯枝，还没爬上去，"咔嚓"一声树枝断了，她摔在岩下，说时迟，那时快，她的同伴一把抓住了她的手，她才免于一死……

她的记忆十分珍贵，她可以准确地说出中国森林分布的情况，哪个林区，哪座山，生长的树种和蓄积量。她说，在50年代，我国的森林从蓄积量来看，东北是第一位；西藏是第二位；四川是第三位。不过，四川的地形很复杂，东北的地形平缓，采伐比较容易；而四川山高，多峡谷，多高山，道路极其不便，真是"难于上青天"。这样就给伐木带来很多困难，牺牲大，花的代价也大。

她的话很生动，一边说，一边比划，双手一伸，再向下落，比划四川的深沟峡谷如同无底深渊。

在林子里，酸辣苦甜，啥味儿她都尝过。随着年岁的增长，在70年代末，她就主管工人们的安危和工资，一干又是10多年。

这些年，年年岁岁，她心中都有一个结，时时事事，她都在惦记着工人们的安危。她是主管，哪里出了事故，哪里有伤亡，她那颗柔弱的心，要承受着非凡的压力。责任重大啊！

她说："现在一提天然林保护，就指责工人，指责我们，这不公平。这些林业干部和工人，都没错，也没有罪。砍树，又不是为自己，而是为国家，是政府要我们上山的，因为那时国家建设需要木材嘛。"

她的话很有道理。对于她的说法，我补了一句，"不不不，这件事国家总理都表态了，过去砍树，是国家需要；现在种树，同样是国家需要嘛。"

在文学家的笔下，总爱用"往事如烟云"，来形容往事一闪而过；但对伐木工人的往事，却永远难忘！

她说，森工企业每一道工序都是艰难的。

我在青海搞过林业勘测，这是森工生产的第一道工序，也是一道艰难的工作啦！

当然，伐木工人就更苦了。他们要长年累月住在野外。工人很淳朴，思想也很单纯。为成、渝两市的建设，平武伐木场特别苦，我们去慰问工人，他们没有怨气，家属没有怨言。他们都是为国家，不然，他们到山里去干啥呢？

在"文革"后期，我陪中央检查团到了兴隆林业局，那是最艰苦的地方。

我们到甘孜后，又坐了一天的汽车，下车后还要走70多公里路，才能到伐木场。海拔高，山又险。工人们伐木，还要走半天路，才能到作业面。那么高的山，气候恶劣到什么程度就可想而知了。

那一天，检查团有一位同志和搞测量的在山上迷了路。我们着急，兵分几路，到山里去找。那山太高，又野，一连几天都没有找到。第三天晚上他们突然回来了。哎哟，那有多险啊！

尽管伐木工人苦，他们长期生活在山里，工人牺牲了，家属又顶上去。就是那一次，我们在路边看到一个老大不小的孩子，我问他：

"小朋友你怎么在这里呢？"

"我爸爸死了。"

"咋死的呢？"

"叫树子打死的。嗯，我妈顶爸的班……"

可怜的孩子，一双大大的眼里，充满忧虑。哎，孩子还没长多大，就在山里受苦，能不叫人心疼吗？

黑竹沟失踪之谜

"常言说，光阴似箭，日月如梭。转眼40年过去了，我们走过了一段艰苦创业的历程，回首往事，感慨万千。40年的风雨，40年的辉煌，几代森勘职工兢兢业业，不畏艰难，锐意进取，真诚奉献，为国家经济建设和四川林业建设做出了卓越的成绩……"

在四川省林业勘察设计研究院建院40周年的大会上，祁文光院长面对全院1 000名职工，讲出了他的肺腑之言。

40 年的时光，四川全省森勘职工，为祖国的建设，他们似乎只有付出，而无收获。他们所负担的任务繁重。他们含辛茹苦，不惜奉献出聪明才智和宝贵的青春。

他们的光辉业绩有目共睹，有口皆碑。40 年，一个不太长的历史长河，他们跋山涉水，完成了 25 个森工企业局和 61 个重点县、234 个场、站、所的森林资源调查，面积达 2 000 多万公顷。这只是他们功绩的一部分。

在隆重的庆功大会上，众多的职工，对过去的得失，没有放在心上，更多的是，怀着沉重与不安的心情，悼念着那些为了森工事业而死去的 36 个生灵的往事。

他们的业绩鲜为人知。在森工战线上，打头阵的是森勘队，第一个吃苦头的还是森勘队。他们回眸往事，共同的心声，正由祁院长在声嘶力竭地表述：

"回顾 40 年走过的艰苦历程，我们深感到：我们取得的一点成绩，是多么的来之不易啊！我们的职工付出了巨大的代价，吃了多少常人没有吃的苦，遇到了多少常人没有遇到的险。林业调查规划工作十分艰苦，非亲身经历难以想象。"

"劳动强度大，流动性强，作业地区大多偏僻荒凉，气候恶劣多变，交通、生活、通讯等条件极其不便。特别是五六十年代，我们老一辈的森勘职工遇到了重重困难，有时边剿匪边工作，有的同志死在土匪的枪口下；有的同志失踪了，永远长眠在茫茫的原始森林之中；有的女同志临产前一个月还穿行在漫山荆棘之中，孩子刚满月又回到了生产第一线。现在，我们许多老同志都患有胃病、风湿病等职业病，都是那个时代生活无规律、长期在潮湿环境下工作造成的。40 年来，我院野外作业死亡人数共 36 人，其中摔死 8 人，病故 4 人，被土匪打死 8 人，淹死 7 人，冻死 1 人，高山反应死亡 2 人，其他 6 人……"

这一串数字中，包含着许多可歌可泣的故事和惊险的场面啊！

他们的工作实在太苦太累了。搞测量，一般是两三人或三五人一组，全在原始森林中周旋，高山、峡谷、荆棘丛生，既没有路，又是陌生的地形。50年代的森勘队，没有现成的地图、航片，只有少量的军事地图，人在林中行走，酷似睁眼瞎。要爬上一座山，往往要几天时间，或许十天半月，住岩洞，睡帐篷，风餐露宿，与山、风相伴，与野兽为邻。外出考察，随身携带的东西很多，而生活用品却不足，一块油布，或一个小帐篷，最好的是抗美援朝时期，缴获美国兵的鸭绒被子。常常是早上起来，背下是湿的，而被子上面是一层霜雪，有时还冻成冰块。在野外作业带干粮，饿了啃几口，渴了喝冷水，没有冷水，只好溶化冰雪来充饥解渴。

无论走到哪里，都潜伏着危险，都会引起恶性事件的发生。

天有不测风云，人有旦夕祸福。在洪荒的山野里，人就显得特别渺小、无力，大自然的怪诞、神奇，显得更富有魔力。死去的，已成大森林的最忠实的儿子！人们永远不会忘却勇敢者的奇迹，也不会忘却他们留给人们的遗憾与悲痛。

季历山，一个"山"字，把他与森林，与大山紧紧相连。是的，他的名字就富有传奇色彩，富有感染力。他的死是十分悲惨的！那是1960年，一个森勘调查组在平武的大山中作业。他们已在密林中穿行了两三天，体力耗尽，双腿无力，支不起肩负的数十斤重的行装和躯体。

天不尽如人意，忽然翻脸。隐去烈日，洒下一场暴雨。江河陡涨，洪水切断了他们的归途。

怎么办？季历山抛出一计，将绳子系在自己的腰上，一头叫大家拉着，他自告奋勇，率先涉水强渡。

他行至河中，哗！浪头压来，季历山被洪水卷走了，绳子断了，人无影无踪。全组人马，行走数十里，历时半月，也未能找到他的尸骨。

在死去的技术人员中，最惨的也许要数吕永祥的同伴。那是1959年的秋天，吕带着他的这位同仁，走进北川县调查森林资源。谁也没有估计到，那一年寒潮来得特别早，也特别厉害。秋天，对于森勘队应该说是黄金季节，爬山的好时光。

北川的山更高，更陡，更峭。早上，他们出发前作了估计：他们去的地方不算远，当天上山当天可以下山。

清晨，一提脚，他们没喘一口气，一连爬了 4 个小的山，到达了目的地。他俩经过紧张的劳作完成了任务。日头西斜，他们开始下山。可人很疲乏，他们决定抄近道，节约时间。殊不知，走了两小时前面横着二道悬崖绝壁，堵住了他们的归途。天已黑定，伸手难见五指，无奈，他们只好蹲在岩洞里过夜。

天气潮湿，火没能升燃，到了深夜又冷又饿，吕永祥想出一个办法，他们背靠背相互取暖。可是，天太冷，人又累，吕永祥不一会入睡了，他的同伴还啃着冷馒头……等到天亮吕永祥醒来时，他的同伴已冻成了冰块，断气时嘴里还噙着馒头。

在野外作业，似乎死人的事经常会发生。米易县的山更野，给森勘队带来更多的困难。

聪明的赵德胜，算是善于爬山善于搞野外作业的人了。那一年，他带着两名调查员上山，原本当天就能完成任务，返回住地。谁知，那天极不顺利，直到天黑还在打点、绘图，任务没结束，只好在山上过夜。他们出发时带的干粮不多，待第二天完成任务时，已是人累肚皮空。

由于天气变化，雾大，方向不明，迷路了。他们东跑西撞，苦苦寻找，可仍然找不准方向。第三天傍晚，他们已是腹空如洗，倒在野外，幸好被上山挖药的老乡发现，才把他们背下山，救活，送回了住地。

森勘队成天在外作业，似乎没有他们征服不了的地方。这也许是与人类的整个科考技能有关。20 世纪之末，偌大的地球，已经遍布了人类的足迹，地球的谜底也随之一一被揭穿。探险家、科考队，征服了北极圈，瓜分了南极洲，不久前，即在 1998 年 10 月，一位勇敢的意大利女士卡拉·佩史蒂，她只身用了 22 天，横穿世界"死亡之海"——中国的塔克拉玛干，创造了人间的又一大奇迹！

然而，在川南的密林中，却有一块神秘的洪荒之地——黑竹沟，至今面纱禁锢，传说如云，无人敢揭，也无人跨越。

黑竹沟，被人们称为"中国百慕大"。位于川南峨边彝族自治县境内，自然旅游资源名列川西之首，原始森林、冰川地貌、垂直自然带等，都独具特色。

从科考的价值上看，无论地理位置、地质、动植物、气候、水文等都极具科考价值，而且具有品位极高的旅游开发价值，是大自然赐给人类的一块宝地。

那里不仅自然资源丰富，而且是离大都市最近，原始风貌最完整、最富有自然遗产的特征。

神秘的黑竹沟，有着"死亡谷"之称。它既有原始、古朴的自然美，又有神奇、怪诞、奥秘、神秘莫测的、令人望而生畏之感。千百年来，至今无人敢于征服、跨越。

森勘队具有无坚不摧的震撼力！在他们看来，世界上没有不可穿越之地。1977年的"国庆"前夕，四川省森勘一大队的一支分队，由章齐华领队，决定去闯黑竹沟。

他们的大本营设立在半山腰。他们经过数日观察气候，选定了一个良辰吉日——9月27日。那天艳阳高照，风和平静，气候宜人，是考察大自然的好时光。

调查员李甫杰和罗祥永，是一对老搭档。清晨，他俩背着行装，迎着朝阳向密林进发。他们向山顶爬去，并决定当天返回到住地。

谁也没有想到，时至中午时分，天突变，大雾遮天盖日，三五米之外，看不见树木。他们被围困在密林之中。树，高大参天；箭竹，密如蛛网，举步十分艰难。

夜幕来临时，天幕像张黑网，紧紧锁着群山，顿时大雪纷飞。

住在"大本营"的同事们直到天黑，仍不见他们二人的踪影，队长与10多个队员心急如焚。去找，天黑地野，坡陡无路，从何处去寻呢？他们焦急地等候到天明，也不见二人归来……

"啊，他们失踪了！"

一声呼喊，将不幸的消息传到大队部，人们震惊了！大队部立即通告驻守黑竹沟中队的全体队员，行动起来，进山寻找，并下了死命令：一定要找到他们！

他们火速组织起50多人，同时又动员当地彝族青年民兵支援引路。他们兵分4路，寻找李甫杰、罗祥永的踪迹。

现任大队党总支书记滕兴元，对当时的情景记忆犹新。他说，当时林勘院的领导也十分重视。我带领的小组，第一个登上山顶。我们还带了"对讲机"和一些无线电通讯设备。任务紧迫而艰巨，4支队伍天天上山分头寻找，前后花去一个月时间，一直找到大雪封山，也不见他们的踪影。他们走的线路，他们吃面包扔掉的包装纸，考察记录的资料，升火未烧完的柴头……这一切都一一找到了，就是不见他们的身影。

对他们的失踪之谜，大家曾有过许多分析。

据当地的老百姓讲，他们去的地方正巧是黑竹沟和罗素依达之间的山梁中，后部有一自然迷宫。那地方神秘莫测，当地彝族称为"迷魂阵"，森勘队称它为"鬼推磨"。相传，曾经有人进入，迷失了方向，转来转去，如同进了诸葛亮的"八阵图"。也许，他们正巧走进了"八阵图"。

为寻找李甫杰和罗祥永，由峨边县西河区粮站干部罗方贵带领的另一个小组，误入"鬼推磨"，也迷失了方向。他们东闯西撞，绕来绕去，转了10多圈，也没能找到沟口。随后，他们鸣枪报警，另一个小组及时发现，才救了他们的性命。

还有一种精彩神奇之说，在黑竹沟有一种奇特的"吃人树"，也许他俩碰上了"吃人树"，被当作盘中餐了。

相传，很多年前就有人在黑竹沟发现了"野人"的活动。当地的群众提起野人就毛骨悚然，他们猜测，也许两位森勘队员与"野人"邂逅，成了"野人"的山珍海味。

传说归传说，事实归事实。时至今日，李甫杰与罗祥永仍不见踪影。他们的失踪，仍然是个谜。

时间已过了22年，在四川省林业勘察设计研究院的死亡名册中，他俩并未入册，仍然以"失踪"二字，记下了他们的踪迹！

他，专为死神写报道

陈光明，在大小凉山，是一位远近闻名的新闻人物。他，中等个头，人干瘦干瘦的，做事不惊不诧，不快不慢，说话的声音不高不低。他很淳朴、忠厚，让你一看就知道是个有文化的诚实人。

他已年过花甲却依然干着本行——专为死神写报道。

有人亲切地称他"记者"，因为他不时为《凉山日报》、《四川林业报》、《劳动导报》、《四川日报》一类的报纸和杂志，写文章，发个"豆腐块"或者"火柴盒"。他喜欢动手、动笔。走到哪里，他总是手上拿着个小本儿，记记这个，写写那个，又有人叫他"文化人"，因为他说话做事都斯文。天长日久，人们形成一种心态，喜欢看他的"节目"，但又怕他写报道，因为他所写的文章，"含金量"太大，字里行间充满了忧郁和痛苦。

他觉得，应该给大家更多的喜色、光明，而不是忧愁和懊恼，所以他的名字是带喜气的，起名"光明"，但他自己还觉得"光明"二字的透明度不足，他又给自己起了个笔名"明明"。他心满意足了！

1998年9月16日，我去凉山州林业管理局办事，意外地采访了他。我们一见如故，谈话很投机。

他说，我在局里是专管安全的。这是一项特别的工作，关注的是大家的生死、安危。说真的，在平时领导忙，没心注重安全，倒是每每出了事故，死了人，他们的心情百般沉重，百般着急。事情就是这样，平素忙，一旦安全出了事，就更忙。第一个到现场的是我，第一个给死者送信的也是我，第一个为死神写报道的还是我。

陈光明于1958年从四川省林校毕业后，就走进了林业战线，一干就是40年。

1978年，他开始为死神写报道，专为逝去的生灵做优抚、安慰工作。

他边说边从文件柜里取出一叠他发表过的"豆腐块"、"火柴盒"，当然也有一些安全理论文章，比较长，但是，读者往往注意的是前者，而不是后者。

无论是前者，还是后者，都是他的成果、业绩。他十分珍惜自己的劳动，把文章都保存得完美、整齐，有的还装订成册，是具有重大的使用价值和保存价值的。

他的话很真诚，每一句都饱含着自己的情感，都包括了对死者的评语和赞扬。人们常以"盖棺定论"四个字，评价人的一生。而对于非命的人，这一点，往往是来不及思索，大都是由陈光明来完成。

他很耐心，一篇一幅地翻给我看。那些文章确实很珍贵，也很凄惨。它的价值之所在，就在于它记录了真实的历史，记录着一代伐木者，为共和国的建设做出的牺牲，同时也是人的价值和生命的具体体现。

我们坦诚地谈起他所写的报道，不仅为死者和家属，也为整个森林工业做出了贡献，从某种程度上讲，他的贡献既是对工作的一种肯定，也是对死者的祭奠，是对活着的人的一种安慰。他的发稿很频繁，虽然文字不长，可数量却颇多，而且都是属于"爆炸性"的新闻。

我翻开他那纷繁复杂的稿件，看到他于1995年10月4日，在《劳动导报》一次就发表了两条消息，那两条都是属爆炸性的新闻：

一条是《盐源，会车不当东风货车坠深谷》：

"8月28日，盐源县境内发生一起交通事故，造成死亡2人，轻伤1人，车辆及运载的百货、食品等物资损失惨重。"

"当日，木里林业局汽车队一辆东风牌大货车由驾驶员余树太驾驶，从西昌返回木里林业局，行至合（江）木（里）线808公里处，因与一小车相会，大车靠边压塌公路边沿坠入深谷。"

二条是《雷波，野蛮驾驶，违章又遇暴风雨》：

"9月7日，雷波林业局在林区公路上发生一起重大交通事故，造成当场死亡3人，轻伤3人，车辆报废。"

"当日，该局汽车队驾驶员党琦，驾驶解放牌大货车去213场302段装运木材。由于驾驶员严重违章，驾驶室内乘坐5人，原木重车上搭乘2人。途中，狂风大作，电闪雷鸣，冰雹、暴雨倾泻，严重影响视线，驾驶室乘坐超员严重影响操作，致使该车驶出公路边际翻覆，坠入25.5米高的崖下。"

……

陈光明确实是一位高手，在同一天的《劳动导报》上，一次刊出两篇稿件，即使是专业记者，这种机会也是不可多得的。

在字里行间，可以看出，陈光明在写这类文章时，心情是十分沉重和不安的。

是呀，在深山老林，那望而却步的高山、看不透的峡谷，在那弯弯曲曲的土路上行车，且是拉运木材的重车，可想而知，行车是多么艰难，多么危险啊！

他继续翻阅着，从那叠厚厚的剪报中，抽出一份还发着油墨味的剪报递给我。我在接手的一瞬间，突然发现，陈光明的眼眶内，挂着两颗亮晶晶的泪水。

他摇着头，说道："记者同志，你看你看，这份报道，真叫人目不忍睹哇！"

我接过一看，那是《林业劳动安全》杂志上刊登的一篇《架空索道集运木材事故成因与防范》。这一篇可不是"豆腐块"，而是一篇很长的文章。

我聚精会神地读着，越读心里的压力越重，在字里行间，弥漫着一股让人难以承受的伤感和沮丧。

陈光明的文章共分了若干部分，他在"事故的形成及背景"的小标题下，列举了许多事实：

1992年4月7日，绞盘机副手龙某，在卧龙沟25林班9小班操作绞盘机时，因绞盘机与牵引索（起重索）角度偏位，导致回空索运转不在绞盘机卷筒中心位置，回空索在回空卷盘上自行"跑偏"，严重影响正常运转。同时，他在违章排除回空索"跑偏"的故障时，站在绞盘机的重载卷筒上整理已受力的回空索，并将右脚蹬在未制动的架空索卷筒上，使回空卷筒自动运转，回车索将龙某的右脚压致骨折致残。

1990年10月23日，郑某在左支沟22-2班进行索道运材作业时，因一原木跷头压勒回空索，郑某不叫停机，便去整理回空索时，被回空索击中第四、五、六颈椎，因骨折错位，窒息而死。

1992年11月18日，通讯（岗哨）工赵某在岗尖沟22林班9小班进行索道试运行作业时，赵某在危险三角区内发出起重（吊）运行讯号，绞盘机手开机起重运行。因转向滑轮绷索拉断，回空索将赵某当场打死。

1993年12月4日，捆材工李某在13林班进行索道集材，李某违章站在危险区内，被运行中的木材击中死亡。

……

我不能再读下去了，我的心在颤抖，似乎那活生生的、受伤的躯体就摆在我的面前，他们的心脏在出血，他们的嘴里，还默念着他们亲人的名字，他们的眼睛里，还存在一种生的渴望，一种永远不会泯灭的追求，还想为共和国的成长壮大贡献上一份厚礼……

我正在沉思与悲痛中，陈光明又给我一份新近发的《文件》。文件是四川省木里林业局正儿八经地发的（木林发［1998］144 号），题头是《关于呈报〈九一三林场职工刘德清因工死亡的事故调查报告〉的函》。刘德清生于 1943 年，系四川省蓬溪县人，1967 年到林区光荣地当上了林业工人。在 31 年的工作中，他是新企 21 级，标准工资 332 元。他死得十分悲惨，而且叫人难以忘怀。

那是 1998 年 8 月 6 日的上午，他这位工段长像往常一样，对全员作了"三交"工作后便雄心勃勃地带领他的副手赵文彬，走过 2 林班上方公路，进入作业面，赵取出工具开始了伐木。他们为加快进度，三棵大树，采取搭挂的办法，同时采伐，谁知在树倒时因没有算准其中一棵树的倒地方位，结果树正好砸在他的头部，当场亡命。这位年过半百的工段长，老伴专程来看他没见面他就去了，多么令人痛心……啊，太悲惨啦！

我放下手中的文件，在想，倘若"天然林资源保护工程"早实施 25 天，也许刘德清会免于一死。

陈光明坦诚地告诉我，死亡，在森工中太平凡了，也太多了。他说在木里林业局从 1966 年 6 月 1 日建局至今，因公死亡 400 多人。雷波局算是安全工作做得比较好的局，可 20 年来，伐木工人也牺牲了 100 多人。

这些数字是极为庞大、罕见的！我一听毛骨悚然，心中仿佛有团闷气堵塞了呼吸，心里发憷。

为共和国牺牲不仅仅在战场上，在枪林弹雨之中，在密林深处同样也有，同样有无数人奉献出自己的生命！

陈光明确实是够辛苦的了，在局里，就安全而言，局长舒定海是第一责任人，副局长欧定明是第二责任人，而陈光明是第三责任人。虽然他的名字排在末端，可他的工作最具体。哪里发生了伤亡事故，第一个到场就是他，而处理若干具体的丧葬事宜，跑得最多也是他。

他是个做事诚实，待人忠心耿耿，情感丰富的人。

他身体精瘦。为什么？我猜测，也许是因为他，平素承受的压力，心中的忧思太多太重。他不仅要分担艰辛，而且还需要他付出感情。可想而知，每一次报告"死神"的肆虐时，他都要受到一次震惊、一次刺激。

自从1979年他调到安全办后，在全省林业部门中，评选先进年年岁岁都有他，似乎已成他的"专利"。

在许多人的脑子里，陈光明是个奇人、怪人，而我却对他产生了浓厚的兴趣。我们相识的那天晚上，原本，我奔忙一天已是精疲力竭了，但我一想起这位奇人，大脑中的兴奋点又出现了，对他总想弄个清楚。于是，时至晚上10时，我顺着局机关的办公楼后的狭长的通道，东问西询，走进了他的家。

那是十分简陋的家，平凡的家，虽然是套单元房，可房子已褪色、破旧。从室内的摆设，看得出陈光明家的经济贫寒。

他是很重感情的人，对我这位同仁特别热情，也特别看重。

他让我坐在沙发上，沙发很古老，是70年代产品，而且是自产自销的"土沙发"，在正中，烂了个洞，打了补丁。环顾屋内，一切表明，陈光明的日子是极其普通而清贫的。他唯一富有的就是他的那些"豆腐块"。的确富有，他又从书柜里拿出一摞材料，一一向我述说、解释。

尔后，我们的对话仍然没离开"死神"，没离开他的那些难兄难弟。他是条硬汉，在追忆中，几度悲伤，几度痛苦，心酸的泪水一直强忍在眼眶中。

夜阑人静，我们仍然沉浸在极度的痛苦和悲伤中……

罗小姐的大腿和郭师傅的眼睛

全国劳动模范王顺山是个热心肠的人。那一天，我们偶然相遇后，在闲聊中谈到木里林业局职工生活拮据，日子艰难，目下几个月领不到生活费。他很敏感,提起局里发生的许多令人伤感的往事,特别使他不安的是那些生病与受伤的工人,在山里的就不说了,送到西昌医治的就有七八个。那些事仿佛就是他的事,别人的痛苦仿佛就是他的痛苦。他很急,要我立即去看看他们。我没有表态,他焦急的脸膛上,又增添几分忧郁。

"去吧,他们多么希望记者同志去看看他们呀!"

"他们住在哪?"

"医院。嗯,不远,就在隔壁咦。"

此时,他不是在向我介绍情况,而是在乞求。

我们走出绿宝石宾馆那道豪华而高大的门,向医院走去。

在途中,他又提起新近局里发生的几起工伤事故。

他说,木里县今年(1998年)从7月份以来,暴雨成灾,山洪不断,山体滑坡、泥石流冲垮电站、自来水厂、公路、桥梁和农田房屋,全县损失惨重。我们局也停产了,今年木材市场疲软,管理不善,事故不断发生,职工一筹莫展呀!不久前,才从山里送来一批伤病员到西昌来治疗。

他一连说了好几个人的名字,我都吸纳不下,也记不清。但使我最受感动的是那位双眼失明的工人,和一位残废了的女青年。他们年轻,太可怜了!

医院离宾馆确实很近,我们边走边说,不多时就到了医院的大门口。

这是医院吗?我站在医院门前,抬头观望,眼前一片模糊,看不出医院的特征。给人的印象,好像不是医院,而是一片民房。我东张西望,看到后面的角落里,有一幢不起眼的楼房的墙壁上,有一个红"十"字。

房屋高高低低,破破烂烂,既不成行,也不成款,若要说是医院,唯一能作证的就是红"十"字。

我们走进住院部,那是全院最好的建筑,墙体是红砖,陈旧破烂,许多砖体表层已风化脱落,是五六十年代的特产——"干打垒"。

王劳模领着我,爬上了二楼,可是在通道上他犹豫了,先看谁呢?同时,住院的有七八个病人,是先看那位女青年,还是先去看那位双目失明的工人呢?

他一阵犹豫之后,最终确定先去看那位癌症患者,他在人世间的时间不会太长。

我们爬上了顶楼（四楼），走进病房，可不巧，我们迟了一步，同病房的病员告诉我们，他在两天前已经出院了。为什么？因为他付不起住院费，而局机关有人认为反正他的病没啥希望，便撒手了。他在痛苦和失望中走了，回家等候"阎王爷"下达最后通牒。

他们告诉我们，他还有一层意思是，要回木里林业局，趁他的脑子还清醒的时候，在他所工作过的区内选一处满意的坟地，死后埋在青山、埋在森林里，日夜与山林作伴，即使在九泉之下，也要作一个合格的伐木者！

那病人叫唐武元，是个苦命人。他一身都是病，肝、肺、脾，都变了质，医治，对他已不起什么作用了，新近又发现了癌。雪上加霜，唉，死神太不公平，把一切祸患都加到了他的头上，能叫他不痛苦吗？

我没能见到他确实是个遗憾。当然我不是医生，也救不了他的命，即使如此，能安慰安慰也算是一份心意吧！

我们从四楼下到了三楼，走进了外科病区，跨进了郭志松的病房。还在门前，王劳模就嚷道："老郭呀，记者来看您来了。"

郭师傅赓即抬起了头，举起一双手，在空中乱舞，我上前两步，急忙握住他的双手。

我仔细地看到他的脸，双眼用纱布包着，紫铜色的脸膛上，充满了痛苦。

随即他咽下了伤心的泪水。没有双眼的人，所负痛的深度，也许比死去的人还要痛苦、难受。

权威人士对人的一生下了一个定义：说人生有"三大痛苦"；依我之见，人生应该是"四大痛苦"，要加上失去双眼的痛苦。

郭师傅战战兢兢、忽断忽续地诉说他的遭遇。1998 年 9 月 4 日，在川西，也和长江中下游一样，暴雨成灾。木里县是四川雨水最多的地区，连续几天大雨，山洪暴发，木里林业局主要的公路干线，都遭受了不同程度的破坏。从局机关到 917、913、912 的公路干线全垮塌了。我们要从叮咚沟重新筑路，任务重，时间急呀！全局都盼着这条路。路一垮，木材就运不出来，全部人马都停产了，企业有几千人要吃饭哩。我们去抢险修路，吃住都在山上，日夜奔波劳累。谁不想早点修好，早点下山呢？

那天放炮，有一个哑炮没响，等了七八分钟，也没动静。大家都着急了，以为它不会再炸了，我便上去刨，嘿，那家伙有心让人吃苦头，我刚伸手去刨，"轰隆"一声爆炸了……

当时郭师傅被埋在乱石中，他什么也不知道，是大家七手八脚把他刨出来的。他不省人事，被送进木里县医院，摘去了右眼。医生见他左眼瞳孔似乎是好的，还有一线希望，急忙把他送到西昌，住进了州林业医院。可无救了，最终把左眼也挖掉了……

谈完他的悲惨遭遇，屋内一派寂静。大家都沉浸在痛苦中。他的陪伴向春绪，上前抚摸着他的手，他仿佛在用人间的温暖，滋润着这个受伤的肌体。

"他家太苦了。"向师傅打破了沉默。我俩是老乡，都是从射洪县来的。1966 年 12 月，我们一同进山，在林子里一待就是 30 多年。今年，老郭才 52 岁。他家上有 80 岁的老母，下有老大不小的 3 个孩子。他是"晚婚"的模范，孩子小，妻子没有文化，也没有工作，这个家里里外外靠他一人。唉，往后的日子咋过呀！

其实，向春绪在说这话的时候，他自己的心中也不轻松。王劳模后来告诉我，向师傅之所以护理郭师傅，他自己就是一个伤残人。早些时候，他在伐木中被树砸断了腿，由于治疗不及时，化脓，腿烂了，成了终身残疾。从此，他不能再上山砍树。他生活艰难，为了挣点小钱，就专门陪伴病人，护理病人，成为"陪伴专业户"。

对郭师傅的痛苦，我搜索枯肠，想找几句安慰他的话，可我没有找到。

对他这位新"盲人"，什么话似乎对他都不起作用。他也痛苦，我也痛苦，最后，我从喉头逼出一句生硬的话："郭师傅，您好好养伤吧！"

我在困惑中，再一次端详郭师傅那痛苦不堪的脸，他坐在床上，一动不动……

从病房出来，我和王劳模并肩走着，什么也没说，久久沉浸在痛苦中。

在走廊上，我们站了几分钟后，决定去看那位女青年。王劳模推开病房，床是空的，我从门隙中看见了一双白色的女式胶鞋。那鞋已经很旧，上面还打了两个补丁。室内空空荡荡，如同旷野。

她哪去了呢？医院的大门外就是大街，我们在街上走了几圈，也没有找到她的影儿，便打道回府。嘿，真巧，我们还没走进绿宝石宾馆，就远远看到前面一个男青年搀扶着一位拄着双拐的病人，亦步亦趋地往前走。王劳模急忙吼道："哦呀！是她，就是她，家门儿，对，前面走的就是她！"

我随着他手指的方向看去，他们正在爬台阶，一级一级。那台阶并不高，可她却无力爬上去，只得由别人扶着，搀着。她那只左腿不能动，只有右腿着力。每前进一步，爬上一级，都要歇一会，再上一级，那七八步梯坎，足足爬了10分钟。

我们走近一看，我吃了一惊，她对我而言，并不陌生，几乎每天我在宾馆都看见她愁眉苦脸地坐在大厅里，仿佛在等候什么人。所以她的模样我很熟。

她既不是宾馆的旅客，也不是服务员，为什么每天都在这坐呢？原来她有心事、急事！

待王顺山引见之后，我们在她每天坐的地方坐下，谈起了她心中的苦，细说她心中的痛。

她说，我叫罗桂英，是木里林业局912场的集材工。

她双手抚摸着受伤的腿，表情十分痛苦。她本是个开朗的青年，可是一谈起她的不幸，就止不住流泪。

她摆了摆头说，不知是命运在捉弄我，还是别的什么。那天在集材中，一根很粗的原木，从山上滑下来，速度很快，我来不及躲藏，那根可恶的木头，正正中中地砸在我的大腿上。我当场昏倒过去，什么也不知道……

她哽咽了，哭了，两行伤心的泪水，从瘦削的脸蛋上流往衣襟。

"我的股骨被砸得粉碎。先是在木里治疗两月，效果不大，医生决定送我到州医院。在这里，主治的陈医生让我开刀，越快越好，否则我的腿，如果拖长了，内部起了变化，腿就要锯掉。开刀难啊！需要费用7 000元，医院要我先交钱，后做手术。唉，我连吃饭的钱都没有，自己哪来这笔钱呀？"

后来，医生见我年纪轻轻的，真的残废了太可惜。他们为我着想，出了好主意，只要我们局长签个名字，也认可。因此，我把一切希望都寄托在局长身上。

然而，那局长却见不到面，我的爱人已回局里去找过，也不见人影。说他到西昌来了，于是我天天在幻想，他常住绿宝石宾馆，也许局长会在这里出现，他一旦出现我的腿就有救了。我耐心地等待，一天、二天、三天……一周过去了，仍然没有见到局长。

她失望了！她双眼泪汪汪，痛苦的泪水像断线的珠子往下流。

罗桂英的心碎了，精神已经崩溃，似乎一切都完了！

她长得眉清目秀，瓜子脸上，修长的鼻子，清秀的眉眼里，透出几分灵巧和温柔。她已是一个两岁孩子的妈妈了。她是顶父亲的班，进了木里局的。

罗桂英双手抱着腿，痛苦万分。静坐在她身旁的丈夫，掏出纸，帮她抹去了泪水。

随后，罗桂英说道："我残废了咋个办哟？谁来养活我？天呀，为什么不睁开眼救救我嘛？"

说完，她双手扑打着残腿，号啕痛哭起来。

她的声音在撕扯着大伙的心，那惨景叫人目不忍睹。

我再也看不下去了，此刻，说什么也无济于事。她需要的是钱，是及时开刀做手术。我真有点悔恨自己无能，为什么不能为他们解除痛苦呢？

他们的悲惨遭遇，一直在我的脑海里盘旋。我回到省城，把情况向林业厅作了汇报。在四川省政府召开的第二次"天然林资源保护工程"会议上，我碰上了木里林业局局长，向他反映了情况。

局长很壮实，中气很足，一半东北话，一半川音。我们没谈几分钟，他的手机响了，那手机很讨厌，不时打断我们的谈话。从他的谈话中得知，木里林业局是川西林区最富裕的森工局，那是一片最好的林子，也是

川西最大的林区。

地方也生得绝，正巧生在金沙江上游云南和四川接壤的地带。区内多高山峡谷，河流交错，拥有天然林 37 万公顷，活立木总蓄积 1 亿多立方米。原设计年采 30 万立方米，停采前每年采 18 万多立方米，木里是名不虚传的"森林宝库"，为全省 28 家重点森工企业之一。让人疑惑，这么好的森工局，为什么也如此穷呢？

在往后的日子里，我常想起他们的遭遇：一位双目失明的盲人和一位跛腿小姐。他们的形象，久久地留在我的记忆里……

七 个 受 害 者

雷波、美姑、马边、峨边，以其巍峨的群山和秀丽的风景，被人们称为小凉山。这地区最可爱、最让人瞩目的是千里林海。她哺育了浩瀚的长江，也哺育了汉、彝、藏等民族的人民百姓。

横跨金沙江的雷波林业局，是国家重点森工企业，也是一个特殊的森工局。该局管辖的林区，可不是一般的林区，而是四川最大的、成片的阔叶林区，为全国罕见，面积 35 万公顷。这片葱茏高大的乔木林，是长江的卫士，也是人类生存的希望之所在。

她曾经为成昆铁路奉献过青春，为大三线建设架起道道桥梁，输送过血液。

36 年来，几千名七尺男儿，在崇山峻岭中风餐露宿，为伐木，为祖国的建设，耗尽了全部的心血。雷波局的工人与干部，在十分艰难的环境里，创造出了灿烂的业绩。保护森林、多栽树木的意识，在这个局早已牢固地树立。

这一观念的确立，应该说，起源于 20 世纪 80 年代中期。林权纷争，"五斧"高扬，使他们的林盘不断缩小，可爱而温馨的林子的青春年华急剧消失。那些惨情惨景，那些揪心的呐喊，促使他们从中悟出了许多的真情实意，对伐木维生的幻觉发生了疑虑，对森林的厚爱渐渐地有了醒悟。保护森林，爱惜国家交给他们的林子，成了他们的天职。

人们没有想到，一伙蛀虫蠕动血盆大口，向那片最好的林子进攻、蚕食。个体包工头卢某，组织了一个专业砍伐队，在大山深处长期砍伐森林。在 1997 年 6 月 13 日，她与马边某公司签订了"承包采伐东风林场零星国有林的协议"，采伐量为 10 000 立方米。她心狠手毒，独立开发未曾采伐过的双河口原始森林。那是一片雷波与马边两县有争议的林区。

砍树，索取大自然赐予人类的宝贵财富，不言而喻，那是一本万利的产业！见"材"如命的卢某，不惜一切代价，费尽心机，花了大本钱，雇人修路。1997 年 12 月上旬，雷波林业局的工人，在护林中突然发现一群不明身份的人，在雷波局法定的施业区——茶叶坪，修路伐木，吞噬他们最珍贵的林子。工人们立即上前制止：

"你们为啥在我们的作业区修路？"

"……"

"你们为啥在我们的施业区砍树？"

"……"

无论工人们如何质问，他们闭口不答。

横眉对竖眼，形成了僵持对峙的局面。雷波局的头头们赓即向马边县的有关领导通报了这一情况。马边县的领导明确地回答说：茶叶坪是雷波局的作业区，从无争议。我们也从未派任何人，进入该林区作业。

那么，这伙人又从何而至呢？

12 月 9 日，雷波局再次派员到林区，向那群不明身份的 15 名伐木人，宣传林业政策，指明乱砍滥伐是违法行为，必须立即停止，并要求当天撤离现场。

不明身份的伐木者刚刚走后，一个幕后"主持人"便跳将出来。她是这一团伙的承包头，是新生的个体伐木商。

当然，她只是川西林区千百个私营伐木商中的一个。也许，在川西有别于全国林区，自从林权下放、"五斧争林"之日起，在四川善于钻营的个体砍伐者，削尖脑袋，如饿狼猛虎，吞食森林。许多地区，把大片大片的集体林包给了个体户，而少数干部从中牟取私利。因此，他们更加凶残地向森林开斧。

　　卢某由于高额利润的驱使，如狼似虎，粗壮而笔直的楠木、水杉、银杏一类珍稀树木，便成为她的盘中餐。她贪得无厌，将黑手伸进了国有林中，企图吞并茶叶坪的天然林。

　　在正义的压力之下，卢不得不暂且退兵，准备反击。

　　筑路，是大举向森林砍伐的第一步，也是最为关键的一步。一旦道路筑通，即将是大军拥进。卢某自称耗资 65 万元，筑路 1.5 公里。人们都说伐木是一本万利，她的投入自然要利上加利。这笔巨资的付出，她梦想要从中索取数倍的利润。暂时退兵，绝不是销声匿迹，而是要另谋诡计，鸣鼓而攻之！

　　她的第一个举措，便是枪打出头鸟。她把矛头直指雷波局局长杨丁山，要雷波局赔偿她所谓的 65 万元的损失。雷波局没有理睬她。

　　她随后又使出了第二招。在 1998 年 6 月 18 日，她伙同胞弟带领 45 个民工凶神恶煞般冲进了雷波林业局机关，围攻局领导，企图以此威胁他们。她要索赔巨款，并要挟雷波局安排几十个人的食宿，支付往返的路费和误工费。

　　正义在雷波局一方！恶浪压顶，心不虚，人不慌，他们向当地政府汇报了情况，请求当地领导主持正义，维护企业的合法权益，维护社会治安，保障他们正常的工作秩序。

　　然而，不知为什么，有人的屁股坐偏了，对雷波局提出的正当要求，却无人理解。有人认为：卢某与雷波局之间是"经济纠纷"。

　　雷波局的领导懵了，我们从不和卢某有任何经济往来，也从不和她打交道，更没有和她签署过什么经济往来一类的协议、合同，"经济纠纷"又从何而来呢？明明是卢某一伙人，利欲熏心，擅自组织人马侵犯我局的利益，现在却要被侵者向侵害者赔款。怪哉！

　　雷波局对此说法不予理睬。茶叶坪的林权是他们管辖的国有林地，别人侵扰、砍树，他们保护森林，保护自己的合法权益，没有过错。强盗进了屋，要强夺财宝，要行凶抢劫，难道还不让自卫吗？

　　由于当地官员对这一事件的意见分歧，个别人态度暧昧，甚至对侵扰方进行袒护，于是，卢某有恃无恐，得寸进尺。

当地政府怕把事态扩大了不好收场，便出面做疏散工作。但他们提出要求：要由雷波局赔偿其经济损失。在无可奈何的情况下，为了稳定大局，最后雷波局给 45 个闹事的民工，付了食宿费。

这样一来，卢某似乎悟出了"真理"："闹而优则胜。"她将无理变成了有理。她怂恿民工不要撤退。这个不同凡响的女人在幻想，不达到最终目的决不罢休！

雷波局在忍无可忍的情况下，为了不让事态继续发展，局长杨丁山向雷波县委、县府作了汇报，要求做工作，将事态化解。

1998 年 6 月 19 日，县府派出了调查组，出面做了协调工作，卢某自觉无理，才将民工撤走，闹剧才算暂且平息。

她是个精灵透顶的人，一计未成又生一计。事隔两天，她给杨丁山写了一封措词激烈的恐吓信。信中称：

"我现在要你明确答复，我的经济损失你赔不赔？你们所谓的要补偿，怎么补？补多少？你对我的诬告和人身攻击，该不该澄清？何时澄清？等等，都必须面对事实，面对法律。你也应清醒一点，以权压法，以势压人，唯我正确是不长久的。最终只能是搬起石头砸自己的脚。我还要告诉你，躲是躲不掉的，跑是跑不脱的，藏也是藏不了的！我现在要求是，要你尽快作出决策。否则，不会对你客气……"

一切情况表明，卢某磨刀霍霍，正在策划新一轮的阴谋。这封公开信，是一个信号，一支令箭，那浓浓的血腥味已经喷射到杨丁山的鼻翼。

目下，日子拖一天，这位见钱如命的商场女人就不安一天。卢某存在两种幻想：一是路已修，木已成舟，要挟杨让她砍树，完成 1 万立方米；二是砍树不成，赔偿她的 65 万元损失。

殊不知，她的梦想如同泡影。具有重大历史战略意义的"天然林资源保护工程"像神话一般，在 1998 年 9 月 1 日，首先从川西这片沃土上开始实施。万众一心，齐声高歌！那嘹亮的歌声恰似卢某梦想的爆炸声。她的一切都破灭了！她的欲望彻底被摧毁了！

狗急跳墙！顿时，卢某露出了狰容。经过一番精心策划之后，一场蓄谋已久的聚众打砸事件出现了。1998 年 10 月 4 日，也就是"禁伐令"下达一个月之后，她铤而走险，纠集一伙暴徒对杨丁山等人行凶报复。

那天正是中秋佳节，晚上 7 时许，雷波林业局局长杨丁山、科长李德元，和几位本局的同事，在本局办的"美食林"餐馆聚餐。

不多时，卢的弟弟率先走进去试探虚实，不一会，他伙同几个歹徒，鬼鬼祟祟窜到餐馆门前准备行凶闹事。卢单身一人走到杨局长面前，谎称："杨局长，有事找你，请在门外谈。"

此时，杨丁山并不在意，便走出餐馆大门。预谋已久的卢某，要将杨丁山引向黑咕隆咚的角落里。杨丁山突然意识到有问题，便说道："有什么话就在这里谈一样嘛！"

"妈的，什么话，难道你还不知道吗？"卢歹心顿起，嚎叫道，"我姐姐的事，你解不解决？"

"这事与我们无关。"

"姓杨的，你到底给不给钱？"

"给钱？从何说起呢？"

"不给！老子没有好话对你说……"

话音未落，"当！"一拳打中了杨丁山的右眼眉骨。杨丁山只觉得眼前火星四溅，天旋地转。他还未回过神来，凶恶的歹徒随手抓起啤酒瓶，向他的头部砸去。只听得那厚重的酒瓶子，哐当一声，打得粉碎，杨丁山昏倒在地。随即，七八个凶手一拥而上，将杨丁山踩在地上，拳打脚踢，杨的腰、胸、腿部，多处被打成重伤。

此时，听到呼声的李德元出门去劝阻，还未走拢便遭到歹徒的凶器袭击，倒在地上动弹不得，也被打成重伤。本局加工厂厂长陈洪斌、厂长助理沈雷林闻讯赶来营救，相继被这伙人打伤。

这一伙为非作歹的家伙，肆无忌惮。雷波林业局公安分局警察王健和李合平，火速赶到现场，前去制止，歹徒仍然不听。他们二人将卢某的弟弟抓住准备送到区派出所，可行至不远，突然从树林中杀出一路人马，约有三二十人，手持凶器，将两名干警团团围住，又打成重伤，随即劫走凶犯……

杨丁山等人依法护林反遭黑打。时至 1999 年 2 月，凶犯卢某潜逃，教唆者不知去向。

　　杨丁山被打成脑挫伤，躺在医院动弹不得；其他 6 人都被打成重伤，住进了医院。

　　护林人，流血流泪！朗朗乾坤，真理何在！

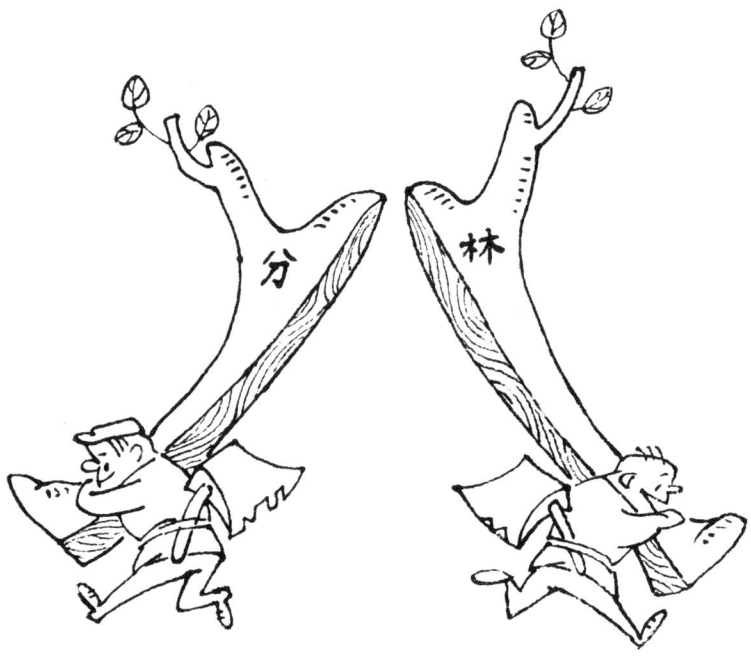

"一分为二"

第五章 不会"享受"的一代

森林工人含辛茹苦,伐木砍树,日子够艰苦的了,可时至晚年,因资源极度匮乏,停产、停工,发不起工资、养老金,导致大批人员生活紧张,不断上访,影响了社会和企业的安定。

他们成了不会"享受"的一代!

妻 嫌 子 不 爱

他是一位知情的四川省林业厅的厅领导,而且是主管党务的,提起离退休职工的生活、处境,他那浓眉下,一双不安的眼睛充满忧郁。多年来,这件事弄得厅领导焦头烂额,人心惶惶,搅乱了全厅工作的秩序,至今还心有余悸。

从他的言谈里,已告诉笔者,他极不愿透露让人烦恼的事。因此,我就别为难他,不透露他的姓名为妙。

我是在实施"天然林资源保护工程"的第8天,走进他的办公室,去和他交谈森工职工的生活情况的。

那时,工程刚刚启动,一切都才从头开始。人们对它的发展,它的走向,它的前途,都处在混沌之中。

四川省人民政府的《通告》,一下将全川人民推上了高峰,不管你是否有准备,心态如何,都被推了上去,即使有天大的困难,也要硬着头皮上。

要上,可如何解决那些恼人的、已经数年的各种矛盾、各种纠纷呢?这是上上下下的干部最为关心的大事、难事。

他又是一阵激动,但话到嘴边,仍然难以说出。我耐心等待,并在启

迪中发起了"攻势",要他畅所欲言,他终于开口了。

他摇了摇头,从牙齿的缝隙中,渐渐地说出了离退休职工的处境。他说,目前有三大难题,让人心寒。

难题中,最让人不安的是:截至1997年底,拖欠在职职工工资和离退休费,累计达2.475亿元。这数字十分惊人呀!这些年,资源枯竭,生产停滞,生活拮据,职工叫苦不迭。

唉,这……他两手一摊,显得十分难为情的样子。

第二大难事是有6万多职工下岗,纳入统筹社保。这是一个庞大的数目。要统筹,经费从何而来?林业厅不是钞票厂,钱是硬通货,在货币面前头头们显得软弱无力。

第三难,还有几万在职职工向何处去?社会需要稳定,家庭需要稳定,而稳定的基础在于经济,钱从何处产生?

许多话,他只说了一半,另一半,话到了嘴边又吞了进去。

人们常说:"理解万岁!"此时,我真正悟出了这句话的内涵。

人嘛,你可别求全责备,他有难处。不过,他仍然把真实情况透给了我。

他说,其实,最难的是前面两大问题。最重要的是要稳定军心、人心、民心。否则,整个社会都会乱套,人会失去理智,失去控制力。

为了达到这一点,1997年,厅里成立了"稳定办",由一位副厅长任组长,他任副组长,计划、账务,以及各个处的中层干部几乎都参加了,全力以赴,抓管理,抓稳定。一时间,稳定成了一切工作的中心和命脉!

为啥不稳定呢?

对这个重大问题,这位领导不是泛泛而论。他对全局作了历史的、深刻的分析。

森林资源绝不是"取之不尽、用之不竭"的资源。从50年代开始采伐,高速、过量、长期,能不枯竭吗?

"大森工"采,"小森工"砍;国家要采,地方要争着采,纠纷迭起,矛盾交错,而且日益尖锐,涌现出"二危"、"三危",甚至"多危"的局面。森林资源枯竭,22户重点采伐企业的木材产量,由1987年的309万立方米，调减到 1998 年的 105 万立方米，调减 66％。劳力过盛，收入减少，发不出工资，拖欠在职职工工资、离退休人员的生活费就成为必然。

"上访"，一个最可怕的字眼，最恼人的事出现了！

"上访"，如同瘟疫、艾滋病一般，在纠缠着人们的心，威胁着社会的稳定！

曾一度，上访不断。在职工人要上访，退休工人也要上访。

在职的，拼死拼活地干，领不到工资；退了休，原本发的生活费很少，然而一月两月，一年半年不给，生活艰难，度日如年。这就造成了工人大规模地向省城涌来，上访不断！一百、二百、三百……省委、省府、林业厅，长期上访，连年不断，成了省、厅领导心中的一大忧患。

他在一阵激动之后，继续说，十多年来，究竟有多少人上访？有多少次？

太多太多，我都记不清楚。

他是一位很细致的领导，停下话题，翻开笔记本，寻找记录。他看着笔记说，最多的一次有 1 088 人，是 1995 年的秋天。川西、马尔康、小金、黑水 4 个局的工人，联合行动，是川西林区的一次史无前例的"创举"……人像潮水一般涌来，林业厅的大院内、招待所都住满了人，邻近的省冶金厅等兄弟单位的招待所也被我们租用。

他们一来。我们得全力以赴接待，厅长、副厅长一批厅领导都出面作解释，做说服工作。省委、省府的领导也出面做工作。对他们的吃、住、生活费用，都由厅里安排。啊，这项工作艰巨、复杂、难做，大家称它为"说服工程"。其实，仅仅"说服"是无济于事的，还得要解决实际困难。

他们还是听话的，不乱来，不和社会上的那些不三不四的人交往、联络。他们的目的只有一个——要生活费，要饭吃。

这样大的问题，要解决很难很难呀！如果只靠林业厅的力量，是微不足道的，长期以来，让人不安呀！

思来想去，问题是明摆着的，得不到解决。他们的生活没着，人到了这一步，也许什么都不顾了，矛盾一触即发。有一次，一批上访者提出的问题得不到解决，矛盾激化了，他们把人民北路截断了，造成车辆堵塞，

交通中断。

正在此时，社会上有人心怀叵测，企图乘机浑水摸鱼，向他们伸来了"援助"之手。有一伙人窜到他们中间扇阴风，散布流言蜚语：

"你们需要支持吗?"

"不，我们不需要支持。"

"嘿，你们太笨了，要想得到好处，不闹个底朝天，能成吗?"

"我们不想把事闹大了，只要有饭吃就行。"

工人憨厚、诚实，他们没有别的用意，只因生活所迫，不得已才上访。我们也完全理解他们的苦衷。

他再次翻开笔记，报出了一串数字：上访次数最多的是 1997 年，全年共有 29 批，累计是 3 165 人次。唉，1997 年，是林业厅最难过的一年，也是最不愉快、不稳定的一年呀!

为了解决这些矛盾，做好工作，调动各州、县的领导，各个林业局的领导，都来一齐做开导说服工作。

1998 年初，矛盾还在不断加剧，上访的人数虽然上半年少一些，可来的信件像雪片一般。

这里不妨摘录几段 1998 年 8 月份发出的《紧急呼吁书》：

来自三台县、绵阳市卢长武、刘成榜等人的呼吁：

> "甘孜州新龙林业局退休职工的'保命钱'的确是千呼万唤才寄来，4 月份，林业厅长曹正其当众表态：五六月份的'保命钱'每人各 300 元，于 5 月 10 日前在成都寄出。可是，新龙林业局收到款后，竟敢卡去一半才发给我们退休职工，这纯粹是克扣，断绝生机，至今不见补发 6 月卡去的 300 元，且不说从 1997 年元月起至 1998 年 6 月止的 18 个月已经拖欠的四五千元。7 月，鉴于中央和省府的'两保'会议精神，大势所趋，新龙局不得已给我们足额寄发了'保命钱'。现时已 8 月中旬，本月的'保命钱'无从说起，他们又故伎重演，寻找种种借口，企图赖账……须知，退休工人是计划经济下低收入、无积累，且长时间拖欠，

等米下锅。人哪能三天不吃饭，又是老来疾病缠身，医疗费更是昂贵，怎经得起他们一拖再拖，真的想把我们逼入绝境而后快吗？"

来自蓬溪县、盐亭县和遂宁市的呼吁：

"迄今，凉山州木里林业局已整8个月未给退休人员发放养老金，广大退休人员日子难度，70高龄退休人员在大街上拾废纸。邓大友患严重肺心病无钱治疗，起不了床，只有睡在床上等死，许多社会公众，目不忍睹，洒下多少同情眼泪！我们悲叹，曾为三线建设流血流汗就是这样的结果吗？……他们把国家的'稳定'根本不放在心上，把'两保'政策要求'按时'、'足额'发放养老金，不准产生新的拖欠，以前欠的逐渐补发、尽快补发，等等，抛在脑后。"

来自射洪3 000离退休职工的呼吁：

甘孜州森工企业新近克扣、拖欠养老金 引起广大离退休职工极大愤慨

"凉山州内对各项政策仍然是大部分不执行，特别是木里林业局克扣和拖欠'养老金'严重，少者几千元，多者近万元，并且钻国家政策的空子。今年等到7月或8月发6月份的，以前几个月又欠起了。退休人员大多年老体弱，打工无力，经商无本，为了生活拾破烂，捡废品大有人在……

前几年的拖欠，我们满怀期望，盼着落实兑现最近朱总理、吴副总理'逐步补发'、'尽快补发'的指示精神，绝不承认'认账不赖账'的鬼话和谎言！"

这些年，政府也花了大力气，解决他们的实际困难。1997年纳入社会统筹2.1万人，四川省政府又拨款3 000万元，解决他们急需解决的问

题。这样才使矛盾得到了缓和。但是，由于积重难返，问题成堆，旧的矛盾解决了，新的矛盾又冒出来了。

森林工业是一个艰苦的工业，那些年招工，在一般经济好的地区是招不到人的，别人的日子稍稍好过，都不愿进山伐木，大部分工人都是来自川北苦寒地带。

按照规定，工人退了休是哪里来回到哪里去。所以，退休工人都集中在遂宁、三台、南充、内江一带，仅遂宁市就有1.2万人之多。

他们的日子太苦了，长期拿不到生活费，就带来了一连串的矛盾。由于生活所逼迫，有人服毒、吊颈、跳河、乞讨；有人饿死；有人削发为僧……

他们已是妻嫌子不爱呀！

冰冻三尺，非一日之寒。矛盾的集聚，已是数年的情结了，并非是今生今世才冒出来的。

这批工人，自小受的学校教育少，文化不高，进了山，与世隔断，对外面的世界知之甚少。他们为国家付出得多，对家庭、对子女付出得少。而更多的人，身居深山，找对象艰难，晚婚晚育，人都老了，孩子很小。他们的工资不高，所得报酬不多，为家庭也就谈不上什么大的奉献。

他们把爱交给了森林，把情感付给了参天大树，一年一次的探亲假，短暂的日子，他们不知道如何去"享受"人生的天伦之乐。他们人是森林的，身上还带着"野味"，树是硬邦邦的，人也是硬邦邦的，情感也是硬邦邦的。妻子需要爱，不知道如何去体现，对爱人的温柔，仍然像木头一般。原本大都是晚婚，人与人，深层的爱，需要日日夜夜去抚育培养，可他们没有那么多的时间，将情感付给妻子，将爱交给孩子。

儿子不认识父亲，女儿记不住爸爸的名字，一切都是陌生的，父子情、夫妻情，都是那样淡薄，那样生疏，那样乏味。人老了，落叶归根，回到家乡，妻嫌弃，子不爱，似乎一切都成了必然。

一封"惊动中南海"的信

1990年10月20日，一封从四川西部的阿坝州发出的"万言书"，不远千里，送到了北京，送到了中南海，送到了国家总理的手上。

"万言书"是《中国林业报》一位记者写的，题目是《紧急情况反映——阿坝州大金林业局告急》，全文近 1 万字，措辞激烈，内容真实，富有说服力和震撼力。不妨摘录几段，以飨读者：

> 记者吴显远受大金林业局广大职工、家属的委托，向阿坝州人民政府、四川省人民政府、国务院总理，向国家林业部部长告急和紧急呼吁！
>
> 记者从 9 月 13 至 22 日，走访了大金林业局机关、林场和工段，串家问户，开座谈会，个别走访。所见所闻，心情十分沉重。出于爱党、爱人民的恳切心情，不得不向中央和有关部门发出内心的呼唤。
>
> 截至 10 月份，全局 2 000 余名离退休职工，九、十两月没有领到退休费。
>
> 从去年以来，也不是月月把钱发到离退休职工手中，大都是推迟一月或两月。
>
> 离退休职工每月如盼星星，盼月亮，始终不能按时得到退休费。他们把希望寄托于企业党组织，但由于企业无钱，使离退休职工生活得不到保障。特别是近一个时期以来，不少离退休职工陆续从内地返回到大金林业局，纠缠局领导和劳动工资、财务等部门要钱，要生活费。到目前为止，该企业还欠离退休职工费用近 70 万元。由于退休费得不到及时解决，有的离退休职工被迫出走或出卖劳力，实在不忍心。
>
> 从去年以来，欠全局 1 000 余名在职职工近 5 个月的工资和费用，凡是干部，包括在生产第一线天天跟班劳动的股、段长级以上干部，近期每月发生活费 80 元，许多人还要供养孩子读书和父母的生活。如 701 场营林队支部书记徐述成，又是以工代干，家有 3 个小孩，最大的 18 岁，爱人患风湿性心脏病，半瘫痪，连吃油的钱都没有，更无力给爱人治病。在这一处境下，他

还与队长一起，尽职尽责地负责完成全队 181 公顷人工林更新任务，80 公顷成林抚育，120 公顷的整地，累得他筋疲力尽。他在与上级去的同志和记者谈到家庭处境时就流泪，但又不好请求吃补助。在群众面前，他仍然振作精神，带领工人，保质保量完成各项任务。这种忠于党、忠于祖国林业建设的高尚品质是多么值得敬佩啊！

再如独松林管站医生杨述志，全家 8 口人，有 4 个孩子，老大待业，还有 3 个孩子在读书，一个月给他发 80 元生活费，白天黑夜要为职工和当地的老百姓治病，一个人既当医生，又当护士，日夜不停地干革命，难道不值得我们爱吗？

由于没有钱供养全家人生活，他只好八方求援。像以上类似人员，一个人的工资供养全家 3 口人以上生活的在职职工，全局就有 121 户，家居农村的就更多了。目前，全局还欠在职职工工资人均近 1 000 元，共计 70 万元。

从去年以来，长达一年多时间，离退休职工和在职职工的医疗费无钱报销，安全劳保费、取暖费和防寒装备物资等，由于无钱购买也没有发给职工；从去年 10 月份到今年 10 月，全局职工未发一分钱的奖金，仅医疗费、劳保费、防寒费、奖金这 4 项费用应付而未付职工的就达 50 万多元，严重地影响了职工的思想情绪和生产劳动的积极性。

拖欠的银行贷款 246.7 万元，按政策必须向国家上交的各种专项费用税金 300 多万元，以及为职工生活和生产设施服务购买的物资，工程维修费等共计 700 多万元至今无钱支付，其中有300 多万元的欠款也不能再拖欠。上述这些部门，几乎天天都有来人，或来电话、来函向大金林业局要账，使得财务人员不敢露面，常常绕道而行，向上级主管局求救也未能得到较好解决。

有 398 名待业人员无工作，其中，有的待业时间长达 10 年以上，已结婚待业青年 32 对，双方均为待业青年的有 4 对，他们中 3 对已有孩子。企业各级组织已失去对他们的控制能力。他们想工作，要吃饭，求生存，但企业又无力解决。目前，该局待业率已上升到占在职职工总数的24.6%，在全国为数不多。特别是退休回家的职工把子女留在林区，由于无工作和生活来源，他们在林区虽然目前不敢公开杀人，放火，但大张旗鼓、"名正言顺"地偷，时有发生，若被发现，他们愿意打欠条，并说："今后有了工作，我挣钱来还。"特别是，有的女待业人员不敢偷，就去帮当地或外地的私人老板打短工，受人凌辱，有的被拐骗，最后无路可走，投河、上吊。由于待业人员的增多和无就业门路，给父母和社会造成了不良后果和压力。如701场工人陈立杰1956年参加工作，在以林为家政策号召下，将爱人从农村迁入林区，先后生育2男2女，由于林区教育质量差，升学无门，其中长子3次招考落榜，父亲怪儿子读书不努力，儿子怪父母不该参加森工局。一天晚上，父子俩趁夜深人静时，在家用一根麻绳套在横梁上，二人分别系在麻绳的两端，上吊自杀。由于发现早，抢救快，未遂。独松林管站子弟校教师谭万达之女谭容，初中毕业后待业，几次参加升学、招工落选。去年，她报考技校再次落选后，感到无路可走，十分绝望，得到通知书的当天，泪痕满面，在与父母返家途中投河身亡。女待业青年朱宛容，也是如此。当1990年到来之际，大家正准备高高兴兴迎接新春佳节时，她感受到自己又长了一岁，却就业无路，家境又贫困，前途渺茫，她含着泪水，望着苍天，纵身跳入了寒冷刺骨的大渡河……

1998年10月中旬，我去阿坝州采访时，偶然碰上了《中国林业报》记者吴显远，提起这封信时，他仍然十分激动。他说，这封信向上反映后，如同重磅"炸弹"一般，立即引发出一连串的反应。北京收到信的当天，一个长途电话打到省委，省委立即打到了马尔康。在阿坝州，顿时炸开了锅，州委连夜召开常委会，研究对策，研究如何解决问题，并到林区做说服工作。总之，已引起各级党政部门的高度重视。

吴显远虽然年过半百，可是一位很有头脑，很有血性的新闻记者。多少年来，在记者生涯中，他既写林业上的成就，也写林业的不足；既写劳模、好汉、"王铁人"式的先进人物，也十分关注森林工人的疾苦。他长期生活林区，深入到工人中，和他们同甘共苦，虚心听取他们的意见，写出了许多很有价值的情况反映，为上级机关领导，提供了不少有用的材料。

吴显远是位健谈的人，我们在交谈中，他也谈到了他的处境，曾一度因为写情况反映，招来不少令人不悦的事。就是这封信，在传到领导的耳朵之后，即刻引起一场风波，压力之大，是他这位五尺汉子难以承受和难以想象的。有人骂他是"神经病"、"疯子"；有人指着他的鼻尖说："你给老子吃多了，惹是生非！"更使他伤心的是，经过数年努力，眼看就要入党了，可这一来他被打入冷宫，又拖了七八年，直到1997年才入了党。

其实，吴显远反映的情况是事实，全是工人们的心里话。只因这份"万言书"感动了"上帝"，很快，为解决大金林业局的困难拨专款300万元。这应该是一大贡献啊！

冷清的"红军院"

在风景如画的都江堰市的绿林中，有一座好去处，那就是：四川省林业厅干部休养所，人们习惯地叫它"红军院"，因为那里住着14位老红军，还有一批为共和国立下汗马功劳的佼佼者——"三八式"干部。

昔日，在森工企业辉煌的年代，老红军也辉煌，百姓也光彩，人们笑逐颜开。

老红军是共和国的一代功臣，曾爬雪山，过草地，驰骋沙场，出生入死，屡立战功。在建设社会主义的艰苦岁月里，他们吃苦耐劳，奔波闯荡，风风雨雨，又耗去了几十年的光阴。

情感，可以说是这一代人的命脉，他们省吃俭用，能克己，能自慰，能俭朴，一曲情感的赞歌，能让他们终身满足。至于享受吗，无所谓，只要有一种精神作支柱，一切都如意了。

在那一届执政的省林业厅厅长韩正夫，是一位具有这样情感的人，于是他在 1965 年想到了这件事。他思索着，一代精英相继进入老年，在林区奔波数十载，脚难停，人难静，退居二线，去何处栖身呢？

大家都在为之运筹，而韩厅长率先提出，老红军是有功之臣，为他们辟一清闲之地，安居乐业。

这是一件善事、好事、喜事，当即得到了大家的支持。

韩正夫执政时期，正是森工企业红得发紫的时候。火红的年代，钱吗，有的是。他坦荡地说："为他们建造一个安乐窝，花不了几个钱，嗳，随便在哪个角落里，捞一点就够啦！"

他是一个办事认真的领导，他经常给大家讲故事，他说，我当"红小鬼"，搞宣传，提个洋漆桶儿写标语，那可是危险的事，前面有堵兵，后面有追兵，写完一幅标语跑几十里。慌忙之中，有时难免不出差错。如果发现有错，还得冒着危险，跑回去检查呢。

"安乐窝"建在何处？进大城市吗，那年代户口是第一难；留在本地吗，很难体现政策的魅力。思来想去，最后确定，进入都江堰市，那里是誉满神州的风景名胜。

在 20 世纪 60 年代中期，开始酝酿策划，在 1970 年初建成了"红军院"，一批有功之臣陆续从高山野岭搬进了"天堂"。从此，老红军结束了原始部落群体生活。

1998 年 12 月 12 日，一个阴云与寒冷交融的冬日，记者走访了"红军院"。

那一天似乎有缘，一进大门，迎面走来一位山西口音、面黄肌瘦的老大娘，热情地向我招呼：

"同志，你找谁？"

"我找大院负责人。"

"有事吗？"

"我是报社的，找他了解情况。"

"哦，你跟我来。"

她将我引进大院管理处的办公室，找到了主任谢家福。

老谢是管理处的元老，自建院时起，他就坐到了主任的位子上，一干20多年。提起"红军院"的演变历程，他还未启齿，紫铜色的脸膛上，就浮现出不安的神色。

他说，最早住在这里的 14 位老红军经过历史的"淘汰"和生活的"选择"，先后走了 12 位，现在还剩下两位。

早些年，他们的日子辉煌，充满阳光，充满生气。可是，他们大部分是 70 年代末，或 80 年代中期离休，很遗憾，他们没有赶上"工改"，养老金普遍不高，生活显得清贫。还有一大原因是，他们的老伴大都没有正式工作，没有退休金，人口多，经济紧巴，越往后走，日子越艰难。他们的遗孀都还健在，许多人的处境，许多现实问题，让人头痛呀！

他们的青壮年时期，大都在战场上度过的，到红旗插上天安门后，才谈恋爱、成家。所以，人到离休时，孩子都还小。

他们的后代似乎运气来"登"了，"文革"中上山下乡，现在"下岗"。孩子依靠父母，过着寅吃卯粮的生活，终日里焦头烂额，望断秋水，前景渺茫。

这些年，森工企业不景气，工人生活艰难，老红军家里同样也好不到哪儿去。

人常说："百炼成钢。"一代老革命，虽时至晚年，可他们的信仰和意志，坚定如初。困难向他们逼近，上访者也多次向他们逼近。凭他们的荣誉，一旦"出山"上访，压力如同泰山，上级领导会脸上无光。

这是关键时刻呀！能"出山"吗？

上访者又一次登门，邀请老红军入列。

"走呀，老革命，上访去。"

"嗯，我们不去。"

"为什么？他们不也欠了你们的养老金吗？"

"我们已经退下来了，不给政府增加压力。"

"唉，不为他们增加负担，可我们的负担谁管呢？"

"过去，我们搞计划经济，没钱向国家伸手就行了；现在，搞的是市场经济，钱要靠头头们自己去周旋、去挣，难啊！"

曾有人高呼："理解万岁！"老红军长叹之后，道出了心里话。是的，他们一声长叹，化解了心中的郁闷，胸怀更宽了。

他们没有上访，却留下许多感人肺腑的故事。

可以想象，吃饭都困难，治病的钱从何而来呢？没钱，他们主动为企业担忧。他们的故事很多，特别是新近离开人世的两位老红军的遗嘱，感人肺腑，令人难忘。

"三八式"马伯，是一位受人尊敬的老人，他言语不多，可做事想问题比谁都周到。他不幸患了肺癌，按政策，他的医药费是实报实销。到了晚期，他痛得在床上打滚，劝他上医院，他首先想到的不是自己的病痛，而是想到企业的困难。他说，反正我已是上"生死簿"的人了，就别多花公家的钱，医院不去了。

一拖又是数日，眼看人已落魄，痛更加剧了，家属把他送进医院，打吊针，他已病入膏肓，说不出话来，但他心里明白，仍然惦记着企业的困难，不愿为自己的病多花钱。他心一急，把吊针拔了，不久便闭上了眼睛……

李自成，一位山西籍的老红军。据说，他和农民起义领袖李自成同一个列祖列宗，生性具有一种豪爽的天性。

当时，李自成驰骋疆场，转战南北，身负重弹。到了晚年，患了癌症，他深知"老蒋"可胜，绝症难降。他的病到了后期，明知无救，他写下遗书：因企业无钱，不吃药，不进医院，不抢救，死后不开追悼会……家属和亲朋好友只好含着眼泪，按照他的遗嘱办理。

我被他们可歌可泣的故事所感动，要老谢领我去看望他们的遗孀，去领略老一代革命者所留下的风采。

我们走进了李自成的家。进门一看，哦，正好是刚才我进"红军院"大门时，为我带路的大娘。

她叫卢凤莲，热情地带着我们，参观她的房子、她的家。红军院的设计新颖，一幢楼住两户，一楼一底，一户人家的面积100平方米，房前屋后都有花园。在当初，这房子，算是高规格的建筑了。

卢凤莲的家确实太简陋了，除了两架旧巴巴的木床，一个老式且已经褪色的衣柜，再也没有像样的家具，一台 12 寸的黑白电视机，外壳的漆已经脱落，白一块，黑一块，很难看。室内墙体破旧，年久失修，四壁已经失去了光泽。

卢大娘提起她的家事，一把鼻涕，一把泪。我本是山西人，老伴是四川铜梁人。他命苦，一生中死过几次。在抗战那阵打日本鬼子，他负了重伤，留在山西农村养伤。他的伤势厉害，尾椎被打伤了，腰撑不起来，肚子还被鬼子捅了一刀。部队要上前线，他就躲藏在我们村里养伤。

后来他的伤好些，决定留在农村。经人介绍，我们相识，结了婚，当时我才 16 岁。

解放了，他要回四川，1950 年我们一起到了他的老家铜梁县。他先在九区当区委书记，因为文化不高，后来又到省里读干部学校，毕业后，他喜欢爬山，1956 年就到了林区，在龙尔甲林业局当书记，干到 1975 年离休。

在抗战时期，他受了伤，差点死了。"文化大革命"中他被关进监狱，整整 3 年，手都被铐坏了。你们说他有多惨哇！唉，从监狱出来，身体很弱，老伤口复发，差点丧了性命。

她的心情沉痛，泣不成声，泪水直往外涌。

一阵沉默之后，她又谈到了目前她家的处境。她说，唉，好歹他走了，可扔下我这把老骨头，就难活啦……

她不禁伤心地大哭起来。她心中的苦确实太多了，谁听了也会叹息！她先后生了 6 胎，只成活了 3 个，一儿两女。"那些年李自成工作忙，为了支持丈夫的工作，我承担了全部家务。我原是林区工人，李自成说，你别工作了，我的工资能养活这个家，你就在家带孩子好了。从此，我失去了工作，也失去了生活费。这些年，家里就靠李自成的离休费糊口。"

她说得更多的是，她失去工作的儿子。她说，"我的儿子前几年不明不白被解除了工作，失了业，媳妇离了，儿子气得疯疯癫癫……我一个月就靠 200 元抚恤金，紧紧巴巴度日子，儿子要我养，日子咋过哟？"

她一边诉说，谢家福一边劝她，不时我也插上几句，不过都属"廉价"的同情和安慰。

她从书柜中，抱出一捆李自成几十年来，风里雨里，流血流汗攒下的"积蓄"——一大捆照片和荣誉证书。

人去了，那些五彩缤纷的"荣誉证书"显得无力，解决不了她的困难。最现实的是卢大娘家的处境、困难，她该如何度过晚年呢？

谢家福告诉我，已去的红军遗孀中的困难户是多数。这件事，管理处在积极地向主管部门反映，可现在还没结果。另有一家最困难的是田苏明，她的老伴赵开富，原是石棉林业局党委书记，他 1976 年就去世了。田苏明带着几个孩子紧紧巴巴地过日子。

我们走进她的家，她正戴着老花眼镜缝棉衣。她人倒很精神。气色也不错，满脸微笑，好像在她的身上什么困难她都能克服。老谢说，实际上她的难处比卢凤莲还要大些。

看上去，她微胖的身体很健康。她热情地向我们讲起她的家庭及孩子。

她说，"我有 6 个孩子，有 4 个下了岗。当然，最使我伤心的是，下岗就下岗嘛，何苦闹离婚呢？媳妇说儿子挣不了钱，她就要与我儿子离婚。这成什么话呀？"

我们山西人有个好规矩：两口子讨口要饭都在一起！

"红军院"原是一块苗圃地，面积 15 亩，整整齐齐地摆着 10 幢小房子。

老谢说，看起来挺幽静，实际上这是一块低洼地，每年都要泛洪水，先后淹过 13 次。你看你看，那墙壁今年洪水淹的水印子还在哩。

老谢指着墙壁上的水迹给我看，足有一米多高。我环顾"红军院"内，冬日里，树木花草已经枯萎，没有活力，也缺少生气。

老谢面对此情此景，说出了埋在他心中多年的心里话："从现实生活看，在社会上，他们的经济生活是最底层。唉，说真的，既苦了他们，也亏了他们这一代呀！"

隐 没 的 伤 痕

1998 年 10 月 19 日下午，我原打算去四川省林业厅招待所采访，因为雷波林业局的两位领导来了。我刚走近招待所的大门，正巧碰上一群人，站在大门口，交头接耳，嘀嘀咕咕，有的声色俱厉，有的还动了感情……

这群人是干什么的呢？我定睛细看，这群人既不是本城的市民，也不是外地来的游客。我疑惑，究竟发生了什么事？

我正疑惑之中，迎面走来一位满头白发、身着蓝色中山服的老人。他不等我开口，率先向我发话："同志，同志，你是不是来帮我们解决问题的？"

我更懵了，急忙摆头："不，不，我是……"

"我们有好多话要向上级反映，可没人听，听了也解决不了我们的苦。嗳哟，现在办事真难哦！"

此时，我收住了脚步，似乎明白了几分他的意思。他见我有心听他的诉说，于是将憋在心中的话喷了出来。他开门见山地说道，我们是上访的林业工人。我叫卢天福，是小金林业局的退休工人，老家是巴中市。

他一边说一边从褪色的中山服内包里，掏出一把证件，什么"退休证"、"医疗证"；什么"飞行员证"、"退伍证"；什么"身份证"、"驾驶员证"……给我一一查看。

"同志，同志，我们绝不是来闹事的，是来要求领导解决困难的。我们都是好人嗦，是最基层的老百姓。"他的话很诚实，一点也不让我怀疑。

我看他心中有许多话要说，我们便在街边找了个地方，坐了下来，详细地倾听他的述说。

卢天福中等个子，虽然年已66岁，可身材挺拔；国字脸，浓眉下，一双有神的眼睛，灼灼发光。在他的身上，仍然保留着一位军人特有的气质。

他是一位很谨慎的人。他在极度困惑中，又经过一番思索才启齿的。他不是在讲述自己的困难，而更多的是在讲述别人，不，是整个林业战线上退休人员家中的困难和目前的处境。

他说，我们的级别低，工资也低，还拖欠了我们的退休费、医药费，日子咋过呀？我们都是从巴中来的，这次上访有300多人。大家没有别的目的，就是来找省林业厅，反映生活困难，要求把拖欠的退休费发给我们。

见我听得认真，他把话题收回来，介绍了他自己的一些经历。他说，我是小金林业局的工人，1985 年退休，没有赶上"工改"，吃了亏，当时才拿 78.45 元。按规定，我是新 12 级，现在应该拿 218 元，可我一直拿的是 188.24 元。我亏了啊！唉，亏就亏一点吧，嘿，就是这点工资也不能按时给。从 1989 年到现在，一共拖欠了我 3 791.78 元，还有医药费 5 700 元。你说你说，这叫我咋生活哟！

此时，站在门前的上访人员看到卢天福很激动，便围了过来。

卢天福还向我讲述了他的经历。我是军人出身，1953 年到部队，当上了空军驾驶员，是苏联人作我们的教员，我驾驶的是米格 17 型飞机。1956 年转业到小金林业局，当汽车驾驶员，运木材，一干就是几十年。退休后，我满以为可以高高兴兴度个晚年，谁知生活却不尽如人意，使人伤心呀！每月一百多块钱的生活费，叫人咋过噢！

前年，生活实在没有办法，我只好在巴中市晏阳初职业中学代课，教文史，现在我身体不行了，上讲坛站不了多久腿就打哆嗦。我家人口多，4 个孩子都无正式职业，老伴是农民，一家人吃了上顿无下顿，逼着我上省城来找领导。

省上的领导作了答复，"天然林资源保护工程"实施后，拖欠我们的钱要补，退休费要解决，叫我们放心。唉，能放心吗？我看，即使要补，这钱要猴年马月才能拿到手呀！

这时，站在一旁的人发话了。他们满有信心地嚷道："我们相信，中央领导发话了，不解决还像话吗？"

卢天福还是有些担心。他说，我的钱已经拖欠 10 年了，现在不给，难道还再等 10 年吗？

我也说了一些安慰的话，可他的眼里似乎仍然是一片茫然，对此事，他不置可否。

正当我们谈得激烈的时候，一辆大型客车从街口驶来。人群中有人嚷道：

"车来了，快上车！"

顿时，大家手忙脚乱地搬行李，陆续向客车走去。

卢天福拉着我的手，走近一位手上拿着拐杖的老人面前，他向我介绍说，他叫杨开江，也是小金林业局的工人。他的家，比我更苦哦！

这位老师傅个子高大，其貌不凡。不难看出，在他年轻时，肯定身材魁梧，有点像一位转战沙场的将军。

他那宽大的脸庞，虽然显得白皙、清瘦，却仍然保持着高大的体型、骨骼，而且给人的印象，看不出有什么大的不适。他的嘴在不停地蠕动，只能发出"嘎……嘎……"的声音，说不出话来。他的儿子急忙解释说，我爸已得了偏瘫症，嘴不能说话，脚也站不起来。

他们一同来上访的都很关心杨开江的身体，一齐围过来，帮他说话，介绍他家的不幸。

可以说，杨开江是林业战线上的元老。1950年，他就进入川北森工局，几十年的伐木生涯，使他练出了一种坚强的性格。他退休后，因退休费少，而且不能按时领到，日子过得艰难。他身体瘫痪，不能劳动，不然还会去挣钱养家糊口的。老伴无收入，家里缺衣少吃。去年也许是她的思路"梗塞"，一气之下，往河里一跳，走了，丢下了可怜的杨开江……

老人两行热泪流过了苍白的脸，流在打着补丁的衣襟上，令人唏嘘不已。

他一生确实太苦太累，儿女们虽然体贴老人，可是老伴去后，隐藏在他心中的伤痕，却永远难以消逝！

"上车了！"司机不停地按着喇叭，大家向大客车拥去。我和杨开江的儿子搀扶着他，缓缓地走过大街。老人走得很慢，他的腿不方便，几乎是走一步停一步。走到车门前，我挤上车吼道："喂，请大家让一让，给杨师傅留个好点的位子，他的腿不方便呀！"

其实，我的举动是多余的。当我的声音刚落，车内一齐传来："噢，留了，留了，请放心！"

我们一齐把老人扶上车，并让他坐稳。此时，汽车慢慢地启动了，老人看着我，不停地向我点头告别……

灰 色 的 晚 霞

位于都江堰市的离堆公园，是这座全国优秀旅游城市中最繁华、最漂亮的风景区，依山傍水，游人如织。

公园门前有一条大街，叫"公园路"，在 168 号的门洞里，有一座豪华气派的大宾馆，名曰"伏龙宾馆"。

那是林业部门创办的，是都江堰市第一流的宾馆。前面是店，后面是宿舍，在宿舍区住着一户人家，默默无闻地已经住了 20 多年了，其户主名叫韩青山。

我不曾认识他。是一位在林业战线上工作多年的干部，劝我有机会去韩青山家坐一坐。他还说，韩青山是一位为共和国做出了重大贡献的人，是林业部门的有功之臣，可是如今他们生活过得太难太苦。

寒冬腊月，一个细雨绵绵的上午，我来到韩青山的家。可不巧，他不在家。他的妻子许发莲，是一位贤惠的家庭主妇。她用审视的目光，将我请进了屋。

"请坐，请坐。"屋小且很零乱，她边说边转去转来，为我找地方。坐哪？无论坐哪儿她都觉得为难。我看出了她的心思，还没让她表态，我便一屁股坐在一张长沙发上。另一头坐着一个男孩，是个瘦高个儿。

她那善良随和的眼里，充满了忧郁。她很抱歉地说，韩青山病了，住在医院里，已经半月了。他呀，唉，焦死人哟，一身都是病，有高血压，有气管炎，最近又发现一种怪病，10 个手指头霉烂。痛啊！你想嘛，人都说十指连心，晚上痛得在床上打滚。哎呀，我都不忍心看他呀。他这一辈子不晓得是造了什么孽，被病魔折腾得这个样子！

她是一位很热情的老人。我说明来意时，她更加激动。她有一种迫切的愿望，要把在心中埋藏了许久而又无处倾吐的话，顷刻间通通倒出来。

我们正谈得热烈时，从里屋走出一位眉清目秀的女青年。许发莲急忙向我介绍，记者同志，我一家子都搞林业，哎呀，没取头，日子不好过。唉，我一家人都倒霉了！她是我家四女子，她和女婿都在林业上，厂垮台了，没有事做，在家吃闲饭。

　　她一说话就激动，一激动就摇晃着脑袋，同时两只手在双腿上不停地"啪啪"扑打。她稍停片刻之后，又说道，老四是顶她爸的班，先在一家木材加工厂当工人，厂没有原料，垮了，后来又到增白剂厂，这个厂也短了命，运气不好，没有办法。

　　还有，你看这个。她一边说，一边用手拍打着那男孩的头。他是我们大女子的儿子，初中毕业，没有读书，在家里耍起，也是个吃闲饭的。他妈妈原来也在林业上，没事干，爱人离了婚，走了。她没有收入，养不活这个娃。她听说西藏做生意能赚钱，把儿子丢给我就走了。去了两年多，是赚了几万元钱，可那背时的骗子撞他妈的鬼，抓住她不放，她的钱全部被骗子骗走了。

　　她为女儿的不幸，差点痛哭起来。一阵哽咽之后，她接着话题说，前几天她打电话说，现在想回来，没有路费回不来，要家里给她汇钱去。哎呀，我家把房子卖了，也拿不出几个钱来呀！没有办法，才东拼西借，把路费给找齐了。她的娃，上学在我这里吃、住。现在耍起，也要我来供。一大家人吃饭，我买米、买菜、煮饭，都快把我累死了。家里有钱就不说了嘛，现在是没有呀！他们只吃饭，不拿一个钱，大家就靠老头子的这点退休金糊口，咋养得起？

　　我们养了4个孩子，还有两兄弟也在林业部门工作，一个是开汽车的，拉木材，出了事，车坏了，要他赔，咋赔得起哟。另一个在搞林业公安，他算我家收入最好的一个。他也是一家人，他自己能养活自己就算是能人。

　　记者同志，你说我家如何是好哟？我老了，又没文化，没工作，挣不了钱。我老头子说起来是个离休干部，才挣几个钱，单位说每月给他500元，实际上每月只得了420元。

　　他这人就只有一个心眼，为公家，从不为自己。他是南下干部，打四川、打西昌，他都参加了。他的老家是山西霍县，他1946年就参加了革命。家乡也是个穷地方，他的老家还有个儿子，在种地，生活也是紧紧巴巴的。

　　在离休干部中，我们老头的钱最少。他这个人，一生硬性，处处为别人想。那年，单位提工资，该他的份，他不要，让给了别人，所以他的工资一直很低。低就低点吧，可现在家里糊不了口，咋整呀？你看嘛，我家没啥家什，都是一些破破烂烂的东西。这些东西，送给别人都不要。你想嘛，这么大一家人吃饭，这点钱，连买米都不够，哪来钱做别的？

这房子就是这个鬼样儿，50多平方米，还是60年代修的红砖房，墙壁上连白灰都没抹点，破了烂了，也没人管。这些年，别的单位都在修房建屋，我们单位连工资都发不起，咋搞呢？老实说，就是修了新房子，我们也买不起哟。

她用一个"穷"字，似乎把一切都概括进去了。他们的家的确是够寒酸的。我环顾屋内，似乎到处都塞得满满的，沙发补丁重补丁，几张床上的被套，既薄又破，没有像样的家什。她见我在观看她的家，她便主动站起来，领着我，在屋内转了转。

你看嘛，我们这个家，哪像个家，六七个人住在一起，老头子没有地方住，就在阳台上搭一张床。阳台窄，只能从一头往上爬。他的脚是跛的，爬不上去，每次都要别人推。

我回头刚坐定，许发莲大大方方地抱出一个皱皱巴巴的布口袋，走到我面前，说道，这个袋子就是老头子的宝贝，在他看来，这个比金子都贵重。哦，记者，你要了解他的事，这里面全都有了。

真的，里面什么都有，那些奖品、奖状、纪念册……一大堆，录下了这位老布尔什维克光辉的一生，也记下了他为人正直，克己奉公，不图私利，不图享受的一生。他最喜欢讲的一句话是："我为公家干事，没有占公家的便宜，问心无愧。"

韩青山1946年参加革命，转战南北，屡次立功。解放战争，进军西南时，他所在的部队是最王牌的184师。解放西昌，他们立了大功，得了重奖。有一张1950年12月颁发的"功臣证"上写着："韩青山同志：在进军西康，解放西昌，建设西昌中英勇顽强，艰苦工作，给人民立下了辉煌功绩。"

他是有功之臣。随后，他转入林业部门，任汶川威州水运处党总支书记，呕心沥血，多次受奖。

在韩青山看来，他家还有一些值钱的东西，就是墙壁上挂的三张照片：一张大的是他参加四川省劳模颁奖大会时的合影；一张是他在1946年刚参军时，照的一张很威武的军人照；还有一张是他离休时，满头白发的老年照，这3张珍贵的照片，都用镜框镶嵌着，保存完好。人在青年时，有着众多的追求，到了晚年，也许这些反映一代风流的照片是最为珍贵的了。

热情的女主人许发莲，带我去医院看韩青山。他住的是普通病房，本来按他的资格，是可以住进高干病房的，他疼惜钱，就住在市人民医院的普通病房内。

他的身体确实不行了，脸瘦瘦的，牙全没有了，在他的脸上，最富活力的似乎就是那撮山羊胡子。他仍然是一口山西话，声音很微弱，我听不懂。他伸出一双手给我看，嘴里不断地说，山羊胡不断地一上一下蠕动。我侧耳细听，可听不清楚。最后，我听清了一个字——"痛"。

现已88岁高龄的韩青山，虽然重病缠身，可他内心坦荡，没有忧伤，一切都显得平静而自然。生活的拮据，死亡的威胁，似乎对他都没有作用。

一"木"了然

第六章　千呼万唤：别砍啦

森林，随着时间的迁延，更加反映出它与人类亲如手足，密不可分，是人类赖以生存的重要条件。森林养育着人类，人类不该愧对森林，毁坏森林。

在中国，乃至全世界的媒体，以及有识之士都在大声疾呼：保护环境，保护森林，保护家园！

重新认识森林，是人类生存的需要，是世界的共识！

科学家的警告和将军的愤慨

中国林业科学研究院著名林学家、资深院士吴中伦不顾长途跋涉，曾多次进入西南崇山峻岭之中，对森林进行考察、研究，关注森林的发展。他触景生情，一个偌大的问题常常在困扰他：我国的森林，在长期过量采伐中，已为数不多了，如此下去，将来的前景如何呢？对此问题，他不敢往下想。

20世纪60年代，正当川西10万伐木工人，在林区以所向无敌之势，蚕食森林时，他再次对西南高山林区进行了实地考察，随后，不顾当时的政治风云，不顾自己的得失，他以一位学者的高度责任感，提出了自己隐藏数年的想法。他严厉地警告说："长江上游高山林区坡度35度以上的天然林，以及各主要支流沿河岸的天然林，绝对不能采伐，否则将后患无穷。"

屈指数来，一万多个日日夜夜已经过去，如今的天然林迅速消失，其结果是生态遭到了严重破坏，人与自然失去了和谐，"后患无穷"：水土流失面积不断扩大，大量的泥沙输往长江，随之而来的是连年不断的洪水大泛滥。

损失巨大啊！有专家作了统计，仅90年代以来，长江所遭遇的洪灾损失就多达7 900亿元。

多少年来，对我国的森林问题，有众多的科学家不辞辛劳，在关注，在呼吁。他们中，有的对乱砍滥伐提出过批评，看到森林面积锐减产生了忧患意识；有的对森林的发展提出了许多合理的、建设性的宝贵意见，切望林木葱茏！

生物学家是这样关心森林的命运，就连数学家钱学森也十分关心我国的森林的发展。

这并不偶然，一位数学家关心森林的存亡与发展，应该说是关心环境，关心生态，他代表人类的共识。

钱学森对森林一向关怀备至。他的名字中，有个"森"字，意味深长，更表明他与森林有着深厚的情缘。钱老，特别对我国林业落后状况深表忧虑，提醒每一个中国人都要有紧迫感和责任感。1992年2月5日，他还专门为此事给《森林与人类》编辑部写了一封信，对乱砍滥伐，不爱惜森林，而引起的落后状况表示忧虑，呼吁全社会都来关心森林的发展。他的信是这样写的：

《森林与人类》编辑部：

我一直收到您寄来的贵刊，对此我谨在此致谢！

在1992年4期上刊登了联合国环境与发展大会的《关于森林问题的原则声明》。这很好，我深感我国森林严重落后，世界各国相比，我们的森林覆盖率要排到100多位以后！近年来这个情况没有什么大的变化，是我国社会主义建设的一大问题。解决这一大问题必须动员广大群众、科技人员和各级领导，对此《森林与人类》有一定责任。所以贵刊应该刊登一些讲林业经营、林业经济的文章，提高大家的紧迫感、责任感。

以上当否？请指教。

钱学森

一九九二年二月五日

人人喜欢森林，爱护森林，对乱砍滥伐的行为，人人痛恨。科学家如此，将军也如此。这里向读者介绍德高望重的彭德怀元帅怒斥砍树人的故事。

那是1959年庐山会议之前，彭德怀元帅到湖南去调查民情，当时由湖南省委书记周小舟陪同，回到自己久别的家乡湘潭黄荆铺。家乡同全国一样，经历了1958年全国性的大砍林木，大炼钢铁，大办公共食堂后，郁郁葱葱的山林，已变成光山秃岭，眼前一派荒凉。他再看看农民消瘦，家境贫寒，忧心如焚。

他走到黄荆铺乡，正巧碰上几个农民在砍村中的唯一的一棵大树，还未砍倒，彭德怀见了十分气愤，大声吼道："我是彭德怀，命令你们立即停止砍伐！"

几位村夫对彭大元帅的话，不理不睬，照砍不怠。彭德怀更火了，便追问他们为什么要砍树？他们回答，这树是乡领导要他们砍的；目下元帅要他们放下斧头，不知所措，随后他们找来乡长。乡长是个聪明人，看到彭老总发怒了，吓出一身冷汗，立即令其停止。就这样，刀斧手们手下留情，才保住了这棵千年古树。

从此，人们为了纪念彭德怀，将这棵树命名为"将军树"。

伐木之声何时休

在我新近读到的诗中，我很佩服1998年9月20日，《文汇报》刊登的一首宁宇先生写的诗：《伐木者，放下你的斧头》。这首诗很有震撼力，诗人用他博大的胸怀赞美森林，关注大自然，关心人类的生存，并鼓足勇气怒斥伐木者将参天大树化为乌有。

伐木者，放下你的斧头！

你举起油锯，我听到，
郁葱的山林痛楚地呻吟，
你挥动斧头，我看到，

大江大河惊吓地发抖，

它们不会说话，不能抗议，

只能默默地无力承受，

当它们实在忍无可忍时，

就发出了惊天动地的怒吼……

我曾沿着成（成都）阿（阿坝）公路，

探寻川西岷江的上游，

岷江澄清的碧波，到哪去了？

只见滔滔浑黄的浊流，

那数十根、数百根的漂木，

挤在崖壁激流里沉浮，

那长长滑坡的白色山体，

是大山缩不回去的头……

翠绿的盖头，遮天蔽日，

云杉、红松、青杆、白桦……

我听到漫山森林雄浑的合唱，

绿色金库，浮动绿色的气流，

我沉醉了，紧紧搂着虬龙般树干，

突然听到"顺山倒"的吆喝干吼，

这不谐和音尖厉、刺耳，

脚步下的大山，无言颤抖……

对森林的遭遇，诗人是这样呼吁的，新闻记者也同样如此，也是这样呐喊的。

1998年5月7日，《四川日报》刊登了长篇调查报告《杂谷脑河在呼唤》。文章是三位热衷于关注社会，关注民众疾苦，关注森林的记者，深入采访所撰写而成的。

　　杂谷脑河，是岷江上游阿坝藏族自治州境内的一条主要支流，全长160公里，是哺育成都平原万物生长的源泉。近百年来，由于这里的森林不断被蚕食，植被遭到严重破坏，形成了一百多公里的干热河谷气候，河水流量减少，严重影响了素有"天府之国"称谓的成都平原的农业生产，以及群众的生活用水。社会各界都在大声疾呼：立即停止砍伐杂谷脑河流域的森林！

　　记者采取了纪实的手法，表述了他们所见所闻的真实情景：

　　"沿河有公路。今年4月14日，我们乘车翻越杂谷脑河的发源地鹧鸪山时，遇到了纷纷扬扬的大雪，公路两旁的树上挂着一团团雪花。下行30多公里后，杂谷脑河两旁的高山上渐渐失去树的踪影，近百公里的河谷气候干热多风，阳光灿烂。直到汶川境内后，又见到满目青山，厚厚的云层遮住了阳光，空气湿润，公路上不时出现下过雨的痕迹。"

　　"显然这种奇特的现象同森林资源的分布不能说没有关系。我们在杂谷脑流域的采访中，无处不听到对改善生态环境、保护和发展森林资源及水利资源的呼唤。"

　　"其实，干热的杂谷脑河谷并非原来就是这个样子。陪同我们采访的川西林业局局长钱立勋说，他50年代参加工作后不久，到那些早已光秃秃的山上考察时还见到一些残留的树桩和树根。他认为，这是原始森林的遗迹……现在，杂谷脑河流域大部分地段已成荒山。杂谷脑河流域面积4 600多平方公里，其中的水土流失面积已达2 899平方公里，森林覆盖面积越来越少。"

　　近一两年中，全国的新闻媒体都十分关注我国森林的命运，许多记者、媒体发出了铿锵的吼声，呼吁伐木者手下留情，多为生态平衡着想，多为子孙后代着想。那呼声绵延不绝，从未间断。

　　1996年3月12日，《羊城晚报》发表了题为《大兴安岭，痛悼失去的原始森林》，副题是"森森茂林化作堆堆原木，濯濯童山犹闻冷冷锯声"，其文体是"星期特写"，手法是访问、纪实，记者用其流畅的笔法，录下了亲眼目睹的情景，同时抒发出自己充沛的情感。文章的开篇有一段

森林卷

十分精彩的对话：

1996 年春天，即是那场震撼世界的大兴安岭森林大火后的第 8 个年头，记者跟着向导，在大兴安岭那大片大片的裸露的土地上，行行重行行。

"怎么还不到原始森林？"

"这就是原始森林。"

"原始森林会没有大树？"

"都被砍了。"

"为什么都砍了呢？"

"一年年地砍，愚公也能移山吧。"

"造成这样的结局经过了多少年？"

"不多，也就从那场大火开始吧。"

"为什么不种树？"

"每年都种，它们太小，你看不见。"

"长成大树，需要很多年吗？"

"七八十年吧。"

……

1998 年 10 月 20 日，《中国青年报》刊出了一篇题为《长江"绿色肺叶"告急》，记者记录的是一支科考队，他们大声疾呼："伐木者，放下斧头！长江肆虐的洪水和神农架环境的破坏，同样令我们心痛！"

在神农架已经很难看到高大的乔木了，一片片小树林，像一群群和母亲走失的孩子。

神农架植被遭到极大破坏，林地面积从 1958 年 30 万公顷，到 80 年代只剩下 1 万多公顷，但仍是长江中上游相对完整的一个自然保护区，考察结束时仅从神农架采集的各类植物标本就有 178 份。然而，在森林深处已不时能听到鼎沸的人声（旅游者只要买门票就可进入一些人正在开辟的地方）、"吱嘎嘎"的机器锯木声。科考队员担忧：这最后一块绿色屏障，离灭绝还有多远！

这几年，新闻媒体不断地发出呼吁，却引来胡言，他们不仅不放下斧

头，自问自责，却指责记者，提出了一个什么"记者导演滥砍滥伐"的奇
谈怪论。

真是如此吗？这里有两则曾在报端出现的消息：

消息一：陕西省旬邑县林业部门大肆乱砍滥伐，在不到两个月时间
里，将该县已承包给一公司的万亩草场内的 5 000 亩成材树林砍伐殆尽，
造成上千万元的经济损失。此消息来自陕西省内一些媒体的报道，配发的
新闻图片中有正在砍树的场景。

消息二：旬邑县确实存在乱砍滥伐的现象，但他们说属于乱砍滥伐的
只有 25 棵树，是新闻记者和承包方为拍照片指使当地农民所为，目前，
旬邑县林业公安部门正在积极调查。此消息是陕西省林业厅组成调查组到
旬邑调查后带回来的。

两个消息相互关联，却一矛一盾，尖锐异常。乱砍滥伐究竟有多少林
木？是谁干的？是林业部门，还是新闻记者？

这是一起奇特的事，在众多的舆论监督中，极为罕见。倘若，他们抢
起斧头，乱砍滥伐，新闻媒体不闻不问，听之任之，他们便可滥施淫威，
高兴砍多少就砍多少。如果你要曝光、披露，他们便不舒服，这不是，那
也不是，甚至还会把事情的前因后果都加在新闻记者的头上。

一批有事业心和责任感的新闻记者，面对如此尖锐复杂的事，不甘寂
寞，索性闹个水落石出。在 1998 年 8 月 11 日，中国青年报记者和新华
社、光明日报、经济日报的记者，组成联合调查组，再次赶赴旬邑查看了
万亩草场内梁湾和沟梁两座山头被砍伐后的情况，再次证实，事实清楚，
材料无误。

然而，由于各自的立足点与利害关系不同，因此看法也就不一致了。
对此，在 8 月 20 日，几家中央级新闻单位的记者三下旬邑，在万亩草场
其他地方也发现大规模砍伐的痕迹。但还是无法确定，被砍的森林有无
"砍伐证"……由于多种因素，使这起乱砍滥伐事件得不到应有的惩治。
但森林被砍伐的事实是客观存在的，谁也无法否定。

尽管如此，笔者相信，破坏森林的行为，即便时下逃脱了惩罚，"上
帝"也不会饶恕，早晚得到报应。

一条爆炸性的新闻

这条新闻就发生在笔者的身边，看各个方面的评论、解说，似乎都有其因果，有其道理，终归是语词激烈，各持己见，莫衷一是。

新闻发生在1998年，正当中国百万军民奋起抗洪的紧要关头，新华社发出了一条震撼人心的消息。

1998年8月，对于中国人来说，那是一个永远也不会忘记的年月。全中国人民，正在打一场特大的人民战争……与洪水搏斗，新华社发出了第一条消息《长江洪水正狂，上游仍在砍树》：

新华社攀枝花8月19日电 长江上游地区大片森林仍在遭受数千把斧头和电锯的砍伐。记者近日随世界银行组织的14名生态、环境和人类学专家考察雅砻江下游的二滩水电站库区生态环境，见到江面漂浮着上游运下来的上万根三四米长、脸盆般粗的木头，小舟左冲右突一个多小时才驶离码头。行出不到1 000米，数万根粗木密密麻麻地塞满了几百米宽的江面。

攀枝花市一位林业干部告诉记者，这仅是雅砻江沿岸近期所砍树木的很少部分。由于二滩水电站关闸蓄水拦住了漂木的去路，大量木头在上面几个水运站捞上岸运走了，漂下来的只是"漏网之鱼"。他说，仅沿江国有森林工业企业今年就至少砍伐了30万立方米的木材，相当于砍光了5万亩原始森林。而流域各县乡伐木企业的砍伐量更大。

世行专家组成员、四川省林业科学研究员刘仕俊说，四川宜宾市以上的长江三大干支流中，金沙江、大渡河两岸的森林早已所剩无几。雅砻江主要流经人烟稀少、交通闭塞的横断山脉，但现在，这条江两岸的森林资源也遭遇到了十分严重的破坏。

记者在几天的采访中看到，雅砻江下游两岸目前仅有些残次林木，水土流失严重。当地老乡说："每一场暴雨都造成洪水和滑坡、塌方。以前江水一年四季都是清的，现在变成'黄河'了。"

这条新闻的威力，不亚于一颗原子弹。消息一发出，全国各家报纸纷纷转载，赓即引起了广大群众的极大愤慨，怒吼声，指责声，声声扣人心弦！

消息发出的当天，一个长途电话从北京打到成都，质问四川省林业厅，究竟是何原因？林业厅顿时如同水开了锅，沸腾起来。就在当天，四川省林业厅向国家林业局复函：

> 据新华社记者报道"长江上游地区大片森林仍在遭受数千把斧头和电锯的砍伐"，"雅砻江江面漂浮着上游漂下来的木材"。雅砻江位于我省西部地区，是我省木材水运的主要河道。目前，我国最大的水电站在建设时，也考虑了木材过坝问题，投巨资建设了木材过坝设施。记者在二滩库区所看到的漂木是存在的。雅砻江木材水运局前几年在采伐企业购买的木材，因连续 4 年干旱，河水枯竭，没有流送出来。今年雨水大，把往年积存的木材全部冲下来，堆积在二滩库区。我省采伐企业，历年来都是按国家下达的采伐限额和商品材生产计划进行生产的。木材水运企业所水运的木材都是从采伐企业购买的，没有违反国家规定计划。当前，省委、省政府为实施天然林资源保护工程正准备召开州、市、地党政一把手会议，并以省政府名义作出决定，颁发布告，从 9 月 1 日起，停止天然林采伐。请国家林业局尽快下达天然林资源保护工程的资金，以利我省天然林资源保护工程的顺利实施。

"复函"中的愿望非常好。给人的印象仿佛在说，砍树的行为，总会说得清楚。采伐天然林，多少年来，确实是国家下达的计划。这是一方面。而另一方面的情况是，雅砻江上的漂木，那壮观的场面，让人吃惊；长江上游的天然林所剩无几了，这一切都是事实。当年发生的罕见的洪水和砍伐天然林有着直接的关系，这也是事实。对此，主管部门和新闻媒体各自的看法发生了分歧，所以得出的结论也就各异。

一波未平，一波又起。正在这时，新华社于8月20日又发出第二条消息《国家林业局（原名林业部）负责人强调：长江上游天然林一棵都不能砍》：

新华社8月20日北京电 国家林业局负责人今天就长江上游的天然林被毁情况接受记者采访时强调：长江上游天然林一棵都不能砍，谁砍就拿谁是问，并根据《森林法》追究责任。

本社日前报道了长江上游某些地方的森林遭受砍伐的情况，引起了国家林业局的高度重视，国家林业局负责人强调，长江上游森林资源是维护长江上游生态平衡的主体，十分重要。目前长江中下游正面临1954年以来的全流域性洪水，而今年洪水和1954年洪水相比较，水位全面超过历史最高水位，然而流量却小于1954年洪水流量。国家林业局负责人说，其中一个重要原因就是由于宜昌以上的长江上游森林植被减少，导致水土流失、泥沙淤积河床所致。

这位负责人强调，长江上游天然林对长江防洪意义重大，然而一些地方由于只顾当前利益，违背自然规律乱砍滥伐。目前长江的泥沙含量已接近黄河，正是这种"吃祖宗饭，造子孙孽"的行为导致的严重后果。

这位负责人说，对于长江上游天然林，国家没有给予任务指标，任何人没有权利砍伐。在天然林的问题上马虎不得、松懈不得，如果态度不坚定，造成植被进一步减少，就是对人民的犯罪！

这位负责人说，国家在保护天然林的问题上态度十分坚决，作为长江上游的四川省将率先启动我国天然林保护工程，这将对长江的综合治理产生积极的作用。据悉，国家林业局近日将派出调查团赴长江上游林区调查天然林保护情况。

这则消息句句是实话，句句打动人心，然而至今却看法各异。

在众说纷纭的氛围中，那么，什么是硬道理呢？

可以肯定：停砍才是硬道理！

寻找"光叶蕨"

二呀哪二郎山，

高呀么高万丈，

枯树哪荒草遍山野，

巨石满山岗，

羊肠小道哪难行走，

康藏交通被它挡那个被它挡。

这首优美动听的《歌唱二郎山》民歌，经久不衰。它既动听，又唱出了二郎山的美和秀、高和险，也唱出了英雄的人民子弟兵的勇敢精神。他们是不怕艰难险阻的一代风流人物。

这些年来，攀登二郎山的。除了解放军，也许最多的就是探险者与科考队了。四川省林业学校易同培教授就是其中的一个。

植物学家易同培教授，谈起二郎山津津乐道，如同讲述神话一般，向笔者倾吐他是如何带学生登上山顶，去寻找"光叶蕨"的传奇故事。

那是1998年的冬天，我走进风景如画的四川省林业学校。易同培教授风尘仆仆，刚从外地采集标本归来。那天，我俩坐在学校实验大楼5楼他的标本室长谈，讲述他近年来跋山涉水，寻找植物界最为珍贵的物种的故事。

我们已是老朋友了，我曾在80年代末就采访过他。他是我国，也是世界著名的竹类专家和植物学家。你别看他个头不高，可他的腿特别好使，对事业特别执著。他虽年过花甲，可爬起山来，与年轻人无异，并有登山不止的决心。因此，我曾写过一篇报告文学《踏遍青山只为竹》，颂扬他爬山不止的可敬精神。

他领着我去看他的丰硕成果——标本室。我一一观看了他的两个标本室：一个树木标本室，一个竹类标本室。一排排大木柜子，摆了半层楼，他自豪地说道："老王呀，你看你看，这就是我几十年来搜集起来的标本。竹类是一大宝，我花了差不多 20 来年，跑了 20 多个省，共采集了 500 多种竹类。为了考察竹类，我还去过美国、日本一些有竹类的国家采集了一些珍稀的标本。不然的话，世界上搞竹子的专家，绝不会承认我们的竹类标本室是目前世界上最完整的标本室。当然，通过这些考察，进一步证明世界上竹类最多的国家还是中国。"

过去的艰苦岁月，对他似乎已成历史。他淡淡地说道，这些标本是我一个人跑遍了全国，一枝一枝地砍下来，然后一枝一枝地背回来的。嘿嘿，我这人闲不住，夏天外出爬山采集，冬天在家整理标本，一年四季都搞。

易同培教授在从事教学的同时，长期以来致力于竹类植物的调查、采集，为解决我国大熊猫的主食，他矢志不渝地从事高山竹的研究。他不畏艰险，徒步深入高山密林，穿行在崇山峻岭之间。人们称他为爱竹如命的"绿竹天使"。

近两年，他率领一个科研小组，对 40 个物种的生长情况进行全面调查。他们调查的第一个物种就是"光叶蕨"。

易教授说，这个物种生长在二郎山的团由坪，那是海拔 2 450～3 000 米的高山地带。嘿，很奇怪，1963 年一位植物学家，在二郎山发现了光叶蕨，采集制作了标本。1984 年，又有人发现，它生长在丛林中。可到了 1997 年中科院的专家来考察就没有找到。我们这次一行 3 人，下了决心，一定要找到它的踪影。1998 年 7 月初，我们上山，找了几天，天很热，气候又干燥，没有找到。回到学校后，四川省林业厅保护处要我们再次前往二郎山，要求不惜血本也要找到这个物种。有人笑话我们，"也许你们找不到，即使找到了也认不着"。我们第二次上山，不仅带有原始标本，还找了当地认识"光叶蕨"的老百姓作向导。我们在两路乡架起"大本营"，早出晚归，一连在山上转了 20 多天，踏遍了二郎山顶，我的腿都被扭伤了，结果也没有找到"光叶蕨"，我们断定这个物种已不复存在了。为什么？我们在调查中发现二郎山的环境发生了极大的变化，森林大面积

减少，光秃秃的山，是保不了光叶蕨的命的。这个物种灭绝了！

易教授谈到这里直摇头，心中充满忧郁和痛苦。

他沉思良久，又说道，我们调查的另一个物种——"独叶草"也不多了，临近灭绝。这种草生长在峨眉山顶的太子坪，一片一片的。过去，有人在金顶也发现过独叶草。这种植物属片生植物，一长就是一片，几十上百平方米。这是 10 年前我去考察的情况。1998 年 6 月，我们再去峨眉山考察，嘿，独叶草几乎绝种了，找来找去，很少了，只看到一片。

草本植物是这样，乔木的情况更令人着急。在四川有许多树种都看不到了，有的是灭绝了，有的正在大量减少。红豆树、百乐树、黄杉之类的树木，都极少看见。

许多物种是人为地把它糟蹋了。"大跃进"时期打麻雀，自从那次全民的行动之后，现在就很难看到麻雀了。许多山上没有鸟，许多河里没有鱼，真可悲，也可怕呀！野生动物少了，人类就会孤独，这是人类的悲剧！

一个物种的形成要上万年的时间，可一个物种的灭绝却十分容易。据我所知，在地球上平均每天至少有一个物种灭绝。物种的灭绝不只是一个数字问题，而是反映生态环境的急剧恶化。

我很担心噢，森林如此破坏下去，十分可怕呀！许多物种会消失得更快。人也是一个物种，是一个有思维与智慧的物种。人口无限制地增长，增大了地球的负担，对地球上的物种的破坏就会加剧，造成人和自然不能协调、和谐的发展。一个物种的灭绝，是不能复生的。如果物种大量灭绝，最后地球上最高等的物种——人类，也会灭绝！

这一切，都和森林的过量采伐有直接原因。我是经常在深山野岭转来转去的，可以说川西的哪座山、哪条岭我都爬过、走过，到现在四川的天然林，究竟还有多少？说真的，天然林砍得差不多了，已经砍掉了2/3，除了南坪、道孚、兴隆和木里几个林区还有一些天然林外，其他的林区都砍光了，该砍的和不该砍的，都一齐放倒了。

天然林砍了，要栽、要恢复，是非常困难的。天然林是经过数千年形成的一个和谐的整体，是其他植物与乔木混交而存在的，它本身就是经过与大自然、与环境协调而生长起来的，碰到恶劣的气候、环境，抵抗能力强，抗病能力强。而人工林是纯林，是单一的树种，抵抗力极差，最容易遭受病虫害。

人类发展到高科技时代，科学家可以用碳、氢、氧合成有机物，但没有人能合成生命，事实证明生命是无法合成的。学生物的人，都是爱护生命、爱护植物、爱护森林的。天然林停砍，太好了，这是我们多年的愿望啊！

森林：江河的母亲

人类对森林的认识，是通过生产和生活的实践，不断深化和不断提高的。要体验到她像母亲一般的温柔，只要你一走进森林，就会感到清新、美丽、辽阔、变幻、神秘，即刻体会到她的价值。然而，一旦失去了森林，也就失去了"母爱"，失去了温馨。可是，人类对这一认识，往往又是笨拙的，不碰得头破血流之后，是不会回头、不会醒悟的。

事实确实是这样。当今，全球性的生态环境恶化十分严重，已经到了不可救药的地步。就 1998 年而言，世界气候异常，环境灾难频繁，从年初到岁末，灾难连续不断：巴西亚马逊河的热带森林火灾之害；中国长江、松花江、嫩江的特大洪水；欧洲大陆的狂风暴雨；直卷美洲大陆的"米奇"飓风……这一系列的灾难引起了各国政府和新闻媒体的高度重视，齐声呼喊。环境问题威胁着人类的生存，再也不能忽视了！

这一问题，让我们再从一些数字上看一看环境问题的严重性和紧迫感。

空气——全世界有 11 亿人口生活在空气污染严重的大城市。全球有 20 个污染严重的城市，发展中国家占 8 个（其中北京和上海均榜上有名），发达国家占 12 个。尤其值得关注的是，发展中国家的空气污染还在日益加剧。地球大气的污染，造成二氧化碳的总排放量增多，而直接影响到人类的呼吸。

水——近半个世纪以来，随着人口的增加和农业不断扩展，全球的用水量增加了 4 倍。同时，由于工业、城市、农药、化肥的污染，淡水资源日益短缺。过量采伐森林，使其锐减，是水资源减少的重要原因。目前，以色列、科威特、阿尔及利亚等 20 多个国家，也是淡水资源长期紧缺的国家。如果让目前的状况延续下去，预计 50 年以后，全世界人口 20％将遭遇悲惨的水荒。

土地——一个严重的困惑。目前，地球上的植物和动物，总共约 1.8 亿吨，人类每天消耗其中的 2.9％，全球 60 亿人口，消耗不断加大，然而过度放牧、过度垦殖、过量使用化肥和农药，已使许多地区的沃土贫瘠化，全球已有 900 万公顷农田寸草不生，12 亿公顷绿地遭到中等程度毁坏，有 2 000 种动物物种濒临灭绝，沙漠面积不断扩大，森林面积不断减少。这一系列问题都直接使土地遭到破坏，造成耕地锐减。

中国的情况不容乐观。《一九九七年中国环境状况公报》表明，我国部分地区生态环境在继续恶化。七大水系、湖泊、水库、部分地区的地下水和部分近岸海域受到不同程度的污染。北方的干旱、半干旱地区和许多城市严重缺水。水资源缺乏和水域污染已成为我国经济社会发展的制约因素。从总体上看，长江、珠江和黄河干流水质尚可，淮河干流和松花江水质有所好转，海河、滦河与辽河水质较差。大淡水湖泊和城市湖泊均为中度污染。巢湖和滇池污染程度有所加重，太湖有所减轻。水库污染相对较轻。近岸海域水质变化不大。

我国的空气污染仍然是以煤烟型为主，主要污染物是二氧化硫和烟尘。1996 年二氧化硫排放量为 2 346 万吨，烟尘排放总量是 1 505 万吨。华中、西南酸雨污染严重，华南酸雨污染有上升趋势，北方的图们、青岛酸雨污染仍较严重。

森林，对陆地生态系统的影响特别大。中国林业学会理事长董智勇在《森林是陆地生态系统的主体》一文中说："人类之所以能生存，是以森林作为舞台背景，并从森林那里获得生存的空间、土壤、能源和食物，发展自己的文明。大自然的生存与发展都是按照自身的规律，有序、协调地发展。大自然中的水、土、光、热、气等非生物资源和动物、植物、微生物等生物资源，它们彼此之间在一定地域是相互联系、相互制约、相互依存的，这些资源在自然界中通过物质环境和能量流动，构成一个不可分割的动态系统，即生态系统。地球上的森林、草原、湖泊等各类生态系统的组合，形成多层次的、有序的、巨大的物质体，这就是通常所说的'生物圈'。森林是地球上的最大生态系统的主体，在生物圈中占有十分重要的地位。破坏了一个地区的森林，也就破坏了这个地区生态内部及其他因素之间的平衡。"

森林的作用太大了！

森林与人类的关系非常密切。它有涵养水源，保持水土，防风固沙，调节气候，防止污染，净化空气，保护物种等多种功能，还具有综合的经济效益和环境效益。

每当雨季到来的时候，在防洪抗洪方面，森林便以"英雄"的本色，默默无闻地守卫着江河、山川，奉献自己的力量。森林，便成为水的保护神：削弱洪水从而保土、涵养水源从而蓄水、防止沙土流失和沙漠化从而固沙、改变水质从而净水。

专家学者认为，森林在防洪减灾中的作用不可低估。目前，我国森林的年水源涵养量为 3 470 亿吨，如果用等价物替代法进行价值计算，它相当于建造同等容量的水库所需要的建设投资。保护和培育森林，不仅能有效调节和涵养降水，减少地表径流和表土水蚀，而且可以减缓径流速率，相应消减洪峰流量和流速。

为什么森林会有这么大的作用呢？

长期以来，我国许多生物学家和林业专家，不辞辛劳，潜心研究，而得出了许多令人深思的结论。在中国水文学专家马雪华的眼中，森林就是"绿色水库"。他认为，森林，特别是天然林（又称原始森林），经过百年以上的生长、发育，已经形成了自己的生态平衡环境，它一旦被破坏，很难再恢复元气。茂密的森林具有高度的蓄水、保持和降低径流流速的功能。这是人工林所替代不了的。

从整体结构来看，森林自上而下分布的多层次是一个十分科学而理想的、又是人工难以组合形成的，使雨水经过灌丛疏林带时，会被截流一定流量；经过针叶林时，雨水会被截流 5％～10％；雨水每经过一层林地，就会被减少一定径流。当雨水流到山谷后，几乎就没有什么径流了。如果再加上各种水利枢纽工程的拦水量和水库的分洪量，那么再大的洪水量也会大大减少。

马雪华还举出事实说明森林的巨大作用。他说，以四川西部、岷江上游为例，根据中国林业科学研究院与四川林科所在海拔 3 400 米，坡度 20°～30°，200 年的云杉、冷杉林中多年定位测定研究结果表明：林冠和苔藓、枯枝落叶的最大拦蓄降水量为 10～15 毫米，0～100 厘米深度土壤的拦蓄水量约为 250～300 毫米。这两项相加，则得出有林地最大拦蓄水量为 260～315 毫米。另据测定，有林地较皆伐迹地（无林地）可多拦蓄降雨径流量为 150～200 毫米。

这项实验很有科学价值。1993 年，四川大学的科研人员将这项科研成果用最新的森林火灾模拟试验方式再次进行论证，充分证实了"绿色水库"的独特功能。

由于森林能阻挡雨水直接冲刷土地，减少雨水地表径流的速度，增加了雨水缓慢下渗的机会，使其储存在地下，而且林地树冠是把天然的大雨伞。

森林对人类是无价之宝，是难以用金钱估量的。

人们都很清楚，土壤是人类赖以生存的基础，水土流失会使土壤退化，肥力下降，农业产量减少；泥沙会降低江河的防洪能力，给江河治理、防洪、灌溉、排水、发电、航运、渔业、环境、供水，各个方面带来许多困难；还会淤积水库、河道，缩短使用寿命与航程，给人类带来生态环境恶化和贫困。总之，有了森林，上述一系列矛盾都会得到缓减，得到合理解决。

森林在人类历史上的地位是十分重要的，其经济效益与社会效益巨大。其实，森林的社会效益即指对人类社会提供的各种公益需要，森林的多种效益所创造的价值，大大超过它提供的木材及林副产品的直接效益。国外科学家的研究表明，森林的环境保护价值为森林总价值的 75% 以上，美国评价森林直接效益与其他效益之比为 1∶9。

森林，是人类须臾不能离开的朋友，毁坏森林将导致文明的衰退，人类自身的毁灭。在历史上，曾有许多惨痛的教训。近些年，森林的大量被砍伐，就直接破坏了自然界的和谐与平衡，必然会受到大自然的惩罚！

世界"绿色运动"的崛起

应该看到，历史发展到20世纪末，人类在不断觉醒，对森林的认识在不断加深。这种加深，是在大片大片地砍伐森林、招致不幸之后，而不是在这之前。

世界上许多有识之士，都十分关注森林和水的变化与发展，将对人类的经济发展带来的制约作用和巨大的妨碍。在20世纪初，美国学者指出："树木在受难，意味着我们人类将遭殃。"

当人类进入高度文明之后，世界各地开始了一个轰轰烈烈的"绿色运动"。这个运动始于1970年。它的出现与发展是有其历史背景的。在第二次世界大战后，全球范围内经济出现了一个高速发展的新时期。在这个时期内，工业迅速发展，人口猛增，人类对自然资源的索取，也就不断加剧，从而，生态环境出现了突变，大片大片的森林被砍伐，河流污染，大气恶化。这一系列全球性变化，有损人们的健康，也妨碍了经济的可持续发展，因此，不能不引起各国政府和人民的广泛关注。

于是，1970年4月22日美国哈佛大学学生尼斯·海斯发起和组织保护环境的活动，随后得到了全美国保护环境工作者的大力支持，同时也得到了广大的社会上层人物的响应。他的倡导，很快唤起全国2 000万人，有一万所中小学，2 000多所高等院校参加了这场轰轰烈烈的"环境保护运动"。他们高举标语牌、受到严重污染的地球模型。举行集会、游行，高呼口号，要求政府采取紧急措施，保护环境。

这一群众性的运动不仅震动了全美国，也震动了全世界。因此，把每年的4月22日定为"地球日"。从此，一个全球性的"绿色运动"出现了。

这场震撼全球的运动，也引起了联合国的高度重视。

1972 年 6 月 5 日，联合国在斯德哥尔摩召开的人类环境会议上，通过了著名《人类环境宣言》。这一全球性举措，成为人类生态环境保护的历史性的转折点，并将每年的 6 月 5 日定为"世界环境日"。紧接着，在全世界涌现出一系列的全球性的保护环境与生态的活动，将保护人类生存的"绿色运动"推向了一个新阶段。

1973 年，联合国环境规划署成立，并创办了国际性的"绿色和平组织"，随后世界各国也积极响应，相继建立起相应的"绿色和平组织"，"地球日"便成为全世界的共同纪念日。

从 1974 年开始，联合国环境规划署根据全世界人民的呼声，在每年年初提出当年"世界环境日"活动的主题，以便各国围绕主题突出重点，开展活动。26 年来，每年的"世界环境日"都有一个明确的主题，引导全人类爱护环境，保护我们生存的空间。

1992 年 6 月，在巴西的里约热内卢召开了联合国环境与发展大会，并通过了《联合国生物多样性公约》、《联合国气候变化框架公约》两个具有历史意义的宣言。迄今为止，在全世界和自然保护有关的各种国际组织已有数十个之多。这一系列的活动充分表明，人类已进入了高度文明、高度重视生态环境的发展阶段。

在"绿色运动"广泛开展的过程中，人们对森林颇有见解，世界著名人士都纷纷发表自己的论述。

曾任联合国粮农组织总干事的萨乌马说："只要想一想唯有森林才能提供无数的林产品和效益来满足人类未来的需求；想一想唯有森林的永存才能保护地球的平衡；想一想唯有森林才能为我们这个狂热世界中疲惫的城市居民提供清爽的空间，就足以证明森林的作用了。"

这样的认识，在当今的世界就更多了。欧洲共同体委员会主席戴洛斯的话就更富有强烈的政治色彩。他说："森林是政治、经济和生态这个新思想的核心问题，我们的忧虑之一是森林的保护问题。众所周知，全球范围内的毁林现象致使森林消失有时不可逆转。"

森林是地球上功能最完善、生物生产量最大的陆地生态系统，具有多种多样的相互配合的特殊性功能和用途，在维护生态平衡中具有不可取代的作用，其生态效益和社会效益远远超过其本身的经济效益。正因为如此，现有 14 亿人口的中国，也在不断觉醒，不断提高认识，同时也引起了党和政府的高度重视。

过去，中国人通过许多灾难所得出的沉痛教训是多方面的，也是深刻的。从那些教训中，引起了人们的震惊，也引起政府重视保护环境，重视生态平衡，让经济实现可持续发展。

1998 年 11 月 5 日，全国人大常委会专门举行了生态环境座谈会。座谈会强调，生态环境已成为全国性的大问题。人们从一系列全球环境问题所带来的危害中认识到，如果没有一个良好的生态环境和长期可利用的自然资源，人类将失去赖以生存和发展的基础，经济也难以持续发展。

会议还对近半个世纪以来中国的情况作了科学的分析。新中国成立后，特别是改革开放以来，党和国家把环境保护确定为我国的一项"基本国策"，制定了一整套环境保护法规、行政规章，签署了一系列环境保护国际公约，开展了大规模的污染防治和国土整治工作，逐步探讨出一条适合我国国情的环境保护和建设的道路。因此，在我国经济快速发展、人口不断增长的条件下，避免了环境质量急剧恶化的局面，扭转了长期以来森林覆盖率和蓄积量持续下降的局面，农业生态环境有了一定改善。在我们这个人口众多的发展中国家，取得这些成绩是非常不易的。

座谈会本着实事求是的精神，同时指出，目前中国的环境保护形势还相当严峻，全社会环境意识不强，生态保护能力较薄弱，生态破坏的范围还在扩大。这已成为国民经济持续发展的严重障碍。

在法制建设上，制定了《森林法》、《环保法》、《水土保持法》等一系列法规，我国已初步建立起环境与资源保护立法体系的框架。1998 年，中国还制订了《全国生态环境建设 50 年规划》。中国政府把生态环境视为"经济和社会发展的基础"，政府比过去更加重视环境保护，是因为有一种危机感，即担心如果继续发生大洪灾，很可能出现严重的社会问题。《森林法》实施后，在 1998 年 4 月又作了进一步修订。其中第一章"总则"中的第一条就明确规定:"为了保护、培育和合理利用森林资源,加快国土绿化。发挥森林蓄水保土、调节空气、改善环境和提供林产品的作用,适应社会主义建设和人民生活的需要,特制定本法。"本法还在第五章"森林采伐"中规定:"防护林和特种用途林中的国防林、母树林、环境保护林、风景林,只准进行抚育和更新性质的采伐。"

但是,正如这次座谈会上与会者所反映的那样,"有法不依、执法不严、违法不究的情况普遍存在"。

鉴于违法乱纪、乱砍滥伐严重,1998年8月12日国务院发出了《关于保护森林资源制止毁林开垦和乱占林地的紧急通知》,作出了7项具体规定:

要把保护和培育森林资源作为改善生态环境的重要任务来抓;

立即停止一切毁林开垦行为;

对已经发生的毁林开垦行为全面调查;

切实做好退耕还林工作;

依法严厉打击毁林开垦的违法犯罪行为;

严格实施林地用途管理;

加强对林地保护工作的组织领导。

人类早就意识到,地球对人类是何等重要,而且公正地尊称:"地球是人类的母亲!"

人类,要对自己有约束能力,不能愧对自己的"母亲",随意践踏地球,随意践踏森林。

生态伦理学认为,人类有义务尊重生态系统的平衡。生态和人一样需要水、空气和食物,一样需要分享地球上的基本需要,它们在地球上有合法的权利和地位。

中国是个有"礼仪之邦"称谓的国家,是个讲亲情伦理的民族。远至古代,先哲们就讲究一个"仁"字。何谓仁呢?颜回问仁,子曰:"克己复礼为仁。一日克己复礼,天下归仁焉。为仁由己,而由人乎哉?"

可以说，在人与自然的关系中，没有比"克己复礼"更能表达人类对自然采取的态度了。在这个星球上，要想恢复生态平衡，人的自我约束就显得特别重要！

森林卷

最后的晚餐

第七章 世 纪 末

——人类的结账日

"世纪末"的提法，随着人类即将告别 20 世纪而日益风行。

这一提法，起源于 20 个世纪。德国马克斯·诺在他的专著《论堕落》一书中写道："这个时代的特性非常复杂。其中有狂热的不安、深重的失意、可怕的预言、卑屈的绝望。不论什么时候，都感到世界好像就要消失的样子。世纪末是一种忏悔，也是一种不平。"

人的思维具有一种特殊功能，善于回顾、总结和沉默、深思。"世纪末"，仿佛是人类与"上帝"之间的"结账日"。

这里，有关人类对社会的贡献不必多言，单就人类愧对大自然，对生态环境的破坏和人类的生存危机，算一算账，是亏损还是盈利？

伤痕累累的星球

人们从没有像今天这样重视世界"地球日"。在第 29 个"地球日"那天，全国各大城市，集会演讲，或上街宣传，声嘶力竭地呼喊："保护我们的家园！"成都市数千名"志愿者"，举着红红绿绿的标语牌，浩浩荡荡，聚集在一起，虔诚而隆重地纪念这个日子。在他们的行列里，有政府官员，有科学家，还有中小学生和普通市民。他们虽然身份不同，年龄有长幼，可都有一个共同的愿望，而且发出了一个共同的呼声："赶快行动起来，保护人类自己的生存环境！"

这个世界纪念日，已经走过了 29 个春秋，在全世界 60 亿人中产生了强大的影响，聚集着一种巨大的力量——人类团结起来，保卫我们共同的家园——地球。

然而，这个问题过去一直没能引起中国人的重视。为什么如今却"心血来潮"了呢？

地球已是遍体鳞伤，满目疮痍。大家对自然灾害感受最深的不是在遥远的西方，而是在自己身边。大家没有忘记"九八洪水大决战"中惨死的儿童和妇女，没有忘记每日每时吸进肺里的废气，也没有忘记环境污染给人类带来的各种疾病和灾难……

"防治地质灾害"，成为第 29 个"地球日"的主题。这是个值得广泛关注的大事、要事。

如今的地球，让人沮丧，让人失望呀！

人是宝贵的，也是糟糕的！在追求物质自由占有的过程中，人类过于自信，也过于放肆，把森林、土地、水，以及贮藏在地下的宝贝——亿万年形成的矿藏，当作大自然无偿的恩赐，进行掠夺式的开发索取。

原本地球生长到今朝今世，正是壮年时期，应该说是体魄健壮、风华正茂的年代。然而恰恰相反，地球已成"病夫"。

时至今日，人们通过无数次的考察，在宇宙中最适合人类生存和发展的星球，唯有地球。她像天使一般，精心为人类营造了一个适合人类生活的空间和环境，应该说，太美了，人类所需要的空气、水和各种生物……都能满足人类的欲望和要求。

可地球是一个封闭的系统，即由大气圈、水圈、生物圈和岩石圈组成，它们之间相互作用，形成了当今世界上的山川地貌。迄今，在宇宙中，地球是个独立体，不能与别的星球交流与合作。这就带来了许多的困惑，毁了一块就少一块，毁了一片就少一片，不可能向外星索取，来补充自我。

地球，自形成 45 亿年以来，伴随着自然界的氧气合成，海陆水气交流，地壳深部地质环境等各种自然作用，引起地壳运动、火山喷射与地震。这些作用，是地球的自我调节与变化。同时，外力对地球的摧残，人类对地球资源的无限制的掠夺式的开发，无序消耗地球的资源，不珍惜"上帝"所赐予人类的宝贵财富，而任意践踏，正在加速对地球的摧残。

日积月累，年复一年，把好端端的星球，弄得面目全非。更让人不安的是正在威胁和破坏地球的生物圈，造成垮塌、洞井塌方、地面沉降、地基变形，还有在地表出现大量的滑坡、泥石流，等等。

最大的灾害是土地大量被占用、被破坏，地壳、地表的毁坏，使地球的肌肤失去了光泽，失去了本色。

人类发展到 20 世纪末，人口急剧增长，工业高度发达，其影响生存环境的能力，已经达到了全球化的规模，远远超出了史前的水平。如今，在地球上没有哪个角落不受到人的影响。人类将地球上现有 30% 以上的陆地变为农田、放牧地和人工经营的林地，这还不算与人类的发展相伴随的城市和居民点。森林——"地球之肺"大量被砍伐，热带雨林被破坏，就必然使气候环境恶化。

森林资源惨遭破坏，已经给全球的生态环境带来了严重后果。科学家们普遍认为，大规模砍伐森林是造成目前全球气候变暖的主要原因。大片森林被毁，使水土流失日益严重。每年全球流失土壤 240 亿吨。森林资源的破坏还导致土壤的沙漠化日益扩大。据统计，世界上每年沙漠化的面积达 600 万公顷，有 64 个国家遭受沙漠的威胁，沙漠化面积达 4 500 万平方公里。热带森林遭受破坏已使 200 多种动物和 2 万种植物面临灭绝的威胁，如果不控制，到 20 世纪末，将有 10% 的植物和 20% 的动物在地球上绝迹。

在这个星球上，中国是个人口众多、地域辽阔的国家。中国由于自然地理、地质结构复杂，人为的破坏、各种自然灾害频繁，是世界上地质灾害严重的国家之一。

在全国范围内，我国主要灾害是地震、崩塌、滑坡、泥石流、地面沉降、土壤侵蚀、沙漠化、海水入侵，等等。全国共有大型的灾害点 7 000 余处，涉及 400 多个县（市），1 万多个村庄。近 10 年来，每年地质灾害（不含地震）造成的经济损失占各种自然灾害损失的 1/5，死亡人数达 1 000 人，造成的经济损失上百亿元。

中国的情况十分严峻啊！在这片国土上，由于长期过量伐木和投资不足等多种原因，造成我国生态环境不断恶化，水土流失加剧。全国水土流失面积达180万平方公里，占整个国土面积的18.7%，荒漠化土地262万平方公里，占国土面积的27.3%，且以每年2 400平方公里的速度向外扩展。这是一个十分严重的问题！

一个个庞大的、惊人的数字；一起起巨大的、可怕的灾害，使人悚然心惊！

更令人吃惊的是，这些自然灾害中有一半以上是人类的活动所造成的。就是说，中国人如果讲科学，减少一些野蛮的、过度的行为，灾害即可减少一半。

人，不过是地球的一个细胞；人类，是依附着地球的血液而生存！地球若有不适，直接影响到人类的冷热与寒暑，也许灾星就会降临。

恩格斯在他的名著《自然辩证法》中，对这一问题作出了精辟的论述："我们不能过分陶醉于我们人类对自然界的胜利，对于每一次这样的胜利，自然界都对我们进行报复。每一次胜利，起初确实都取得了我们预期的结果，但是往后的和再往后却发生完全不同的、出乎意料的影响，常常把最初的结果又消除了。美索不达米亚、希腊、小亚细亚以及其他各地的居民，为了得到耕地，毁灭了森林，但是他们做梦也想不到，这些地方今天竟因此而成为不毛之地，因为他们使这些地方失去了森林，也就失去了水分的积累中心和储藏库……因此我们每走一步都要记住：我们统治自然界，决不能像征服者统治异族人那样，决不能像站在自然界之外的人似的。相反地，我们连同我们的肉、血和头脑都是属于自然界和存在于自然之中的；我们对自然界的全部统治力量，就在于我们比其他一切生物强，能够认识和正确运用自然规律。"

"自然界对我们进行报复"，这在19世纪末恩格斯就早有预言，提醒人类要以清醒的头脑，认识自己的行为。

20世纪的世界，有着非凡的进程：现代化的突飞猛进和人类两次大的杀戮，人类的生存空间空前恶化。但是，在这两者的背后所隐藏的祸根，却极少引起人们的注意。1949年，美国环境先驱奥尔多·利奥波德的《沙乡年鉴》的问世，再一次警告人类灾难即将来临，仍然没有引起政治家、理论家和民众的注意。随后，在1962年美国海洋学家蕾切尔·卡逊出版的《寂静的春天》批评杀虫剂包括获诺贝尔奖的 DDT 对农业生产与环境的危害，在美国及全世界引起轩然大波。从此，人们对环境恶化才给予关注，才意识到人类将要面临着大自然对人类的惩罚。

由联合国确定的 4 月 22 日为"地球日"，其目的就是呼吁：全人类共同采取行动，提高自己所在地区的环境质量；各国政府和国际组织行动起来，控制工业污染，提倡洁净能源，植树造林保护土壤，并加大宣传力度，增强公民环境保护意识。

命运多舛的一九九八年

1998 年，美国《时代》周刊在一年一度的"世界明星人物"评选活动中，出人意料地将"明星"的头衔授予了地球。《时代》周刊认为这一年没有任何人，或者说没有任何事物能比人类的家园——地球，更加突出地加以报道，更为全世界所关注。

这一年，整个地球似乎发了疯，变得暴跳如雷。

这一年，地球宛若发疯的狂人，对人类忽然翻了脸，大举施暴，进行报复，出现了全球性的大灾难。忽而狂风大作，忽而暴雨如注；忽而山崩地裂，忽而地动山摇。严重的自然灾害，全球多达 700 余起，造成 5 万人死于非命（1997 年死亡 1.3 万人），经济损失达 700 亿美元。

这些灾害中，最多的是飓风和洪水，洪水的经济损失占 85%。在灾难面前，人们如同噩梦初醒，不知所措，昏昏沉沉，似乎天地倒立，地球像个泥丸、面团，不知将会变成个啥模样儿，是长，是短；是碎，是裂？

地球的疾患，在世界各地所表现的形态是千奇百怪的：

亚洲——人员伤亡最严重的是 6 月份袭击印度的热带飓风，造成了 1 万多人死亡。2 月份和 5 月份，发生在阿富汗的两次地震造成 9 000 多人亡命。当然，首屈一指的应该是中国的洪水，损失达 2 551 亿元，死亡 3 600 人。韩国 8 月份两次遭受暴雨的袭击，洪水、冰雹、悬崖塌方造成 100 多人丧命。日本北陆地区也发生了洪水，使大面积的水稻受淹。

欧洲——最严重的灾害是 11 月中旬出现的寒流造成法国、俄罗斯

215 人离开了人世间。其次，是意大利南部萨尔诺 5 月份发生的泥石流，150 人被埋在地下，将变成化石。

北美洲——遭遇百年罕见的干旱，整个夏天骄阳似火，热浪把许多人推向了死亡线；高热浪犹如一条火龙四处流窜，在美国的气温超过 38℃。热浪延伸至欧洲，使中南部达 40℃；同时也影响到非洲，气温达到 42℃。

这场世纪之灾，最可怕的是飓风。9 月份飓风袭击加勒比海地区，造成了 100 亿美元的损失。10 月 26 日，飓风首次袭击洪都拉斯，第二天又袭击了巴伊亚群岛和加勒比港。第三天，"米奇"飓风来了一个迂回战术，绕到洪都拉斯从北面登陆后，扫荡全国，形成暴雨，继而洪水泛滥，城市、村庄被淹没，交通、通讯中断。30 日，弗洛雷斯总统宣布全国进入紧急状态。这场飓风损失惨重，在全国有 7 000 人丧生，1.2 万人失踪。从 10 月底开始，"米奇"飓风越过大洋，席卷了中美洲地区，随之而来的是暴雨引起洪水和山体滑坡，又造成重大的人员伤亡……

1998 年，是地球上 120 年以来最热的一年，7 月是气温最高的月份，欧洲许多地区的气温最高超过 40℃。温度增高，意味着水分蒸发量增大，暴风雨更凶，雪融化得更快。这三者相合就引发出水灾。持续的、不可捉摸的异常气候，在世界各地造成酷热、旱灾、暴雨和洪灾，严重影响着人们日常工作和生活。人们至今迷惑不解，可科学家则对此作了准确的分析。

科学家是如何分析的呢？

天文学家认为：即使用望远镜也看不见的位于宇宙深处的遥远天体，也在影响着天体运行。目前天体运行处于新的异常期，天体系统施加的"摄动"，使地球"发烧"增加了外动力。

地质学家认为：地球内部正处在新的活跃期，火山、地震频繁，作为地球外的大气，也必然出现异常现象。

气象学家认为：太平洋上的"思索"事件使大气模式变得紊乱不堪，全球气候为之变异。日内瓦世界气象组织总部的专家特兰说，1998 年不仅平均气温上升，而且每月的气温呈上升趋势，打破了往年的最高纪录，全球整体气温呈上升趋势。"厄尔尼诺"现象的影响还未完全消除，"拉尼娜"又匆匆走来。气候变异有气候的自然规律性变化因素，也有人类活动的因素，尤其是自然环境遭到破坏和二氧化碳等有害气体排放量过多。

在 1998 年这个命运多舛的年代中，还有一大灾害——巨大的"太阳爆"，这也是科学家们十分关注的重大问题。在 8 月 2 日晚，太阳系发生了一次极其强大的射线爆发，其释放出来的能量相当于太阳在未来 300 年里所释放能量的总和。这次爆发造成的强大磁场，如果在地球和月球之间相离的一半时，人类将遭受巨大的不幸。然而，人类十分幸运，这次爆炸的能量，由于地球的"生命外衣"的保护，大部分能量都被大气所吸收，到达地球表面的能量只有极少一部分，未能对地球造成生命危害。

大气层中的氧气，维系着地球上所有的生命。所以，大气层的确是地球的"生命外衣"，人类的"保护神"。如果大气层一旦被破坏，失去了"生命外衣"，人类的命运便不堪设想！

福也长江　祸也长江

哗！哗！

洪水，第七次洪峰刚过，百万抗洪大军还没喘口气，荆江又告急，洪水发疯似的，一夜之间上涨到 44.88 米。

万里长江像一匹脱缰的野马，洪水从金沙江、岷江、嘉陵江、汉江滚滚而来，汇成巨流。天，漏了，倾盆大雨下个不停；江，洪水无处可装，漫出堤坝，向着城市，向着江汉平原，滚滚冲去。

1998 年 8 月 16 日，荆江分洪前线指挥部指挥长、荆江市长王平接到了荆江长江防汛前线指挥部发来的一份传真："分洪准备工作倒计时"表。

市长颤抖的手，捧着薄薄的一片纸，如负千钧。此时此刻，这位平素果敢的年轻市长，却犹豫不决，紧紧地将那张纸攥在手中，仿佛要将整个天体扭转。

是分洪，还是不分？

王市长正在犹豫之中，17时一道命令通过无线电向各地发出：沿江所有车船的驾驶员全部上岗待命。分洪区所有路口全由公安民警把守，解放军、武警、民警数千人开始进村"拉网"式搜索滞留群众，后面跟着30辆大卡车。

一切情况表明：荆江分洪已经进入一级战备状态。

稍后，水情公报显示：沙市水位已达44.91米。

又一道命令传出：分洪区内的所有警报系统全部准备待命……

此时，日夜战斗在抗洪前线的数百万，不，应该说全国12亿人民都处在极度紧张的状态之中。千里江堤只需"轰隆"一声，在转眼间江汉平原、江淮平原、长江中下游……数千万亩绿油油的稻田将被淹没，数千个大小城镇和村庄将成为水乡泽国，人民的生命财产会失去保障……

时间，在一分一秒地过去，数百万抗洪大军，已处在高度紧张状态，头发丝儿几乎通通竖了起来。

紧接着，分洪初步方案随之发出：

21时，前线所有人员撤出蓄洪区；

21时30分，开始爆破检查；

22时30分，先爆破分洪区上游北闸前3.5公里和拦淤堤，从中间向两边实施爆破，让洪水进到分洪闸前；

23时，沿安全区各点鸣枪全面戒严；

24时，正式开启北闸实施以小到大的分级分洪。

当晚19时，分洪开始倒计时，这一切，意味着，爆炸就在眼前。

旋即，倒计时的命令，迅速传真到各地各点。

当夜，战斗在北闸的广州军区某集团军地爆连71名战士，开始往早已挖好的药洞中埋炸药，其动作敏捷，速度惊人。他们仅用了4个半小时，就把20吨炸药埋在2 200米长的堤上的119个炸药室内，并设置了电爆网络、导管传爆线路、雷雨天电爆系统3种引爆方法，以确保起爆成功。

22时，荆江分洪前线指挥部指示：做好分洪后营救群众的一切准备。

在此时，110 艘冲锋舟、250 艘打捞船、10 万件救生衣已落实；300 名国家干部、300 名公安民警、500 名解放军战士整装待发。与此同时，1 000名解放军战士集结县城，紧急增派 1 000 名武警官兵抵达荆州待命。

这是一场特殊的战斗，一场卷入了数十万人联防作战的战斗，一切准备已经就绪，只待一声令下……

23 时 45 分，雨仍然下个不停，水情显示：沙市水位已达 45.08 米。人们似乎绝望了，分洪已成定局！

望着汪洋般的水势，估计次日凌晨将达 45.20 米。大家屏住呼吸，等待着北京的指示。一旦命令传来，将立即按下电钮，引爆……

在这紧急关头，17 日凌晨，北京传来消息：一份决定分洪命运的传真传到荆江分洪区前线指挥部。这是一份国务院副总理温家宝与有关专家研究后，与湖北省委书记贾志杰、省长蒋祝平的谈话内容。

传真明确指示：可以通过严防死守、咬紧牙关顶过去！

"咬紧牙关"？啊，他们的牙关已经咬得嘎嘎响了！

正在这时雨小了，天有了转机。17 日上午 9 时，沙市水位涨到 45.22米后开始回落。此时，也只有在此时，荆江前线指挥部的人员脸上出现了从未有过的笑容……

也许，这是"九八长江抗洪大决战"中，最精彩、最惊险的一幕！

福也长江，祸也长江！

我是喝长江水长大的，我爱长江，我爱一向温柔的"母亲河"。千百年来，长江如同一位慈祥的母亲，用她的乳汁灌溉着良田，承载舟楫，给两岸人民带来富饶而安详的生活。谢谢您，母亲河！

在人类的文明史上，历代的文人墨客用最美好的诗句，话说长江，颂扬长江，赞美母爱。在浩如烟海的中国古典诗篇中，不乏我最喜欢的、经常吟诵的有关长江的佳句。"不尽长江滚滚来"、"大江东去"固然是青年时期已记得滚瓜烂熟，但让我更爱朗读的是《离骚》、《九歌》、《岳阳楼》中的动人诗句。

长江是我国第一大河，全长 6 380 余公里。她的最大的特点也许就是她的"大"与"险"。古人给她取名"长江"，因其大，又有人给她起名

"大江"，以便与一般的江相区别。在众多的赞美诗篇中，李白的"孤帆远影碧空尽，唯见长江天际流"，苏轼的"大江东去，浪淘尽千古风流人物"，是颂扬长江的博大的最美佳句。

李白《金陵》诗中，有"金陵空壮观，天堑净波澜"之句，就是以"天堑"作为长江的代称的。"天堑"照字面解释，是天然形成的既大且深的壕沟，通常都指长江，极言其地形险要，不可逾越。源出《南史·孔范传》："长江天堑，古夹限隔，虏军岂能飞渡。"

浩瀚的长江，自她诞生以来，每个时期都无不显示出她的雄浑、壮阔、慷慨与温柔！

然而，时至一千九百九十八年，她却一反常态，如同一头猛兽，吐恶浪，泛洪水，左冲右撞，冲毁堤坝，吞噬良田，给两岸人民造成了巨大的灾害！

朱镕基总理在1999年初召开的第九届二次全国人代会上所作的《政府工作报告》中指出："去年长江、嫩江和松花江流域发生历史罕见洪涝灾害，直接经济损失2 000多亿元，许多工矿企业停产，长江部分航段中断航运一个多月，对生产建设和内外贸易造成很大影响。在党和政府的坚强领导下，广大军民团结奋战，特别是人民军队发挥了不可替代的关键作用，取得了抗洪斗争的伟大胜利，把灾害损失减到了最低程度。灾后恢复生产和重建家园的工作进展顺利。大灾之年，农业仍然获得了好收成……"

这一年的长江，自从入汛以来，由于气候异常，全国大部分地区降雨量明显增多，部分地区出现持续性的强降雨，雨量成倍增加，致使一些地方遭受严重的洪涝灾害。长江发生继1954年以来又一次全流域性大洪水，先后出现8次洪峰，宜昌以下360公里江段和洞庭湖、鄱阳湖的水位，长时间超过历史最高纪录，沙市段曾出现45.22米的超高水位。

洪灾造成了巨大损失！洪水量大，涉及的范围广，持续期长，洪涝灾害非常严重。为了抗洪，数百万军民彻夜不眠，守护在漫长的长江干堤上，全国人民食不甘味，心悬大汛。

这一年，洪灾损失惨重啊！全国有29个省市，受到了不同程度的洪涝灾害，受灾面积 2 229 万公顷，成灾面积 1 378 万公顷，房屋倒塌 685 万间，死亡 4 150 人，直接经济损失 2 551 亿元。

长江多灾难！根据历史文献记载，从汉代到清代两千多年间，长江中下游洪水成灾共计 200 多次，平均 10 年一次。距现在 210 年前的 1788 年，宜昌站洪水流量每秒高达 8.5 万立方米，荆江堤溃决 22 处，荆江城被淹，死亡人众多，数量无法考究。就 20 世纪发生的几次洪灾也是很严重的。1931 年，干堤决口 300 多处，淹没土地 339 万公顷，汉口这座大城市泡在水中 3 个月，死亡人数为 14.55 万人。1935 年淹没土地虽减为 151 万公顷，死亡人数仍达 14.2 万。

1954 年的那场特大洪水，是许多人亲身经历过的，当时也是军民全力防守和抢险，但干堤仍有 60 处决口，洪水淹没良田 317 万公顷，死亡 3.3 万人，京广铁路中断达 100 日之久。

90 年代以来的损失更严重了，有专家算了一笔账：

1991 年，损失 500 亿元；

1994 年，损失 1 700 亿元；

1995 年，损失 1 500 亿元；

1996 年，损失 2 200 亿；

1998 年，损失 1 600 亿元。

长江为什么多水患呢？

专家认为：长江的灾害之所以不断加剧，其主要原因是上游生态植被遭到严重破坏，水土流失严重。

若干年前，就有人呼吁长江水土流失严重，将会发生重大灾害。10 年前就有专家发出警告："长江将会变成第二条黄河！"

这些说法，是有科学依据的。我国著名水文学家马雪华一针见血地指出了 1998 年长江洪水肆虐的主要原因。他说："众所周知，1998 年我国长江流域的特大洪水是因长江全流域受到大气环流的影响，导致连续的降雨形成的。而长江中、上游流域森林植被长期以来遭到严重破坏，也是这次洪水肆虐的、人为的原因之一。以 1998 年夏天长江流域的降水量、降水持续时间、暴雨日数及最大洪峰流量来说，均较 1954 年少。1954 年，武汉最大流量为每秒 7.61 万立方米，1998 年为每秒 6.63 万立方米。1998 年入汛以来，长江一些河段洪水流量较 50 年代每秒少 1 万立方米，而水位却高出几十厘米，甚至 1 米以上，连续创下新的水位历史纪录，加剧了这次长江洪灾的严重性。"

为什么会出现如此现象呢？

这一年的特大洪水所显示出来的特点，与山、江、湖、林有着十分密切的关系。长江水位创历史新高度的原因是多方面的，但根本原因是长江流域水土流失严重，目前已达 73 万平方公里，泥沙淤积，河床抬高，调洪、蓄洪和行洪能力大大减弱。另一种可怕的现象是，鄂、湘、黔等省土地的荒漠化面积每年以 5％～7％的速度扩展，许多青翠的高山，变成了乱石嶙峋、寸草不生的秃岭。

滚滚洪流将大量的泥沙，冲至中下游，淤积长江流域的河川、湖泊、水库中，眼下已达到 17.4 亿吨。倘若将这些泥沙筑成一条高宽 1 米的长堤，那长堤即可绕地球 34 圈。长江是世界上第三大河流，可她每年入海的泥沙相当于尼罗河、亚马逊河和密西西比河的总和。所以，有专家预言长江将会变成第二条黄河，这一说法是有根有据的。

过去，长江本不像黄河那样经常发生灾害性洪水，但到晚清时期，由于长期以来大批移民和流民入住中上游，刀耕火种，无土不垦，年复一年，古老的植被惨遭破坏。这就造成了长江中下游河床以每年 3 厘米的速度增高，湖北省境内的荆江河段已高出地面 10 米以上。悲哉！长江步入黄河的后尘，成为又一条更大的"地上悬河"。

1998 年 8 月，正当洪水肆无忌惮的时候，有一同仁从抗洪前线采访回到成都，当大家问起洪灾的情况时，他告诉我们的第一句是："湖北人骂四川人。"当初我听了很不是个滋味，甚至有点不服气，觉得脸上无光。然而，再深入了解，觉得他们骂得有道理。

从洪水发生的原因来看，当然是多方面的，但其主要原因是长江上游的森林，特别是川西林区和云南境内的金沙江流域林区，长期过量采伐，使长江上游水土流失日趋严重。上游地区水土流失面积已从 50 年代初的 29.95 万平方公里，扩大到现在的 39.3 万平方公里，占这个地区总面积的 39.1%。

四川省水土保持局有关负责人指出：由于人为破坏，四川水土流失有日益扩大的趋势，全省水土流失面积由 50 年代的 6 万平方公里，扩大到目前的 19.98 万平方公里，占长江上游水土流失面积的一半，川江入三峡库区的泥沙每年超过 6 亿吨。50 年代，四川泥石流发生的县份只有 16 个，到 80 年代发生泥石流的县份增加到 100 个。这是笔者从有关部门获得的最新数据。

酿成洪水泛滥的原因，除四川之外，还有金沙江上游的云南段的水土流失也十分严重。

据长江水利委员会水文局证实，近 20 年来仅长江城陵矶至汉口河段，就淤积了 2 亿立方米泥沙，平均河床淤高 0.43 米。洞庭湖年均淤积泥沙约 1 亿立方米，湖床年均抬高 0.03 米。长江流域现有的各水库中，每年因水土流失、泥沙淤积而损失库容达 12 亿立方米。

说到这里，对 1998 年洪水的成因，湖北、江浙的父老乡亲，是不是也应该自责！长江流域的湖泊大量消失是造成 1998 年洪水危害加剧的原因之一。仅在长江中下游地区就有 1.3 万平方公里的湖泊被围垦，800 个左右的湖泊消失了，其中，江汉平原地区就有 300 多个湖泊消失。据统计，自 50 年代以来，洞庭湖调蓄洪水的能力减少了 40%。全国围湖造田的湖泊面积至少有 140 万公顷，共减少蓄洪容量 350 多亿立方米。有着"千湖之省"的湖北，因"围湖造田"使众多的湖泊消失了 1/3 以上。

诚然，数据是惊人的，而人们的麻痹思想更惊人、更可怕！

一座永恒的纪念塔

去过哈尔滨的人，没有不去参观那座抗洪纪念塔的。塔，矗立在松花江边，是一座永恒的抗洪纪念塔，也是一座英雄纪念塔，它是 1957 年为了纪念抗洪英雄而专门修建的。

我记得，我是 1972 年第一次踏上这座被人称为"东方莫斯科"的美丽大都市的。哈尔滨确实太美、太迷人了，欧式建筑群，浩莽蜿蜒的松花

江，风姿秀逸的太阳岛；还有，在她的西面有千里平川北大荒，北面有"绿色屏障"大小兴安岭，然而，更美的也许是三江平原的秀丽容颜。

抗洪纪念塔给我的第一印象是，它的高度；第二印象是，它的雄伟壮观；第三印象是，它的历史价值，也许人们更注重它的历史品质和内涵。每年，一旦洪水季节来临时，数以万计的人们，便自觉地聚集在塔前，脱帽，向曾经在抗洪中牺牲的英雄鞠躬、致敬，并从内心深处发出一声"上帝保佑别再发生洪灾"的祈祷。

这是几千万黑龙江人民共同的呼声啊！

抗洪纪念塔确实是英雄的哈尔滨人民"战天斗地"的象征。然而，它毕竟是个"象征"而已，"洪魔"并不因为有了"象征"就不再光临，它更保证不了大自然不再惩罚人类。

当"纪念塔"刚满41周岁的时候，嫩江、松花江又一次特大洪水陡然袭来，人们惊恐不安。1998年8月9日晚，那是一个永远也让人难忘的日子。那一天晚上的水位已达到了，不，已经超过了1957年的水位。那一年最大的洪水只有120.30米，可今夜洪水已达到：

19时，120.69米；

20时，120.70米；

21时，120.71米

……

洪水，如狼似虎，直往上蹿！

此时，洪水已经没过了最后一级台阶，正透过第一道子堤缓缓渗出。美丽的斯大林公园的林荫道，早已被洪水淹没，变成一条溪流。哈尔滨市的几百万居民，一双双期盼的目光，盯着抗洪纪念塔那飒爽英姿，企盼着日夜奋战在江中的中国人民解放军挡住凶猛的洪水。

当夜幕降临时，聚集在抗洪纪念塔下的"硬骨头排"、"英雄老虎团"、"渡江先锋团"、"共产党员突击队"……一面面红旗招展，一个个英雄好汉一身是胆。他们共有16万人，正坚守着大堤，与洪水搏斗！

关键时刻，有党中央、国务院的高度重视，有人民解放军、武警、森警官兵奋力抢险，使哈尔滨、齐齐哈尔、佳木斯等大中城市得到了安全保护。但洪水所造成的损失是惨重的。据统计数字表明，松花江、嫩江流域特大洪水，造成 600 万公顷良田被淹，2 800 万群众受灾，其中 780 多万人因家园被洪水洗劫一空而无家可归，致使 1 400 多家企业停产或半停产，直接经济损失达到 560 亿元。

中国，是个江河交错纵横的国度。原本在中国人的印象中，松花江、嫩江从来就算不上什么大河，更不是凶猛的河。无论在历史上，或者说当今，都不会翻起大的波澜。可在 1998 年为何会泛起如此大的洪水呢？土生土长的黑龙江人对此也感到吃惊！

这一年，松花江的洪水，约有 80％ 的水量是来自嫩江，而嫩江洪水的源头就在大兴安岭林区。其主要支流诺敏河、雅鲁河、绰尔河、洮尔河，都以超历史纪录的流量，携带着超历史纪录的泥沙呼啸而来，使"铜帮铁底的松花江"、"旱涝保收的北大仓"泛滥成灾。

为什么？无数的人们在思索！

扎兰屯市防汛办公室主任王玉伟，是一位知晓天地的专家。他说，由于泥沙淤积，在经历了前两次洪峰之后，流经该市的雅鲁河几乎全程改道，有些河道甚至已经成为悬河。可见泥石流的巨大威胁，令人震惊呀！

过去，在人们的印象中，泥石流一向多发于西南地区，可在 1998 年的夏令，大小兴安岭地区、嫩江上游泥石流肆虐成灾。在 8 月 14 日，在嫩江支流雅鲁河第二次洪峰过后 5 天，突然滚滚的泥石流冲进了内蒙古呼伦贝尔盟扎兰屯市区，铺天盖地而来，如同猛兽吞噬房屋和农田。

人们关注的，仅仅是那其中极少的一部分。

王玉伟还说，虽然泥石流不会在这里经常发生，但水土流失却每年都会出现。嫩江、松花江一向是我国水患相对较少的江河，如今难道我们能让它变成另一条长江、另一条黄河吗？

自 80 年代以来，随着资源开发的速度加快，在嫩江、松花江的上游地区大面积的自然植被和保水设施遭到破坏，人类的活动所造成的新的水土流失明显加剧。部分地区由于煤炭、石油、天然气等资源的开发和在公路、铁路、城镇等建设中，植被被破坏，弃土弃渣四处堆砌的现象十分严重，人为造成水土流失和"一边治，一边破坏；一方治理，多方破坏"的问题十分突出。特别是一些农民开办的个体小煤窑、小砖窑、小焦炭窑、小瓷窑，数量大，破坏植被和随意弃土的行为令人担忧。

近几年来，在嫩江、松花江流域，人为造成水土流失的现象正在加剧。据了解，1996 年，内蒙古全区共有开发建设项目 2 972 处，破坏植被 7 533 平方公里，排放废弃固体物 4 600 万立方米，造成新的大面积的水土流失，破坏十分惊人呀！

中国人在一派朦胧之中，提出了一些似乎"鼓舞"人心的口号：什么"战天斗地"、"移山填海"呀；什么"向山要木"、"向野要粮"呀；什么"向大海要水产"、"向地壳要矿藏"呀……

其结果呢，神话一般的大小兴安岭剃了光头，云蒸霞蔚的嫩江三江平原湿地变成闹市，把清亮如眸的汤汪河、嫩江、松花江变成了废水沟。

对 1998 年嫩江发生的洪灾，有人说是"五十年一遇"，也有人说是"百年一遇"，其实都是在大环境不变的情况下测算的一种概率。据查，在嫩江流域的一些《地方志》、《水利志》中，像这样大的洪水，不单是百年难遇，有记载的历史上也从来没有发生过。所以，对嫩江、松花江的特大洪水，人们没有足够的思想准备。

嫩江、松花江流域的自然环境，近百年来已经发生了天翻地覆的变化。黑龙江的开发史也就仅仅 100 年左右。百年前，荒无人烟的辽阔森林、草原和沼泽地，如今已开发成为我国主要的米粮生产基地之一。

乱砍滥伐森林，不单使其消洪补枯的能力减弱和消失，而且也造成了水土的大量流失。东北林业大学教授杨传平心情十分沉重地说，滥伐森林、毁林开荒，不但消除了森林植被层的强大固碳作用，而且失去其调节水源的功能，还产生严重的水土流失，泥沙下泄，使江道淤积，河床抬高，河流的泄洪能力显著减弱，加剧洪涝灾害。

"母亲河"失去了"母爱"

我曾多次去黄河，看望她的风采，领略她的温柔和母爱。她博大的胸怀和永恒的内涵，总是给我喜悦和欣慰！

然而，在 1997 年 8 月，当我再次踏上山东济南时，可没有想到，"母亲河"给我的却是另一番情景。

在当时，我听说黄河断了流，一直在梦里惦记着"母亲河"，决定去看望她。

8 月 3 日中午，我乘飞机到达济南，没有歇息，便匆匆地向黄河奔去。

阳光如火，炙烤着大地。那正是夏天，黄河已改变了她昔日的柔情、滋润，变得如此枯萎、憔悴，黄澄澄的一片。我缓缓地向河心走去，索性要从"母亲河"的胸脯上趟过，柔软的泥沙在我脚下发出咝咝的响声。我不忍穿着鞋子在她已经失去生机的肌体上迈步，便打着赤脚一步一步前行，脚下滚烫、难受，我忍着。

我在困惑中，仔细观看黄河。哦，黄河完全变成了一片沙滩，一条可怕的流沙河！高高的河床，没有流水，也没有生命，只有荒凉与恐怖。

我顺着河的中心，向上游走去。我执意要在她的身上找到水，哪怕是一滴浑浊的、焦黄的水，也算是我发现了、认出了黄河的本色，可是我的妄想没能成为现实，"母亲河"全枯了，找不到一滴"乳汁"了。

再看黄河两岸，禾苗枯焦，华北大平原已有 3 个月没有落过雨点，群众吃水难寻，哪里还谈得上浇灌田园呢！

那一年是黄河断流最早、时间最长的一年。郑州以下从 3 月份就开始断流，直到 8 月还没有见到一滴水。

我曾 3 次探望黄河：第一次是 70 年代初，我乘特快列车去京城，横跨黄河。那时的黄河，给我浩莽而神秘的感觉，列车走过华北大平原，跨过黄河大桥时，只见波涛汹涌的黄河，翻滚着巨浪，从西向东流去。第二次去看望九曲黄河，是 1993 年的秋天，当我兴致勃勃地，在包头的西面，也就是黄河的大湾上，与黄河相会。那是她的上游，正值秋天，黄河的河床还是那样宽阔，不过，当时给我的印象已经不是当年那样神秘，河床高而平，水质浑浊，流水如同一条线，没有波浪，也没有涛声，一切都很平静。这是第三次，这一次在我心中，埋下了一个偌大的问号：

黄河还是河吗？

在华北广袤的国土上，古往今来，人们讴歌黄河，赞美黄河，称她为"母亲河"，说她是中华文明的发祥地，是中原文化的摇篮。

是的，从远古时代起，黄河就孕育了中原文化。考古学家在黄河两岸及其流域，发现繁多的仰韶文化和龙山文化的遗址，就是最好的说明。在《尚书·禹贡篇》中记载的史料颇多，涉及的方面也很广，举凡物产、土壤、森林等都有详尽的描写。黄河流域的土被视为上等土壤。黄河肥沃的广大地区，就是当今的黄土高原。当时有"天下黄河富宁夏"的描述。更为可贵的是，黄河两岸的富有和繁荣昌盛，上游的贡献，都可由黄河输到都城所在地的黄河中游。战国时期凿成的鸿沟，专为引用黄河的水流的运河，它联系着黄河与淮河之间许多较小的河流，形成了一个庞大的交通网，使当时许多诸侯国家相互往来更为便利。从秦始皇统一中国时起，其后的一些王朝都以关中为都城。当时正是人们能够充分利用黄河，再加上黄河流域优美的自然环境，才促使中原文化不断发展，并为世人所称赞。应该说，那时的繁荣昌盛，正是黄河的恩赐。

黄河哺育了中华民族，润泽着山川田野。

"君不见黄河之水天上来，奔腾到海不复还。"唐朝诗人李白站在母亲河畔，吟咏高歌，颂扬她的清流奔涌、一泻千里的盛景。至今人们还在熟读诗篇，留恋黄河昔日的美景。

黄河，中华民族的母亲河，从遥远的巴颜喀拉山脉一泻千里，孕育了黄土高原那片神奇的土地。从石器时代起，先民们就在那片森林茂密、水草丰美、羊群塞道的沃土上收获着埋藏在土里的希望。然而，历代的滥垦乱伐，使绿色日渐减少，沙漠日益扩大，大地千疮百孔。

据地质学家考察，位于黄河上游的黄土高原在 4 000 年前，曾是绵延不断的森林，郁郁葱葱，水源丰茂，土地肥沃，人民安居乐业，孕育着黄河文化和中华民族的历史。据古籍记载，到了春秋战国时代，黄土高原的森林面积还有 3 400 万公顷，黄河流域的森林覆盖率达 53％。

然而，自从秦代开始乱砍滥伐以后，黄河就渐渐地失去了昔日的辉煌，失去了虎奔鹿跃、山青林茂的美景，代之以泥沙滚滚、灾害不断的惨景。

如今，面对的是黄土高原的荒凉，黄河被泥沙淤积、年年断流的景况。而且，黄河曾有 26 次改道，大约一百年一次，最后一次改道是 1855 年，在河南铜瓦乡决口之后，由原来的东南流入黄海改向东北流入，即走现在的河道经山东入渤海。

自 70 年代以来，黄河下游频频出现断流，1972—1997 年之间断流 21 次。时至 1997 年，山东利津站全年断流 13 次，断流里程达 622 公里，累计 226 天，有 330 天无水入海。

1999 年春天，水利部黄河水利委员会组织了一批具有权威性的专家，对黄河水资源问题进行会诊。与会者十分惊讶，黄河两岸用水十分惊人。他们扳着指头算，目前黄河供水地区，年均引用黄河河川径流量 395 亿立方米，河川径流利用率已达 53%。将来的形势更不妙，预计到 2010 年，黄河流域内总人口将增加到 1.18 亿人，黄河流域内外供水地区总需水量达 655 亿立方米，水资源缺口每年将达 40 亿～150 亿立方米。水荒在步步逼近！

黄河的前景为何如此惨淡呢？

就我对黄河的了解，我看这一问题主要是由于严重破坏了黄河流域的生态平衡，唇亡则齿寒，毛之不存，皮肉焉安。森林、草原是保持水土的屏障。查看黄河沿岸的甘肃、陕西、宁夏、山西等省区的黄土流失最为严重的地段，令人吃惊呀！裸露的黄土高原，大量的泥沙涌入黄河，使黄河含沙量成为世界之最！

黄河流经的地方，人口膨胀，越来越多的工业污染、人为破坏、过度开垦、乱砍滥伐，造成生态失衡，使黄河自身的水文失调，这就是"母亲河"的病因！

历史上，由于农耕的发展，人类在黄河残体上施加的压力日益增大，黄河对黄土的侵蚀和搬运，也就一天天加剧。据历史记载和专家的考察，在两千年前，黄土高原的年侵蚀量为 10.75 亿吨，唐末为 11.6 亿吨，20 世纪中期为 16 亿吨，而近期高达 22 亿吨。

长期以来，中原人民不希望黄河再出现改道、决堤，决心要治理黄河。这一美梦，曾唤起众多的英雄好汉，愿为"母亲河"的复活洒下一腔

热血。

共和国成立之后，花费了大量的人力、物力，并在 1960 年建成"三门峡枢纽工程"，原本想可以起到拦沙发电的作用，将取得"巨大的综合经济效益"，可这一梦想迅速地破灭了。大坝迅速被泥沙淤积，潼关闸的黄河河段成为与下游一样的悬河。由于发电的水资源匮乏，三门峡水电站刚刚建成不久，便在失望中进行改建，结果依然是竹篮打水——"一场空"。

黄河给人们的教训太深了。1973 年，在中央政治局会议上，陈云遗憾地说道："三门峡工程是我经手的，不能说是成功的，是一次失败的教训。"

天不助人，奈何不得呀！

毛泽东后来说："三门峡不行就把它炸掉。"

啊！"母亲河"完全失去了"母爱"，失去了她昔日的风采。而且，在中华文化的发祥地——黄河流域，已经失去了活力，失去了辉煌，失去了再生的能力。

黄河正在死去！

沙漠化威胁成都

水，水，水！

1999 年 2 月 1 日，成都市政协十一届二次会议刚拉开序幕，"第一号提案"便是"水危机"。数百名委员大声疾呼：尽快采取措施，保护水环境，促进成都市可持续发展！

水，是人类生存的血液，须臾不可或缺。然而，近些年来，偌大的成都市，居民吃水却成为一大难题。"提案"详尽地述说了这一问题的缘由。"成都水资源日趋紧张，水质量不断下降，已经成为制约社会进步、经济发展、人民生活质量的'瓶颈'，出现了'水危机'！"

成都市的水源主要来自岷江上游。随着成都社会经济的发展，城市人口的不断增加，用水量和废水排放量日益增大，与日益减少的水资源形成

"剪刀差"。据都江堰和府河望江楼两处的水文资料显示，水流量均比 40 年代减少 25%。形成对比的是，与 80 年代初相比，仅成都市城市自来水厂的供水量就增加了 1 倍，城市废水的排放量也增加了 1 倍。更为严重的是，地下水急剧下降，据资料反映，70 年代成都市内下挖 1～2 米，就可见水，如今下挖 4～5 米也难见水渗出。

近几年来，在成都市郊，枝繁叶茂的千年古树由于抵抗不了环境的恶化和水源的枯竭而渐渐死去。

"楠树色冥冥，江边一盖青"，是唐朝诗人杜甫咏成都草堂中的一句。然而，如今这里的郁郁葱葱的美景，正面临最后消失的危险；浣花溪污染严重，几乎枯竭；杜甫草堂内，一批珍贵的楠木、香樟枯枝怵目，死亡严重，原有 345 株，现在幸存仅 39 株。

1988 年以来，市内又有一批高大的香樟、楠木、槐树、银杏、柏树等古树枯死。专家们大声疾呼：拯救城市森林！

人类自古以来，总是择水而居。

"田肥美，民殷富，水旱从人，不长饥馑，谓之天府。"在人们心目中仿佛成都平原就是"天府之国"的同义语。是的，长江上游的岷江、金沙江、大渡河造了天府之国，千里岷江自松茂蜿蜒东迤，造就了"成都平原"。

人类，十分懂得择水而栖的道理。最早的蜀人，是沿岷江从西北高原上迁徙而来的。从成都市的遥测发现，它的建设并不是成中轴线南北对称，而是顺着岷江（即府南河）呈东西向发展。

也许是"养尊处优"的成语在起着决定性的作用，我们住在栉比鳞次的高楼大厦中，听不到岷江的涛声，也听不到水鸟的啁啾声，看不到雪山的倩影，只需伸出细嫩的手，拧一下洁白的水龙头，带着雪片冰花的自来水就会随之而来。然而，我们同时发现，那水的压力在不断减轻，流量在不断缩小。一种担忧随之而至：这座曾被岷江支流包围的、建立在岷江冲积平原上的城市——成都，会不会成为缺水的都市呢？

岷江是长江的主要支流之一，都江堰市以上为岷江上游，上游流水源源不断，通过都江堰水利工程的调控，养育着 2 000 万人口，灌溉着 1 200

万亩耕地。

成都平原是我国的粮仓。李冰父子在两千多年前，建成了举世闻名的都江堰。自"盘古王"开天辟地，成都平原就是一方水旱从人、旱涝保收的"圣土"，从未闹过水荒。

如今闹水荒，是何缘故呢？

笔者为了弄个明白，于1998年秋天，兴致勃勃地专程驱车去探访岷江源头。

我于10月11日乘车出成都西门，顺着成灌公路西行，约莫两个小时，便越过都江堰，进入高耸延绵的群山之中。沿岷江逆流而上，目睹莽莽群山，眼前的山崖全是秃山、红岭、乱石，不时可以看到滑坡后陡峭、裸露的岩石层，一处、二处、三处……河滩上、山沟里，到处都是从山体上滑下来的巨石、沙丘，堆积如山。在沿江，更多的是寸草不生、一派荒凉的干热河谷地带（学术上称干热河谷，实际上是沙漠化），焦石堆砌，沙土遍野，灰蒙蒙，乱糟糟，死气沉沉，不时风起沙飞，浓烟滚滚。

岷江流水如线，经汶川、茂县、松潘，一直登上3 000多米的弓杠岭，行程400公里。山越爬越高，水越流越小，不少河段出现断流。

对汶川、茂县、松潘等县，我曾去过多次，30多年来的变化，我亲眼目睹，真是一言难尽。70年代初，我第一次踏上这片热土，到处是郁郁葱葱的原始森林，眼前的景色是林茂粮丰，牛羊肥壮，瓜果飘香。80年代中期，再去岷江上游，参天大树所剩无几，滑坡、泥石流已露出端倪。目下，上游已面目全非，走了一天，行程近400公里，也极少看到树木。中午时分，经松潘，进入镇江关，远远看去，在半山腰，出现了一片绿色的灌木林，令人兴奋不已。再往前行，绿色又如同稀世珍宝，极少出现，更多的是荒山草地，偶尔有些灌木林，其余的是什么也不长的荒漠。山越来越险，河谷越来越窄，岷江的主河道越来越小，人迹寥寥。

断流、沙化、狂风……

沙雾阵阵袭来，仿佛进入了大沙漠的"鬼怪圈"中，令人毛骨悚然，心地顿时失去了平衡。

"中游巨变，祸在上游，殃及下游。"不久前，在武汉召开的"98长江洪水成因与对策研讨会"上，中科院一位环保专家发出了这样的感叹。记者站在岷江的源头，眺望那高山绵延的荒原，不难发现，这样的感叹并非言过其实。

茂县相距成都 193 公里，是全国唯一的羌族聚居区。虽然岷江的水，还在滔滔不绝地怒吼，向长江奔去，在悬崖绝壁上，偶尔还能看到几处幸存的绿色，但当地的老百姓告诉笔者，该县沿河谷一带已经没有成片的森林。茂县水土流失严重，从 1993 年以来水土流失面积不断新增，平均每年以 6 平方公里的速度扩大，全县水土流失面积达到 1 824 平方公里，占全县国土面积的 45%。

这是一个可怕的数字，树倒山荒，耕地锐减，必然带来人穷地困的恶性循环和不忍目睹的凄凉景象。

中国科学院成都生物研究所为了帮助少数民族地区治理干热河谷，1986 年集中一批专家在茂县，专门从事生态研究。副研究员陈庆恒忧心忡忡，对记者谈起他多年的体验。他说，仅仅是茂县的干热河谷面积已由80 年代初的 20 余万亩，扩展到现在的 50 余万亩。在当地老百姓中流传着"松潘的葱，茂县的风"这样的谚语。在干热河谷地带，肆虐的狂风可以飞沙走石，沙雾满天。原本林木葱茏、密林遮天的岷江河谷，日渐荒凉恐怖。

他还说，这些年来灾害频繁，沿岸的泥石流、滑坡多达 1 000 多处，而且频率与强度有增无减。

可怕的滑坡给我的印象很深。

10 月 16 日，那是一个晴天，太阳像火球一般挂在天空。我们从汶川县城出发，顺着岷江的一条支流——杂谷脑河谷西行，很快进入理县境内。这一带的地形特别，山高耸入云霄，山崖陡峭，如斧砍刀切，一座紧挨一座，形成一线天。

杂谷脑河谷的山形、地貌完全是另一种景象。山一毛不长，全由泥土沙石堆砌而成。

车，在河谷里疲惫地缓缓爬行。没走多远，前面传来指令："不准通行！"

"前面发生了什么事?"我刚发出疑问,哗!只听一声巨响,前面的山体从山顶滑了下来,所有在场的人都惊叫起来。

我从车上下来,在我眼前不远的地方,一座陡峭的高坡上,石头和泥沙还在不停地往下滚。在公路上,有一辆崭新的旅行车,正行至路中,被刚滚下的泥土埋了半截,另有一辆尾随于后的卡车中了一"弹",箩筐大的一块岩石发出隆隆的轰鸣,滚了下来,正正中中地砸在卡车后轮上。还算幸运,没有造成人员伤亡。

我吓出了一身冷汗,急忙后退,回到车上。

在我的印象中,泥石流一般都发生在雨季,雨水侵蚀山体才会发生泥石流,可现在是秋天,自从8月份发生洪灾之后,这地区已有两个月没下雨了。唉,怪哉,这不是雨季,为什么也会发生泥石流呢?

真"幸运",那天我亲眼目睹到泥石流的"风采"!

我正在疑惑中,开车的陈师傅说:"这里的滑坡随时可见,不久前我送北京来的几位记者去米亚罗,就在前面不远的地方,也碰上滑坡,一辆车连同司机一起被埋在下面……"

更让人触目惊心的是,岷江上游沙漠化的进程仍在加剧。1980年,岷江上游干热河谷分布面积为170平方公里,主要集中在茂县飞虹、沙坝一带,而目前已发展到黑水、汶川、松潘、理县、茂县等5个县,面积达330平方公里,几乎占据了岷江上游的河谷地段。而且沙漠化像瘟疫一般正向南延伸,势头有增无减,正在向"人间天堂"——成都方向靠近。

由于岷江上游的森林过量砍伐与毁林开荒,植被遭到严重破坏,水土流失不断加剧,岷江上游出口处的年输沙量已逾1 000万吨。

水源涵养不足,流量年年减少,年总径流量从30年代的187.7亿立方米,下降到80年代的137.4亿立方米,50年的时间内整整减少50亿立方米。上游枯水期流量,过去平均为128立方米/秒,如今最小枯水流量已减至60立方米/秒。更令人担忧的是,岷江像黄河一样形成季节性断流,已于1998年夏天显现出苗头了。

根据陈庆恒多年的调查和国际友人的考察,在汶川县映秀湾以下,包括素有"粮仓"之称的成都平原,都已被国际有关专家列入"沙漠化潜在危险区"。

位于岷江上游的阿坝州，绿油油的千里草原，是四川人民最为宝贵的财富。它的面积比川西的森林面积还要大，还要宽，对于生态环境的作用不可估量。然而，令人心寒的是，由于自然和人为的原因，川西北草原出现生态脆弱，鼠虫害蔓延，沙化严重，其中鼠虫害面积达 1 000 万亩，沙化面积达 80 万亩。此外，还有许多草地退化，即将变成荒漠。

沙漠化岂止岷江上游呢？长江源头的生态环境在迅速恶化。有资料表明，长江的源头河——沱沱河，流域面积约 1.02 万平方公里，该区近年来由于淘金者大量涌入，在河流两侧私挖滥采，已造成一些地区的植被严重破坏，地表裸露，沙漠化日益严重。

通天河流域的牧民人口不断增加，草场已不堪承受过多的牛羊而逐渐退化，牧民被迫迁往海拔更高、环境更恶劣的地区去放牧，以至到海拔四五千米的地区，那已是植物生长的极限高度。因此，造成整片整片的草场寸草不生的黑土滩，这样的黑土滩，在长江的源头无处不见。如此结果，造成江河源区已有次生裸土化面积 46.8 平方公里。沙漠化土地主要分布在治多、杂多两县境内，总面积约 1942.7 平方公里。

此外，近几年全球性的"温室效应"也使青藏高原气候反常，加速草场退化速度，在通天河上游两岸，目前就已开始沙化，最高的沙丘有近百米高。在长江的源头，一旦雨季到来，出现暴雨时，不仅这些地方存不住水，雨水还带着大量的泥沙，一并泻入通天河，流入长江。

形势十分严峻啊！

多少年来，有识之士不断提醒："长江将会变成第二条黄河"。是的，长江不幸，正在追赶黄河。

黄河与长江本系同"母"异"父"的同"胞"兄弟，都发源于中国西部的巴颜喀拉山，一个在北麓，一个在南麓，而且川西北高原是九曲黄河第一弯。黄河自巴颜喀拉山北麓各姿各雅山下的卡日曲河谷和约古宗列盆地流到青海、甘肃和四川交界处，蜿蜒徘徊于四川西北高山草原，绕了一个180度的大转弯，又折回西北流入甘肃、青海，从而形成了黄河第一弯。

多少世纪以来，只因有了岷江，才奏起了川西大地的辉煌乐章，才有了成都平原的繁荣昌盛。人们无法想象，一旦岷江失去了她的魅力，也就失去了成都平原的辉煌！

"三峡"别学"龚嘴"

黄河上有座"三门峡水电站"，大渡河有座"龚嘴水电站"，一个在北，一个在南，虽然不是同胞兄弟，可遭遇相同，命运相似。它们共同的病根是"肠梗阻"，共同的敌人是泥沙。

龚嘴电站的运转虽然比三门峡水电站长，可时下的景况，却叫人担忧啊！

别看大渡河是长江上游的一条支流，可它的流量却与黄河相仿。大渡河上游的天然林已被砍伐殆尽，水质正在向黄河看齐。这一切，不能不叫人深思啊！

在当时，西南"明珠"——龚嘴电站，号称西南最大工业水电站。笔者早在20世纪60年代中期、龚嘴电站正在忙于施工时，就曾去采访过，亲眼目睹到建设时的壮观场面，感受到蜀人奋起的信心，对它的诞生与成长了如指掌。它不仅直接关系到全川的照明与建设，而且也是蜀人的骄傲！所以，我对它很有感情，即使沿成昆线乘火车从它身边飞过，也要瞧它一眼，看它的龙体是否安康。

80年代中期，笔者在报端读到龚嘴得了"重病"的不幸消息。90年代初，已是病入膏肓，前景惨淡。

龚嘴是全川人民的龚嘴，不，应该是全国人民的龚嘴。它在全国的水利电力发展史上有着重要地位。它的建成，按当时的物价水平，花去了5亿元人民币，可见其工程浩大。

龚嘴电站，位于当代世界文化名人郭沫若故乡、四川省乐山市沙湾区，下辖铜街子电站，总装机容量130万千瓦。1966年6月动工修建，1978年全面建成投产。其工程之重，正如《龚电人之歌》中所描绘的那样：

采来峨眉山的秀色，

摘取大渡河的浪花，

用我们勤劳的双手，

编织一幅光明的图画，

我们是自豪的龚电人，

深山峡谷把根扎，

……

龚电人30多年来，在山沟里，伴随大山，亲吻大渡河，奋发前进，使电站初具规模，截至1997年岁末，龚电人已发电846亿多千瓦，创产值58亿元，拥有固定资产41亿元。

人们无不关注龚嘴电站的命运和前途。1998年9月23日，我再度踏上大渡河畔，去看望龚嘴电站的虚身病体。

那正是实施天然林资源保护工程后不久的一个中午，太阳从山间峡谷洒下一片光辉。大渡河仍然在一片清冷的氛围中，徜徉在荒凉的大地上。浑浊的江水，在缓缓地流淌，沉闷地向下游走去。

生产技术处陆处长在沉思与忧患中，向记者诉说起龚嘴电站的境况。他说，这些年来我们最关心的是，大渡河的泥沙，它有声无声地年年加大，库区的泥沙不断淤积，河床一年一年增高，不得不使人忧虑。装机70万千瓦的龚嘴电站，是50年代按每年3 000万吨输沙量设计的，可现在，大渡河上游的年输沙量已达到一亿吨，超过原设计的3倍多。

搞技术的人就是讲认真、准确。陆处长翻开一大沓材料，一字一句地介绍详情。他说，库区原蓄水量为3.2亿立方米，现在只有0.85亿立方米。悬沙淤积库区，河床增高，库区原来50多米深的水，现在最深处只有20多米了，从80年代中期开始，只能径流发电。唉，大家清楚，径流发电，就意味着洪水季节多发电，枯水季节就少发电，枯水期一天的发电量只有汛期的1/8，造成的损失太大了！

陆处长是专管技术的工程师，正当壮年，中气足，讲起话来很激动，仿佛在向天控诉，花白的头发几乎都竖了起来。

他没讲完，就放下手中的材料，领着我向厂区走去，围着偌大的机器，一边看，一边讲。据他介绍，上游乱砍森林，不仅造成水土流失，泥沙淤积库区，更为严重的是给发电带来巨大的危害——机器的加速磨损。因为泥沙多了，许多粗沙随着径流带进了机组内，造成机器损伤。在一般情况下，水电站的所有过水设备启用之后，直到退役都不必更换，可是我们电站许多机器磨损严重，被迫投资 2 亿元，更新成耐磨材料设备。我们感受最深的是对水轮机的磨损，木头、石头一齐流来，每检修一次，一台机器要花 1 吨多焊条，原来只要一二十公斤。由于泥沙过重，水轮机过水都要生锈，磨成很怪的形状，影响发电。过去，所有机器三四年才检修一次，现在年年都要检修。这样一来，每台机器要多花二三百万元。松花江水电站 30 年代的机器，现在还在使用。我们的机器才用 20 多年就被迫更新，7 台机组更新一次要花两亿多元。

随后，陆处长带领我走上堤坝。我看到在库区的水面上还浮着许多漂木，横一块，竖一块，漂来荡去。陆处长指着漂木说，这些木头很讨厌，一旦沉入引水槽，只好穿上潜水衣，潜入水下排除，否则会造成机器停转。

他还告诉我，前几年一到夏季，河滩上全是漂木，水面上形成厚厚的一层，从堤坝一直延伸到山脚下，成了一条白色的河。也许是上游的森林砍得差不多了，现在漂木少了。

我们顺着堤坝走到了尽头，陆处长突然指着库区内许多已露出水面的沙包说，你看你看，现在还没有到枯水季节，在库区的周围都可看见淤积的泥沙；到了冬天，在库区内到处都可看到淤积的沙丘……

大渡河是长江的主要支流之一，龚嘴电站在长江的上游，三峡电站在长江的中游。大渡河的泥沙，可以在龚嘴淤积成灾，那么，泥沙会不会在三峡囤积，也淤积成灾呢？"三峡"会不会步"龚嘴"的后尘呢？

三峡工程是我国 1949 年以来最大的水利工程，也是世界上迄今为止最大的水利工程。三峡工程反复论证的焦点之一：会不会重蹈黄河三门峡工程泥沙淤积的覆辙？

人们对这个问题产生疑问，不是没有依据的。因为，我们面对的是一串严峻的数字：黄河，每年流入的泥沙为 16 亿吨；长江上游，每年流入的泥沙为 6 亿吨，而这 6 亿吨，过去几乎全部集中在三峡地段以下。如果三峡大坝将长江拦腰一切，若不解决这 6 亿吨泥沙，将会囤聚库区，三峡水电站能运行多久？

三峡库区、洞庭湖和鄱阳湖水系森林植被破坏严重，导致水土流失加剧，河道、湖底淤积。那么长江上游的泥沙，会不会对三峡库区和洞庭湖、鄱阳湖的行洪、泄洪也构成威胁呢？

据调查，位于三峡库区的重庆市辖区，在 20 世纪 40 年代森林覆盖率为 30%，而现在已下降到 20%。而且，据重庆市林科院的林业专家说，在重庆地区，涵养水源丰富的亚热带常绿阔叶林在森林面积中占的比例不到 5%。

地处三峡库区的重庆市，多高山峡谷，大小河流纵横交错，全市面积 8.24 万平方公里，水土流失面积已达 4.9 万平方公里，占总面积的 59.5%。

其中，中度和重度流失面积占水土流失面积的 70%，年侵蚀量约为 2.3 亿吨，流失泥沙大部分直接进入长江，威胁着三峡工程的正常运行。

1998 年入夏以来，重庆市连降暴雨，洪水肆虐，重庆市 9 次遭到特大暴雨的袭击，长江流域重庆境内长时间在高水位徘徊，多次超过警戒水位，嘉陵江、乌江、涪江、渠河等河流都超警戒水位，使岸坡长期受到暴雨和江河高水位的浸泡，造成部分老滑坡复活，新滑坡大量产生。在这一年的整个汛期中，全市发生具有一定规模，且危害程度较大的滑坡、崩塌、塌陷、泥石流有 1 098 处，体积约 18 亿立方米。这是一个十分惊人的数字！

在上述事实面前，不禁有人惊呼："三峡"别学"龚嘴"哟！

高原明珠——邛海的困惑

凉山彝族自治州是个好地方，风景如画，人杰地灵。西昌市，是她的首府所在地。

当你打开西昌市区图，首先进入你眼帘的是一段精彩的文字："攀西地区是全国 19 片国土重点开发地区之一和国家农业综合开发的重点地区。四川省攀西资源开发规划决定，把攀西地区建设成为我国内陆以资源开发为主体的经济地区；把西昌市建设成为功能齐、档次高、环境美的中国航天城及旅游中心，拥有 20 万～30 万人口的中等城市……以自然景观、卫星发射观光、民族风情为特色的休闲基地。"

不难看出这是一个宏伟的目标，位于高原明珠邛海边的西昌，将是一个诱人的好地方。

凉山州西昌市，我究竟去过多少次呢？已经记不清了。但最让我难忘的一次是 70 年代初，我沿着刚刚开通的成昆线，走进了西昌。她给我的第一印象是美，蓝色的邛海，像一颗镶嵌在高原的"绿宝石"，当你走近她的身边，顷刻间。神话一般的景色将你带入了天堂。望不到尽头的树林，将西昌县城完全掩蔽在绿林中。那时的西昌如同一位楚楚动人的少女，让人眷恋，让人流连忘返。

大约在 10 年之后，我再度踏上西行的路，车经冕宁县城，便有一种不快之感，两山之间的河谷拓宽了，山上的森林失踪了，"少女"脱去绿色的外衣。变成了不知羞涩的裸体。

1998 年 9 月中旬，我再度去西昌。过去的古镇西昌，如今已由县改市，且是一座中等规模的城市了。交通十分方便，铁路、空运、汽车四通八达。市政建设已上了档次，宽敞笔直的航天大道、东西贯通的西安路、长安路，将昔日的小县城，粉饰成一座很气派的现代化城市。

我走进市中心，在欣喜之中也隐含着一种忧虑。西昌市境南北长 70 公里，东西宽 45 公里，站在西昌城头，极目远望，在四周，再也看不到森林的影子，远处是光秃红色的焦土；近处昔日清澈的西河与东河，变成了"红河"。

在我的记忆里，流经市内的东河与西河，过去只是两条清澈见底的小溪，如今河床加宽，河底增高，巨石堆砌，红色的沙石漫出了河堤，倘若你不细察，也许会认不出那是一条河。

一日，我越过河堤，下到东河的河滩，坐在河中心的一块巨石上，细观河滩上堆积如山的泥土沙石，同岸上的泥土的颜色相比迥然各异。岸边一位老者唉声叹气地对我说："喔，山上的树都剃了光头，树倒了，草也灭了，山洪陡涨，泥沙都流到河里。这些石头都是洪水冲下来的噢！"

这是有目共睹的！多年来，在部分县以砍伐森林为主业，形成了声势浩大的"木头财政"。树砍光了，树疙蔸也挖光了，土流走了，山上唯独留下了岩石。

9月17日，我和几位同仁，兴味盎然地驱车前往西昌卫星发射中心参观，而在沿途看见的情景，却令人沮丧不已。

车离开西昌市，顺着安宁河畔向东驶去。20多年前，那时卫星发射基地正在建设之中，我曾顺着这条河走过。当时，给我印象最深的是，路在林中，山在林中，河在林中，车在林中行，密林遮天蔽日，让人心旷神怡，安宁河给人神秘之感……

我从车窗向外望去，安宁河已面目全非，快要干枯的安宁河有气无力地躺在光秃秃的大山间，浑浊的细流，没有生机，没有活力。

凉山州环保局年轻的小张望着荒山，告诉我们，"在我小的时候两边的山上，大树成林，看不见天日，我们最喜欢在林子里捉迷藏，打游击。这些年来，大家只砍不种，哪有不衰的道理？"

我们前行的第一站，是素有"小成都平原"之称的礼州镇。那是一坝平展展的良田。今年算是个好年头，金黄的晚稻，正在收获之中。

走过礼州，小张突然指着一座山，说道，你们看，那座山是前几年才从山顶滑到山脚的。小山下有一条河，因为那一带的沙土全是黑色的，所以叫它黑沙河，再往前走，到处都可望见附近山体下滑的痕迹。在安宁河的对面，有一座高山，山岩陡峭，山崩垮塌的大量泥石就直接坠入河中。

岂止安宁河是如此呢？

邛海的遭遇更令人担忧！

邛海是四川的一大高山淡水湖。由于她的美，被前来凉山州考察的联合国专家誉为："上帝赐给人类的一颗璀璨的明珠！"所以，蜀人把邛海看作四川的骄傲！

邛海，在《后汉书》中被称为"邛池"。相传"邛都县下，一老姬家贫，与头戴角之蛇相依为命，蛇逐长丈余。一日，蛇见令骑马至，欲吸杀马。令愤，责姬出蛇，姬云'在床下'。令即掘地，愈深愈大，无所见。令迁怒于老姬，欲杀。蛇道：'何杀吾母，仇也！'后四十许日夜，皆若雷若风，民见状，惧。是夜，四十里与城一时俱陷为湖，城人葬于湖底，唯姬宅无恙……"这是为养母复仇的故事，闪耀着中华民族"滴水之恩涌泉相报"、扶正祛邪的传统美德。

这与其说是一则古老的传说，不如说是地壳变迁而断陷，孕育了邛海。

据地质、地理科学家考证，邛海是 200 多万年前，在一次地壳裂变中形成的高山断陷湖。湖诞生之后，在各种气候的影响下，水草茂盛，渐渐地成为人类生活、繁衍、农垦之地，最早称为"邛池"，后来称为"珍珠湖"，尔后才命名"邛海"。邛海胸怀博大，面积为 26 平方公里，可容四个半杭州西湖。邛海之水天上来，3.2 亿立方米的优美的淡水，碧波荡漾。

邛海，有人说她是川西南的一大圣景，有人称她是四川乃至中国的一颗明珠。自古以来，邛海的自然风景美不胜收，四周青山环抱，湖水盈盈之中，海鸥展翅低旋于明镜般的湖面上。每每晚霞到来，湖光山色别有一番情趣。

邛海紧邻西昌市，自古以来，邛海以她鲜美的乳汁哺育着西昌的百姓。如今，邛海还养育着 20 万西昌人。然而。他们却缺少"养育之恩"。这些年来对邛海的践踏，日益加剧。污水废水，无限量地向邛海洒去；泥土沙石与日俱增。在邛海的周围，以及邛海水系中的几条河流域的森林全部剃了光头，变成了乱石嶙峋的荒山野岭。

邛海对天长叹：年年岁岁，从掌河、官坝河两条河中飞泻而下的泥沙，每年至少有 50 万吨，淤积邛海；在举世闻名的"农业学大寨"的热潮中，由于头脑发热，围海造田，围海建筑，肆意侵占，原有的天然湖面积从 50 年代的 41.7 平方公里，减少到 90 年代的 26 平方公里，面积减少了 35.6％。有人预言，如此下去 100 年以后，恐怕邛海将会从地平线上消失。

森林卷

有借有还

——"禁伐"以后

第八章　总理：把"森老虎"请下山

鼎盛之后是衰落！

四川森工是过了几年好日子的！那日子红火、光彩、让人美慕。可当它走入迷途时，各种矛盾便齐刷刷地爆发出来了。上上下下的头头脑脑们宛如坐在火山口，惶恐不安。更让他们迷惘的是，十多万工人的吃饭问题、生存问题怎么办？矛盾已经白热化，"火山"一触即发呀！

那日子真叫人难熬啊！"请愿"，成群结队的工人向省委、省政府涌去，要求生存；无奈，省里只好向中央求援。

时任总理亲眼看到山空、水枯、人穷的景象，心里不是个滋味，一声令下：

把"森老虎"请下山！

鼎盛之后是衰落

受命于危难之中的傅道政，谈起他担任四川省林业厅厅长那段历程，至今心里不安。

傅道政是一位形象高大、思想坦荡的林业战线上的退伍老兵。我去访问他时，正好是1998年秋高气爽的10月。他开门见山地对记者说，我原在阿坝州林管局任局长。1979年调我回林业厅作普通干部时，我就说过："森工的困难不解决，3年后才知道它的严重性。鬼才愿意当这个官。"我在阿坝州工作时，对森工企业的处境非常了解。

我回林业厅的第二年，又被下放到川西森工局负责。就在那一年我又提出，森工企业按现在这样的砍法，要不了三五年森工会全面亏损。我记得，1981年厅领导路森林同志到阿坝州检查工作时，我向他反映森工的困难后，他也很着急，我们一起向省里写了一份报告。当时，有人不赞成我们的意见，还说我有偏心，在为阿坝州说话哩！

谈话中，傅道政的情绪是跟他的话题一起不断波动的，他一激动起来，手在舞，脚在蹈，微胖的脸上，紫一块，青一块。老人的心是善良的，他还给笔者讲述了许多工人，因生活困难而引发的许多令人揪心的事。

他说，我是1985年开始担任厅长的。当时省委书记找我谈话，他开门见山地告诉我：你回厅里，就是要解决三大难题：一是森工企业滑坡严重，要帮助企业走出困境；二是绿化全川，包括金沙江、岷江的干热河谷地带；三是要解决省林业厅直辖的28个企业的吃饭问题和国有林场的困难。

省委书记很着急，他清楚这三大问题的严重性与分量，弄不好会出岔子的。我的心情十分沉重，一听三大问题，全身打哆嗦。说真的，我在下面的时间比较长，对森工企业的矛盾和困难领会很深，要解决数十年来积累下来的问题，谈何容易呀！省委书记给我的三大任务，一下就把我推上了风口、漩涡。你说我能不着急吗？

在我执政的几年中，我只完成了很少的一部分任务，随着时间的推移，森林资源日益枯竭，矛盾不断加深，问题更加突出。

那一天，书记的话谈得恳切，也很坚定。我回到厅里，感到最大的压力是森工企业的亏损，职工发不起工资，十多万人的吃、喝、拉、撒，要得到妥善解决，我就是有三头六臂也难啊！

冰冻三尺非一日之寒呀！

傅道政站了起来，背着双手，在室内踱了几步后，又扬起高嗓门。

他说，积重难返啊！森工的矛盾绝不是一天两天积成的，乃是源远流长。我在森工企业待了几十年，森工的开创与发展、鼎盛与衰落，来龙去脉我都清楚。

森工的鼎盛时期是20世纪60年代初期至中期，最多也不过五六年，或者说七八年的时光。

新中国成立初，四川很穷，没有钱就向森林要钱，向森林讨饭吃。四川有句名言，叫"坐吃山空"。这话说得很深刻，"五斧争林"，一齐砍树，而且那些年是只砍不栽。天然林砍一棵就少一棵，哪里受得了哟？全省大大小小上百个企业，一年要砍300多万立方米。当时我在阿坝州，仅一个地区，最多的一年砍了200万立方米。你看厉不厉害呀！山林砍得一片红。就是在这种情况下，上面还要给我们加码。

唉，我们一边砍一边感到心痛呀！多好的林子啊！森林是地球的主体，没有了森林，山也就不成其为山了。大家都知道要有良好的森林，人才有良好的生存环境。古人云：山不在高有仙则灵。依我说，山不在高，有树则灵。

森工从"鼎盛"时期走向衰退，矛盾何时爆发的呢？

"文革"结束，到改革开放，川西的森林已经砍得差不多了。在阿坝州眼看没有什么树子可砍了。应该说，从那时森工的矛盾就开始暴露了。1979年春天，在省里召开的林业工作会上，我发了言，对森工问题开始"发难"、呼吁，要求减少砍伐量。我提出了三点建议：一是要求省上解决森工的危机；二是转移重点，建立防护林；三是3州的木材生产不行了，森工应该重点转移，以伐为主转向营林造林为主。

可是，形势的发展越来越严峻，情况向省里反映了，问题也很清楚，就是没有啥结果。

当时，改革的春风才开始吹拂人们沉闷的心，上下的领导都在一个劲地追赶新的起点，我们却在叫困难，唱"反调"，有点不讨人喜欢。甚至，对我的发言，有人认为是"无稽之谈"。结果，我的意见没有引起大家的注意。

川西林区的情况叫人担忧呀！按当时采伐的规律，阔叶林第一轮采伐是不愿意采的，后来没有树子可砍了，又返回来，只要是树子都砍了，都剃了光头。森工已经到了最紧要的危机阶段。

嗨，记者同志，我们在最困难的时候，要向省里反映情况都很难啊！

改革开放开始了，大家的兴头极高，而且一提改革开放，都把砝码压在森林上，干什么？砍树子，吃树子。

当时，四川的改革正冲在全国的前面，势头火爆。而我们在这个时候

"泼冷水",不是自讨苦吃吗?

我这人,一向是不考虑个人的得失安危的,别人反对还是支持,都不打紧,我想说的话,一定要说,闷在心里难受呀!

我任了几年厅长,日子难过呀!

我们完全是在狭缝中穿来穿去的,矛盾一个接着一个,而且是多种矛盾交错,你遮也遮不了,躲也躲不掉。

20世纪80年代中期,森工已经支撑不下去了,亏损严重,发不起工资,工人不断上访。过去,森工是"宠儿";如今成了包袱,成了"臭狗屎"。工人有苦、有怨气,吃不饱肚皮。无可奈何,他们只好成群结队找厅里、省里的领导,同时向中央施加压力。唉,这一来,问题就更严重了!

正巧,这时林业部安排建设长江上游防护林工程。森工吃不起饭,我就利用这个机会向上伸手。我厚着脸皮多次到北京去找国务院、林业部、财政部求情,讨钱吃饭。他们都笑话我,说:嘻嘻,你看你看,傅厅长又来了。

1986年,胡耀邦同志来四川,我把情况向他汇报了,他也同情我们的处境。末了,我要求解决2.5万林业工人的外调转产问题,他问要花多少钱,我说要2.5亿元。他摇了摇头,笑道:哎呀,你要2.5亿,这不逼我跳河啊!

也就是那一年,我们提出了一个有效的措施:"森工转营林"的方案。这方案,在全国最早是四川提出来的。中央领导和外省的同行,听了我们的想法,都认为很新鲜,而且可行。

"森工转营林",在理论上有了突破,可行动跟不上。

傅道政搬出一大堆有关森工问题的资料,其中,有不少材料是他亲笔写给省里和中央的报告、书信;有的还出版了,向全社会披露四川森工的"秘密"。

国务院理解四川的实际困难,在1986年12月16日下达的《关于四川国有林区森工调整改革方案的批复》中指出:"经研究,你省森工企业面临的问题确实需要解决。根据目前国家财政经济情况,只能采取综合治理、逐步实施的办法,首先解决明年急需解决的问题⋯⋯同意你省逐步调

减一部分木材产量。"

这个意见，对处在困境中的四川森工，也算是他们的努力有了一定成效吧！

永 恒 的 呼 喊

在傅道政执政期间，对森工问题，他从来没有停止过向上级反映，向有关部门呼吁。

从表面上看，他的身材挺高大、魁梧，但他没能顶住压力。这可不是一般的鸡毛蒜皮的事，咬咬牙，忍耐忍耐就能挺过去的。这是一件涉及全局、涉及十多万人吃饭的大事。

厅里、省里向国务院，口头的和书面的、直接的和间接的，究竟反映过多少次，谁也记不清了。

矛盾在不断加大，工人一批又一批，不断上访。

反映，呼喊，似乎没有尽头，也没有期限。

1987年9月1日，厅长傅道政又拿起笔来，亲手书写了一封向林业部汇报的长信。他在信中写道："四川现有林区是全国开发较早的重点林区之一，森林资源集中分布在我省西部的大渡河、岷江、雅砻江、金沙江上游，是少数民族聚居区。林区开发大体上分两个阶段：第一阶段，建国初期，由国家森工部西南森管局集中开发岷江、大渡河上游林区；第二阶段是60年代以保'三线'建设用材为前提，开始开发雅砻江林区及成昆路沿线林区，先后共建24个重点采伐企业，4个水运企业，以及相应配套的筑路、机修、勘察设计、教育、卫生等企事业单位，形成了一个比较完整的森林工业体系，职工曾高达14万人……"

这封信的核心是，迫切要求中央解决的问题有三个："一是多出4.1万人急需安置；二是12个资源枯竭的企业中，有10个急需转向营林；三是沉重的营业外支出，企业无力承担。"

傅道政送走这封信，嘘了一口长气，又松了松肩膀，似乎有了一线希望。

四川省林业厅按照行政运作的规律，向省上反映的情况，同时也向林业部递交了这份"请愿书"。

四川省政府对森工的问题感到束手无策，只好向国务院发出了呼吁，不几日，四川省人民政府《关于请求落实解决四川森工困难的措施的报告》（川府发〔1987〕159号）呈送到中南海。

国务院：

为解决四川森工出现的严重困难，从1985年以来我省曾三次向国务院写出报告。同时由副省长刘纯夫、蒲海清同志带队，先后三次赴京汇报。去年11月又上报了请求解决四川森工问题总体方案，即《四川国有林区森林工业调整改革方案》。在国务院的关怀和国家计委、林业部、财政部的大力支持下，对我省森工采取了扶持措施，真正能落到实处的主要有4项：一是从1986年开始，到1990年，国家每年拨给阿坝森工企业拨改贷转产投资1 000万元，已批准建设百花水泥厂等6个转产项目；二是今年财政部拨给重点森工企业安置费1 000万元；三是今年国家安排了森工贴息贷款2 820万元；四是国家同意免征森工企业的产品税。这些措施，使我省森工企业的严重困难有了一定程度的缓解。

但是，由于四川森工困难是长期积累形成的，国家已定的扶持措施中还有一部分未能落实，加之国家对森工采取的"以林养林"的政策在四川森工企业木材产量大幅度下降的情况下，实惠不大，因而四川森工出现的严重困难还没有从根本上得到解决。一是森工企业多出的4.1万人，由于经费不足，投资没有完全落实，安置进度缓慢，只落实安置了5 885人，尚有3.5万人需要落实安置措施。阿坝州森工的安置问题尤为突出。现有职工3.2万人，多出人员达1.5万人，今年用产品税抵亏损后还净亏1 654万元。凉山州凉北林业局，在成昆铁路建成后资源完全枯竭，已基本无林可采，现有职工都需要转产安置。这不仅直接影

森林卷

响民族地区经济发展，而且是潜在的不安定因素。二是企业社会负担沉重，全省森工企业离退休职工和抚恤人员已达到 4 万人（其中阿坝州 2.7 万人），加上林区地处边远山区，医院、子弟校、公检法等社会负担均由企业承担，1986 年财务决算，森工营业外支出达 5 077 万元，在全行业亏损的情况下，企业已无力承担。三是资源枯竭的川西、大金、小金、黑水、壤塘、毛尔盖、龙尔甲、丹巴、翁达、凉北等 10 个采伐企业急需转为营林生产局，但由于营林贴息贷款没有落实而无法进行。

国务院在国函〔1986〕191 号批复中指出："你省森工企业面临的问题确实需要解决，根据目前国家财政经济状况，只能采取综合治理，逐步实施的办法，首先解决明年急需解决的问题。""考虑到你省森工绝大部分是林业部属下放企业，存在的主要问题又属'三线'建设遗留问题，中央财政可给予必要的补助。"按上述精神，在 1988 年继续实施森工转产安置，恳请国家帮助解决以下几个问题：

一、我省原报的 6 个转产基建项目，按国务院批复的精神，已将川西林业局甘堡水电站、西昌锌冶炼厂和广元林业水泥厂 3 个项目建议书上报国家计委、林业部。此外，国家计委同意安排的 5 万吨刨花板厂项目建议书已经林业部审查同意。以上项目，请尽快审批立项，列入 1988 年基建计划。

二、1969 年三线建设调整时，林业部下放我省的 19 个林业企业事业单位，共有职工 29 511 人，生产建设仅需要 10 133 人，富余 19 378 人，我省已调整安置 7 300 多人，尚富余 12 000 人，省里无力安排，请国家财政在今后两年内，拨给安置补助费9 600 万元（按人均 8 000 元）。

三、为使 10 个资源枯竭的采伐企业尽快转向营林生产，同时大力开展林区综合利用、多种经营，调整森工产业结构，实现"以工养林，以多经养林"，请林业部在"七五"后 3 年每年至少安排我省森工多种经营贴息贷款 3 000 万元，森工转营林贴息贷款 2 000 万元。

　　四、为减轻森工企业负担，需将营业外支出 5 077 万元从企

业划出，请国家财政帮助解决……

　　这份报告呈上之后 8 个月，不见回音，四川省政府又于 1988 年 6 月 10 日，再次向国务院呈送了《关于请求国家帮助解决民族地区几个迫切问题的请示报告》。

　　当笔者阅读到这份报告时，不禁想起了当时的情景。四川少数民族地区的困难，是历史形成的。在新中国成立后 50 年的历史变革中，由于种种原因，经济变化不大，群众的生活变化也不大。我多次去过三州采访，同时也不时听到民族地区的干部反映那里百姓的生活状况和森工的处境。

　　我从傅道政手上接过这份材料，举目细读报告，四川省政府提出："我省甘孜、阿坝、凉山等自治州共辖 55 个民族县，幅员 31 万平方公里，占全省总面积的 55%；现有人口 800 余万人，其中藏、彝、土家、苗等少数民族共 430 万人。建国后，经过民主改革，民族地区实现了由奴隶社会、封建农奴社会到社会主义社会的飞跃，但是在经济文化上一直处于十分贫穷落后的状态。党的十一届三中全会以来，我省民族地区经济文化建设有了较快发展，各族人民的生活有了一定的改善。但由于他们所依托的四川是个大而穷的内陆省，基础差，起点低，欠债多，投入少，致使其商品经济发展同汉族或其他民族地区相比，出现了越来越大的差距……"

　　四川省政府毫无保留地提出要"国家帮助解决我省难于解决的 5 个迫切问题。"

　　急如星火！一声声呼喊，一份份上报的材料，可以说是千言万语，万语千言，是出自肺腑的呐喊。

　　中央对四川森工的问题不能说不着急，也不能说没有受理。然而，就是进展太缓太慢，上面的原则，只能采取"综合治理"，"给予必要的补助"。谁也下不了决心，从根本上解决四川森工的困难。从而，问题一拖再拖，困难如同一张破网，越撕越大，越大越难补，越难补就越让人畏惧、发愁、苦闷。

啊，四川森工成了"老大难"，让人头痛，让人悸悸呀！

在森工企业内部，他们也搞了一些改革，办起一些企业，人员也进行了部分分流，这是一方面；另一方面，矛盾积重难返，自己无力抗衡，只有继续向上反映。

傅道政在谈话中，也反映出这十多年来，由于资源极度枯竭，许多企业因无树可砍，也就顾及不了那么多，便吃"回头饭"，采了第一轮之后，将留下来的树种，不应采伐的部分林子，如母树林、防护林、生态林，通通砍了。这样做，对森林的破坏性更大。

反映，呼喊，似乎没有边际。往后的一段时间里，他们竭尽全力，无论在什么样的场所，也无论对谁，他们都高声唱着"困难歌"。

历史有了转机

"五月渡泸，深入不毛。"诸葛亮曾在他的《出师表》中这样写过。其实不然，那不毛之地，用现代人的目光来看，昔日的川西千古林海，是一座宝库，是地球的"肺叶"。

倘若一个人没有肺叶，他的躯体也就不复存在了。

是呀，森林和水，构成了人类生存的母体，也构成了四川悠久的历史与文化。

横亘四川西部的浩莽的龙门山和大凉山，将四川分成东部盆地和西部高原。西部的可贵之处在于她宛若一道天然屏障，高耸云端，屹立西蜀。川西林区幅员辽阔，有国有林面积463万公顷，海拔6 000米以上的山峰多达50余座，高山林立，江河纵横，森林茂密，山水相依，长期共存，构成川西的天然水源涵养的"取之不尽，用之不竭"的绿色水库。

可是，人类发展到20世纪，却不惜将其乱砍滥伐，使川西林海真正变成了"不毛之地"。

呼喊，永恒的呼喊，可回声微弱，似乎没有希望。

时至1996年，四川森工问题，沸沸扬扬，闹了十数年。忽然间，历史有了新的转机。

在航天城唱起了一支响亮的歌，希望的歌：

> 远方的朋友，
>
> 尊贵的客人，
>
> 我们不常相聚，
>
> 相聚要喝酒。
>
> 请喝一杯彝家的酒，
>
> 真诚的酒，
>
> 祝福的酒……

1996 年 10 月 25 日正午时分，一架银燕从北京飞来，在川西大凉山的首府西昌市机场缓缓着陆。好客的彝族同胞，在高唱《祝酒歌》的欢乐声中，迎接尊敬的客人朱镕基同志的到来。

朱镕基在四川省委书记和省长的陪同下，先后考察了凉山彝族自治州、攀枝花市、德阳市、绵阳市和一部分农村，访问了农民、工人，并看望了党政机关干部。

"攀枝花城市定位要准，不要太大太高，太高了人多负担重，一切都膨胀，什么都紧张。城市功能主要是三个方面，其中一个是农业。攀枝花农民收入低于全国平均水平，说不过去。农民收入水平低，怎么不贫困？农民收入水平低，说明对农业重视还不够。农业是基础，是命脉，市长要抓农业。"朱镕基同志语重心长地要求干部一定要重视农业，重视生态环境。

那一天，他在视察二滩水电站时，伫立金沙江畔，远望群山，光山秃岭，乱石嶙峋，群众生活贫困；再看金沙江上，木材漂流不断。他无限感慨地说，我们要"少砍树，多栽树"，"把森老虎请下山"。

他还对攀枝花市的干部说，要多栽树，搞好绿化，向旅游城市发展。他希望攀枝花市很快成为花园城市。

10 月 31 日，在成都金牛宾馆，四川省领导向朱镕基汇报全川工作时，汇报了四川森工问题，提出在 10 年内，每年解决 2 亿元经费，由 14 户资源枯竭的重点森工采伐企业造林 550 万亩的意见。

朱镕基详细地询问了全省森工的一些情况后，指示：对四川提出的意见我支持，由国家计委、林业部牵头，进行调查研究，原则是少砍树，多栽树，把森老虎请下山，该花的钱要花，要注意保护环境，这是一个非常重要的问题。国家计委、林业部调查后拿出方案来，给国务院汇报，要把解决四川森工问题作为全国的试点。

朱镕基同志下定决心，必须解决森工问题，为子孙后代，保护环境，保护我们的家园！

四川的森工问题，从此有救了！

人心大快！大家多年的梦想，如今有了实现的希望！

事隔不久，国务院派遣林业部部长徐有芳风尘仆仆南下，深入川西林区深入考察。

徐有芳一行在四川省林业厅厅长曹正其的陪同下，考察了凉山州、攀枝花等川西的主要林区。在众多的问题和困难中，给他们印象最深的也许是，川西百姓的贫困和森林资源的匮乏。

他们走进大凉山深处的昭觉县，那里的山，那里的人，对徐有芳而言十分新奇。他站在3 000多米高的碗厂乡的山头上，环顾群山，望着高山秃岭，不禁心寒。再看山下，忽然间发现在冰凌满挂的枯黄灌木丛中，还住着彝族同胞，他走进俄木呷火和吉洛两户农家，和他们交谈，问起了山林的变化，谈起他们的生活和生产。

徐部长看呀，听呀，想呀，似乎让他更心寒的是，这里百姓过着艰难的生活。为什么？他进一步了解，才知道其经济停滞不前的根源在于这个县山高，气候恶劣，再加上水土流失严重，草场退化，农牧业生产陷入恶性循环的漩涡。

他拿出600元钱，交给农民，要他们多栽树，多造人工林，为荒山披上绿装。

站在一旁的曹正其，面对此情此景，心里顿时不是滋味，有着说不出的苦衷。他极力控制自己的情感，发出了一个疑问：你们能实现徐部长的愿望吗？

当然，山民的反映是肯定的，只要有新招，有经济实力，营林造林，让光山焕发青春，是完全可能的。

林业部部长主张以林为本，正巧是川西在呼喊"枯木逢春"、林木再现的时候，他深入实地考察，这无疑是雪中送炭。

说到考察的感受，这次考察给徐部长最深的，莫过于在攀枝花看到的情景。他们沿着朱镕基走过的地段，伫立在金沙江畔，在深思着国家领导人提出来的"少砍树，多栽树"的道理和远大目光。

攀枝花地区在我国所处的位置太重要了。它不仅是长江上游水土涵养的主要地带，而且是我国的重要的钢铁基地，也是世界上钒铁矿的主产地。它的发展与衰退，不仅关系到四川的经济发展，同时也关系到国家的经济发展，对此绝不可掉以轻心！

此次南下，徐有芳一直在思索，如何建设长江上游生态屏障？如何帮助森工克服当前的困难？

在西昌考察时，他和凉山州的头头们探讨过，如何对森工压缩采伐量，实现转产，以便减少森工人数。大家在冥思苦想，希望寻找到新招数，走出新路子。

他对攀枝花近几年植树造林、建设国家级森林公园的举措，很感兴趣。他高度评价攀枝花市调动大批人力、物力，绿化荒山，改善生态的做法。他说，这是攀枝花市解决森工"两危"，将伐木为主的生产型转为保护型，实现林业可持续发展战略的重要一步。

徐部长在深入实地考察中，面对四川森工的困难，森林资源的枯竭，他思绪万千。他多方思考，悟出了许多新的带有指导意义的思路。他对曹厅长说，我们要立足当前，着眼长远，下最大的决心和力气，保护建设好长江上游的生态环境，让三峡工程和长江流域长治久安。

与此同时，徐有芳在四川看到森工的困境时，意识到目前问题的严重性和解决困难的难度。他在着急中，思索出三条妥善的意见：一是转产要与调整产业结构紧密结合，加大第二、三产业的发展；二是转产要与生态系统建设和保护相结合，把原始森林保护起来，不断扩大人工林，实现集约化经营；三是转产要与社会稳定相结合，不留后遗症。

在此次考察中，他再次重复了朱镕基同志的指示。他说，朱镕基同志对川西林区面临的重大问题所作的重要指示，指出了林业要在新形势下解决新问题的思路和方法，是四川乃至全国林业生态体系和产业体系建设的一个历史性机遇，要坚持大力营造、认真保护、合理利用的指导思想，对国有林区传统经营方式进行改革，把过去采伐天然林为主逐步转移到采伐高效人工林为主的轨道上来，调动多方面的积极性，多渠道筹集资金，增加投入，实现基地化经营。

金沙水拍人心寒！总理的心寒，部长的心寒，厅长的心更寒。上下主管领导有了共同的感受，共同的语言，共同的心声，也就有了共同的决心！

"让长江长治久安！"那么，如何"长治"？如何才能"久安"呢？

在徐部长一行考察结束时，四川省林业厅厅长曹正其他作了全面汇报，大家的心都想到了一处，都看到了那深山中，10万大军危困在高山的情景，也听到他们的呼喊声。四川森工问题已经搁了10多年了，时下已经到了非解决不可的地步了。

在中央调查组离开成都的前一个晚上，曹正其再次向徐部长发出来自肺腑的呼声，提出了省厅经过长期酝酿提出的想法和今后如何迈步。

汇报完后，徐部长说道：

"你们的具体方案是什么？"

"森工每年230万立方米的采伐任务，减少一半。"

"任务减少一半，企业必然会亏损，出现的困难，你们自己能解决吗？"

"哦，任务一减少，每年要差两亿多元，要求上面帮助解决。"

"这是一个十分庞大的数字，我看很难呀。不过，我还是支持你们提出来的方案。"

此时，徐部长面有难色。他稍停片刻之后又说道："这件事非同小可，我回北京向中央汇报后再定吧！"

徐部长向中央汇报后，中央领导作了全面思考，这类问题不仅四川，还有云南、东北，全国每年需要拿出100亿元。因此矛盾大，面太宽，财政艰难，问题便暂时搁了下来。

"把砍树人改为栽树人"

四川是个经济后进的省份，人口众多，经济不发达，多年来财政吃紧，要解决森工的困难，自身确实无能为力。若四川是个实力雄厚的省份，也许不会靠砍树过日子。

四川森工企业无论怎么说，已经走到了尽头，步入了绝境！无论怎么说，矛盾已经到了一触即发的地步，经济困难，人心惶惶，如同一座活火山。

厅长曹正其是个办事认真、工作执著的好心人。1995年正当森工在激流中挣扎时，他走马上任了。许多同情他的人，都在纷纷议论，说他在一个不该上任的时间上任，能有"好事"吗？

他却不然，成天开动脑筋，寻找出路，觅求良机。不时为自己打气壮胆，自我安慰："无论怎么说，我们在危难之时，朱总理的表态，徐有芳部长来川调查，四川的森工问题已引起中央领导的高度重视，总算有了一线希望。"

是的，自从80年代末，森工乘着改革开放的顺船风，也扬起风帆，尾随在大潮后面艰难地爬行。他们使出了吸奶的力气，全省森工转产3.6万人，木材年产量从230万立方米，调减到160万立方米。这也算迈出了第一步吧！

但是，问题并非那么简单。重大的问题，根本性的问题没有触及，还有待于依靠中央的力量。

这些年，他们的思路也够宽松了，办企业，带资出"嫁"，或去他乡，或回老家，或自谋职业，对凡是有地方可走，而又愿意走的人，统统开绿灯。

这对一般人看来，觉得这是"小打小闹"，但对森工系统而言，曹正其说，已是翻天覆地的变化，也算是重大变革。对曹正其而言已是竭尽全力，冒出了一身毛毛汗，才实现了第一步。

这第一步走得十分艰难，也十分"离奇"！

但这是逼出来的啊！无论咋说，都应该表扬他们的辛勤劳动。他们毕竟是在为森工担忧，为森工的前途担风险，为国家分担困难，是好样的！

说起来许多事难以理解。90 年代中期，一面是森林资源枯竭，无树可砍；一面是木材市场疲软，价格下滑。

也许是市场经济在"捉弄"他们。当时木材进口产品增加，而且进口木材价格低廉，顿时国内木材市场疲软，许多森工企业一落千丈，严重亏损，发不出工资，矛盾在不断加深。

记者在 1998 年 8 月 24 日，采访四川省林业厅厅长曹正其时，他提起那段日子，仍然心有余悸。他坦诚地说，第一阶段，实际上是我们自己在困境中，走出的几步险棋，确实是艰难的，也确实是小打小闹，解决不了根本问题，必须依靠中央的力量，要有国家的大力支持，才能有效地迈出坚实的第二步，才能扭转森工企业发展的大方向。

曹厅长是个诚实的人，群众都说他办事踏实，思路敏捷。

他接着说，我们当时做了许多努力仍然没有结果。逼着我们冥思苦想，择路而进。终于，在省上的支持下迈出了第二步，即由省上出资，让 2.1 万人进入了社会统筹。

我们正在着急之中，1996 年 10 月朱总理到攀西视察，他对解决四川森工问题的表态十分坚定，给我们很大的鼓舞。一切情况表明中央很重视，我们感到有了希望。

1997 年，也许是森工最艰难的一年。我们前进不能，后退无路。工人一批接着一批上访，企业像王二小过年，一年不如一年。

省领导也十分重视森工转产的问题。1997 年 5 月 28 日，朱镕基同志听取了四川省委书记和省长的详细汇报后说，四川可以先作出规划，报经国务院批准先试点启动。

四川省对此指示如获至宝，动员上上下下一齐动手，搞调查、列计划、积极引导森工转产。然而，时间一拖又是一年两年，可在此期间 10 多万人的吃饭问题，一顿也不能减。上访人员日益频繁，森林在日益减少，人心动荡，日子似乎一天也难熬下去。

正在着急之时，1998 年春天，在北京召开的全国人大九届一次会议上，突然又有了新的转机。朱总理在参加四川省代表团讨论时，又指示

"四川要采取有力措施，下决心停止砍伐森林，把砍树人改为栽树人，要为子孙后代造福。"他对四川森工问题再次作出了指示。他的思路是明确的，态度也是坚定的。

赓即，在5月2日四川省人民政府向国务院呈交了《关于实施四川森工转营林保护天然林方案的请示》报告，详细地汇报了四川森工存在的问题，提出了解决的途径。

国务院：

近年来，朱总理针对四川森工面临的严峻形势和对长江流域生态的影响，多次指示："少砍树，多栽树"，"把森老虎请下山"，"要采取有力措施，下决心停止砍伐森林，把砍树人改为栽树人，为子孙后代造福"。为贯彻落实朱总理的重要指示，我们经过认真研究，制订了四川森工转营林、保护天然林规划方案。现报告如下：

一、四川森工转营林，保护天然林规划

四川是全国重点林区之一，地处长江干流和支流源头，是长江流域主要水源涵养区。四川西部有国有林面积463万公顷，荒山荒地112.7万公顷。新中国成立以来，国家先后在四川西部建成大小森工企业90余户，其中重点森工企业28户，累计为国家提供商品材1.2亿立方米，上缴税利20多亿元。长期以来，四川林区强度采伐，导致长江上游水土流失严重，草场沙化加剧，生态失衡，自然灾害频繁。据统计长江上游年均输沙量6亿吨，最高年份达7.28亿吨。如不尽快停止森林采伐，势必使长江上游森林植被进一步减少，生态环境进一步恶化，直接危及长江中下游经济建设及三峡工程安全。同时，四川森工企业也面临严重经济危困，影响我省民族地区特别是藏区的稳定。

为落实朱总理的指示，遏制长江上游生态逆向演替的趋势，保障长江中下游经济建设的顺利进行和三峡工程的安全，对四川森工转营林、保护天然林拟作如下规划：

（一）四川森工企业 1997 年木材产量 230 万立方米。在 1999 年前，全部停止天然林采伐。

（二）四川森工停止天然林采伐后，即转向对四川西部林区 463 万公顷天然林实行常年管护。

（三）从 1999 年起至 2010 年止，营造 108 万公顷生态公益林，每年营造 9 万公顷。

（四）建设一批重点转产和多种经营项目。

二、四川森工转营林、保护天然林的项目

实施上述规划后，到 2010 年，四川西部实现基本绿化。

（一）新增森林面积 108 万公顷；森林覆盖率可提高到 23.9%……增加灌木林地，林木覆盖率可达到 39.3%。

（二）年水土流失面积可减少 50%。

（三）年水源涵养能力达到 394 亿立方米，相当于 7 座二滩水电站的设计库容量。

（四）年水土侵蚀量由现在的 3.6 亿吨下降到 1.2 亿吨，年保土量达 2.4 亿吨。

随着四川西部天然林资源的恢复，四川林区对长江上游和三峡工程的生态屏障作用将得到有效发挥，生物多样性得到保护，生态景观得到优化，生态环境将明显改善。

三、森工企业人员分流和资金测算

（一）森工企业人员分流。

四川森工企业现有职工 108 976 人，到 1998 年底离退休人员达 66 240 人，在职职工仅 42 736 人。在职职工拟按以下三个渠道分流：

1. 从事天然林保护管理 24 789 人；

2. 从事生态公益林建设 14 581 人；

3. 实施重点转产和多种经营项目可安置 3 366 人。

（二）资金测算

1. 离退休人员、天然林管护、生态公益林建设常年费用需

7.31亿元。其中：

（1）四川森工企业退休人员66 240人，年人均基本离退休费用按5 100元计，年需离退休费用3.38亿元。

（2）从事天然林保护管理24 789人，管护面积463万公顷，人均管护187公顷，人均常年工资性支出按5 500元计，年需1.36亿元；年人均业务管理费用按2 500元计，年需0.62亿元，共计1.98亿元。

（3）从事生态公益林建设14 581人，每年营造9万公顷，年人均工资性支出按5 500元计，需0.8亿元；公益林建设直接生产费用（综合价）每公顷1 279元，年需1.15亿元，共计1.95亿元。

2. 四川民族地区每年减少财政收入1.86亿元。

（1）重点森工企业木材产量1997年为117万立方米，按每立方米木材销售价500元、农业特产税率10%计，每年减少农业特产税5 850万元。

（2）地方森工企业木材产量1997年为113万立方米，按每立方米销售价500元、农业特产税16%计，减少农业特产税9 040万元；按每立方米木材利润100元、所得税率33%计，减少所得税3 729万元。

3. 截至1997年底四川森工企业债务中银行借款8.85亿元。

四、请求中央帮助解决的主要问题

（一）离退休人员、天然林管护、生态公益林建设三项需常年费用7.31亿元。在省财政及相关地方财政十分困难的情况下，由四川省承担30%，计2.19亿元，请求中央帮助解决70%，计5.12亿元。

（二）民族地区财政收入每年减少1.86亿元。由四川省承担30%，计0.56亿元，请求中央帮助解决70%，计1.3亿元。

（三）按照优化企业资本结构试点城市及对特困企业的有关政策，请求中央在银行呆坏账准备金中切块一次性冲销森工企业

银行借款 8.85 亿元。

这是四川省政府向国务院发出的一份最新的报告，也是一份呼吁书。在这份报告之中，可以清晰地看到，四川森工企业所面临的困难，要有多大，就有多大。一切情况表明，森工企业已是负债累累，困难重重，度日如年！

深 夜 话 情 怀

一份长长的报告，呈送到国务院后，曹正其日里夜里盼着喜讯的到来。

他的脸上既充满喜悦，也充满忧郁。

报告能批准吗？时间在一天天过去，在那段日子里，对曹正其可以说是"心神不定"。他担心，倘若向国务院报的方案没批准，或者说再拖一年两年，天呀，那可不得了呀！十多万人吃什么，半瘫痪的企业，时至今日仿佛已是一潭死水，没有活力，没有希望。唉，往后的路又如何走下去呢？

上访，1998 年的春节刚过，工人又不断向省城涌来，人数有增无减。虽然春节期间，省里和厅里出动了大批人员，兵分 8 路，登门慰问、做思想工作，同时千方百计，挤出了一些钱，照顾一些特困户，可那只是杯水车薪，解决不了大问题啊！

工人没有任何奢望，只要求向厅长讨口饭吃，维持最低的生活水准。他们的要求并不苛刻，可就连这点要求也难以满足呀！

曹正其肩负的担子太重了，上访，这是一种强大的压力呀！虽然，这位厅长有着高度的责任感，可是如今厅里的财政紧张，可以说是腰无分文，要保障全省的林业工人吃上一碗饱饭，他都无能为力啊！

不信东风唤不回！

他正在着急之时，一个关键的时刻到来了。1998 年 5 月 12 日晚上，曹厅长突然接到省上的电话，通知他准备材料，立即起程进京，向朱总理汇报。

13 日下午的重要汇报，在北京进行。朱总理对四川汇报的森工转营林、保护天然林的方案表示原则同意，并要求四川尽快与国家林业局衔接方案所涉及的资金等有关问题。

紧接着，在 14 日上午，曹厅长和省委书记一起向国家林业局王志宝汇报了拟订的方案，王局长表示支持四川提出的方案，并表示帮助解决有关政策和资金问题。

更令人振奋的是，朱总理于 6 月 28 日在国务院副秘书长马凯汇报四川天然林资源保护工程的文稿上亲自批示："四川先行启动，早动手，早提供经验。"

紧接着，温家宝副总理也在这份文稿上批示："四川是全国重点林区之一，是长江流域主要水源涵养区。保护天然林、营造生态林，对于防止长江上游水土流失，保护三峡工程安全，具有重要意义。拟同意四川天然林保护方案和有关部门的意见，要抓紧组织实施。"

仿佛一切都水到渠成，整个工程的进展迅速。

但是，方案中，说的停止采伐，是先让一部分没有林子再砍的企业先停下来，也就是"半停"。当时曹正其的心中冒出了一个问号。

这是一桩大事，一项大工程，在程序和方案上，都要十分严谨、准确，一点也不能粗枝大叶。

为了把事办得妥当，曹厅长和他的秘书小李，便坐镇北京，随时听从领导的召唤，他成天跑国家林业局、国家计委、财政部……他们轮番跑来跑去要计划、要指标，同时还要上面在道义上给予支持。

在此期间，有一个重大问题，一直在曹厅长的脑海里盘旋：是半停好，还是全停呢？

他权衡利弊，"半停"，风险和矛盾自然要小些，从某些方面而言，工作也许好做些。可是另一方面的矛盾又会出现，一些地方允许采，一些地区又不允许采，其心态是绝对不平衡的。多年来，在川西已形成"木头财政"的怪胎，使一些县经济脆弱，仿佛一天不砍树，他们的日子就过不下去了。半停，其间既不好管理，也不好区别谁该砍，谁不该砍，容易引起混乱，引发出新的矛盾。

曹厅长的思考是有道理的！

一连几日，曹正其举棋不定。他一直在思考这一重大问题。1998年5月15日晚，已到午夜时分，他仍然躺在床上，辗转反侧。忽然间，他的大脑屏幕上，打开了一个窗口，他一骨碌从床上爬起来，铺开纸笔，一口气写下这些文字：

王局长、李副局长（国家林业局）：

十分感谢两位领导对四川林业，特别是森工问题的关照！

现就四川天然林保护问题，汇报我的一些看法和意见。

一、朱总理专门就四川天然林保护和森工问题多次作出重要指示，并两次听取四川省的汇报，充分说明四川林业的这两大问题已经到了非解决不可的地步。省委、省政府的领导对落实朱总理指示特别关注，这对解决四川天然林保护和森工问题无疑是一个极好的机遇。我们深感机不可失，急切地盼望局领导和部门领导给予我省强有力的帮助和支持，把解决四川天然林保护和森工问题作为国家林业局的试点，先走一步。

二、考虑到四川林区情况比较复杂，省委、省政府领导认为局部停采难以达到保护四川天然林、改善长江上游生态环境的目标，果断地提出全部停止采伐天然林，这和逐年调减，最终保留一定产量相比较，实施的难度大得多，因此，实施的标准和措施也应有所区别。由于企业全部停采后，不可能再有木材销售收入，按逐年调减、保留部分木材产量方案制定一些政策无法执行，比如按工资总额的20％提取离退休费就存在这一问题。同时在企业转向、营造公益林等，还应在计算单位成本时把人工工资考虑进去。

三、我作为四川省林业厅厅长，对解决四川天然林保护和森工问题理所当然地要负起责任，中央、局里和省里都支持，只要资金和政策到位，我完全有信心把四川的这两大问题处理好。

深夜话情怀!

这位性格内向的厅长,要走出这步"险棋",可见他思想斗争的激烈和心中承受的压力,也可看出形势的严峻!

局长王志宝阅读了这封信后,十分感动,也十分佩服曹厅长的远见卓识,对他的最新思路赞叹不已!从全盘考虑,曹正其的思路是完全正确的,也是完美的,否则,闹了几年的"天然林资源保护工程"会半途而废。

曹正其的信,引来了整个"天然林资源保护工程"的重大的转折:从半停采转为全部停采!这是一个深得人心的转折,也是一个两全其美的转折。

可全部停采如何停?一年的资金最少也要 9.67 亿元,钱又从何处来?

在此期间,四川省林业厅向省领导作了汇报,提出了 5 个方案。省领导对此全力支持。曹正其又一次进京向林业局的几个司的领导作了说明、解释,争取多方的理解与支持。

随后,在 6 月 1 日王志宝局长给马凯副秘书长写了一封长信,要求国务院支持四川提出的新方案。王局长在信中说:"根据朱总理的指示,我们同四川省林业厅就四川省实施天然林资源保护工程有关问题 3 次交换意见,进行反复研究测算,现将有关情况报告如下……四川省在森工企业面临严重亏损和企业经济状况日益艰难的情况下,从全国生态环境建设的大局出发,对全省所有森工企业的天然林资源全部停止采伐,符合朱总理'少砍树,多栽树','把森老虎请下山'的指示精神,对此,应给予积极支持。"

与此同时,王局长对具体实施方案,提出了一个周全妥帖的方案:"我们同四川省商量的一致意见,离退休人员养老保险补助费、森林管护事业费和生态公益林建设费 3 项由中央与地方共同承担,中央补助比例以 50% 为宜。3 项投入共计 9.67 亿元,其中中央财政补助和中央基建拨款为 4.86 亿元。"

正在此时,出现了一个插曲,云南省也在争取率先停采,要求中央支持,因此出现了一场竞争。大家心里明白,谁先停采,谁就能争取到中央给予优惠的政策。四川方面军提出了更充分的理由：一是四川森工人数多，二是四川森工问题提出停采的时间比云南早。两省经过多次"角逐"，四川获胜！

天平经过多次调试，目前已趋于平衡。国务院在 7 月 1 日正式批准四川的方案，并下文提出："同意你省方案中提出的森工转营林保护天然林规划内容和目标。""国务院确定'重点国有林区天然林资源保护工程'在你省先行启动，意义重大。请你省抓住机遇，精心组织，及早动手，提供经验。"

呼啦！从此一个浩大的、响彻全球的"天然林资源保护工程"，率先在"天府之国"轰轰烈烈地行动起来！

回狼家

第九章 为了子孙与熊猫的生存：停砍

这是一个惊天动地的日子！

在莽莽川西林海，10 万森林工人，举起利斧向森林砍去，经过半个世纪，悲壮的森林已被斧钺的震慑力，铲去半壁江山。

1998 年 9 月 1 日，一声令下："把森老虎请下山"，将砍树人变成种树人。这是一件惊心动魄的大事，一件震荡人心的好事！

面对这一历史性转折，全国人民无不笑逐颜开！

四川先行启动

1998 年 9 月 1 日，位于成都市人民北路的四川省林业厅沸腾了。在大院里，高耸的大楼下，张灯结彩，人头攒动，人们欢呼雀跃！

停砍，一个期盼十数年的日子，终于来到了！

这日子值得林业部门纪念，值得全川人民纪念，也值得地球上所有的人们永恒纪念！

在今朝今世，生态问题，环境问题，已经不仅仅是影响一个地区、一个国家，而是影响全球、影响全人类的大事。川西停采，实施"天然林资源保护工程"，不仅蜀人受益，全国乃至全球都会受益。

那一天，在"天府之国"，在川西横亘逶迤的千里林海中，"丁冬"的砍树声停止了。这是一大奇迹啊！让人不禁得出这样的结论：人类是愚蠢的，也是聪明的；人类是放荡的，也是有着克制自我的能力的。

这一行动，其目的和意义不亚于人类首次登上月球。

这一行动，对人类的生存与发展更直接，为子孙后代造益匪浅。

这一行动，大得民心！

　　四川省委书记在 8 月 23 日召开的"四川省天然林资源保护工程工作会议"上，唱响了这一工程的序曲。他说：

　　　　经国务院批准，我省天然林资源保护工程即将启动。省委省政府认为，这是我省经济社会发展中的一件大事，是改善长江上游生态环境，关系到长江流域祸福安危的一件大事，是具体贯彻可持续发展战略的一件大事。我们一定要在中央的关怀支持下，提高认识，统一思想，加强领导，抓住机遇，做好工作，努力把这项功在当代，惠及子孙的大事办好。

　　　　森林是陆地生态平衡的主体。我省地处长江中上游，保护我省天然林资源，对保护我省的生态环境，促进长江流域生态平衡状况的改善，防止长江变成第二条黄河，具有重大意义。保护天然林资源，就要"少砍树，多栽树"……

　　　　林业是最重要的基础产业，在经济社会发展中始终处于优化环境、促进发展的基础地位。去年（1997）8 月 5 日，江总书记在姜春云同志对西北地区调查报告上作了语重心长的长篇批示，强调"要抓好植树造林，绿化荒漠，建设生态农业"，"再造山川秀美，促进经济发展"。1997 年 9 月召开的党的第十五次代表大会上，又将"植树种草，搞好水土保持，防治荒漠化，改善生态环境"，写进大会报告。在党的十五大和全国人大九届一次会议召开后不久，全国生态环境建设的两大工程，即天然林资源保护工程、长江黄河中上游生态环境重点治理工程，就抓紧实施，开始启动。这两大工程都覆盖着四川西部广大地区。这是党的第三代领导集体高瞻远瞩，作出的重大战略部署。我们各级领导一定要提高认识，加强领导，精心组织，抓好落实，高标准、高质量地实施好森工转营林、保护天然林工程，使我省西部生态环境有一个较大的改善，促进经济社会的发展。

　　　　抓住机遇，促进发展，从根据本上解决天然林资源保护问题。

　　国家批准天然林资源保护工程在我省先行启动，这对我省解决长期困扰我们的森工问题、调整民族地区经济结构、改善西部生态环境、加速绿化全川步伐，带来了前所未有的良机。解决天然林资源保护环境问题，必须从根本上解决森工、生态和民族地区经济结构问题。我们一定要紧紧抓住机遇，认真做好工作，乘势而进，集中精力抓好发展。

　　首先，抓住机遇，解决好我省森工问题。由于多年的过量采伐，我省西部的森林资源已严重枯竭，许多森工企业已无林可采，陷入了经济危困的严重境地，企业职工工资、离退休人员养老金无法保障，大规模集体上访时有发生，严重影响社会的稳定。为解决这个问题，多年来，我们各级都耗费了不少心血，花费了不少人力、物力、财力。但是，由于多方面的原因，问题依然存在，矛盾不断加深。这次，随着天然林资源保护工程的实施，国家补助资金的投入，为我们解决这一问题带来了极好机遇。根据国家有关规定，森工离退休人员养老保险问题，可以全部纳入社会统筹。森工在职职工，通过参加森林管护和生态公益林建设，工资也将有保障。森工企业的其他问题，诸如转产项目贴息贷款及财政贴息、社会性支出、非经营性投资等问题，国家将在《重点国有林区天然林资源保护工程实施方案》中统筹安排。森工有了出路，森林才有保障。我们一定要在国家的支持和帮助下，扎扎实实做好工作，把天然林资源保护工程搞好，从根本上解决我省森工问题，进而从根本上解决天然林资源保护问题。

　　其次，抓住机遇，调整民族地区经济结构，促进经济快速发展。我省民族地区由于自然历史的原因，长期以来，经济结构比较单一，一些地方基本上就是"木头财政"。近年来，随着森林资源的不断枯竭，一些地方已经无林可采，一些地方可采林资源所剩不多。这些地方的同志已经感到危机严重，开始警醒和有所行动，注意调整经济结构，兴办了一批转产项目，取得了一些成效。但是，这种调整和变化，远远不能适应森林资源枯竭和经济社会发展的形势。这次，天然林资源保护工程的实施，停止采伐天然林，无疑会减少这些地方的财政税收，带来新的问题。对于这方面的问题，我们在向中央争取这项工程时就充分考虑到了。国家在批复同意我省实施天然林资源保护工程时也作了相应考虑。关于地方财政税收减少的弥补问题，中央财政拟通过转移支付方式予以适当补助。同时，国家还决定在我省西部地区实施生态环境重点治理工程，采取措施，把保护天然林、营造公益林、开展生态环境重点治理，与发展民族地区经济相结合，根据项目建设，投入相应的资金，促进地方经济的发展。我们一定要加大实施力度，一方面下决心保护好仅存不多的天然林，同时加快营造公益林步伐；另一方面，要抓紧调整经济结构，促进经济发展，开辟新的财源。

再次，抓住机遇，改善我省西部生态环境，加速绿化全川步伐。我省西部地区自然条件比较差，加之森林过采、草场过牧、土地过垦，生态环境不断恶化，水土流失十分严重，泥石流造成的损失一年比一年增多。前不久中央电视台焦点访谈播出的"救林如救火"，就是反映的发生在我省阿坝州汶川县的事。应该说，改革开放以来，特别是1989年实施以长防林为龙头的工程造林以来，我省林业建设发展迅速，盆中盆周地区已基本实现绿化，到处郁郁葱葱。但是西部地区荒山面积还相当大，绿化任务相当艰巨。去年，省政府专门发了《关于我省西部地区造林绿化攻坚的通知》，并先后在宁南和茂县召开了西部干热干旱地区造林绿化攻坚现场会，干部群众认识提高，开始行动。但因自然条件很差，植树造林的难度非常大，需要的资金投入也很大。现在天然林资源保护工程的实施和生态环境重点治理工程的启动，国家在资金上给予我们大力支持，我们一定要迅速行动起来，积极主动地做好工作，加速西部造林、封山育林、森林抚育和生态环境治理，为实现绿化全川而努力奋斗。

......

停砍！

四川，识大体，顾大局，停止砍伐，斧锯入库！

四川，带了个好头，一声令下，全川立即行动起来，实施"天然林资源保护工程"。

川西在欢呼，巴蜀在欢呼，全国在欢呼！

9月1日，为了永远纪念这个日子，早在8月23日，四川省政府将"禁伐令"发出之后，随即将3万份禁伐布告散发至川西的57个县。从9月1日起，全省不再下达天然林采伐计划。各地果断地采取封山、封厂、封市等一系列措施，停止采伐天然林。

为了母亲河——长江的长治久安，四川识大体，顾大局，一个声势浩大的行动，在全省拉开了！林区内，封存一切采伐机具，封闭了运输木材的道路，封存了以天然林为原料的木材加工厂，关闭了经营天然林的交易市场。

阿坝州的行动是迅速的，令行禁止，从9月1日起，全部采伐证作废。位于雅砻江流域的攀枝花市，提前一个月完成天然林资源保护工程实施方案。在8月27日市政府派出3个监督停伐工作组，分赴米易、盐边和施业区禁伐。同时，收回了采伐证40份，封存斧锯2 210把。凉山州今年的洪水特别大，道路中断，他们千方百计，派出工作组，骑着马赶到林区宣读"禁伐令"，把省上的精神传达到各个林区和采伐队。甘孜州雷厉风行，在8月31日前，就采取措施，举行了封机仪式，把砍树人全部请下山，听候安排。

四川省政府在川南林业局所辖林场，还专门举行了封锯仪式。

9月1日上午10时，省长风尘仆仆，赶到峨边县，同川南林业局和县里的头头们，一起乘车赶到林区，检查天然林停伐的情况。

中午，省长不顾饥饿和高山的低温，先是驱车爬上了海拔2 500米高的峨边县新林林工商采伐区。随后，他们马不停蹄地爬山越岭，赶到了川南林业局613林场，在这里举行了具有重大纪念意义的天然林停伐仪式，以示庆贺！

在林区，省长与工人，以及前来参加封锯仪式的群众一起交谈，共叙情怀。省长亲手将盖着省政府大印的封条，交给林业工人，封存采伐机具。省长还为该局的天然林资源保护区揭牌。领导与工人共同祝愿：青山常在，绿水长流！

省长在与当地群众亲切交谈时，一边了解他们今后的打算，一边向他们宣传省政府停止天然林采伐的决定。他说，这是关系到子孙万代的大事！森林砍伐后，将造成巨大灾难，无论如何不能再砍了，再砍就是犯罪！

普天同庆！在那一天，阿坝、甘孜、凉山三州，攀枝花、乐山两市和雅安地区，全面停止天然林采伐，实行常年管护。

从此，川西 57 个县、463 万公顷国有林地，告别斧头与油锯！

曝光引出"二号令"

1998 年的中国是一个沸腾的国度，至少有两件具有"轰动效应"的大事应该铭记：一是长江中下游的百年未遇的洪水；二是长江上游天然林停砍。

这两件事，曾一度成为新闻媒体关注的焦点，成为一大批记者追踪的热点。一个在长江中下游，一个在长江上游；一个是矛盾的前因，一个是矛盾的总汇。二者，既各具特色，又有着内在的联系；人们很自然地把二者连接起来，深思反省，"无冕之王"千方百计挖掘其中奥妙。思来想去，大家把洪水的成因，有意或者无意归在一处——长江上游伐木的刀斧声。记者们一提到长江中下游那威胁数以亿计的人民的洪峰，自然而然地把一双双锐利的目光投向长江上游的伐木者。

川西林区 9 月 1 日发出了"一号令"——宣布停砍。随后，呼啦一声，全国各地大大小小的媒体的记者，如同潮水一般，向四川涌来。

我清楚地记得，8 月 23 日，四川省政府召开第一次天然林资源保护工程工作会议，24 日由我采写的第一篇报道这项工程的消息《采取坚决措施停止天然林采伐》，在《四川日报》见报的当天，就接到若干约稿的电话。28 日再次刊出《十万大军：放下斧头，遍山种树》的长篇通讯之后，我便成了"大忙人"，先后接到来自全国各地的几十家报社、电台、电视台打来的长途电话，索取稿件。这篇通讯，仅我看到的就有《西安晚报》等6家报纸转载。

当时，新闻的火爆，震荡神州。在四川省林业厅的大院里更是人来人往，应接不暇，办公室、接待室、宣传处的同志，几乎倾巢出动，依然难以应付来自全国上百家新闻单位的记者。在川西林海，记者们穿梭一般进进出出，调查、采访、访问，寻找第一手资料，捕捉独家新闻。

我所说的是一批公开的，按照正常渠道前来采访的记者。此外，还有一批，或者说，他们来不及向主管部门报到，或者说自发的，一入川就一竿子插入林区，凭着自己的敏感和视觉，去探寻"幕后新闻"。

这一举动，一方面更能体现出记者的水平、素质；另一方面，他们在追逐新闻内幕与品位上，显示出他们的独到之处。对圈内人而言，这种采访似乎更富有价值，更富有情趣，所写出来的文章，也许更能吸引读者的注意力，甚至会起到意想不到的轰动效应。

在众多的"隐形记者"中，有一支来自上海、北京的"独立大队"。他们单刀直入，"窜进"川西林区，行程数千里，时间长达26天之久，捕到了大量的素材，写出了系列报道，具有非凡的震撼力。

不难看出，这个新闻团体善于抓机遇，也就是同仁们通常称的"新闻由头"。来得早不如来得巧。他们神出鬼没，正当长江中下游洪峰一浪高过一浪的时候，那长江上游的最刺耳、最敏感的伐木"丁冬"声，依然不断。

时间十分奇巧。当第七次洪峰刚过，百万大军战斗在抗洪第一线，准备迎战第八次洪峰时，新华社在最关键的时刻，发出了一条震撼全国的消息：《长江洪水正狂，上游仍在砍树》。

哗！消息一经发出之后，整个神州大地沸腾了，骂声、吼声、指责声……汇成了巨大的洪流，一齐向长江上游泼来。甚至有人咬牙切齿，怒发冲冠，砍树人成为俎上肉，任人咒骂，任人"宰割"。

面对新闻媒体的披露、曝光，尽管在内容与时间、地点上都有一定出入，四川省林业厅在给中央和国家林业局的汇报材料中，作了一些说明，这也是可以理解的。但无论如何，在那十万火急的时刻，这条消息所起的巨大作用，是无法抹杀和不可低估的，令一些当事者胆战心惊！

无疑，新闻的作用是巨大的！

仅仅事隔两月之后，中央电视台等媒体对洪雅乱砍滥伐的事件，进行第二次曝光，又一次引起巨大的反响。

对第二次曝光的起因与发展，随后在《中国青年报》刊登的长篇通讯《惊心动魄的六天》一文中，记者唐立新对他们的采访经过作了如实而精彩的描写：

早在 6 月，我们中央电视台《经济半小时》节目就接到一些环保自愿者的举报：川西正在大肆砍伐天然林。同时由于忙着抗洪，我们并未十分在意。

到了 9 月份，我们决心不惜一切代价也要把这些祸国殃民的行为揭露出来。

9 月 20 日，我和摄像记者陈艳波来到重庆，联络到 3 位民间环保自愿者吴登明、周虹冰和谢怀建加盟，我又动员一位全国政协委员韦云龙教授，他欣然加入。

我们租了两辆汽车，雇了两名精干的司机，从重庆出发，跋涉 600 公里奔赴我们的目的地：四川省眉山地区洪雅县。

洪雅林场是四川省第一大国有林场，占地 108 万亩，其中天然林 88 万亩，洪雅县西与雅安相接，东靠乐山地区，北面是成都、阿坝，南面是凉山自治州，洪雅可以说是整个川西森林带的"腹地"。

不知什么原因，洪雅县竟然悄悄地被四川省排除在"禁伐令"以外，成为四川西部一个极大的"缺口"。于是全国木材商人秘密云集洪雅，这里的天然林木材价格从每立方米 200 元、300 元、500 元，一直涨到 1 000 多元。林场在暴利驱使下疯狂砍伐，同时囤积居奇，等待着国家全面禁伐后再高价出售。

　　我们以木材商人的身份明察暗访，再加上环保志愿者在此地做过几个月的周密调查，得知主要的原始森林区集中在龙虎荡、燕子岩和长烟岗等地。

　　采伐区是秘密的，外人轻易是进不了山，我们开的丰田车在大山里显得很气派，林场的人竟以为我们是县里的官员，几道关卡轻易通过。

　　中间曾有一辆压路机车挡住去路。车上密密麻麻坐满了穿制服的林业公安，我们紧张起来，吴登明老师和韦云龙老师赶紧下车，又递烟，又套近乎，又说跟县公安局副局长樊强是哥们儿。

　　一交谈才知道，这几位平常就在这条路上靠敲竹杠为生。丢下 100 元钱，我们顺利上山。

　　这天是 9 月 21 日，我们要去的地方叫龙虎荡。进山的道路极为艰难，是一条专门运木材的路。此时我才明白，什么是原始森林：人烟罕至，地势险峻，海拔极高。如果没有集团作战的能力和现代化运输工具，你就是砍了多少树也运不出这茫茫群山。

　　山路越爬越高，盘旋入云，因为上山的时间不对，车窗玻璃上雾蒙蒙积满了水汽，根本看不清路，稍不留心就会滚下万丈悬崖。司机大龙额头掌心全是冷汗……

　　又成功经过两道盘查，终于顺利到了山顶。由于上山整整花了 4 个钟头，到山顶已经是中午 12 点半，砍树人都吃饭去了。转了半天，才看到一群来自绵阳的民工正在山里修路，一位民工告诉我们，年底能把这条路修通，路修到哪儿树才能砍到哪儿。山上的原始林够砍 10 年。

　　一路上，我们看到漫坡都是砍倒下来的天然林，种类大致是冷云杉、铁杉，还有一些国家一、二级保护乔木，如樟楠等。有的剥了皮，有的连枝带叶，堆成一座座木头山，摄像陈艳波忍不住跳下车开机拍摄。

　　正拍着，山上轰隆隆地滚下一根大云杉，呼啸着兜头向我们砸来，直径足有 1 米多。询问伐木的民工，说你们好险啦！这都

是滚木头用的滑道，一般只有上午才能进山，一到下午，四面八
方都往山下滚木头，你们此时上山真是找死⋯⋯

这是一段十分精彩的描绘，同时也不难看出这群"玩命"的新闻记
者，对保护天然林的执著追求和责任感。他们冒着生命危险，寻找真理，
寻找保护天然林的新途径。

他们的举动，客观上，对促进天然林资源保护工程的进一步深化与发
展，起到了推波助澜的作用。

在"一号令"下达后，就有不少人议论：在四川现存的天然林，除了
川西，还有川北；就是川西，除了三州、两市、一地之外，还有乐山、绵
阳、广元等地的一部分县也还有天然林。如果有的被禁伐，有的又没有下
禁伐令，这样搞既不公平，也不好管理。这样做，会引出新矛盾，自讨
苦吃。

事实上，正是如此。洪雅出现的砍伐就是这一问题的具体反映。所
以，"刁钻"的记者正好抓住了问题的症结所在。

四川省林业厅办公室李秘书事后告诉笔者，当时对这一问题，记者起
了很大作用，在新闻媒体的鞭挞之下，省林业厅及时向省领导作了汇报，
副省长、天然林资源保护工程领导小组组长，得知这一情况后，十分着
急。省领导赓即研究，省天然林资源保护工程领导小组于 9 月 28 日下午，
召开了第四次全体会议，决定："全面停止天然林采伐，按国务院关于停
止长江、黄河上游天然林采伐的决定，省政府办公厅发出紧急通知，除了
川西三州两市一地已于 9 月 1 日停止天然林采伐外，全省其他天然林区于
10 月 1 日全部停止采伐。省林业厅正在抓紧搜集资料，编制规划，对天
然林资源保护工程实施方案进行调整。"

尔后，四川省政府于 1998 年 9 月 29 日下发了"二号令"：《关于全面
停止天然林资源采伐的紧急通知》：

各有关市人民政府、地区行政公署：

根据国务院的批示、省政府已决定甘孜、阿坝、凉山、攀枝
花、乐山、雅安从 9 月 1 日起停止天然林采伐，取得了明显的成

效，但工程区外的天然林仍有乱砍滥伐的现象发生。为了维护长江流域生态平衡，保护森林资源，改善生态环境，促进国民经济和社会可持续发展，省政府决定：从 1998 年 10 月 1 日起，在全省范围内所有天然林资源一律停止采伐，严禁任何单位和个人乱砍滥伐、破坏天然林，违者必究，依法查处。

请各有关市、地接此通知后，立即部署实施。

曝光，引出了第二个"禁伐令"！

这道指令震撼巴山蜀水！而且也给"一号令"的执行者，提供了认真执行，全面贯彻国务院批准执行的"天然林资源保护工程"的可靠保障，否则许多人将会浑水摸鱼，乱伐不止。

尽管后来有人否认媒体的作用，但问题的实质和所达到的效果却是有目共睹的。记者的含辛茹苦、秘密探访起了决定作用。依我之见，争论无关紧要，最重要的是唤来了"东风"，唤起人心振奋！

"一令"激起千重浪

在神州大地，人们绝不会忘记 1998 年 10 月 1 日这个值得纪念的日子！

那一天，一道命令在全国停止天然林采伐。从此，千年古树有了生存的希望，有了发展的契机！

那呼声，自然最早起于 9 月 1 日，是从巴蜀大地点燃的希望之火。一月之后，在全国凡有天然林的地方，为了大森林的明天，放下了斧头，将砍树人变成栽树人。

那呼声，继而敦促黑龙江、云南、内蒙古、贵州、重庆、甘肃、山西、青海等一大批省、市、自治区，学习四川，放下了斧头，停止对天然林的砍伐。

黑龙江。大政策拯救大森林。黑龙江森林工业总局经营面积为 1 006 万公顷，是全国最大的国有林区和木材生产基地。在 1987 年木材产量达到创纪录 1 260 万立方米之后，该局产量在 10 年内已削减了一半，然而即使这样的年产量，也是林区幸存的可采资源所无法承受的。

大森林有救了！黑龙江从 1998 年 10 月 1 日起，实施"天然林资源保护工程"，对林业来说真是天赐良机。黑龙江森林工业总局局长邵树云对记者吐出一番肺腑之言。他说，实施"天保工程"后，我们对重点生态公益林实行停伐，对商品林实行大幅度减伐。1998 年总局木材产量为 617 万立方米，1999 年调减至 540 万立方米，2000 年将调减至 419 万立方米。

由于过去"献血"过多，企业受到重创，加之连续 11 年调减木材生产计划，黑龙江总局的包袱越来越重，政策性亏损和福利费超支、灾害损失等挂账近 40 亿元，拖欠职工工资 13.7 亿元。邵局长说，实施"天保工程"，是森林经济走出低谷，走向振兴的大好机遇。我们艰苦奋斗了 10 年的治害兴林大业，从此注入了活力，使我们看到了再创绿色辉煌的希望！

大兴安岭着力保护森林，划出 120 万公顷林地，作为第一批生态公益林保护区和封山育林区，并禁止保护区内一切采伐经营活动。

云南。四季如春的云南，对过量采伐森林所造成的灾害体会很深。云南省政府决定从 1998 年 10 月 1 日起，全面停止金沙江流域 73 个县的天然林采伐，同时全面实施天然林资源保护工程，为云南省实施可持续发展战略和防治长江上游水土流失作贡献。他们思想先行，这个决定是省委书记令狐安、省长李嘉廷 9 月 1 日，在与国务院赴云南生态建设调研组座谈时宣布的。

1998 年，长江流域洪水造成的危害引起了全国人民的反思。党中央、国务院果断决策，提出了治理长江水患的"封山植树，退耕还林"方针。8 月 29 日国务院派出国家林业局、国家计委、国家经贸委、财政部、农业部等部委，组成国务院生态建设调研组深入到云南丽江等地区，就实施天然林资源保护工程、退耕还林等问题进行了探讨。

今后如何举步？

云南省委和省政府认为：由于历史和现实对金沙江流域森林过度消耗，使金沙江流域内因植被破坏导致的水土流失十分严重。目前，金沙江流域水土流失面积达 4.7 万平方公里（仅指云南境内），占流域面积的 42.6%，流域内每年输往长江的泥沙量达 2.6 亿吨。严重的水土流失首先使云南境内金沙江流域泥石流、滑坡、水、旱等自然灾害频繁，给流域内的经济发展和人民生活造成重大危害。该流域内贫困人口达 300 多万，占全省贫困人口的 40％以上。

内蒙古。内蒙古自治区人民政府在日前发出《关于大兴安岭北部原始森林区实施封闭管理的通知》，乌玛、奇乾、永安山区 3 个未开发的规划局，从 10 月 1 日起实行封闭管理。这 3 个规划局属于大兴安岭北部原始森林区，是国家和内蒙古自治区重点保护区，对维护生态平衡和资源贮备具有极其重要的作用。但是，由于管理不严等原因，出现了大量的采金点、采伐点，自然资源被严重破坏，形成火险隐患，生态环境正在恶化。实行封闭管理，旨在改变现状。

山西。1998 年 9 月 25 日，山西省政府雷厉风行，接到中央的指示后，立即作出决定，全省林区一律停止森林采伐。省林业厅首先作出表率，从即日起所辖的 9 大林业局首先挂斧，将砍树人变成护林人、栽树人。同时，要求各林区全面封闭木材市场，现有的木材清理后由省林业厅统一处理。各县市林区也陆续发文，要求各县市林区停止森林采伐的同时，尽快制定对天然林、人工林的保护措施。

青海。素有"江河源"之称的青海省，大力治理江河源头。长江和黄河都源于青海，青海人民为保护江河源头这个"中国的水塔"作了很多努力和贡献。青海为了治理江河源头的荒漠化，青海省委、省政府采取多种措施，在江河源头狠抓草原建设，大搞植树造林，兴修水利电力工程，改善生态环境。

青海省副省长苏林在全省的动员会上说：现在（1998 年 9 月 23 日）起，青海省计划 13 年左右时间，治理水土流失面积 1.4 万平方公里，新增森林面积 231 万公顷，新增人工草地面积 146 万公顷，改良草地面积 214 万公顷，治理荒漠化土地面积 32 万公顷，力争使森林覆盖率达到 5.7％，水土流失、草原退化和荒漠化面积不再扩大，基本遏制住全省生态恶化的趋势。

全国的森林都出现了资源枯竭，采伐量不足的情况，因此林业战线出现"两危"。这一现象并非四川独有，而属全国主要林区共有！

"两危",从 1995 年开始,我国森工系统出现大面积亏损,到 1997 年岁末,全国 1 719 户森工企业中,亏损的已达 1 078 户,亏损面为 62% 以上。在 20 个省中,仅有吉林、内蒙古、云南、福建、青海 5 个区盈利,其余 15 个省区均亏损,森工全行业亏损额共计 6.4 亿多元,企业拖欠 119 万名职工及离退休人员工资、生活费计 24 亿元。

全面停止天然林采伐,是一大举世闻名的创举,是一件大得人心的伟业!诚然,要实现这一工程的最终目的,是要付出巨大的代价的。从木材采伐总量而言,全国木材生产会大幅度减少,整个林业的结构要从根本上进行调整。在产量方面,1997 年,我国国有林区采伐总量为 2 300 万立方米,按国家规定到 2000 年国有林区采伐量减少到 1 300 万立方米,3 年减少 1 000 万立方米。其中,1998 年,国家确定减少采伐 350 万立方米,1999 年减少 300 万立方米,随后逐年减少采伐量。

与此同时,林业战线上的人员也有大的变化,全国将有 100 万林业工人闯新路,转入营林造林,发展经济,保护环境。从某种意义上讲,林业系统将要发生根本性的战略大转移!

任重道远,时代所迫!

封山育林,退耕还林,综合治理,还原青山绿水,任务十分艰巨!一方面原来的森工企业要一改过去的生产生活方式。过去,世世代代生活在林区,习惯于"靠山吃山,伐树运木"的人们,必须改变其谋生方式,一切围绕着保护生态环境,组织林业生产,发展林业经济。另一方面,要完成这样一种变革,仅有他们自身的努力和当地政府的努力是不够的,必须有上级政府的支持和全社会的共同努力,才能达到最终目的。

他们与长江共命运

砍掉森林,把泥沙交给了长江,把寒碜和贫困留给自己——伐木者与山民。

长江,已是一副病体,大量泥沙长年累月,向她倾泻,沙进入体内,形成肠梗阻。更可怕的是,水源涵养遭到破坏,长江的血液日趋减少，以至夏天囊不住腹中的水，冬季缺少滋补润滑的奶汁。唉，不生病才怪嘞！

1998年，长江遭遇特大洪灾之后，还未恢复元气，随之而来的是干旱。自从1998年的秋天到1999年的春天，长达半年之久，上游雨水极少。下游发出了呼喊：长江出现了历史上罕见的枯水，最浅处只有1.8米。长江航运受到严重影响，部分船只从1999年2月25日开始被迫停运。其实，和防洪一样，长江的枯水现象同样不容忽视。枯水也是水患，它对长江生态环境的影响和因此造成的航运损失不容低估。

长江水枯，水位降到了极低点，造成下游地区水源不足，水荒严重。这是矛盾的一个方面。而另一方面，"禁伐令"后引来日后的一连串矛盾。四川，正在准备承受强大的压力！

笔者对这一问题，走访了四川省林业厅产业处余丹副处长。她是一位坦诚活跃的青年。在谈话中，她绝没有那种瞻前顾后、吞吞吐吐的拘谨。她说，森林停采是全国人民的愿望，也是广大伐木工人的愿望。这无论从哪个方面讲，都有着重大的意义。

可是，停采后，许多矛盾从另一个方面反映出来了，我们将承受巨大的压力。首先是企业没有收入，相关的产业几乎"破产"，营林费没有了，地方的"木头财政"也成了空头支票……总之，一系列的问题要我们去解决，一切压力要我们承担。

余丹在说这席话的时候，表面上似乎很轻松，而内心却饱含着许多寒苦。随后，她给我一份材料《四川天然林资源保护工程实施情况——向全国人大常委伍精华一行的汇报材料》。材料是1999年1月6日写的，很长，也很系统，我翻开静静地读着，其中，第二部分是这样写的：

停采后反映出来的问题及建议和请求

天然林资源保护工程是一项功在当代、惠及子孙的事业，人民群众十分拥护，但是随着天然林停采，也出现了值得重视的新问题。这些问题主要是：

（一）地方财政收入减少问题。据统计，停止天然林采伐后，地方财政收入将减少 6.8 亿元，其中直接减少收入 3.8 亿元，间接减少收入 2 亿元，其他减收 1 亿元。甘孜、阿坝、凉山 3 州有 20 个县的财政收入 80％来自木材，最高的甘孜州新龙县林业收入占地方财政收入的 98.3％。天然林停采后，这些县的主要财政收入失去来源。这些地方又是少数民族（藏族、彝族）聚居地，如果解决不好，不仅影响地区经济发展，而且影响民族团结和社会稳定。请求国家加大转移支付力度，或中央财政专项补助解决。

（二）森工企业债务偿还问题。据统计，森工企业在银行借款本息余额达 9.34 亿元。停止天然林采伐后，企业转向营造林，没有收入来源，这些债务将无力偿还。对清理核对确实无力偿还的银行借款呆坏账，请求中央在银行呆坏账准备金中一次性切块解决；对尚未造成呆坏账，但企业又无力偿还的银行借款，请求中央批准实行挂账停息。

（三）林业专项资金减少问题。据统计，停止天然林采伐后，1998 年全省林业专项资金减少 2.48 亿元，其中育林基金收入减少 2.06 亿元。1999 年以后，全省林业专项资金将减少 4 亿元以上。全省育林基金支撑的 4 835 个林业科技推广站、林业科研所、乡镇林业站、木材检查站、病虫害检疫站、种苗站等单位的 31 140 名职工的工资性支出及业务经费将失去来源，护林防火工作等整个林业建设体系受到严重影响。请求国家在项目安排上继续给予支持和倾斜。

（四）相关工业企业和林农生产生活问题。据初步统计，全省受天然林禁伐影响的工业企业 1 172 家，涉及职工 15.4 万人，影响工业产值 26.1 亿元。全省林农每年减收 15 亿元，其中西部地区每年收入减少 12 亿元。请求国家安排一定的专项贴息贷款和以工代赈的办法，用于结构调整，发展多种经营，开辟新的财源，增加农民收入。

（五）森林管护和造林成本偏低问题。四川天然林大多分布在川西高山峡谷地区，人均管护面积大，战线长，国家规定的森林管护成本不包括建站费。川西地区气候寒冷，苗木培育周期长（一般为 4～5 年），成本高，人工造林每亩苗木费高达 100～120 元。国家《实施方案》中规定的人工造林成本每亩 110 元，只能满足苗水费需要。川西造林地大多是干旱干热河谷，高寒和陡坡地带，造林难度相当大，成本高，一般每亩需 400 元以上，有的高达 550 元以上。为确保天然林的有效管护，建议森林管护费按财政部新近规定的每人每年 12 000 元投资，为确保营林造林任务的完成，建议造林按《长江、黄河流域生态环境林业重点治理工程方案》中规定的成本标准每亩 220 元执行。

（六）林地管理问题。1998 年国务院 8 号明传电报下发后，我省各地均已冻结征占用林地。但随着国家加大基本建设投入，我省高速公路建设、成昆铁路电气化改造、水电站建设、二滩输变电线路建设等重点工程以及乡村道路等公益设施建设相继开工，征占用林地采伐林木不可避免。建议按规定履行征占用林地手续，缴纳林地补偿费。

（七）森林生态补偿问题。我省已全面停止天然林采伐，转向森林管护和公益林建设。但这些森林资源只有生态和社会效益，主要是为了保护水土、涵养水源，造林营林的投入无法通过市场交换得到回收和补偿。建议国家按照《森林法》关于设立森林生态效益补偿基金的规定，尽快出台生态补偿的有关办法和标准，形成社会公益事业社会办的投入机制……

从以上的 7 项中，不难看出，天然林停止采伐后，在相当的一段时间内，四川要承受着巨大的压力。在财力上，一方面受到重大损失；另一方面在营林护林上还要支出相当大的金额，才能把停采后的若干事办好。可见其难度与困难是巨大的。

我合上这份汇报材料，思绪联翩。从材料中，不难看出另一方面的问题。如果我们算几笔账，看一看，采伐天然林，为人类、为中华民族造成的损失，是十分惊人的，留下的隐患也是十分惊人的！

采伐了半个世纪，花费了大量的人力物力，当然为国家的"三线"建设和几条铁路的建设确实也作出了贡献。但是，从经济效益上看，成绩与后患相比较，绝对是得不偿失！

那一天，和余丹小姐的谈话，在诸多方面都作了一些探讨。她说，在今后的公益林、生态林的营造上，应该是采取多种渠道才能生效。中央每年给 4.8 亿元，省上每年还要拿出 10 亿多元，资金仍然紧张。如果国家将来没有投入怎么办？按照《森林法》的规定，必须建立一个完整的森林保护体系才行。上游保护，下游受益，下游用水应该付出代价，就是说，下游应拿出部分钱，拿到上游搞生态林建设。我们得力于这一代领导人高瞻远瞩，把后人的利益也考虑进去了，所以下决心停止天然林采伐。今后如何搞？国家还得要有个长远之计，把规章制度变成现实，正常运转。在国外都实行有偿用水制度，在我国黄河流域也正在转换机制，实施有偿服务。

这席话，是从余丹的巧嘴里说出来的。也许有人会说，她是站在管理部门的立场上提出来的。其实，普通的百姓也有同样的主张。

这个意见是一个合理的意见，保护天然林，是个长远工程，应该有长远的规划，长远的规章制度，才能长效。否则，谁也不敢打包票。哪一天，慌慌了，又会有人抡起斧头砍伐天然林！

世 纪 的 转 折

高耸的大山如同屏障，把 10 万林业大军围在其中。在高原野岭，消息闭塞，交通不变，仿佛与世隔绝。在浩如烟海的山林间，唯一与外界相接的是微弱的电磁波——无线广播电台。"禁伐令"下达的声音，对围困在高原的森林工人来说，最早就是从四川人民广播电台听到的。

1998 年 8 月 24 日，马尔康林业局 206 场大水沟工段伐木工人、全国五一劳动奖章获得者唐松，刚吃过午饭，安闲地坐在山岩上歇息，身边放着一架老式收音机，忽然从收音机里传来一则消息："本台 8 月 24 日讯，四川省人民政府今天发布公告，从 9 月 1 日起，阿坝、甘孜、凉山和攀枝花、乐山两市及雅安地区将全面停止天然林的采伐，并关闭木材交易市场……"

已有 20 多年工龄的唐松的神经末梢，仿佛突然遭到强刺激，他愣神了，呆了。他久久地望着收音机，怀疑自己的听觉是否发生故障，随即他双手捧起收音机，放在耳边，可消息已经播完……

此时，马尔康林业局的全体工人以及川西的 10 万林业工人都在同一时间，收到了同一则震撼人心的消息！

这消息真实无疑！一时间，唐松横竖觉得不是个滋味。他自从进山伐木，在寂寞荒凉的林海里，他度过了青春年华。他一向巴心巴肝地干活，日里夜里，浑身是劲。他那双像钢钳一般的手。灵活有力，抢斧头，举油锯，去枝桠，利索而又高效。他伐木，曾经一月创过 300 立方米的最高纪录。然而，工人的工资却很低，一月只有三四百元，长年累月生活在深山老林，劳动强度大，生活艰苦，唐松从无怨言。

他也十分清楚，树砍了一棵就少一棵，砍了一片就少一片，长此砍下去，大片大片的原始森林消失了，山空了，生态环境受到严重破坏，他于心不忍呀！特别是 1998 年长江泛洪水，中下游人民遭殃，实在是一件令他伤感的事。

这位年已 45 岁的中年汉子，面对滔滔洪水，面对以血肉之躯与洪水搏斗的百万抗洪大军，感到一种强大的压力，感到内疚。他叹息道："长江的洪水跟我有关，我破坏得太多了。"

面对百年罕见的洪灾，全国几百万伐木者在"自责"。马尔康的全国劳动模范唐松在叹息；远在东北一位全国劳动模范马永顺，遥相呼吁，也发出了同样的叹息声。

提起马永顺，在全国是无人不知，他的事迹，曾经在群众中广泛流传，多次见诸报端。

头发已经斑白的马永顺，作为一代伐木工人的杰出代表，在深山艰苦奋战的几十年里，亲手砍树 36 000 棵。在 1982 年后，他放下斧头，带领全家，在他的晚年又栽树 46 500 棵。

这是个奇迹！

马永顺与森林结下了不解之缘，砍树与栽树，毁灭与新生，在他的林业生涯中，应该说是平衡的了。面对嫩江、松花江的特大洪水，他却依然在深深自责！

1998 年 8 月 31 日，正在黑龙江考察灾后重建工作的国务院朱总理，紧紧握住已是 85 岁高龄的马永顺的手，称赞他一生干了两件好事：当国家建设需用木材的时候，是砍树英雄；当国家需要保护生态环境时，是栽树的豪杰。并指出全国人民都应该学习马永顺生命不息、种树不止的精神，为子孙后代留下青山绿水的锦绣河山。

马永顺面对朱总理的赞扬，说道："我搞了一辈子林业，砍了多半辈子树，我知道树砍光了存不住水，洪水一来损失大呀！只要人人都来种树，我们国家一定会大有希望。请总理放心，我一定会造林不止。"

在厚重的历史功劳簿上，记录着马永顺辉煌的一生。从共和国诞生开始，他就是一位先进的伐木工人，他先后发明了"四季锉锯法"、"安全伐木法"等等。这些有效的技法，不但解决了伐木的安全问题，而且提高了劳动工效。当时，国家规定林业工人一天的工作量是 2.5 立方米，马永顺拎着自己发明的"歪把锯"，一天锯倒原木 22 立方米，创造出一个冬季伐木 1 200 立方米的纪录。他和以他的名字命名的"马永顺作业组"，走到哪里就把红旗插到哪里。

马永顺作为林业战线上的英杰，他先后 14 次光荣地受到毛主席、周总理的接见。他还清楚地记得，在 1959 年召开的全国群英会上，周总理亲切地握着他的手说："小马同志，林业工人不但要多生产木材，支援国家建设，还要多栽树，实现青山常在，永续利用。"

心有灵犀一点通！从那时起，马永顺记住了周总理的教诲，每天清晨赶在正式开工之前，栽几棵树；中午，休息时他不休息，栽几棵树；下午，他晚收工，再栽上几棵树。就这样，他日积月累，常年栽树不止！

森林"禁伐令"发出之后，引起了全社会的强烈反响！那反响来自各个方面，各个领域，呼声之大，吼声之强烈，是历史上罕见的！

共和国走过了半个世纪的历程。道路是曲折的，人们的思维也是曲折的。人总是在教训中觉醒，时代总是在挫折中前进！

共和国的本届政府首脑，高瞻远瞩，在困难重重之中肩负重任，一声令下，对天然林实行全面停采，如此气度与决心，无疑是罕见的、史无前例的！

林业是很重要的产业，在经济社会发展中始终处于优化环境、促进发展的地位。江泽民总书记十分关心林业的发展与生态环境的保护。他曾多次指示：“要抓好植树造林，绿化荒漠，建设生态农业”，“再造山川秀美，促进经济发展”。

1997 年 9 月，在北京召开的党的第十五次全国代表大会上，又将“植树种草，搞好水土保持，防治荒漠化，改善生态环境”，写进了大会报告。

1999 年 3 月 13 日下午，在人民大会堂举行的全国人口、资源、环境工作座谈会上，江泽民总书记指出，促进我国经济和社会可持续发展，必须在保持经济增长的同时，控制人口增长，保护自然资源，保持良好的生态环境。这是根据我国国情和长远发展的战略目标而确定的基本国策。江泽民同志在讲话中指出，必须从战略的高度深刻认识处理好经济发展同人口、资源、环境的关系的重要性，把这件事关中华民族生存和发展的大事作为紧迫任务，坚持不懈地抓下去。今年要进一步加大工作力度，努力取得更好的成效……

国务院总理朱镕基在抓环境保护、禁止砍伐天然林上的指导思想是富有远见卓识的，而且始终不渝，一抓到底。

人们盼望已久的天然林保护工程的实施，正是以江泽民同志为核心的党的第三代领导集体的英明而果敢的决策，也是我国林业发展进程中的里程碑，是具有重大意义的历史性转折！

这项跨世纪的宏伟工程，将对中国乃至全球产生重要的影响，对国民经济和社会发展具有重大的现实意义和历史意义！

是的，这项工程，引起了众多的国家和地区的关注，先后有美国、日本、英国、法国等国家的新闻媒体的记者深入四川采访。还有一些国家的媒体发表文章和评论，赞扬中国的这一重大举措。

美国洛杉矶一家报纸在《全面保护天然林有利中国减轻灾害》一文中写道："伐林开辟农田，填湖造陆增加农田，如此做法，既违反生态平衡的自然规律，也忽略'欲速则不达'、'揠苗助长'的传统教训。""全国全面性停止砍伐，全国全面性造林，则10年、20年后，中国大陆生态环境必获得改良，水土流失减少，天灾自然减轻。"

第十章　龙的觉醒

教训！是深刻的！人，往往不碰得头破血流是不会觉醒的。

人类对森林资源的肆意索取，吃了大亏之后，才开始亡羊补牢。可这一教训所付的代价太大、太昂贵。森林大量被砍伐，所带来的恶果，也许还没有完全显示出来，更大的灾难还在后头哩！

经过1998年长江特大洪灾的洗劫，现在中国人正在反省，重新思考人与森林、人与自然如何共同生存、和谐发展！

大 山 的 回 声

中国人用泪水送走了洪水，用呼声唤起了龙的觉醒。

天然林大部分已被毁了，新的林子能不能建成？这是全国人民最关心的大事。

1998年10月22日，一支由国家科技部组织的专家聚集成都，对"治理和重建长江上游生态环境，保持流域经济与社会可持续发展"进行了研讨。这是一次高层次的磋商，直接关系到长江的未来，关系到长江的命运。

专家组是一支庞大的学科齐备的队伍。国家科技部、国土资源部、中科院、林业局、环保总局、水电部以及中国21世纪议程管理中心的六十多名专家学者在会上畅所欲言，他们将智慧与决心通通掏了出来。

专家们就长江上游环境变迁、生态重建示范和流域可持续发展等一系列重大问题，从宏观到微观，从基础理论到可操作实践，提出了宝贵的建议。他们认为，长江流域尤其是上游地区，由于特殊的地质地理环境，以及人类活动不断对流域资源、生态环境的破坏，致使流域生态环境日益恶化，洪涝灾害频繁上升。面对 1998 年夏天洪水造成巨大的经济损失，以多学科交叉融合和相互渗透为特色的长江流域生态重建与可持续发展研究，成为当务之急。

国土资源部的专家说，9 月 1 日四川停止天然林采伐，是一个历史性的贡献。

应该说，四川的"贡献"还在后面呢？

四川森工企业十多万大军，裁去大部分人员，余下近 5 万人，他们的任务重大而艰巨。半个世纪无限制地采伐森林的过失，要他们来补偿，要他们来重建，给光山披上绿装，恢复长江上游的生态植被。这是历史性的大转折。

砍树容易，栽树难呀！

新年伊始。1999 年 1 月 29 日，由四川省林业厅召开的全省林业工作会议上，厅长曹正其在《认清形势，抓住机遇，为实现跨世纪林业发展目标而努力奋斗》的报告中，开门见山，语重心长，讲了许多鼓舞人心的话。他说："世纪之交，以实施天然林资源保护工程为标志，我省林业建设进入了一个新的全面发展阶段。党的十五大就保护发展森林资源，改善环境和农业生产条件作了重要阐述，进一步明确了林业在国民经济和社会可持续发展中的战略地位。党中央、国务院的有关文件，把'封山植树，退耕还林'放在治理水患的首位，对生态环境治理进行了全面部署，为我国林业跨世纪发展指明了方向和目标。林业的地位从来没有像现在这样高，林业建设的投入从来没有像现在这样多、这样大，各级党委政府和社会对林业建设从来没有像现在这样重视、这样关注。可以说，林业面临着前所未有的好形势和发展机遇。在我们面临发展机遇的同时，也面临着严峻的挑战和困难。巩固天然林停采成果，完成公益林建设任务，提高林业经济效益，实现绿化全川目标，任务非常艰巨，困难相当大。我们必须充分认识机遇、把握机遇，同时要正视困难，克服困难，千方百计把我省林业工作搞好。"

对于全省森工企业未来发展的前程，曹厅长是充满信心的。按照全省的规划，只要一步一步地走下去，未来的川西，一派翠绿就在眼前。他说:"面对新世纪,我省林业建设指导思想和基本思路是:坚持一个思想,围绕一个目标,抓好三个工程,加大三个力度,提高一个效益。即坚持绿山富民奔小康的指导思想,围绕绿化全川的目标,突出抓好天然林资源保护、生态环境治理、退耕还林三大重点工程,加大分类管理、科技兴林和依法治林的力度,努力提高林业的综合效益……"曹正其在长达万字的报告中,特别引人注目的有两点:合理规划公益林,大力建设商品林。总之,四川全省森工系统的发展前景美好,令人鼓舞!

具体而言,实施天然林资源保护工程后,四川人民精诚团结,提出了"停、造、转、保"一整套思路,要把砍树人变为栽树人。

首先是"造",即森工企业的人员主要精力放在森林管护和公益林的营造上,全省齐心协力,计划从 1998 年 9 月 1 日至 2010 年,每年营造林 14 万公顷,封山育林 69 万公顷,森林抚育 28 万公顷。这一决策是英明、果断的!要达到这一目标,决定 3.8 万名职工将手中的斧、锯,换为护林植树的锄头、铁锹,企业实施新体制——竞争上岗。

其次是"转",即转产分流人员。森工企业的主要活动天地在高原,他们的优势也在高原,新的发展同样离不开大山、大水。28 个重点企业,除了管护森林、营造公益林外,还有更理想的天地,那就是将有 5 400 人,陆续转向种植、养殖、森林旅游等产业的开发。这支队伍也许更富有活力和价值。

四川人在外省口碑最好的是:勤劳、朴实、能吃苦。只要有这种精神,完全能在绿化荒山的事业上,大显身手,给大地披上绿装,从而改变贫穷落后的面貌。

在绿化荒山这一点上,自从实施天然林资源保护工程后,蜀人的积极性被猛然调动起来了。

绿化荒山不是梦!

中国人自古就有植树的优良传统和习惯,而且许多文人墨客对植树颇具新奇的观点。早在春秋战国时代,政治经济学家管仲说:"一种小获者,树也。"他主张:"一年之计在于树谷,十年之计在于树木。"汉朝史学家司马迁在《货殖列传》中说:"种树千株可胜侯。"他认为一株经济树木可得效益，相当于一个劳力收入。东晋时期，田园诗人陶渊明爱柳如痴。他因不满当时朝政而挂印归田，遁隐躬耕，二十年间与柳为伴。他不但在隐居地遍栽柳树，还特意在门前栽了五棵，自号"五柳先生"。并写下了"木欣欣以向荣，泉涓涓而始流""榆柳荫园后，桃李罗堂前""萦萦窗下兰，密密堂前柳"等名句。唐朝诗圣杜甫酷爱植树种花，十分看重环境的绿化和美化。他弃官隐居成都西郊浣花溪畔，营造草堂，大搞绿化。为索取优良树种苗木，他曾写《凭何十一少府邕觅桤木栽》《诣徐卿觅果栽》等诗篇，其中有"奉乞桃栽一百根，春前为送浣花村"等名句。在他的苦心经营下，草堂处处绿荫如盖，鸟语花香，有诗云："万里桥西一草堂，百花潭水即沧浪。风含翠篠娟娟净，雨裹红蕖冉冉香。"

植树爱树，绿化造林，是中华民族的美德。古代许多有识之士很重视植树造林，留下了许多好的民风与佳话，写下了不少赞美树木的诗词歌赋和佳句，有的还成了脍炙人口的千古绝唱。

历代朝廷把植树视为一种财富。北魏规定，每年一农夫要"种桑五十树、枣五株、榆三根"。唐朝颁行的租庸法，在授民田中，对每个农民专门授 20 亩土地为永业田，"树以榆、枣、桑及所宜之木"，从而起到富民强国之效。

四川是个荒山荒坡较多的省份，群众素有植树的技能，而且涌现了众多的绿化先进典型。

在四川的森工企业中，地处大雪山的夹金山林业局，是最早"森工转营林"的企业。早在 20 世纪 50 年代末，森林资源就出现枯竭，该局领导富有远见，着手营林造林，并建立了"营林处"。60 年代转变方向，全力以赴，植树造林，将森工局变成了营林局，将管护的 17 万公顷国有林地，全部绿化。30 多年来，他们矢志不渝，坚持正确的方向，夹林局已成为四川，乃至全国森工转营林从而走出困境的先进典型。我于 1989 年前去采访，看到昔日的光山荒岭，全部披上了绿装，深受感动，发表了中篇报告文学《魂系夹金山》，颂扬他们的可贵精神。

地处川南的珙县，也是"全国造林百佳先进县"。该县群山逶迤，树木郁郁葱葱，人盛苗丰。这个县 50 年代绿水青山，全县森林覆盖率高达

49%。可在六七十年代，由于大肆毁林开荒，森林覆盖率降到 8.5%，水土流失严重，群众生活贫困。70 年代末，全县人民奋起植树造林，共造林 70 多万亩，眼下他们已把森林当作宝贝疙瘩，看作自身生存和发展的不可缺少的财富。全县森林覆盖率达 46.2%，活立木达到 230 万立方米，相当于营造了一座价值 25 亿元的"绿色银行"，每户农民年收入 8 000 元，全县群众已经奔上小康之路。

在天府之国，除森工企业和国有林场植树护林外，在改革开放以来，各地都实行了不同的林业政策，采取承包、租赁、拍卖荒山、荒坡等一系列灵活多样的办法，旨在动员村民搞绿化，发展经济林木。

近几年，在四川特别是实施"天然林资源保护工程"的前前后后，全省许多有经济头脑的企业家，看准发展林业的好势头，举巨资，投向荒山荒坡，涌现了投资热潮。

在他们中，一批造林大户随之涌现。江油市一家私营公司的业主胡云江，近年投资 1 000 多万元，在郊外 20 公里的大匡山开荒斩棘，历经 3 年，建起一座面积达 2 000 多亩"速生高产白果基地"及 60 亩地的白果种苗基地。也就是这个市的另一位名叫刘安富的夫妻俩，在 1994 年投资 130 万元，承包荒山 500 余亩，兴建森林公园，吸引了不少游客。他满怀信心地对游客说："几年以后，我们的收入还会迅速增加。"

在凉山州的西昌市，当人们大肆砍伐天然林、大吃森林的"好处"时，却有一位名叫胡孝怡的有志之士，他把目光投向荒山。他在他的家乡租赁荒山数千亩，植树造林，如今已成林郁闭，成为全省的先进典型。

位于川南偏僻山区的古蔺县，有一个大户买断种植 5 000 多亩人工林，投资已经上千万元，决定大力发展林业。

在四川，这类典型不胜枚举。

峨边彝族自治县地处小凉山区，幅员辽阔。自天然林停采后，对全县 10 万亩"四荒"（荒山、荒坡、荒地、荒滩）地，实行使用权拍卖造林，既盘活了集体和国有闲置的资产，又加快了绿化步伐。在严峻的形势下，县委、县府变压力为动力，摸索出"以林养林，以水办电，以电兴工，以工建农"的发展思路。购买者不分地域、单位、个人和身份，并鼓励党政机关、事业单位各级领导带头购买。由于这一指导思想深入人心，不到 3 个月，全县 10 万亩荒山拍卖完毕。这个县还有一个先进典型——五渡镇，从 1981 年至 1997 年，仅仅 16 年的时间造林 6.5 万亩，森林覆盖率达到 70％。

时下，在四川已兴起声势浩大的"绿色工程"，只要坚持下去，希望的曙光将会到来！

呼 唤 新 机 制

长江的大水已经退去，但洪水肆虐的情景，百万抗洪大军英勇奋斗的事迹，至今还萦绕在人们的脑海中。

肆虐的洪水冲破了一道道堤坝，也唤醒了中国人。政府首脑在沉思，科技工作者在沉思，受灾地区的人民也在沉思。大家都在极力探索其成因何在？万里长江，今后还会不会再发生洪水？

长江水患，从 1998 年的情况表明，其特点是与山、江、湖、林有着十分密切的关系。它们是共同存在的，又是相互关联相互依存的。倘若山、江、湖、林失调，就会出现洪灾水患，造成流量不长而水位却屡高的状况。所以治水之本，在于治山，山是水土流失之源。治山、治江、治湖又在于治林。这个"生物圈"是一个整体，一个相互依存、相互制约的整体。

生态环境的建设与保护，是一项事关大局、极为复杂的工程，具有综合性、艰巨性和长期性的特点。说它具有综合性，就是因为它关系到局部和整体、当前和长远，涉及上游与下游，涉及山、江、湖、林诸多方面。整治江河是个系统工程，而且要一年接一年，一代接一代，坚持不懈地干下去，才能取得成效。

水利工程专家、中国工程院院士郑守仁还说，整治江河是系统工程，包括：防治江河洪涝灾害；开发利用江河水资源，其中有发电、灌溉、航运、供水、旅游、水产；流域水土保护、植树造林、保护植被、水源保护、生态环境保护，等等。

中科院成都分院生物所刘照光教授根据中国的国情，提出另一个主张："治水先治山，治山先治穷。""但治山与治穷如何做到并行不悖、兼得其利？我们接触的不少地方领导对此还一脸茫然。从9月1日起四川省实施天然林保护工程，甘孜州、阿坝州、凉山州、攀枝花市、乐山市和雅安地区10万森工放下斧头，许多地方的'木头财政'马上面临瘫痪危险，于是我们读到各地要求补贴的详尽报告，但谈起出路与对策，却不得而知。"

刘教授有一肚子的治山、治水、治穷的"真经"。40年来，他跑遍了川西的山山水水，1979年他根据自己掌握的第一手资料，提出了长江上游生态保护问题，1987年，他在阿坝州茂县组织创建生态实验站，并已取得一系列的成果，指导山民走上富裕之路，他被山里人誉为"科技财神"。无论在什么场合下，他都大讲特讲他的主张："我认为治山治水要念真经！"

随着人类文明的发展，当今世界各国已经把整治江河列为各国国土整治的重要组成部分，并把整治江河作为一项系统工程。北美洲最大的河流密西西比河是用系统工程整治江河的突出例子。密西西比河是世界上第四大河流，流域内居住美国近一半人口。这条河曾经也是一条多灾的河流，美国人经过长期对河干支流、干流堤坝的修建和加固等综合治理，到现在可防御百年一遇的洪水。

经过肆虐的洪水的教训，中央领导十分重视，群众也十分拥护中央的决策。如何治理呢？根据中外的可行的经验，要治理长江就必须呼唤新的机制。长江上游天然林停采一事，上游要承担起前所未有的因产业结构调整所带来的强大的经济压力。如何在产业调整中避免新的生态破坏，新的矛盾的扩大，仍然是一个不能回避的大问题。就长江而论，从上、下游的关系来看，受益主要是中下游经济比较发达的地区，而承担着巨大经济压力的又是上游经济比较贫困的地区，这就形成一对矛盾。如何建立起新机制，调动上游人民群众保护天然林的积极性，是一个亟待解决的问题。

倘若没有新的机制，就很难唤起全国人民的积极性，即使有"齐天大圣"的本领，也难保一方造林护林的成功。

1998年11月7日，《中国环境报》记者成亚威所写的一篇文章中，对于这一问题说得有道理，也有分寸。文章说："权威人士指出，要建设与保护长江等流域的生态环境，防止新的生态破坏，关键就是要建立机制上的保障：一是建立环境与发展综合决策机制，强化对区域经济社会发展规划及资源经济政策的管理，实现资源开发建设与生态环境保护的协调发展，避免因重大决策失误而造成生态破坏和对环境的不利影响。二是要明确各级政府建设与保护生态环境的职责，定期进行考核。三是要形成生态环境统一监督管理和部门管理相结合的体制，进一步加强环境保护部门对资源利用部门在资源开发与环境保护上的统一监督，加强对各类自然资源开发建设活动的管理，严格执行环境影响评价制度，建立生态环境补偿机制。四是加强法制建设，完善生态环境保护立法，加大生态保护监督力度，用法律的手段来调节在生态环境保护与经济社会发展中产生的利益矛盾。五是要抓紧制订国家生态环境保护战略纲要和全国生态区划，以指导各地经济、社会与环境协调发展；还要制订流域性、区域性的生态保护规划与对策，综合考核植树造林、水土保持、防治沙漠化、草原保护和自然保护区、濒危物种繁育基地、生态示范区、生态农业、生态监测网络的建设，把各地各部门的力量拧成一股绳。当前，要在长江等江河源头抢救性地建立一批特殊生态保护区。同时，还要切实增加生态保护资金投入，加大生态环境保护宣传教育的力度，提高全民族的生态意识。"

专家们的意见非常适合我国国情。他们说，在建立这样的机制中，最重要的是"综合决策机制"、"补偿机制"和加大"资金投入"，要把治理长江、黄河都看做是全国人民的大事，而不只是上游人民的事。这一观念的转变是一次重大的变革，应动员各方面的力量，促进这一变革的转化，而不能时过境迁，待到新的灾难发生时，再来忏悔，那就悔之晚矣！

但愿这种新机制能在神州兴起、推广，能在今后的实践中取得显著的、让人开心的成效！

同唱"天地浪漫曲"

"人与自然——迈向21世纪"，成为举世瞩目的中国'99昆明世界园艺博览会的主题。

这一主题不是人们随心所欲提出来的，而是表达了当今世界 60 亿人民的心声！

1999 年 5 月 1 日，在这个普天同庆的国际劳动节的大好日子里，昆明世博会正式拉开了帷幕。

位于春城北郊风景区的世博园，今天成了鲜花汇成的海洋，绿色装点的世界，五洲宾朋欢聚一堂的乐园！

今天，昆明春光明媚，晴空万里，风和日丽。以云南特产珍稀动物金丝猴为世博会的吉祥物的"灵灵"，手持鲜花，站在世博会的大门口，笑容可掬地迎候在这里。身着民族服装的青年男女，载歌载舞欢迎来自 96 个国家和组织的一千多名外宾，以及来自全国 31 个省市区和云南各民族的群众 2 万余人。

共建我们的美好家园！

一个共同的呼声和目标，汇集了世界的名树、名花、名草 2 000 多种。这些植物与花卉，展示了世界各国在园林、园艺和环境保护等方面所取得的成果，表达了人类希望和自然和谐相处的美好愿望！

国家主席江泽民出席了开幕式，国务院副总理、世博会中国组委会主任李岚清致开幕词。他说，在即将迈入 21 世纪的今天，历史赋予了我们神圣的使命。人类只有一个地球。尊重自然，就是尊重人类自身；保护生态，就是保护我们赖以生存的家园。为了我们自己，也为了我们的子孙后代生活得更好，为了把我们共同的家园建设得更美好，我们呼唤和平相处，呼唤人与自然携手共进，呼唤在重视发展的同时，重视环境保护，实现新世纪的可持续发展。这就是本届博览会举办的宗旨，也是中国政府所致力的目标。这届博览会多姿多彩的园林艺术，将向世界展现"人与自然"的和谐相处的优美画卷。我们相信，世博会的举办将进一步促进世界各国人民的相互了解，增进友谊和合作，谱写人类"尊重自然，保护生态"新的篇章！

是的，这是一曲人与自然的和谐的乐章！

奏起这曲和谐乐章——天地浪漫曲，需要亿万人民的共同心声，共同努力，共同奋斗！

保护生态环境，共建我们美好的家园，这是人类的共同愿望！

如今，我国的经济虽然有较大发展，可毕竟还不富裕，要拿出更多的钱，支持发展林业，实施天保工程，有一定的困难。按照《森林法》的有关条款，把林业建设纳入社会化，得到社会多方面的支持，确实有必要，而且也有众多的人在着手这样做。

呼唤新的机制，动员方方面面的力量投入治理江河，保护生态环境，全国人民会拥护和支持的。在四川天然林资源保护工程实施不久，便接收了来自秦皇岛市沈敬波的第一笔捐款。同时，他于1998年9月20日，还给四川省政府写了一封热情洋溢的《关于森林的一封信》，充分表达了他热爱森林的情感。

尊敬的省长先生：

地质学上讲，长江中下游是冲积平原，也就是说，中下游的每一寸肥沃的土地都是由上游千百年来冲积而成，通俗而言，长江源头和上游是中下游平原的"祖宗"。

像人一样，如果晚辈恪尽供养职责，那么长辈必然健康长寿；而晚辈如果是不肖子孙，不尽供养职责，那么长辈只能是贫病交加，揭瓦卖梁亦属无可奈何。

在1978年以前，上游和中下游地区生活水平的差距不超过30%，而20年后的今天，这个差距已难用百分比来衡量，说相差悬殊亦不为过。自然方面而言，长江洪水的落差越来越大，经济方面而言，上游和中下游人民生活水平的落差同样是越来越大。

专家指出，此次特大洪水与长期以来上游植被的破坏和森林的过量采伐有直接的关系，而事实上，这种情况的加剧恰恰与上、下游之间的差距逐渐拉大成正比关系。

当各界人士及媒体同声谴责上游乱砍滥伐森林的时候，哪些人在做深层次的思考呢？人人都有过幸福生活的权利，上游的林木采伐多数仅仅是维持基本的生活，山民以树木作燃料是因为实在没有可替代之物，当他们用上清洁方便的天然气时，鬼才相信他们还会上山砍柴！当中下游地区品尝着经济高速发展，生活水平大幅度提高的"甜果子"时，他们想到过曾为他们做过无私奉献的上游吗？可曾想过应对上游承担的责任？

近年来，黄河断流的时间越来越长，最长达半年多，原因在于上游的极度贫困而导致天然林的破坏，从而使水分失去了涵养的载体，造成雨季洪水迅速倾泻而下，旱季长时间断流的恶果。而长江上游如果再长时期的贫困下去，植被及森林的恢复就是一句空话，长此以往，不仅未来洪水越来越大，而且长江断流亦并非天方夜谭。到那时，上下游都只有共同吃"苦果子"的选择了。鉴于此，中下游发达地区在倾力重建家园的同时，也应该反思一下：下游对上游负有什么样的责任，应该为上游做些什么？残酷的事实已明白地告诉我们：下游帮助上游就是帮助自己，不回报上游的奉献就是自毁家园，当上中下游的经济发展及社会水平差距逐渐缩小的时候，也就是长江水患必然逐渐平息的时候。

这场让人们险遭灭顶之灾的特大洪水，让我对长江源头和上游地区怀着崇高的敬意。你们千百年来对中华民族作出了奉献，承载了特大的压力和苦难，有绝对的理由得到下游的回报。

我是沿海最下游地区的普通一民，我愿以我的觉醒唤起人们对上游的关注。我从我微薄的收入中拿出 200 元，请将这一滴水汇入上游森林的恢复工作中，并以此祭奠离人类越来越远的自然之灵！

愿四川长江上游的人们都尽快过上好日子！

秦皇岛市　沈敬波

一九九八年九月二十日

沈敬波先生的创意、举动不同凡响！他站得高看得远，有气度有深度。当洪水泛滥，灾星降临，大家齐声指责长江上游的伐木者时，他却在进行深层次的思考，提出了自己的主张，并献上 200 元人民币以表诚心。他的举动令人钦佩！

正当沈敬波等一批热心肠关注长江上游的时候，又有一批"志愿者"在为长江、黄河的安危而奔波。

1999 年 5 月 4 日下午，我在四川日报编辑部接待了一位将一生奉献给研究地质、研究生态环境的中国科学院成都分院研究员张文敬。他风尘仆仆，刚从首都归来，就向新闻媒体报告了一则振奋人心的好消息。

张文敬是一位中年科研人员，身材高大，精力充沛，事业心很强。他坦诚地对笔者说，我在北京，同热心于环保事业的朋友、军旅作家金辉，以及环保志愿者杨欣通过共同磋商，策划了一项重大活动，考察长江源头，并在母亲河的源头竖一块碑。

他们将自己睿智的目光投向母亲河——长江之源，其目的是广泛唤起人们保护生态环境的意识。对此，他们充满信心和决心。

他们本不是一条战壕里的战友，怎么能相聚在一起呢？

张文敬说，1998 年，在全国有一批好汉，自愿组合，考察了世界上第一大峡谷——雅鲁藏布江大峡谷。"我们在无人区核心区，一同进行的科学考察中，我任瀑布分队队长，金辉任副队长。后来由 500 多名两院院士投票评选的 1998 年全国科学进展十大新闻中，无人区徒步科考被列为第二。其中，关于无人区冰川考察，瀑布群科学概念的提出，成片天然野生红豆杉的发现，就是我们瀑布分队的主要科考成果。在艰苦的徒步穿越科考中，我们配合默契，相互尊重，合作甚佳。虽然辛劳，但都十分愉快。我们就是这样为了一个共同的目标而相识的。"

在谈完他们新的打算后，张文敬递给我一份由金辉撰写的《长江源碑记》初稿。我接过后，阅读了全文：

高乎壮哉大江源！夫北纬三十三度二十五分二十秒、东经九十一度零九分五十五秒，黄海高程系五千四百米，世界屋脊腹心之格拉丹冬雪山姜古迪如冰川，乃万里长江之正源也。

稽远古之世，臆洪荒之震，沧海揖，高原起；冰雪涣，涓源展，山川生焉。至乃沱沱挟唐古拉之皓雪，通天驾莽昆仑之长风，金沙惊越横断，川流险破三峡，荆河衔洞庭，九江揽鄱阳，滔滔然六千三百八十公里，曲终扬子始与大洋共潮汐。坦坦荡荡，不舍昼夜，殆千万载矣。斯之谓长江，真长流之江也。

第浩水贯百川，若敷神州血脉；巨龙横九州，似表华夏图腾。更喜支流万派，布干如花树；镶湖千泊，缀翠犹撒珠。近二百万平方公里之江域，雄踞中华江河之半壁。龙盘云护，气岸伟矣！道夫落西极，走东海，千回百折不堕云霄之志；阅其中，肆其外，秋盈虚常抒善利之怀。吾四万万同胞，共此一江之水；八千年文明，合此一脉之系。唯其波涛天外，浩瀚千里，滋泽坤稼，德润万代，斯乃有锦绣山川，地灵人杰，荫佑民安国泰，文化蜀楚吴淮。则此长江者，真流长之江也。

嗟今之世，人丁倍增，经济固喜腾飞，物华急欲近利，污染日甚，植被骤减，以致水土不守，河悬湖瘦。遂急功以竭求，必灾患之盛加矣。昭君愁对香溪，忧洞庭湖步云楚之后尘；太白不闻猴啼，叹白鳍豚逐黄鹤将不还。百年生态，恶变示警，浪下千古，感慨盛衰。呜呼！昔人忧天，我今忧水。不尽长江，安得永续！

吁，吾国吾土，唯此长江；吾子吾孙，能无期江？临清源而豪赏圣洁，掬浊流当自惭俗秒。逝者已矣，来者当追！值世纪之交，千年之转，世纪环保之日，爰立此碑于长江之源，勒石永铭；荷亿万今生感念母亲河万代育哺之恩，明中华儿女呵护流域生态环境之志，积数代人卧薪尝胆艰苦奋斗之功，还我中国龙天然自和一川碧水之荣；祈山清水秀舟畅鱼安之长江，与神州大地炎黄百族之子孙，相与长流，皆存之于永远。云天可表，日月长鉴，书此以志。

一九九九年五月一日

张文敬最后对我说，在 5 月中旬，金辉一行，将携带着镌有江泽民主席手书的"长江源"正面巨型石碑，从首都飞抵成都，与四川的志愿者会合。然后，从成都出发，经阿坝进入青海，直奔长江源头，把碑建立在长江主源姜古迪如冰川末端。今日上午，我和金辉通了电话，他说，有人建议将石碑立于江源永冻层中。我说，永冻层一旦被建埋石碑，太阳辐射通过石碑直接影响到冻土层中，天日稍长，永冻层的局部热力场发生改变，恐怕对碑的稳定性不利。我对他说，我曾三次去长江源头的冰川考察过，对那里的地形比较熟悉。何不将碑直接建立在姜古迪如两冰川间基岩平台之上呢？我在北京还答应，我回成都后，去四川科学探险协会组织的长江源女子漂流队用卫星定位系统 GPS 仪器所测定的长江正源经纬度，得到一个更加准确的数据，以便为下一步的工作做好准备。目前我正在做这方面的工作。

他们的行动有重要意义，代表着亿万关心长江，关心生态环境的热心者的意志！

试想，如果 12 亿中国人都跟沈敬波、张文敬、金辉、杨欣等人一样，关心中国的环保事业，献上一份爱心，中国的环保事业将会大有希望！

半个世纪以后

在世纪之交，人对自然、对森林的认识，发生了根本性的变化。中国人的认识，虽然晚于一些发达国家，但也在教训中逐渐觉醒，值得欣慰！

这种觉醒，是一个漫长的过程，是付出了巨大代价所换来的。人类毫无节制地利用森林资源，直到危及人类生存时，才开始用一种新的目光、新的视角，重新认识自己赖以生存的摇篮——森林。美国人是在 1934 年发生黑风暴雨侵蚀土壤以后，才认识到"毁坏自己土壤的国家，最终必然要毁掉自己"。1953 年，日本因森林破坏导致数百年来的最大洪水，才悟出"不能治山就不能治国"的道理。人类在重新认识森林的价值上，曾经像小孩玩弄积木一般，随心所欲地摆弄自己赖以生存的生态环境。森林，在维护地球生命圈的稳定与各种生物层序方面具有特殊的作用。可一些人却把地球上功能最完善、结构最复杂的森林生态系统，变成了木材生产基地，单一地索取，给人类生存环境造成极大的损害。这实在是一大悲剧！

1992年，包括中国在内的100多个国家的代表在联合国环境大会上，一致同意把各国的共识——"林业这一主题涉及环境与发展的整个范围内的问题和机会，包括社会经济发展的权利在内"，载入世界权威性的《关于森林问题的原则声明》，就是鲜明的标志。

"标志"的最大成功是人类的觉醒，整个地球已经把保护森林，不再看成是一个国家，或者说一个地区的事了，而是把它看做是整个地球、整个人类为了谋得共同生存的环境，守卫共同的家园的事了。

这是一件值得可喜可贺的大事！

林业观念的转变，必将给森林的管理、养护和可持续开发带来新的观念、新的管理方法和发展的新机制。这一国际性的新观念，对我国的影响十分重要。

是的，世界上许多国家走过的路，我们也跟在后面缓缓前行，即使是教训，也同样重要！

长期以来，有人错误地认为，森林是"用之不竭"的木材、烧柴生长地，从而在许多地区都把经济贫困、人口增加的压力往森林上转嫁，无限制的采伐，造成了今天的局面。

这种"杀鸡取卵"式地利用森林，必然给生态环境造成恶果，招来大自然严厉惩罚。这是惨痛的历史教训呀！

中国人是在痛苦中找到教训，又在教训中得到启发，找到奋进之路的。

若追溯历史，中国对森林的毁坏与恢复，有过许多沉痛的教训。

1981年，四川、汉中发生罕见的洪水，引起了社会各界对森林的关注。邓小平同志当即提出：中国林业要上去，不采取有力措施不行。随后，正是在这一思想的指导下，党和国家高度重视，我国决心把绿化祖国、改善生态环境列入基本国策。在邓小平同志的倡导下，从1981年开始，全国开展了一场有亿万人民参加的全民义务植树运动。

自从改革开放以来，党和国家高度重视绿化工作，把绿化国土、保护环境当作一件大事，摆在重要位置。在全国广泛开展有计划、大规模的造林绿化、国土绿化事业，步入了全社会办林业、全民搞绿化的新阶段，并取得了巨大成效。全国人工造林，保持面积达 3 425 万公顷，全国森林覆盖率达 13.9%。同时，还开展了举世瞩目的"三北（东北、西北、华北）防护林系统"、"沿海"、"长江中上游"、"平原绿化"、"太行山"、"京津周围"以及"治沙"等重大生态工程建设。

事隔 17 年之后的 1998 年，人们没有想到，又一特大洪灾在长江、松花江、嫩江同时发生，又一个沉痛的教训唤醒了中国人。形势所迫，不得不再次掀起一场全民的保护森林植被运动，在全国实施"天然林资源保护工程"……

中国人在保护森林上，吃过苦头，受过灾难。

事物的发展是辩证的。亡羊补牢，这一成语如今就看你如何去理解？《战国策·楚策四》中说："亡羊而补牢，未为迟也。"意思是说羊跑了，再去修补羊圈，还不算晚。事隔若干年后，宋朝的诗人陆游在他所著《南剑诗稿·秋兴》中写道："惩羹吹齑岂其非，亡羊补牢理所宜。"他对这一看法作了更深刻的阐述，即对那种不负责任的做法，应该进行惩治，才能从中吸取教训。

古训是可取的，是古人从数千年的教训中得来的。

在当今，对保护环境大家比较重视，也树起了许多新观念，也做了一些实事，但是，应该说才刚刚开始。

1998 年长江洪水过后不久，在北京召开的"第二届中国环境与发展国际合作委员会第二次会议"上，国务院副总理温家宝在讲话中说："中国是个人口多，资源相对不足的发展中国家。中国政府十分重视在现代化建设过程中正确处理经济发展同人口、资源、环境的关系，把保护环境确立为一项基本国策，实施可持续发展战略。我们要坚持环境与经济、社会协调发展，实行资源开发和节约并举，把节约放在首位，提高资源利用效率，统筹规划国土资源开发和整治，严格执行环境保护与管理的法律，加

强污染治理与生态环境保护。"

1999 年，刚刚翻开新的一页，由国务院批准实施的《全国生态环境建设规划》，深得人心。而且将调动亿万群众的积极性，组织全社会的力量，投入生态环境建设。

我国生态环境建设的总体目标也是十分喜人的。目标是：用大约 50 年左右的时间，动员和组织全国人民，依靠科学技术，加强对现有天然林及野生动植物资源的保护，大力开展植树种草，治理水土流失、防治沙漠化，建设生态农业，改善生产和生活条件，加强综合治理力度，完成一批对改善全国生态环境有重要影响的工程，扭转生态环境恶化的势头。力争到下个世纪中叶，使全国适宜治理的水土流失地区基本得到整治，适宜绿化的土地植树种草，"三北（华北、西北、川西北）"草地基本得到恢复，建立比较完善的生态环境预防监测和保护体系，大部分地区生态环境明显改善，基本实现中华大地山川秀美。

这无疑是个宏伟的规划，也是华夏子孙所期盼的！

这是当今中国人经过数十年，从教训与实践中得到的最为宝贵的观念与行动，难能可贵啊！

这个规划的问世，即刻引起了国际上的反响。日本《读卖新闻》在 1999 年 1 月 12 日以《中国制订环境保护 50 年规划》为题，发表述评。这篇文章的语言直观，对背景的分析透彻。一开篇就说："去年夏天长江等流域发生了历史罕见的特大洪灾，造成了巨大的损失。中国政府基于这一教训，开始认真制订环境保护对策。在改革开放 20 年间，由于实行开发优先政策，使得土壤流失、森林遭受破坏和土地荒漠化等情况日趋严重。"文章的结构也是十分紧密的，紧接着说道："关于今后改善环境的对策，这份规划设定了短期、中期和长期 3 个阶段的目标，提出要用大约 50 年时间，大力保护天然林和野生动植物、防止水土流失和荒漠化以及发展生态农业等，从而扭转环境恶化的趋势。具体来讲，就是把土壤流失问题严重的黄河及长江的上中游地区，西北部的沙漠化地带及草原地带定为重点治理地区，通过加强环境执法立法、采取最新技术等，力争改善环境。"文章对此规划的重大目的与意义，也作了充分肯定，指出："尤其值得一提的是，今年正值建国 50 周年，中国政府无论如何也要避免再次遭受大洪灾袭击。中国政府从政治稳定的角度出发，将会更加强调重视环境保护的态度。"

人类社会发展到 20 世纪末期，更加清楚地认识到，国家的强盛和社会的发展，越来越依赖于生态环境的建设和保护。

中国人从教训中也悟出了这一道理，并不断提高自己的认识。就是说，中国人在今后相当长的时间内，依然要面对人口、资源、环境等问题的严峻挑战，有新的考虑，也有新的规划，将会产生新的成效。

温故知新。今天我们重温过去，吸取教训，其目的就是希望能进一步增强人们的生态环境意识，进一步唤起人们保护森林的责任感！愿半个世纪以后，让中国的大好河山，换新装，披新绿！

后 记

我是在矛盾中写完了这部充满矛盾的书稿。虽然搁笔了，但我的心底依然像急流、漩涡一般，在激荡、旋转。

是颂扬、讴歌？还是披露、揭发？

我对自己的作品，难以作出评述。最终，我只好实话实说，袒露我的心扉，我的的确确是在充满忧虑，甚至痛苦中采访和写作的。

驾驭如此重大的题材是艰难的。前无先者呀！在当今，作为记者、作家，说好话，歌功颂德，有时还会引起风波，招来诛戮，何况是写批评性的报告文学呢？我深深地感到，写这样的题材是不平、不安、不快的棘手活。有位著名的评论家很理解我，他说："你是在承受巨大压力下进行创作的。"

我写这部书的初衷，就是要让当事者与旁观者，读到此文时，卷入矛盾与冲突之中，在心底里翻起漩涡，引起反思。在这样一种气氛里，唤起人们热爱森林，热爱大自然，对毁坏森林的行为引起愤懑！

我写这部书并非是心血来潮，早在20世纪80年代末，我亲眼目睹到川西的伐木者大片大片地吞噬天然林，就充满了忧思。在1988年春天，四川省林业系统的干部和专家们聚集在都江堰市，召开保护大熊猫的会议。阿坝州林业局局长邹洪福在大会上声嘶力竭地呼喊，引起了我的极大注意。所以，我在1992年出版的长篇报告文学《啊，国土》一书中，写下了"十万大军向森林开刀"、"长江向我们出示'黄牌'"两节。文章是这样叙述的："邹洪福心中像有个炸药桶，他噼里啪啦爆了一通。顿时，与会者鸦雀无声了。""'留得青山在，不怕无柴烧。'他越说越气，霍地站起来，立在大厅中央，仿佛在向全世界呼吁：'可在我们三州，十万大军压境。干什么？砍树，伐木。同志们，想一想，十万大军，一支庞大的队伍，庞大的吞吐量，吓人呀！'"

就是在那次会后，我跟随著名的大熊猫专家胡锦矗教授一起，到卧龙大熊猫研究中心去采访。研究人员向我反映卧龙自然保护区的原始森林，被乱砍滥伐已经到了忍无可忍的地步了。我随即写了一篇记者来信《卧龙原始森林面临砍光危险》，发表在《四川日报》的头版上，引起社会的强烈反响。这一系列的情况，触动了我的心，随后又一连跑了好几个林区，调查森林被砍伐的情况。

也就是那一年，我了解到四川森工"两危"困扰着一批企业时，夹金山林业局却走营林造林之路，走出困境，做出了榜样。我迫不及待，不畏高寒，登上了大雪山，创作发表了中篇报告文学《魂系夹金山》，满腔热情地颂扬夹金山林业局的林业工人，成功地闯出了一条正确的道路——"森工转营林"，为全省的森工企业树起了一面鲜红的旗帜。

我曾多次去林区采访，对情况比较了解。每次去，都给我许多启迪，也增加了许多忧思。

当然，对森林的情结应该说起源于我的童年。我想，凡是在农村长大的孩子，没有不爱树木，不爱森林的。我家住在林木葱茏的剑门山区，家乡有千年古树——皇柏，绵延数百里，莽莽森林，十分壮观。孩提时代，无论在学校，或在家里，都能享受到青山的温柔与森林的博爱。然而，家乡的森林不断被破坏，特别是"大炼钢铁"、"大办公共食堂"，肆无忌惮地砍伐森林，没有几年工夫，家乡成片的森林被剃了光头，实在令人心痛！

我踏破"铁鞋"，为的是什么？为的是要录下一段真实的历史，一个个可歌可泣的、鲜为人知的故事。我清楚，歌功颂德，可以迎合一些人的笑脸，可那不是我的性格，也不是我的初衷，我追求的是真实，是实事求是的态度。在当今社会风气不正的情况下，要讲真话，简直是"难于上青天"。因此，我在动笔之前，就反复思考过，采取实录的表现手法，人名、地名、时间、地点，通通都是真实的，全文没有一点虚构。这样一来，在文学性方面，作为报告文学就显得欠缺些，但是，为了给读者真实的现实和真实的故事，只好如此而已。

本文与前面两部作品一样，我是带着情感去采访的。在采访中，我曾几次流下了伤心的泪水，特别是在凉山州采访全国劳动模范王顺山和几位伤残工人时，他们流泪，我也流泪。

对过量采伐川西天然林，我前后关注了 10 多年，搜集了大量的素材，其目的集中到一点，就是着力通过反映森工企业的困难和工人生活的贫困，告诉人们，也告诉子孙后代，破坏天然林，是不会有好结果、好下场的。如果一时冲动，急功近利，只能换来一些小钱和暂时的富有；一旦把森林砍光了，树倒山空，会遭受大自然的惩罚，形成恶性循环，山民会更穷。所以，我"胆大妄为"地得出了"树倒、山空、人穷"的结论！

书稿写完了，但我心中仍然不安，还有很多事和人没有写。其实，我并不愿意这样做，但又无可奈何。我认为，要和盘托出时机未到，只好留下遗憾，敬请读者理解。

1999 年 8 月 10 日　成都

报告文学

十万森工：放下斧头，遍山种树

1998 年 8 月 23 日，对于四川省，乃至全国林业而言可谓意义重大。

这一天，在成都召开四川省实施天然林资源保护工程工作会议，并作出了令人振奋的决策：从 9 月 1 日起，川西林区几万工人将放下斧头，全面停止天然林采伐，全省 10 万伐木工人将转为栽树人，在未来 13 年内，四川将不遗余力造林 108 万公顷，为长江筑起一道坚固的"绿色屏障"。

40 年的功与过，10 万大军的恩与怨，各种矛盾的交错，促成巨大的决心，痛砍一刀——"把森老虎请下山"！这是一件大事，一件惊天动地的大事！

总理：把森老虎请下山

长江，是否会变成第二条黄河？在这片国土上，一个严峻的问题，正广泛激烈地议论着。世界第三大河流——长江，已是一条负重如牛的大河了，无论从哪个方面看，上游森林的无计划采伐，大量的泥沙淤积成灾，洪水泛滥，不能不使人忧虑，也不能不引起国家领导人的极大关注。

1996 年 10 月，朱镕基同志视察四川攀西地区时，他站在金沙江边，远望群山，光山秃岭，乱石嶙峋，群众生活贫穷；再看金沙江上，木材漂流不断。他无限感慨地说，我们要"少砍树，多栽树"，"把森老虎请下山"。那情景给朱镕基同志留下了深刻的印象，也给省领导提出了一个严峻问题。

少砍树，能办到吗？这一问题，10 多年来一直困扰着上上下下的干部和群众。他们束手无策，不知如何是好。四川是个人口众多，经济后进的内陆省，在改革大潮中，虽然经济发展较快，可许多疑难问题，找不到解决的路子，让人举步维艰。如今，要把 10 万伐木工人请下山来，谈何容易啊！

省里，根据朱镕基同志的指示，立即向国务院呈上一份报告，提出了一个方案，从森工转成营林，从砍树转成栽树。很快，林业部派出了调查组，对此方案进行了论证。事情的进展十分顺利。在 1997 年，5 月 28 日，朱总理听取汇报后，当即明确指示，四川作出规划，报国务院批准，先行试点启动。

四川省的领导和专家们，夜以继日地写材料，完善报告，赓即拿出了一个更为完美的方案。今年 3 月，在全国人大九届一次会议上，朱镕基同志在参加四川代表团讨论时，又一次指示"四川要采取有力措施，下决心停止砍伐森林，把砍树人变成栽树人，要为子孙后代造福"。

事情十分凑巧，就在这个无情的夏日，长江中下游出现了百年未遇的特大洪灾，洪水再次向砍树人猛击一掌。朱总理在长江下游看到人民遭受苦难，流下了心酸的眼泪。矛盾到了激化的时刻，也就是这一问题到了解决的时日。在今年 6 月 20 日，朱总理亲自批示："四川先行启动，早动手，早提供经验。"

从此，中央下了决心，拨出巨资，在四川率先启动"实施天然林资源保护工程"。

母亲河在遭难

那是在"大跃进"的年代（1958 年），一个轰轰烈烈的砍树运动，在"天府之国"旋风一般拉开了。在"多快好省"的驱动下，10 万砍树大军，迅速从四面八方云集在川西的原始森林中，那砍树的"丁冬"声，锯木的"沙沙"声，响彻崇山峻岭。刀斧手们，向着参天大树，向着千年的原始森林，凶残地砍，砍，砍！从此，山神不得安宁，大片大片的树木倒在刀斧手之下。而且，层层加码，岁岁加码，年生长量仅为 100 万立方米，而计委部门下达的采伐任务，却高达 250 万立方米。10 年、20 年、30 年……时至今日，正好是值得"纪念"的日子——砍树 40 年。岷山山脉、邛崃山脉绵延数千里的天然林，转眼间，被砍光，被蚕食。汶川、茂县、松潘、南坪等县处处是光山秃岭。由于过量采伐，森林覆盖面积急剧下降。

诚然，在这个历史过程中，上山砍树有其历史原因。建国初期，由于宝成铁路、成渝铁路、成昆铁路的修建和其他建设，需要木材。过去的几十年间，四川省森工队伍为国家的经济建设，特别是少数民族地区的建设，作出了重大贡献。在 40 年间，国家在这里先后建成大小森工企业几十个，汇集森工队伍 10 万大军，行成了采、集、运、销的木材生产体系，累计为国家建设提供了 1.2 亿立方米的木材，上缴利税近 20 亿元。这一功劳，必须肯定。但是，森林大量被砍伐，而带来后果同时也应该承认。可以想象，1.2 亿立方米木材所付出的巨大代价，所造成的严重恶果，为子孙所留下的祸根，是多么令人伤感？

由于原始植被遭到严重破坏，秀丽的山河不见了，"国宝"大熊猫的栖息之地缩小了，随之而来的是穷山恶水，天灾人祸。似乎这一切，都是历史的必然！

有位权威人士说过："森林是河流的源泉，江河是人类生存的母亲。"由于，长江上游的天然林被大量砍伐，长江向我们出示了"黄牌"！据统计，长江流域水土流失面积达 56.2 万平方公里，川西地区年水土流失面积达 11 万平方公里，上游每年冲向长江的泥沙达 6.8 亿吨，已是黄河输沙量的三分之一，比世界上 3 大河流——密西西比河、亚马逊河、尼罗河的总输沙量还多。

更可怕的是，江河纵横的四川，全省大小河流 1 300 多条，滑坡和泥石流大量出现，而且年年增加。因此，每年雨季到来之后，山洪暴发，有 130 个县、市都遭受到滑坡和泥石流的袭击。

长江，不忍人们的踩躏，在 1998 年的夏天，她发出了怒吼，洪水在吞没大地，把数百万军民推向了浪尖！难道那些惨情惨景，还不值得人们思索吗？

四 川 在 行 动

面对母亲河的灾难，四川怎能无动于衷呢？唯有率先负起责任，脚踏实地，才能改变未来的命运。

8月24日下午，在"实施天然林资源保护工程"即将拉开帷幕之时，记者专程采访了四川省林业厅厅长曹正其，在谈起这一巨大工程实施前的情况时，这位年富力强的厅长，在对记者的两个多小时的谈话中，滔滔不绝，激动不已。

不难看出，在他那苦涩的脸庞上，更使他不安的是，"两危"难解。时至今日，四川西部森林资源已严重枯竭，许多森工企业已无林可采，进入了经济危困的严重境地；企业职工工资、离退休人员养老金无法保障，大规模集体上访时有发生。上访人员不断，省委、省府、林业厅；十人、百人、千人……搅得省领导、厅领导坐卧不宁，同时也严重影响社会安定。"两危"难解啊！

曹厅长对记者说："为了解决这一问题，多年来，我们各级都耗费了不少心血，花费了不少人力、物力、财力。但是，由于多种原因，问题依然存在，且矛盾不断加深。这次，随着天然林资源保护工程的实施，国家补助资金的投入，为我们解决这一问题带来了极好的机遇。"据悉，四川省林业厅已拿出初步方案，在全省林业系统10万余名职工中，将分流24 789名工人从事4万多平方公里天然林的管理和保护，有14 581名职工从事造林绿化，另有3 000多名工人将转向多种经营，6万多名离退休职工全部纳入省级社会统筹。

四川省政府已于8月20日发出《布告》："在我省实施天然林资源保护工程。从1998年9月1日起，阿坝州、甘孜州、凉山州、攀枝花市、乐山市、雅安地区，全部停止天然林采伐，并关闭木材交易市场，禁止任何单位和个人乱砍滥伐、毁坏天然林，禁止违法运输木材。"从今年起，国家将连续13年每年拨给四川4.8亿元，用于实施"天然林资源保护工程"。计划从1999年至2010年营造生态公益林108万公顷，使森林覆盖率由目前的19.4％提高到23％，四川西部基本实现绿化。届时川西水土流失面积将减少到 4.8 万平方公里，年土壤侵蚀量由目前的 3.6 亿吨下降到 1.2 亿吨，年水源涵养能力达到 390 亿立方米以上，使川西林区的生物多样性得到有效保护，并充分发挥对长江流域和三峡工程的生态屏障作用。

机遇不可多得呀！这一重大举措，对保护四川天然林资源，对保护四川的生态环境，促进长江流域生态平衡状况的改善，防止长江变成第二条黄河，有其巨大的历史的和现实的意义。

这项具有划时代意义的工程，将是什么样呢？我们在期盼！

（原载《四川日报》1998 年 8 月 28 日）

附：关注重大主题　关注人物命运

四川是一个生态大省，是长江上游的重要生态保护屏障。1998 年 9 月 1 日起，四川在全国率先实施天然资源保护工程。从此，10 万林业工人放下斧头，由砍树人改为栽树人。《四川日报》连续刊发《十万森工：放下斧头，遍山种树》等报道，记录那段影响深远的历史，在当时引起很大反响。

时任文艺副刊部高级记者的王治安，回忆起那篇作品时称之"题材重大，内容深沉，反映的是具有划时代意义的历史事件。"

20 世纪 50 年代后期，10 万森工大军进入川西原始森林中，为国家建设伐木取材。近 40 年的过量砍伐之后，森林面积急剧下降，一些地区的地质灾害、洪涝灾害等频发，一系列生态问题凸显，引起国家高度重视。1998 年，四川率先实施天然林资源保护工程。这篇作品，是对这一事件所作的第一时间的深入报道。随后，《四川日报》在当年 9 月至 10 月，不间断地刊发实施"天保工程"的相关报道。如《"禁发令"下达以后》系列通讯，将"天保工程"启动这一历史事件的报道推向了高潮。

"这不是一篇急就章，是日积月累的产物。"王治安说，在采写这篇报道前，他对四川的土地、森林、环保等问题有近 30 年的观察和思考。从历史背景到现实状况，对关乎全局的生态决策解析到对一群人的命运的深切关注，报道体现了四川日报一以贯之的取向——纵深、高度、影响力。

作品见报后，省内外有 50 多家重要媒体在第一时间进行了转载，王治安收到的读者来信数不胜数。该作品于 1999 年 5 月，获得第九届中国新闻奖。

（原载《四川日报 60 年——新闻作品大观》2012 年 8 月）

魂系夹金山（上）

夹金山太神，太雄，太美！

早在孩提时代，夹金山的名字就印在我的脑海中。

每当老红军讲述起长征故事，都会滔滔不绝地描绘红军翻越的第一座大雪山——夹金山的奇峰异岭、皑皑白雪、苍茫云海、壮丽的日出和神秘的森林。于是，在我的记忆里，深深埋着夹金山的名字。它的风姿，它的神韵，曾引起我许多的奇思遐想……

于是，1989年仲春我索性去登大熊猫家园——夹金山。

一 片 五 彩 云

4月19日。晴。

记者进山采访，平易近人的党委书记，引着我们走进会议室。

"巧得很，今年是改革十年，建局的十一年，十年的成绩是可以的，前程似锦……大家认为：不管什么时候，不管在什么地方，都可以说，森林最美，林业工人最美！"局长的这话，说得多动听啊！

"夹金山职工是森林保护者！"来宝兴之前，我就听到有人这样评价他们。如今与夹金山林业局职工的初步交谈，更加深了我的印象。

夹金山林业局，在全省24个林业局中，人数少，企业小，建局早，经济困难，堪称"小老穷"。

夹金山林业局的前身是西康省伐木总公司，刚满周岁，又更名为西康省森工局宝兴作业所。1956年西康省撤销后，又改为宝兴森工局。1978

年金秋，夹金山林业局的美名，宛如盛开的杜鹃花，飘落在大雪山南麓。

"当初，上级决定夹金山林业局发展成 2 000 人，年生产木材 50 000 立方米的局。根据宝兴林区的实际情况，我们认为要合理采伐，青山常在，永续利用。逐步压缩规模，基本建设的投资已逐年下降，人员上到 800 人，速度也就放慢了，至今才形成 20 000 多立方米的生产能力。"

"说真的，那时如果观念不改变，夹金山就不能实现以营材为基础，合理采伐，综合利用，一业为主，多种经营，全面发展，青山常在，永续利用。"

是啊，生态意识是人类文明的标志。疯狂追求物质文明的西方，已觉悟到过去的失策，千方百计保护生态平衡。危险啊，如果不停止对生态平衡的破坏，古老的东方民族，将滑入自毁的深渊！

据资料记载，在人类历史初叶，地球的森林覆盖率达 2/3，约 76 亿公顷，人类生活在绿色的海洋中。如今，世界森林面积已不足陆地面积的三分之一。许多科学家预言：生态环境的破坏，是人类 21 世纪将面临的最大灾难，其后果将不亚于一场全球核大战。而这场灾难此时已潜伏在中国大地上。

夹金山林业局的决策者，没有贪图急功近利，滥砍滥伐，毁坏森林，加速这场危机。他们合理采伐，营造森林，迹地更新，保住了这片绿洲。

为此，夹金山林区的职工受到称赞，可以说："既是森林的利用者，又是森林保护者。"

谈到这里，局长的心好像平静多了。他轻轻地清了清嗓子，提高了音调："嘿嘿，这些年，我们在十分艰难的情况下，大伙干劲还高，企业基本搞活。我们开展综合利用，发展多种经营，去年产值达 913 万元，利润实现 197 万元，是建国以来最好的年景。"

听完这番话，我若有所思地望着窗外，远远的，从夹金山顶飘来了一片五彩云。

绿洲，只属于勤劳的人

4 月 20 日。晴。

我们去寻访夹金山，一半是名山的诱惑，一半是山里人的热忱所引诱。

天，晴朗如镜。阳光，辣辣地照着青翠的山峦。我们一行 8 人从宝兴县城出发，沿着红军走过的路，驱车向莽莽苍苍的夹金山之巅奔去。

技术娴熟的司机，大伙亲切地叫他"何大汉"。老何 1.8 米的个头，显得壮实、魁梧，还装着很多很多的龙门阵。听他摆谈，弄得你捧腹大笑，或把你引入一个神话世界。

山，越爬越高；路，越走越小；水，越流越急。

两岸，猿猴难攀的百丈悬崖，都有千年古松，万年古柏，还簇拥着各色的杜鹃花，红色的，紫绿的，雪白的，满山遍野，含苞欲放。

过了蜂桶寨自然保护区，路面越来越窄。飞转的车轮，在坑坑洼洼的土马路上颠簸，摇晃的"野马牌"真有股野性，车在摇晃，人被弹了起来。

"嘣！"我的头撞在车顶上，立即冒出个青头包。

"哟，何大汉，你开的是汽车，还是开的飞机。"车，不时腾空而起，坐在后排的小伙子们嚷了起来。

"哼，你们如今能坐车上山已是福分了。前些年，路不通，要进山，得骑三天马。"老何不服气地嚷道。

据说，1935 年，红军路过这里，那时的山和水，更野，更峭，更难行，从宝兴到硗碛，行了 7 天 7 夜。夹金山的险已被载入史册。

车，绕过硗碛，直奔蚂蟥沟。

此刻，太阳已经西斜。山，阴阳分明，更显出几分姿色。

我们登上了夹金山腰，环临四顾，千峰滴翠，连绵逶迤，美不胜收。望顶峰，白雪皑皑，那奇、那美，不亚于日本的富士山。山峦陡峭，积雪终年不化，要登上顶峰，唯有天梯相助。曾有不少游客，都说是好山、秀山、俊山，却望山兴叹，不敢上山一游。唯有"不到长城非好汉"的红军，首次征服夹金山，刻下一块"红军碑"。

夏天的夹金山麓，景色迷人。山腰是郁郁葱葱的森林，横躺在蔚蓝的苍穹下。山顶仍是千年不化的白雪。森林与高峰之间，是夹金山宽阔坦荡

的胸脯，芳草碧绿的草甸，平波如镜的高山海子，组合成牛羊依恋的天然牧场。

夹金山属邛崃山脉，山势起伏，雄伟险峻，顶峰 4 824 米。

夹金山啊，红军山！自中央红军以震惊世界的气魄，从它的胸脯趟过，实现一、四方面军在北麓达维的胜利会师，完成挥师北上的伟大长征，它的名字，随同红军长征的丰功伟绩，闻名于世……

"顺着蚂蟥沟的峡谷，可以直登夹金山顶"。党委副书记朱世坤的话引起大伙一阵激动。

然而，我们放下行装，没有闲情逸致去与夹金山试比高，却马不停蹄，向磨子沟靠近。

磨子沟另有一番情趣。清风送爽，山泉淙淙，绿树掩映的幽谷中，展现出一片翠绿如毯的苗圃。工人们弯腰执锄，正在劳作。

我们越栅而入。一阵寒暄之后，曾在这里工作过的朱世坤，向我们谈起苗圃在营林中的地位和作用。"眼下，是林区的黄金季节，是栽树的最好时光，所以每到这个季节，工人们起早贪黑，全力以赴植树造林。我们林业局的任务不是伐木，而是营林造林……"

我环顾葱郁的人工林，心中萌发出敬慕之情。全区 17 万亩人工林，都是工人们一锄一镐栽培起来的，他们艰苦创业，株株树苗都渗透了他们的心血啊！栽树是艰辛的，抚育、保护更艰苦。他们远离妻室儿女，扎根林区为了什么呢？不就是为这片绿洲吗？

哦，忽然我耳边响起了出发前，几位局领导的谈话声。局长说："我们是利用森林，营造森林，盯着大千世界，大搞综合利用，发展多种经营，去摆脱困境。"

树，是夹金山的魂。夹金山林业局存在的价值，就在于他们营造了这片森林，保护着这片森林，利用这片森林。

局长们还告诉我们：在中国这片国土上，森林资源危机，经济危困，要扭转困境，不下狠功夫是不行的。林业部早有打算，根据各地特点，发挥自己的优势，既要养活人，又要发展林业。要解决这问题，要有多难就有多难啊。我们局呢，80 年代中期就提出转向："部分职工从吃原木饭转到吃木材加工、综合利用和多种经营的饭。"

这句话讲得有道理，我洗耳恭听。多少年，有的地方，面对荒山秃岭，翘首兴叹。嘿，我们林业职工就要面对"资源危机"经济危困的问题，根据各自的特点寻求一条自我发展的道路。

夹金山林业局总是把自己的主要精力放在发展和保护上。他们的采伐量从不超过生长量，营林造林作为他们永恒的使命。

要说营林造林，夹金山林业局确实独树一帜，冷云杉林更新跟上率居全省之冠，1986 年荣获四川省营林造林先进集体称号，1988 年又获林业部"六五"期间营林更新先进集体称号。雅安行署还专门下文，要求全区学习他们的先进经验呢。

温 柔 的 梦

4 月 21 日，雪。

夹金山的天，变幻莫测，说变就变，忽儿风，忽儿雨，忽儿雪。每到暮春时节，雨水如注，人称"天漏"。

夹金山人早已把住了天的"命运"，无论它咋变，都能驾驭。

一年之计在于春。为了珍惜植树的黄金季节，工人们带着干粮、雨具，攀上山顶工作。一天往返四五十里。累了，他们蹲在雨里，坐在泥里；饿了，一口凉饭，一口冷水。他们出门一身干，归来一身湿。

你要知道，这里没有大都市的繁荣，没有迪斯科，也没有黄金、白银和荣誉，更享受不到妻子的柔情和家的温暖，有的却是恼人的寂寞和可怕的雷雨。

他们为了什么，这是我们探讨的主题。为了几十块钱吗？不，养鸡，养鸭，卖青菜，稍微勤快些，一月二三百元就能轻轻巧巧地揣入腰包。他们到底为了什么呢？

401 场场长廖永富告诉记者："营林、造林、护林工作很重要，你不干，我也不干，森林谁来保护？"他的话使我很感动，也许这就是夹金山职工的价值，夹金山职工的意识吧。

这位精悍的年轻人，进山的时间不算长，可他却深深爱上了这里的山，这里的水，这里的人。他领导的这个先进集体，肩负着采伐、营林、育苗等任务。他们活儿干得利索，年年超产超收。

昨晚，我们就上述主题一直讨论到深夜，刚合眼，天就亮了。推开窗，只见东山西山俱是一片银白，阵阵寒气侵入肌肤。

待我起床出门取水，工人们已背着树苗，冒着风雪向高山进发了。老廖是否也远行呢？我四处寻找，不见他的踪影。

雪中夹着雨，仍在不停地旋转，飘荡。夹金山人不畏艰险，我，一个试图探索夹金山人思想的记者，能不追寻他们顽强的足迹吗。

在弥漫的云雾中，我寻找着他们的足迹。走了一程，我已是全身酸痛，汗流浃背，上气不接下气。路在何处？人在何方？

风，越刮越猛，雨全变成了雪。我迟疑了。站在山腰上，望着漫天的风雪，只好打消了跟上他们的念头，祝福他们不受风雪的侵扰。

我回到工棚已是晌午时分，雪过天晴。忽然林里响起一阵"沙沙"声，山风吹来，绿色的波浪在山间翻滚、延伸。

"天，要转好了。"张师傅自信地告诉我。

果真，美女般的夹金山，露出了美丽的风姿……

"好哇，老天给了一个人情，工人们也不会再受风雪的袭击了。"一位同行高兴得跳了起来。

"这算啥呀，这天气对山里人是家常便饭啦。"

"气候我到不在乎，可山里找不到爱情，林区简直成了被爱情遗忘的角落了。"一位青年人插嘴抱怨。

晚饭后，山沟里异常热闹。本来，准备进行一场篮球赛，摄影记者已打开相机，准备拍下精彩的镜头。可不巧，天又忽然翻了脸，一团乌云飞来，淅淅沥沥落起了雨。大伙便涌向临时"俱乐部"，有的打桥牌，有的下围棋，有的拉二胡，各寻所好，各得其乐。

我们围着火炉，谈天话地。渐渐地，话题转向了人类永恒的主题——爱情。副场长向玉宗满脸忧色地说："林区生活艰苦、平淡，都能克服，可青年人难找对象却是个大问题。80年代的青年仿佛吃了'开心果'，思想活跃，对爱情、婚姻的要求更迫切。"

是的，夹金山——"和尚山"，它给国家带来了多少财富，可它的主人们却很少享受到爱情的甜美和家庭的温暖。老一代的家几乎都在遥远的山外；中年一代虽然有妻子，却牛郎织女天各一方；青年人则忧心忡忡：亲爱的姑娘，你在何方？

谈到这里，大家提起了吕平的一段故事。

吕平原有个女朋友，也在山里工作，他们相爱数年，已快要结婚了。这时，姑娘被调到山下工作。痴情的小伙子，从山上采来一束野玫瑰去看望她。

谁能想到呢？她，一离开山林变了心。团支部做了许多工作，她也毫无花好月圆之意。

有骨气的小吕，扔掉玫瑰花，回到了夹金山。那束玫瑰花，向人们无声地讲述着发生过的一切……

质朴的小伙子，失去了恋人。从此他全心恋着夹金山。他望着心血铸成的林海，苦涩中感到一丝慰藉。

爱，深沉的爱，不是青衣江上的浮萍，而是扎在泥土中的青松翠柏。

他一度思想消沉、苦闷。但这位林业工人的后代，有着男子汉的骨气，不愿浑浑噩噩随波逐流。很快，那些消极的念头，如雪山上的浮云，转眼便消逝了。

失恋了，倒也洒脱，他把全部爱投入了山林。

大伙儿推他当班长。去年10月，大雪封了山，眼看清林整林的任务完不成，第二年的植树就拉不开。他带了几个年轻人，到三支海，承包了一大片地。他们天蒙蒙亮就起床。留一人煮饭，其余的出工，一天两顿，直到很晚才回工棚。这样，他们用20天就完成了一个半月的任务。

人们还告诉我，小吕是生产上的佼佼者，几乎年年被评为先进。

这小伙子在哪儿？我迫不及待要找他。

说来也巧，这山沟里平素难得留客人，没有客铺。来了人，小伙子们就连铺，腾出一两张床。那天晚上，我正好住在小吕的屋里。

小吕高高的个头，英俊、壮实、稳重。有着男子汉的剽悍，也显出点

大姑娘的腼腆。

我和他围着电炉，一直谈到深夜。

"我是接班来夹金山的。"他坦诚地向我谈起他的家史，他的向往，他的理想。"我父亲是老工人，15岁就进山，在林海中，足足度过了35个春秋。一次，我父亲正在石棉森工局伐木，一棵树子砸来，打伤了他的腰，后来切除了一个肾脏。领导劝他下山，他执意不肯。1978年他转到夹金山，住在泥巴沟，搞营林造林。由于严重的高山反应，他患上了多种疾病——高血压、气管炎，风湿病，早已力不从心了，可他仍然迷恋着青山……"小昌的声音哽咽了，眼里闪动着泪花。我不禁也被老人的忘我精神所感动，觉得心里热乎乎的。

"1979年，他退休了，领导三番五次劝他，才回到老家仁寿县。可他仍日夜想着林海，唠叨着要回夹金山。后来，他的身体日渐虚弱，不能如愿以偿，便要我顶班。开初我有点犹豫，怕吃不了山里的苦。我15岁那年，爸爸送我进山。跨入飞仙关，看着高耸入云的二郎山，像一片云悬在头上。我的心如同坠入大海，两腿直打哆嗦，我哭着要爸爸带我回去。爸爸哄着我：'孩子，去吧，我们家在农村，种地、护林都是一样。你不是从小就喜欢爬树、抓鸟吗？那里的鸟可多啦。你进山，也能帮着养家啊。'是啊，我家四姊妹，我是老大，我不来，谁能减轻爸爸妈妈的负担呢……"

我环顾这间小屋，处处都挺干净整洁。墙上挂着三幅风景画，画上是"五彩池"、"珍珠滩瀑布"等高山海子和森林、雪峰。多么可爱的年轻人啊，他的心中只有森林。这时，外边传来阵阵悦耳的歌声：

> 山里的路向孱弱挑战，
> 山里的房还在水墨画中，
> 山里不须提防，敞着门扉……

我躺在林海那宽敞厚实的胸脯上，却没有睡意。你猜，此刻，我在想什么？我想到了另一个青年王康林。

今天早晨，我偶然听到廖场长提到他的名字。前天，他和妻子闹别扭，一气之下妻子跑了。老廖要他去找，他闷着头不吱声。老廖只好派车到宝兴县城把他妻子找了回来。

林业的青年找爱人多不容易啊！老廖热情地向我们介绍小王的情况。他说："小王有段精彩的故事。刚进山时，他不安心，一度在外流荡。我既批评他，又可怜他，关心他。他病了，我把他接回来，给他熬药、煮饭，洗衣服、被子。还耐心地给他做思想工作。不久，他病好了，思想也通了，干活挺卖劲。"

当时，老廖是党支部书记，思想工作做得细。小王很争气，他担负着索运、集材、运材任务，不怕累、不怕苦，年年是先进。

男大当婚。山里的姑娘珍贵。小王回老家，与小学同学小陈相爱结了婚，还生了个胖小子。结婚那天，他俩郑重其事地订下君子协议：女方不得要挟男方调出林区。5年来，小两口一直信守诺言。

然而，生活的旋律不会永远是谐音。春节后，林区生产开始忙碌起来。突然小王收到妻子打来的电报——"家有急事，速返。"他星夜赶回冕宁县。进门一看，顿时傻了眼，家用电器全部被盗。妻子伤心地哭诉着。急性子的小王，一气之下，骂了妻子一顿就返回了夹金山。妻子十分委屈，赶来找丈夫"算账"。

"你成天在外，不管家。我受不了，你调回冕宁吧！"

"结婚时就讲清楚了，我决不回去，活是林区的人，死是林区的鬼。"

"不回去就离婚！"

"离婚我也不回去！"

小陈的"激将法"也没有使这条硬汉子动摇。她伤心地哭了。"啪、啪！"王康林失去了理智，出手打人，逼得妻子失踪了……

全场职工都急了，怕他们真的感情破裂，闹不好，又为林区添一条光棍。

唉，在林区有多少青年，因找不到对象而苦恼啊！一个大龄青年，借助人的力量无济于事，便借助神的力量。他从山上采回块檀香木，雕了个慈祥的观音菩萨，毕恭毕敬地供了几年，他虔诚的心也未能感化神灵，菩萨未给他送来姑娘。他又雕了一位美丽的少女，敬在床前，常常做着温柔的梦……

我们听完王康林夫妻的故事，心里很焦急，便冒雨走进小王家。小陈和孩子还躺在床上。

"哟，小王，你的'妹儿'还在睡觉吗？"快嘴何大汉把大家逗乐了。小陈也笑了。看来，春风已掠开了她心中的郁闷。大家七嘴八舌，问长问短，屋内传来阵阵笑声。小陈坦率地告诉我们："他不愿回老家，我理解他，支持他。人各有志嘛，他爱林子爱得那么深，若勉强离开，会悔恨一辈子。"

小陈的心已经平静，她的话蕴藏着无限的爱。

这个和睦的家庭，风波之后更显得美满、幸福。摄影记者兴致勃勃地按下快门，为他们留此存照。

长啸曲，在林中回响

4月22日，雪。

车，沿着弯弯曲曲的小路，艰难地爬行。人已疲乏，车也困倦，何师傅打开收音机，甜美的歌声把大家引进了神话般的世界。

雪后的早晨，让我们爬上云端。

小城多宁静，更接近那蓝的天，

推开了大门，最高的山峰在眼前……

歌声驱走了疲劳。大伙一路听歌，一路谈，议论着泥巴沟的山山水水，风土人情。

车，加大马力，爬上一段陡坡，"嘎"一声在泥巴沟门前刹住了。

雪，飞飞扬扬，气温骤降，寒气逼人，我浑身直打哆嗦。可这里仍是一派繁忙景象，装车、运苗、背土，风雪无阻，来往如梭。

岳段长把我们迎进办公室。

我们围着火炉，望着漫天的鹅毛大雪，转眼间将座座青山塑成银蛇、蜡像，真似一派北国风光啊！

"完了，今天啥也别想干啦。"摄影师哀叹道。

"天能晴吗？"大家焦虑地问。

老场长望着雪原，摸着后脑勺："说不准，这事得问问邵科研。"

大伙向气象站奔去，请教老气象邵启均。

正巧，老邵在雪地里查看仪表，我向他作了自我介绍，他只淡淡地一笑就哑了嘴。蓦然，我想起大伙给他的外号——"怪人"。

他为啥如此孤僻呢？也许因为他长年累月与世隔绝，只能同浅层地温表、风向仪、降水仪一类交往的缘故吧。

邵科研身着宽大的中山服，头戴一顶大檐帽，显得很不协调。

"老邵，今年气候为啥这样反常？"

"……"他像是没有听见似的。

如何打开老邵关掩的心扉？我一时束手无策。我尾随他，默默地走进他的小屋。环顾四壁，除了整齐地挂着一排报表，墙角摆一只药罐外，几乎没有像样的家什。

"邵科研，你是省林校毕业的么？"

"嗯。"

"你是学气象专业的吧？"

"嗯。"

"易同培教授教过你吗？"

"嗯。"

当我告诉他我曾经采访过易教授时，他才慢慢打开话匣子。他告诉我，夹金山是个多雨的地带，年降雨量达 1 100 毫米以上，比成都平原还多。这里是盆地边沿地带，水蒸气翻不过大雪山，形成"地形雨"。

"今年气候反常，雨水多，气温低，季节晚，往年是谷雨断霜，清明断雪，今年立夏也断不了雪。往年的今天树芽已有 2 公分长，今年才开始萌动。"

气象站是邵启均一手创办的。在山顶上，他风风雨雨，已苦度了 13 个春秋。他家有老母和妻儿，逢年过节，他没有机会回老家青神县陪着温柔的妻子，吃年饭，拉家常。气象工作枯燥无味，他几乎成了机器人。每到时钟一响，他就会拿着记录本向观察站走去，准确地记下每个数据。他说："无论是严冬还是酷暑，也无论是刮风还是下雪，如果漏掉一个数据，那就是失职。一丝不苟，这是铁的纪律。"

"干我们这一行，气候越恶劣，越要去观察。气象资料是国家的财富啊！前些年，气象站就我一人，孤零零的很寂寞，但一想起全国有许许多多同行协同作战，就消除了孤独感。"

10年艰辛，10年成果。夹金山林业局气象站是全省林区重点气象站。除三个省级高山气象站外，它占第四位。这个站为我省气象研究提供了十分宝贵的资料。

老邵是个爱动脑筋的人，诸如苗圃设计，人参栽培等等，他颇有研究。所以，大伙亲切地称他"邵科研"。

森 林 之 魂

4月23日，晴。

哟，午餐，嚼着主人待客的猪脚杆，那味儿实在鲜美。

"这叫雪山猪蹄汤，是山里人待客的佳肴，来来来，记者同志，喝点雪豆汤暖暖身子。"热情的小李满满地盛了一碗，送到桌边。

"好家伙，还有大曲酒嘞。来呀，干一杯！"

何大汉一闻到酒味，喉头痒痒的，把碗伸了过去。

"不行，你怎么能喝酒？"

"你安心违法，要喝先罚款。"

"我，我舌头干得厉害，少喝点，润润嗓子吧。"

"哼！你呀，喝酒端碗，干活溜边边。"

"哈哈哈……哈哈哈……"席间，尖嘴对着利齿，又热闹起来。

山里人，感情特别丰富，我真有点羡慕他们热情开朗的性格。

饭后，雪停了。但天色仍然灰蒙蒙的。看来，摄影师的技能眼下施展不了，我们只好掉转车头，从泥巴沟回到大本营——硗碛寨。

我们刚到，一位白发长须老人，挂着藤棍，从院坝的尽头一步一颤地向我们走来。可以看出，这老人患有严重偏瘫症。

我急忙走过去，扶着老人，坐在原木上，拉起家常。

老人叫梁光全,是林区老工人。他老家是资中县,自幼喜欢花草林木。可家乡地处丘陵,引不起他的兴趣。解放初期,在他风华正茂的时代,不顾家人的阻拦,毅然离开了故乡,步行半月,走进了深山老林。从此,巍峨的夹金山,便成为他的归宿。

他当过炊事员,护林员,更多的时间是搞营林造林。夹金山的每条沟,每个山头都留下了他的足迹,洒下了他的汗水。他干一行,爱一行,行行出成果,他究竟得了多少奖状,谁也数不清。

"梁师傅,今年多少岁了?"

"67岁啰。"

"你这手是啥病?"我握着他僵硬的五指细问。

"嗯,风湿症,半边瘫痪。林子里,湿度大,容易生这病哟。"

我突然想起,前天在蚂蟥沟,卫生员宋世告诉我,山沟里,冬天雪,夏天雨,野外作业,头戴斗笠,身披蓑衣,脚蹬草鞋,难避风雨,难防风寒,致使患关节炎,风湿症的人特别多,长期吃不上鲜菜,消化失去平衡,胃病患者多达60%。这几种常见病,被称为林区工人的职业病。

这一切,对梁大爷是习惯的。他老伴在"低标准"时期离开了人间,留下一个孩子,父子相依为命,小梁大学毕业就留在县城工作。老人退休后,儿子接他到城里,本想孝顺一番,让他过个幸福的晚年。

然而,城里虽好,听不见松涛的沙沙声,闻不到松油的芳香味……他的食欲下降了,笑声少了,成天愁眉苦脸,如坐针毡,仿佛失了魂。他日夜想着森林,梦着森林,恋着森林,不顾儿媳劝说,到妻子坟前告别,又高高兴兴地回到夹金山。

他笑着说:"城里日子舒闲,就是看不到老林,心里闷。"

老人回到山林,领导和群众对他照顾很周到,日子过得很快活。

他还说: "待我气断血枯时,就埋在林中,守着森林,守护着夹金山。"

老人的话,深沉,坦然,高尚。啊,多么令人敬佩的老人!

工人杨忠文,正是奋进的壮年,在1987年春,不幸被一棵枯树从腰部辗过,腰被压断了,膀胱破了,昏倒在血泊中……

当即把他送进县医院，经检查，骨盆粉碎性骨折，尿道破裂。随后转入省林业厅医院，进行手术治疗。

经过一年的治疗，老杨的病有很大好转，可尿道不通，只好把他转入省荣军医院，一边疗养一边治疗。经过两次手术，尿道功能恢复了，生活也很正常，病员和局领导皆大欢喜。

然而，遗憾的是出现阳痿病，夫妻痛苦不堪。年轻的妻子哀求医生向领导诉说。三番五次求助医生发扬人道主义千方百计解除他们的痛苦。当领导听说江苏发明一种阳痿治疗机，不惜高价买回机器，为老杨治病。

我们到医院走访杨师傅，已是他在医院度过的第二个春天了。他精神饱满，夫妻生活也趋向正常。

林区的老人和残人，他们都有一部道不尽写不完的英雄史。

他们的英雄史诗，深深打动了我的心，摇动了我的笔。我要写，用我的拙笔记下他们的艰辛，然后将这些文字化成一片云，飘向雪山，飘向世界！

1989 年 5 月　宝兴

魂系夹金山（下）

我与夹金山的情缘，太广、太深、太厚！

那是 1989 年仲春，我懵里懵懂，首次去闯夹金山，全然不知她的容颜与秀色，更不知她的脾气与傲慢，我一门心思，扑向她丰腴的胸脯里。在短暂的对话中，她的神韵与温柔，让我昏昏，顺手书下一篇生态散文《魂系夹金山》，将我的魂，托福于她的心底。

从那以后，我常常唤起她的名字，难忘她的执著与追求。我不时向世人大声宣扬夹金山的灵气，也不时在大庭广众下，发表我的宣言：夹金山人为染绿大雪山，为守望大熊猫家园，始终不忘他们的宗旨与效应，就是在 1998 年四川省举行的实施"天然林资源保护工程"大会上，我也不停地大声呐喊：好样的天保工程，夹金山人在数年前就开始倡导少砍树，多栽树，着力保护天然林！

我的呼喊，绝非戏说，而是事实，是历史，夹金山人树起了一面鲜艳夺目的旗帜，给了我厚重的底蕴！

时至 12 年（2001 年）后，我再次登上夹金山，她给我留下情感和印象，更加难忘！

情 满 西 河

6 月 14 日，一夜风雨，天亮初霁。

"喂，打紧点，再打紧点！嗳，还可以加一个！"

车的位子，已经塞满了，可还有人要上，要同我们一起去看那横亘千里的夹金山。

今天，陪同我去西河观光的是，夹林局的顶尖人才，一批笔杆子，李昌明、卢文俊、郑奇勇，还有新结识的蒋奕全，他们都是文化人，是笔杆子，过去和现在，他们正用自己巧手，在书写夹林局的历史，在记录着夹金山人厚重的情怀！

笑声，一路风情，一路喜悦，一路回眸。啊，时光逝去12年了，可我们没有机会凑在一起诉说衷肠，也没有时光汇集爽朗的笑声！

今天，多么完好的日子噫！

夹金山，是以她的险与峭而闻名遐迩的。西河的山势与东河完全两样，它是夹金山的腹地，是夹金山的脊梁，其险与峭，胜似雪山的主峰。

汽车如同"穿山甲"，在大山之间迂回前行，费力地喘着粗气，向山腰爬去。

山，笔直的山，陡峭、悬崖、层层叠叠，望不见顶峰，也看不见她的整个容颜。

水，潺潺溪水，从峭壁悬崖淌下，在阳光中，水花四溅，形成雪白的浪花，玲珑剔透，十分好看。

路，在山间时断时续，时隐时现，山壁相连，逶迤盘旋，连绵千里，常常是"车到山前疑无路"，无奈，只好从山的胯下穿插而过。

我们去的第一站，是巴斯沟，一片茂密的人工林。树高大粗壮，胸径已有二三十厘米，葱茏欲滴，真有点喜煞人！

此时，年近花甲的卢文俊挥手指着青山，欣喜地说出了他们的一段艰辛。他说："这片林子是夹林局最早营造的人工林。哦，都30多年啦！我记得，那是1964年，我刚进夹林局，就来到这条沟造林。这大片林子，我们花三四年时间才完成的。当时的条件很差，护林站建在小河沟，进山要走两天，第一天步行50多里，歇陇东，第二天进山，还要走90里，这条公路是改革开放后才修的。"

巴斯沟，是3条沟汇集而成，它经历了许多曲折，在采伐与造林中，两种思潮的碰撞：一个要求生存，盼发展；一个要砍树，图舒适。那是一段历史，一段让人痛心的历史。怪谁呢？工人们是绝对服从，他们只有牺牲，而没有过错。

在 3 沟汇合的路边上,我们看到了一座新修的坟。

"那坟,埋的是谁呢?"我不假思索地问道。

"他是一位好样的青年,太遗憾呀!他为了夹金山而献出了生命!他叫王永材,是夹金山的英雄,是大雪山的好儿子。"郑奇勇痛惜地回答道。

顷刻间,我从心底萌发出敬仰之心!

他是如何牺牲的呢?我要求师傅停车,去看望这位为大山而献身的青年的墓地。

墓是建在一块台地上,墓前立着一块用汉白玉雕刻而成的墓碑。上面刻着几行字:"王永材同志之墓,四川省沐川县茨竹乡人,于 1994 年 8 月 26 日因工牺牲,享年 30 岁。夹金山林业局 1994 年 9 月立。"

我采了一束鲜艳的山花,放在他的墓前,随即向着他深深地三鞠躬以表哀悼。随即我对他说:"啊,小王,你太年轻了,正值盛年呀!生活对于你,应该说才刚刚开始……"

王永材牺牲后,是局人事科的徐建华料理的后事……此时,坐在车上的徐建华,向大家讲起王永材和妻子杨运芳的故事。当时,王永材是伐木工段的班长,在一次集材中,他刚开动机器,可空中索道运行不稳,突然断裂,他被摔到六七十米高的悬崖下,当场死亡。他走了,留下了妻子和一个倒大不小的孩子。

年轻的妻子杨运芳,更是一个苦命人。她是顶爷爷的班,走进夹林局的。因为,爷爷是夹林局的老工人,退休可以顶替一个子女,可是按政策规定杨运芳的父亲年龄大了,不能顶替,于是由孙女杨运芳顶替。所以她当上了林业工人。她不仅要供养孩子,还要照顾年迈的爷爷,家庭负担很重。

丈夫去世不久,杨永芳经人介绍,与本局周堂全结为伉俪,组织了一个新的小家庭。周堂全是筑路队开推土机的司机,在挡巴沟修路中,因地势陡险,在筑路中,推土机将路基压垮,连人带推土机一起翻到山下……太悲惨啦!杨运芳的遭遇惨不堪言呀!

拜谒王永材的墓之后,我们继续向深山走去。车,顺着弯弯曲曲的峡谷,爬上了 3 000 多米的扑鸡沟工程区,而迎接我们正是工程区的主任

"王山东"。他原在泥巴沟搞统计，1991年调到西河。因为他的老家是山东，大伙亲切地叫他"王山东"。

我第一次来夹金山，是在东河与他相识的。"王山东"仍然是一个豁达、开放的人。他对记者说："西河共有4个工程区，即若壁沟、扑鸡沟、赶羊沟和明礼沟。我所负责的是扑鸡沟，这个工程区共有7个管护站，我既是工程区主任，又是党支部书记。我区共有73人，管护面积3.6万公顷。"

西河的山林面积是夹林局的一半。这里的山，悬崖和缓坡间有，林地的面积与覆盖率已达90％以上，造林的任务不多，可管护的任务十分繁忙。

夏季，雨水特别多，我们上山的那一天，正巧是连续几天的大雨之后，难得的一个艳阳天。

这是一个高寒区，生活十分艰苦，冬季长，而夏季短，潮湿、寒冷，蔬菜副食品供应都要从山下运来。天保工程实施后，3年来，扑鸡沟工程区共造林300多亩。

年轻人都有一颗火热的心！他们常常用王永材的情操陶冶自己，以王永材的献身精神，鞭策自己。他们对森林的管护是一往情深。山里的生活虽然很苦很累，可他们都抛去了昔日的遐想，安下了心，执意终身与山为伴，与林为伴，决不动摇！扑鸡沟工程区是个大家庭，这个大家庭内，有4对年轻夫妇在山上安了家，人在山上，心也在山上，他们都把大山当做自己的家。

午饭后，我正好碰上了王伟和刘晓梅夫妇，便和他俩攀谈起来。王伟是南江人，刘晓梅是乐山人；男的是1990年进山，女的是1993年入夹林局。他们情投意合，结成夫妻，已有一个5岁的孩子。巧得很，今天，是王伟入党的日子，下午召开支部大会。王伟在入党的申请书中，写得最耀眼的一句话就是"为天保工程奋斗终生"！

挡 巴 沟 风 情

6月15日，雨转晴。

昨天很晚，我们从西河返回局机关所在地——穆坪镇。今天清晨，山边还未透出霞光，我们又出发前往东河，重温 12 年前走过的那条山路。

浩瀚的夹金山，分作东河与西河，高山峡谷，沟壑纵横，拥抱着夹金山，既是夹金山的水系，也是夹金山的血脉所在。

东河，它的历史积淀丰厚、久远，饱含着历史重任，红军长征翻越的第一座大雪山——夹金山，他们就是走的东河。夹金山也因此而成为名山，成为全国人民爱戴的革命的山！多少年来，夹金山象征着革命的里程碑，无时不在的吸引着众多的革命家、历史学家、文人、学者、游客，还有最为广泛的青年学生。

我们沿着红军走过的长征路，爬上锅巴岩，走过蜂桶寨，车拐了个大弯，再爬上一座陡坡，便到了第一站挡巴沟工程区。

这个工程区，是实施天保工程之后新建的工区，一切都体验出一个"新"字。房子是新的，设备是新的，人也是新的，大部分是从别的工程区调节来的。1999 年元月建站，共耗资 16 万元。有职工 45 人，管护面积 2 600 公顷，除后勤人员外，人均管护面积 100 公顷。他们自己动手，还建起了小水电站，新置了办公用品、电视机、音响、电话机、图书室等等，一溜的新设备，又花去 1.2 万元。

工程区书记李云忠，是一位热心人，虽然他已走入中年，可在他的言谈举止中，似乎有一颗滚烫的心。他像放连株炮一般，向记者介绍建站、栽树、守山的"平凡琐事"。他操一口川北音说："在前一天，局里已经通知我们，有一位省报的高级记者、作家要来采访，我们马上作了部署，作了准备。今天，原本是护山巡逻，我们的职工，很早就上了山，想的是，早点赶回来见一见记者，大家稀罕着哩。嘻嘻，说真的，我们山里人，消息封闭，少见大世面，许多职工没见过记者、作家是啥模样儿。"

李书记的话音刚落，工程区主任徐华新，接上了话题。对全区的情况作了详细叙述。他体魄健壮，肤色黝黑，一听声音就知他是川北人，说话时，总是将"二"，读成"呃"。他说得最多的是，实施天保工程后，他们所有的工作运转，都是围着栽树造林，育苗、栽树、管树、护树……以树为中心，以树为荣。大伙心中最高的信念，就是让树长大成材，绿满夹金山！

"我们的劳动强度很大嘞。"他稍停片刻后又说，"早晨，上山要背七八十斤苗子，女工要背5把，男工要背6把，每把100株，还有锄头、砍刀。中午饭要在山上吃，还要带馒头、水壶。背着东西要爬一二十公里，花两三个小时，才能到达作业面。工人要在山上，将运去的苗子全部栽完、栽好，自己还要检查一遍，才能下山。一天要劳动十多个小时，露水、汗水、全身衣服都湿透。晚上归来，许多人都累得腰酸背痛，动弹不得。我们的工人苦呀！"

然而，苦中有乐！他们累了，就打开音响，或高唱一曲，或扭扭屁股，跳跳舞。还有一乐，就是举杯痛饮"小白干"。哟，喝酒也算一乐，怎么乐法呢？

那天中午进餐时，大伙儿就乐得让人开心。桌上的酒与菜，虽然不算高档，可酒、菜、肉，都体现了一个"新"字和一个"香"字，按时髦的说法，这些"进口货"，没下过大染缸，全是"绿色食品"，是城里人既吃不上、也见不着的"上等货"。

"老白干"，美名宝兴"五粮液"，纯度高，全用粮食酿制而成。那酒一摆上桌，大家立即"轰"了起来。

今天，谁当酒司令呢？酒正好摆在小陶的面前。他欲开口，想自荐当名酒司令，可陈品抢先发话："三娃子（小陶）喝不赢我，他一端杯就垮架。"陈品话没说完，就顺手拿过酒瓶。

"嗯，陈品，你别提劲，今天领导在场，你不敢喝。"小陶反驳完后，他举杯伸向徐华新的面前："来呀！徐叔，不讲条件，干！"只听见"当"一声，一杯酒下了肚。

"王老师，这酒不打脑壳，喝一杯吧！"蒋奕全热情地劝我。

"谢谢！我从来就不喝酒。"我婉言谢绝。

"那好，王老师，您就多吃点菜吧。"徐华新把一碟上等野菜，推到我面前。

"好，好，你们品酒，我品菜，哈哈……"我连忙点头接应。

"王老师慢慢吃，等一会，您尝一尝我们自己做的老腊肉，那味才鲜哩。"徐华新又一次劝说我。

"小蒋，嗨，你的杯子怎么空着呢？斟起斟起！"小陶提起酒瓶子给蒋奕全满满地斟了一杯，逼近他的鼻尖。

"我……我不喝酒！"小蒋推迟。

"不，这不是你的性格嘛。来来来！"小陶再三劝说小蒋。

桌上的气氛十分活跃，香喷喷的一碗碗山珍野味，我吃得又香又甜。今天摆上桌的全是野菜，什么"弯头鸡"、"蕨鸡菜"、"山油菜"、"山芹菜"、"山白菜"……有七八种。不多时，我的肚子吃得鼓鼓的。这时，李书记又发话了："何平，你们采点新鲜的豌豆尖，搞一个汤，好不好？"随即，两三位女工，走进后门外的菜地，采来嫩绿的豆尖，前后只花了几分钟，一大碗鲜汤端上了桌子。

李书记还告诉记者说："前几天，上海来了几位客人，决定和我们联合开发大理石、汉白玉。嘿嘿，他们吃了我们的饭菜后，风趣地说：'你们过的是神仙过的日子'。"

夹金山是座多情的山！林业工人深厚的友情，鲜活的气氛，不是一天两天铸成的，而是一代、两代、甚至三代人用汗水浇灌成的。许多老工人，献了青春献终身，献了终身献子孙！

一 条 硬 汉 子

6月16日，阳光融融。

两天前，我决定去访一位省劳模，一位受人尊敬而又有点令人怜悯的人。他是谁呢？他是柳落沟工程区主任常兴章，一条硬汉子。

柳落沟，与其说它是"沟"，不如说它是"山"，是大山、高山，更好听些。工程区落脚地，就架在那高山之巅。

去，还是不去？要去，又如何去法？自从第一天我得到信息开始，就一直商议，直到了第3天，仍然拿不定主意。上山，我早就下了决心，可他们一直在犹豫，认为我没有胆量爬上柳落沟。

柳落沟位于硗碛镇对面山顶上，那地方，距硗碛不过10多公里路，

"打雷都听得见"，可那里的山陡峭，路，过去是豺狼虎豹进出的地方，近几年做了一些手脚，才成为一条土路，车是极难爬上去的。他们都劝我别去了，想通知常兴章下山来，接受记者的采访。可谁去通知他呢？他有气管炎，能否走下山来呢？思来想去，左右为难。最后，还是我拿定了主意：去！再苦再难，也要去爬那座山，找到那位刚刚被授予省劳模称号的植树能手。

那山，确实名不虚传，一辆北京牌的公安车，是专供爬山用的。路，是大块小块石头堆砌而成，车轮碰着石块，石尖撞着心尖，摇晃、颠簸，心尖尖都快跳将出来。我双手抓住把手，双目紧闭，咬着牙，任凭摇晃……

爬山艰难，可更让我为难的是，当我说明来意后，被采访的对象还没吱声，他的老伴便拉开了话匣子，如同放火箭炮一般，射开了："哦，你们宣传他，有屁用，能吃，能喝吗？"

"……"一口闷气，堵在我还未平静的胸口上，弄得我直冒冷汗。

"别宣传啦，他是个老实人，宣传他，没有用……"她没有等我喘过气，又开足了马力，发起了第二次冲锋。

"他呀，弄得一身病，人不像人，鬼不像鬼，今后的日子咋过呀！"说到这里，她突然心软了，哭了。

常兴章的妻子是个心直口快的人。谈起过去，她有很多苦无处说，仿佛今天是个机会，她要拉开闸门，放一通，这也是人之常情呀。

常兴章是南江人，1965 年进山后，就没有下过山，一干就是 36 年。他进山那阵，是一个很俊的小伙子，就是现在，虽然年近花甲，可他照样是身体挺拔，背不驼，腰不弯。他年轻时什么都干，当过卫生员，任过工段长，现在仍然担着柳落沟工程区主任的要职。这担子不轻呀！

常兴章说，他干得最多最开心的是栽树。自从 1966 年他在夹金山植下第一棵树苗起，36 年来，他带领大家迹地更新、荒山造林累计 14 000 亩，植树 288 万株。早年植下的云松、冷松、红杉现已长大成林。

对常兴章的事迹，在夹林局都编成故事，传为佳话。他身患气管炎，冬天更严重，常常咳嗽不止，可他一直坚持工作，从来没有住过一天医院。

作为记者，许多事，我总是喜欢听本人的讲述，领略他的感情与想法。可是他是一个不愿意说自己事儿的人。经过一番启发，常兴章终于启齿了。他抿了一口茶，说："我感到最对不起儿子的是，他今年都17岁了，我很少管他的生活、学习呀……嗯，就连经济上，我也无能为力，一个月700元工资，顾了这头，顾不了那头。我爱人没工作，过去还可以上山挖点药材卖，现在她的身体不好，啥也干不得……唉，这事，我真有点内疚呀！"

"管儿子？嘿，他才不得管呢！"老伴埋在心底的话，又被他挑了出来，而且心极不平静。她狠狠地"挖"了常兴章一眼，说道："他的心目中没有儿子，只有木头、树子、林子。儿子出生的时候，他做得很绝呀。别人都说，生孩子不能在山里生，我准备回老家双流去生，劝他请假，他说：'我是工段长，不能请假。'那一天，我都发作了，痛得很呀，叫他请假在家守着我，他'牛起'不干。他找来一位女工守我，他才安逸哩，把屁股一拍就上了山。我说：'老常，痛呀！'你猜，他说什么？他说：'生孩子，痛，是正常的。皇帝都要过这一关。'他一走，我就不行了，昏倒在地上，她们想把我抬下山，可坡陡，路远，不好走。随后，他们才想办法从乡里、局里找来医生，抢救……我生下孩子三天三夜人事不省，直到第四天才苏醒过来。"

他哪有工夫管儿子呢？他干起事来，连自己也管不了呀。1995年夏天，他由于太劳累，发高烧，达到了39度，头昏脑涨，全身乏力，早晨起不了床。无奈，他叫爱人把几位组长叫到床前，给大家安排工作，并再三要求要注意安全，保质保量完成任务。工人看他的病很严重，要背他下山治疗，可他坚决不肯下山。当病稍有好转，他又和大家一起上山栽树。

最让大家感动的，也许是他不畏强暴，保护国家财产的事了。提起那件事，他的妻子最激动。她抢先说："他是个要木头不要命的人。那是1995年4月的事，为了制止不法分子盗窃木材，他挺身而出，与那伙坏人斗。当时有人开汽车盗运木材，他去挡，不准拉走，那些亡命之徒不怕事，用汽油烧他，把3条裤子都烧烂了，他也没有怕，硬把那伙人挡回去了。可是，歹徒没有放过他。第二天早上 4 点钟，一个大汉来叩门，老常不知啥事，把门打开，那家伙手拿一把尖刀，朝他连砍 11 刀，头上、身上、手上到处都是伤，我从床上爬起来救他，大吼大叫，那家伙才跑了……"

说到这里，常兴章举起右手说："你看，王记者，我这只手都残废了，写字都不来劲。"

常兴章一生多灾多难，疾病、歹徒都向他袭来，可他是条硬汉子，从不屈服！

红军从这里走过

6 月 17 日，雨，淅淅沥沥。

蚂蟥沟，这地方我不陌生，第一次进山采访，在这里住过三五日，已经和绿色的塑造者——林业工人十分融洽。工程区的支部书记廖永富，我们早就是朋友了。他对人热情、真实。这一次，他原本在灵关学习，听说记者要去蚂蟥沟，他专程到局里来接我。那一天，我们是一路笑声，一路回顾，说不完的山里话，摆不完的龙门阵。在去硗碛的车上，他就将蚂蟥沟的新闻播了一通。他说："王记者，你已经多年没到我们工程区去过了，现在的蚂蟥沟可不是以前的模样了。蚂蟥沟，在夹林局很有代表性，因为它就处在夹金山的正大门。过去，人们提起夹金山，好像很遥远。现在不同了，信息灵呀！电话、电视、卡拉 OK……什么玩意儿我们都有。一个电话可打到全国，许多城里人晓得的事，我们蚂蟥也晓得。"他稍歇片刻又说道："变化更大的是，职工的精神面貌焕然一新。我们工程区，青年人多，平均年龄只有 30 岁，我算是最大的；思想很活跃，工作干得有滋有味的。现在实施天保工程，人人拥护，我们佩服上面的领导有眼力！这个工程区停砍早，造林早，实施天保工程后，我们新造林 4 300 亩，全区已经没有空地，现在主要是管护。过去搞伐木，流动性大，劳动强度也大，人心不稳，现在不一样了，生产、生活有规律，人心稳，生活安居乐业。而且，在劳动之余，都把自己的生活安排得有条有理。嗯，还有一条，现在搞天保工程，和当地的老百姓没有什么利害冲突，我这个当书记的，也就减少了许多麻烦事。"

是呀，如今的蚂蟥沟，若与 12 年前相比，确实发生了翻天覆地的变化。首先，那里的树子长高了，长粗了，郁郁葱葱，全部都封了林，连麻雀也难钻进去；同时，一条大"大动脉"——省道线——宝（宝兴）金（小金）公路从门前经过，南来北往的车辆，把许多信息，许多外界的新鲜事传了进来。工程区的房子虽然还是老样子，可在工程区旁边，交通局修了道班，一排新崭崭的砖瓦房，还有商店、运动场一类的设施，都很阔气。

当年，红军从这里走过，地上本无路。如今，大路一直通到了夹金山顶，通到了大雪山的胸脯上，通到了小金、红原、若尔盖……吸引了不少中外游客，旅游业正在蜂桶寨、硗碛、蚂蟥沟一带蓬勃兴起。

今年，天，似乎起了怪意，入春以来，北方天旱，南方也天旱，农民叫天喊地，也没有打动"上帝"的心。可夹金山却不是那样，那里的雨，说下就下，说停就停。昨晚，又是风雨交加。

清晨，天还没大亮，一丝儿微弱的光，从窗户挤了进来，我打开笨重的木质窗户，一支青翠的树枝将湿漉漉的头伸进屋来。我缓缓地将头伸了过去，嗅了嗅那诱人的清香，随即，言不由衷地说了一句："您早!"

这时，我再也睡不着了，便披上衣服，走出大门，雨变小了。清晨，在山间，顺着平坦的公路散步，开心极了。空气如同丝网滤过，清香、柔和，沁人心脾。

在大门外，我转了一圈之后，突然发现，门前发生了意想不到的变化，两边的大墙上，写着两副大标语：左边写着"植树造林，再造秀美山川，实现祖国大地园林化"；右边写着"贯彻实施《四川省天然保护条例》，依法保护天然林"。

啊，更让我吃惊而新奇的是，门前办起了两张"黑板报"，内容新，而且粉笔字写得工整漂亮。左边是"环保特刊"；右边是"纪念中国共产党成立 80 周年专刊"。

"环保特刊"的内容十分丰富，其中几篇文章的标题引人注目：《生态旅游的亮点：夹金山国家森林公园》、《一双一次性筷子等于一片森林》、《沙尘暴中国人心中的痛》、《世界四大沙尘暴》，等等。

我疑惑："这么漂亮的字，出自于谁的手呢？"

我走进院子，雨已经停了，一位青年，正拿起扫帚在院子里扫地。他就是这里新来的文化人袁佳伟。他一头粗壮的黑发，个子不高不矮，有棱有角，很有几分男子汉的气派。这位青年，人纯朴，思想单一，有理想，有追求，爱学习，他一有空就读书，什么书他都爱读。然而，他年纪轻轻的，可在家庭、婚姻问题上，却遭到不幸，许多人都为他的不幸而遗憾。我听了他的故事，心中也泛起了涟漪……

在小袁的屋内，我们交谈很久，话题颇多，家庭的、社会的、思想的、文学的，都说都摆。随后，他拿出一沓习作，要我指点。我在翻那些稿件中，突然发现《一封感谢信》，这封信，是一位因工负伤的青年秦怀海写给支部书记廖永富的。事物的发展是矛盾的，在幸福的人中，总是有人不幸。袁佳伟的不幸是在婚姻家庭上，而秦怀海的不幸是因工负伤。

我目不转睛地读着信，其字迹虽然不太工整，可情感很深很深。稿件是这样写的："6月15日，秦怀海把一封信交给廖永富书记手上，'谢谢工区领导和同志们的帮助，我一定好好回报你们的关怀！'他是5月中旬，在五指沟搞灌木造林，不幸右腿小腿骨折，班组的张绍军、袁佳伟二人，背着这一百多斤重的伤员，足足走了6个小时，才把他从山上背下山来，送进硗碛职工医院，可是他上有父母，还有一个80多岁的爷爷，下有小孩，妻子没有职业，几口人全靠他的工资生活。此外，还有他的胞兄早逝，留下两个倒大不小的孩子，也要他照料。书记廖永富、主任李林彬知情后，他们各自向他捐了20元钱。消息传开后，职工纷纷伸手，献爱心，这个10元，那个20元，共计捐款500元……"

在林区，人心团结，一人有难，大家伸手，已成时尚！对秦怀海的伤势，我想去看一看，以示关心。廖书记似乎看出了我的想法，还没有待我正式表态，他就决定陪同我去医院看望秦怀海。

医院对秦怀海算是特殊照顾，住单间，妻子和孩子时时都在一起。白胖的小儿子，正在熟睡，年轻的妻子丰满、健美，一眼看去就是一个幸福的小家庭。秦怀海进医院已有一些时间了,但病情好得很慢。廖书记很担心,语重心长地说:"小秦呀!你的伤很重,医院本来不许家属和病人住在一起。为了照顾你家的困难,他们才同意的。年轻人要节制,不能太冲动,伤了身体,弄不好会残……"秦怀海不好意思,直点头。

我们告别秦怀海,刚出医院门,我不知怎么便冒出一句:"哟,书记,你的思想工作真是做得细致入微呀!佩服!佩服!"我俩都心领神会地笑了。

可以"控股"

6月19日,晴间多云。

夹林局的领导很忙,我一连等候两三日,都未能会晤。那一天,幸亏了老朋友、局党委书记朱世坤的协助,才见到了局长马福康。其实,在12年前,我们就相识了,当时他是副局长,他给我的印象是少言少语,平易近人。他的运作日程中,最常见的就是个"忙"字。那时,他是管业务的,采伐、营林他一齐抓,忙了"砍树",忙"栽树";忙了"内务"(伐木),忙"外交"(卖木材)。

在局机关那栋年久失修的办公楼内,举行了一个简短的座谈会,马福康开门见山地说:"我们局有一个重要的'备忘录',其中记录着'天保工程'的历史档案。1998年6月19日,也就是在天保工程正式实施的前两月,局里就决定停砍了。我们局也许是全省第一个停砍的森工局。紧接着,原有制材生产线、刨花板生产线、细木工生产线都全部停产了……"

其实,走营林造林、保护天然林的路,在20世纪80年代,夹林局的领导和工人都已经想到了,这是一条必由之路!他们想,林子,砍光了,现成的森林没有了,上万的工人吃什么?无可奈何呀,唯独只有搞营林造林,让人工林再生后,才能养活林业工人。其实,这道理很简单,连三岁的小孩都懂得,可做起来却难呀!

马局长在谈话中,重点讲了4个字,即停、保、建、管。这几年全局几百职工所做的工作,也就是围绕这4个方面进行的。实施天保工程后,将 600 多名退休职工转入社保，给他们按月发了基本生活费，让退休职工的生活有了保障。现有职工 873 人，干什么呢？造林、管护，死守夹金山。他们的活动天地很宽很广：

施业区面积 16.5 万公顷；

有林地面积 7.7 万公顷；

天保前造林 1.4 万公顷；

天保工程造林 7 155 公顷。

全局共有管护站 42 个，原有 12 个，新建 30 个。夹金山林业局是老先进，"六五"、"七五"、"八五"都是全国营林造林的"先进集体"。

宝兴县的幅员 3 114 平方公里中，夹林局占全县面积的 51％；而且是宝兴县最大国营企业，夹林局的职工人数，占全县国营企业人数的 2/3；夹林局管护的森林面积占全县森林面积的 80％。

于是，有人开玩笑地说，夹林局在宝兴县就其职工人数、管护面积、森林面积都占绝对优势，可以"控股"！

2001 年 6 月　宝兴

（原载《唤醒大地》2001 年 12 月出版）

潮 涌 二 郎 山

二呀哪二郎山，
高呀么高万丈，
枯树哪荒草遍山野，
巨石满山岗
……

一首广为流传的民歌《歌唱二郎山》，唱了半个世纪，却经久不衰。为什么？不因别的，只因二郎山的高与险，在人们的记忆中厚重而深远！应该说，二郎山给世人留下更深的是她的美，林木葱茏，苍翠欲滴，绵延数百里的森林，五彩缤纷的植被，是生物学家驻足研究的理想场所。

然而，她的美丽与风采，近些年来，不知不觉地从视野中消逝了，她失去了昔日的光泽，变得脆弱而空虚。

天全县，位于二郎山东麓，是在她哺育下成长兴旺起来的。如果没有二郎山康健的姿色，也就没有了天全的繁荣昌盛。天全的14万百姓，深知二郎山的存在，二郎山的一举一动，对他们都事关重大呀！

世纪末，四川猛然启动120个退耕还林试点县。天全脱颖而出，旋即在二郎山上，树起了一面鲜红的旗帜，将退耕还林工程引入纵深发展！

朱总理的心愿

"哈哈……真美，真美！"

笑声，国家总理的笑声、山里百姓的笑声，荡漾在青衣江畔，回旋在绿色林海里！

21世纪的第一个初夏，朱镕基兴致勃勃地走进了二郎山下的天全县，他目睹到山里人退耕还林的丰硕成果时，他笑了，笑得如此开心！

长江、黄河孕育了中华民族的灿烂文化，是中国人民的"母亲河"。然而，时至20世纪末期，由于生态失衡，长江、黄河中上游的大量泥沙，倾泻至河流中，致使泥沙淤积，泛滥成灾。国人大声疾呼："拯救'母亲河'！"

在大声疾呼中，党中央、国务院果断地作出了英明的决策，在全国实施天然林资源保护工程和退耕还林工程，深得民心。百姓开怀称赞："这是脱贫致富的民心工程，是造福子孙后代的德政工程！"

1998年9月，中央决定在四川率先启动保护天然林工程和退耕还林工程，构筑长江上游生态屏障。这是朱总理多年的心愿，也是他亲手发动和指点的！

2001年6月9日上午，他风尘仆仆，不远千里，来到天全县紫石乡果木沟，环顾满山林木青翠，绿草茵茵，喜出望外。

站在一旁的天全县委书记卢泽康，将天全县近两年来退耕所取得的丰硕成果，向朱总理作了汇报。他说："我们按照党中央、国务院的要求，全县该退的耕地，都已经退下来了，原计划退3万亩，最后退了6万亩。目前，乔、灌、草、药复合种植，针阔混交、林药间种、林草间种、保持了生物群落的多样性。特别是农民对种植药材，很感兴趣。药材由'三九'药业公司按市价收购，收入没有降，反而增加，所以农民的热情很高。农民的退耕还林积极性很高，大家觉得退的还不够。"

朱总理听后十分高兴，频频点头赞许！

"退耕一亩地，补助农民多少粮食？补助多少苗种钱？"朱总理问道。

卢泽康如实作了汇报后，朱总理又说道："补助一定要兑现，一定要交到农民手中。苗木可以集体培育，也可以把钱给农民，让他们自己去买。要鼓励农民多种树，管护好，以后是一大笔资源和财富。"

当卢泽康向朱总理汇报时，说道："我们还有一万亩缓坡地改造工程，可以用来种粮食，解决口粮问题。"

朱总理截住了他的话题，强调说："缓坡地改造，不一定非要种粮食。什么经济效益高就种什么。要多为农民考虑增收的问题，不要只把口粮保住了，而经济收入没有了，要解决好这个矛盾。"

为了在四川顺利实施这两项"绿色工程"，朱总理不辞辛劳，于1996年和1999年，曾先后考察了凉山彝族自治州和阿坝藏族羌族自治州，这是第3次入川考察。

巧得很，在朱总理赴川考察一周后，记者去天全采访，县林业局副局长李正洪陪同我，沿着朱总理走过的路，来到紫石乡果木村。

雨后初霁，清晨，天空清爽、碧绿，花香沁人肺腑。一缕霞光洒向山谷，四野生辉。当我们走进果木村退耕还林观察点时，李正洪向记者介绍说，朱总理首先视察的是这个乡。他从车上走下来，站在这个地方，看到一片嫩绿的树苗，便对记者说："快来拍，这个地方很典型。电视台把这里多拍一点儿，这是个窗口，很有意义嘛。"

"这是全国第一个率先搞起来的退耕还林村。"李正洪说，"这个乡还有一个特点是，养殖业发展很快。三力种羊繁殖中心投资300多万元，发动农民种草，为他们提供养羊饲料。1998年9月开始试验，去年就收回30多万元，现有存栏数2 000多头。这件事对当地农民启发很大，目前，几乎家家都在种草养羊，发展养殖业。"

我们顺着平坦的318国道，溯青衣江而上，走进了位于二郎山半腰的两路乡联江坪村。这个乡比较特殊，多年来靠砍树过日子，吃的是"木头财政"饭。全乡2 000多人，幅员辽阔，耕地全退，种草养羊。这个乡的退耕还林还草面积4 929亩，涉及4个行政村、428户农民、1 520人，实行林、草、药间种，配套种草养羊。目前，林、药、草郁郁葱葱，羊、兔肥壮。

在村头，我们目睹到村民繁忙的景象。在溪沟两岸和房前屋后，都搭起了许多新羊圈。羊儿在圈内咩咩欢叫，农民在山坡忙碌，为羊群采集青草、食物，显示出一幅"清明上河图"的景象。

那一天，朱总理在离开这个乡时，嘱咐县里的同志，要告诉农民，建羊圈要选择好圈地，要建在离耕地较近的地方，有利于取肥种地，不能建

在河边上。

春潮涌动二郎山！好事、喜事，从八面涌来。

5月9日，由国务院西部开发办和国家林业局组织召开的"南方片退耕还林还草试点工程现场经验交流会"，在雅安、天全召开。来自国家计委、国务院西部开发办、国家林业局、财政部、水利部、国家粮食局和江西、湖南、云南、重庆等8个省市的300多名代表，云集二郎山学习、取经。

6月9日，在朱总理考察二郎山之后不久，中共中央政治局委员、全国人大常委会副委员长田纪云一行数人，深入到天全县多功乡切山村，以及河源乡沙漩村，实地考察了退耕还林和低产缓坡地如何科学种植的情况。他看到四周青山绿水，十分高兴，赞叹道："你们的工作干得不错！"

近年来，中央的、外省的、本省的领导，都十分关注天全，频频举步，将情感倾注二郎山。国务院西部开发办副主任王志宝，更一往情深，不到半年工夫，他3次南下，走进天全，指点植树造林和百姓的生产、生活。他将自己的情感融入二郎山，当地百姓已将他列入了"天全籍"。

初露头角的"天全模式"

退耕还林，有一段历史演变过程。也许，这是人类发展到今朝今世，必然的结果；或者说，是人类自己演绎、酿制而成的苦酒。

森林与耕地有着相辅相成的渊源关系。在西南，乃至全国，森林遭受大面积砍伐之后，随着人口的剧增，森林采伐到哪里，人就随虚而入，开荒种地干到哪里。那就是历史，一段人类践踏生态而出现的森林悲壮史。

雄伟秀丽的二郎山，也没能逃脱那段心酸史。天全县山高谷深，地势陡峭，随着千年古树消失后，大面积开荒垦种，许多地的坡度，不是25度，也不是30度、40度，而是50度，甚至60度，农民为了获得几颗包谷籽谋生，除此举措，似乎无计可施。

对于这方面的情况，记者在6月20日，专门采访了副县长高平。他是个坦诚的人，在谈到天全的生态环境时，他开门见山地说："80—90年代，是天全最辉煌的年代。那时，大家很侥幸：'天全工业无亏损'。实际上呢，是木头、石头、水头支撑起来的。两家大企业，18个乡、镇都有采伐任务。每年生产木材12至15万立方米，效益非常明显，这是大利润，也是县里财政大头。乡镇企业每年上缴财政1 000多万元，主要是靠伐木的收入。当然，我县的花岗石、硫铁矿、水利资源也很丰富。"

这个县，也许是川西较为典型的县。高平扳着指头算了算，县财政每年收入几千万元，"木头财政"是大头，是支撑点！实施退耕还林工程后，这笔收入就没有了，对天全县无疑是一大损失。

人们的认识，是一个曲折而又痛苦的过程！国家实施退耕还林工程后，县里一班人的认识，并非一开始就那么清晰、明朗。高平对记者说："生态建设不仅是中央的要求，更是天全发展的迫切需要。对一些问题，不通也要通，可以说是逼上梁山啊！从生态建设意义看，我县境内山高坡陡、沟壑纵横，是川西暴雨集中区。过去，我县在发展经济的过程中，对生态建设重视不够，过量采伐森林和毁林开荒比较突出，降低了水源涵养能力；洪期除大量的泥沙流入江河外，每年泥石流、洪水，造成国道318线交通中断，人民生命财产受到严重威胁。1996年，二郎山发生泥石流，一次冲走民工12人，多惨呀！随着天保工程的实施，传统资源加工企业相当一部分面临'关、停、并、转'，税源逐渐枯竭，同时几十年一贯制的'粮猪型'农业经济结构，很难使农民摆脱贫困，走上致富路。我们深深地感到，继续沿着老办法，路子会越走越窄，山更空，人更穷。"

他说的话，看得见，摸得着。

多少年来，无论是省里的领导，还是市里的头头，都不曾一次，要求天全对青衣江两岸那些高山陡坡应停耕还林。人们还给那些耕地，取了一个美名，形象地称它为"大字报"地，那些陡坡就像一垛一垛的墙，那一块一块的耕地就像贴上去的"大字报"。

人们借用一句十分普通的话"逼上梁山"，来形容某些事，逼着你去那样干，退耕还林也是形势所迫！

是的，在天全这块地方，有一种紧迫感在逼着大伙去干、去拼！

他们一旦情感通了，行动也就迅速地跟了上去。当今，西部大开发的号角声，是一种强大的震撼力！县里一班人，看准了行情，找到了航标，下了决心，横枪跃马，冲上阵来，选准了建设"工业强县"、"生态强县"两个目标，并在生态上下工夫，在建材、水利等方面下力气，要在新世纪，找准自己的新位置，扬起帆船，大步前进！

1998年岁末，在全国实施天然林保护工程后，他们率先响应"退耕还林工程"，调整农业产业结构，该停的停，该种的种，上上下下，山里山外，一齐动员起来，很快在全县形成退耕还林的热潮。

善于务实的县林业局副局长李正洪，谈起两年来走过的历程，他浑身是劲。这位从部队转业的同志，许多经历和过细的做法，他都了如指掌。

他高兴地笑了笑，说道，在开发性生态建设上，人们紧紧围绕建设长江上游生态县的目标，绘制了生态强县的蓝图：

——用3～5年的时间，完成全县18万亩25度以上陡坡耕地的退耕还林还草、30万亩宜林荒山的绿化造林；

——结合荒山开发、流域治理、纸浆原料基地建设等各项工程的实施，加速经济建设和结构调整步伐，建成10万亩杂交竹、10万亩三倍体毛白杨、10万优质牧草基地，全面完成陡坡耕地和荒山荒坡的绿化造林任务；

——延伸生态建设产业链，发展林竹、畜产品生产加工、绿色食品、旅游开发等特色经济，培育县域经济新的增长点，实现生态、经济和社会效益协调统一，达到人与自然的和谐。

这是一幅精心绘制的美丽的生态蓝图！到那时，二郎山再也不是人们望而却步的秃山野岭，而是一座绿色的山，美丽的山，人们心中的偶像，让人流连忘返！

天全县的行动，是迅速的，而且是行之有效的，在短短的两年时间内，他们竭尽全力，已经在许多方面获得了实效性的进展，创立了适合自己的新模式，他们将中央的精神、专家的意见和农民的想法，有机地融合在一起，探索出"4＋1"生态经济复合型新模式。具体而言，那就是：林草间种、竹草间种、林竹混交、林药间种，外加种草养羊。

这一模式是经过实践，而行之有效，目下已经在农村中生根、开花、结果了!

换件"新衣"穿穿

6月20日,是一个风和日丽的日子。当记者参观果木村退耕还林的示范区后,又与紫石乡党委书记,坐在红灵山农家乐的休闲厅内,漫谈至傍晚。

他叫李家顺,刚刚踏进中年的行列,白白净净,像个书生。书记是一位思路敏捷而健谈的人,谈起一年多的工作,兴趣极浓,如数家珍。他回忆,这个乡多年来,在农业生产和农民的生活中,所运行的轨迹,是一个传统而守旧的八古文。他坦诚地说:"紫石乡幅员263平方公里,2 288人,4个村,18个组,过去是林区乡,乡财政主要是'林业财政',靠砍树维持生活和发展生产。开初,在退耕还林工程的实施中,也曾有过许多矛盾和问题。首先,老百姓不大相信政府的政策能兑现。乡里的少数人还对此事起了疑心,他们认为,政府拿钱搞退耕还林还草,是天方夜谭!"

群众不信,乡党委一班人信。李家顺是一位朴实的人,做工作也是一步一个脚印,一步一个台阶。

李家顺想,无论山有多高,谷有多深,改革开放的春风都会长驱直入。中央说话怎能不算数呢?20多年的农村改革开放,一件件,一桩桩都是兑了现、生了效的。中央的政策一旦下达,没有不见成效而退兵的。自从承包责任制下到农村,农民积极性空前高涨。如今,西部大开发的号角已经吹响,保护天然林工程和退耕还林工程也一样会热火朝天地干了起来。

李书记对笔者说:"我们党委有了这样的主心骨,便深入农户动员,召开院坝会、家庭会,探索新路子,寻找新办法。多年来,我们党向来就是从群众中来,到群众中去,走群众路线。这一回,也是这样。当然,有时也不是一成不变的。比如,对退耕还林的补助问题,开初说一亩地给200斤粮,后来又说给200斤大米,结果是给的300斤原粮。这样变来变去,农民的思想自然会波动。你想嘛,一个农户油、米、柴、盐、醋、酱、茶，什么都离不了。他能不为今后的生活考虑吗？"

"哈哈……"李书记谈到这里，不言先自个儿笑了起来，他说，"农民说得很风趣。过去说城里人'下岗'，觉得很陌生；现在乡下人也要'下岗'了。而且是一个村一个村的农民都下了岗，不种庄稼，不务农。面对些新的问题，开初我们的工作做起来是懵的，认识也是由浅入深。有些农户的思想不通，一次、二次，有的跑了 20 多次才做通。"

从客观而论，农民说，天保工程刚刚实施，农民还没喘过气，立马又搞退耕还林工程。很自然，这两工程接踵而来，不能说农民没有想法，没有顾虑，就是当干部的也很难适应呀！

工作是艰巨的，书记的思想也是在干中学，学中干。他们说，历史的运转，自然的走向，大伙儿从来没有经历过这么大的转折，也没有经历过这样快的节奏！农民说："天保工程是好，可国家没有一个缓冲的时间，又来了一个退耕还林工程，这两个工程，彻底改变了农民的生产、生活方式。我们山里人，靠山吃山，祖祖辈辈都是靠种地、砍树过日子，可今后……"

群众还说："改革是好，可能不能兑现，一旦退下来，现在吃什么，将来吃什么？栽的树，我们能不能享受？"农民最讲究实际，这些问题都是实实在在的，一点也没有虚说。

这一切都似乎是自然的，又是陌生的，将来究竟如何？那些想法是否正确？这些问题，都有待于历史的验证。

"要说，嘿，思想问题颇多呢？"李书记此时放低了语气。他说："前面的思想还没有搞通，新的又来了。什么问题呢？林权问题。这是几十年的老疙瘩，难解呀！我们乡也曾划过林地，那时，大伙儿不那么认真，划山林，不用丈量，站在公路或山头上，用手一指，这一片是你的，那一片是他的，划是划了，可是一笔糊涂账，不清不楚。这一次，动真格儿啦，争得你死我活，非要弄个一清二楚不可。这一来问题就多啦，弟兄之间、邻居之间、干群之间，都要争，搅成一团呀！"

这事，怪谁呢？谁也别怪。若追溯历史，在 20 世纪 80 年代初，四川为林权问题，折腾过一阵子。那年月，许多问题是闹不清楚的，何况林权呢。当时，川西的树子很多，国营的、集体的、个体的，哪里有树，就砍到哪里。人们还编了个顺口溜："要得富，先砍树。"当时称之为"五斧争林"，实际上就是"五斧砍树"。李书记说的这些问题，也许就是那时留下的"遗产"，让他这一代人揩屁股。

闹了几个月，他们终于把林权问题理顺了。这是一个了不起的政绩呀！对这份政绩，李家顺不在乎，他所在乎的是农民的说服工作虽然难做，但终于通了。

说到这里，李书记的心底还没有平静，他突然冒出一句："噯，工作难做，人心难顺呀！我前面干了十八年半，现在又干了半年，可以说，十八年半的工作，还没有这半年挨的批评多嘞！"

无论怎么说，紫石乡的工作做得很成功，很有成效，得到了上级领导的肯定和赞许！

紫石乡是"全退"乡，而且"退得下，稳得住"，成绩显著。李书记凭他多年的经验，得出了一个结论。他说："就地方党委来看，老百姓有饭吃，有钱花，就放心了。现在的问题是，我们如何用新的支柱产业，取代'木头财政'，这是关键。我们最近提出'常抓林木，中抓药材，短抓畜牧'的发展方向。要千方百计，领导农民种草、养羊、养兔、养蜂，让每人每年增加 500 元收入。为了让农民尽快找到支柱产业，乡政府积蓄了 3.3 万元借给群众，让他们先干起来再说。"

书记的话实在，很令人感动。看得出这个乡的领导，确确实实是在为农民着想，为农民致富开拓新路子，率先是养羊业发展快，过去全乡只有 100 头，去年呼啦一下发展到几千头，出售了 1 200 多头，现在圈存 4 423 头，养羊户达到了全乡的四分之一农户。

让李书记欣慰的是，部分农户有了支柱产业；但让他为难的是，还有大部分农户，还在探索之中。他想了想，又说道："我乡实施退耕还林还草工程后，富余劳动力还有一千多人，这些劳动力如何安排，是一个棘手的事。有文化的他们自己都能找到事儿干，就是文化差的这部分青年，要费些口舌才能给他们找到活儿干。"

我们正谈得兴致很浓，红灵山农家乐的主人黄永生走了进来。李书记

森林卷

立即把他介绍给我:"哦,王记者,这位青年,就是我们乡第一个办旅游、搞第三产业的农户。"

黄永生,第一眼就能看出他是一个精明能干的青年,高高的个头,流利的语言,善于表达自己的思维的人。他向记者详尽地介绍了他是如何想到,如何办起这家高水平的"农家乐"。

那一天,正巧雅安市政协一行数十人,也来天全考察退耕还林的新成果,在返回的途中,落脚于红灵山旅游村,欣赏黄永生新办的农家乐。

黄永生的家,就住在紫石乡政府对面山坡上,前面是清澈见底、潺潺东流的青衣江;后面是一直延伸到天际的荒山陡坡。他家祖祖辈辈都住在山下,刀耕火种,一代一代地传承延世,只靠着门前的铁索桥,与外界交往。不难看出,陡坡上留下一个个偌大的树桩,在若干年前,这里是郁郁葱葱的森林,是人工采伐后,才沦为"大字报"地的。

实施退耕还林工程后,有文化、有开拓精神的黄永生,学着城里人路子,首先想到的是,将自留地、自留山开发出来,办一家像样的"农家乐",吸引 318 国道线上南来北往的游客。他出手不凡,一期工程投资 60 万元,建起了娱乐厅、餐厅、茶楼、酒楼,还有能容七八十人的客房,建筑面积达 1 000 多平方米。他们全家 5 口人,都经营旅游业,忙得不可开交,还雇了 10 余个帮工。据他透露,开业大半年来,收入不低。

用黄永生的说法是:"我只想到的是,换件'新衣'穿穿,扔掉原始的单一的男耕女织,搞旅游,发展第三产业。"

他还告诉记者,他准备花 20 万元,将门前的铁索桥改造成石拱桥,让来往的汽车直接开到他的农家乐。

"淘金热"引来淘金人

时代授予的"淘金热",正在二郎山拉开、崛起。

千里马,是备受人们称赞的骏马!"公司+农户"就是一匹独具魅力的千里马。在中国,仿佛已是势在必行,农业结构的改革,摒弃千年落后的农业结构,变革更替古老的农耕文化,这是时代负于的重任!

市场经济的冲击力太大了，一切有损于生产力发展的陈词滥调和旧的礼仪，似乎都在经历着一场巨大的考验。市场经济的魔力，在缓缓地潜入西部，潜入二郎山；农民，新世纪的农民，也正在"脱胎换骨"，调整自身的方位，以便接纳市场经济的挑战。

天全县，在实施退耕还林工程中，他们充分地利用了这两股力量，使它们形成合力，为建设生态新农业付出艰辛，创造新的奇迹！

春江水暖鸭先知。本县的二郎山集团公司、白沙河林业集团公司，均属于地方森工企业，他们先行一步，在天然林禁伐令下达之后，投资2 000多万元，为营造林业基地，盘活资金，建立起三倍体毛白杨苗圃150亩，撑绿竹、麻竹苗基地500亩；拟建10万亩三倍体毛白杨和5万亩杂交竹原料基地。还有许多新建项目是农民自筹资金，其中部分由公司垫支，产品由公司负责收购、销售。

于是，一种新型的生产方式出现了：由公司提供苗种，回收产品；或由公司提供技术，回收产品。这就是所谓的"公司＋农户"新体制，新格局。

二郎山的淘金热，引来了八方的淘金人。雅安三九药业公司主动深入二郎山，开发中药基地，主要种植牛膝、天麻、"三木药材"（黄柏、杜仲、厚朴）、鱼腥草等药材。他们在协议上，清楚地写着：由农民种植，由公司负责收购，生产、收购、制药，形成了一条环形的彩链。

更有甚者，还有一家大公司——雅安中竹纸业公司，是一大型制浆造纸企业，现有生产能力5万吨，今后的规模可望发展6倍，纸浆达30万吨，它的吞吐量十分惊人，每年需要12万吨竹材和18万立方米木材，急着寻找良机，建立原材料基地。他们选中了天全县，手起手落，与政府签订了合同，承包土地10万亩，植树造林，建立原料基地。

四川省大渡河造林局，原来是省内赫赫有名，且拥有8 000职工的中型森工水运企业，天保工程实施后，转入森林管护与营林造林。

2000年岁末，这家公司抓住机遇，看准了二郎山，要与天全县结缘，共同开发这块宝地。在2001年6月11日晚，当记者在即将离开天全时，在川达宾馆，正巧碰上了大渡河造林局的谢洪楷，他就是天全林场的场长。这位体魄健壮，而精通林业的年轻人，向记者介绍说："本公司向天全县租赁 20 万亩荒山，造楠竹林，从城南的多功乡大桥，顺着青衣江两岸，向二郎山延伸。租赁时间为 50 年。楠竹种从沿海、川东、川南引进。这一计划一旦实现，青衣江峡谷，上百里的沿江两岸，将是绿色的竹海。所获得的收益，采取四六分成，我们占六成，县里占四成。楠竹林见效快，只需三五年就能成林，而且用途很广，可用作造纸、建材，还可生产竹笋，出口海外。"

与此同时，这家公司还准备与农户联合，租赁 250 亩地，建立一个中心示范种羊场，集科技、科研、示范为一体。在 3 年至 5 年内，可达到 20 万头圈养、标准化的羊群。

这无疑是一个宏伟的计划！市里、县里的领导对此十分重视，就在 6 月 4 日，在县林业局的新楼内，举行了隆重的签字仪式。天全县副县长高平代表县长毛嘉雄和大渡河造林局局长江洪分别在合同上签了字。

目下，造林局的人马已经进入了角色，干得有滋有味！

2001 年 6 月　天全

呵 护 长 江 源

森林啊，每当人们看到黄烟弥漫的沙尘暴，断流干枯的母亲河，无不想到，只有绿色，才是我们的希望所在！

是的，森林是人类存在的象征，绿色是人类的生命！倘若没有森林，也就没有了人类生存的地方。

面对绿色的不断消逝，人们向往有一支研究人员拯救森林，拯救长江！于是，有了研究森林、研究绿色的队伍，有了林业科学家。

在这里，我们谈论的不是远在异国他乡的绿色科学家，而是近在咫尺的四川省林业科学研究院的林业科学家。

这是一支强壮的科研队伍，人才辈出，硕果累累，在全国林业系统中实属佼佼者。四川省林业科学研究院之所以能获得众多的称赞，能在全国的评比中名列前茅，这和他们长期以来的努力密切相关。

长江是母亲河，而林业科研人员是她安居长寿的保护者。数十年来，他们情系长江源，踏遍川西的山山岭岭，呵护长江源头的绿色，保佑母亲河源远流长！

"长江论坛"爆冷门

人们永远不会忘记，1998 年夏天，长江发怒，引发出一场罕见的洪灾，使长江儿女饱受苦难。洪水，如同肆虐的猛兽，咆哮之声，震撼了世界！

正当洪水肆无忌惮地吞蚀良田、村庄及群众的生命的时候，一年一度的"长江论坛"在位于长江口的上海拉开了帷幕。长江流域各省市方方面面的政府官员和科研人员带着忧虑，带着沉重的心情云集上海。参加会议的还有国家外贸部、经贸部等部门的高级领导。会议由上海经协办主持，其中心议题是为长江号脉，为长江的发展开拓更广阔的前景。

前景，长江前景在哪里？与会者望着长江浩瀚的洪水，聆听灾区人民的呼救声，他们的心像铸满了铅一般沉重。会议在如期地进行着，发言者却心灰意冷，无不担心长江的命运呀！

"下一个，是四川代表曹正其厅长发言！"此时，大伙的心仍旧像浩瀚的洪水，在不停地翻腾。会议主持人平静的语言，并未逆转与会者的心事。会场上，一切都显得平淡无奇。

一位高个子，捧着厚厚的一叠讲稿，庄严而谨慎地走上讲坛。他是谁？他可不是曹厅长，而是研究员王金锡，他是代表曹厅长来完成这一议程的。

王金锡不惊不诧，打开厚厚的一叠讲稿，操一口川音，说道："各位学者、专家，我所讲的题目是《98长江特大洪灾与上游生态林业工程建设》，希望诸位理解、喜欢……"

他一拉开高嗓门，顿时，大厅内立即出现了一阵骚动，一双双全神贯注的目光，仿佛要"穿"透他的心。这时，整个会场的气氛热烈起来，冷不丁地把大家的心从长江洪峰中，拉回到会场。

王金锡继续扬起嗓门说："在对长江流域地形地貌、地质岩性、降水、森林植被、社会经济条件的分析基础上，探讨长江98特大洪灾形成的原因，认为除特定的降水气候因素外，主要在于上游泥沙向下输送，形成河床抬升，湖泊萎缩，而上游泥沙来源，除了特殊的地貌和地质背景外，其根源是森林植被遭到大量的破坏。"

哗！一阵阵掌声，在大厅里回荡、迭起。

此时，王金锡在台上越讲观点越明，嗓门越大，而台下鸦雀无声，洗耳恭听，以惊奇的、异样的目光盯着这位中年林学家，将那些一向认为高深莫测的道理，一向极少有人关注、研究的科学理论，在这次会上谈了个透彻。

此时，全国人民正在关注的百年罕见的特大洪灾，那一幕幕悲惨的遭遇，给人们引来的痛苦的沉思！人们在寻找，在分析，为什么大地会如此捉弄中国人？为什么长江会如此咆哮发狂？专家们猛然感悟到，王副院长深入浅出的道理，让他们茅塞顿开！

王金锡挥舞一双有力的手，继续讲述着他们经历数年磨砺而探寻到的理论："我们阐明了上游森林植被具有巨大的治沙理水功能，有其重要的屏障作用，并提出了加强上游天然林和现有森林的保护，重视公益林建设，加大生态林工程的建设力度，实行森林生态效益补偿制度等上游生态林业工程建设的对策和建设……"

一石激起千层浪！王金锡的发言赢得了与会者的赞扬，同时扭转了整个会议的沉闷气氛。当他走下讲台时，领导和专家，特别是长江中下游受到洪灾袭击的省市的代表们，一齐围攻了上去；来自北京、上海和全国各大媒体的新闻记者，也一齐围了上去，向他握手、祝贺！

四川代表提出了一个振聋发聩的科学命题，对 98 特大洪灾的成因，提出了极为全面的科学理论和事实依据，大家能不高兴吗！

谁也没有想到，四川省林科院爆了冷门。过去，在"长江论坛"中，四川人因经济发展迟缓，嘴不硬，气不壮，不被人们放在眼里，每次发言极难引起大家的注目。今天，却不一样了，这一发言，扭转了大会的中心议题，打破了本次论谈预先制定的计划，一个劲儿地把话题引向了"98特大洪灾"，这是一个重大的大转折啊！

随着"厄尔尼诺"的远去，长江渐渐趋向平缓，人们的心态却愈演愈烈！长江水患，给中华民族留下的损失太大了，1 300 多条生命、1 600 亿元的财富，损失殆尽。

痛定思痛啊！

2001 年 5 月 16 日，笔者在采访王金锡副院长时，他还记忆犹新地谈到当时的情景。他说："这次会议是上海经协办在主持，他们对四川的发言极为重视，会议参加的人数有 200 多人，这是历届'长江论坛'出席人数最多，也是一次特别重要的会议。在会上，大家一个心思地把论谈的中心转向了长江上游，转向了洪灾，转向了森林。"

当记者问到，为什么林科院想起这一发言的主题时，王金锡直言道：

"在这次论坛前，我们就有充分准备。那时，长江的洪峰还在一次次高涨，我院七八位科研人员，云集在成都沙河堡，研究、撰写这篇论文，修改整理花去了近一个月的时间，写出了数万字的论文。看起来似乎是一种偶然，不，这是我们几十年来科研成果的积蓄，绝不是应急措施，或者说心血来潮，它可是我院科研人员数年的心血所铸成的成果。"

是的，四川省林科院所提出的有关"98洪灾"成因的观点和理论，并非一朝一夕，也并非是闲谈戏说，而是他们独具慧眼，关注长江上游生态环境变化，关注川西森林植被的演绎，而形成的固有的科学论断。

早在1981年四川发生特大洪灾时，林科院科研人员对长江上游的千里林海，十万伐木工人，年复一年的采伐，转眼让高山峡谷，变成荒山秃岭。植被遭受严重破坏，科研人员的心中出现了忧患意识，提出了许多设想。

院长杨西岳在谈到那段历史时，心中充满遗憾与悔恨。

那是1981年7月中旬，四川发生了历史上罕见的特大洪灾，其重灾地区在盆地的中部，具体说就是沱江、涪江和嘉陵江走过的山山岭岭。

洪灾后，林科院赓即派出了科研人员，进行了大规模的调查研究，前后花了一年多时间，写出了一篇很有影响的论文《森林植被与四川"81·7"洪灾》的调查报告。

他们敢为天下先！早在80年代末，林科院的专家们，已是头脑清醒的人了，对过量采伐森林提出了自己的看法，对洪水的成因，挖掘出新的、科学的理论。对震惊全球的"98洪灾"，他们提出了新的说法。他们的创造性，不仅仅在于提出科学理论的本身，而是为上级决策者们提供了许多值得思考的问题。王金锡在谈起当时的前因后果时，说："这其中，还有一个有趣的故事哩。我们的论文写出来之后，作为科研成果，报送北京评奖。这是全国首屈一指的论文呀！可是，因为我们的研究有点超前意识，不被大家所理解，因此众多的评委对我们的论文，没有打上眼，他们一看，便'啪'一声扔到一边，被打入了冷宫。第一轮评完了，大家回头进行筛选，看是不是有漏网的。这时，有一位细心的评委，仔细地读了读这篇议论文，又想了想，突然领悟。他说道：'嘿，这篇论文所提出的观点有点新，嘿，我看很有价值，应该引起重视……嗯，我建议大家不妨对这篇论文斟酌斟酌。'随后，大家一读，都愣了，认为确实是一篇好文章，结果补评了一个二等奖。"

从那时起，四川林业科研人员提出的"新说"，便引起了全国林业战线上的领导和科研人员的广泛重视，在大会小会上，都提及四川林科院的探索与发现，富有先知先觉的启蒙作用。

随后，不久对于长江水患、洪灾的问题，有人不断提出许多理论，有一位中国工程院院士、我国著名学者何乃维大声疾呼："立即停止森林的采伐，否则，长江有变成第二条黄河的危险。"

随后，对森林植被滞洪水的作用，引起了不少科学家的关注和探索。我国陶玉田、谢经发著《林学通论》中，提出了更为详尽的理论。他认为，森林中水分分配各占降雨量的比值是：

为地被物吸收蓄存量占 25%；

森林植物生理消耗水量占 23%；

渗入土壤的蓄存量占 20%；

被树冠及树干截留并蒸发的占 8%。

以上 4 种共计占降水量的 70%，可知林地径流汇入河流、湖泊及海洋中的仅占全部降雨量的 24%，而且 90% 是通过地下径流汇入，地表径流量所占降雨量的比值不到 3%。

当初，人们对这些论断不甚理解，似乎是天方夜谭！于是，长江中、上游的人们继续在做违背长江意志的事，砍树不止，陡坡垦殖，围湖造田，蚕食河道，长江的水变得更加浑浊，上游输送到下游的泥沙日积月累，不知不觉，一条悬顶的长江赫然摆在我们的面前！

母亲河啊，如今您被人类折腾得如此凄楚！

风 雪 米 亚 罗

米亚罗，是个神奇而美丽的地方！

她位于川西北的高山峡谷地带，在历史与现实间，她处在举世瞩目、令人神往的地位。昔日，那是一片茂密的天然林，粗壮挺拔的云杉、冷杉，像亭亭玉立的少女，牵住了人们的视线。在 20 世纪 40 年代，邓锡侯执政时期，莽莽的原始森林就被人当作猎物，不日蚕食，邓锡侯还建起了一支采伐队。不时，叮叮咚咚将千年古树推倒，为我所用。如今，她是耀眼的旅游胜地，天南地北的游客，向她拥来，目睹枫叶的红颜与奇彩。

米亚罗对文化古城——成都的奉献，是有目共睹的。成都风姿绰约的建筑群，无不是川西林木的影子，武侯祠的脊梁、城隍庙的筋骨、草堂寺的门槛，无不倾注着米亚罗的血液。若是追溯历史，蓉城自襁褓中走来，她的成长与壮大，每个时期，无不得益于川西森林的抚摸、滋养，楠木、杉木、桦木……源源不断地输送到府南河边，从未间断过；还应该看到，川西莽莽森林如同一道坚不可摧的屏障，挡住了西伯利亚的狂风和高原的热浪。你很难想象，倘若没有川西大片原始森林，古老的成都，会成为啥模样？

时至 50 年代中期，随着米亚罗一大片天然林的消失，1956 年，一位苏联专家，带着友好的情谊，风尘仆仆地走进了川西森工局，驻足米亚罗，和四川省林科院的专家，爬山越岭，不辞艰辛，踏遍了那里的山山岭岭，对川西北林区进行了实地考查。他们在取得大量的数据之后，发现随着森林面积的减少，气候在不知不觉地发生变化，随后，提出了一个非同凡响的设想，需要对森林气候进行监测。于是，他们在米亚罗建起了我国最早的"高山森林气候观测站"，提出了一系列的科学理论。

在川西北构建高山观测站，是十分艰巨的任务啊！

米亚罗，地处高山峡谷，海拔在 3 000 米以上。那是无人区，气候寒冷，环境恶劣，要长年驻扎在荒无人烟的野岭，苦呀！首先"苦"的是人选问题。林科院的领导多次磋商，先后找了几位青年，争取他们的意见，都被婉言谢绝了。

派谁去呢？"我去！"一位个头不高的青年听了这一消息后，没有过多地思索便果断地回答道。

他叫吕凤祥，身材矮小，体态并不强壮的青年。他终于成为最早扎根观测站的创始人之一。

他的行动，带动了一批青年，接着又有 3 人自愿献身于林业科研。不久，他们在米亚罗建起了"高山森林气候观测站"。

吕凤祥是中专毕业生，文化虽然不高，可他的奉献精神和决心却感动了不少科研人员。他的决心下定，立即开始行动。那一代的青年，办事是不讲条件和待遇的，他没有过多地考虑自己的得失和人生的享乐，吃苦仿佛是件很平凡的事。他和他的伙伴，背着简单的行李，拿着砍刀、斧子和一些生活用品，向海拔三千多米的高山爬去。山崖陡峭，荆棘丛生，他们用砍刀和斧头劈出一条路，一条苦多乐少的人生路！

艰难的生活，是常人难以忍耐的。他们自己动手，砍来树枝，采来野草，在高山之巅，搭起了茅草棚；拾来几块石头，架起火炉；再建起观察用的气象台，这就是他生活和工作的场所。你可别看那些玩意儿十分简陋，不是什么现代化装备，然而这些设备，却是他们了解大自然的耳目，就当时而言，是最宝贵的，在神州是绝无仅有的。

他们的生活是乏味的。当时，无线电的发明大师，还没来得及，为野外的守山人发明什么收音机、电视机一类的普通产品，能为他们赶走寂寞，在他们休闲的时候，除了雪风和松涛声之外，再也找不到为他们驱走疲劳的玩意儿了。他们所需要的生活用品、粮食、蔬菜、油盐，都是自己用肩膀从山下背到山尖，吃完之后，再下山去索取……就这样，他们年复一年，日复一日。

这项工作，没有忙闲之分，要说忙，一年三百六十五天都是处于忙的氛围之中；要说闲，可有时不知道如何消磨时光，特别是夜幕降临时，没有电视、电影，没有音韵旋律，那里是一个封闭的"大天地"，除了寂寞还是寂寞！

更难熬的也许是冬季，山谷里最为丰富的是狂风与积雪。对他们十分"亲近"，又十分可怕！如何对付寒冷，这是他们最伤脑筋的事！没有取暖设备，整个冬季，只好围着火炉送走白昼，又迎来夜晚。经过一个冬天的"熏陶"，一个个烤得鼻青眼肿，腿上生出了块块红晕。

吕凤祥是一位吃苦耐劳而从不叫苦的人。他的事迹在全院职工中被传为佳话，并被评为省里的先进工作者。

可是，这位年轻人，由于长期生活在高山，年轻而瘦弱的身体抵挡不了恶劣的气候，他劳累过度，还很年轻就夭折了。

王金锡在谈到米亚罗那个观测站时，不禁直摇头，仿佛是在讲述一段古老的神话。他说："那里的艰苦生活，是一般人无法想象的。我是80年代初去过米亚罗气候观测站，我们一行几人，从成都出发，要坐一天汽车到达山脚下。在设备简陋的伐木站住一宿，第二天一早背着行李，从山沟里，向山顶爬去。那里的山又高又险啊！两山之间是峡谷，相距很近，说话的声音都能听见，可是要从这座山爬到那座山，得花一天两天时间。在那样恶劣的环境中工作，要有点牺牲精神才行呀！"

功夫不负有心人！这个观测站整整工作了8年时间，记下了许多宝贵的第一手气象资料，获得了重大的科研成果。1964年，他们写下了第一篇宝贵的论文《川西高山森林气候的初步研究》。这篇论文，是我国最早发表的对森林气候的研究论文。它的出现，很快震惊了全国森林科研系统。在论文的"前言"中写道："气候是森林植物的主要生态因素之一，在解决林区森林资源的合理利用、确定合理的采伐方式、制定有效营林技术措施的时候，必须考虑整个林区内森林气候的特点。川西高山林区开发最早，交通又比较方便，有成阿公路横贯其间。为此我们选定川西林区作为森林气候研究的主要基地。我们研究该区森林气候的主要目的，在于提供有关的森林气候资料，以便于更好地解决川西林区的主伐方式和更新技术问题。"

他们的目的是清楚的！正是因为有了这一开拓性的科研项目，尽管条件极差，他们做的是一件如何保护森林、植被，思考森林采伐后，地貌的扭曲与气候变异的关系和后果，而且他们的行动，像"哥德巴赫猜想"，吸引了众多的科研人员；并在生态意识上，起到了一种启蒙示范作用！

1960年，当米亚罗观测站的科研取得重大进展的时候，中国林业科学研究院的科研人员，仿佛发现了新大陆，喜出望外。他们迫不及待，走进西蜀，和四川省林科院的科研人员共同合作，全面开展了更为广泛的科研活动，在川西林区建起了黑水、马尔康等9个观测站，其中有3个暗针叶林带，1个阔叶林带，另外5个建在采伐迹地上。各站的环境条件与观测气候现象工作是按照中央气象局观测范围进行的。同时，还进行了一些流动性临时观测。他们有了这些耳目和获取的原始资料，便着手对川西森林进行全面分析、研究，即可推而广之，对长江源头的森林植被的呵护，拿出决策措施！

超越时空的效应

"长江变黄河"的日子，离我们有多远呢？

对长江源头森林、植被的侵扰，水土流失的加剧，洪水的泛滥……都无不警示着人们，如此下去，那日子并不遥远呀！

数十年来，四川省林科院的科技人员，根据自己提出的理论和调查所获得的情报，一直在默默无闻地治理长江上游生态失衡的病痛。

四川林科院的科研人员，是如何进取的呢？

在谈起这些令人头痛的话题时，仿佛心中的话不吐不快。院长杨西岳，这位长期在野外工作的教授级高工，十分激动。是的，他怎能不激动呢？他那和善的脸上，此时严峻起来。他愤愤不平地说："嘿，去年在眉山召开生态研讨会上，西南财大有一位教授，指责我们，好像川西森林过伐，引发特大洪水，是我们的过错，是我们犯了罪。这，这哪里是那么一回事呢？我们作为林业科研部门，长期以来，风里雨里，一直在高山野岭，像山猴一般出没在原始森林里，为了保护长江源头的生态，我们几乎跑断了腿，磨破了皮，付出了巨大艰辛呀！"

他谈到这里，点燃一支香烟，深深吸了一口，心平静了许多。他接着说："森林问题是一个十分复杂问题，既是历史、地理现象，也是一种社会现象，人与自然如何协调发展，其兴衰不能脱离这些问题。简言之，人的生态意识的确立，是和社会的经济发展，和人类精神文明分不开的。那些年，群众生态意识还十分薄弱的时候，我们已经做了许多理论方面的研究工作，而且取得了突破性的进展。"

是的，在40年前，四川的林业研究人员，就提出了许多高深的理论，走在全国林业科研的前面，成为排头兵。院长杨西岳告诉记者，他们做了

三个方面的工作，走了三步好棋、妙棋。

他说："最早，是我们提出了迹地更新的理论，这是第一步。这一步涉及两个研究课题，我们提出既要采伐，又要更新，二者不能偏废，必须同步进行。在'81·7'特大洪灾前，我们看到了森林过量采伐，对生态环境的影响，又提出要维护'森林骨架'的作用，在国民经济的许可的条件下，减少采伐量；在'81·7'洪水之后，我们又提出在内地，在盆周山区各县，大面积地造林，减少天然林的砍伐的压力。第二步，也是我们最早提出来实施'天然林资源保护工程'。在保护"森林骨架"，减少采伐量的理论的指点下，我们提出了第三步，实施'退耕还林工程'。这些年来的研究工作，我们始终围绕着如何保护天然林，建设生态林，保护生态环境的几大课题进行的。"

历史是无情的！在共和国诞生初期，财政困难，几亿人民要吃饭，还要建设，修建宝成铁路、成昆铁路，还有三线建设，这些成绩，几乎是用木材堆积起来的。在人类向大自然索取财富中，砍树也许是最方便的手段之一，成本低，见效快。殊不知，一发不可收拾，过量采伐，造成了如今难以收拾的局面。这是需要阐明的历史渊源呀！

森工在一边砍树，而林业科研人员在一边苦苦研究，如何砍一棵补一棵，跟上森林消减的速度。这是林业科研人员的心愿呀！

要想重新建起一片绿色，对于林业科研人员而言，他们耗去了几代人心血呀！现已两鬓霜雪的高级工程师银承忠，就是其中的一位。他在忆起当年走过的坎坷历程时，仍然是那样富有朝气。他说："最让我难忘的是五六十年代，我们花了许多精力，引种、造林、搞试点，如何加速植树造林。我印象最深的是五十年代中期，我们到西昌去，走了几个县，调查地形、气候、树种的采集，做了许多前期工作，目的是解决大面积的荒山造林。随后，各地都进行了一些试点工作，可在高山造林太难，没有成功。我们冥思苦想，没有寻找到好路子。"

他皱了皱眉头，叹息道："嘿，无计可施的时候，有一个农民的行动，却启发了我们。他背了一背篼种子，沿着山路，从山脚一直撒到山顶，第二年去看，树苗长起来了，像一条龙，再过几年松树苗发青长高了。青油油的，很可爱。他的实践证明，荒山造林是可行的，而且可以撒播造林。这办法，远比一窝一窝地栽，来得快，成效高。我们还发现了另一个奇迹。在西昌的大山中，许多农民都采取刀耕火种的办法，今年砍这一片，种几年又丢荒，再砍那一片。有一户农民，他在种最后一季，决定要丢荒的时候，把荞麦种和树种混在一起，撒在地里，收了荞麦，树苗就长起来了。这个办法再次启发了我们。因此，在1958年我们提出了一大科学试验项目，在西昌搞荒山撒播造林的计划，后来这一计划被省委书记廖志高发现了，决定派飞机进行飞播。我还清楚地记得，飞机在天上飞，看不见地上的目标，我们用白布铺在地上，同时点着火堆照明，作为标记，让飞机顺利地飞播。第一年（1958年9月11日），以西昌小庙机场为中心，播了1万多亩，可是因为季节太晚，播后一个多月就进入旱季，没有成功，我们又总结经验，第二年提前在6月份播种，这次飞播成功了，一举播了10.5万亩。如今西昌的飞播林长势很好，成为全国造林的奇迹。"

银承忠是我省老一代林学专家，西昌飞播造林有他的一份功劳！

飞播造林像火炬，是大家向往的！其成功和意义远不止在于本身，它给绿化荒山树起了一面旗帜！

在"天府之国"，有了首次飞播造林的启示，也就有了更新的成果：

接着，他们提出在宜宾、高县、古蔺、兴文等川南10多个县，植树造林2 000万亩的行动。

接着，在道孚、卢霍、翁达等3县搞迹地更新，走营林造林的新路，并向全省推广，让森林采伐与更新营林同步进行。

接着，他们又推出了建设长江上游防护林的构想与行动。

提起长江防护林时，杨院长按捺不住心中的喜悦。同时也有说不完的酸甜苦辣。他能不喜吗？建设长江防护林的计划与实施方案，从头到尾其主要工作，都是四川省林科院在周旋、操作，并一举获得成功！

他说："举世瞩目的长江上游防护林系统建设工程，以四川林业科研人员为首的研究课题，突破了许多难点和疑点，最终取得了巨大进展，并在长江上游各省全面展开。1988年，国家计委批准了《长江上游防护林系统建设一期工程总体规划》。1989年，林业部向四川下达了防护林体系建设的启动任务，在遂宁、南充、万县等20个县的80个乡镇开展。1990年12月，为了深入研讨长防林工程建设的指导思想、主要技术和有关政策，促进建设工程的顺利开展，受林业部的委托，由中国林学会、四川、云南、贵州、湖北、湖南、江西、陕西、甘肃、青海、安徽等10个省的林学和森林水文等学会联合组织，在乐山市召开了首次'长江中上游防护林系统建设工程'学术研讨会。那规模，可以说是空前绝后的，大家情绪很高，气氛很浓。"

加速长防林工程建设，改善长江流域生态环境，是一项重要而紧迫的任务！在这次会议上，与会者提出了许多宝贵的理论与实施办法，促进了这一工程的顺利实施。

在会上，作为东道主的四川代表，作了全面而系统的发言，阐明了他们多年来研究的成就和出现的问题，给决策者提供了可靠的论据和实施的办法。

也就是在那次会上，四川省林科院的论文《四川省防护林建设的研究与实践》，如同经典著作，潜移默化地启迪着与会者的思路与行动。文章指出："四川省长江防护林工程建设体现了以恢复和扩大森林植被为核心，以遏制水土流失为重点，发挥森林多功能和多效益作用，为实现国土保安、经济发展和山区脱贫创造条件的指导思想……"

总之，这些年来，四川省林科院在许多领域内的研究都处于领先地位，为保护长江源做出了一系列开拓性的研究，取得了优异成果。近10年来，省林科院通过部、省级鉴定的科研成果就有160余项之多，获奖成果有136项，其中国家科技进步奖二等奖2项、三等奖2项，部、省级一等奖3项、二等奖21项。此外，还有1万亩杨树的研究与栽培、冷杉林更新的研究与栽培等两项成果，均属于世界领先的水平！

2001年6月　　成都

点 亮 长 江

——记"西电东输"第一人蔡家鲤

"笃笃笃，笃笃笃……"

沉重的敲门声，惊动了屋里的主人。他开开门，热情地说："请进来！请进来！"

我一落座，便上下打量着这位"电大王"——西南电业局副总工程师蔡家鲤。这位年事已高，满腹经纶的专家，腰背笔直，行动敏捷，给人一种谦逊、慈祥的直感。

于是我拉开了话题："请你谈谈你的电吧。你怎样给世界光明的？"

他取下垂链的金丝眼镜，一边擦去上面的灰尘，一边叙述他的往事……

调度室的烦恼

我在成都启明电气公司呆过，后来因为大学缺人，我就到川大任教去了。其实我自踏上社会，就和电发生了感情。成都解放的第三天，启明公司告诉我，他们要敲锣打鼓接我回公司。我哪敢让他们兴师动众，便提前回去了。公司让我担任原来工程师的职务。成都电业局成立后，又提拔我任总工程师，肩上的担子不断加码，一天比一天重，一天要干十几个小时呐。哎，那阵子，累了心里也是甜的，没有烦恼，没有忧伤。

当时，成都的电力供应不足，管理混乱，设备更是落后，面临的问题是如何收拾好这个烂摊子，保证供电。省工业厅，市委工交部，要求各单位抓管理，限期拿出个样子来，我是总工程师啊，工厂、居民点灯没有

电，一抓就抓到我头上。没办法，就动员各厂加强检修，充分发挥现有设备的作用。我轮流到各厂作示范，和工人成天在车间里转，同甘苦。我留学美国时曾学习一些先进管理技术，再困难也难不住我。检修见了实效，经过两三年的苦战，各厂的机器都能正常运转。又花了七、八年功夫，把成都、自贡、重庆联成网、全省形成网络，各方面都比较正规。

是不是没有矛盾了呢？不。实行统一调度后，各个厂彼此抢负荷，提高电压，只顾自己，不管他人，一切矛盾都集中到局里，调度室就成了矛盾中心。我是总工，所有的技术工作都要管，哪里的问题多，矛盾突出，就得到哪里去堵住，我管调度室，就坐在火山上。有一天，快下班的时候，成都市生产委员会负责人老李，气势汹汹打电话来，说："喂，你是蔡总吗？"我说："是我呀。"他吼道："你把绵阳的开关给我拉下来！"我不解地问："为什么？"他越说嗓门越高，"你到底拉不拉？你的党票在我们这里，你不拉，我们就没收你的党票！"其实，我这个人是最不容易发脾气的，他这么一说，我也惹火了。我便理直气壮地回击他："我只能听局长的，不能听你的！党票你要收就收去吧！"

我放下电话，检查了调度室的工作，再三向值班的同志讲，绵阳的电不能拉，那条线有几十家国防厂！唉，调度工作一拉一关，似乎机械而简单，其实那一上一下，就包含着许多斗争，闹不好会坐班房的。陈局长经常和我开玩笑："老蔡，你要随时准备个被盖卷，到时候不行自己去吧。不过，进了监狱要老实讲，一是一，二是二。"这话虽然是开玩笑的，但风险确实不小呀！

神秘世界里的神秘故事

幼小的心灵是纯洁的，但对事物的反映却是模糊的，我父母死得早，很小失去了母爱。虽然兄嫂和师友们对我帮助不少，但我见识少，对人生的认识是茫然的。经党的培养，茅塞顿开，才意识到什么"工业救国"、"科学救国"全是不切实际的想法。这些如能实现，为什么旧中国的工业发展不起来？为什么还要依靠洋人呢？事实证明，社会制度不变革，民族要振兴，只会是空口说大话。"只有社会主义才能救中国"这是千真万确的真理。脑子开了窍，考虑问题也觉得心胸开阔。

我在科学上没有什么建树，没有什么大的贡献，有趣的倒是我们和雷呀、动物呀，捉迷藏，斗了半辈子。

我省的系统建成后，面临的大问题是防护设备，这也是全国的一个重点课题。

1962 年的夏天，雨水特别多，天好像漏了似的，暴雨一场接着一场。那时的防雷设备差，天一下雨心就紧了。雷公一发怒，转眼工夫，一个电厂就损失数万元。

一天晚上，天黑如墨，大雨如注，"轰隆！轰隆"的雷声，在头顶上响个没完。我们几个搞调度的，已经几夜没睡好觉啦，我守着电话一分一分地数着时间。电话响了。急促的铃声表明凶多吉少。果真是灌县告急。雷已移到都江电厂上空，他们要求拉闸。天啦，我们哪敢答应呢？电厂一停电，川西一大片就成了黑咕隆咚的坟墓。雷声就是命令！三更半夜，我和黄局长冒着大雨，驱车向灌县奔去。

没想到，车刚开到蒲阳河桥头，一炸雷把一台 2 000 千瓦的电机击坏了，总开关短了路，机器疲惫地喘着粗气躺着。我们走进漆黑的车间，没落座就组织工人技术员抢修。一连熬了两天两夜，还没有个头绪，又从成都请去一批能工巧匠，苦战了三天，机器才算恢复正常。这样的事，在四川，每年要发生十多起，常常弄得我们头昏脑涨，不得安宁。

为了这事，我到处取经，还派留学生去苏联学习。可是带回来许多先进经验却不能用。四川的雷和苏联的雷不一样，南方的雷多而且狂，破坏力极大。硬搬别人的经验是徒劳。开初，我们把希望寄托在气象台，预测雷的方向，估计雷一到头顶就拉开关。这种土办法很难奏效，可又没有别的办法。后来，我带领大家列了几个科研项目，又到北京、上海学习，搞避雷针、避雷网、避雷线、避雷树。我们摸索了整整 10 年，才探清了路子，用继电保护器和重合闸配合防雷的好办法，把这玩意儿安在开关旁就方便多了。线路、电厂若遭雷击，它就自动跳跃，将开关拉脱，雷一退又将开关合上。

有人说，电是神秘的。这个神秘的世界里还蕴藏着许多神秘的故事哩！我们的"敌人"岂止雷呢，还有蛇、老鼠呢。我记得，成都电厂就出过多少次老鼠事件。开关房三根并列着的母线，相隔很近，老鼠一爬上去，尾巴一摆，就把两条线接起来，形成导体，线一短路，变电站就出问题。14万千瓦的大电厂，一停电可就问题大啦，国家损失数十万元。这样的事常常使技术员猝不及防，束手无策。我到厂里和技术员抢修过多次，可不久又发生了。弄得我们焦头烂额，绞尽脑汁也根治不了。后来厂里还专门聘请全国著名的灭鼠专家沈前明，他跟踪追击，倒了巢，捕捉了一批老鼠；后来，根据他的建议，规定不准值班的同志带吃的东西到值班室。果真，没吃的，老鼠就不登门了。

嗨，有个故事才有趣呢！一次在马角坝的农村，突然高压线短路，变电站烧坏了。派人查了十余天，可找不到原因。我为此不安，对一切因素都作了分析，仍然找不出问题。查来查去，在一个山沟里发现一对死老鹰，躺在高压线下。虽然已被烧焦，它俩的嘴仍然死死的吻在一起。啊，原来是这对相亲相爱的老鹰，分歇在两根电线上，一亲嘴，就把两根电线接通了，造成电短路……

最亮的一颗明珠

攀枝花的第一期工程竣工后，轧钢机摆开了架势，轧铮亮的钢材。可是这地方早些年，像世外桃源，与世隔绝。本地没电，外面输不进去，盖了个火电厂，还不行。安一部两部轧机还可以对付一阵子，第三部上马就成问题了。轧机一开，马达加大，周波从50降到47，轧不了钢。他们一连三次电话，要我去解决。我带领20余名科技人员，奔向渡口。在那儿，我们整整待了两个月才摸清冲击力与周波变化的关系及其引起的周期性的变化。那是必然出现的，小机器、小系统，大冲击，还有不出问题的？如果渡口并入电厂的电网，自然就没有这种现象。武钢开初也出现这类问题，并网后就解决了。渡口没有并网的条件。

为了攻关，又找了一批专家、教授会诊。先在成都开了研讨会，后又到现场。经过一段时间的努力，摸到了脉络，想出了一个可行的方案：第一步，气门早开、大开；第二步是搞信号，轧机一接触钢材，赓即发出信号，气门就自然加大；第三步，搞计算机控制系统，逐步实现自动化。真是三个臭皮匠能顶诸葛亮，人多了，办法也多了，我这个副总工程师的忧虑就很快解决了。经过三四年的努力，保证了三部轧机正常运转。可是，要迈出第三步，就难啦。那时候四川既没有计算机，也没有模拟机，全国能搞模拟实验的只有两三家。要到外地运算一个数字得等两年，但我们没有灰心，一直坚持着。

四川的水利资源太丰富了。我在往返渡口的那几年，为解决渡口电力问题，冥思苦想，搞了不少的方案：如果攀钢要上二期工程，电又是一个突出的矛盾。要解决这一矛盾，唯一的办法是上二滩水电站。那地方施工方便，淹没面积小，离渡口只有 20 公里。筑一道堤真棒啊！我们甩锄头、抢钢钎，打洞勘测，搞了好几年，取到了许多可靠的数据。美国人还来过两三次，也认为那地方不错。"文革"前，为了上二滩，我向部里汇报过两次。当时我性急了点，和部领导争起来了，我说："二滩那地方，再好不过了。"他说："坝太高了，20 多米，国内只有 175 米的。"我说："外国有呀，我们为什么不能搞。不搞二滩，就没有办法解决四川的供电问题。"领导被我说服了，大家很快拿出了一个稳妥的方案。可是计划还未送到北京，中国大地便乌云滚滚了。两年"牛棚"生活，我一刻也没忘记二滩。1972 年从"牛棚"，出来，我又去二滩作了调查后，第三次上京汇报。可是，这时上面提出开发长江中游，东电西送。我仍然没有放弃我的看法，认为最经济、收效最快的是开发长江上游，西电东送。

嗯，真遗憾，我这个搞技术的闹了 20 多年，没有让二滩发出电来，心里不是个滋味。

攀枝花供电工程我们整整搞了 10 年，三大步都迈得稳稳当当的。保住了明珠，完成了任务。1979 年，"冲击负荷功率跟踪装置"课题荣获有家科技奖。渡口的经验确实宝贵，为今后在孤独无援的系统阿建设大钢铁厂，提供了技术资料。

小西湖的浪头

在"抓革命，不生产"的年代，四川的电力生产不景气，供不应求。五通桥汽轮联合循环实验，一直没有发出电来，两台汽轮发电机，在山洞里关了10余年禁闭，已是锈迹斑斑。我也像这两台机器一样，在"牛棚"里闲了几年，知识也生了锈。他们想让机器发光，解决川西电力不足，便把我这个"反动权威"放了出来，去摆弄机器。我硬着头皮走进山洞，一看那情景，心都凉了半截。我问自己："能完成任务吗?"汽轮机整套联合循环运行，是一项新技术，在国内还没把握。没有试验，也没运行过，没有现成的经验。省计委要我们定期搞好发电。我和李光、熊模一起，组织全厂技术员、工人，检修、安装，局部试运行到整套试运行，夜以继日地奋战了几十天。战胜了重重困难，并对设备作了修改，才获得72小时试运行成功，继而一鼓作气，又对洞内安装的第一台大电机组织试运行。还好，花了一年半功夫，总算让这台机器运转起来，开始正式发电。

机器一响，洞内一派光明，工人欣喜若狂。当时，三百多人干了10几年没有收获，我们去了，仅仅花了一年半就让机器转动起来了。然而，欣喜中孕育新的矛盾。100多米深的两个大山洞，通风设备差，加之用天然气发电，这玩意儿没有多大把握，危不危险，我们摸不清。锅炉小，管子密，机器一转动，轰隆轰隆，似乎整个地球都在抖动。同时，内燃机里发出一种可怕的声音，嘟嘟……叫个不停，管子爆了又修，修了又爆。我咬着牙，给大家壮胆，一看大家都惊恐万状的情景，自然也是提心吊胆的。万一爆炸了，我这100来斤无所谓，几百工人的生命，两台价值几十万元的机器就报销了，国家的损失就惨了。

没有办法，我日夜守在山洞里，心又急，天又热，全身长满了红斑，胸前长了八、九个红豆大的红疙瘩，痒得难受，吃不好，睡不着。到医院检查，医生说是皮肤癌。我吓了一跳，但我没有声张，又到部队医院去会诊，医生说是痱子，不要紧。他给我搞穴位注射后，又打了安眠针，我心上的石头才落了地。我太疲倦了，回来时，在汽车上就呼噜呼噜睡着了。唉，过了七八天又去医院，一揭掉纱布，疙瘩没有掉。医生傻眼了。我的心也慌了，不知出了什么事。过了好一阵子，他才安慰我说："别治了，你快到川医检查去。"

我"嗯"了一声，拿着病历到川医一查，果真是色素癌。一家老小吓呆了！哭的哭，嚷的嚷，像死神就站在我的面前。我呢，没想那么多，照样忙忙碌碌地干。我的政策落实了，工作也恢复了。总还想为党做点工作，难道就这样去了？人就有那么怪，平时说到死胆战心惊？真的要死时，又把死置之度外了。我治疗了几天，病缓解了一些，我带上药，又匆匆忙忙地回到五通桥。真巧，药很对症，不久就好了。

明知夕阳短，老牛奋蹄追

我一生忙忙碌碌，不觉老之已至。本来应该及时隐退，1982 年组织上又留我做技术顾问。我手中有渡口冲击负荷、长寿电厂计算机控制系统、锅炉热管装置等七项科研课题没完成，我怎么能退下来呢？"文革"后期到西南电管局，我任副总工，仍然抓生产，抓科研。我闲不住奔波惯了，觉得到处走走，精神爽快，就这样东南西北，马不停蹄，奔到了古稀之年，还是闲不惯，总想多干点，多为国家，为后人留下点什么。我虽是顾问，但局里的工作会、生产会、科研会照样参加，出主意。我是省科技顾问团和省科协的成员，一些协会、学会的活动多。最近又加入了省离休退休科技人员协会和省能源研究会，活动频繁，差事不少。我认为多搞点学会工作，对发展我国科技事业大有裨益，所以花了不少精力，也收到了一些效果。如省水利发电工程学会组织我们撰写的几篇关于开发四川水电的论文，得到了省领导的赞赏；关于如何解决我省当前缺电的建议也得到了省上的表扬。

光阴不停飞，老大莫伤悲；明知夕阳短，老牛奋蹄追。经过几年的努力，还算顺利，几项科研基本完成了，其中两项还得了部级和省级科技奖呢。科研搞完了，我又腾出了手搞翻译，撰写科普小册子，已在杂志上发表了四篇。

1985 年，金秋时节。云南电机工程学会邀请我去帮他们讨论计划。

这次论证会，请来七八个专家，我在会上发了言，阐述了我半个世纪从实践中总结出的理论。西南地区的山多河多，水利资源属全国之冠，开发水电的程序应有一些科学的办法。我认为应该"先上游，后下游，先梯级后分散，先藏能后径流。"这一原则是提前回收效益和减轻火电调峰投资的好办法。我省有许多密集梯级的河流，应当自上而下地开发。当前的藏能水电站，也不需要坝上坝下都建大型水库，可以采取因地制宜办法。这些是开发水利资源最快、最省的路子。

会议刚结束，殷勤的主人又邀请我到洱海、西双版纳去论证几个电站。逗留期间，我又提出了一些建议：云南只有一条高压线通广西，这不科学，应搞两条；同时应与四川联网，四川再与贵州联网，这样把云、贵、川连成一片。这计划，几十年来一直徘徊在我脑子里。当我一提出来，大家都拍手叫好。

这几年，我没干什么大事，只做了一些琐碎的工作。党总是关心知识分子。1980年局里评我当优秀党员，1984年又评我为局里的先进工作者。说真的，这点成绩没有什么了不起，我感到内疚。

小车不倒只管推。我现在身板硬朗，反应敏捷，还想做些力所能及的事……我扯得太远了吧。

蔡老戴上那副双光型眼镜，我们一同走进他的后花园。环顾四周，绿叶丛丛，花儿朵朵，小巧玲珑的花园，充满春光。这位童颜鹤发的老人，苦心耕耘，凭着那一双勤劳的手，为巴蜀人民洒下了光明，培育了人才……

1987年春　成都

大江过后是大海

序　曲

你从雪山走来，
春潮是你的风采；
你向东海奔去，
惊涛是你的气概。
你用甘甜的乳汁，
哺育各族儿女；
你用健美的臂膀，
挽起高山大海。
我们赞美长江，
你是无穷的源泉；
我们依恋长江，
你有母亲的情怀。
……

——《长江之歌》

第一章　成功，既是历史的光荣，又是历史的苦恼，而他的遭遇便是苦恼的延续

应该说，科学，如同一道腾空架起的彩虹，把茫茫的世界，分成人与兽，文明与野蛮，光荣与耻辱。

应该说，人类的历史是自我发现、自我完善的历史；同时也是相互残害与毁灭，相互妒忌与诋毁的历史。

几千年来，人类无数璀璨的明珠——科学家，如同黄河的水，长江的浪，一批又一批，涌向世界。他们用其筋骨，垒成了金字塔，创造了古老而灿烂的人类文明，让世人眼花缭乱，福享千载！

然而，人们很少发现，在文明进程中，那些功成名就的古人付出的惨重代价。对于流逝的岁月，人们总是显得束手无策，无可奈何，倘若我们伫立于嵯峨凛冽的山峦，去窥测大千世界的剖面，就不难发现，无数的科学探索者，在胜利到来之日，也就是大祸临头之时。可不是吗？请看历代成功的受难者吧，厄运也许会使你震惊！

"发明大王"爱迪生，天性聪颖，智慧超群。小时候，这个报童，利用在火车上卖报的空余时间，躲在行李车厢的角隅里，做实验，搞发明，不巧一瓶白磷被震翻，顿时火光骤起，迅速蔓延。老车长老羞成怒，重重打了他几个耳光，小报童只觉"嗡"的一声炸响，天旋地转，昏厥于地。从此，他右耳聋了，人称他独耳"发明大王"。

昏聩的罗马皇帝下令禁止学习数学、天文学，然而数学家海帕西娅钻研数学，终身不懈。一天，她被一群基督教暴徒抓住，架起熊熊烈火，威胁她："你要数学，还是要命？"她大义凛然，斩钉截铁地回答："数学！"暴徒把她投入了烈火之中。她用生命之火，刺破了宗教的乌云，将光明洒向了人间。

在法国，被称为"化学之父"的拉瓦锡，成名之后遭到了马拉的妒忌、攻击，被诬陷犯有勒索罪。他清楚，这是马拉的报复，从容不迫地走上了断头台。一位法国数学家感慨地声称："砍掉他的脑袋只需要一刹那，可是，也许我们要等一个世纪，才能有他这样一个脑袋。"

……

人类历史延至今日，仍未抹去她的奶腥味，那惨重的泪水宛如山泉，长年不断。

沉默、孤独数年的溪边小草——黄永泉，当他研究成功的《可调式转轴密封装置及其自动循环润滑系统》，荣获 36 届尤里卡国际发明博览会金牌奖后，他的命运却急转直下，与同爱迪生、海帕西娅的命运一样，被身边的撒旦推进了险滩、恶浪……

突然，从山城重庆发来一封好奇的信："惊悉你获得金牌奖，便举杯相庆。根据《专利法》之规定，我们认为此项发明只属职务发明，专利申请权应属于公司的。请你在 1987 年 12 月 25 日前来公司面谈。如过期，我们即向中国专利局提出异议……"

突然，支持者一反常态，收起了娓娓动听的演说，露出了令人难堪的面目。不久，又一来信这样开门见山地写着："这一成果是我们共同发明的，所得奖金应四、六分成。"

突然，诬告者不择手段，竟凭着三寸不烂之舌，四处游说，将他向外国申请专利的事实，嚷成黄永泉"里通外国，出卖国家机密"。

突然……

那些来自东西南北、天上地下的奇谈怪论，猛然间，把他的一切美好念头被逐入九霄云外，使他沸腾的心冷却下来。这些日子，他那没有血色的脸，一向稳重的个性，即刻表现出十分复杂的心情，双眉紧锁，神情恍惚，深陷的双眼射出了困惑目光。这位巫山男儿，平素爱说爱笑、性格开朗，对生活充满了希冀，对事业充满情恋。此时此刻，他的心如同长江的水，泛起了狂浪，成功没给他带来瑰丽的鲜花，却给他捎来了苦酒、困惑和罹难。于是，他沉默了！他焦灼不安，如同坐在火山口。

人们在猜测：

假若，他"安分守己"，善于阿谀奉承，迎合一些人的需要，凭他的聪明才干和敏捷的思维，他准会平步青云，轮机长——机长——经理……绝对不会，仅 45 岁年纪就被逼迫退休，隐居于小巷深处。

假若，他当初就放弃这项研究课题，不在芸芸众生之中，不惜倾家荡产，忘命奔忙，追求人生的价值，也许他一家人过上了舒适、安宁的小康生活，他壮实的身板，也不会被结核杆菌侵蚀成骨瘦如柴的"痨三"。

假若，他失败了，也许有人幸灾乐祸，喋喋不休地嘲讽他，会骂他是"神经病"，是自不量力的"小丑"，一个轮机长，妄图去碰硬，解决世界上无数科技高手，梦寐以求而未能破译的难题！从此，他像一块不知名的小石子，埋在神女峰下，谁也不知道他，谁也不认识他，谁也不会找他的麻烦。

然而，他没有失败，他胜利了。他从三峡走向了世界！

于是，有人发出了怪叫："嘻，胜利了也不得让你安宁！"

黄永泉刚刚破涕为笑，即刻又陷入痛苦的深渊……

第二章　他把生命和幸福写在向科学进军的旗帜上，哪怕狂浪吞噬他的身躯

八月，骄阳称雄，遍地流火，甲板晒得滚烫滚烫的。

运行了三天两夜的"红卫"12 号轮，像只小爬虫，拖着疲惫而笨拙的身躯，拨开巨浪，划破险滩，扬头扭胯，长吁短叹，终于在泸州港的弯曲点上，抛下长臂铁锚，才缓缓地站住脚。

船员们，纷纷下船离去。唯独轮机长黄永泉，不顾夜以继日的艰辛，仍在滚烫的机舱里，忙碌着，旋转着。他检查完毕两台主机和船上所有的设施之后，又弓着瘦长的腰，匍匐在油腻腻的尾轴上，仔细观察，仿佛那

轴上隐着迷。他时而用手去揉摸轴上几道锃亮的铁环，时而用一根标尺在仓内测试润滑油淤积的深度。他是位怪人，每当大伙松了套，加油工、大副都纷纷"上坡"投宿之后，他眷恋不舍，躲在船舱里，舒展双臂，施展平生本领，探索轮船数以万计的神经和血管。他的动机，简单地说，就是要疏通那些血管，让血液（润滑油）在血管里畅通无阻，均匀而缓慢地流，流……别看他那瘦长的个头，可干起事比谁都利索，比谁都把细。在他看来，人的生命是有限的，但人对社会的贡献应如同山泉潺潺而出。这位年年被评为先进的轮机长，今年他的名字又上了金光闪闪的光荣榜。

眼前的景象，使他一阵激动。这套"O型尾轴密封装置润滑系统"，安在轮船的水泵上，已默默地工作了七个月。很听话，它完全按照主人的意志，充分发挥了它的职能作用，黄永泉心满意足，它没有轻慢研制者的心血，没有辜负试验者对它的希望。

他，直起腰，取来一块黑色的抹布，擦着手上的油腻，向三楼的轮机长办公室走去。

小巧而简陋的机长室，此刻显得特别宁静，除了长江的呼吸声，什么也听不见。今晚船员大部分都上岸回家了，只有他仍然"钉"在甲板上，亮着"长明灯"，取出"经济牌"的香烟，一边津津有味地吸着，一边盯着图纸，捉摸他的设计方案。尽管他没注意香烟的味儿，可他习惯了，似乎烟和设计，夜晚和试验与他的"心事"结下了姻缘，没有烟他画不出图纸，没有烟他的神经会"短路"；没有寂静的夜晚，他也进入不了这角色的。

他打开抽屉，取出一包封存数日的材料，展开了那张皱巴巴的图纸。这图来得多不容易呀！一天，他听说汉口一家船运公司，从联邦德国进口一套密封装置，很漂亮，轮船昨天驶进万县港。今天，他正巧休班，明日又是"五一"节，正好有个空挡，他没多加思索，在邻居家借了20元路费，整装出发，向川东的门户——万县奔去。

极不凑巧，他扑了一空。那条船，没过三峡就返回了武汉。当他自己返回船上，一夜没合眼，而冥思苦想，绘制出这张草图。他左看右看，很不理想。随后，他咀嚼孕育出新的构思，不多时，一张剖面图又跃然

纸上。

嚓，嚓……不行，不行，这张图又被他撕得粉碎。他揉着苦涩的累眼，又重新制作……撕了又画，画了又撕，这一夜，他重复了七八次，才绘好一张图。待他蜡黄枯瘦的面颊上，露出一丝儿得意的微笑时，东方的霞光，已穿过犬牙交错的山峦，洒向江面……

忽然，他放下手中的铅笔，走上甲板，夏风从江面掠过，一股清新的江风，卷走了他全身热气。他把灵感引向远景，随即做出了一个历史性的决定：将八年秘密研究的成果——密封装置，公之于众。

然而，他刚刚悬起的念头，又立即覆灭了。这样贸然公开，会不会在这个人才济济的大公司里，招来风波？会不会有人说你是异想天开的幻想家？一个只有初中文化的轮机长，竟然做出了世界权威们，一百余年来敢想而不敢贸然动手的事。倒不一定只是别人怀疑他，此刻，他自己也怀疑起自己来了。这套设计是用于尾轴密封，防止漏油、泄水。装在水泵还算幸运，啃住了轴心，堵住了缝隙，水不漏了。可装在尾轴上是个啥样儿，谁也说不清，万一砸了锅，闹出笑话，谁有脸见人呢？这些想法很有道理。黄永泉之所以长期搞地下活动——模拟试验，其原因正在于此。他感到困惑，刚刚舒展的眉梢，又结成了纤绳。不行，丑媳妇迟早要见公婆呀。思来想去，他决定去找公司的负责人，恳求他，允许在红卫 12 号轮船上试用。

1980 年 2 月 20 日上午，黄永泉抱着极大的希望，把报告递给一位科长，便老老实实地在一旁静候着佳音。

科长晃了一眼，"叭"一声放在案头上，苦涩的脸上又涂了一层蜡。然后，淡淡地说："研究研究再说……"沉吟片刻又指责道："老黄，你是轮机长哟，研究这玩意，势必会影响本职工作。"

"请放心，我不会，我不会……"

此刻，黄永泉没有注意对方的神态，宛如一个向人乞讨的乞丐，只要给点"施舍"，同意他搞试验，一切都不计较了。

他刚出门，科长那冷若冰霜的脸抽搐了一下，啐了一口唾沫，言不由衷地讥讽道："嘻，这人不该当轮机长，应该把他送到科研院去，免得异想天开，误了大事，把船开到水底去……"

科长的语气里面充满了鄙夷味，旁人听出来了。

直性子的黄永泉，办事干脆，最讨厌那种拖拖沓沓的作风。自然，这一回命运不在他手上，别人叫他等候，他只好默默地等。可一等半年过去了，他去问科长，科长回答很干脆："还没研究。"又过了一段时间，仍然无声无息，看来，他们方针已定——拖！

直到年底，才有了点信息。可那信息令人心寒。

"哎，伙计，你那条船是公司的顶梁柱"，那位领导说。"大伙的吃饭穿衣都靠着它嘞。你在它身上打主意恰当吗？万一出了纰漏，谁负得起责呀？我这个芝麻官承担不起的，你怕也难啊……"

一番酸不溜秋的话，既刺痛了黄永泉的心，也触怒了船员们。他们气愤地说："嘿，老黄呀，你投错胎了，如果你是哪个厂长或经理的什么人的亲戚、舅子，卖掉祖业也会让你搞试验。"

如同一块巨石，沉沉地压在黄永泉的心上。这位轮机长，每每看到轮船驶过，随着冒出一股油腻漂浮在水面上，他的中枢神经就系上了一道"紧箍咒"。自从 1964 年他爬上这条船，一个念头，揪住了他的心。

轮船，自从 18 世纪投胎来到江河和汪洋之中，就带有"科病"——尾轴漏油、漏水。这种"传染病"一百多年来，撒下的数以几百亿吨润滑油，渗入水中，对水质的污染，给人类带来的损伤，不亚于投下十枚原子弹。

一般大型的轮船，相当于一座大工厂，各种机械设备八万件。一条船上几万个零部件，没有一件不带着油腥味。船，肚大贪食，终日运转，全靠着润滑油的功绩。轮船吞下的油，并非自己消化，百分之七八十都漏入江河、海洋。

世界各国的科学家、航海家密集轮船，远涉重洋，度过一日又一日。可是，一个半世纪以来，他们虽有许多奇妙的设想，但在烟波浩渺的汪洋中，没能前进一步，轮船的屁股始终没能开干净。世界航海事业最发达的日本、英国、美国、联邦德国，也未能攻克这个难题，都沿袭着"辛泼莱克斯装置"。日本人自作聪明。他们在尾轴上大环扣小环，一连加了五道密封圈，自鸣得意，但仍然无济于事。

为此，正如世界著名的航海家 A·希尔在他的一篇论文中所说的那样："由于吃水加深，尾轴承密封逐步接近它的性能极限，于是密封件磨损过早或失败，成了普遍难题……这些问题至今尚未解决。近年来，它更引起了人们的关注。"

轮船的这一病态，给船员们带来许多烦恼，由于密封不好，船运行三至五月就需停航，修整，或上坞，或吊尾维修。既花去大量物资、劳力，又为航运带来损失。这一病态，被人们称为不治之症。

我国的一批科技人员和大专院校的老教授，也不甘寂寞，长期潜入底舱。然而，汗水和艰辛未换来鲜花。真难啊！此刻，黄永泉似乎觉得别人的话说得有道理，于是他能理解，没有去想他，责怪他。

无数事实，使黄永泉痛心的不是一次又一次的失败，而是没人理解。

他吃尽了种种苦头。在船上，在单位，甚至在家里，都没有人能理解他。

他下班回家，连商店的售货员都冲着对旁人说："瞧，就这人，生得那副模样，还想搞发明，异想天开！"

搞发明，搞科研，响当当的字眼，令人敬慕的桂冠，怎么会和黄永泉这号角色挂上钩呢？理想的发明家的风采气质，当然是风度翩翩，仪表堂堂。而这位只有初中文化的川东"崽儿"（农民），佝偻着腰，驼着背，蜡黄干瘪，如同幽灵。嘿？气质不足，自然不是那块料、那种人啰！

一些亲朋至交，也凑过来劝他："老黄呀，搞发明创造是专家们的事，干吗你要拿生命去当儿戏！"

更有甚者："黄永泉，你算老几，还想吃天鹅肉？"当黄永泉的秘密公开以后，不出所料，对他这位轮船上的"卫生员"，评头论足，议论纷纷，一些人似乎黄永泉夺了他的饭碗，挖了他的祖坟，声嘶力竭地乱嚷。

"让他们见鬼去吧，我姓黄的虽然没有大学文凭，不是搞科研的料，可什么样的惊涛骇浪也吓不倒我！"

一天，黄永泉急不可耐，又一次走进公司的大铁门，寻求知音。可向他抛来的却是冷冰冰、硬邦邦的石块："不同意！"

"为什么？"黄永泉憋在胸中气喷了出来，质问当权者。

"失败了你能负这个责吗？公司不会负任何责任的，包括设计、加工、采购、安装、试航和后果……"

屋内的空气骤然凝固了。他们太坑人！若是往日，这位急性子准会大吵大闹起来。那些闲言碎语，伤害了他为治理江河的那份苦心。仿佛他的良心和自尊心被污浊的江水淹没。可一想到自己的追求，他很快又恢复了永不退却的神态。他的试验，已是水到渠成，若不经过试验，推广应用，便前功尽弃。思来想去，搞试验靠别人的恩赐是靠不住的，只有靠自己养的那条船。黄永泉无路可走，只有背水一战。他斩钉截铁地说："好，我负责……"

"这笔试验费你能拿得起吗？船出了问题，上百万元的家什，谁担得起？"公司的头知道黄永泉的底细，是个从不示弱的人，又抛出了一块砖，想堵住他的嘴。

但黄永泉的嘴没堵住，他把零部件加工好之后，匆匆忙忙从"后门"进去，找到赵科长。黄永泉只好凭着昔日的私人交情，去叩同情者的门。

"我的这套东西已加工好了，要求安在船上试转。伙计，别人靠不住，只好求你了。"

"老黄啊，我很同情你，但在今天已有人讲了……这事咋整呢？"黄永泉的韧劲感动了一些人，也感动了赵科长。

"最重要的是外密封。先安一半，假如效果良好，再安另一半。我先在你这里备个案。你放心，一切都会顺顺当当的。"

"这……好，那你就安吧。"赵科长碍口识羞地说。

"不行啊，伙计，放牛娃不能把牛卖了。你不同意，我咋敢冒这个险啊。"

"你搞嘛，搞嘛，安好后我找他们来看一看，如果真的成功了，应该给你记头功。"

赵科长很清楚，黄永泉为这件事，前前后后已经卖了一年的牙巴劲。一想到他那颗赤诚的心，他的心软了，既然他都无路可走，应该是帮他开路的时候了。最后赵科长说："何必呢？既然加工好了，就一齐安吧。有啥事我顶着。"

黄永泉穷途遇知己，谢天谢地！可别人一听他私人搞试验又有人出来阻挠："嗬，安装，说得比做得还轻松。要下水，那就先签个合同，我死了，爱人安不安排工作，老母亲谁来赡养……"

"有那么严重吗？平时你们不一样下水检修。"赵科长又来为黄永泉保驾护航。

"那是任务，那是为公，死了全家吃国家，光荣！现在是为私，伙计，不说清楚，谁为你私人卖命？"

费了许多唇舌，总算把几位水线工（潜水员）的思想疏通了。可这时，心中不安的倒是黄永泉，这套设备倒底性能如何？他虽然经过数百次计算，仍不放心，在正式安装的前晚，他躺在甲板上，又像过电影一样，把全套装置的参数、部件滤了一遍之后，又在修理房一件一件检查校正。

不料，此时，公司又下了一道"圣旨"："如果黄永泉强行要安，出了纰漏，要负全部！"

一声霹雳响过，黄永泉宛如坐在火山口，动荡不安！

第三章　他不愿与厄运在一起，然而厄运如同幽灵，似乎要永远与他相伴

奇迹，终于出现了！黄永泉没有被压垮，竟一次安装成功了！

这套密封装置及润滑系统，经过红卫12号轮两年多的试验，在统计表上显示出使人惊讶的数字：近万个小时的运行，六次吊尾拆检证明，已成功地解决了这一世界船舶科技人员感到头痛而至今仍在潜心研究的难题。他总结出这些过去任何别的装置都不曾有的特点：密封彻底，不用每天加油；机械损失小，一套装置的寿命可达10年以上，船舶可长期运行，不用一年半载修一程；结构新奇简单，制作、安装、修理不用上坞；不论船舶大小，吃水深浅，行驶水程的大小，内河轮、潜水艇和大型油轮均可

使用；经济效益十分可观。在统计表上显示出使人惊奇的数字：1983 年与上年相比，节油 18.16 吨，润料 3.92 吨，合计 3 万多元。我国拥有各种机动船舶 14 万艘，按此标准计算，一年可节约 26 亿元。

这成果，算是船舶史上的奇迹，这奇迹不是来自专家教授，而是来自一位知识"浅薄"的山里人之手，更是奇迹中的奇迹了。他的成功，表明东方的文明古国，在造船史上有了新的突破，新的希冀！它的意义，远不限于经济价值，对海洋，对江河，对人类的价值是无法估量的。有了它，清澈见底的江水可永葆青春；有了它，湛蓝碧绿的大海，将永存她纯洁温柔的风姿。

赞扬声送进了黄永泉的鼓膜，不觉心中腾起一股热浪，但他没有被胜利冲昏了头脑。

他雄心勃勃，恨不得在一个早晨把全国 14 万条船都装上他的装置。于是，他愈发显得消瘦了。因为他愈加精神抖擞，愈加"野心"膨胀。此刻，他伫立神女峰，展望世界。他捧起一把黄土，借来神女的魔力，向世界撒去，顷刻间使混沌世界一片翠绿。神女的魔力，果真唤起了同行的共鸣，求援之声飘进了夔门，飘入了长江。

"老黄啊，你的研制妙极了，快来我们船上用吧。"

"嘿，要能推广，是个重大贡献，记头等功太轻了，应该赋予你特等功勋。"

公司党委、工会和船上的领导，以及船员们，发出了一派赞扬声，小小的轮机长名声大震，一传十，十传百，很快闻名省内外。

黄永泉没有陶醉。他急如星火，要推广，要应用，才算是成功之作。把成果束之高阁，再好的成果也只能是样品、礼品，追求的不是虚假的名誉，而是解决船工渴望解决的问题。

推广？谈何容易。在我国科技管理体制中，没有相当一级的鉴定，就等于是一纸空文，谁也不会相信。他想了许多，要求公司鉴定，可能吗？据他的推测，是很难说服的。但他一想到浮在水中那刺鼻的油味，便不顾一切走进公司，去求领导。

黄永泉找到技术科一位年轻的副科长，他是黄永泉老战友的孩子。这位晚辈曾支持过他，他曾对这项科研成果赞不绝口："黄叔，你大胆革新，大胆实践的精神使我很感动。望携手共进吧，我们为公司航运作出更大的贡献。"

黄永泉想得很天真，紧锁的眉头松弛了，似乎不费吹灰之力，一切问题都迎刃而解了。于是，他兴致勃勃，抱着极大的希望，径直走进了公司的大门。

黄永泉见到了知心朋友，心中自然十分喜悦，他便开诚布公地说："我这套装置已经运行两三年了，要求开个鉴定会，请公司主持，找些专家评议评议。"

"啊，鉴定？黄师傅，今年公司的费用紧张，几个积累都花光了，你不是不晓得。"对方一口封了顶。

"许多船要求使用，不鉴定，不合法。再说，认为这套装置好，究竟好在什么地方？没有证书，谁相信。"黄永泉据理力争。

"哼，你说得轻巧，钱从哪来？"对方伸出双手，做出无可奈何的样子。

领导把话已经说绝了。黄永泉想，再低三下四也白搭，不如来个缓兵之计。

他刚走出门外，财务科长就告诉他："老兄，偌大个公司，没钱？哪会没钱呀，浪费了的也够你花。"

黄永泉恍然大悟，才明白别人是在搪塞。是呀，前几天有人告诉他，那位副科长也研究了一套密封装置，安装在红卫 27 号轮。可那套装置不过是块废铁，刚开完鉴定，捧回奖金，装置就进了博物馆。两套密封装置能同时存在吗？有了那套装置，黄永泉研究的成果要在山城（重庆）站住脚，是异想天开。黄永泉想到这里，不禁抽了一口冷气。

过了两天，黄永泉又走进那位领导的办公室。这一次，他十分热情，他积极主张："黄师傅，你这个项目，不就是解决漏油的问题嘛，不一定报科技成果嘛，列入小改小革，还可给你记一功，我们也好支持，你看咋样？"

黄永泉一听，好像在伤口上撒了一把盐，顿时，全身火烧火燎。很清楚，这一计策，是将他辛勤劳动成果打入冷宫，再也没有翻身之日。黄永泉哭笑不得，把话深深地埋在心底。哼，你的所谓成果，又是鉴定，又是宣传，大造舆论。而我的真正的成果，却列为小改小革，岂有此理！这位有着良好修养的人，虽咽下了苦酒，可他没有服气，再次声明："这项成果是大家公认的，运行很正常。在全国，在全世界都是独一无二的，怎么算小改小革呢？"黄永泉扫兴而归。

黄永泉碰了壁，群众愤愤不平。大家在思考一个问题：权力无论大小，都会起着决定作用的。副科长的成果还未被实践承认，未被公众所认识就已经上了"金榜"，开了鉴定，得了奖金；而黄永泉的技术成果，实践已经告诉大家，是行之有效的，成功的，可他却始终得不到领导的认可，仍然放在水窖里。人们看了那位副科长的"金榜"，不声不响地离开，人们对这两件事暗暗地用天平在衡量，在思索……

人常说："东方不亮有西方。"大半年来，他四处奔波，求情，游说，他虽仍然天天拜倒在"上帝"脚下，可"上帝"一点也不领情。他们一面排斥他，践踏他的成果，可一面又想看一看成果如何？于是他们又悄悄拿去他的图纸，加工了套装置。准备在红卫12号的姐妹船——红卫11号轮上装置使用。嘿，不巧，他们没有掌握黄永泉的技术，装上不到40天就废了。这下，说风凉话的人抓住了"把柄"："嘿，黄永泉的技术说得天花乱坠，结果还不是吹的，只有鬼才晓得他玩的啥花招。"

"是呀，他是个加油工出身，懂啥技术呀。"

"嗯，我看早点收起来好了，别丢公司的脸哟。"

黄永泉感到困惑。他走出了三峡，还想走上世界，似乎是痴心妄想！黄永泉忧郁寡欢，加之生活的倒腾，流言蜚语的责难，他的身体一天不如一天。瘦长的身躯像片枯树叶子。这条精干的汉子，曾几何时像条"莽牛"。可现在刚40出头，背驼了，双眼深陷，常常疲惫不堪。1964年，病魔缠身，割去了他的半个胃。妻子早就担心他，总有一天会倒塌下来。多次劝他放下手不要玩命去搞什么科研。他自己也清楚，从小生在水上，长在水上，吃不好，休息不好。他，有了事业上追求，更是如痴如狂，一年52个公休日，从没有歇过一天。他累了，饿了，但一想到他的密封装置，疲惫萎缩的细胞，即刻又活跃起来。

一年过去了，鉴定的事已成泡影。可他的发明如同插上了翅膀，飞出三峡，漂洋过海，传入了异国。华盛顿一家轮船公司的老板知道这项成果，立即产生了好奇心，他亲自率领两名科技人员登上香港，要求来四川磋商，无须翻阅图纸、资料，只要同意，到现场看看效果，愿付五千万美元。这笔惊人的数字，若能成功，自然是对国家的一大贡献。也是公司的光荣，那零星小数用于鉴定也绰绰有余。任何高明决策者会当机立断。然而，一切都未能如愿，美国商人吃了"闭门羹"。

尔后，香港环球航运集团总经理获悉这一信息惊叹不止，立即派员顺着三峡而上，找到黄永泉，要求重金购买这项技术。黄永泉激动不已，立即向公司领导作了汇报，如今可有了出头之日了。然而回答很干脆："不行!"

这两桩事，对别人是微不足道的，可对黄永泉是决定他成功与失败、前进与倒退的关键。决定他多年的心血、汗水是否白流。小小的权力如同巫山压顶，使他翻不了身，喘不过气。"不行"二字，如雷贯耳，"轰"一声他昏倒过去……精神上的摧残，使黄永泉的身体宛如三峡中的泥沙再也经不起洪水的袭击了。

有些人喜欢出洋相；有些人喜欢看别人的脸色；有些人崇拜洋货。自己的"瑰宝"他们视为稻草，别人的稻草却视为宝贝，受到青睐。

港商离开不久，我国用高价购买了四条六千马力的大型拖轮。成交时，美商摸透了中国人的心理特征，发出了一个奇特的声明："船上的两桨轴密封装置是我们的专有技术，中方不得自行拆开。"我们的有些人不爱动脑筋，却好奇。他们急不可耐，立即拨款八万元，调兵遣将，一批高级技术人员组成攻关小组，予以解剖，结果上了当，美商声称的"专有技术"，实际是一套古老而落后的装置，若与黄永泉的新装置相比，已经落后了一个世纪。唉，中国的钱真多，8万元白白抛入长江。这件事真叫人啼笑皆非。倘若把重金投在黄永泉的科研课题上，肯定会赚回80万，800万……也许更多。哪能呢? 有人讥笑他："哼，你黄永泉只不过是三峡深谷中的一粒砂子，怎能翻越重峦叠嶂的巫山，走向世界呢?"

真让人费解呀！这项技术外商不惜重金要购买，而国内一些人却把它打入十八层地狱。

这一个接一个的打击，许多人满以为他会放弃科研，殊不知，苦痛加强了他必胜的信心。他成天想的是技术，手上画的是技术，逢人讲的是技术，无论是在船上还是在家中，路旁，一见到关心他、愿意听的人，他便滔滔不绝地讲起他的技术；许多同行担心他，有一天会成精神病。

1983年2月，在红卫12号轮上，他偶然遇到一位记者，他像久别重逢的亲人，心中的苦像决了堤的黄河，哗哗地倾吐出埋在心底多年的苦衷。那位记者立即将他的苦铸成铅字，形成内参，送到有关部门。四川省委书记2月19日看了"内参"后，立即批示："对待科技发明要积极热情，如漠然视之，谈四化建设、尊重知识、尊重科学、尊重知识分子就是一句空话。此事请省长组织有关部门进行鉴定，并对黄永泉的健康予以关注。"

夜深了，人们早已进入了梦幻的世界。唯独长江川流不息，一泻千里。黄永泉伏在昏暗的灯光下，读着省委书记的信，眼前出现了一束希望之光，似乎在绝境中看到了一条五彩路。

梦幻，毕竟是梦幻。省委书记的批示传到重庆市政府，2月21日，两位副市长，市科委主任和公司的领导要听他的汇报。他高兴极了，以为燃起了希望之火，不等上班，他就匆匆地赶到公司去等候。

他真能讲，一气讲了6个小时，没打个停顿，仿佛他是在泣诉他的辛酸史，流泪史，而不是在讲学术性的介绍。市领导震惊了，当即决定：由公司立即向市里写报告，列项、拨款搞科研，并在当年6月1日前，做好鉴定的准备工作。然而，领导一走，公司就变了卦。茶凉了，心凉了，无人问津，黄永泉多次敦促也白搭，他把报告送到公司，如石沉长江，连水花都没有冒一个。

嘿，更奇怪的是，不列项也罢，有人到市里去汇报竟颠倒黑白，倒打一耙，把责任推到老黄身上。

一切都失望了，一切都变成了肥皂泡。靠谁？谁也靠不住。在绝望中，黄永泉想的是，只有依靠自己那微弱的力量，像一只孤独的小燕，在一个狭小的范围内，继续以长江为友，在红卫12号轮上试验。

人不助人，天助人。红卫12号轮装上他的密封装置，如虎添翼，3年的运行，他3年的哺育。他像爱护自己的眼睛一样，保护它，哺育它。然而江中的情况瞬息万变，神秘莫测。

一次，船到纳溪港，忽然漂木群集，向12号轮冲来，一根长10多米的大木料正撞在螺旋桨上，"嗖"的一声船横在江心，眼看就有翻沉的危险。黄永泉为了保护船只保护密封装置，他来不及系救生圈，便向江水扑去，在江水中奋力与漂木搏斗。他骑在一块漂木上，由于水激浪大，把他卷进了江心……

经过半个小时打捞，才把他从冰冷的水中救上岸来。船停住了，密封装置完整无损。然而他那骨瘦如柴的身躯，经江水的侵袭，却一病不起。

哇，哇，哇……血，如山泉喷出，小命，危在旦夕。他由于积劳成疾，得了肺结核。

啊，这条"龙"从此被困在河滩上，再也动荡不了啦！

第四章　"巫山神女呀，我向你致敬"

咳，咳，咳……

瘦骨嶙峋的黄永泉，有气无力地躺在病榻上，脸上没有一点儿血色，只有忧愁、愤懑和惶惑不安！血，仍在大口小口地往外流。

"老黄啊，你还是住医院治疗吧，那里的条件好，吃药、打针都方便。要千方百计保住这条命……"妻子伏在他的身旁哭诉着。可他没有听，没有吭声。远远近近的亲友，隔壁的王大哥，都围在病榻前劝他。

"老黄啊，你没日没夜地熬，咋不生毛病啊？"

"伙计，说真的，你的身子太虚了。男人吐血凶多吉少，好好歇着，别再干那些费力不讨好的蠢事了，啊！"

两个倒大不小的孩子望着奄奄一息的父亲，哭的哭，嗷的嗷。妻子游先国早就哭成泪人。那凄凄楚楚的情景，使人目不忍睹啊！

这位瘸拐拐，无论怎样劝说，他死也不住医院。天有不测风云。在这之前，游先国因病注射链霉素引起中毒，四肢瘫痪，已经在床上躺了几个月了。她刚刚能起床，老黄又病了。家中四口，两个病号。这个家，两个顶梁柱一倒，一切都乱成一锅粥。

这位固执的轮机长，撒旦已经叩响了他家门房，可他仿佛没觉察到。他一不愿离开那间挤得水泄不通的、只有十多平方米的陋室；二不愿搁下他熬煎 12 年的科研。他自己的性命如何，他却没有考虑过。

他想，"一个人活在世上，总该干出点名堂嘛"为了这一点，他憧憬过，奋斗过，眼看就要闯过险滩，踏上坦途，那知身体不来劲，唉，此刻他如芒在背啊。1964 年，他就患过一场大病，险些夺去了他的生命，再难，再险，再苦，他没有退却过。胜利的曙光就在眼前，他能退却吗？

亲友的劝告，他的耳门似乎被堵住了，听不进去呀。

在上海海运学院学习的刘诗美来家看他，捎回来一些日本、联邦德国的尾轴密封资料，他如获至宝。他艰难的趴在床上，如饥似渴地啃了起来。他虚汗淋漓，咳嗽不止，一直读到深夜，啃完最后一页才松手。妻子嗔怪他不爱惜身体。他笑了笑，欣慰地说："你不知道我心里有多高兴啊。各国都在赛跑，一旦别人的研究超过了我，我的精神支柱就垮了，一切就完了。好哇，无疑我的研究仍然在国际上领先。"

吃过早饭，孩子上学去了，妻子不在家，屋内格外静，只有几只小鸟在阳台上嬉戏，啁啾。黄永泉躺在床上，百无聊赖地翻着床头上那堆已成小山般的材料。他的思绪又激动起来，试验虽有成效，但有许多事还待去完善，他决不能这样躺着。血刚刚止住，他又撑起腰，取来图纸，伏在床上，聚精会神地审阅修正。忽然他似乎发现了什么，一会儿翻下床来，坐在床前；一会儿趴在床上，晃晃悠悠地画呀，画呀……

"永泉，你不要命啊……"妻子过来阻拦，可他仍不在意。

"嗯，没啥事。咳、咳、咳……"黄永泉应了一声，又把注意力集中到铅笔尖。

妻子夺过他手上的铅笔，收起图纸，又把他扶上床，命令他躺下。然而，游先国前脚一走，他又爬起来，画呀、写呀……不知不觉又入了迷。

这个家，他是顶梁柱。本来夫妇俩的工资都低，一向紧紧巴巴过日子。他病了，每月收入减少四五十元。妻子已经休息半年，吃劳保，两人的工资加在一起只有83.5元，还要给母亲15元钱的生活费，两个孩子的学杂费，老黄的书报费，三下五除二，所剩无几，每到月底扯拇指，无米下锅就向亲友借。这月借，下月还，还了又借，借了又还，生活苦不堪言。

一家人营养不足，面黄肌瘦，难得尝到油珠儿。过去，老黄在船上，船上分的好菜，舍不得吃，留着，上坎后拿回家，给孩子们打牙祭。眼下，老黄急需营养，游先国东拼西凑集了几块钱，买回一只鸡，给老黄补身体。老黄吃了肉，游先国又把骨头砸碎，炖成汤给孩子们喝。说他穷得那般模样儿也许别人不信。一家人只有一件棉大衣，那是1972年给游先国做的，以后成了"公物"，妻子穿了儿子穿，现在老黄病了，儿子主动拿给爸爸穿，老黄1.74米的个子，穿上褪色的棉衣，倒男不女，逗得两个孩子笑得合不上嘴，风趣地称爸爸是"童子军"。唉，这一家子的生活，要多难就有多难啊！

穷，对于黄永泉来说，倒也不是什么稀罕事。小时候，他就跟着父亲求生，打临工，拉纤绳，吃了上顿愁下顿。这是怎样一个人呢？他生于三峡，长于长江之上。父亲是个老船工，黄永泉是在浩瀚的长江长大的。长江培育了他坚强的性格和勇敢的精神。他聪明好学，上学时，数学、美术、音乐门门功课名列前茅。可他家穷，读不起书，初中毕业就当上了加油工……

黄永泉毕竟有着长江般的气质。有一天，当他读完《经济参考》报道的两位科技人员决定承包全国的节油技术的消息后，他冷漠的心又燃起了希望之火。他向《经济参考》编辑部写了信，他愿对全国轮船尾轴密封实行技术承包。

由于他的气质和胆量，感动了新华社记者。由于，那位记者一个电话打进重庆轮船公司，要他们赶快组织论证，可公司的人回答说："黄永泉的技术没啥了不起，没有必要列项，尾轴密封在我们公司早就搞成功了。"

看来，朝天门用炸弹也难轰开，于是他们把信转到交通部。

交通部十分重视，立即去函武汉水运学院，叫他们派教授到四川协助黄永泉继续研究。不巧，那位教授患肝炎，不能来，事情又搁浅了。1984年9月10日，交通部又委托上海船研所，要他们给予技术支持。船研所很感兴趣，立即邀请黄永泉去上海作学术报告。

喜讯传来，黄永泉不顾疾病缠身，在朋友老骆的支持下，借了1 000元钱，一起奔向黄浦江。

全国首屈一指的上海船研所，他们像接待贵宾一样，接待了黄永泉这位二等船的轮机长。心神不安的黄永泉走进这个我国第一流的，拥有2 000多人的科研所，仿佛像菜籽落入大海，不安的神色又增添了几分。他心中敲着小鼓：别人看得起我这个加油工吗？可该所视他为贵宾，所长亲自陪他进餐，一位四川籍的工程师，早晚侍候，为他们安排生活，使他们无拘无束，宾至如归。

在全所的大会上，黄永泉没有辜负交通部和船研所的希望。他口若悬河，作了长达6小时的学术报告。

会后，来自浙江、南京的专家们都围着黄永泉，提出了许多学术问题，他侃侃而谈，有问必答。上海海运局一位工程师工，辛辛苦苦研究了10多年尾轴密封，可始终没有突破难关，于是他由不得再想，便作出了结论："尾轴密封是个禁区，谁也休想征服它。"他听了黄永泉的报告，却茅塞顿开。他握住黄永泉的双手说："今天听了你的报告，给了我很大的动力，事实证明，尾轴密封问题是可以解决的，我们不会吊死在德国的'辛泼莱克斯'的那套装置上。老黄同志你成功了，你把大伙解放出来了。"

一位年龄和黄永泉相似的科技人员也热情赞扬他："黄老轨（对轮机长的尊称），看来你的路子完全正确，你的装置，不仅适合一般的江轮和海轮，潜艇均可采用呀。"

黄永泉的技术吸引了许多专家学者。船研所愿出5 000元买下他的图纸，然后组织专家研究。黄永泉动了心，这么多年的辛勤劳动，从没有人正儿八经承认过，今天碰上了知音，自然心中不甚喜悦。有了这笔钱，不仅可以还清债务，而且可以改善全家的生活。后来他反复思忖，又觉得不妥，这技术是我的，别人买去了可不就是别人的吗？不过，他还想试探对方的态度便说："你们真的看起了这项技术吗？"

"嗯，真的看起了。"对方不假思索地回答。

"如果你们认为不可行，又咋办呢？"

"你只要把图纸、资料全部卖给我们，哪怕是一堆废纸，我们也要，也不会找你的麻烦，索回这笔钱。"

"嗯，这样好了，先签份合同书吧，你们先支款 5 000 元，然后合作，共同研究开发，你看如何？"

对方一听黄永泉不会轻易放弃他的技术，这件事告吹了。

在上海期间，许多轮船公司和学校都纷纷前来请他去讲学。黄永泉不保守，走了一家又一家。他在上海交大的讲演，可以说震动了最高学府，教授们伸过手来，折服惊叹！

听完黄永泉的报告，许多人将激动、赞许的目光化成了友爱和同情的火苗。当他们继而阅读了黄永泉的一些资料和图纸，弄清楚黄永泉历尽艰辛创造的奇迹，便抑制不住内心的激动连声称赞道："钦佩！钦佩！你的创造真是一个了不起的突破。"

还有位学者，和黄永泉几个小时推心置腹的交谈，黄永泉的雄心激活了这位学者心。他一开口就支援了黄永泉一笔经费 1 200 元。他还承诺："老黄呀，你先把钱拿去搞开发，以后有啥困难，尽管开口，没有解决不了的难题。"

还有同行表示，愿将他的技术，托熟人向国内外推广。

黄永泉做梦也没有想到，在他乡上遇上了知音，真是雪中送炭啊！

常言道："男儿有泪不轻弹"。这条硬汉，是善于克制自己的人。他面对死神，大口大口地吐血，也没呻吟过，没有流过泪；在别人卡他，他没低过头。可此刻，他再也控制不住自己的感情，紧紧握着一双双热情的手，泪水如同山泉爆发，涌了出来。

第五章　抛掉困境，走出夔门，跻身世界

半年来，游先国第一次上班。她跌跌撞撞，有气无力，爬上楼梯，走进贫病交加，满屋狼藉的家，她心里像被人揪了一把。这月才过去一半，工资花光了，眼看就要吊锅儿。昨晚，邻居老李的妻子登门，虽然她没吭声，游先国清楚，准是为了那 60 元钱的事。老李的儿子刚考上大学，急着要钱花。可这一家子，穷得叮当响，只寒暄了几句就走了。

这个家怎么过呀，病的病，小的小。老黄的工资被扣发了半年，只发点劳保，物价天天往上涨，菜篮子里空空瘪瘪的，她心里能好受吗？

老黄往重庆跑了七、八趟，公司还是不拿工资给他，许多群众都为老黄鸣不平。"老黄，本来在家养病，上海一定要请他去作学术报告，盛情难却嘛，况且还有交通部发的邀请书，这完全是为了工作嘛。嘿，有人说他'不好好养病要东跑西跑'所以扣发了他的工资，哪有这个道理？"

他的身体坏极了，每晚都发低烧，咳嗽不止，无奈只好上船去……

唉，他憋着一肚子气。在船上折腾来，折腾去，迟早会倒下来的，万一有个三长两短……妻子想到这里，冒出了一身冷汗，眼前一片模糊，泪水流在瘦削蜡黄的脸上。她没有擦，也不敢继续往下想……

果真不出所料，没几天，公司捎来口信，说黄永泉大失血，躺在船上，已有 3 天没进一粒米。游先国匆匆忙忙赶到渡口，黄永泉瘦得皮包骨，已经不省人事。她托了几位工人把他抬回家。

游先国望着要死不活的丈夫，像被枪子戳穿了心脏，全身散了架一样，颓然坐在竹凳上，呆若木鸡，恍若木鸡一般。

她守着丈夫哭，孩子围着爸爸哭，家，乱成一团糟……那情景凄凉、惨淡，有点像"刘备托孤"啊！

黄永泉养了一段时间，身子还是很虚弱，看来一年半载也上不了班，

科研也搁了下来。唉，他心中毛焦火辣的，如芒在背。作为一个轮机长，一上船他可算一家之主了，根本没有空余时间；他要长期在家养病，别人会说他吃"安胎"。他这个人宁肯上刀山，下火海，也听不惯那些叽叽喳喳的闲言。

前几天，老黄躺在床上自言自语地说："唉，人活得真窝囊，不如退休算了。"妻子听到了这话，心里像长了疙瘩。"我的天啦，怎么能退呢？这个家一刻也离不开你呀。同龄人中，别人过得舒舒服服，房子有了，票子也有了，孩子上大学的上大学，工作的工作。唉，我们这个家啥也没解决。退了休，一家人只有喝西北风啰。房子、儿子、票子，一样都没解决。哎哟，老黄呀，人走茶就凉，到那时，谁管你哟？"

今天，游先国下班刚进屋，黄永泉就把她喊到床前。她以为他想喝开水，急忙送来茶杯，他又不喝，他推开茶杯说："你给我写一份申请书，送到公司，我要病退……"

"啊，退？永泉，你……你疯啦，才45岁年纪就退休，单位也不会同意呀。"

"不，我坚决要退，一天不退，我一天心不安。"他固执地说。

"退也要两个娃娃毕了业，顶你的班，找到饭碗再说。"游先国好言相劝。

"哼，那要等到猴年马月？如果外国造出新的密封装置，我的研究就全废了！"

"废啦，不会的。我说，你得等工资改革完了再交报告。"游先国气得又哭又闹。于是，夫妻俩吵了起来。这个平静的家发生了一场风波。这是他们结婚20多年来，发生的第一次口角。

"我的事，你别管，我自有办法……"

游先国见丈夫火了，把气咽了下去。她知他的脾气，凡是他决定要办的事，谁也阻拦不了他。

后来，她又想了个万全之策，让儿子做爸爸的工作。是夜，她开了个家庭会。争取两个儿子的意见。他们知道退了休的苦衷，都不同意爸爸退休。母子三人围着老黄，苦口婆心劝呀，说呀，哎，最终也没有使他回心转意。

游先国见丈夫一定坚持要退，她伤伤心心地痛哭了一场。唉，这个家怨谁呢？怨他吗？

老黄没日没夜，从没休息过半天，现在闹了一场重病，还不知他能活几天呢？怨孩子吗？两个孩子都听大人的话……谁也不能怨，只怨自己的命——苦。

今年，老黄实际不到来 45 岁，按规定，病退必须满 50。真是无巧不成书，1962 年他从万县港务局调到公司时，搞人事的千差万错，将他出生年月 1939 年的"9"字误写成"4"字，所以现在正好 50 岁。当时，他是清楚的，但没有要求改，嗨，今天却派上了用场。

他把申请和医院证明送到领导手上，正中下怀。那位领导不假思索，还踩了他一脚，说道："好，你要搞科研，就让你回家关起门搞吧。我看，你即使有三头六臂也搞不出个啥名堂。"

然而，黄永泉却雄心勃勃，一定要冲出夔门，走向世界！

黄永泉面临的困境，是谁也没有想到的，单位不支持，同事嫉妒他，在这片小天地里，无论在何处，都有人嘲笑，有人怀疑，有人诅咒，有人等待他的失败……他像荒原上一头孤独的绵羊，任人宰割啊！

时值 1985 年 4 月，中国的《专利法》即将公布的前夜。淘金人发现了金库，欣喜若狂。他毅然决定申请 4 项专利，要干就大干一场，在科技上向前迈一步。他觉得生活又变得有意义，尽管他已是一个退休人员，但在他的眼前却出现了一片曙光。他在给刚刚诞生的中国专利局的长信中，这样写道："我是一个 45 岁的技术人员，我承认我国的科技水平还落后于一些先进国家，但我不相信咱们中国会永远落后于别人，我之所以多年拼死忘命地拼搏、奋争，就是基于这个信念，因此我默默地激励着自己，哪怕阻力重重，不为中华民族争口气，死不瞑目！"

希望之火，猛烈地在黄永泉的心中燃烧。沉默的心，此刻又像长江的水浪花飞溅。他给中国专利局去了函，同时决定立即起程去北京，等待《专利法》生效之日就去借它的威力，实现自己的梦想。可又是一个难题使他陷入低谷。申请专利要花钱。钱，哪里有？

他无计可施，又只好扩大领域，向亲友化缘，东拼西凑借来为数不多的路费，向北进发。

列车，酷似一匹野马，穿过一段峡谷，驰骋在秦岭山脉，随风进汉中平原。一天一夜的折腾，旅客已精疲力竭。卧铺车厢内，24号上铺，两个大汉交叉地挤在不过50厘米宽的铺面板上，怎么也摆不下两张门板似的身躯。老黄那瘦长的个子，一半放在铺上，一半压在深褐色的皮带上，悬在空中。列车无论怎样晃动，也没影响老黄和老骆的睡眠和疲惫的身体。

他们从四川隆昌站登上车，已在冰冷的列车上，待了一天一夜了。久病未愈的黄永泉被那结实坚硬的椅子磨得两腿生疼。几次想买两张卧铺票，可带的钱一个掰成两个花也花不了几天。他们只买一张最便宜的上铺，两人挤在一处，度过艰难的旅程。

老黄真会精打细算，节俭度日。他俩都是首次进京，人地生疏。初春，雨雪霏霏，寒风瑟瑟。他们出了车站，已是深夜十一时，中国专利局在何方呢？他们问了几个人，都说不知道。老黄急中生智，拦住一辆出租车，才找到了永定门。可专利局门前早已警戒森严。辗转过来，跑了四五条街，才找到一家浴室的地下室，花了19元，只住了6个小时。他们扳住指头算，这几笔就花去了路程费的五分之一。

要向外国申请专利，谈何容易，姑且不说能否授权，申请费就贵得吓人。你黄永泉连裤子都没多的，哪有外汇？就是有了人民币，也难兑换到美元。这对一般人是想也不敢想的，对于这位已经退休的普通轮机长，难度也不会减几分。听说申请一个外国专利，要花一万美元。眼下，他倾家荡产，也凑不起这个数。

他在京城，尽管星夜奔波，求神拜佛，可没有孙猴子那样的好运气，每每被妖怪挡道，观世音就大显神通。

真是天无绝人之路。当他们走进中国国际贸易促进会，仰望那耸入云端的大楼时，眉清目秀的青年刘文志，像接待外宾一样和他们推心置腹地交谈起来。他像一位演说家，滔滔不绝地向他们介绍，如何申报国外专利，如何办理那些繁杂的手续？

"哎呀，刘同志的演说，真把我的心说转了。可我没有钱呀。"黄永泉毫无顾忌地倒出了心中的苦。

"嗯，这笔钱一般人是付不起的。唉，咋办呢？你又是非职务发明，你们单位是不会为你付款的。"他一时也被这一难题难住了。他沉吟片刻，突然大声地吼了起来："有了有了，办法有了，你们可以向光大公司求援，要求他们先付一笔款，将来这项技术实施了，就还债。"

这位热心的四川人，带着两位陌生的老乡，走进了光大公司那扇茶色玻璃门。

接待他们的是董事长刘基甫。这位胸怀博大的企业家，一听黄永泉的汇报，一开口就同意给 20 万元。

这是个十分惊人的数字，谁有了这笔钱，谁会发大财？黄永泉以为耳朵出了偏差，不敢信。他向身边坐的刘文志打听，董事长说得没有错，确实是这个大数。

他在想，多少年来渴望有一笔钱投向科研，却一直是个幻想。现在有了这笔钱，除了申请四国的专利费，他还可以做很多很多的事。

真不凑巧，还未定弦，董事长因有要事即刻飞往巴西，便派出他的助手与黄永泉洽谈。这人吝啬，他只给两万人民币，一万美元。

要价太高了，还要不要和他洽谈呢？但是，不找光大集团又能找谁呢？"有奶便是娘"。他们来不及衡量天平的砝码有多大的分量，便在合同上签了字。

要取得这笔钱，也是十分不易的。对方要求要本单位的证明，黄永泉的发明创造是非职务发明，否则不签字不付款。这是个最大的难题呀！原单位会不会出这个证明？要出，数千里的重庆，何时才能寄来？黄永泉一心想，在 4 月 1 日《专利法》执行的第一天，不妨去碰运气，抢头功。可是，离规定的日期只有 5 天了，能行吗？

他和老骆徘徊在光大集团门前的椅子上，二人心急如火，但又想不出万全之策。

"老黄，你不如坐飞机到重庆跑一趟。"老骆突然想起了一个好主意。

"嘿，哪有钱呀，往返路费要 200 多元。"

是呀，眼下哪有钱，进京都已经两个多月了，所带的钱要不是老乡小刘让出他那间 4 平方米的单身宿舍，作为他们的落脚点，连交住宿费都不够，更不说要养活两张嘴。

这段时间，他们也够寒酸了。每天归来，花几分钱，捡一把处理烂白菜、菠菜什么的，掺些包谷粉，就这样，有一顿，没一顿，维持二人的生活。那些烂菜，在四川猪都不吃，可对于他们却像"山珍海味"。那苦、那累、那难以对付的日子，再没有谁知道过，怜悯过，更没有人像争夺"金牌"那样，来争着吃苦，受罪。

他们终于下了决心，翻转腰包，买了票，飞抵重庆，取来了 55 个字："我局退休轮机长黄永泉同志在搞好本职工作之后利用业余时间研制《可调式转轴密封装置及其自动循环润滑系统》属实，特此证明。"

困难使人惆怅，也能使人成功。他们经 3 个多月的努力，终于办完中国、日本、英国、联邦德国等 4 国的专利申请手续。在狭窄、幽深的路上，总算迈出了艰难而重要的一步。

第六章　嫉妒追随着赞扬声、猜疑伴随着喝彩声一齐涌来，他依然步履蹒跚

"嘿，你们看，这多叫人痛心啊，三、四吨油白白的漏了，700 条船一年就跑掉两、三千吨哟。唉，真他妈窝囊，请了这么多的专家、教授，拨给你们 10 万元，闹了 3 年没冒出个气泡，瞎子点灯白费蜡。"指责连着指责。武汉轮船公司的领导，一席话，仿佛一道炸雷闪电，把平静的会议大厅搅得沸沸腾腾，喧闹不安。

"哼，说得轻松，外国人都没有解决轮船的密封，我们 3 年就想解决，有那等好事吗？好！他说得天花乱坠，让他来干好了，我们回家陪老婆。"大个子工程师，把嘴一努，不满地噼里啪啦放了一通。

"他呀，是个吹牛皮的专家。我们搞不出来他来还不是半斤八两，都是一样的结局。"坐在前排的那位高工，愤愤地插了一句。

"难自然是难了，但也不一定呀，五月份在全国技术成果交易会，四川有位其貌不扬的轮机长黄永泉，研制成功密封装置，同行刮目相待。我看事在人为嘛，也不是绝对搞不出来……"

会场上，突然掀起一阵汹涌澎湃的波涛声，一阵喧嚷，不服气的人火冒三丈。

这家公司，堪称长江的"船主"。他们人多实力雄厚，万里长江由他们主宰。为了永远在这条江上"称霸"。竟不惜血本，拨出 10 万元资金，组织了一个浩浩荡荡的攻关队伍，围剿直径不足 30 厘米，长不到两米的密封装置，搓来搓去。这批科技上的佼佼者，却无能为力。公司经理怎么不生气呢？

此时此刻大伙在思念，四川的黄永泉在哪儿呢？要是他能出现在台前，也许能为他们解围，不会闹得天翻地覆，人心惶惶。

当时，黄永泉正从大连——青岛——上海——武汉的途中奔跑，凭着他的技术和胆略，在几大港口、码头，在甲板上，进行娓娓动听的演说，消除人们的嫉妒心理和保守观念。

随着时间的变迁，人们激动的心情已经过去，又悠闲自在起来，密封的梦想很快又融合在长江的飞浪之中。

不久，在长江轮船总公司的高楼里，和武汉水运学院的讲台上，传来川东口音。此刻，黄永泉从上海溯流而上，到了武汉码头。正为武汉三镇的航运界的权威们引经据典，深入浅出的讲演。他们没有想到，武汉的听众是如此多情，偌大的会议室，里三层外三层，挤得水泄不通。一双双惊奇的目光中，发出了疑问，这位加油工出身的轮机长，竟博览世界的航海学、摸清了轮船那古怪的"尾巴"，解决了专家学者苦苦探求，而百思不得一解的难题。许多教授、学者对这位无名之辈佩服得五体投地。一位女教师惊讶的秀眉下，一双敬意的目光投向了这个三峡人。她崇敬地站在黄永泉面前，推心地说："你的讲课在浩如烟海的著作中，是找不到的。你讲得透彻、具体、实用……海员们，用一套密封装置不行，就使用两套、三套，结果还是不行。那举动实际上是掩耳盗铃，自欺欺人。你为大家解决了多年的困扰。"

一时间，黄永泉在武汉的航运界成为中心人物，每天前来看望他的、请教的、也有偷听技术信息的，门庭若市。

社会里，有些人生性有种怪癖，总喜欢在旧的轨道上爬行，而不愿在新航线上飞越。你的技术再先进别人都不屑一顾，一怕贬低了自我，二怕花钱。尽管黄永泉跑了大半个中国，嘴皮磨起泡，没说通一家。唯有武汉江汉轮船公司的头，似乎有着施洋的气魄，毅然决定拿出一个大数——1 000元，请老黄制一套试试。

黄永泉为了照顾开明"绅士"的情绪，自己贴上 200 元，托承制厂做了一套。你说气不气人，他们像三岁的小妞，说话不算数，到了安装的那天，扭扭捏捏不干了。

武汉轮船总公司毕竟是长江上的强者，拥有七、八百条船，算是武汉首屈一指的"大老板"。公司的经理，派出一辆"皇冠"把黄永泉接到公司，摆起酒宴商谈治理江河的大事。那经理财大气粗，一开口出 10 万元巨款购买黄永泉的技术。这许诺对老黄来讲，已经不是第一次了。所以，他不动声色，不表态，钱没能遮住了眼睛。

足足谈了两天，对方的法定代理人赵科长，倒是个开拓型的人，有诚心、有远见，愿意出 10 万元买这项技术。从不失眠的黄永泉动了心，整整捉摸了一个晚上。天刚蒙蒙亮，他拉开台灯，打开陈旧的保险箱，取出资料，图纸准备天亮在合同上画押，此后一切都会顺利了。嘿，此时他想到如花似锦的前程，白皙的脸上，绽开了不常有的笑意。

赵科长也是个痛快人，经他观察，觉得老黄朴实，技术造诣很深，说话真实可信，所以他星夜禀报经理，领导也拍了板，10 万就 10 万，偌大个公司，差你那几个钱吗？

万事皆备，只欠东风。签字的日子终于到了。这一天，来的不只是赵科长和他的助手，还有那批长期潜心研究的工程技术人员，都涌进了五楼轩敞明朗的会议室。

在他们看来，钱算不了啥，又不是自己掏腰包。主要是觉得不自在，别人会说这批兜里装着硬牌子的大学生还不如一个中学生。若让他的技术占领了武汉，他们的脸就无处放呀！

他们面面相觑，喉头仿佛被堵塞了，谁也没吱一声。黄永泉见那尴尬的氛围，心里早就猜到了大半。

"喂，请问你是哪个大学毕业的？"一位青年技术员放了第一炮。

顿时，会场沸腾了，憋在喉头的气如同山洪暴发一齐滚了出来。"啊？他是个体户，是私人研究的成果，决不能把国家的钱放进私人的包里。要么你请个保人，才能成交。"

10万元钱，这的确是笔可观的数字。这一炮放响了，即可在全国打开局面。黄永泉心里有点激动。但他想到，不要叫人家看出我是来讨饭吃的，要拿出点大将风度来。哼，个体户咋个，我能干的事，你们还干不出来呢？

一石激起千层浪。顿时，会场上一片混乱，人声喧哗。请保人本来是一件很容易办到的事，可对于退了休的轮机长有难处。他出来搞推广，公司连便条都不愿给他开一张，要公司担保，纯属梦想。

几个"军师"见黄永泉难解这道难题，暗中自鸣得意。这些人，暗中很赞赏他的技术，赞赏他的才华和聪明。但一些人不露声色，更不加以肯定；还有一些人心照不宣，对老黄的技术仿佛像眼睛里生了刺，不能容忍。黄永泉无奈去求助另一家公司的一位工程师，好说歹说，他也不愿冒这个险。

过了两天，大家又挤进了会议室，他们听说老黄没找到保人，各自暗暗地高兴了一阵。他们不愿买他的技术，可又想方设法求他点拨点拨，想从他那里得到启迪，来丰富自己的灰色羽毛。老黄的嗅觉很敏感，发现后即刻警觉起来。

世界上有无数科研人员，都在暗自奋斗，意欲登上技术的高峰，摘下皇冠上的明珠。往往大伙儿离明珠，不是十万八千里，而是几步之遥。稍加指点，即可登高峰。一向谈吐坦率的黄永泉，此时却稳住了，沉默不语，洗耳静听一个个提问者的"高见"。他心想，你们不都是能说会道的行家，大学生、学者，问我这个轮机长有啥用？

大家心照不宣，一阵争先恐后答"记者"问之后，又沉静下来。

突然有人把话题转向主题："老黄，你找到保人没有？"

"……"

又有人发出碎语："喂，你不请保人，能行吗？你负得起经济损失和刑事责任吗？"

"这么大的数字，万一有个差错，拿你碎尸万段也解决不了问题呀。"……

合同没签，黄永泉似乎在人格上受了侮辱，心中很不是滋味。他不服气地吼了一声："好吧，让你们自个研究，我等待你们的好消息！"他一拍屁股就走下了楼梯，离开了武汉，从此，"黄鹤"一去不复还。

为啥出现"心肌梗死"呢？这一切不是显而易见的吗？可他们强词夺理，还找了许多遁词，说什么现在诈骗犯不少，黄永泉没有单位的证明。技术可不可靠，人品好不好，谁也说不清，万一是个"骗子"，偌大个单位遭人骗，会把牙笑掉的。很遗憾，这一席话却不能自圆其说。其实，1985年5月初，在全国技术交易会上，这家公司经理已和老黄联姻，签署了意向协议。

1985年10月14日，在蛇山脚下，长江之滨，宽敞明亮的武汉海员俱乐部内，喧哗嘈杂，一派繁忙。中国航海、河运界的数千名专家、学者、海员云集于此，切磋技艺，商讨发展我国的造船术、航运术。这不就是昨天拉开帷幕的首届航运技术交流会吗？

数百个展摊上，摆着琳琅满目的机械仪器仪表，五光十色的图纸，资料。在大厅尽头的角隅里，一张饭桌上，摆着几分说明书。有一位土里土气，愁眉苦脸，一没单位介绍信，二没有工程师、专家、教授的头衔，是个来自四川的"个体户"

开初，都不接待他，也没有给安排展摊、食宿，后来他求神拜佛好话说尽，才勉强同意给他一个立足之地。随后他求助于守门的张大爷，才让他住进了收发室。可怜的黄永泉，他没计较那些那些排场呀，规格呀，便高高兴兴地摆开了战场。

这是全国性的交易会，自然规格很高，有着铁的规矩，没有相当一级的介绍信，不准入场；没有工程师一级的人做"解说员"，不准设摊。

一天过去了，无人到这个旮旯里光顾。第二天的时光快要消逝，仍然没有人问他是干啥的。他无精打采，耷拉着脑袋，一位来自大连的老行家突然发现了这个"编外人员"。

"吹，这玩意儿了不起呀，我盼了 40 多年都没找到这么样的密封装置。请问，同志你哪个单位的？"他一宣传，大厅里哗然，人们围了过来。

"我是个体户，是退休的轮机长，自己搞的。"黄永泉坦坦荡荡回答说。

"啧啧，真难，一个退休轮机长竟研究出这么精密的技术。"大家惊讶，眼珠儿都睁大了。

"老黄呀，你的技术我早就看中了，可是啊……"早已相识的赵科长拨开人群，站在黄永泉的面前遗憾地说。当然，那 10 万钱的转让费，要是真能交换成功，双方都会有好处的。

"这件事，老黄，我们迟早都要来找你的。"赵科长离去时，又留下他的诺言。

经过三天的酝酿，黄永泉这个体户，打入了国营大公司，先后正式与上海、广州、大连等地的大公司签订了两个技术转让合同，和五份意向书，是交易会签订合同最多的一家。谁也没想，黄永泉给了头功。

忽然，记者云集，五彩缤纷的镁光灯，照得他眼花缭乱。黄永泉 10 多年寒窗苦攻，风浪撞击的惊险传奇故事，随着报纸上苦涩刺鼻的油墨味，他的名字传遍了神州大地。

忽然，黄永泉身价百倍，高层领导人，主动让出了特级房间。黄永泉从僻静、阴暗的角落里，搬进了海员俱乐部的高级宾馆内。还专为他配了两位特级服务员。

忽然，教授专家刮目相待，"骗子"的传说顿时销声匿迹，这位三峡人如同巫山神女，名扬五洲。在赞扬声中，黄永泉仍然是那样平静、白皙的脸上，只有一丝儿微笑。

赵科长没有失信。1988 年元旦后，他派人专程到泸州，找到黄永泉要求定做一批密封装置。黄永泉尊重科长的诚意，立即请协作单位，泸州挖掘机修造厂，夜以继日地为江岸轮船公司生产密封装置。

第七章　欢乐和苦涩结成"姻缘"他疲于奔波，
　　　　汗水未能洗去历史的丑陋

"我历尽艰辛，研究成功一项技术成果。真是人怕出名，猪怕壮。金牌刚到手，灾难接踵而来。有人出来敲诈，威胁不成，还四处诬告我里通外国，出卖国家机密；同时挑动公司来争夺专利申请权。风波迭起，弄得我八方应付，疲于奔命，无法把其他几项科研成果尽快推广应用，感到万分忧虑、苦恼……"为是黄永泉给省委书记的信。他如泣如诉，倾吐着心中的苦。

当黄永泉捧回金牌，随之使人窒息的空气，也挤进了低矮而破烂的房门。

黄永泉没有陶醉。他的好友老骆盯着金光灿灿的金牌却神魂颠倒，哥培尔的阴魂又唤醒了他的灵感。"老黄呀，这金牌有我的份，我们各分一半好了。"

平静的酒城泸州，顿时激起了轩然大波。

老骆和老黄之间亲密的关系破裂了，消失了，一切都显得冷清、淡漠，格格不入。

其实，回顾起来，早在 1986 年底这项技术的经济效益略见端倪时，老骆的思想上就起了裂痕。他预感到老黄抢滩的纤绳已经松开，他那双灼灼闪光的眼睛，就显示出强大的透明度，要求在经济上给他一些好处。他对黄永泉的大儿子黄意奎说："大娃子，我支持过你父亲啊，你们有了好处，别忘了我老骆哟。嘿嘿，要求不高，能支持我和我堂客（妻子）到全国各地旅行一趟就行了。"

不几日，老骆又对老黄的小儿子黄虹洲说。"二娃子，说真的我们两家一向很好。你爹将来坐'皇冠'牌，我坐'上海'牌就行了。"

黄永泉是个十分注重感情的人。他想，我在最困难的时候，老骆确实支持过我，鼓励过我，迄今，他那片"诚心"，我是领略到了。黄永泉至今没有忘记，应该酬谢他。当初光大集团付款后，老黄就想到了，已付给他超额的报酬，怎么现在他还要求给予补偿。老黄摸不清底细，听了也没露声色，便沉默地等待着。老黄想，也许他是顺便说来玩的，过了一些日子，这件事就"烟消云散"了。

金牌到手不几天，老骆使出了第一招，派了一位特使对黄说："老骆叫我给你说，技术成果是你们共同发明的，收入应四、六分成，要求签个长期合同。"

黄永泉愣了。他对老骆180度的大转变，没有丝毫准备。他沉吟片刻，才醒悟过来："啊，这从何说起呢？"

老骆一计不成又施二计，一天，在大街上，他拦住游先国说："老黄抱起几万元，应该有我的份。"

"钱，老黄不是已经给了几千了吗？你支持过他，他也没有亏待你呀？发明是他一个人的，谁也争不去。"游先国细声慢语的解释。

"哼，什么，他一个人搞的？不给钱小心搞得你家破人亡。"

"他搞科研光明正大，没做亏心事，随你的便。"游先国毫不让步，抛出这句话转身走了。

"嘿，想不到你跟黄永泉是一路货色！"……

打那以后，这个舆论专家，四处游说："黄永泉的发明是假的，是从别人那里抄来的，不可信。其实，那些资料外国早就有了。"在大庭广众之下，老骆开始胡说。

有人当面问他："伙计，只有外国人麻中国人，没听说中国人麻得了外国人。他果真有这个本事吗？"

他张口结舌，很不好意思地说："啊，真的真的，是我说快了……"

老骆的这一着棋，没能使老黄屈服，于是他四处告状，说东家，串西家，宣扬这项成果是假的，是诈骗。他扬言："如果不同意四、六分成，我情愿说是共同诈骗，也要把它搞成是假的。到时候，我坐四年牢，他总

要坐六年。"

随后，老骆又把一张状纸递到泸州市委保密委员会，说老黄向国外申请专利，是"里通外国，出卖国家机密。"市委赓即派人调查，却没此事。

黄永泉纯洁的心灵，无辜遭到践踏，他感到阵阵心疼。

在商品经济的社会中，似乎廉价的谎言也变成了商品。许多时候，谎言经过几个人巧言利舌的修饰，形成若干交叉点，再经加油加醋，渐渐地驻足大脑，形成概念，假的变成了真的，美的变成了丑的，谬误变成了真理。

黄永泉稳不住啦，失眠心焦，科研已经停了下来，他的心被搅乱了。

老骆见在泸州地区没能取得辉煌的"战果"，他又匆匆地北上，把幻想与谎言寄托在紫禁城。此时，人们密切注视着他的消息。突然一个长途电话，通过银线飞到了古城泸州。老骆说，愿意与老黄和好，只要同意四、六分成，不溯既往。老黄是个"古怪"的人，在电话里他一个字也不答。老骆有点沮丧，跑一趟北京，花去五、六百元，却没有人相信他的话。

平心而论，黄永泉在开始拿起锉刀，做出第一套密封装置时，他没有想自己要当百万富翁，旨在解决加油工的辛苦。今天成功了，可风波来了。如同锉刀，要伤害他那颗纯真的心。他想哭哭不出声，想笑提不起神。他静静地坐在阳台上，一阵咳嗽之后，全身瑟缩，看来病魔又降临了。他压根儿就没想到搞科研会落到这个地步。

老骆从北京回来，没来得及擦擦身上的汗水，又带着流言和欲望踏进了山城。他没有死心，且加快了攻击的进程。他找到一位黄永泉原公司领导说："为了维护'国家利益'，维护公司利益，专利申请权应属于公司，金牌也该属于公司。而成果应属于重庆市。黄永泉已拿去三、四十万人民币，二百多万美元。如果你们把钱搞过来，全公司七千多人，人手都是几十块哟。这个数很可观哟。"

本来公司的领导一向宽宏肚大，可此时个别人由于骆某的挑动，对黄永泉的发明，产生了嫉妒心，经老骆的怂恿，有人头脑膨胀，心中的怨恨立即跳出了心窝。

一拍即合。他俩一个在台上，一个在台下，在个唱黑脸，一个唱红脸，这出闹剧就这样唱了起来。一块金牌引出了"红眼病"，昔日的熟人如今反目相视，出口伤人。

1987 年 12 月，一封长信飞出了山城，"朝廷"要召见这位已被人们遗忘了"叛逆者"，要他立即返回公司，举行"重庆谈判"。

严冬腊月，寒气袭人。三个春秋未回过"娘家"的黄永泉，心潮激荡，热血沸腾。那栋乳白色的大楼，等待着一场骤起的风暴的到来。

他刚上第二个台阶，迎面碰上了某经理。他仍然是那样热情，只是称呼变了。"吷，老黄回来了，身体咋样？伙计，要保重啊。"黄永泉支支吾吾地应酬了几句就走上了三楼。他从对方那皮笑肉不笑的眼神中，觉得一种神秘感。嘿，你看他多神气呀，小时候他的嘴多甜呀，每次上他的船都脚不离腿的跟前跟后喊"叔叔"，如今他从科长变成了大公司的领导，而我呢？从"叔叔"变成"老黄"，变成了一个什么"黄乞丐"。

老黄的心如同坠入大河，在波涛中翻滚，一段不愉快的事，忽然漂在他的眼前，记得那是 1985 年 8 月，也是这个地方，这个季节他从北京坐飞机抵重庆，取一张非职务发明的证明，这位领导高矮抹去"效果良好"那四个字，引起一场激烈的争执。老黄的克制力，那天显得薄弱了。当他把一张证明放在经理面前，便满面笑容的说："我现在退休了，想讨一碗稀饭吃。"

"效果良好"4 个字，仿佛刺痛了那位经理的心，他一挥大笔把它勾销了。

黄永泉全身紧缩了一下，急忙恳求："经理，抹去这四个字，证明还有啥用？请你手下留情吧，我只有这项要求，别的奢望不敢想。"

"嗬，你不是说我剽窃你的技术吗？你的技术有啥了不起的呀？给你开个证明，证明你是非职务发明的就够意思了。"对方把话点穿了。

黄永泉一听，无名火顿起。原来你手中有权，照抄别人的技术，搞出一个不伦不类的密封装置不说，还大吹大擂，又是开鉴定会，发奖，又是到处鼓吹，登报。奖金拿到手，成果变成了废铁。于是，他反唇相驳："你抄了我的技术，还……"

争执达到了白热化，整个楼层的人都涌了过来。你一言，我一语，越吵越凶。人事科长见势不妙，急忙过来劝阻。他苦口婆心地说："老黄，好了好了，别争别争。你不是要一张证明，说明你发明属于非职务发明吗？你的目的已经达到了，就少说几句吧。"

接着，他又在经理面前说："他不明事理，你是领导，就别跟他一般见识。"

翌日的"谈判"是在一派严肃的气氛中进行的。市专利管理所、市科委都来了人，公司经理不知道是忙还是因为别的原因，没有出席，委托监察主任主持的。

"老黄呀，我是受命于人，只好公事公办。你的发明是在当轮机长时搞的，应该……"他还没说完就摆出一份调解书，放在面前。"你就在上面画字就行了。"主任音未消失，笔已经递到黄永泉的手上。

这件事，说得很清楚，只要老黄在上面画个押，不就一了百了吗？众目所向，大家等待着"黄永泉"三个字跃然纸上。然而，黄永泉却坐在那里一动不动。大家见他未"倔"，场上的气氛渐渐紧张起来。黄永泉漫不经心地站起来，说："哼，过去，有人不支持，不承认我，不准宣传，不准扩大影响，说我的研究是小改小革。今天，我得了金牌有人患红眼病，又说技术是职务发明，专利申请权属公司，不知是为了啥？"黄永泉越讲嗓门越高，唾沫星儿喷得老远，哗哗哗地，把心中之苦一吐为快："我是个轮机长，是搞维修的，我全是用业余时间研究的，设计、试验都靠自己没日没夜地干。根据《专利法》的规定，我的发明属于非职务发明……"

他理直气壮，一席话，说得大伙无言可答。一位处长赞赏道："看来老黄精通《专利法》哟！"

黄永泉又接过话题："在你们面前，我不敢妄自菲薄，不过我们都应尊重事实，尊重法律，才有真理可谈。"

有人暗暗摇头，觉得这个纠纷很烫手。那位经理大发雷霆，说："不管怎么讲，他的发明都是职务发明！"

这场风波，在继续发展，蔓延。重庆、成都、泸州……凡是消息传到的地方，科技人员在惊讶后沉思，沉思后开始想到自己的实绩，自己的研究成果会不会受到冲击波的袭击。总而言之，许多人准备攻打城垒的劲，消失殆尽。

黄永泉再也无闲心去搞推广应用，宁波的邀请他回谢了；大连的邀请他拒绝了……他回到泸州，一气之下打算到全国各地的 45 个轮船公司和大专院校的数以千计的工程技术人员中，去讲课的计划全部撤销了。

目前，有很多事在等待他做。他的又一新成果"气体燃料低压炉"中国专利局已于 1983 年 8 月 5 日授予他专利权。有五六个厂家来找他签订转让合同，另有 10 项发明，他已拿出了设计图纸，等待他去实施，试验。可他眼下哪有心思，去考虑那些费神的事？他把资料、图纸锁在箱子内，统统关了警备。

这项技术的推广应用搁浅了。真可惜，按他的推算，全国拥有各种机动船舶 14 万艘，如果全部装上这套密封装置，每艘船一年至少节约润滑油 2 吨，柴油 5 吨，钢材 0.02 吨，修理费 2 000 元。按这个数，全国就可观了，一年节资 26.12 亿元。若能在几个国家同时推广，一年可为国家创外汇 2 亿美元。

对这件事，黄永泉怎么也没有想到，这位"朋友"会导演出令人心酸的"闹剧"，弄得他神魂不安。

经过好几次周旋，终究找到了"正义"感，请出"法律女神"。尔后，各路"神仙"共显神通，为他呼吁，为他呐喊！四川省专利局派员出面考查、调解，才算揭开了"专利共享"之谜。

唉，老黄啊老黄，好险呀，差点你就"大意失荆州"啦！

第八章　轻舟已过万重山

朝辞白帝彩云间，
千里江陵一日还，
两岸猿声啼不住，
轻舟已过万重山。

——李白

1987 年 12 月 24 日，在无可奈何的当下，游先国陪着丈夫黄永泉上省城去找省委书记。书记在省委办公厅热情地接待了他们。结束时书记慎重地说："你得了金牌奖，国际上都承认了，你为国家争了光，应该谢你。原来不支持，现在又来争发明权分红，不要理他们，该咋办就咋办。"

1988 年 1 月 5 日，省委书记在一份"万言书"——《获得金牌后的苦恼》上还作出批示："请省科委按政策归发明者所有的规定处理，任何单位和个人不得干扰。"

黄永泉读完省委书记的信和一系文章后，唉声叹气地斜靠在椅子上，疲惫闭上了眼睛，忧郁和焦虑，困惑和苦恼，像夏日的瘟症，仍在折磨他，纠缠他，何时才能终结呢！他的心里在呼唤：中国的大地上，何时才能安定，才能像干事业的样子？可怜的知识分子，何时才能真正解脱呢？

笔者几次赴泸州采访，在铜店街 34 号那间潮湿少光的茅屋里，黄永泉夫妇接待了我的采访。他俩在激情满怀，泪水汪汪的嘶哑声中，忆起那段如履薄冰的苦难历程。那故事，谁听了也会心寒苦涩，发出同情之心。随后，我写出多篇有分量的文章，在《四川日报》上刊出。特别是 1988 年 2 月 11 日在头版头条的位置，登出了一则消息《苦涩的金牌——一位发明者的遭遇》为他叫屈。随后，又发表了《长江在诉说》长篇通讯，为他呐喊。

中国的振兴寄希望于改革，中国的富强寄希望于科学。人人都渴望多一些温暖与恬静，多一些宽容与理解，少一些猜疑和内耗。黄永泉的事业，更需要理解和宽容，让他像长江的鱼儿，自由自在地遨游和觅食！

精诚所至，金石为开。一叶 30 余年从未懈怠的风帆，千回万转，终于闯过险滩，驶进了大海的怀抱。"黄氏密封"装置先后获得中国、英国、日本和德国等 4 国专利。随后，建造了泸州河海研究所和泸州河海船用密封装置厂，由黄永泉担任总工程师和厂长。近年来，他们加快了推广应用的步伐，全国已有 300 多个航运单位、1000 余艘轮船，安装使用了这种新型密封装置。

不多时，一个金秋时节，黄永泉正准备向国际市场推进时，从首都传来特大喜讯，国家科委已经行文，将"黄氏密封"列入"国家级科技成果重点推广计划"。黄永泉喜出望外。泸州人奔走相告，举杯为他祝愿！

大江过后是大海……

1990 年 5 月　泸州

警醒吧，决策者！

成都卷烟厂"突围"，逃出"禁区"10 年，所显现出的成效令人刮目相看。

一溜密密麻麻的数字，放出耀眼的光辉，令人眼"红"，神往。

这些数字，记录着成都卷烟厂的历史风貌，时代的气息，记录着全厂职工艰苦创业的足迹，风风雨雨的历程，记录着党的十一届三中全会以来，全厂新一代职工蓬勃向上，沿着漫长的路，不断向前，去追求美好的明天。

也许，有人要问他们的功绩有多大，蓝天和白云会告诉你……

上　　篇

那是一个偶然的机会，我碰上了他，十年前结识的老友韩振宪。他，似乎没有多大变化，微胖的身体，高高的个头，一口标准的鲁南话音，笑而不露的表情，敢闯三江的气度，一切都自然得体，而又富有人情味。

那是个春雨潇潇的上午。我登上成都市烟草公司的四楼，走进他那间宽敞而明净的办公室，便向他扑去，两双粗大的手揉成一团。顿时，心中的话宛如窗外的春雨，直往外流。

"哎哟，大笔杆子，你真是个大忙人，我曾三次登门，都没见到您的影儿。嘿，时间如流水，一晃又是三年啦！"

"韩厂长，改革的浪潮冲动了您的心，也调动了我的双腿，成天东游西荡，有点身不由己啦！哦，听说成都卷烟厂已是全省知名企业了。嗨，真没想到，几年工夫，你厂就变成了大企业。"

"是呀，成都卷烟厂的变化，也有你的一份功劳。唉，真遗憾，前年搞厂庆，几次去请您，不知你飞到哪儿去了……"

我无论如何解释，也躲不开他的批评。

老韩是个事业心强的人。对成都卷烟厂的发展，他立下了汗马功劳。旧厂的改造，新厂的兴起，上上下下，里里外外，东奔西跑，几乎耗去了他半辈子的心血呀！

1983 年，成都市成立烟草公司，时代把他推上了公司经理的"宝座"。他，人走了，可仍心系在那破烂不堪的棚子里，改造烟厂，仍然是他的一块心病。风风雨雨，是是非非，几经折腾，经过十月怀胎，才决定在成都郊外多宝寺，开辟荒野，创建新厂……

不多时，我们寒暄的话题，不约而同，一溜劲儿扯到烟厂的变迁上。

"说真格的，你的那篇稿件，你那把火烧得好，烧掉了一些人的陈规旧习，烧出了一座现代化的新工厂。谁也没想到，舆论的监督作用那么大啊！如果没有报纸的呼吁，成都卷烟厂也许不会有今天啊！"

老韩言谈举止特别，很有幽默感，很自信。

不论对上级还是对下级，也不管在大庭广众的严肃气氛中，还是闲情逸致的消遣时分，声调不紧不慢，娓娓而谈。可今日，他那有弹力的嗓门却越拉越大，尽情地倾吐着内心的激动，述说着改革的艰辛与成功……

一　把　火

那时的中国人穷，玩不起高级烟，衣兜里掏的是可怜兮兮的"经济牌"。

我和烟无缘，根本闻不得烟味，见了吸烟者，不免要骂他们"烟鬼。"也许是命运捉弄我：一进报社，鬼使神差，住进了成都烟厂旁边，这下可得天天呼吸一点烟味了。

成都卷烟厂的烟尘渗透力特别强，粉尘宛如 X 射线，向四面八方辐射。它年复一年地威胁着我和数十万居民的健康。

在那片街区，烟草，闻到浓烈的烟草味儿，自然美滋滋的，然而，对不吸烟者来说，简直是活受罪。我刚进这个"辐射区"，开初捂着鼻子熬，往后神经变得麻木，加之干这吃墨水的生涯。驱使我一年中有大部分时间在外东奔西跑，见得多了，也习惯了。

"文革"那阵，抓革命，不生产的瘟疫，缠住了工人们的腿，许多企业停产、瘫痪。我这个常年跑工厂、农村的人，捕捉不了信息，也不得不困在家里叹气，混日子。

可是，成都卷烟厂的旧机器，轰轰隆隆地成天转。工人们夜以继日，忘命地苦干，生产香烟供应城乡吸烟者。

当年武斗中，"造反派"把成都撕成两半，以府河为界，机枪架在工人的眼皮下，"哒哒哒"地叫个不停。子弹从工人们的头上嗖嗖飞过，他们照常钉在车间里生产"经济牌"香烟。

"真讨厌，"有些居民睡不着，对着从烟厂烟囱里滚滚而出的浓烟破口大骂。我不骂娘，只是合手祈祷，渴望烟厂快些"倒闭"，好睡个安稳觉。

一年、两年、三年……烟厂没有"死"，生产却蒸蒸日上。据说，当有一年全市发不起工资时，成都卷烟厂为市上解了难，还立了大功哩！

烟厂是棵"摇钱树"，任务层层加码，工人长年累月加班加点，一年到头连过个安稳年也是少有的，为国家的建设作出了巨大的贡献。

烟厂为国家贡献那么大，受到的待遇却很低。当时的成都卷烟厂，哪像座工厂呀！厂区一片破房，挤在高楼耸立的市区。东临府河，西连闹市，南靠东干道，北接水东门。五个车间、办公楼，以及幼儿园、食堂、浴室等生活设施，分布在狭小的土地上。房屋稠密，生产条件简陋，随着工厂不断发展，职工人数不断增加，一年更比一年显得拥挤不堪。发酵车间和原料仓库在远离市区的龙潭寺。远水难解近渴。这一切给生产和生活带来了很大的困难。

更难受的是，工人们拼死拉活地干，为成都人民创造大量财富，却并不被人们理解。厂区附近的居民受不了烟味的熏蒸，朝工厂泼污水，扔砖头，砸碎玻璃、打伤工人。街坊扬言：一定要"赶走"烟厂。

然而，天天骂，年年赶，这个"污染源"却越搞越红火。虽然几经治理污染程度有所减轻，却不能从根本上解决。

逼上梁山！受害居民，带着满腔怒火，告状，上访，信件如同雪片，向中共成都市委、市人民政府飞去。

居民冲着工人骂，工人对着厂长干。厂领导受不了，也往市里奔。

这一切都无济于事。还有人幸灾乐祸，故意气他们："年年叫苦年年过，事事叫难事事成。"

居民们憋不住了，对我说："烟厂太不像话了。你这个吃墨水的人，捅它一家伙！"

"报纸应该反映群众的呼声嘛。"

里里外外的呼声，不绝于耳，于是，渐渐地我也来了劲。

1980年夏末秋初，改革之风劲吹。风从首都来，吹醒了一个民族，也吹醒了巴山蜀水。我顺着风势，鼓起勇气，去捅马蜂窝。说真的，这次采访，与其说是主持公道，不如说一半是为给居民们"报仇"，一半是为了私利。

清晨，我憋着一肚子怒气，悻悻而去。我冲进机器声震耳欲聋的厂区。刹那间，我如同走进了火山口，只见烟雾弥漫，地动楼晃。听说来揭"老底"，接待我的同志愣了，眼球鼓得铜钱般大。

当时，由于多年的影响，人们往往喜欢报喜不报忧。搞批评报道的采访者是不受欢迎的，吃"闭门羹"，坐"冷板凳"，是家常便饭。

这回例外，韩振宪不护短，没有逃避采访者，却像迎接贵宾，放下工作，请来厂里几大班子，滔滔不绝，自己揭"家丑"。

他们的热情感动了我。在车间，我和工人们摆谈。我望着极其恶劣的环境，盯着一叠表格，手沉甸甸的，原订的采访思路被扰乱了。从怨恨到同情，并没有相隔一个时代。

我一口气写下了这些文字："众所周知的大庆式企业成都卷烟厂，一年为国家上缴利润近4 000万元，贡献较大。但是，该厂的生产条件，工人的劳动环境、健康状况，以及该厂污染环境对成都市东城区成千上万居民造成的危害，却很不被烟厂的上级主管部门所重视……

"这个厂的职工生活条件较差。解放30年了，迄今厂里没有职工食堂，几百人吃饭只好挤在走廊、车间里；职工家属宿舍几乎没有增加，职工单身宿舍也随着生产的三班制，实行睡觉的床铺三班倒，工人称为"定额睡觉"。其他职工福利设施就更谈不上了。由于厂区内污染严重，全厂899人中，患鼻黏膜炎的占80%以上，患喉炎、哮喘、气管炎、肺结核、心肝病，以及神经官能症、心动过速等疾病也比较多。"

"烟厂的厂址、厂房等条件必然决定了这个厂的污染必然十分严重。30年来，成都卷烟厂职工增加了六倍多，产量增加了43倍，就产量和职工人数来说，是我省第二大烟厂。可是，工厂的场地只有9.3亩，厂内车间都是屋檐相接，几乎没有一块空地；车间同居民住房犬牙交错，连成一片。按规定车间之间应有一定距离，可是成都卷烟厂没有场地，就千方百计向空中发展，卷烟、包装车间均在二、三楼。厂房越高、溢出的粉尘就越多，飘得也越远……群众要求迁厂的呼声越来越高，该厂的干部工人要求改善生产条件也迫不及待。对此，厂领导也曾多次向上级主管部门反映，而得到的回答只有一个：'没有钱，解决不了'，真的没有钱吗？不！仅最近10年，烟厂就上缴利润2.29亿元。工人们反映，主管部门的领导只知伸手向厂里要钱，不顾工人和周围几十万群众的身体健康。我们希望市里的领导同志来厂里看一看。"

1980年7月4日，《四川日报》在刊登这篇题为《成都卷烟厂严重污染周围环境》的批评报道的同时，还发了短评：《是迁，是转，是治？要迅速决策》。文章说："对治理烟厂'三废'，他们总是两眼盯着'钱'，嘴里叫着'难'"。真的难吗？听听该厂职工的意见："若把烟厂迁往郊外，就现有设备稍加改造，即可在两年赚回搬迁费。"当然，解决烟厂污染问题的路子还很多，问题在于"非不能也，是不为也。"

"《环境保护法》规定：已经对环境造成污染和其他公害的单位，应当按照谁污染谁治理的原则，制定规划，积极治理，或者报请主管部门批准转产，搬迁，成都烟厂地处人口稠密的市区，是迁？是转？是治？有关主管部门应尽快拿出决策来。"

报纸一发出，成都城东地区群众拍手叫绝。当时担任四川日报报社领导职务的许川同志，在当天的职工大会上，曾对这篇报道作了较高的评价。

然而，此时此刻，我的心像刀刺一般疼痛、后悔。唉，我真糊涂，工人已是怨声载道，为啥还要火上浇油呢？真没想到，这篇批评报道，竟把成都烟厂推上了风口浪尖。

艰 难 的 历 程

一把火，把成都城东地区烧"沸"了。此起彼伏的喝彩声不绝于耳。

一把火，也把烟厂的干部烧得热血沸腾。过去，他们跋前踬后，心里忧悒；如今，手捧报纸，百读不厌，心情舒畅，暗自庆贺。他们没有埋怨采访者"没良心"，却拍手叫好，说这篇文章道出了他们想说又不敢说的话。

一把火，把工人烧哭了。他们拉着我的手说："你们看到了我们的难处和苦处。报纸不愧是党的喉舌。"

一把火，烧醒了决策者，引起中共成都市委、市人民政府领导的急切关注。他们为工人的生命、群众的健康坐卧不安。即日，中共成都市委召开了常委会，作出了决定；次日，成都市副市长刘永芳召集计委、经委、轻工、税务、银行、工商、城建和烟厂等 10 多个局、厂的领导开会，并邀请《四川日报》记者参加，进行专题讨论。

会上，与会者的意见趋向一致：为了把文明古城成都市建成一座优美清洁的现代化城市，同意市委、市府的重要决策。

鸡窝里生不出金凤凰。成都烟厂拆掉、改建旧厂房迫在眉睫，更新旧设备刻不容缓。《四川日报》又发了有关成都烟厂准备拆迁的消息。

当市委、市府作出这势在必行的决策后，一些习惯守旧摊子的人顿时炸了营。接着，对成烟厂该不该改造、外迁的问题，爆发了一场唇枪舌剑的争论。

有人说，香烟的消费品，在人们的生活中无足轻重，要控制发展，窝窝囊囊干下去，也不会影响大局。现在银根紧张，哪来钱建厂呢？

也有人认为烟厂虽然不是钢厂、矿山，但也应该让他们喘口气。当初，韩振宪讲过："扩建成都烟厂，对职工、对居民、对烟厂、对国家都有利。四川每年的香烟销量是 120 万箱，可自己只有 60 万箱的生产能力。成烟厂迁往郊外，一转身产量可以翻番，不需要增加多少设备，产量、产值均可大增。这样的好事，何乐而不为呢？"

回顾成都烟厂的历史，紧紧巴巴、窝窝囊囊打发日子，已是"不惑之年"了。

历史记载：中华人民共和国诞生初期，偌大的成都市从事烟草工业生产的只有几家手工作坊，规模小，设备简陋，工艺落后，产量很低。1951 年，成都市人民政府接收了仅有两台中型卷烟机，年产几百箱烟的私营企业中瑞烟厂，更名为地方国营红旗烟厂。尔后，"红旗烟厂"与"民生烟厂"联姻，成都卷烟厂便诞生了。她张开翅膀，扩充势力，合并了"泰和卷烟厂"、"成都丝烟联合加工厂"、"国光雪茄烟厂"。

至此，成都卷烟厂成为成都市唯一的卷烟专业化工厂。这在她的生命史上，算是进入了幼年时期，只能生产卷烟、雪茄烟、丝烟一类的低档商品。新中国成立初期，中华民族的工业水平不高。年幼的成都卷烟厂，势单力薄，羽毛不丰，但她顽强拼搏，在川西平原、在川西北山地、川中丘陵吸烟者中赢得了信誉。

在全国烟草工厂兄弟伙中，在规模、产量、知名度等几方面，成都烟厂都进入不了前几名。然而，勤劳、聪明、勇敢的成都人民不甘落后，要下工夫让全国人民都知道：华西也有一家敢与全国名烟大厂争雄称霸的大厂。但是，如何摆脱困境呢？按政治经济学家的观点，产业归属人民后，生产力的发展，只有依靠企业更新的命脉——知识和技术。

回顾成都烟厂的发展史，确实有过先天不足的改革。在成都卷烟厂的历史上，从 30 年代到 70 年代，进行了两次大的技术改造，从作坊式的手工操作转向半机械代，基本实现了从制丝到包装的机械化生产。企业有了生机，产量、产值逐年递增，坐标轴上的指数直线上升，产量达到 5 万箱。成都卷烟厂虽然向前迈了一步，可并没有摆脱母体的衣钵。

一个人的作用，在历史长河中也许是微不足道的；而在某种事业中，当他把社会的进步和群众的创造、个人努力相结合时，会起到桥梁、或顶梁柱般的作用。

1971年早春，阳光灿烂，春风和煦，有位中年人，沿着石板路，大步流星，向小巷深处走来。

中年人姓韩，名振宪，三十八九的年纪，身材魁梧，风度翩翩，仪表堂堂，行走如风。他是沂蒙山区的好后生。他们兄弟八人，1948年，不满17岁的韩振宪，跟着共产党走，扛枪参加了举世瞩目的淮海战役。他人小，心大，性烈，不甘落后，是战场上的小老虎。淮海战役刚刚结束，他成为百万雄师中的一员，跨长江，入湖南，参与了解放"天府之国"的战役。在战火纷飞的年代，在为建立新中国而战的1949年夏天，他加入了伟大、光荣的中国共产党。韩振宪同志像株茵茵杨柳，插在哪儿，无论环境优劣，都会生根发芽，长出新绿。在这块热土上，他呆了七八个机关，别人说他是"走马灯"，他说自己是"通讯员"，哪里需要就到哪里去。当年，这位血气方刚的年轻人，有一股"蛮"劲，他奉献的不仅仅是血和汗，还有一颗赤子之心。当成都烟厂需要他的时候，他毫不犹豫，从四川省计经委那阔绰的办公室，大摇大摆地走进了小巷深处，开始了他新的生涯。

那时，成都烟厂给他的第一个印象，不是那些黑咕隆咚、破烂不堪的厂房，而是恼人的厂大门。门洞窄，卡车进出，工人往来，耳朵挨着耳朵，车轮擦着脚尖。呀，好险！人们说，昨天吴三妹的衣服被挤破了，今早小李子的耳朵被擦伤了……

"一定要改！"啪，韩振宪把眉头一皱，拳头砸在桌子上，立下了治理烟厂的军令状。

他匆匆走进四川省计委那幢古老的建筑，没落座便拉大嗓门，像说山东快书一样，噼里啪啦地说开了："秦主任，烟厂的工人多可爱，他们白天干，晚上熬，一年为国家贡献几千万。"他突然停住话题，沉默不语，舒了一口长气之后，叹息道："唉！可这厂很可怜，哪像个国营企业呀，工厂设备、职工福利太差太差了。烟厂工人蜷缩在破房内，光着背膀，围着牛皮纸，一身烟味，一身臭汗……这，这太不公平了嘛！"

这条五尺汉子，越说越激动，泪花冲出了眼帘。

上级领导被他感动了。四川省计委领导到成都烟厂调查后，一拍板，拨款 60 万，建起了三楼一底，面积四千平方米的新厂房。当中华人民共和国成立 23 周年前夕，烟厂工人们高高兴兴搬进了新厂房。那喜欢劲真不用提了。

一不做，二不休。紧接着，韩振宪又说服了省轻工厅的厅长们，投资 30 万元，建起了第二幢大楼，底楼作为发酵车间，四楼做办公室。

"呼啦！"工人们弹冠相庆，邻里路人也刮目相看。

在喜讯传来之时，却出现了一支小插曲，办公楼建成不久，一条裂缝从房顶拉到房脚，成了危房。这也许是命运的安排，天公要在刚复苏的肌体上，烙下一道疤痕……

烟厂的变迁，不过是小打小闹罢了。就是这样，职工也满意了。生产年复一年。

1980 年夏天，当《四川日报》在报上反映群众要求烟厂搬家的呼声后，全厂职工面对时局，认为时机已到，决定借助舆论的力量，把批评变成动力，把怨恨变成活力，一面到省里、市里去争取早日投资建新厂；一面千方百计培养人才，为企业未来的发展增添新鲜血液。

红灯，绿灯，红灯……

"什么，什么？为啥子嘛，原先说得好好的，那块地给我们，一夜之间，又变了卦。你们当领导的，说话算不算数？"江山易改，禀性难移。血气方刚的韩振宪，敞开大嗓门，瞪着大眼睛，把一盆冷水泼了过去。

"韩振宪这家伙厉害！"和他接触过的人，或上级、或下级、或同行，都这样评论他。

目下的他，锋芒毕露，寸步不让。一溜连珠炮，逼着领导步步退却。有人说，山东人吃饭喜欢"大饼夹大葱"，说话是直肠子，有口无心。真的，这话在老韩身上，印出了味儿。

在场的人一听，都傻了眼。"这家伙是不是吃了豹子胆，竟敢顶撞领导。"

今天，不知他哪股神经发了，像个"天棒"，说话既"刁"且"横"。

老韩的帮手朱俊昌，望着他那含血的双眼，提心吊胆，生怕他捅乱子，急忙拐了他一下。然而，他没有反应，随即又"哒哒哒"地像机关枪一样说起来。

"人们都说，红灯亮过是绿灯，才不哩！红灯一亮没完没了，我老韩想不通。"

"哼，就你想不通，我们还想不通呢。我们几十年苦心经营的川棉一厂，纺织局一分家，飞了。烟草公司一诞生，烟厂这块肥肉又拿走了。难道我们只有下苦力的命，肥肉养一块掉一块……"

"本位主义！"老韩咄咄逼人，又扔出一块石头。

老韩与上级闹崩了！

韩振宪像吃了炸药，按捺不住内心的激动。那位领导心里也装着炸药包，一触即发。自然，两包炸药相撞，必然冒出火花，引起一场灾难。

顿时，市主管局的会议室，气氛紧张，鸦雀无声，亢奋的沸点猛然冷却到了冰点。

一阵沉默之后，领导恳求道："哎，老韩啊，你都要离开烟厂了，你就让个步吧。我只求你这一次。你想嘛，你坚持这个意见，我们脸面往哪儿放呢？"

"噢，你以为我是为了私利吗？不！对我个人来说有啥呢，还不是为了国家，为了烟厂一千号职工。要是真的把市政府的意见改了，那就真的没有脸面见群众了。这不是你我的恩恩怨怨。这步棋走错了，将遗恨千年呀！再说，成都烟厂迁厂的事，省报、市报都登了，全市人民都知道了。成都市政府下了文件，通了天。你我都是党员，出尔反尔，咋说哩。"老韩推心置腹，亮出了自己的心里话。

1981年春天，在工业改组、联合中，中共成都市委和市人民政府为了解决成都烟厂的搬迁，毅然决定，将已停产的铸石厂交给烟厂合并。这样做，可一举多得：一则铸石厂地处东郊多宝寺，占地50亩，合并后，原由国家养活的二百多名职工就有了劳动场所，可以减轻市里的负担；二则成都烟厂有个好去处，那里人稀地广，污染小，很适合建烟厂；三则烟厂发展的潜力很大。

对此，市政府下了文件，省、市报纸和香港报纸，都作了报道，以示赞扬。当初，主管局是两厂结缘的"红娘"，是积极的，支持的。

形势发展很乐观。两厂职工在爆竹声中，浩浩荡荡，欢欢喜喜，一碰杯，合二为一了。

改革的洪流冲击着旧体制，这新旧矛盾之交必然也会触及到一些人的旧观念。

1983年，改革的路子拓宽了，步子加快了，习惯势力和自私的心态赶不上趟，两厂合并出现了裂痕。当四川省按照国务院决定对全国烟厂实行专营，统一成立烟草公司时，原主管局看到烟厂这棵"摇钱树"靠不住了，早晚要"嫁出去"，着急了，心慌了，什么都不顾了。

于是，合力变成阻力。出难题，设障碍。责令烟厂交出铸石厂，另选厂址。真气人啊！1982年2月，四川省计委决定拨款一千万元，对全省五大烟厂实行扩建、改造。其中包括给成都烟厂的迁建开工费250万元。这样一倒腾，另四家烟厂的项目都落实了，唯独成都烟厂落了空。眼看就要到手的一笔巨款被收回去了。多可惜呀！由于扯皮，使成都烟厂失去了一次迁建的机会。不久，由于种种原因，市里下了第二个文件，收回铸石厂。

一切沉闷，大家郁郁寡欢。

说来真巧，正值闹得冤冤不解之际，有人提出将成都烟厂迁到西昌。真是火上浇油。至此，摆在成都卷烟厂面前的障碍又加高了一尺。主管部门抓住了这张"王牌"，变本加厉，逼得烟厂的头儿团团转。烟厂无可奈何，他们的迁建计划又一次成为泡影。

红灯，绿灯，红灯……如此反复，韩振宪已被折腾得形销骨立，举步维艰。

在成都卷烟厂迁建危难之际，1983年12月17日，四川日报编辑部发了内参《成都烟厂迁建计划遇到了阻力》。再次发出呼吁："最近，中国烟草总公司决定把成都烟厂的迁建，列入明年计划项目，并投资700万元。"记者在北京采访期间，专门去总公司走访了有关负责同志，证实了这一点。省计经委也批准烟厂的迁建任务书。省、市建行也同意贷款。成都市在计划明年 30 个项目中，已把烟厂的迁建列为第一个项目。这些都表明，各级领导与有关部门，对烟厂迁建极为重视和支持。

这个问题，也确实面临'机不可失，时不再来'的状况。众所周知，成都烟厂是成都市中心的一个严重污染源，妨碍着省会文明城市的建设……轻工部和省、市各级领导去视察时，都说：'不迁不得了，迁得越快越好！'群众也在报纸上，市和区人代会上呼吁了几年，但都因没有钱，没有迁建地皮，长期无法解决。

"目前，投资有了着落，迁建地皮本来也早定了，烟厂主管局在地皮问题上又设置障碍。……"

这是为推动成都烟厂搬迁而放的第二把火。

斗！这位军人出身的厂长，在尖锐的矛盾面前，感到没有别的出路，只有借助报纸的力量，背水一战。于是，他带着助手朱俊昌，八方周旋。

——上京告状。韩振宪提包里放着迁建计划，设计图纸，人民来信，《四川日报》的批评报道，带着全厂职工的呼吁，三上京城汇报，终于得到了烟草总公司的同情和支持，立了项目，拨了投资款。同时，总公司找到省公司，省公司找到成都市朱副市长，协同作战，一起作市主管局的工作。

——借助舆论的力量。在关键时刻，继《四川日报》之后，新华通讯社也发了内参，呼吁各级领导，在道义上给成都烟厂大力支持。

——找省府领导。看着一块肥肉，被人拿走了。"嘿，咋闹的，这是省里'七五'期间改造的重点项目，多气人哟。走，找省烟草公司的领导去！"成都卷烟厂党委书记王贵楼带着几位干部、工人，走进四川省烟草公司大门。省烟草公司又找到省政府的领导。省府领导最后表态说："维持原决定。"

——找市长。韩振宪从北京回来，马不停蹄踏上了成都市政府大门。要求当时任成都市长的胡懋洲，听取烟厂的汇报。有求实精神的胡市长，耐心听完他们的诉说后，胸怀坦荡地说："成都烟厂贡献大，条件差，市委，市府领导都亲临烟厂看过。省、市政府都很重视、支持烟厂迁建。铸石厂，交给烟厂的决定不变了。那个错误的文件由市里收回来。"

一拍板，三年的迂回战才熄了火。

角落里藏龙卧虎

四川盆地，人才辈出曾有三次高峰，一是共和国站起来的时候，一大批青年知识分子，宛如海潮，从北向南涌；二是六十年代初，三线建设的浪潮席卷大西南，人才漩涡加速湍急了，巴蜀成了人才密集、碰撞、涌流的最大场所；三是七十、八十年代，在解放后出生、在四川大地上自立、自强、茁壮成长，成为七十二行中新的生力军。这三支知识分子队伍携手搭伴，互相撞击，涌进大厂、大机关、大学、科研所，形成人才宝库。

事物的另一方面却是一些工厂企业人才匮乏，处于饥渴、迷惘之中。成都烟厂便是无人光顾的角落之一。说来也真笑话，但这是事实。当时，这座年产10万箱的厂子，却没有一个技术员，没有一个工程师。韩振宪凭着在中央某尖端科研单位和在省级机关工作多年的见识，认为搞生产不重技术，不培养选拔工程技术人员，怎么能搞好生产呢？

人才爆炸的年代，人才匮乏的角落，这是多么不相称啊！严峻的现实，触痛了韩振宪求实思维与爱才如命的秉性。在他进厂的第一天，他就细细地观察年轻人的言谈举止，去寻觅这代青年的聪明才智和对事业的追求。

他贸然发现，在这个偏僻的角落里，也不是没有人才，这些青年虽然文化不高，却都可爱，有着火一般的热情和蓬勃向上的勇气。

还有，近几年从学校分来28个中专生和3个大学生，专业齐备，有化工、机械、制革、财务专业。经过几年实践锻炼，他们懂技术、懂管理，本应到适合他们工作的岗位上去发挥才干，却完全干着工人的事。他们的潜力有待挖掘。

韩振宪有点得意忘形了，发现了这么多的宝贝疙瘩。但他同时又觉得很不是滋味："这么多人才不用，让他们去干那些和专业不相干的事。"

他有点生气了，在矛盾的漩涡中，他放弃了依靠"外来户"的打算，把人才的砝码投在本厂知识分子身上。韩振宪选中了一批有棱有角，勇于奋进的青年，执意培养，试用、提拔。

"嘿，老韩，天天在批'臭老九'，你竟敢大起胆子对着干。"

"他呀，是无事找事干，有一天会斗得他屁滚尿流。"

"他批他的，我干我的，现在说我百错千错，历史将证明是对的。"老韩一笑了之。

那是1972年的事了。"四人帮"正声嘶力竭地批判"白专道路""反动权威"，知识分子像瘟疫一般，臭透了心。对他们的死活，谁敢问津？

老韩却反其道而行之，不听别人劝阻，犟着性子，要把修理工王治松，提为助理技术员，还决定把材料往市里送。

"哼，不批？算了算了。他们不承认，我承认。好汉做事好汉当嘛。王治松就算我厂第一个技术员。"老韩愤愤不平地说开了。

要讲资格，王治松很地道。他虽然没有大学文凭，车、钳、铣、刨却门门懂，样样通，人忠厚踏实，工作卖劲，人称成都烟厂的"王铁人"。1958年从德阳航空工业学校结业后，进厂就扎在车间，一呆十几年。他怀才不遇，憋着一肚子窝囊气。他不屈服命运，总是勇于拼搏，去驾驭命运的缰绳。

过去，对包装技术的探索，全是王治松的事。1965年，王治松根据中外的有关资料，试制成功一台包装机，每分钟包装香烟600支，提高功效8倍。贡献没有使王治松得意忘形，他不断改进完善，随后功效又翻了一番。在国内，这项技术属首创。尔后，上海生产的小型包装机，其原理、设计、格局，都与他研制的包装机，几乎没有两样。

在当初，王治松的技术超群，性格豁达。1975年，王治松和方其礼一起进行改革，提高工效40％。

王治松是烟厂第一个科技"冒尖户"。他，一步一重天。1983年被提为副厂长，负责设备技术管理。他是一把好手，群众极口赞扬，几乎年年被评为厂里的先进工作者。

烟厂提的第二个技术员，便是李德福。这位少言寡语的年轻人，长得很英俊，中等个儿，体形匀称。然而，他的内心世界却如同罐头，禁锢得严严实实。老韩喜欢他，党委书记王贵楼也支持他，他们似乎在他身上发现了闪光点。于是，李德福涉入了领导们的视野，老韩、老王等人着手去揭开李德福心中的谜。

韩振宪扶植这株幼苗，还有一段动人的故事哩。

韩振宪在部队当过政治指导员，在公安部门当过政治协理员，在某科研单位当过党支部书记。他懂得思想政治工作是艰苦的，并非一加一等于二。要了解别人，首先得让别人了解自己。因此，他培养人才，关心职工，首先是从建立情感入手的。老韩像大哥哥带着小弟弟，无论是北越秦岭，还是东渡夔门，他总是带着李德福，让他在大千世界中，开眼界，长才干。然而，不知为什么，韩厂长一直纳闷，这个李德福，似乎是个木头疙瘩，韩振宪精心培育他，他却闷着头，不开窍。

山城的夜，静悄悄地流泻着。老韩躺在床上，不停地翻滚着身子。身畔，李德福也迷迷瞪瞪，一直在回忆过去的岁月。

自从厂里提拔了第一个技术员后，人心所向，大大小小的文化人连连称绝，认为工厂办了件好事。但老韩却隐隐感到埋伏着危机。

有人议论韩振宪，搞"技术'挂帅'""独断专横""闯风头"。好心人劝老韩，别冒风险，找虱子咬。

韩振宪犹豫了。第二个技术员到底还提不提拔呢？老韩一时失去了主心骨。李德福思绪深沉，心底的秘密难以捉摸。曾几何时，老韩专门带他外出开会、出差，利用一切机会，开导他、鼓励他，而他却无反馈。李德福依然紧裹着那颗"病"心。这次来山城开会，老韩又把李德福带到身边，教育启迪。

老韩披着衣服，伫立窗前，仰望着明亮的皓月，喟然长叹。

"小李，你的工作顶呱呱，可你……为啥思想不开朗，成天愁眉苦脸的。"韩振宪顺手按下台灯的按钮，顿时屋内一片光明。

"哦……你不知道，韩厂长，'文革'中我成了'黑五类'。生活折磨我。唉，那年月，没有人瞧得起我，活得很不自在。我只好战战兢兢地生活，步步为营。不知何年有出头之日。"

李德福侃侃而谈，终于洞开了心扉。

"你别悲观，会有出头之日。"老韩推心置腹地说："出身不由己，道路是可以选择的。这是党的政策嘛。只要路子走得正，谁也不敢欺负你。重要的是，你要抬起头，堂堂正正做人。依我看，你工作细心，肯学肯干，只要放下包袱，好好为社会主义出力，你是很有前途的。"

"韩厂长……"李德福哽咽了，泪花在这位偏孽的青年的眼帘内滚动。他把它咽下去了，没有往外流。老韩的心也沉甸甸的，仿佛被人揪了一把。夜，在阴沉沉的天幕下流失，两颗息息相通的心，在同一频率上猛烈跳动……一阵沉默之后，仿佛天幕忽然启动，露出一片蔚蓝的天空。

"我到烟厂十几年，从来没有谁找我谈过心，听不见和谐的话语，唯有指责声，讥笑声。前年，我鼓起勇气写了一份入团自愿书，可他们什么也没说，退给我了，我很失望。最后，我把心血全部浇注到技术上，因为一切好事都没有我的份……"

"别这样想，小李。个人是个人，不能把家庭问题当做包袱，越背越沉。你，还年轻，前途无量，事在人为嘛。共产党和人民政府信任你们青年一代，你也应该相信党和政府……"

"世界上无样样都完美的人。所以，我也不要求一个什么都好。我只希望你拨正思路，正确对待家庭问题，正确对待自己……"

打那以后，李德福禁锢的闸门被启动了。李德福像株出土的春笋，在各方面都显得生气蓬勃。

关心年轻人成长的韩振宪望着"春苗"，绽开了嘴笑了。他大胆培育、使用，先是送李德福去轻工部干部学校深造。在党的培养、教育下，李德福—成都烟厂年轻人中的一员，走上了技术员——助理工程师——技术科科长——厂办科研所所长——副厂长之路。

韩振宪呕心沥血，竭诚相待，一个个引导、鼓励，一个个栽培、提拔。

不久，老韩又看准了另一个，名叫龚锦华。他是个"小老幺"，不满30岁，进厂比韩振宪早一年。不知凭啥，老韩处处维护他。有人嫉妒了："他有啥取头嘛，一个小学生。"

真的没"取头"吗？韩振宪不那样看。

1983年夏天，教育体制的改革，给一批年轻人送来良机：郑州轻工学院面向全国招收新生。

"小龚，你愿不愿意参加考试，好推荐你。"

"嗯，愿意。这是我多年的梦。"

"有把握吗?"

"请放心，韩厂长，不会给你丢脸。"

在现实生活中，机遇对每个人是均等的。然而好事来了，不一定会落在你的头上，往往像风一般溜了。这一次，韩厂长找到党委书记王贵楼商量后，把机会给了龚锦华。但是，老韩仍然心中不安，怕他砸了锅。于是老韩鼓励他，为他摇旗呐喊，创造学习的机会。

谁也没想到，在西安高考中，龚锦华拼命了，三天三夜没合眼，当他交完最后一张试卷，急匆匆地赶到车站候车时，靠着墙壁，迷迷糊糊地睡着了。

经过一番拼搏，在400多名考生中，当年这位只有小学文化程度的龚锦华竟名列前茅。

见怪不怪，你可知道，这些年来，他像凸凹镜一样，把生命活力全部凝聚在书本上。

在家里，每当夜幕裹着沉睡的大地时，他便爬上床头，双脚裹着被套，把灵光落到书本上，全神贯注。他，无论什么书都啃，文学的，理论的，企业管理的……他伸长脖子，吸收营养，丰富思想，开阔视野。

为了上夜校，他将孩子托给朋友照看，有时连饭也顾不上吃就奔向学校。整整熬了三年，完成了中学的全部课程。

有得必有失。事业扭曲了他的生活习惯，唱歌，跳舞，打乒乓，下围棋，许多富有诱惑力的爱好，都被抛向九天云外。

韩振宪看到一批新人在亢奋中勃然涌动，挑起重担，他犹如饿吃"大饼夹大葱"，舒心、欢畅，不禁手舞足蹈，跳动了"华尔兹"。在烟厂，老韩渡过了十三个春秋。这盘棋，经过他的巧手调整布局，苦渡难关，活了。他下过许多惊险而又精彩的棋，但他最得意的是，培养人才，完成技改，为建新厂，促成历史性的大转折打下了基础……

韩振宪讲到这里，突然刹住了话题。他轻松地在屋内踱着步，如释千钧。有人说回忆是痛苦的，而老韩却满面春风，仿佛在讲演古老的故事，欢畅自若。

"哎，说真的，我是从大机关去这个'不拉厂'的。干实事，我喜欢，没有怨言。当初，论条件，差得使人心寒。那时的思想很简单，常常这样勉励自己：对于共产党员，条件再苦也甜。工人没有动摇，我这个当头的，还有什么话好说呢？那年月，我身体不好，常闹胃病，偌大个汉子，才90来斤，有一次，四川省工交会议上，我感冒烧到39度，领导和同志们送我去医院，我没有去，悠悠摇摇咬着牙坚持。散会后，我又马不停蹄地跑回厂传达。哎，我自己都说不清，哪来那么大的傻劲。"

1983年11月16日，韩振宪调到成都市烟草公司担任经理。上任前，谈起他含辛茹苦经营的烟厂的事，得意的，不是成都烟厂产量达到多少万箱，实现产值多少万元，税利多少万元，而是一座现代化的工厂，已破土动工，成都卷烟厂迁厂的夙愿，指日可待了。

韩振宪是个多情的男子汉。在告别烟厂那天，他飞车多宝寺，望着沸腾的工地，思绪万千。他好像告别亲人一样，恋恋不舍，捧起炽热的黄土，小心翼翼装进衣袋。

"别了，成都卷烟厂！"

下　篇

我这人，也许是性格的羁绊，情感不易冲动。可昨天，和韩振宪经理交谈，他的话却像一枚巨型火箭，把我推上了云天。他滔滔不绝，向我复述，新烟厂如何漂亮，设备如何先进，堪称是赶上潮流的新企业，可我的脑子一片空旷。因为，我联想不出新厂是啥模样。那原在城内的旧烟厂在我脑海里的印象实在太深刻了。记忆中的破烂不堪的旧厂，如同一位颤巍巍的老妪，在我眼前摇曳，抖动，挣扎。

成都卷烟厂新厂子真有那么大的魅力吗？我似乎有点迷惑。这一夜，我老在大脑屏幕上，勾勒着一个新型的、现代化的工厂的模样儿……

成都。清晨。我带着疑虑，登上了新崭崭的"皇冠"卧车，穿过浓

雾，跨过城东二号桥，向东行驶，绕过成都市一环路、二环路，然后继续
向郊外驶去。

"到了，到了!"小尧惊喜地告诉我。

我举目远眺，在一片开阔的田野上，浮现崭新的建筑群，云缠雾绕，
隐约可见，犹如海市蜃楼。雄伟壮观的厂门，装饰着紫红色大理石，豪华
耀眼，镶嵌着金灿灿的"成都卷烟厂"五个大字，显得格外壮观。

厂门内，正中是假山、喷水池、翠绿的草坪、绿树和花草，左边是耸
立的新厂房，玲珑别致的办公楼；左边是款式新颖的俱乐部，高大的宿
舍……错落有致，独具风格。厂区和生活区之间，一片开阔地上，种着各
种花卉树木，草畦遍布，绿树成荫，鱼池碧绿，垂柳依依，晚开腊梅，敞
怀怒放，娇嫩芬芳。红艳艳的山茶花，为整个院落增添了春的美丽，带来
春的气息。

"成都卷烟厂大变了!"我心底在呼唤。

成都卷烟厂现任厂长龚锦华，领着我，兴致勃勃，徜徉在厂区笔直的
大道上。这时，云开雾散，橘红色的太阳，羞涩地露出半个脸儿。乳白色
的厂房，耸立在厂区的中部，春风吹拂着，蔚蓝的天空，绿油油的田野；
"工"字形的住宅群，如山的水塔，如镜的游泳池，都镶着橘红色的阳光，
形成金色的世界……成都卷烟厂充满着活力。工厂的节奏，紧张而不紊
乱，轰鸣而不嘈杂，厂区空气清新。

我们踏阶梯而上，步入一车间、二车间、三车间……目不暇接的新设
备，英国的"MKG-5卷接机"、意大利的"赛西普机"、德国的"虹霓制
丝机"，拴住了我的视线。我刨根究底，追问它们的性能和功效，贪婪地
寻找隆隆旋转的机体的特征，品尝那香喷喷的烟味儿。"嗞嗞"的制丝声
和"嘀嗒嘀嗒"的卷烟声，混合在一起，形成一曲清脆悦耳的交响曲。车
间宽敞，秩序井然，再也看不见往日成都卷烟厂里拥挤不堪，粉尘乱舞，
昏天黑地的状况了。这真是理想的、文明的现代化生产。这里，一代新人
正在发挥着无穷威力。我看迷了，仿佛新旧烟厂不是相隔十年，而是一个
世纪。

我们离开车间，一边走，一边继续畅谈着这座现代化工厂，兴建的艰

辛与甘苦……

一 丝 不 苟

今天，是个值得纪念的日子。也就是十年前的今天，我和成都卷烟厂副厂长郑尚甲结为至交。

一眼看去，他是个老实人，说话不多，实实在在，坦坦荡荡，没有矫揉造作之感，更没有故弄玄虚之意。

我再次端详郑尚甲。十年前是这样的，十年后依然如故。他那随和、平易近人的眼神，给人吉祥安全的印象。

在座谈会上，他眨巴着眼睛，坦诚地告诉我："老朋友，你是知道的。几年前，土地到手，并不等于新厂就出世了，还得去争去斗。得到了厂址，第二个难题就来了。烟厂虽然为国家贡献大，可自己没有一点积攒，基建投资，至少也得花四五千万元嘞。唉，真可惜，曾有几次好机会都错过了。"

提起建新厂那段历史，老郑心里很沉。我很理解当初厂领导的苦衷，为了列项，他们到处求神拜佛。后来，不知是哪位领导开了恩，拨了600万元垫底，才算有了好预兆。

"哼，这么大的工程才给600万元，干脆不搞。"群众担忧，有人这样议论。

"不，许多事成功与否不是万事俱备，才拉弓打鸟，而是先捅开再说。上了马，去求援，也许好说些。"老郑畅抒己见。

老郑这话也对。人常说，夜长梦多。事实上，市上批准了，若不及时上马，还会再起风波。就拿那场土地争夺战来说，其中一个因素就是当初拿到地皮后，没及时动工。这个要夺那个要占，后来闹得不可开交。

老练。对于老郑而言，也许和他的苦难历程有关。他的孩提时代，家境穷得叮当响，14岁就进了杰伦烟厂，当了童工，成天围着卷烟机旋转，为资本家装肥了腰包，可自己磨破了皮。解放成都后，工人当家作主，他积极肯干。1952年，郑尚甲加入中国共产党。他担任过车间主任、支部书记，转干呀、提拔呀，一路顺风，1975 年，上级部门又任命他为副厂长。

老郑虽说喝的墨水不多，可有股子钻劲。在长期与机器打交道中，使他养成了严谨的、一丝不苟的作风。这是他的一个特点。

说来，郑尚甲算得上成都卷烟厂的元老，头上缭绕着神秘光环。可他理智，头脑清醒，从不陶醉在赞扬声中。

八十年代初，成都市人民政府决定成都卷烟厂迁址后，郑尚甲高兴了一阵子。可是，决定变成新厂，往往需几经磨炼。可不，建厂的时间又被拖了一年。工地上一派狼藉，车辆来往如梭，老远老远拉来钢材、木材，又匆匆忙忙返回老远老远的地方去，汽车冒着白烟，在土马路上，穿来穿去，尘埃扬起老高老高。

郑尚甲望着眼前的情景，心急如焚。日子已经推到 1984 年的末日。怎么办？跨了年，按规定，新征土地又得重新申报。唉，好让人晦气呀！

没办法，只有按常规惯例，先挖一锄，做个样子。于是，1984 年 12 月 31 日，厂领导班子选定了这吉利的日子，在爆竹声中，划了红线，动了土。这一天，成了成都卷烟厂全体职工难忘的日子。

大家顺应潮流，顺应老郑的主张，逼迫上了马。当时，郑尚甲很激动，捧起一把土，嗅了嗅，甜滋滋的，和善的脸蛋上，绽出了苦涩的微笑。

基建的战斗打响后，郑尚甲便一马当先，挑起这副担子。他没日没夜地泡在工地上。白日，背向蓝天；夜来，头枕黄土。成天忙得溜溜转，勾勒宏伟蓝图要他，周旋"三材"要他，工地上的张罗接待要他……

老郑侃侃而谈，仿佛在讲述一个古老的故事。他说："修建新厂，事儿多，工作杂，什么立项呀，取材呀，施工呀，什么协调各种关系呀，都要我去周旋。工作是千头万绪呀，得抓住关键性的环节。这么大的工程，什么是关键性的环节呢？质量。百年大计，质量第一。当时，工作十分艰苦。"

嘿，苦日子还在后面呢？谁也没意识到。他善人善心，把一切都想得顺当，如意，美好。

这块地，已是砖瓦厂耕耘数十年，倒腾来，倒腾去，苍白的表皮，形成厚厚一层膨胀土，高高低低，坑坑洼洼，晴天一把刀，雨天一包糟。行动难，施工更难！

夏天，川西平原。阴雨如流，人称"天漏"。工期已过一半，而工程的进度却不足 1/3。领导急，工人急，大伙不得不冒雨施工。

膨胀土，雨水一浸，变成"沼泽地"，打不起桩，基脚只好用人挖。人，像泥鳅钻进烂泥塘，花费九牛二虎之力，也难向前蠕动一步。

雨水不停地注入泥潭、坑道。抽水机轰轰隆隆，昼夜不停地叫，唉，真气人，坑里的水依然没见少。

说来谁也不相信，配气站的基地，是一条长不过 20 米，深不足 4 米，宽不到 2 米的坑道，足足挖了两个月。那确实是块恼人的硬骨头，地方窄，工区小，四面房子对着屋檐，碍手碍脚。工人们挖了又垮，垮了又挖，不知反复了多少次，仍然不见成效。

无奈，请来吃苦耐劳的农民弟兄帮忙。就是一方算三方，工钱增加五倍，青年农民们也没有啃动这块骨头。

副总工程师孙义祥蹲在土地上，两手挠着后脑勺，双眼盯着泥浆长叹。这位两鬓花白的工程师，面对困境，自嘲自笑，一转念，又锁起两眉之间那几竖皱折，心里在骂自己："真无能！"

背水一战！最后，孙副总工程师提议：组织三个突击组，轮流上阵，强行施工。经过一场激战，攻下了这个堡垒。

在沸腾的工地上，无论是清晨的浓雾中，还是晚霞消逝的夜幕里，一位清瘦的老头，脖子上挂着一个傻瓜相机，时而趴在坑道里、磨磨蹭蹭；时而爬到房架上，东瞅西瞅，来去匆匆，长年不懈。他，就是工程师蔡炳山。

他的眼力特别强。施工中的毛病，似乎没有一处能躲过他的视线。

"这个柱子的混凝土浇得不合规格。重来重来，无话可讲。"他说话不顾情面，把关一丝不苟。"啪，啪！"天棚施工没有按照设计标准，他把相机一举，拍下现场。

蔡工程师抓准了。天棚骨架设计标准是 600 厘米 × 600 厘米。可施工人员阴差阳错,做成 500 厘米×500 厘米。若装上,诚然也能应付了事。但,这是生产车间,机器发怒,地动山摇,不多时便摇曳倒塌下来。

"哎呀,8 000 平方米,损失惨重!"施工者傻眼了,叫苦不迭。

"不行不行,损失该你们付,活该!"蔡工摇头,一口咬定。

一个个质量关,被把住了。

一个个疑难问题,被解决了。

工程还没完,人瘫了,老郑、宋大为、小方、孙副总工程师、蔡工程师……这一批人皮黑肉消,精疲力竭,仿佛在经受一场激战……

一 尘 不 染

不捞外水!

不吃回扣!

不徇私舞弊!

这是成都卷烟厂人的精神风貌。

这几年,改革、开放、搞活,确实硕果累累。自然,沉渣随着浪潮泛起。如一些建筑部门搞的一些邪门歪道,已成"格局"。什么"好处费"、"辛苦费"、"二次回扣"……嘿,这些乱七八糟的东西,有的部门还明文规定是"合法合理",涂上层保护色。于是,有人心怀不轨,钻进基建队伍,捞一把,吃一嘴。

这一天,方仁德照常是走得晚。他先是加了两小时班,然后回到办公地。他屁股挨着竹椅,便打开斑驳破碎的抽屉发呆。啊,哪来的一叠人民币?一数,正好是 200 元。他捧着钞票,看看周围,没人影儿,他不相信眼前摆的是钱。

为啥子人类社会自从有了货币,就像崇拜偶像一样,追求它,崇拜它,靠它办各种事?

今天,"偶像"摆在方仁德面前,他是啥态度呢?

"小人之见!"他吐了一口唾沫。他具有成烟人的风范,鄙视不轨行为。

小方紧锁眉头，一直纳闷。这钱从何而来呢？

他搜肠刮肚，啊，是不是那些安装电讯设备的个别哥儿们。他们有这种为人处世的习惯，是不是怕我拒绝，趁我不在，顺手塞进了办公室呢？

没有隔夜，他就噔噔地跑回厂里，把钱归了公。他如释千斤，得意地舒了一口气，又一头扎在工地上。

这是成都卷烟厂人的脾气！

可以说，他们的脾气，是民族意识的精粹和现代意识的结晶！

那时，建筑业紧缺的三材中的钢材，是紧俏货，工地上急着找米下锅。正巧，有一位知心朋友告诉他们，灌县一家单位有钢材要出售。自然，求之不得了，赓即派人去打听。嘿，真顺心，一说便成，几十吨螺纹钢，是浇柱子、铸大梁的抢手货。合同签了，款付了，唾手可得。

然而，顺利中却孕育着矛盾。提货时，突然发现钢材两端破裂，不合建材的要求。咋办呢？一时间，他们进退两难。要吗，会让"百年大计，质量第一"的口号成为空谈，一根柱子400多吨，这种钢材太玄乎；不要吗，钢材紧俏，求材若渴。卖方抓住了买方的心理，一面用花言巧语打动他们，一向又撒上诱饵——钞票，迷惑他们。

郑尚甲副厂长和孙义祥副总工程师合计之后，觉得事关重大，又派出蔡炳山工程师亲临现场，进行技术考察。

蔡工程师是讲科学的人，经过反复检查、验证，认定钢材质量太差，不能用，拒绝提货。

金钱的魅力，在成都卷烟厂人身上未能奏效。他们视如粪土。

西方学者卢梭，有段名言："……人们通常主要是根据财富、爵位或者等级、权势、个人功绩等方面的差异来互相评价……在这四种不平等中，个人的身份是其他各种不平等的根源，财富则是最后一个。而各种不平等最后都必然会归结到财富上去。因为财富最直接有益于幸福，又最易于转移，所以人们很容易用它来购买其他的一切。"现代心理学中有"社会性格"之说。所谓社会性格，是指"绝大多数人所共同具有的性格结构的核心"。它的功能，可将一个特定社会中部分人的能量引向同一个方向，使大部分人接受同一追求和理想。在一些人的意念中，似乎这种力量只有金钱，它可以拨动敏感的社会神经，把人们引向同一方向。但是，那是一种错觉。因为，在成都卷烟厂人的意念中，金钱是商品社会，人们生活的必备物，但不是人生的目的，绝不能为了金钱出卖灵魂。"君子爱财，取之有道。"钱，作为人的本质的物化形式之一，固然也是世间活性最大、活力最强的物质之一。人的本质特点之一是不愿将自身的能力局限在自身的范围之内，于是金钱的诱惑力，对于人的身体，不是高于一切，不是神灵，也不是崇拜的偶像。

拆迁旧房的纠葛，则对成都卷烟厂人又是一场考验。在改革的年代，交易场上，旧房的拆迁、变卖、笼罩着各色各样的阴影，会使人神魂颠倒。

"郑副厂长，我给三千好处费，把房子卖给我吧。"

"孙总工程师，我出五千元，给我好了。"

"去，去，去，我们不要讲'心意'，要讲仁义。"

"好了，好了，回扣就免啦，把中饱私囊的那些钱，加在房价上。"

面对这种新鲜事，拆迁者的眼珠儿鼓得溜溜圆："唉，算了算了，这里的风都是棘手的，谁敢图谋不轨呢。"

这些年来，随着一幢幢高楼拔地而起，传统的、现代的恶习一齐涌现，玷污了一批人的灵魂。人们经过一次次考验，该沉淀的沉淀了，该升华的升华了。成都卷烟厂人，这支年轻有为的队伍变得更加纯真、正直、廉洁。

一座现代化的工厂，经过风风雨雨，已经矗立在沙河边。清澈的流水，从新厂边淌过，发出醉人的笑声。得意的山风，缓缓吹来，亲吻着大地，散发出馨香的野花味。

渐渐地，由拆迁、新建而引起的恩恩怨怨，随着流水已经流逝了。今天，当卡车将一箱箱香烟从成都卷烟厂大门运出，当每月向成都人民捧献上成千万税利财富，当成都市城东地区居民再也闻不到那刺人的烟味时，人们完全有理由说：

这是成都卷烟厂全体职工的胜利！

这是八十年代改革的一束鲜花！

一幅美丽的蓝图

清晨。明媚的春光，洒下一片银辉，掩映着耸立的新厂房，镶成一幅美丽的画卷。古老的多宝寺，显得格外年轻，充满生机。

党委书记孙克贵，英姿勃勃，迎着朝霞，走进即将落成的新厂区，欣赏着眼前的良辰美景，陶醉在朦胧的春意之中。

简陋的旧烟厂，在成都卷烟厂老职工心目中，已变成了逐渐远去的记忆。在人们追求新的观念、新的潮流、新的产品、新的贡献中，眼前的新厂房，得体大方，壮观雄伟，新老工人走入厂区，仿佛进入天堂一般，实在令人陶醉神往。

然而，这一切，对于搞机械工程的、在人民军队这个熔炉里经多年锤炼，追求造型艺术美的孙克贵，又觉得美中不足，需要雕琢，需要美化。在厂区，孙克贵一边溜达，一边萌发出新的篇章。他用尽心机，着意要为新厂添上一束鲜艳的玫瑰花。

谈起那段故事，孙克贵很激动，生怕别人插嘴，岔开了话题。

巧极了，我去采访他的那天，2月8日，正是成都卷烟厂的生日。屈指一算，成都卷烟厂已满38周岁，从青年步入壮年。

孙克贵现在是成都市烟草公司的经理接任老韩的位子。他，很坦率，见了我把话匣子打开，全倒了出来。

"说真的，对于人，38岁，已到中年。对于厂，这年龄正是风华正茂，应该打扮得漂漂亮亮，具有成都卷烟厂的特色与风采。"

孙克贵在军事院校待了五年，高房子大屋，自然见得多。对烟厂的设计，他还不满足。现代化的企业嘛，既要有勤俭办厂的精神，又要与时代气息相适应"第一印象"。

于是，孙克贵拿着白纸，带着笔忙开了。成天在工地上，绕来绕去，量地盘，绘蓝图，累得骨头像散了架，可他心里却很甜很甜。

大门、花园、假山、游泳池……一个个大眉大眼的模样儿，飘洒在图纸上。

孙克贵想，工厂的门面是工厂的脸儿，现代化的工厂没有得体的门面，就残缺不全。厂容厂貌的优劣是企业精神、风貌的体现，直接影响工厂的声誉。

他想，烟厂污染严重，厂区及宿舍区特别需要美化环境，搞好职工情绪的调节，使之心情舒畅。

孙书记的设想，既得到了全厂职工的赞赏，也引来了非议。

"嗬，修假山，我生在山里，长在山上，最讨厌山。"

"一座假山五万元，还不如分给大伙过个肥年，多安逸呢。"

图纸一摊牌，议论纷纷。怀疑的、反对的，说俏皮话的，一溜儿冲着他的脑门。

人多嘴杂。也难怪，从阴暗角落走向大千世界，已像宇航员登上了月球，何苦花力气添枝加叶呢？

他想到的很多，而没有想到的更多。观念的转变，比起生产力的转变，要费事十倍、百倍。唉，这一点，他就没有想过。

孙克贵是有个性的人。那些闲言碎语，他没见怪，仍坚持做他认定的事。清晨，他一上班便找来厂领导以及工程师们，摊开图纸，比较，研究，协调。很顺当，统一了看法。大伙的支持使他心中更踏实，劲更足。

有心人爱做有心事。为了设计大门，他背着相机，拉开双腿、长途跋涉，去捕捉生活美、艺术美。

成都、德阳、绵阳……"啪"，"啪"，"啪啪"……他跑了许多个新建单位，摄下了一摞五光十色的照片。

他打开台灯，趴在案头，细细捉摸，众多的厂大门中，成都市公安局、成都无缝钢管厂、绵阳人民公园的大门吸引了他。但他又觉得美中不足：公安局的大门虽然新颖，可气质不足；钢管厂的大门雄伟高大，可显得单调平淡；绵阳人民公园的大门设计别致，是个 S 型，然而显得太活，对企业不够庄重……

最后，他请来三位设计大师，绘制出三张图纸，经反复比较，最后选中了峨眉机械厂一位工程师设计的蓝图。

如今，成都卷烟厂大门，雄伟壮观，金碧辉煌，令人叹服！

一个果敢的抉择

他在犹豫，因为手中没有钱……

已经投下四千万，一笔巨款。对于一个中型企业，一次拿出这么多钱，已是勒紧腰带，刮干腰包了。

怎么办？昨晚，一位好友，从成都三砖厂传来一个信息：新厂后面那片地，浮泥已经刮尽，砖厂基地要转移，那片土地要"嫁人"。

好家伙，对成都卷烟厂，这是最好的主户。

成都卷烟厂新厂占地50亩，比城内旧厂扩大了四倍，可以说"天阔鱼跃任鸟飞"。如今这新烟厂再也不任人投石块，吐唾沫，骂爹骂娘了。

李德福望着快要竣工的新工厂，心里美滋滋的。但他没有停步不前，满于现状。从目前看来，眼下这片地皮上新建的厂房，年产三十万箱的规模，是绝对没有疑义的。全厂职工有了足够的用武之地。可他，并不心安理得，他想到九十年代、下个世纪的烟厂情景。

他想得有道理，因为世界在前进，中国在发展，再过十年、二十年，成都卷烟厂三十万箱的规模已经不能满足人民的需求了。作为厂领导之一的李德福，对于企业的长足发展，他不能不考虑。这是他的秉性、他的意志、他的事业心所决定了的。

"眼皮底下的三砖厂那块地皮，不能让它跑掉了。"他轻轻地捅了一下眼镜架，自言自语地说。他匆匆地走进办公室，请来党委书记孙克贵、副厂长龚锦华、郑尚甲等领导，召开紧急会议。

开初，大家举棋不定。倒是年轻的龚锦华沉着稳重，直言不讳："依我之见，这块地是送到嘴边的肥肉，求之不得。买！钱是死的，人是活的嘛。眼下紧点就借，往后生产发了能还。只要有了新地皮，烟厂就有好的未来。"

大伙一合计，决定买下那60亩地。然而，当时，成都卷烟厂已是债台高筑，目前这买地皮的680万元巨款，到何处去筹集？

成都第三砖厂厂长郑本良是个精明人。他首先提出两种方案：一是吸收一批砖厂的富余劳力和退休职工；二是支付这笔巨款。

一个很精，一个会算。李德福一拨弄算盘珠，未加思考便放弃了第一个方案，采纳了第二个方案。李德福想，烟厂扩建，已经吸收铸石厂100多号人，再增加一大批人，不仅要管吃穿用，还要管生老死葬，真难！

执行第二种方案，这680万元，钱从哪来？这真的难住了李德福和厂领导班子的其他同志。向来稳重的李厂长，这几天，已是热锅上的蚂蚁，稳不住了。

思来想去，似乎陷入了迷途，而又觅不出一条可行之路。猛然间，有人提出转让"红梅"香烟商标的事，若是平常，李德福也许一笑了之，可而今却引起他的深思。

提起革除"红梅"烟标，李德福心中不悦，这牌号是他用汗水和心血换来的。人们的心理特征是共同的，凡是自己创造的，总是爱如珠宝。

世界上的烟标在卷烟王国中，已有千千万万，如：风景名胜、文物古迹、飞禽走兽、奇花异草、古今名人，名画佳作、风土人情、传说故事、建筑桥梁……五彩缤纷，美不胜收。妙趣横生的烟标，与邮票、火柴贴画一样，有单个的，成套的，大的，小的，黑白的，彩色的。四川省中江县凯江卷烟厂的"名画"牌香烟（10包1套）、云南曲靖卷烟厂的"五朵金花"牌香烟（5包1套）、成都卷烟厂的"五牛"牌香烟（5包1套）……世界上最大的系列香烟是日本专卖公社的"七星"牌香烟，十多年烟已发行使用了两千多个品种。然而，"红梅"牌烟标，又独具一格，一束鲜艳芬芳的红梅，把人引入了梅花的世界，梅花的乐园，美的享受。

平心而论，他不想放弃它，但又无可奈何。"为了保护脑袋，可以牺牲耳朵。"他突然想起这句谚语。

真是无巧不成书。李德福正在一筹莫展之际，云南烟厂的余厂长来了。两厂虽然天各一方，却早已是情同手足。成都卷烟厂无私待友，把自己研制的"红梅"牌，转让给玉溪烟厂生产，分文不取。年产量玉溪20万箱；而成都卷烟厂只有一万来箱。这真是"肥水外流"。

按原定三年的期限已满。玉溪烟厂想继续使用，但又难以启齿。今朝厂长入川，就是前来刺探虚实，要求成都卷烟厂高抬贵手，一如既往。

用过午餐，李德福厂长突然望着余厂长，计上心来，特将他带到多宝寺，去看那片爱不释手的土地。

两位厂长徜徉在这片黄土上。李德福东聊西说后，扯到了正题：

"我们打算买下这片土地，贷了 500 万元，还差 180 万。我们眼下，有点小困难……打算把"红梅"商标转让出去。"

"哦，差钱用，没关系，都是熟人熟事。啊，对……就看转让费要多少呀？这件事，决不能亏了你们。成都卷烟厂的人既大方，又重感情，我们会商量妥当的。"他见龚厂长没表态，接着说："哦，你的意见可以商量，很快会有回音。"余厂长几乎一语定音。

不多时，余厂长二上成都，与龚锦华具体磋商，又进一步达成协议。为了稳妥起见，小龚带着财务科长、厂办主任、法律顾问直赴玉溪烟厂。很快，一份有着法律效应，而又洋溢着两厂情谊的转让文件生效了。几天后，180 万元划到了成都卷烟厂的账户上。

多漂亮的地皮啊！平平展展，方方正正，既是雪中送炭，又是锦上添花。有了地，增修游泳池、球场一类生活设施，一个大型仓库也就有了立足之地。

这一果敢的抉择，不仅为成烟厂的发展打下了坚实的基础，而且载入了史册。马年的"知识台历"的 3 月 15 日"商标也是资产"小资料中，这样写着："美国有家企业愿出 200 万美元买下'青岛啤酒'商标专用权，被该厂厂长一口回绝；成都卷烟厂将该厂'红梅牌'商标专用权，以 180 万元转让云南玉溪烟厂。这说明商标是一种无形的资产。"同时表明，这次转让是我国商标专用权转让金额最大的一次。它将是商标发展史上的丰碑。同时，在成都卷烟厂、云南玉溪烟厂两厂间加深了社会主义兄弟式的情谊，值得纪念啊！

香烟的生产，在当今已跃入了新的领域。然而，吸烟与健康，这个人们多年争论的话题，又重新提上日程。古今中外，尽管人们对烟草众说纷纭，对烟草的评说或褒或贬，然而世界每年的销量以 2% 的增长速度，向上发展。据 1985 年统计，吸烟者已达 15 亿人，总消费量约 48 000 亿支。

成都卷烟厂科研所所长王治贵，兴致勃勃地谈起一番烟草的命运："我省的吸烟人，一年可吸 240 万箱，而自己只有 170 万箱的生产能力，约有 3.5 亿元流到省外。过去，河南、山东、上海、云南的香烟齐头并进，占领了巴蜀这个地广人多的市场。这几年呢，情况大变，前面三家已经先后退却，云南独占鳌头。诚然云南卷烟有特色，可四川自身的能力不断壮大，烟质美，北国的'入侵'者无力抗衡，纷纷败北。"

所长的这番话，自有道理。就成都卷烟厂而言，已创造了三个市优产品，一个省优产品，"白芙蓉"、"五牛"牌高档烟嘴，已在吸烟者中占领着一定的地盘。

那么，对卷烟的研究还搞不搞呢？

这事舆论界、理论界曾经有过一场论战，然而，说归说，烟草照种，香烟照吃。近10年来，农村种烟面积扩大，烟厂生产年年扩大，吸烟者年年增加。真是有禁不止。香烟的研究作为世界性课题，竞争更加激烈。近年来，外烟蜂拥而来，已抢占中国市场一角。中国人非生产名烟进入外国市场不可了。

成都卷烟厂科研人员不甘落后，继成都卷烟厂送走"红梅"后，又研制出"金达"，两者相比，后者更高一筹。

闻名遐迩的黄山，诱惑游人的不仅仅是那英姿秀美，气势磅礴的三十六大峰和三十六小峰。更使人流连忘返的是倏来倏去的云，扑朔迷离的雾，绚丽多姿的霞光。仲春的黄山，那云，那雾纷纷退去，仅留下一片五彩缤纷的霞光，令人心旷神怡，如入仙境。1989年四月，成都卷烟厂龚锦华和王治贵，风尘仆仆登上黄山，然而这一切没有拴住他们的视线，倒是烟草招标会，使他们如痴如醉。

当时，全国烟草总公司，招来生产香烟的各路将帅，汇集黄山，进行一次高层次的嘴烟招标竞赛。

会场气氛严肃，一场争夺战正在紧张进行着。数百人全神贯注，人人竞相夺标，可谁能中呢？大家屏住呼吸，静静地等待。王治贵的神经几乎绷到了极限。他望着强手林立的大厅，不禁胆战心寒。龚锦华转动着机灵的双目，注视着场上的变化。成都卷烟厂在"天府之国"，虽是同行中的佼佼者，但举国上下，前有强者，后有能者，要上这个台阶比登黄山还难。新烟的研制工作，可谓潜心研究，使出了全身解数，倘若砸了锅，何颜见四川父老呢？

1989 年 10 月，全国烟草总公司，向烟草行业发出通知，选中 40 家大中型烟厂，作为首次招标单位。

评比在漩涡中激烈地运转。王治贵的心，随着黄山的烟云时浮时沉，时喜时愁。经过数次角逐，评比终于揭晓。成都卷烟厂爆了冷门，荣获第二名。

如今，成都"金达牌"香烟，已是芳名远播！

在烟草生产、研究的竞技场上，成都卷烟厂人又一次夺魁！

一 条 五 彩 路

在繁华的大都市蓉城的东边，在被人遗忘的角落—多宝寺，成都卷烟厂全体职工相准了这块不毛之地，把触角伸了过去，开垦、雕琢、美化，三年时光，一座现代化企业坐落其中。

一条弯弯曲曲的土马路，沿着缓缓东去的沙河，向山外延伸开去。那狭窄而坎坷的路面上，往日冷冷清清，无人问津；如今，车水马龙，来的来，去的去，显示出一派繁荣景象。原来，成都卷烟厂在大搬迁。这是一场罕见的"人海战术"，一次轰轰烈烈的大迁徙。要把一座中型企业全部机器设备移动 10 公里，自然，不是一件轻而易举的事。

全厂职工斗胆提出这样的口号：全厂职工齐参战，不影响当年生产，不损坏一台机器，不另邀安装队！

党委赞成，书记亲临现场。

厂长拍板，全面指挥，立下了军令状。

职工摩拳擦掌，整装待发。

1987 年，是成都卷烟厂历史上值得纪念的一年。人们望眼欲穿的新厂终于建成了。他们弹冠相庆，欣喜若狂，就要告别那条苦熬苦守近 40 年的陋巷了。

搬迁这么一家厂子，按常规，最少也得两三月。不是吗，人们还记得武汉卷烟厂，从旧厂搬到新厂，花了半年哩。

"不影响生产，能行吗？"有人怀疑。

"事在人为嘛，只要人心齐，就没有办不到的事。"厂长信心百倍。

他们把两班变成三班，在搬迁期间，全厂临时实行十二小时工作制。也许有人不理解，说他们是蛮干，加班加点，疲劳紧张，不爱惜工人的健康。不！"时间就是金钱。"不这样，耽误了时间，自然影响经济效益。这样做，既腾出了宝贵的时间，又可提前完成那年16万箱香烟的计划。这样做，上年度的生产可以不受影响，而下年度的计划能保证实现。

经过全面分析，又择准良机，在龙年与蛇年的交接之际，开始行动。

12月14日，战斗打响了。厂区，人声鼎沸；路旁，人头攒动。搬迁大军向东移动。

主机、辅机、进口的、国产的，大大小小，破破烂烂，上百台机器，旧的要从市内运到多宝寺，新的要重新探索，探清它们的脉络，摸顺它们的脾气。

"一次安装成功！"啊，这行动，震惊了同行，震惊了左邻右舍。

"不可想象。"对当时还不很有名气的成都卷烟厂，有人压根就不信。

"那是盲人骑瞎马。"还有人这样下结论。

特别棘手的是新设备，那英国的MKQ-5卷接机组、意大利的赛西普机、德国的虹霓制丝机，过去很少接触，如今要一次安装投产成功，是难以对付的。

但是，成都卷烟厂的领导、技术人员和工人并不迷信权威、洋货，可眼下却碰到了难题。两个电梯，合力3吨，而包装机的主机重达4.2吨。咋办？

开初，成都卷烟厂职工打算用两只手。这设想当然不是凭空而论，因为在旧厂，他们这样干过，把几吨重的机器，从底楼抬到三楼，真是人多力量大，成功了。可眼下碰到的难题是，弯拐多，楼梯窄，要袭用老办法难上加难。

一只拦路虎，摆在他们面前。众多的"谋士、军师"，一时间拿不出上策。他们无可奈何，只好全体动员，倾城出动。庞然大物，在人海中缓缓向前移动，走进楼梯却不听人使唤，最后以失败而告终。

"不行不行。"有人在嚷："依我之见，最好是借助机械的长臂与合力。"

赓即，找来吊车，运足力气，伸开长臂，高高举起，轻而易举地，把庞然大物，拔地而起，如老膺抓小鸡，叼到了三楼。

全厂搬迁，仅仅花了 336 小时。

这是奇迹，令人叹服！

郑尚甲在谈到那段日子，如何战胜艰辛的，至今还自信得意："要说我们有什么经验之谈，那就是上下齐了心。做到这点，有时是问题也就不是问题了。"

好胜的成都卷烟厂人，与传统观念的搏斗，与自然和困难的搏斗，展示了该厂职工的开拓精神。

随着一个新型企业的崛起、把美好的梦，变成了现实，把本位主义、小农经济的意识，统统抛入浩瀚的长江。

从 1980 年到 1988 年的 8 年间，成都卷烟厂出现的浮与沉，升与降，在它的历史上刻下了一个巨大的"S"型。它何尝不是思维的"S"型呢。它每一个拐角处都蓄涵着理念的冲动，体现出成都卷烟厂职工的倔犟和世俗旧观念的衰退。

一条五彩路，已平平展展出现在成都卷烟厂职工们的眼前。在这条路上，可以察到，一种浩然伟力正向着灿烂的未来延伸。

1988 年 12 月　成都

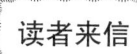

成都卷烟厂严重污染周围环境

广大居民深受其害，要求迅速解决

编辑同志：

如果你漫步在成都新东门一带，那迎面扑来的辛辣烟味一定会使你感到难受，可是，成千上万的居民不就长年生活在如此恶劣的环境中吗？

坐落在东风路大桥左侧的成都卷烟厂，周围有机关、工厂、学校，还有成片的居民宿舍。长期以来，由于该厂的除尘设备没有解决好，致使大量的烟末从风道排送到外界。整个厂区黄尘弥漫，烟风阵阵，四处蔓延。遇到刮风，别说附近的迎曦街、东安街、天涯石、望平街、东风路等几条街深受其害，就是方圆几里路内的居民也不能幸免。飘散在空气中的烟末对人们身体的毒害很大，使人容易患呼吸道疾病。每当看到老人们被烟末呛得不停地咳嗽，再想想从小饱受烟末"熏陶"的孩子们，我们就按捺不住内心的怒火。可是，每每找到厂方，得到的回答总是一大堆客观原因，结果仍然是"拖"。因而年复一年，问题解决不了，烟末照样飞。

社会主义生产的宗旨是为人民服务，决不能只顾赚钱，不顾人民的死活。成都卷烟厂是全省的先进单位，为什么在消除公害、减少污染方面不能带头搞好呢？我们要求厂领导以工人和广大居民群众的身体健康为重，拿出解决污染的行动方案，不要再拖下去了！

成都卷烟厂附近的居民　万东

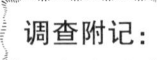

调查附记：

要关心职工和居民的身体健康

众所周知的大庆式企业成都卷烟厂，一年为国家上缴利润近 4 000 万元，贡献较大。但是，该厂的生产条件，工人的劳动环境、健康状况，以及该厂污染环境对东城区成千上万人民的危害，却很少被烟厂的上级主管部门所重视。本报收到许多读者来信，反映烟厂对环境污染的问题。我们到厂里作了初步调查。

这个厂地处成都市内人口稠密的东城区。一进厂里，只见黄烟弥漫，噪音刺耳，整个厂区蒙上了一层黄色的粉尘；车间内的高温高湿、含尘量超过规定的若干倍，工人个个烟尘满面。成天大量的烟末溢出厂外，飘入市区。长期以来，附近的机关、学校、医院以及居民，受害不浅。邻近几条街道的居民的房屋、门窗已被烟末熏染成黄色，大热天许多人家不得不紧闭门窗，一些身体稍弱的人，常感头痛、头昏、恶心，患上呼吸道疾病的较多。近几年，厂内一棵树都不生长，邻近街道上的桉树、梧桐也相继死去，幸存的树木也是枝叶枯黄。

这个厂的职工生活条件较差。家属宿舍几乎没有增加，职工解放30年了，迄今厂里没有职工食堂，几百工人吃饭只好挤在车间、走廊上；职工单身宿舍也随着生产的三班制，实行睡觉的床铺三班倒，工人称之为"定额睡觉"。其他的职工福利设施，就更谈不上了。由于厂区内污染严重，全厂809人中，患鼻黏膜炎的占80%以上，患咽喉炎、哮喘、气管炎、肺结核、肺心病以及神经官能症、心动过速等疾病也比较多。今年初，厂里对8年以上工龄的工人进行透视检查，发现有活跃期肺结核的37人。

烟厂的厂址、厂房等条件决定了这个厂的污染必然十分严重。解放30年来，成都卷烟厂职工增加了六倍多，产量增加了43倍，就产量和职工人数来说，是我省第二大烟厂。可是，工厂场地只有9亩3分。厂内各车间屋檐相接，几乎没有一块空地方；车间同居民住房犬牙交错，连成一片。按规定各车间之间应有一定距离，厂房只能是一层，可是成都卷烟厂因没有场地，就千方百计向空中发展，卷烟、包装车间均在二、三楼。厂房越高，溢出的粉尘就越多，飘得也越远。

市卫生防疫站、市环境保护办公室根据卷烟生产粉尘对环境污染严重的特点，曾要求该厂增加防尘设备，减少粉尘飞扬，并把所有的粉尘吸入密封集尘车间；对噪音要加消声设施。这些规定，烟厂远远没有做到。对于烟厂污染问题，附近的居民不仅多次向省、市有关部门和报社反映，而且经常有很多人冲进厂内找领导人说理。群众要求迁厂的呼声越来越高，该厂的干部和工人要求改善生产条件也迫不及待。对此，厂领导也曾多次向上级主管部门反映，而得到的回答只有一个："没有钱，解决不了。"真的没有钱吗？不！仅是最近 10 年，烟厂就上缴利润 22 900 万元。工人们反映，主管部门的领导人只知伸手向厂里要钱，不顾工人的死活和周围几十万群众的身体健康。我们希望市里的领导同志来厂看一看。

（原载《四川日报》1980 年 7 月 4 日）

短评：

是迁？是转？是治？要迅速决策

成都卷烟厂这个大庆式的企业，为四化积累了很多资金，贡献较大，是应该称赞的。可是，它却也给人们带来了灾难：每天扩散出大量粉尘，污染环境，毒害着本厂职工和周围成千上万居民。就这点来说，它与社会主义企业要为人民造福这个生产目的又是背道而驰的。

控制污染，保护环境，是保障人民身体健康，促进经济发展，造福子孙后代的大事，也是四化建设的重要组成部分。我们党和政府一贯重视环境保护，去年颁布了《中华人民共和国环境保护法》。最近，中共中央书记处对北京市委的工作方针又提出了"四点建议"，其中有一条就是改造北京市的环境。六月十八日，成都市人大常委会第三次全体会议，号召全市人民，认真学习和贯彻"四点建议"，把成都市建设成一座优美清洁的现代化城市。据此，成都市的某些环境严重污染问题，包括成都卷烟厂的污染问题，看来已经到了下决心治理的时候了。

可是，长期以来，成都卷烟厂的上级主管部门的负责人对烟厂工人和居民群众的强烈呼声，却置若罔闻。他们只把烟厂当作"摇钱树"，对长期生活和居住在严重污染环境中的数百名职工和周围成千上万居民的健康却置之不顾。对治理烟厂"三废"，他们总是两眼盯着钱，嘴里叫着"难"。真的难吗？听听该厂职工的意见："若把烟厂迁往郊外，就现有设备稍加改革，即可在两个多月内赚回搬迁费。"当然，解决烟厂污染问题的路子还很多，问题在于"非不能也，是不为也。"

《环境保护法》规定："已经对环境造成污染和其他公害的单位，应当按照谁污染谁治理的原则，制定规划，积极治理，或者报请主管部门批准转产、搬迁。"成都卷烟厂地处人口稠密的市区，是迁？是转？是治？有关主管部门应尽快拿出决策来。

体察民情办好事　　多年愿望将实现

成都市委、市人民政府决定，为解决严重的环境污染问题，成都卷烟厂迁出市区，郊区新厂争取一年建成

本报讯　为了解决严重的环境污染问题，8月4日，成都市委、市人民政府决定，将成都卷烟厂迁出人口稠密的市区。消息传到东城区人代会上，人民代表巫立清说：市委的这个决定，是体察民情的，为人民办了件大好事，我们居住在这一带的居民，得知这个消息都很振奋。

7月4日，本报刊登《成都卷烟厂严重污染周围环境》的读者来信后，当天上午，成都市委就指定主管部门、市一轻局迅速派人调查。调查组对成都卷烟厂的历史、现状和发展前途作了全面分析。认为：成都卷烟厂职工生产搞得好，对国家贡献较大，但是由于场地狭小，管理不善，致使烟尘飞扬，污染环境，危害周围群众及工人的身体健康。卷烟厂属污染较严重的企业，不宜设在人口稠密的市内。市一轻局很快向市委和市人民政府写了书面报告，提出把烟厂搬到郊区的方案。与此同时，还责成烟厂把导致污染的车间停产10天，就现有防尘设备进行了检修，在迁厂前尽

量减轻污染。

在调查研究的基础上，成都市委和市人民政府的主要负责同志对治理烟厂污染问题，要求各有关单位共同研究，速选厂址，制定规划。8月4日，成都市人民政府根据上述精神，召集市经委、一轻局、财政局、税务局、烟厂等单位的有关负责同志，研究了一轻局的迁厂报告，并着重讨论了资金、厂址、规模等问题。初步决定郊外的新厂争取一年内建成。

省轻工局的负责同志对成都卷烟厂的污染问题也十分重视，在此期间，几位局领导同志曾前往厂里察看现场，积极支持该厂迁往郊区。

烟厂的干部和工人知道市委和市人民政府决定把烟厂搬出市区的消息后，激动地说：我们多年的愿望就要实现了。

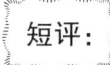短评：

治污染就要有这样的作风

本报7月4日刊登了《成都卷烟厂严重污染周围环境》的读者来信后，中共成都市委、市人民政府对这个关系人民群众身体健康的大问题，十分重视，立即进行了调查研究，经过短短一个月时间，就果断地作出决定：在一年之内建成郊外新厂，把市内卷烟厂搬出去。我们能从成都市委、市人民政府处理这件事当中看到一点拖泥带水的作风吗？没有。我们看到的是认真负责，情况弄得清，时间抓得紧，决心下得大。搞四化就要有这样的魄力和这样的思想作风。

在我们生活中也可以看到与此相反的另一种思想作风。这就是遇到问题，或上推下卸，或层层照转，或整天泡在会议里，议而不决，决而不行，或只听楼梯响，不见人下来……总之，只要不动我一根毫毛，天塌下来也没关系，什么建设的速度，什么群众的痛痒，一概与我无关，一切慢腾腾地进行。这种作风能干成四化吗？显然不能。

搞四化，就要有一股饱满旺盛的干劲。只要是有利于四化的事情，有利于人民群众的事情，就要狠狠抓住，不回避困难，不怕担风险，认真负责，大胆泼辣，实事求是地加以解决。成都市委、市人民政府处理成都卷烟厂污染问题的这种作风，值得我们学习！

（原载《四川日报》1980 年 9 月 6 日）

森林卷

散文·评论

人 间 凄 恻

——访美随笔

哦，华盛顿，富丽堂皇！

五彩笔，无论怎么描绘，都不过分！

参天的乔木，萋萋的草坪，组合成斑斓的秀色；在金灿灿的阳光下，成群的鸽子的哨音，与人为友的松鼠的俏影，流光溢彩的肯尼迪艺术中心，金碧辉煌的林肯纪念堂……更显示出她楚楚动人的风姿，及和平的景象，令人目眩神迷。

不过，当我步入郁郁葱葱的西波托马克公园时，隐约感到在华丽中，透出人间凄恻！

位于华盛顿纪念塔左侧的是"朝鲜战争纪念碑"，右侧是"越南战争纪念碑"，又称"越南墙"。

在华府，最甜最美的是秋天。秋日的明澈、和美、温馨，是任何花季无法媲美的。每到这个季节，去华府赏花的人，阅读秋天美景的人，是最盛的。

在这些拥挤的人群里，要数拜谒那两座纪念碑的人最多、最虔诚。

1995年10月，我随四川新闻出版考察团来到纪念碑前，目睹此情此景，令人难忘，令人悲切！

两座纪念碑，建造风格各异。朝鲜战争纪念碑，矗立在东侧的地平面上，是用黑色大理石雕琢而成，高约3米，长40米有余，十分壮观，碑上刻下了死者的遗像。

在纪念碑前的那片开阔地上，塑造了数十尊美国士兵的塑像。塑像逼真，和真人一般大小。那些士兵背着卡宾枪、手榴弹、步话机，头戴钢盔，脚登大头皮鞋，身披雨衣，正以跑步的姿势，向前冲去，一个个眼含敌意，十分凶猛、残忍……为什么？难道占有别人土地、资源、财富的强盗，便可横行霸道吗？他们高喊"占有就是一切"逻辑，能成立吗？

看着，看着，我不禁心潮起伏，仿佛看见一群无辜的人，从他们的枪口倒下，仿佛听见一声声惨叫，从耳际飞过……我的心在颤抖，血液冲上了脑门，一股埋藏了半个世纪的心酸，顿时涌上了心间……

为什么？在世间，占有别人的土地、资源、财富，在侵略者看来"占有就是一切"！

在那场惨痛的朝鲜战争中，死难的中国人内，有我的亲人幺叔王恩深。

我的父辈，兄弟7人，只有幺叔幸运，上过私塾，一表人才，抗日战争刚过，他被国民党抓了壮丁，从此杳无音信。

两年后，突然收到一封来信，说他在吉林，脱离了苦海，在中国人民解放军东北航空小组当排长。全家人为他祝福，为他高兴！

中华民族，经历了漫长的抗日战争和解放战争，还未喘口气，朝鲜战争又爆发了。我的幺叔赴朝，又投入了战斗。不幸，在一次敌机空袭中，他壮烈牺牲了……为了什么？他们为了抗拒敌人的入侵，而保家卫国！

此刻，我盯着前面那个士兵乌黑的枪口，凝神思索，或许我幺叔就死在他们的枪口下嘞！

游览的队伍走远了，我依然站在那里一动不动，是同行的罗由沛社长（四川教育出版社）敦促我，才缓缓地离去。

在那场战争中，我失去了一位亲人，他失去了许多战友。

他给我讲述了朝鲜战场上的许多惊险故事。他说，朝鲜战争拉开后，他所在的部队开到东北，战场近在咫尺。一批一批的战士远离祖国，走上前线，一批人倒下了，又送一批……为了什么？保家为祖国！

在"天府之国"，有一对同胞兄弟，家住岷江边。1950年，哥俩一起参军，到了东北，哥上了前线，弟留在后方，和罗由沛一个班。哥俩英勇杀敌，屡立战功。

战争结束了，哥失去了音讯，死耶？活耶？无人知晓。

哥去了，留下妻儿老小五口凄凄惨惨。

妻判断，丈夫已去了阴间，便照他的模样雕琢成木头人，又做了一副大棺木，埋在风景绚丽的岷江边，每年清明妻儿都要在墓前祭奠一番。

星移斗转。30 多个春秋过去了。1982 年早春，一个风和日丽的日子，哥突然从海外归来。

如梦初醒，一家人见到亲人，不识亲人。悲欢离合，一言难尽啊！

原来，他在一次战斗中，被敌军俘虏，流浪到太平洋一个荒岛上，他苦苦挣扎，才保全了性命，尔后又漂泊到了台湾……

这故事，离奇，凄惨，催人泪下！

朝鲜战争历程 3 年，盟军有 16 个国家参战，双方伤亡惨重，敌方死亡 105 万人，中国人民自愿军牺牲 36 万人。若干年后，美国一位总统在忏悔时说道：我们在错误的时间，错误的地点，打了一场错误的战争。

我们绕过一片树林，在绿茵茵的草坪上，看见矗立着一尊现代雕像，艺术家别具匠心，刻意塑了两个穿着"红十字"衣服的护士，抱着一个血淋淋的士兵，在呼唤，抢救；旁边站着一个士兵在恸哭……形象逼真，凄怆！此时，一位衣着华丽的白发老太走过来。虔诚地站在雕塑前，鞠躬，祈祷！

雕塑是为纪念越南战争而塑造的。此外，还有"越南墙"。

"越南墙"，是另一种造型风格，墙是嵌在一片低洼的地上，成"丁"字形，灰色的大理石上，刻下了失败者血的记录：25 万美国阵亡将士的名字，他们的名字一行一行刻着，可以呼之欲出。

在观看的人群中，我看见一位身着长衫，手拄拐杖的老人，他戴着老花眼镜，趴在墙上，将纸铺上，用铅笔拓了一位士兵的名字。也许，死者是他的儿子。相隔不远处，一位年轻美貌的少妇，拖着幼子，蹲在墙脚步下，地上插着一束鲜花，两手拱在胸前，在沉痛地哀悼。死难者中，一定有她的亲人，或许是她的父辈。

死去的就让他们死去吧！可战争遗留下的活着的许多人，仍在饱尝辛酸！

美越混血儿的悲惨命运，是当今世界有目共睹的。

美国兵，在越南留下了数以万计的混血儿，"美国佬"走了，人们把仇恨、愤怒和唾骂通通泄在他们身上，有的被驱出家门，沦为流浪汉；有的被赶到边远山区，过着暗无天日的生活；有的受尽折磨之后，不幸自杀身亡……

前几日，我在美国的报端上，看到一则令人揪心的消息：24岁的混血儿汤姆·斯克，母亲是越南人，父亲是黑人、越战时期的美国士兵。他长了副酷似父亲那样的黑面孔。为此，在越南一直不许他跨进学校的大门。他被人们视为瘟神，连他的母亲也不敢光明正大地养育他，因而沦为乞丐。

无奈，他到美国寻找他的父亲。他幸运地找到了父亲，然而，他的父亲却婉言地说："孩子，你别找我吧，我已有了妻子和孩子，我养育不了你啊！"

迄至今日，已有两万多名混血儿涌进了美利坚，去寻找自己的亲人，其结果事与愿违，无法弥合战争留下的伤痕……

战争，无论对侵略国，或被侵略国的人民，都是灾难！

身后的翻译，看着我们对这两座纪念碑难以忘怀，被感动了。他说："今天美国百姓，不希望战争，第一次海湾战争爆发以后，在华盛顿百万群众集会游行，反对当政者派兵，那场面很激动人心！当政的总统出来答话时许诺，是输是赢只打两个星期就撤兵。海湾战争结束后，他们把武器通通运到华盛顿纪念塔前的草坪上展示，让百姓参观。"

是的，美国人希冀过恬适而物质丰富的生活，不希望动荡流血，不希望再出现人间惨景，其他国家的人们又何尝不是如此呢？

1995年10月　华盛顿

（原载《四川日报》1995年12月29日）

夜走拉斯维加斯

去拉斯维加斯，一半是心愿，一半是猎奇。

我们刚走进这座城市，夜幕就匆匆地降临了。那好奇的心痒痒的，迫不及待率先是去观看市容。拉斯维加斯，一座沙漠圣地，吸引着全球的游客、学子；大款、赌徒。城市很大，而且特别、有趣，还带点让人说不出的野味儿。这座城市，因为她倒行逆施，颠倒了城市"生物钟"。白天，人迹寥寥，全市显得空旷、宁静，一夜劳顿的游客，都走入了梦乡。夜里，就不一般了，灯火通明、敞亮，整个城市，宛若一座冰雕，玲珑剔透，金光闪烁，显示出她的本色。

我们去的第一站是恺撒宫。她是全城最奇、最美的地方，也许更奇的是她的大门——凯旋门。那门的命名，是来自巴黎，而且造型和雕像都仿制于巴黎凯旋门。拿破仑在奥斯特尔里茨战役中，征服俄、奥联军，一举起了"凯旋门"。浪漫主义雕塑大师弗朗索瓦·吕德用他的巧手，推出了他的杰作，在高大的凯旋门的内墙刻下了拿破仑用以宣扬其战功的96个胜利战役的浮雕，外墙上有巨型雕像。这道门特别具有象征意义。她显示出，拿破仑征服了俄、奥大军；这里的凯旋门，仿佛也是象征的，即是象征着内华达州人征服了人类最畏惧的地方——大沙漠！

恺撒宫的设计大师，用心良苦，对其设计无不让人惊奇。走进大门，满脸微笑的洋小姐，迎过来，将我们带进了海底世界。在一个偌大的大厅内，艺术家经过精心策划，一边是丛林，一边是水族馆。那丛林的壮观，让我仿佛走进了非洲的热带雨林，参天的大树，浩莽的榕树，时影时现的大象、巨蟒，都显现在你的眼前，让你享受着热带的丛林风光。走向另一边时，转眼间，恍惚走入了海底世界。一道偌大的玻璃墙内，辽阔的海洋，湛蓝色的海水中，有着各种各色的动物，什么蟹呀，海螺呀，各色的鱼呀，花的、长的、圆的，一群一群，在海底穿梭、游玩。我目不转睛地观赏奇景异色，忽然间，一条大鲨鱼张着大嘴，向我冲来，我吓了一跳，急忙后退了几步。

吸引游客的凯撒宫，景观多多，若漫游全景，得耗去一两个通宵。再往前行是一片青青的柳树林，穿过树林便是瀑布群。透过瀑布有一个阴森的山洞，山洞内有3只雪白的老虎，全身白而透亮，没有一根杂毛。据说，这3只虎，是不久前从国外运来，而且是世界上绝无仅有的3只白虎。白虎可爱，也可怕，虎视眈眈，其本性，并不因为它珍贵，不让人敬而远之。但也让人忧虑，既然白虎金贵，濒临绝迹的大白虎，为何还要将它囚进大漠深处受这般苦呢？

凯撒宫中，最耀眼的是"过海底，走银河"。海的壮观、美丽固然神奇，可银河的奥秘，却又远比海底世界更为神奇。当我步入天上银河时，便有一种悠悠入仙之感，即刻给人朦胧飘荡之感，仿佛进入太空，又宛若登上了海市蜃楼，昏昏然。你若望天空，星罗棋布，北斗星、天王星、海王星都若明若现地闪烁在不太遥远的太空。若眺望四周，无边无际，星辰曙光，让你的视野进入无边无际的银河。

走过森林、大海，进入银河，一路新奇，顿时让我消除了大漠的寂寞与恐怖。

拉斯维加斯有大型酒店数百家，什么"狮子王大酒店"，什么"金字塔大酒店"，什么"帝王大酒店"，一个比一个豪华、气派，在全美国都是数一数二的大酒店。游客中，不乏来自巴黎、伦敦、香港、曼谷一些大都会的大款、富豪。

游客，来无踪，去无影，迅速、快切。来此一举，目的不是游，而是赌。赌，可以说，来者不误。只不过，来者的胃口有大有小，玩赌的方式各异。或者说，上瘾成癖，还是一般的浅尝辄止。

可不是，走进任何一家大酒店，宽阔华丽的大厅，无不是一排排的新奇的老虎机，在等待着你，你会不由自主地坐上去，丢进一块硬币，便活灵活现地赌了起来。对赌博我不熟悉，只在孩提时候，逢年过节，爸爸妈妈给几个铜板的压岁钱，不时跟在大人后面，也学着赌上三五次，便收手。

午夜时分，我们回到了住所——撒哈拉大酒店。按常规，此时正是这座沙漠都市高速运转的时分。此时，无论你走进哪家大酒店，小赌、大赌、豪赌在一起操纵。夜间是属于他们的，是他们获取横财的好时光！

在拉斯维加斯的赌场上，有各种赌法，那老虎机，注定仅是一种仅供普通游客玩玩，过把瘾。大款们的豪赌，那可不一般，他们用的赌具新奇怪异，让人眼花缭乱。

不知什么，对沙漠绿洲——拉斯维加斯，有一种神秘感，一直笼罩着我的思绪。微胖的赵先生，他摆动着大脑袋，讲起了一段历史。他笑道："拉斯维加斯地处内华达州的大漠深处，过去很穷。最早，有一伙淘金者来到这里发迹，因为在她不远的地方有一条河，有人在那里要建水坝。在大漠深处，只要有水，就会有生命，有绿洲，有人迹。淘金者，白天劳作，晚间无事就玩赌。于是有一个黑帮头子，建起了最早的赌场，也就是一个不像样的酒店。可他心黑，他的同伙将他送上西天，在他临死前，留下一句话：'新算把酒店毁了，过不了几年，这里会发起来的。'果真，不出数年，这个不毛之地真的神话一般地发了起来。"

拉斯维加斯建于20世纪初叶，准确地说，地处内华达州南部山谷，介于南加州、亚利桑那和犹他州之间。

美国当权者，为建造拉斯维加斯开绿灯，破例用法律的形式，允许开赌场，办妓院，法律的"威力"刺破了美国人面纱，撕掉了人类自古都瞧不起的两块遮羞布。这个城市就是这样发达起来的。真让人不可想象呀！而且迅速，很快聚集的人口已达到150万。许多人来了却不敢相信那是真的，目睹此情此景，一切都是明明白白的，而一切又是糊里糊涂的。

更有趣的是，许多境外的人，走进拉斯维加斯，不是为了赌，是来这里办理"终身大事"，结婚或者离婚，在这里不需要举什么证件，只要男女双方愿意结，或者离，三五分钟，便能确立一起婚姻大事。这条新政策，不是为了别的，而是一味地为了增加本地的税收。

清晨，太阳比人起得早。城市的夜生活，把整个城市的生物钟全颠倒过来了，而我却睡不着。我缓缓地拉开窗幔，站在 16 层楼的平台上。极目远眺，观看一个真实沙漠赌城的本色，也看到了大漠辽阔、浩莽的气质。大漠后面是沙丘，沙丘后面是大山。沙漠平、缓，像海浪雕琢而。沙粒粗大，均匀、坚硬。美国的西部与中国的西部，有许多相似之处：大漠、气候干燥、人烟稀少。也有不同之处，内华达州沙漠的沙粒粗，不易扬起、移动；而中国西部的沙漠的沙粒微细，一刮风便飞黄腾达。中国人的祖先也曾几次出征，要开发西部，可生效甚微。美国人率先建起这座沙漠城市，也算是先行一步。

在朝阳下，这座沙漠绿洲，有着无与伦比的天下之美。近处，宽敞大度的街道，造型别致的建筑，翠绿的林荫道，绿如天色的草坪，光与影，形与色，以最流畅的线条所分割。纵望全城，茂密的树林与茵茵草坪，构成了一大绿洲，美丽、洁净、繁华、大度，而富有无穷的生机。远眺，绿洲之外是无际的沙漠、大山。清洁，辽阔的大漠，死寂一般平静，没有生气，也难觅到生命，与活生生的赌城，形成两个鲜明的世界。

我走出深宫，站在沙漠上，又有一番感受，极目湛蓝色的天空，心想，寻找一丝儿白云，徒劳，无用。阳光，如同强劲的探照灯，直射大地，沙丘上一切物体都会被照得透明、闪亮，而又显得无力。

营造都会为何在此选址，建造沙漠绿色的大都会，这似乎又是一个谜。斯维加斯的南边面，是死海，白色平坦的谷底，和四周的黄色沙滩，色泽分明，形成鲜明对比。据说，在若干年前，这片海底与太平洋相接，随后由于地壳的运动，形成一个天然湖泊。沙漠的吸尽了最后一滴湖水，袒露出胸襟，也露出了沙漠的秘密和本色。我捧起豆大的沙粒儿，没有泥土味，却嗅到了海水浸蚀的海腥味。

策划人、建筑师、园艺经营者，都一个心思地往一处想，要在大漠沙丘、荒原野岭，显示人的力量。对此，我站在荒漠上，为之惊叹！

这里的一草一木，一砖一瓦，似乎都是神奇的！沙漠——大都市，像一根杠杆，把它们连接起来。凡是来过拉斯维加斯的人都会在脑子里，打一个同样的惊叹号！

凡是去美利坚的人，没有不去观光拉斯维加斯的。随着天长地久，在游客中流传一种说法："到了美国不去世界赌城拉斯维加斯玩玩，等于白走一趟美利坚。"

神奇的赌城是个啥模样，在传说中，将她描绘得既神奇美丽，又有点荒诞离奇，仿佛是不可捉摸的人间异地。相见之后，只有想象丰厚的人，才可以感受到她的内核、奥妙！

然而，我对拉斯维加斯建赌场、开妓院，一溜奇事并不感兴趣，让我感受最深的却是沙漠变绿洲的构想！

人类是聪明的，又是糊涂的。据说，在若干年前，美国的西部，也是一片原始森林，浩莽茂密，郁郁葱葱。随着人类的侵扰，毁了森林，灭了绿色，昔日的美丽繁荣与昌盛隐去消逝，渐渐地，在地平线上出现了荒漠。森林若不毁灭，那该多好呀！

到了20世纪初，美国人发出了奇想，突然冒出一个念头，要在沙漠里，建起一处茵茵绿洲，一座盛名远播的大都市。

是呀！大漠深处，荒荡的山，生性就有着自己的野性，与人不合，与树不合，与草不合。它广阔粗犷，它对人是没有情感的，更不人能降服它的野性。

人们终于建起了这座新城，随着科学技术的发展，人类也许将地球上的沙丘大漠变成绿洲，最终给你一个惊喜！

1995年10月　　洛杉矶

飞 越 大 漠

从中国去美国，第一眼看到的是海，第二眼看到的是山，山的背后是大漠。在驻足旧金山时，给我的第一印象就是这样。

十月，恰逢旧金山的黄金季节，气候宜人，阳光灿烂。初视，这座海滨城市的气质与神韵，可不一般，繁华、洁静，现代化的氛围浓得让人敬慕。若要进一步品味她的情感，可她又显得有一种老态、伤感。山，光秃秃的；地，瘦嶙嶙的；空气，燥热不畅，缺少一种温馨、柔情的内在美。

也许是初来乍到，我深感不适，喉头干渴，皮肤难受，如同久旱不雨的禾苗，渴望着甘露。

对旧金山的容颜与体态我还未品尝透彻，在迷茫中，又起程了，我告别这座海滨城市，向东飞去。

鸟瞰地球，大海是蓝的，天空是蓝的，大地也是蓝的，旧金山，海滨城市的气质令人流连。然而，当我沉浸在绿色的氛围中，舷窗下的绿色景致瞬息即逝，映入眼帘的是茫茫的沙漠，焦灼的山头，黄色的沙丘，连绵起伏，无边无际。

我全神贯注，透过舷窗向下巡视，窥视到这片土地的奥秘。其实，旧金山是座山城，西临太平洋，东侧和大漠接壤。这个城市很特别，前面是波澜汹涌的大海，后面是突兀高山。她坐在海边，双脚浸在海里，却一年四季，天难得下几滴雨露，地难得冒出几滴泉水，面对茫茫大海，那海却又是如此吝啬，不给旧金山人一点恩赐，常闹水荒。可以说旧金山原本就是一座沙丘。她坐落在美国的西海岸，并不因为她与海是近邻，而获得海的抚爱。

旧金山和大漠接壤，大漠才是旧金山最亲密的近邻。在她的东侧是一片起伏不平的丘陵，其后，便是高原和山地，地势从海平面一直升到四五千米高。内华达山河海岸山，从北向南，构成偌大的屏障，矗立在西海岸。紧挨着的是科迪勒拉山区，那山区是由科迪勒拉山系和落基山、喀斯喀特山组成了高原，总揽着西部大地。高原起伏无常，高高低低、坑坑洼洼，犬牙交错，盘踞在美国的西部，一些地区宽阔、大度，宽达上千公里。那里的山势层峦叠嶂，均匀的山脊、一缕一缕地顺着山峰、水流的走势成扇形分开，可以清晰地看到地球裸露的肋骨。

茫茫的沙漠，一片连接一片，没有河流，没有绿色，偶然间，在一派迷茫之中，隐约看到稀疏地散落着一些小黑点。那是什么呢？我猜测，也许是沙漠中唯一的生命，沙棘或者耐旱的什么植物。

飞机平稳地朝着正东飞行。在机翼的前方，迎面扑来一座高山，在山头上，银光灿灿，可以清楚地看到那是洁白的积雪。无论是谁，在大漠中，在高山之巅，能看到茫茫雪原，那可不是一般的滋味，无论用何种语言表述，也难表达出喜悦的心情。雪，是人类难得的财富！特别是在大漠中，它的价值就更不一般了。

美国西部的内陆高原是终年不雨的干旱区，冬季干燥寒冷，夏季干燥炎热，年平均降雨量在 500 毫米以下。这在太平洋沿岸，是一种奇异的气候带，其原因是太平洋亚热带高气压和温带气旋影响冬季温暖多雨，夏季干燥少雨。雪，能不宝贵吗？

那座山，很宽很长，横贯南北大漠。我盼望，在大山之后是农田，能看到耀眼的绿色。此时，我的视线便逃出大漠的恐怖和荒原的寂寞。

啊，可我失算了！在高山之间，现出了一片断层、裂谷，那是沙漠的地沟，又称为"死谷"，地势很低，低于海平面。"死谷"，是从西北向东南延伸的。

那些岩石垒砌的山脉，伸出长臂，围成圆圈，在其间，躺着高原和盆地，大地如同能工巧匠，还雕琢成许多峡谷。那峡谷，仿佛是地球被刀斧手，横刀竖刃，砍出的巨大裂痕。裂谷两岸陡直如削，形成高墙。人们把美国西部两亿年前大地留下的大峡谷与世界八大奇观，相提并论。闻名世界的科罗拉多大峡谷，就坐落在西部高原，新辟的"大峡谷国家公园"也

是一个十分壮观的游览区。

大峡谷公园的景致特别，世界上最好的工匠也难雕刻出如此美妙的景观。

在隆隆的机声中，我并不感到疲惫，双眼仍旧注视着远方。忽然间，荒漠上，出现了我从未见过的奇观。色光突变，由黄变红，如同火焰，酷似火山刚刚喷射的熔浆，腾燃的金光，五彩缤纷。我判断，也许那就是火山曾肆虐时，给大地留下的尘埃碎片。我从未见过那种景观，不由得拍手狂叫起来。此刻，我哪里记得，在我的身边坐着一位金发女郎呢，她带着一个小女孩，向我露出笑意，从中不难看出她的表情中带着几分惊奇的神色。我不禁怔住了，那小女孩正向妈妈嘴里喂了一块"三明治"。哦，猛然间，刺激着我的味觉。我举起手看表，此时我们已经飞了两个小时。我的肚内已经干瘪，饥肠辘辘。

那一天我特别兴奋，全神贯注，目不转睛地俯视着舷窗下的沙漠景观。忘记了波音 757 已在空中飞行的里程。我的目光摄下了大漠的全景，也将我的思绪融入了大漠之中。

美国西部的地貌，是数目庞大的高山、峡谷相融的大地。山峰如剑，无不展现其雄壮、险峻、庞大；而峡谷却一落千丈，酷似深渊、海底，坠入了地球的核心地带。

美国的西部与中国的西部相仿，都是大沙漠。不同的是，美国西部沙漠的沙粒粗，不易移动；中国西部沙漠的沙粒很细，若沙漠黄风扬起，可将成片的沙漠移动。

越过死谷，不多时我已疲惫，躺在机舱的靠背椅上闭目养神。忽然，我背后一位高鼻子先生呼喊道："快看快看，我们已经看到彩色沙漠的上空了"。

一声奇吼，将我激醒。我急忙把双眼贴近窗户，向大地张望，果真，阳光下，岩石里，现出红、黄、蓝、白、紫……多彩的光泽。那颜色如同星河。那位先生说，他曾去考查、探访过彩色沙漠，那里的地貌奇特，真是少见多怪，很有观赏的价值。彩色沙漠长约两百多公里，宽约百余公里，海拔很高。她的形成是因为那里的气候干燥、雨少，对岩石的风化的强弱不同而形成多彩的世界，所以岩石的原始色泽保持完好。

大漠中，一般是没有绿色，没有炊烟，没有人迹的。此时，我再往下看，搜索沙漠的深处，忽然发现在黄漠中，出现了一个黑绿色的小不点儿，再细看，在一片低洼处，隐约可见，是一户人家，在房前，还有一块绿地，绿地旁边有一个小湖泊，一洼明镜般的水。水，是生命之源，有了水就会有生命，有人迹，就会有一切！

顿时，在我心中涌现出一个念头，美国是个头号经济大国，绿化旺盛，森林面积辽阔，为什么还有"黄土高坡"呢？这似乎是个不解之谜！美国处于优越的地理位置，漫长的海岸，西濒太平洋，东临大西洋，南有墨西哥湾，而且东南隔墨西哥湾，并与西线印度群岛遥遥相望。北界，更为奇特，有五大湖泊联成网络，与加拿大为界。这是一个四方被咸水和淡水相淹的国度，在它的西部却是一望无垠的大沙漠。

天地间，天行有道，地行有主，而人却显得脆弱，对大地的秉性，却奈何不得呀！

1995 年 10 月　曼哈顿

走近莫斯科

曾有人这样说过，莫斯科不是一座城市，而是一个神话。莫斯科是苏联的首都，她既不是欧洲城市，也不是亚洲城市。她似乎是一座海市蜃楼，当人们以为抓到她时，她却消失了。如今，我们这些东方人，乘着喷气式客机，前去捕捉她的倩影。

飞机，在天际飞行。

哈巴罗夫斯克已被扔在后面。飞机要横穿西伯利亚，这是实实在在的长途飞越。

我们乘的专机是"图154"，那机身很长很长，150人没填满它的肚皮，机舱内空落落的，剩下一排排座位。

登飞机前，我仍在嘀咕：哎，真遗憾，没捎点水果。这么长的时间，若没有水喝，真叫人难受呀！

本来，我遵照安处长的嘱咐，在哈尔滨出发前，准备了一些广柑和橘子，弥补飞机上供应不足的缺欠。可在登机前，苟经理又劝我，赶快处理，海关禁止别国的水果随身入境，怕没经过检疫，有病菌。殊不知，苏联的海关例外，对旅客随身携带的这类物品根本不过问。此时，我心中冒出了丝丝儿遗憾。

我巡视了一下机舱，设备完好。浅灰色的毛织地毯，宽敞而舒适的座椅，连我这个大个儿坐在上面也不觉得磕磕绊绊、碍手碍脚。每排六个位子，而且中间的走道很宽，来往的行人，也不会撞着座椅上的旅客。

我身边的老陈，摸了摸两边的扶手发话了："哎，'老毛子'的东西就是结实，好用呀。"

老陈一句话，勾起了苟经理的联想："是呀，这飞机挺漂亮，设备不亚于'波音707',拉力猛,一起飞就直往上冲,没旋几下就飞上了高空。"

这时,在广播里传来空中小姐的声音(先用俄语,后用汉语):"先生们,女士们,此次航班是飞往莫斯科。距离6 900公里,飞行时间8小时,飞行高度9 000米……"

那位小姐的中国话有点蹩脚,把"先生"的"先"读成"烟",把"女"读成"由",不禁使人发笑。

8个小时挺长呀!北京与莫斯科时差大概5小时。我们是凌晨2时起飞的,到达莫斯科,正好是阳光灿烂的早晨。

就起飞的时间而论,倘若按生物钟的程序,此时已是熟睡的深夜。机舱里许多同志已进入梦乡,我没有一丝儿睡意,到是浮想联翩。

经过8个小时的折腾,不觉口干舌燥,饥肠辘辘,此时我躺在靠背椅上,似睡非睡,回想起在出发前安处长的劝告。

他,高个子,大方脸,风度翩翩。举止自然而凝重,谈吐诙谐,既有外交家的风度,又有演说家的口才。

他直言不讳:"1989年以来,我到俄罗斯去过4趟。今年初我又去了一次。这个国家正在发生急剧变化,思想结构、经济结构、内部结构都在变。目前,独联体确实纷乱,特别是'8·19'事件后,工人对现状不满,前几月工人罢工,上街游行,闹得天翻地覆。莫斯科的铁路、交通都瘫了。"

他稍停片刻之后,将话锋一转,叙述这个国家的另一面。"不过,独联体工业的底子厚,我们赶不上他们;城市建设、交通建设,也很有特色,我们和人家相比有差距。他们的公路宽阔,铁路已形成网络。城市建设的格局,是最能体现一个国家的气质和生产力发展水平。俄罗斯的大城市和中等城市都有地铁,航空是这个国家的主要交通工具。哈巴罗夫斯克到莫斯科主要靠的是空运。"

在场的人有点迷惑不解,有人抢先问道:"安处长,不是说俄罗斯连吃的都没有吗?怎会有那么大的活力呢?"

这话确实问到了点子上。我放下手中的笔,洗耳恭听。安处长不慌不忙地回答道："对，目前俄罗斯确实有点糟！日用品缺乏，市场供应、食品供应十分紧张。物价飞涨，人民生活困难。哦，提醒大伙，别忘了，顺便捎点东西，到俄罗斯换点卢布，好做零花钱……还有，别忘了，多带点面包、点心之类的，飞机上供应很少，万一吃不饱……"

"喂，请旅客们放下茶板，现在供应早点！"忽然从广播里传来温柔的声音。沉寂的机舱顿时活跃起来，我也从沉思中惊醒。

空姐的声音刚落，老陈便取出我们在国内准备的饼干、汽水。殊不知，俄罗斯空姐送来的早餐很丰富，有点心、牛肉，还有酥油、酸奶子一类的俄罗斯人最爱吃的东西。

我们坐在后舱，空中小姐十分灵透，人虽已 30 挂零，穿一件收腰的果绿色上装，藏青色的裙子。一头金色的秀发，一双绿宝石般的秀眼，显得漂亮、温柔，满脸笑意。

她十分机灵，一位小姐将食品从前舱递到后舱，然后，她一盘一碟，送到每个乘客面前。那动作十分优美，仿佛在跳华尔兹，不时裙边飞起来，向左右撒开，飘浮在旅客中间。

有人在嘀咕："嘿，这人真是，为啥不用手推车推进来呢。这样来回跑，多费劲。"诚然这话是好意，可一方土兴一方俗。也许俄罗斯的空中小姐，已经习惯她们常常起用的舞姿，自认为她们的举止是最高雅、最方便、最时兴的。

我渴极了，咕嘟，咕嘟……一杯咖啡两口就喝完了。这一回，那小姐特别照顾我，喝完一杯又递上一杯。我用蹩脚的俄语，说了一声"谢谢"，她被感动了，莞尔一笑，又将余下的一杯也送到我的面前。

中国人与俄国人是友好的。诚然，在历史上有过不愉快的事，可那毕竟是历史，况且无损于百姓的深情厚谊。

1992 年 12 月 1 日早晨，我们乘坐的班机准时在莫斯科着陆，刚好东方露出了鱼肚色。莫斯科的早晨，有一种令人神往的韵味。天穹上，星星已经隐去，太阳还没有出来，大地被冰雪裹着。清新的空气，寂静的郊野，令人心旷神怡。

"啊，莫斯科！"我轻轻地呼唤着她那美丽的名字。

"莫斯科是座世界文化名城,面积1 000平方公里,人口近1 000万,位于奥卡河和伏尔加河之间,散布在7个高低不平的山丘上。"翻译小刘向我们介绍。

这是一座古城。早在9—10世纪,伏尔加河畔已经集聚着许多居民。1157年,莫斯科的奠基者尤里·多尔哥鲁基大公在莫斯科建城堡,便成为新兴莫斯科公国的中心。15世纪末,伊凡三世便以莫斯科为俄罗斯中央集权政府的首都。

随着历史的变迁,这座美丽的城市几易其主。1917年"十月革命"之后,人民当家做主。1918年3月,以列宁为首的苏维埃政府和共产党中央委员会,从圣彼得堡迁到莫斯科,从此成为苏联的首都。

如今的莫斯科,更加雄伟壮观,瑰丽夺目。

汽车顺着宽阔的公路向市内驶去。导游小姐,不知疲倦地向我们介绍莫斯科的盛况。

她说,莫斯科有着800年的历史,不仅名胜古迹繁多,而且是个宗教盛行的地方。在17世纪之后,莫斯科拥有许多宗教和世俗的著名建筑物。其中,有高楼耸立的普钦科夫教堂,造型奇特的特罗伊特教堂,还有金碧辉煌的谢尔盖教堂……

在莫斯科近郊和远郊,名胜古迹也很多,新圣母修道院、特罗察正教大修道院、西蒙诺夫修道院等等。

从导游小姐的介绍中,可以断定,俄罗斯民族是十分虔诚的民族,信奉宗教,喜欢建造自己民族的雄厚根基。

莫斯科!这名字既熟悉,又陌生,几十年来,默念她,向往她,可看不见,摸不着呀!如今,已身临其境,大伙儿和我的心情一样:先睹为快,看个究竟。

车快进入市区,远远望去,城市的布局、房屋的兴建,都独具特色。

公路的布局也不一般,中间是宽阔的快车道,四五辆车并行不悖,两旁是慢车道,人行道与车道相距很宽,隔着绿化带。

小车如流,莫斯科人不用自行车,只偶尔遇上一两台摩托车。

莫斯科的市政建设还有一个特点是,自建成后,为了防御需要,不断

森林卷

增加城堡，并绕城而建；居民愈多，圈子愈拉愈大，小圈外有中圈，中圈外有大圈。现在的公路及地下铁道，就沿着昔日城墙遗址建造，无须另辟新道。莫斯科市最中心的一圈称为"大道圈"，中圈称为"园林圈"，外层叫"外城圈"。

莫斯科城的交通干线很多，公路、铁路、地下铁道，夏季还有水道可用，方便极了。

郊区的房屋建筑也独具特色。莫斯科郊区非常开阔，许多住宅建筑群造型美丽大方，一般都是二三十层，很难发现低矮简陋的房屋。建筑群之间是绿化带，林木葱茏。冬季，虽是白雪满天，但仍可以看到那些高大的白桦树、松树……亭亭玉立，挺拔参天。

莫斯科人喜欢绿色，四处均可看到树林、草坪。据导游小姐的介绍，绿化面积达 380 平方公里，约占莫斯科面积的 40%，有 11 个自然森林区；市一级公园 26 个，区一级 58 个，小花园、街心花园四处可见，风景优美，令人流连忘返。坦率地说，莫斯科就是一个大花园。城郊新村银松林、希姆基、奥斯坦丁诺等森林风景区，青翠簇拥，幽静宜人，别有一番天地，更是游客向往的好去处。

整个城市建设的格局呈放射形，以克里姆林宫和红场为中心区，向四方发展、放射。时至今日，已发展为多中心区，新建区高楼耸立，格调新颖，形状各异。加加宁、克雷拉茨科耶等地新盖住宅区，更加漂亮，房屋建筑成马蹄形、波浪形、多棱形、宝塔形，让人眼花缭乱，美不胜收。

半个多世纪以来，莫斯科的建设日新月异，新辟的高尔基大街、加里宁样板街，还有著名的西南区，以及用花岗石铺成的莫斯科河岸，更闻名遐迩。

1991 年 12 月　莫斯科

（原载《世纪之交·谁主俄罗斯》2000 年 3 月出版）

版 纳 相 思 树

人们喜欢葫芦岛，那千姿百态，莽莽苍苍的高大乔木，给美丽的西双版纳，增添了姿色和美感。那葫芦岛的幽幽风姿，吸引着千千万万、远远近近的游客，吸引着我渴望已久的情思。

那里没有冬季，只有雨季与旱季。时至初冬，可在版纳没有寒气与冷潮。鲜艳夺目的鲜花，如同活泼的姑娘，满山遍野的海棠花、野菊花更让人赞叹。

一尊蔡希陶塑像，坐落在西双版纳热带植物园，看上去他没有悔恨，一脸红光，在明洁的阳光下，好像在向人们窃窃私语。这座茂密的植物园，位于罗梭江畔的葫芦岛上，面积两千余亩，引种有我国及亚非拉地区的珍贵植物两千余种，是研究及利植物资源的重要基地。人们到这里来，不仅观赏各种珍稀植物，更为重要的是，拜谒这位伟人，将自觉地走近他——植物园创建者、科学家蔡希陶，他就是植物园的化身。

到版纳，我最向往的是高大茂盛的热带雨林。在勐仑的植物园中，让我最向往的是伟人蔡希陶教授。我伫立在他的红色的石刻像前，久久地凝视着、端详着这伟人的音容笑貌，久久地思索着，他，那执著的容颜，给今人今世洒下了永远的回忆，永远纪念这位生物学家！

"十年树木，百年树人。"其含义是"树人"之艰辛，其实，"树木"也不易。蔡希陶教授倾其毕生的精力，用汗水铸造的这座植物宝库。他于20世纪30年代入云南，研究热带植物，他不辞辛劳，为引种橡胶树贡献过他的聪明才智。随后，他又为建造热带植物园，扎根罗梭江畔的葫芦岛上，造地 3 000 余亩，引种国内及亚非拉地区的珍贵植物两千余种，建起这座热带植物园，成为研究及利用植物资源的重要基地。

他很自傲，也应该自傲。他为人类树起了一块丰碑，一块爱护生态、保护大自然的旗帜！我不由自主地、默默向他鞠躬，向他祈祷："蔡教授，您为华夏的子孙，做了一件极其伟大的事！不，您不仅是为中国人，而是为人类树起了一块丰碑！"

时至冬日，南国的傣族风情依然如春，郁郁葱葱，生机勃勃，没有一丝儿寒意，只有那望不到尽头的绿色的气息。

热带植物园，是版纳的灵魂！

前人植树，后人纳凉。在阳光灿烂，凉风习习的日子里，我兴致高昂，步履稳健地在植物园中乱窜，品赏着蔡希陶教授为后人留下的珍宝。此时，一种喜悦与激动在支持着我，去追踪参天如云、高大傲慢的乔木和千奇百怪的热带植物。它们中，有刺破蓝天的望天树；有亭亭玉立的香蕉棕；有潇洒自如的菩提树；有"砍头不死而永生"的铁力木；有 2000 年高龄的老寿星——秃杉树；有树中贵族——楠木树；还有珍贵的花卉：色彩瞬息万变的变色花（嘉兰），纯真高雅的曼陀罗，鲜红滴翠、宛若玫瑰的玉莲花，价值高昂的黑节草，翩翩起舞的风流树（跳舞草），还有许许多多叫不出名字、我从来没有见过的植物。难怪有人把云南这个植被类型、植物种类、植物遗留种和特有种均为全国之冠，故有"植物王国"之称。

在植物园的中部高大乔木林中，有一块平展展的草坪上，生长着一棵异常的，令人惊叹的藤树相抱的菩提树，不知出自谁的手，在树上挂起一块牌子，上面写着"藤已缠我，请您勿再缠藤"。寓意深邃，情意绵绵，树藤相依，相濡以沫，仿佛一对恋人，正在热恋之中。

我压根儿没有听说过，世间竟有风流树。是的，我一听说这个名字，便觉得新奇，定要前去领略它的风采。

顿时，在我的心间，有一种莫名其妙的感受，总觉得，要得树风流，先得人风流。没有人风流，难得树风流。

风流树，是最富有吸引力的植物，凡去园中的游人，无不前去观赏，戏说一番。一群花枝招展的"少多里"（傣语：指有花容月貌的姑娘），对着一米来高的嫩绿纤细的跳舞草，放开歌喉，唱起《天不刮风，天不下雨》的情歌，果真，情意绵绵、撩人幽梦的歌声，刺中了几片白色的嫩芽，不多时便翩翩起舞，仿佛是一位柔情轻盈的女子，在乐曲声中，如痴如梦地乐度人生。

固然，风流树是令人迷恋的植物，也许在千奇百怪的植物中，更令我难忘的是相思树。

勐仓热带植物园，是著名植物学家蔡希陶一手培植起来的。他原本是位作家，提起纤细的笔可写出鸿篇巨制。可不知他的大脑中枢是如何启动的，忽然间，他改弦易辙，于1932年，兴致陡然，一头扎进滇西、滇南，脚迹山山岭岭，采集标本数万余种。6年之后，他以一位博学多才的植物学家，参与建设中国科学院昆明植物研究所的前身——云南农林植物研究所。那双粗大的手，牢实的身躯，从此献身于植物研究。

这位生物学家为共和国倾注了毕生的精力。时至50年代，他将大刀阔斧，在罗梭江畔的葫芦岛上，披星戴月，辟出3 000余亩土地，从国内及亚非拉地区，引种植物3 000千余种，创建了培植、研究、利用植物资源的重要基地。"研究精神可嘉，堪为学习楷模。"卢嘉锡在题词中对蔡希陶教授的光辉业绩，作出了高度的评说。

热带植物园，是版纳的灵魂！

在蔡希陶培植的数以千计的植物中，使我记忆最深的是"相思树"。相传，相思树得名于战国时期，系战国宋康王的舍人韩凭和他的妻子何氏的化身。据晋代干宝的《搜神记》中记载，宋康王舍人韩凭妻何氏貌美，被康王夺取，并囚禁了韩凭。不久，韩凭自杀，何氏跳楼身亡，何氏在遗书中写道："愿以尸骨赐凭合葬。"康王大怒，派人埋葬，让两坟相望。不久，两坟上各生出一棵梓木（一种落叶乔木，叶子对生），屈体相伴，根交于下，枝错于上。那树上，又有一对鸳鸯常常栖于树上，交颈悲鸣。宋人哀叹，遂称其树为"相思树"，以此树象征着忠贞不渝的爱情。"庭中并种相思树，夜夜还栖双凤凰。"后人推而广之，凡是对友人，或者伟人的深切思念，都比作"相思树"。

在植物园中，也种有一棵相思树。

早年，蔡希陶曾用文学去陶冶人们的情操，可他摒弃了他的初衷，而站在大自然的原野上，钟情于绿色，钟情于植物，也许他认为辅佐大自然，更有益于人类，有益于民族。是的，他的追求更贴近时代，更富有现实意义，赢得更多的人的爱戴。他的植物园就是一部史诗，一部美丽的诗篇，世间，再也没有什么比这部史诗更动人！

为了纪念这位伟人，在植物园的北隅，还专门在一块草地上为他竖起了一块纪念碑，那碑高仅 1 米，实在普通，没有什么新奇的地方。但新奇的是，那碑所竖的地方，正是人们为了纪念他，专门立在了一棵"相思树"下。那树高大而粗壮、挺拔，要 3 人才能合围。两根冲天的树杆，相对而立，郁郁葱葱，直冲蓝天，并生出红色的相思豆，可食。秋季，正是果实收获的好时光，参观的行人，自觉或者不自觉地，都要在那里寻拾相思豆。我欣喜地绕着树干，轻轻地抚摸着树臂，目不转睛地观赏着它的风姿，随即，轻吻着它的枝叶，以示对友人的思念。随后，我俯在青青的草坪上，小心翼翼地寻觅相思豆，不多时，果真拾得一颗，我便将它珍藏起来。相思豆呈暗红色，系一般豇豆大小。但它特别，圆润、光滑，有着一种神秘莫测，而又给人永远思念的韵味。我将这棵相思豆，用纸包好，珍藏在我的衣袋里。随即，我又伸手摘下一枝并蒂的绿叶，夹在我的笔记本内，带回家去，放在我的案头上，直至永远！

1997 年 11 月　云南勐仑

洁白的曼陀罗

　　小镇幽静，我一夜睡得特别甜。醒来时，不见嘈杂声，唯有嗡嗡的松涛声。我走出门房，吸着清新如滤的乡间气息，仿佛回到了"家"，人类应有的"家"，也就是人们常说的"回归自然"。

　　前一天，我们在葫芦岛上游览、观赏蔡希陶建造的热带雨林的奇观，一路兴奋，一路艰辛，已是精疲力竭，无暇光顾勐仑的风姿。

　　勐仑镇，躺卧在植物园的身旁，它小巧，是个山间小镇，没有大都市的喧哗，也没有人流如织的烦恼，充满原始的情趣，只有乡间的土气、美气、帅气！

　　太阳还没有走来，人也稀疏，我踏着湿润的土路，沐浴着薄雾，徜徉在街上。清新的空气，沁人心田。我着力品尝着山间小镇的山味、野味和原始味。

　　更有早行人。朝阳柔软地飘洒在密林，透过枝蔓，像姑娘的秀发飘落在小镇上。在宽敞的十字街口，两位"少多里"（姑娘），一高一矮，摆好了炉子，烧着树枝藤蔓，烤着香喷喷的香竹饭。一眼即可看出，那高的是妹，矮个儿是姐。她俩配合默契，轻快地忙碌起来。香竹饭的清香味很远就挤入了我的鼻翼，随之进入心扉。

　　香竹饭是傣族的风情，是西双版纳更为流行，特别是在南路的乡间和僻静的小镇上，多年来山民们都爱吃香竹饭。香竹饭。味美，清香，远近的游人，走进勐仓，无不品尝香竹饭。我好奇地凑了过去，向姑娘讨教。她淡淡地抿笑之后说："香竹饭是将糯米放在香竹筒内，用柴火烘烤而成。""修竹姗姗节子长。"香竹，在傣语中称为"埋毫拉"，意为"煮饭竹"。它是版纳的特产，竹节细而长，壁上有一层香气扑鼻的竹膜，因此，素有"香竹"的美称。烤香竹饭有一种十分巧妙的技能，先将香竹按节砍下，每一节保留一个竹节，用作筒底，然后把淘好的糯米装进筒内，用冷水浸泡七八个小时，再用芭蕉叶塞进筒口，将装好米的竹筒放在火上烧烤。烧烤的火候，又是十分巧妙，待筒口冒出蒸汽后，并散出一种香味，约莫十余分钟即可。烤好后，还要用木棒将竹筒捶软，捶得越软越好，越软越是好吃。捶软后，撕掉竹片，便露出粘有乳白色竹膜的香竹饭，柔软细嫩，清香扑鼻。在美丽多姿的勐仑，旅游旺季，烤香竹饭的姑娘们，排成长蛇阵，为勐仑增添了一道奇丽的景观。

我跟着清香味的诱惑，细细地品赏着香竹饭的美味，也品赏着傣族姑娘的风姿。

初来版纳，同行的小魏，凭着他七八知青生活的直观，向大伙儿说道："傣族的姑娘长得很美，小伙子长得很俊。"他的话我信。可我一路细察，却未曾发现有哪位姑娘谈得上漂亮，尔后，我对他的话有些疑惑。

此时，首轮香竹馆已经烤好，行人陆续走来，买上一筒两筒，一边走，一边用早餐。姐妹俩更忙乎起来。姐弄着火炉，烧烤；妹忙于应付匆匆而来的客人。

其妹，一双纤细、灵巧的手，快速地旋转起来，宛如一位钢琴少女弹琴一般快捷而又有序。她一手捉傣刀，一手从火炉上取下一根香竹饭，先是将竹筒的表层用刀撕去，然后再将一头的竹节砍掉。动作十分敏捷而有条不紊，那撕竹皮发出的"嘭呀，嘭呀"的声音，悦耳，动听。姑娘的动作娴熟、麻利，富有节奏感，如同舞台表演的舞姿，这是我曾不多见的奇特的姑娘。我即刻向她"挖"了一眼，让我吃惊，她竟然就是我一路要寻觅的傣族姑娘的丽色。

姑娘长得如花似锦，眉清目秀，肤色洁白，白里透红，大大的眼睛，秀长鼻子，高高的发髻，更显得美丽动人。衣着也十分得体，身着乳白色的套裙，在其间缀着点点红花，一身素白如云如雾，飘然逸致。

她忽然间，站起来，去取姐姐已经装好的竹筒，此刻高高的个儿，长长的腰肢，在晨曦中，更显出她的丽色，酷似一朵洁白的曼陀罗花，迎霞怒放。

那姑娘的丽色，让我久久陶醉。可以说，热带植物园是版纳的灵魂，而姑娘是版纳的门面！

方圆数十里的葫芦岛，是我少见的神奇而美丽的岛屿。在勐仑，没有冬季，只有雨季和旱季之分。时至初冬，鲜艳夺目的花，如同快活姑娘一般美丽，散落在原野。海棠花、山茶花、野菊花，让人仰慕，可更让人仰慕的是曼陀罗花。翠绿柔软的枝叶，椭圆形的叶片儿，均匀地分撒在长长的树枝上，一朵朵雪白的曼陀罗花分布其间，绿叶扶着雪白、清爽、洁净的、微微下垂的花，好似从空中飘荡下来的仙女，妩媚娇妍，令人陶醉。若与牡丹相比，曼陀罗没有那喧哗夺目的艳色，却显得更纯净、真诚；若与腊梅相比，她没有傲雪的秉性，却有一种柔情，让人更加爱慕和追索。是的，曼陀罗花有自己的个性和追求，她将纯贞与雍容集于一身。那是纯贞、洁净的美，是任何名花也替代不了的。曼陀罗的美，无疑是大自然的哺育与厚爱。人们酷爱大自然，更爱曼陀罗花。

曼陀罗，那清凉的景色已将世间美收藏于体内，尽管已有宋人苏轼"醉中眼缬自斓斑，天雨曼陀照玉盘"的诗句，清人赵翼"轻寒轻暖几番过，酿出天花曼陀罗"的优美诗句，赞美曼陀罗的美丽英姿，并对曼陀罗的秀丽与神韵下了断语。依我之见，古人挖空心思，却依然没有托出曼陀罗的美与秀。"待到秋来九月八，新花开后百花杀。"这句诗，正好是对曼陀罗的"霸气"的真实写照。

一方水土养一方人。勐仑的山美、水美，花也美。或许是，这方生态效应，是它养育了曼陀罗，也养育了漂亮的傣族姑娘吧！

已是用餐时间，我买了一根香竹饭，边品尝着美味，边缓缓地离去。我走进餐厅，大家看我吃着香喷喷的香竹饭，便七嘴八舌地议论开了。随后，在席间，我说起那位卖香竹饭的姑娘，烧烤香竹饭的情景时，一个个不觉露出了惊讶！

文人好奇，大家纷纷走出宾馆，要去看那位卖香竹饭的姑娘。还是小魏理解大伙的情意，提出了一个合理化的建议："你们别去了，我去给各位买些香竹饭，请她送来，大伙不就见面了吗！"

"呼啦！"大家立即发出了赞美声。小魏办好此事后，那姑娘也同意将香竹饭送到餐厅来。

坐在餐厅里等候的文友心切，盼呀，望呀，足足等了半个时辰，才见到一位姑娘端着香竹饭走了进来。顿时，大伙的目光不约而同地投了过去，噫，真让人扫兴，送饭的不是妹妹，而是姐姐，大家"懵"了。也许，姐妹俩猜透了文人的用心，识破了大家"计谋"，便改变了策略。大伙儿失望了，送的香竹饭备觉乏味，受到了冷落，再没有那种雅兴，品尝香竹饭。

大伙再也忍不住了，早餐还未用完，就一阵风似的向那里涌去。摄影大师们，目睹那美景，不禁举起相机，啪啪啪，拍了一通又拍一通，弄得那位姑娘很不好意思。那姑娘，加大了火焰，顿时烟雾缭绕，将美姿掩映在浓雾中……

洁白的曼陀罗，是西双版纳美的象征。版纳的姑娘纯贞、纤秀、美貌，大得世人赞美！

葫芦岛上的花，有千种万种，最美的要数曼陀罗。傣族的"少多里"有千个万个，也许最动人的要数那位卖香竹饭的姑娘。

有人说："一个漂亮的姑娘，留给人的印象是终生美好的！"是的，那位卖香竹饭的傣族姑娘，留给大家的印象是终生难忘的！

1997 年 12 月　西双版纳

最后的天然林

　　人类来自森林，文明起源于森林。然而，只因人类随着自身的强大与欲望的膨胀，急功近利，对森林失去了理智，失去了文明，行之以斧，动之以锯，对"母爱"恩将仇报。

　　由于"掠夺式"的采伐，迄至今日，地球上的天然林，宛若过眼云烟，几乎消失殆尽！

　　在 8 千年前，地球的表面，到处是郁郁葱葱，有天然林面积 80 亿公顷，地球是一个绿色的星球，美丽，幽静，可爱！只因人类的野性发作，大兴刀斧，肆无忌惮地吞食森林，如今只剩下 30 亿公顷。热带雨林，每年以 1 700 万公顷的速度减少；北半球的加拿大、美国、俄罗斯和欧洲等地，森林的命运多舛，也有类似情况发生。在亚洲太平洋地区，森林消失的速度更惊人，如今只余下 5%。权威人士警示世人，若按这样的速度，地球上的原始森林，半个世纪以后将会全部消逝！

　　多少岁月，森林的寂静与纯真，如同梦幻一般，吸引着的我的痴心，急切地想去领略天然林的风采与气质。

　　1998 年秋天，一道"圣旨"："停止采伐天然林。"我渴求能在此时，看到天然林，可失算了。我曾几次出蓉城，去川西，探访林区，亲临山川、野岭，去寻觅天然林。在川南，冒大雨，沐浓雾，登上药子山；在川西北，驱车 400 公里，溯岷江，追踪源头；尔后，顺着成昆线，穿过崇山峻岭，直抵金沙江畔……都没能与原始森林会晤。情况表明，天然林除了在自然保护区和一些边远高山外，极难看到它的踪影。在我走过的地方，不时也看到成片森林，可那是人工林，而绝非天然林。

　　我没有想到，在汶川县境内一个偏僻的角落里——三江，还幸存着一片原始森林。当我第一次得到如此信息，一阵兴奋之后，产生了欲望，想即刻去拜见森林的厚重与笃实。

汶川，曾几何时被人誉为阿坝的"门户"。我曾多次慕名前去采访。亲眼目睹：70 年代，汶川到处是林木葱茏，一派良辰美景；80 年代，正是她被人摆布的年代，斧锯之下，森林已所剩无几；90 年代，被递了光头，只余下这片混交林。因此，她显得雍容华贵，十分神奇，十分可爱！

三江的地貌最多靓色、俊美。美之聚焦，她如同少男少女，未曾被人践踏、躁动，是一片保持原始风貌的处女地。

三江的山神奇，三江的水稀罕，三江的森林金贵！

"藏在深闺人未识。"在 188 平方公里的三江生态旅游区内，瀑布成群，千姿百态，溪流纯净清澈，山野横亘绵延，春呈碧绿如洗，夏披繁花似锦，秋染红叶烂漫，冬裹银装洁白。

初夏，我醉入三江林海，顿时如同步入天堂的大门，心醉如痴，怡然飘荡。

天然林，原来包罗万象！

天然林，那是大地精华！

天然林，是生命之源！

在冒水子，我同几位同仁，顺着两山之间平缓的小河，向牛头山脚下走去，一片大草甸子展现在大山间。山岩上，生长着亚热带常绿阔叶林和杜鹃灌丛，浓荫蔽天，宛若一片绿色的云。翠绿、嫩绿、墨绿交相辉映，组合成森林的本色，支撑着偌大一个世界。活泼可爱的小王，她生长在渝州。她说她从来没有见这样美的森林，这样美的景色。我们一边走，一边采摘山花、野果、野菜，其乐融融！

我们困倦了，便躺在海绵般的毛茸茸的草甸子上歇息。哦，肌肤与草甸相吻，像一股清新的暖流，即刻从心间淌过。此时，你可回想到一位欧洲的诗人那动人诗句："准确地说土地就是我们的母亲，我们是一群吞食泥土的孩子。"

行走在森林中，是一种高雅的享受，可以让你领略到，这颗富有生命星球的活力与存在的价值。

森林，是生命的"集散地"。据科学家调查，发现森林里有物种 140 万个，这是一个了不起的世界，一个生命之源的世界呀！

在三江的原始森林中，生命之源太丰富了。天上飞的，地上跑的，河里游的，动物与植物，空气与阳光，一切都鲜活而富有生命，富的活力，而且，它们和谐相处，休戚相关。

三江被专家学者誉为珍稀动物的乐园，栖息着哺乳动物、爬行动物、鸟类、昆虫……有两千多种；同时，三江与举世瞩目的卧龙自然保护区共享世界动植物宝库的美称，境内有万亩珍稀植物活化石珙桐林。

在森林中，大熊猫、扭角羚、金丝猴、黑熊是动物界的主体，森林的主人。有人说，森林是世界童话的发祥地，也许就是取之于此。

在森林中，雪鸡、雪鹑、大鹫、胡下鹫等，独霸着天空，是一种人们不可多见的壮观。

在森林中，更耐人寻味的是，错落有序的植被，乔木、灌木、草甸、苔藓形成立体生命群落。

在三江还有一方情趣的是，古朴粗犷的原始风貌，再加上浓郁的民族风情。因此，三江之美，就在于她独特的自然风光和丰富的文化资源。倘若身临其境，可以将心灵感受融合于大自然中，受到大自然的熏陶。

三江更为金贵的是，她地处浩瀚的成都平原的尽头，相距成都仅有 110 公里，久居大都会的成都人，举足可至。在那里，你可领会大森林的气派，享受大自然的天伦之乐！

在繁华的大都会，人们究竟缺少什么呢？高房大屋有了，汽车家电有了，吃的穿的也有了，缺少的是清新的空气，纯净的饮水，耀眼的绿色。人类的始祖是从森林走来，如今人类渴求回到森林，也就是人们常说的"回归自然"！

1999 年 5 月 15 日　汶川三江

（原载《记者眼中的阿坝》2000 年 3 月出版）

我有二十四棵树

我从小爱树，栽过树，照过树，同树有一片痴情！

祖籍是剑门山区，过去，那里是"树的王国"。此说并非狂言。以剑阁县城为中心，北至昭化，西至梓潼，南至阆中，长达300余里的古驿道两侧，一排排千年古柏，粗壮挺拔，虬枝凌空，放眼远眺，翠若行云，状似巨龙，横亘千里，萦绕于崇山峻岭之间，形成了"衔空三百里，一色郁青苍"的绿色奇观。清代乔钵赐美名"翠云廊"，诗云：

> 翠云廊，
> 苍烟护。
> 苔花荫雨湿衣裳，
> 回柯垂叶凉风度。
> 无石不可眠，
> 处处堪留句。

诗人张邦伸描述古柏的奇姿，更有一番韵味，诗云：

> 剑州路旁多古柏，
> 霜皮黛色高参天。
> 白日沉沉不到地，
> 秋风飒飒生寒烟。

古柏"翠云廊"，民众称之为"张飞柏"。相传，在三国时期，张飞任蜀汉巴西太守时，常领兵来往剑阁，奇遇剑门山区地势险峻，道路不通，便令士兵逢山开路，遇水架桥，修成了 300 里长青石铺地驿道。一日，张飞统兵行至此路中，时逢盛夏，酷热难当，便令士卒在道路两旁遍栽柏树。数年后，柏树成林，能蔽日遮雨，来往的路人无不称赞张飞的功德。尔后，刘备领兵途经剑阁，对张飞的功德赞不绝口，并传旨封此树为"皇柏"。古往今来，对剑阁古柏，名人要人都有各自的评说，被清人乔钵命名为"翠云廊"；被当代学者、专家称为"森林化石"、"蜀道灵魂"、"国之珍宝"；被文人墨客比之"绿色长城"；被国际友人誉为"世界奇观"！

剑阁人历来有良好的生态意识，爱树若痴，至今驿道古柏，管理善好，青翠如初。在剑阁素有"皇柏"、"公柏"、"私柏"之分，就是说，除了"皇柏"之外，或高山之巅，或道路两侧，或祠堂庙宇的四周，都生长着参天古柏，称为"公柏"，是维护一方水土平安的风水树。在山民中，无论哪家的房前屋后，都是古柏森森，林木葱茏，那些树都属私人所有。

我家那座简陋的木板房，就坐落在树窝窝里。在房前，我小时候在父亲的指点下，亲手栽过一棵柏树。上学后，每次回家，我要去看它，给它浇水、施肥。最早，它比我矮，后来它比我高，高过了木板房，冲上了云天。我每当看到它那笔直的躯干，翠生生的树冠，心中有流不尽的喜悦！父亲说过，那棵树属于我的。我欢呼、雀跃，从此我有了第一棵树。

我还想有第二棵树，或者说有更多的树。然而，事与愿违，1958 年家乡大办"公共食堂"，忽然有发出指令：私树归公，很不幸，我栽的那棵树也归了公，从此我失去了那棵心爱的树。那时，我正在绵阳就读高中，离开家乡时，我托福父亲一定要管好那棵树，无论如何要争得"所有权"。

人有三灾六难，树也有不测风云！一日，父亲来信说，那棵应该永远属于我的树，遭到了"诛戮"，进了公共食堂的锅洞。它谢世的那年，还不满十岁啊！从此，我没有了树，一个爱树而失去树人，对此有种切肤之痛呀！

打那以后，那棵树的倩影一直在我的梦里萦绕，还梦想有一天，拥有一棵树。怎么能呢？剑门山区，连绵数百里的树群消失了，我家房前屋后的古柏、大树、小树全剃了光头，木板房也摇晃在石漠中。

　　"砍树潮"，在神州大地一浪高过一浪！放开视野，远望川西，厚重、茂密的原始森林，在刀斧声中，一棵棵参天如柱的千年古树，倒下了，变成木屑碎片和灰烬，千里林区，转眼间变成了荒原。树倒——山空——人穷，那惨情惨景，让人目不忍睹啊！

　　我的梦，断了！多少年来，日里夜日，我呼吁、呐喊，为的是自己拥有一棵树。在我漫长的记者生涯中，曾经也写过树，宣传过树，可撰写的都是伐木工人砍树的高大形象，树砍一棵少一棵，越砍越稀，不说我家乡在乱砍树，连川西林海、东北、云南，乃至全国，凡有树的地方，森林成为人们猎取的对象，仅有的天然林，一片又一片地失去了。我这爱树成癖的记者，无意之中，成了砍树的"吹鼓手"、"帮凶"。从此，树视我为敌，拒我千里之外，我决不会再拥有一棵树！

　　我似乎欠下了一笔还不清的"债"，一直在痛苦中忏悔！如何补偿呢？1998年仲秋，一个机会终于来了，率先在四川实施"天然林资源保护工程"，我决定立功补过，我踏遍祖国的大山大河，耗去一年工夫，写出了一部长篇报告文学《悲壮的森林》，一则反映失去森林的凄凉景象，二则为消失的森林立传，留作永恒的纪念！

　　我在该书的结尾部分，写了《同唱"天地浪漫曲"》一节，介绍秦皇岛市沈敬波给四川省省长的《关于森林的一封信》，他还献上了一份爱心，为"天保工程"捐赠了200元人民币。我对他十分称赞，并写下了一段文字："沈敬波先生的创意、举动不同凡响！他站得高，看得远，有气度，有深度。当洪水泛滥，灾星降临，齐声指责长江上游的伐木者时，他却在进行深层次的思考，提出了自己的主张，并捐上了200元人民币以表诚心。他的举动令人钦佩！"

　　让人更钦佩的是，他主张长江中下游的百姓，乃至全国百姓，携起手来，捐钱赠物，支援上游植树造林，而不是一个劲儿地指责。他的主张得到了共鸣，引起了全社会的关注。

　　从此，我的梦越做越真，终于有了一个让我拥有树的机会。2000年3月23日，中国记协在北京召开倡导全国55万新闻工作者携手建造"中国记者林"新闻发布会。据说，内蒙古科尔沁区向中国记协提供1.2万亩沙地,可种树 55 万棵,而且很便宜,种一棵树只花 5 元钱,每捐 5 元钱即可拥有一棵树。我积极响应,率先捐款 100 元,从此我就有了 20 棵树。

不多时,四川记协又发起倡导,要在小平同志的家乡——广安实施"四川记者林工程",我又解囊捐款 20 元,拥有 4 棵树,两项相加,我总共拥有 24 棵树!

很幸运,我还获得了一张"产权证"——中国记者林纪念卡。

我一直在推测,中国记协的举措,或许是受到沈先生的启迪,或许是记者为鼓动砍树而忏悔!

2000 年 8 月　成都

黑　山　谷

——重庆生态笔会

　　我生性喜欢森林，从小就生活在深山林海中，森林的气质，森林的浩莽，森林的秀色，留给我的印象太深了，让我朝夕难忘，且伴随我度过了大半生。可以这样说，人最开心的日子，莫过于在林海中嬉戏游玩。我对森林有如此特殊的情感，为此，在文学创作的生涯中，我耗去毕生的精力，并将生态环境作为创作的重大主题，为森林的消失，挥泪唱过悲歌；也为幸存的森林，虔诚地祈祷祝福！

　　上大学时，我有缘步入重庆。高楼耸立的山城，满目银灰，过眼煞是好看，可她只有现代都市的雄壮与刚直，而缺少林中的幽香与温柔。在重庆生活的日子里，我曾梦想寻觅一片原始森林，可是在广袤的渝州大地上，原始生态似乎已经远去而不复还了。近些年，在渝南巍巍的群山中，不知是谁发现奇迹——这片茂密的原始森林——黑山谷。在那片人迹未至的天堂里，有山，有水，有树，虽然没有三峡"千山万壑夺一门"，"高江急峡雷霆斗"的壮景，她却保持着原始风貌，呈现出幽静、恬美的景象。她将"雄壮"与"雷霆"置之天外，将温柔与闲情留在深山峡谷之中。走进幽幽山谷，人间的恩恩怨怨消逝了，大都市的浮躁与烦恼远去了，唯有人与森林，在宁静中敞开胸襟，喋喋地抒发各自的情怀。古老的黑山谷，为重庆的大山大水无疑增添了丽姿奇彩。

　　新世纪首届西部散文笔会，有幸圈定在万盛黑山谷。去时正值秋天，在山城，秋日的阳光仍是那样暴烈，"火炉"的威慑让人透不过气，而近在咫尺的黑山谷，却蕴藏着另一方美景。她的高贵气质和大都市少有的潇洒，是我没有想到的。

神游黑山谷怎么个游法呢？这似乎又是一门时髦的科学。那一天，不见秋日，只见浓雾缠身。我们的行程奇妙，不是从南门而进，却是从南门绕道进入北门，步入山顶，随即乘缆车至半山腰，再步入深谷。在游戏中，最有趣的是要过"三关"，也就是说，在整个行程中，要经历"腾"、"飞"、"荡"三大险景，让你云里雾里，神情恍惚，游兴难尽，且其乐无穷。

在浓雾中，我们坐上长长的缆车，顿觉有凌空踏虚之感，俯瞰前方，只见山在脚下，若即若现，人在空中，悠悠荡荡，向山谷滑去。当你的足迹落在地上，又是另一番感受，明知在山上，向前迈去，却像穿行在海底。当我们从山腰向深谷移动，洁白的云雾，恰似仙女送来的青纱细带，飘然而至。山高，谷深，四处是郁郁葱葱的树林，沿着左弯右拐的小路，高一脚，低一脚，渐渐沉入谷底。谷更深，山更险，人完完全全挤在峡谷中，仿佛入了迷宫。若再前行，山谷中已无路可行，能工巧匠想出了奇妙之策，借助于河水的浮力，在潺潺的激流上，搭起一道道浮桥，随着水的走势，从半山腰一直拉到山脚。

当我的双脚踏上浮桥，没走几步便晃荡起来。心头一惊，以为是飘荡在钢丝上，心想急走几步，可走得越急，荡得越高，仿佛飘浮在空中，由不得双手急忙抓住扶栏。细看溪水，清澈如玉，随着浮桥的晃荡，如银丝般的清水，从溪中溅起，扑打在两岸的巨石上，也溅在我的脸上，透骨清凉，晶莹含香。顺着溪流，向谷底荡去，只见悬在头上的山高，如斧劈刀削，即使能工巧匠，也难凿出如此的深谷。山之高，谷之深，地之窄，实属罕见。在漂流中，我忽然仰观天穹，只见天地一线，犹如大地的肋骨间撕开了一道幽深的裂缝。黑山谷之险，即使猿猴，也难穿行，若不借助浮桥的魔力，是绝对走不出山谷的。

在林木和荆棘严严实实覆盖下的黑山谷，真是妙趣横生，无奇不有。在大山的深处，不仅有黑叶猴、穿山甲一类的珍稀动物，而且有银杉、珙桐一类的稀有植物。更诱人的是，山泉如玉带，从密林深处汩汩流出，穿过山腰，直泻而下，形成许多溪涧瀑布，又是一道令人流连忘返的景观。黑山谷未经历过历史的尘烟，遭受过人类的骚扰，是一片纯真的处女地。

初识黑山谷，妖娆动人，神奇美丽。

人，原本是地球的一个器官。这一理念，人们仿佛从来都没有像今天这样的关切，在新近兴起的生态游，人们穷追不舍，即便是穷乡僻壤，只要那里有森林，都会去一饱眼福，而且眼下的城里人对妙趣横生的生态游正方兴未艾。是呀，人与自然，人与森林，人与万物之间的关系和谐了，不仅有了生存的优美环境，而且可以陶冶人的情操，美化人的心灵！

参加笔会的有西安、成都、重庆的数十位作家、散文家和生态文学爱好者。

在笔会期间，与会者不仅赏阅了渝南的千古风采，赏阅了'陪都'的大山大水，作家们还举行了座谈会。其内容独特新奇，专门探讨"生态文学创作"的奥秘。我大胆地拉开噪音，高谈生态文学的开启与走向，生态文学作为文学创作的"第三大主题"的无限生命力……

2003 年 11 月　重庆

（原载《重庆商报》2003 年 12 月 14 日）

回　家　的　路

一

初夏，我和夫人任紫玉，回到阔别多年的剑门山区古镇——香沉。她的老家在公兴，我的老家是香沉，分住两座山，分饮两江水。

香沉，在川北很耀眼。她身邻苍溪、阆中、南部、剑阁四县，是一个辉煌如金的乡间重镇，而且历史悠久。据考证，隋文帝开皇七年（公元578年），改附近胡原县为临津县，属普安郡。唐至五代时仍置，属剑州。北宋神宗熙宁五年（1072年），省临津县入普安县，后不复置。民国期间置乡公所。香沉镇以驻地香沉寺得名。据《剑州志》记载："香沉寺在州南一百六十里，元母大成建寺。"庙前石碑刊载："香沉古刹，建自元代，经明朝多次扩建，才成为今之慈云观也。"庙内奉儒教孔子、道教李冉像。因庙内香客众多，经常烟雾沉沉，遂名香沉寺。后兴场开市，为一个兴盛的农村集市。

香沉位于剑南，地形复杂，多山。镇旁，有一条小河，名长埝河，东梁山居西，罐子山在东，两山相抱，在长埝河两岸，形成小块小块的坝地洼田，就剑门山区而言，算是"富庶"之地了。我的家就坐落罐子山下，俗名干树坪。

从镇里到干树坪，出场口，过石桥，然后爬一座陡坡，直达山顶，即是年轻的精壮汉子，沿着小道，弓着腰，爬得气喘吁吁，不歇三遍五遍，别想登上山顶。

儿时，去镇上读书，两点一线，光着脚丫儿，每天来回地爬行在这条古道上。风里雨里，年复一年，爬呀，走呀，脚印挨着脚印，日子长了，山道的岩石上，压成了深深的足痕……儿时的岁月，既欢畅又艰辛。

曾几次，运筹要回家乡走走，可如今，对那条山路却有几分畏惧，爬山的滋味，既熟悉，又觉得茫然。尽管妹妹王治秀不时来信说，如今家乡的路，已经不是过去的旧样儿，"摩的"均可沿着盘山路，直抵家门口，但我们一直半信半疑。

在回家的路上，我们仍旧作了爬山的准备，带了短裤，穿上了登山鞋，执意像儿提时，卷起裤腿，出身大汗，一级一级，行走登天路。

轻车经梓潼九曲山、上亭铺进入剑阁县境。山势渐雄，树木也愈加茂密茁壮。五月，蜿蜒细长的剑门山区的古道上，郁郁葱葱。架在高岭上的"皇柏"，如若飞腾的云，一朵朵，一簇簇，青翠欲滴。刘禹锡《陋室铭》中所写"山不在高，有仙则名"。依我之见，应该说，"山不在高，有'树'则名"。树，关乎人的生存呀！如今，世人把森林看得很重。

车，如腾云飞雾，穿梭在密林野岭之间。山林憧憧，溪水清清，云雾缥缈，布谷鸟婉转欢悦的啼叫。家乡的景色，具有人间难有的种种绝妙，宛若浮动在山峦幽谷之中了。山鸡、野兔，不时在密林中飞来穿去，一片良辰美景，淡化了我怕爬山念头。

我们穿过县城，翻四座山，过八道岭，经龙源、白龙、公兴几个大镇，而后进入香沉。过去，需要行一天两天的路程，如今几小时就到了。

数十年不见的家乡，面貌一新。那一天，在镇里，碰上了几位乡亲和小时的朋友。他们都亲切地说："嘿，如今村村寨寨都通了公路，上山不用爬坡了，而且上山的路有两条，可供你选择哩。"最终，我们没有选择最近的路，而是绕道从母家拐、半坡头、母家坪，再入干树坪。路是转了点，但我觉得平坦些，对儿时常走的那条路，仍然有几分疑虑。

那天，离家乡时，究竟走哪条路？乡亲们都一个劲儿地劝说："走自己的路。"这话，亲切，一听心间甜甜的。对呀，走一走村里的乡亲父老们自己用双手筑成的路。

正午，话别乡亲后，车在山道上缓缓地向下滑行，那路虽说陡而险，弯拐大了点，可车在上面行驶，却稳稳当当的。"走自己的路"，别有一番况味！

车离开香沉远去了，回眸时，沿途成群结队的乡亲们顶着炎炎烈日，正在修路。据说，要将香沉至公兴的路加宽，铺成一条又平又宽的黑色路。待我们往后再回家乡，就能行走在平坦的山道上，享受人间之乐！

二

剑门天下险！

剑阁以此称谓，而闻名遐迩。我作为剑阁人，也为之而骄傲！这是历史的一面，而她的另一面，则使人望而却步。古人对家乡的评说，早有定论，骚人墨客，争相吟诗、作赋，书写剑门的雄与险。欧阳詹在《栈道铭》中记载："阴溪穷谷，万仞直下。莽崖峭壁，千里无土。""麋鹿无蹊，猿猱相望。自三代而往，蹄足莫之能越。"诗仙李白在《蜀道难》中，将剑门关的险，描述为"危乎，高哉！蜀道之难，难于上青天"。"剑阁峥嵘而崔嵬，一夫当关，万夫莫开。"

剑阁历史久远，夏禹王分天下为九州，夏商时期，此地属梁州之城。秦始皇统一中国后，推行封建郡县制，分天下为三十六郡，剑阁属巴郡。诸葛亮复出祁山，见大剑山峭壁中断，两崖倚山如剑峰，遂命凿石，架空作飞梁阁道，以通行旅。且在山断处"倚崖砌石为门，立关设尉"，故称剑门。随后，又在其山下构造阁道 30 里，设阁尉将兵把守，因此又名剑阁。

这些是，古人之说；今人的感受，又是如何呢？

剑门山区是如此之险，山连着山，岭接着岭，山山相握，峰峰对峙，如刀似剑。山体宽厚，岩石坚硬，尖峰林立，雄伟壮观，以剑门七十二峰为最。美女山、马耳山、轿顶山和五子山，如同仙女，亭亭玉立，排列其间。

剑阁的地势是西北高，而东南低。剑门关，算是代表，剑阁的山，既不像华山那样俊，也不像峨眉山那样秀，剑门的山"莽"，北面如刀砍、斧劈一般；南面却显平坦，如同阶梯。大处着眼，从北面望去，像一整块巨石，山无断处，唯有剑门裂开一条窄缝，有刀砍斧劈之险。由此可知，剑门山区筑路的艰辛。历时千古，在剑门境内筑路，似乎只是一种愿望！

人们常常把小路形容成"羊肠小道"。剑门山区的路，既窄又小，连脚丫儿都难放下，那路弯弯曲曲，连绵逶迤，如丝如线，那才是真正的羊肠小道哩。

昔日的剑阁，仅有半条公路——川陕公路，从中穿过。那路，名曰"国道"，实则是一条马路，汽车走过，黄龙滚滚。山民对此，也觉幸运，或许有了这条"母"路，就能看到希望和远景！

三

古道不老。剑阁人，世世代代行走在雄关古道上。

山里人常说，剑阁人脚大腿长，一双赤脚能登上九重天，能踏破九道岭。这话是真的，但也是处于无奈。爬山，似乎是剑阁人天生的能耐，日久天长，爬山惯了，如履坦途。我记得，小时候，上小学，要走七里八里地，一座山，一提腿，就噔噔地爬上去了。老家距县城有一百六十里之遥，全是山路。读初中时，没有公路，全靠卖脚板，顺着"皇柏"古道，走路如行云。那时的人能吃苦，提包里揣一块"火烧馍"，饿了，啃一口；渴了，双手捧起泉水，喝一口，又赶路，一天就能赶到县城。

往后，在绵阳上高中，路程就更远了，三百多里山路，一双脚板，吧嗒吧嗒，行走两三天。人，是能吃苦的，那时，对走路，不觉得是苦，认为是一种乐趣。放假了，三五成群，喝喝吆吆，高高兴兴，一路谈笑风生，一点也不觉得累。走的回数多了，我们的路线和行程也就形成了一种格局。第一天，从绵阳出发，沿着诸葛亮率兵北上的线路，经魏城，入梓潼，住一宿。次日，经马鸣步入剑阁境内，再经杏垭、王河步入金仙。第三天，再行六十里，才能回家。走一趟，需翻九座大山，路既窄又险，脚上的草鞋常常是行走一半就破了，只好光着脚丫儿。如若一人，那就不一般了，你可想象，要翻九座大山，赤脚板与山路相击，若不留神，行不了多远，会生出一个个血泡，那就糟啦！还好，我因有走山路远路的磨炼，还能应付。

香沉是文化之乡，最早考入高等学府的梁镜章、熊瑞刚和我，都是凭着一双勤劳而结实的腿，从乡间小路走进大学门的。

我记得，那时的山民，交公粮，卖肥猪，都靠两只肩膀两条腿，往外运。交公粮，最多的是运白龙，或鸯溪（嘉陵江边一小镇），离家七八十里地。父亲年迈体弱，没有劳力，只好由我去顶替。放暑假，正当交粮时节，乡亲们见我还是个嫩苗苗，不忍心将百十来斤的担子压在我的肩上，便唤我当"押运人"，记账，领着大伙去交公粮。

50 年代中期，乡亲们就看到了修路的重要性。在县内筑的第一条路，是县城普安镇——白龙。这条路，要经过几座山，最高的山是塔子山，又名大崖山。塔子山既高又险，读书时，从县城回家必经塔子山。我清楚地记得，每次爬塔子山，都选在精力充沛的早晨。出发前，找一家小店子，吃上两个蒸馍，喝两碗稀饭才上路，再冒一身大汗，方能登上山顶。

四

山里人爬山走险路，虽有自生的魔力，却知交通不便的苦衷。他们开山筑路的傻劲，在数十年前就铸成了。

在县境内，乡亲们修的第一条公路，是县城至白龙。那路是我上初中的那些年筑成的。全县大动员！我常常站在校门口，仰望塔子山上那开山劈石的动人情景，"轰隆，轰隆"的放炮，震彻了天际。乡亲们从悬崖上，一锄一锹，挖出了一条路，真不易呀！这条路通车后，接着又建起了通往各乡、各镇的乡道。

山里人年复一年，筑路不止，令人钦佩！与我们同行的县交通局副局长徐凤钊，他以其一位筑路人的亲身体念，恳切地告诉我们：家乡的路自成体系，县内有国道、省道、县道、乡道、村道 4 206 公里，为解放前的若干倍。县城通往绵阳、沙溪坝、小溪坝的 3 条公路，和宝成铁路衔接；剑阁至江口、鸯溪、张王 3 条公路，与嘉陵江航运相通。客旅畅行相邻的苍溪、阆中、南部、盐亭、广元、梓潼等县。县内 60 个乡镇，乡乡通汽车，百分之百的村都有公路干线相通，机耕道路遍布其间，形成四通八达的公路和机耕道网络。解放初，仅有的 91 公里老路，已显得十分渺小了。

近几年，县交通局组织全县的乡亲们，抡起大镐，搞了了几个大工程：加宽 108 国道剑阁段；全县主线路面"黑色化"；还有兴建剑南、剑盐，与近邻相接的主干道……

刚进入新世纪，为了加速山区的开发，绵（阳）广（元）高速公路下寺段，前年就破土了；从县城普安镇——金子山，铺一条高等级公路，与绵广高速公路相连。去年动工，眼下正干得热火朝天哩！

回家走过古道，我之感受，正如郭老在诗中所云："剑门天失险，如砥坦途通。"

五

剑门的雄姿，是世人最为欣慰的。天地的宽厚与从容，大山的气度与豪爽，在剑门都体现得十分透彻！来自天南地北的人，或许是大洋彼岸的游客，无不惊叹她的险和奇！

如今的家乡，已经成为闻名遐迩的旅游胜地，剑门关、翠云廊、文峰塔，一溜的自然景观与历史古迹，让游客惊叹不已！昔日的封闭、落后景象，已远离家乡，走向尘封。

家乡的奇，太多太多了。丰富而独有的"土特产"，如今又吃香起来。说来也怪，今天的城里人，"洋味儿"吃多了，觉得倒胃口，一个劲儿地追求"土味儿"。什么土鸡、土鸭、土猪肉呀；什么土木耳、土黄花呀……连乌龟王八也是"土"的好。这些玩意儿，在剑门山区有的是，有了密如蛛网的通天路，便为经济注入了活力，乡亲们也就有"发"的希冀了。

勤奋的家乡人，如今也"滋生"出城里人"享乐观"，出门不愿爬坡了，不管路程是远是近，有车则开车，无车玩"摩的"。仅县城普安镇就有"摩的"七八百辆，太婆、小姐们上街买菜，或逛公园，来去都是打"摩的"；小学生上学，或去玩电子游戏机，也都是"摩的"来，"摩的"去。在乡下的小镇上，"摩的"也发挥着腿的作用，乡亲们赶场消遣，或买东卖西，都习惯于打"摩的"。拖一包肥料，或坐上三里五里路程，不过一块钱，他们说"合算"。

从家乡进省城——成都，古人用脚步量过，不多不少七百里。若步行，至少也要花三日五日。目下，香沉至成都，天天开班车，而且有双层豪华卧铺车。乡亲们或外出打工，或进省旅游，都喜欢玩卧铺车，他们说那车坐上"舒展、高级"。

家乡自从有了路，乡亲们一反常态，再也不像过去那种苦闷、寡言的模样，性格豪爽，话也多了，人也聪颖了，城里人知道的事，山里人大都也一样精通。

路，在脚步下延伸；人，在新的征途上，正举步迈向如花似锦的未来！

2001 年 6 月　剑阁香沉

跨越天下雄关

剑阁，全境皆山。

剑门，历以天险闻名于世，其"峭壁中断，两崖相嵌，如剑斯植，如门斯辟"，险峻异常。"蜀道难，难于上青天。"诗仙李白一声喟叹，倾吐出剑门山区羊肠小道难以攀越的艰险！

我曾多次回老家剑阁采风，重游剑门关、翠云廊后，我深深地被大自然的俊美和剑州人的巧手所吸引。我在一路风尘、一路感叹的同时，在那座有着厚重文化积淀的县城里，在雄关古道的追忆中，不禁对建在崇山峻岭中、蜿蜒盘亘的公路发生了浓厚的兴趣，一条条犹如玉带，为剑门山区平添了不少姿色！

剑门就是一首诗！凡去过剑门关的人，无不惊叹她的险与雄。骚人墨客步入雄关，更是触景生情，诗兴大发，吟诗作赋，曾留下了不少名篇。

然而，要在剑门关隘上，架桥修路，却令人望而生畏。名人要人对剑阁有过众多的评说，既有"一夫当关，万夫莫开"的古语；又有"山高石头多，出门就爬坡"的民谣。

"剑阁险峻驱流马，斜谷崎岖驾木牛。"诸葛亮复出祁山，粮草难越剑门，运往祁山，故造木牛流马搬运。对剑阁远古羊肠小道的艰险，连古人都畏惧三分啊！

如今的剑州人，有着诸葛亮"六出祁山"的胆识！他们历来重视公路建设，凭着粗大的双手，挖山不止，早在共和国成立的初期，就大步向前迈进；在70年代实现了乡乡通公路，《人民日报》刊文报道了这个"全国公路建设先进典型"。可是，随着时代的激流涌进，全县67万人民深感"我县公路坡陡、弯急、道路狭窄，防护工作不完善"，造成运输不畅，

"而今迈步从头越"，冲出剑门关，走向大世界。

在新世纪初，剑州人出手不凡，推出了两条"大动脉"的建修任务，出现了公路建设的又一个热潮。一条是绵（阳）广（元）高速公路下寺段；一条是与绵广高速公路相接的剑（阁）金（子山）公路。这两条路一建成，再加上原有的横穿剑阁境内的108国道，便形成了高等级公路网，跨越剑门雄关"胜似闲庭信步"，从此蜀道不再难，如同诗人郭沫若所说："剑门天失险，如砥坦途通。"

"加快以公路为重点的交通基础设施建设，是实施西部大开发的前提和保证。我县要在开发中有所作为，加快经济社会发展，必须首先打破交通的'瓶颈'制约。"在形势逼人的气氛中，县长严明清说出了这席话，道出了剑阁县的当务之急。建设绵广高速公路下寺段和剑金公路，翻越剑门关，是剑阁对外发展的内陆"港口"。

西部大开发的大好时机，像梦幻一般，正向着川西北涌进。在20世纪末，省里决定修建绵广高速公路，正巧，这条大干道，要从剑阁境内穿过。时代赋予的良机，即将把剑门山区的建设，推向新的里程碑。他们的速度是神速的，省指挥部要求剑阁下寺段19.4公里，在1999年元月，完成拆迁摸底的繁杂而艰巨的任务。

谈起那段历程，县交通局局长对记者说："当时，时间紧，任务急，县委、县府高度重视，决定立即从县交通局和养路段抽调80多人，组成摸底工作队，由我带领，火速进驻工地。我们顶风霜，趟溪流，攀悬崖，每天都是从天不亮忙到夜色苍茫，看不见皮尺上的数字才收兵。晚上，几十个人挤在一间铺着稻草、八面来风的屋子内，寒风袭人，如睡冰山。"他们昼夜不停地搞调查，摸情况，制图表，只用了14天时间就圆满地完成了任务。当徐凤钊携带着资料，走进省指挥部的大门时，指挥部的领导高兴地赞许道："搞得快，搞得好！"

1999年6月，一个风雨交加的日子，雨助风威，风借雨势，使崎岖难行的山路变得满地泥泞，举步维艰。在通往下寺镇麻柳村、石翁村的小道上，绵广指挥部的领导和工作人员，冒雨前行，伞被风刮烂了，衣服被雨浇透了，脚上也被划起了一道道血口子。他们没有停止前行的步子。为了履行对拆迁户的许诺，准时把补偿费交到农民的手上，他们不怕苦和累。他们经过几个小时的跋涉，徒步行程 20 多公里，终于实现了他们的诺言。村民拿到白花花的钞票时，满心喜悦。一位村干部激动地说："你们说话算数。下这么大的雨还来，真叫我们感动！"

征地、移民、拆迁，是公路建设的重点、难点。农民祖祖辈辈生于斯，长于斯，要搬离故土，思想工作确实难做。下寺镇大桥村部分农民，开初不愿搬迁，他们团团围着施工人员，饭不准吃，水不准喝，还将皮尺、表格扔了，气氛十分紧张。县交通局长接到电话后，火速赶到现场，他笑容满面，苦口婆心，坦诚地向农民讲清道理，讲明拆迁的有关补偿政策；高速公路修通之后，给村民们带来的好处。他苦口婆心地做工作，言简情深，经过几个小时的说服工作，终于把农民说通了。农民听政府的话，更注重干部的行动；干部看到村民有困难，便身体力行。下寺村退伍军人安孝强，身体残疾，劳力缺乏，无力搬迁，他心急如焚。县协调指挥部知道情况后，涂怀甫副县长出面协调，从剑峰水泥厂调来 20 多人，只花两天时间，义务为他拆迁搬运。他含着泪花，激动地说："感谢你们帮我渡过了难关！"

下寺段的摸底调查与拆迁工作的顺利实施，极大地感动了下寺段施工队和村民，去年 1 月 18 日，他们敲锣打鼓给县协调指挥部赠送了一面鲜红的锦旗，上面写着"呕心沥血办实事，情系绵广为人民"，充分表达了他们的感激之情。

去年岁末，下寺段工程正式启动后，紧接着，全长 24 公里的剑金公路进入筹建阶段。山里人热爱交通事业，县里领导有方，百姓没有民怨，使筹措工作迅速拉开。按山区二级标准设计的剑金公路，跨越三乡一镇，穿过 72 座层层叠叠、曲折连绵的群山，其艰难程度是可想而知的。这一切都没有动摇他们的决心！拆迁、移民，古往今来，都是一项艰巨思想工作！去年 10 月 8 日，当县委书记李在扬、县长严明清参加的开工典礼仪式一结束，拆迁工作迅速拉开序幕。他们有了建路的决心，也就有了搬迁的经验。剑金公路的拆迁难度，不亚于下寺段。城北镇城北村有 60 户人要搬迁，尽管难度大，可农民通情达理，顾全大局，抹去泪水，硬着头皮，随之发出了心声："搬吧！"当然，也有农民思想一时不通的。姚家乡农民王国育是运输专业户，经济活跃，在镇上建有漂亮的楼房，他家搬迁损失较大，因此，思想工作也就难做。县协调指挥部负责人徐凤钊，几次上门做工作，均未奏效，托朋友去疏通，也未能达到目的。尔后，他将王国育接到县协调指挥部，良言善语，屈膝谈心。同时，由他帮忙牵线，让王国育帮工程队跑运输，让他增加收入，在经济上给予一些补偿。在多方的劝说下，他的思想终于疏通了。

目前，这两条高等级公路的施工队伍不顾暑热，蹲在山崖巨石中，正一把汗水一锨土，忘怀地掘路、开山、架桥，可以说，这是该县公路建设史上的兴盛时期。

这是剑阁北大门出现的盛况。南大门呢，决策者们经过深思熟虑，推出了另一出重头戏：新建、改造剑（阁）盐（亭）公路，拓展南行的天地。位于川北的剑阁，向来是出川的交通要冲，而且是历代兵家必争的军事要塞，也是商贾驻足的地方。倘若她能在 21 世纪展开翅膀，飞出"一夫当关，万夫莫开"的剑门古道，北接绵广高速公路，南通绵阳、成都经济发达地区，将会引来崛起的活力。剑盐公路的经济、文化价值，就在于此。于是全县的领导和群众，都看重这着棋，在新建上述两条路的同时，腾出一只手，着力向南推进。

今年 2 月 9 日，剑盐公路在阵阵鼓乐声中动工后，沿线的农民喜出望外，积极缴纳筹措资金，慰劳筑路工人，一个个鱼水深情的故事，一曲曲赞美的时代讴歌，传遍了剑南的山山水水。群众筑路热情高涨，干部八方运筹帷幄。元山、开封两镇的干部，誓为"当好东道主，修好剑盐路"，征地、拆迁、租房、开建砂石场，一路开绿灯。

然而，破土之后，却迟迟迈不开步子，怎么办？开弓哪有回头箭。县领导火速确定，将县人大副主任、剑盐公路副指挥长杨登周推上了第一线。他大刀阔斧，不辞辛劳，一心扑在工地上，巡回奔忙在剑南的山山岭岭。3 个多月来，他行程六七百公里，保证了施工的进度和质量。4 月 20 日，广元市交通局质检站站长尹保中上路检查质量后，感叹道："我看到这段路后，感到惊讶，万万没有想到，你们搞得这么快，这么好！"

剑阁的公路建设突飞猛进！新中国成立以来，尤其是改革开放以来，全县的交通建设有了长足发展，截至目前，境内有国、省、县、乡、村五级公路4206公里，实现了村村通公路。雄关变通衢，这是了不起的奇迹！

2001年6月16日，笔者采访一位副县长时，他对本县的公路建设所取得的成绩，以及给群众带来好处，作了充分肯定。他说："交通建设迅速发展促进了我县经济发展，特别是商品流通、农村产业结构、集镇建设、旅游经济大发展。"

那块鲜艳夺目的"全国公路建设先进典型"的牌子，是最响亮、最有说服力的荣誉，值得全县人民永远纪念！

2001年6月　剑阁普安镇

（原载散文集《唤醒大地》2001年12月出版）

展示生态文学创作的繁荣
景象和时代特征

——读《改革开放以来生态文学创作研究》有感

欧美一些国家早在一百年前就已经奠下了生态文学创作的基石，而我国生态文学创作则起步较晚，诸多的生态文学作品是在 20 世纪 80 年代才开始出现。近期，由中国农业出版社出版的《改革开放以来生态文学创作研究》一书指出："生态主义作为一种新的价值观和世界观在 1980 年代以后已经逐渐深入到中国当代作家的灵魂，正在深刻地改变着、指导着或影响着他们的创作实践，而这势必给中国当代文学创作带来若干新的元素、新的命题和新的内质。"

《改革开放以来生态文学创作研究》是高旭国和闫慧霞两位学者用了五年时间凝聚而成的学术研究专著，是对中国当前生态文学研究的又一贡献，是中国生态文学研究领域收获的又一重要成果。该专著 33.5 万字，由三部分构成。与以往出版的研究中国当代生态文学创作的学术专著比较，有两个鲜明特色：一是对我国改革开放以来生态文学创作所作的全景式展示；二是对我国改革开放以来生态文学创作所作的系统性评估。

第一部分"导论"。高旭国和闫慧霞两位学者从梳理生态文学概念的内涵和外延入手，分析总结了中国当下生态文学研究已有的几种模式，提出了生态文学研究中存在的几个问题，目的是把研究方向引入到生态文学研究的内在逻辑结构中。尤其是导论部分对于改革开放以来生态文学创作的文学史意义的挖掘，把该专著的研究视角提升到了文学史研究的层面。

第二部分"上篇"。为展示生态报告文学、生态小说、生态散文和生态诗歌的创作全貌和发展历程，高旭国和闫慧霞两位学者收集了大量的生态文学作品，这些作品大多为"非虚构"作品，真实性和现实性特别强。在上编部分的论述中，两位学者通过对作品的相互比照分析，将其前后勾连贯通，取得了大量研究成果，其工作量和著述难度可想而知。

第二部分分文体，系统分析论述了改革开放以来的生态文学创作，这在近年出版的有关改革开放以来生态文学创作的研究专著中还是首次出现。

第三部分"下篇"。高旭国和闫慧霞两位学者对改革开放以来当代中国有代表性的生态文学作家徐刚、李青松、王治安、哲夫、迟子建、张炜、李存葆、华海的作品进行了系统研究，评价了他们作品中的思想文化内涵和艺术审美表现。两位学者在做好微观解读的同时，阐释了徐刚、李青松等8位作家的作品在中国生态文学创作总体格局中的地位和价值意义。这种注重微观研究与宏观研究相互印证、相互支撑的研究方式，无疑是难能可贵的。

改革开放以来的中国文学创作已经走过了近40年的历程，毫无疑问，改革开放以来的生态文学创作在这其中是最具代表性的。从狭义上来理解，生态文学就是由现实生态问题所催生的、具有鲜明的生态意向和生态主张的文学，但迄今为止，已出版的以改革开放以来生态文学创作为研究对象的专著只有寥寥几部，这不能不说是一个缺憾。《改革开放以来生态文学创作研究》的出版，既有理论价值，又有现实意义，尤其是对于当下的生态文学创作实践，将会起到引领、批评和促进的作用。

（原载《当代文坛》2016 年第 4 期）

图书在版编目（CIP）数据

当代中国生态解密：王治安文集. 第三卷，森林卷 /
王治安著. —北京：中国农业出版社，2020.6
　ISBN 978-7-109-24156-5

　Ⅰ.①当…　Ⅱ.①王…　Ⅲ.①中国文学－当代文学－
作品综合集　Ⅳ.①I217.2

中国版本图书馆 CIP 数据核字（2018）第 108323 号

中国农业出版社出版
地址：北京市朝阳区麦子店街 18 号楼
邮编：100125
责任编辑：赵　刚
版式设计：张　宇　　责任校对：赵　硕
漫画插页：孙光钊
印刷：北京通州皇家印刷厂
版次：2020 年 6 月第 1 版
印次：2020 年 6 月北京第 1 次印刷
发行：新华书店北京发行所
开本：700mm×1000mm　1/16
印张：29.75　　插页：1
字数：410 千字
总定价：480.00 元